BASTEI
LÜBBE

Über das Buch:

Die dreißigjährige Tish ist seit sechs Jahren mit dem soliden Anwalt James verheiratet. Um ihr Glück perfekt zu machen, erfüllen sie sich ihren Traum vom romantischen Leben in einem Häuschen auf dem Land. Doch das Landleben wirkt sich schließlich ganz anders auf ihre gemeinsame Zukunft aus als vermutet. Und als Tish eines Tages unverhofft ihre große Jugendliebe, den verwegenen Fergal, wiedertrifft, wird ihre Ehe abermals auf eine harte Probe gestellt …

Über die Autorin:

Trisha Ashley wurde in Lancashire geboren und lebt heute mit ihrem Sohn und einem betagten Papagei in Durham. Nach dem Studium am Swansea College of Art arbeitete sie unter anderem als Buntglasmalerin. In ihrer Freizeit beschäftigt sie sich mit Porträtmalerei oder reist in die Karibik, um dort ihren Freund zu besuchen.

Trisha Ashley

Dem Paradies so nah

Roman

Aus dem Englischen von
Michaela Link

BASTEI LÜBBE

BASTEI LÜBBE TASCHENBUCH
Band 14 665

1. Auflage: Januar 2002

Vollständige Taschenbuchausgabe

Bastei Lübbe Taschenbücher ist ein Imprint der Verlagsgruppe Lübbe

Deutsche Erstveröffentlichung
Titel der englischen Originalausgabe: Good Husband Material

Titelillustration: ZEFA
Einbandgestaltung: Tanja Diekmann
Satz: Heinrich Fanslau, EDV & Kommunikation, Düsseldorf
Druck und Verarbeitung: AIT, Trondheim, Norwegen
Printed in Norway
ISBN 3-404-14665-4

Sie finden uns im Internet unter
http://www.luebbe.de

Der Preis dieses Bandes versteht sich einschließlich
der gesetzlichen Mehrwertsteuer.

Für Mary Turner Long in Liebe

Dank

Mein besonderer Dank gilt
meiner Agentin, Judith Murdoch,
für ihre Unterstützung und Hilfe.

Prolog: Fergal

> *Aus dem Text der neuen Single von Goneril, »Red-Headed Woman«, aus dem gleichnamigen Album, sprechen brennender Schmerz über einen Verlust und tiefe Trauer. Der Sänger und Texter Fergal Rocco lotet mit einer Stimme, die eigens zu diesem Zweck geschaffen zu sein scheint, neue Tiefen des hilflosen Schmerzes und der Verzweiflung aus.*
>
> *New Musical Express*

Ein erster rascher Eindruck von Tish scheint sich unauslöschlich auf die Innenseite meiner Augenlider eingebrannt zu haben, denn selbst nach beinahe zwölf Jahren und Gott weiß wie vielen Frauen brauche ich nur die Augen zu schließen und sehe sie vor mir: hoch über mir im wogenden Laub der Eichenzweige, eine Baumnymphe, die sich mit entschlossenem Ausdruck vorbeugt und eine Hand ausstreckt.

Dann gibt der Ast mit einem scharfen Knacken unter ihr nach und lässt sie im Sturzflug zu mir herunterfallen. Die aprikosenfarbenen Haare flattern hinter ihr her wie die eines ungestümen Renaissanceengels – eine Meerjungfrau, die von den glasigen grünen Wellen mitgerissen wird – die vorwärts stürmende Gallionsfigur eines Schiffes, in der ausgestreckten Hand ein …

Nun, jedenfalls war es kein Dreizack. Nur irgendein kleines, graues Ding. Lange nicht so eindrucksvoll wie Tish, dieser aus dem Grün hervorschießende Blitz.

Ich würde mich gerne brüsten können, sie aufgefangen zu haben, muss aber der Wahrheit zuliebe zugeben, dass ich nur ihren Fall bremste und schließlich flach auf dem Rücken lag, den Engel über mir. Riesige rauchgraue Augen blickten, nur Zentimeter entfernt, besorgt in meine. Ich beschloss, kampflos zu kapitulieren.

Dann huschte etwas verschlagen und auf spitzen Füßen meinen Arm hoch und biss mich kräftig ins Ohr.

Ich fluchte, und die Kreatur ließ mit einem hässlichen Lachen von mir ab.

Das ist kein Witz.

Als Dad ums Haus gelaufen kam, um zu schauen, was der Lärm zu bedeuten habe, fand er den Engel immer noch der Länge nach auf mir ausgestreckt, wie er sich zusammenhanglos entschuldigte und mein blutendes Ohr mit einem zusammengeknüllten Zipfel seines dünnen Rockes betupfte.

Ein kleiner, bösartig wirkender grauer Papagei saß neben uns (viel zu nah neben uns) und beäugte uns mit gespanntem, irrem Blick.

»Fergal hat also wieder mal ein Mädchen gefangen«, sagte Dad fröhlich und hatte damit die ganze Szene erfasst. Dann zog er – mit gewohntem Blick fürs Wesentliche – seinen Pullover aus und hüllte den Papagei darin ein.

Der kleine Meuchelmörder gab ein missfälliges Quieken von sich, das in einem empörten Kreischen hinter uns sein Echo fand. Eine winzige, wohl erhaltene Blondine – die Haare wie aufgeplustert und mit Schellack überzogen – kam über die Auffahrt herbeigestürzt. Sie hatte die kriegerische Haltung einer Frau, die entschlossen ist, die Ehre ihrer Tochter zu retten und bei dem Versuch sogar zu sterben.

»Leticia – steh sofort auf!«

»Leticia?«, fragte ich ungläubig und blickte in die grauen Augen hinauf, die sich so dicht vor meinen befanden. (Und dabei hatte ich das Gefühl, als würde ich in ein schwarzes Loch gesaugt und auf der anderen Seite wie Zahnpasta wieder hinausgequetscht.)

Sie hielt mit dem eher schmerzhaften und wenig zweckdienlichen Tupfen inne und starrte mich an. »Fergal kommt mir keineswegs besser vor!«, verteidigte sie sich. »Außerdem werde ich Tish gerufen.«

»Und ich werde Fergal gerufen, Engel. Du wirst dich also einfach daran gewöhnen müssen.«

Ihre Augen wurden noch etwas größer, dann löste sie sich plötzlich in einem Geflatter wehenden grünen Stoffes von mir (kein Wunder, dass ich sie in dem Baum nicht gesehen hatte) und drückte ihr Knie dabei unabsichtlich – so hoffe ich – in einen empfindlichen Teil meiner Anatomie.

»Letizia ist ein schöner Name«, bemerkte Dad interessiert; er benutzte die italienische Aussprache. »Ich bin übrigens Giovanni Rocco, Ihr neuer Nachbar. Nennen Sie mich Joe, das tun alle. Wir haben das Haus nur für sechs Monate gemietet, solange unser eigenes renoviert wird – es hat Risse; die alten Häuser in London sind nicht besonders solide. Und das muss wohl Ihre Mama sein?«

»Ich bin Mrs. Norwood«, erklärte die aufgeplusterte kleine blonde Dame eisig und beäugte Dad mit der zweifelnden Überraschung eines Menschen, dem zum ersten Mal ein hoch gewachsener, blonder, grünäugiger Italiener begegnet. (Meinen mediterran dunklen Teint verdanke ich ausschließlich meiner irischen Mutter.)

»Es freut mich sehr, Sie kennen zu lernen – und Ihre reizende Tochter. Das ist mein ältester Sohn, Fergal. Ich habe vier Söhne und eine Tochter. Vielleicht haben Sie die jüngeren Kinder im Garten spielen hören? Sie lieben diesen großen Garten.«

»Ja, ich habe sie gehört. Normalerweise haben wir hier eine sehr ruhige, exklusive Nachbarschaft.«

Das Mädchen verfärbte sich rosa und begann, nervös die Falten seines blutverschmierten Rocks zu ordnen. »Ich ... ich höre gern Kinder spielen«, tastete es sich scheu vor. »Ich freue mich, Sie kennen zu lernen, Mr. Rocco.«

»Joe.«

»Joe«, verbesserte sie sich. »Und es tut mir sehr Leid, dass mein Papagei Ihren Sohn gebissen hat, aber er ist ausgerissen, wissen Sie, und ich habe versucht, ihn einzufangen.«

Ich stemmte mich von meinem Platz auf dem Gras hoch (auf mehr als eine Weise benommen), und das Blut tropfte mir auf das ehemals weiße T-Shirt.

»Oje«, sagte sie schuldbewusst. »Aber es ist nur ein ganz kleiner Biss. Ohren bluten immer so stark, nicht wahr?«

»Jedenfalls meins, wie es den Anschein hat«, stimmte ich zu, lächelte sie an, und sie errötete wieder und wandte den Blick ab. »Vielleicht solltest du später rüberkommen und schauen, wie es mir geht?«, fügte ich geistesgegenwärtig hinzu.

»Ja, kommen Sie zum Abendessen«, meinte Dad überschwänglich. »Ich bleibe heute Abend zu Hause; also werde ich kochen – auf ein oder zwei Leute mehr kommt es nicht an. Sie sind ebenfalls eingeladen, Mrs. Norwood, und Mr. Norwood natürlich auch.«

»Ich bin Witwe. Und ich fürchte, dass ich bereits anderweitig verabredet bin. Und Leticia ...«

Da sie drauf und dran war, jegliche Absichten, die ich hinsichtlich des Engels hegen mochte, zu durchkreuzen, fiel ich ihr unhöflicherweise ins Wort: »Es gibt doch eine Krankheit, die von Papageien übertragen wird, oder? Psittakose? Tish sollte wirklich rüberkommen und nach mir schauen.«

»W... wirklich?«, stammelte Tish mit vor Angst geweiteten Augen. »Oje, das müsste ich tatsächlich! Du wirst dir sofort etwas Antiseptisches drauftun, ja?«

»Danach kannst du auch schauen – ungefähr in einer Stunde?«

Sie nickte, immer noch zutiefst beunruhigt, bis ich ihr zuzwinkerte; daraufhin errötete sie wieder, wandte den Blick ab und versuchte, ein Kichern zu unterdrücken.

»Leticia!«, hob Mrs. Norwood in streitsüchtigem Ton an, »du...«

Was auch immer sie hatte sagen wollen – Dad brachte sie hilfreicherweise zum Schweigen, indem er ihr das Bündel mit dem eingewickelten, protestierenden Papageien in die Hände drückte und den Pullover noch einmal so sorgfältig zusammenzog, als wäre darunter ein Baby verborgen.

Das schien sie noch mehr zu entsetzen als der Anblick ihrer Tochter, als sie mit mir verschlungen im Gras gelegen hatte, und die beiden Frauen zogen sich, begleitet von ersticktem Kreischen, über die Auffahrt zurück.

»Ein hübsches Mädchen«, stellte Dad anerkennend fest. »So groß und schlank, mit Haaren von der Farbe sonnengereifter Aprikosen. Aber sie ist sehr jung, Fergal – vielleicht erst sechzehn oder siebzehn. Ihre Mama hat ganz Recht, vorsichtig zu sein.«

Sie war in der Tat erst siebzehn, und ich war ihre erste Liebe, aber ich war zweiundzwanzig und hätte wissen müssen, dass es bei ihr nicht für immer sein würde. Ich kann mich glücklich schätzen, dass es ein ganzes Jahr dauerte.

Kapitel 1

Ein Traum von einem Mann

Letzte Nacht träumte ich, ich läge wieder in Fergals Armen.

Nichts Neues also.

Ich träume oft von den Helden der Liebesromane, die ich gerade schreibe; sie alle haben deutliche (körperliche) Ähnlichkeit mit Fergal. Es sind Träume, nach denen man sich schuldig fühlt, wenn man aufwacht und seinen Ehemann anschaut.

Aber sie geben meinen Liebesszenen jedenfalls etwas Feuer. (Unglücklicherweise nur denen in meinen Romanen. Ich bin zu dem Ergebnis gelangt, dass weit mehr dazugehören würde, James etwas Feuer zu verleihen.)

Dieser Traum indes war von etwas anderer Art – eher eine Wiederholung meiner letzten Begegnung mit meiner ersten falschen Liebe. Vielleicht meint mein Unterbewusstsein, ich hätte damals noch nicht genug gelitten, und ist zu dem Entschluss gekommen, mich alles noch einmal durchleben zu lassen.

Jedenfalls saßen wir eng umschlungen in Fergals geliebtem, gebraucht gekauftem froschäugigem Sportwagen der Marke Sprite (von mir persönlich gleich nach dem Kauf gründlichst von innen und außen gereinigt und desinfiziert – wer weiß schließlich, wem er vorher gehört hatte?). Die Vögel sangen, die Sonne schien, und das Auto verströmte einen berauschenden Geruch nach Maschinenöl, altem Leder und Sagrotan... Und ebenso berauschend war es für mich, Fergals Arme um mich zu spüren, während er mir zuversichtlich ins Ohr flüsterte: »Diesmal kommt Goneril ganz groß raus!«

Goneril war (und ist) der Name der Rockband, die Fergal zusammen mit seinem Bruder Carlo und einer bunten Mischung anderer Kunststudenten ins Leben gerufen hatte. (Warum sie einen Namen wählen mussten, der wie eine Geschlechtskrankheit klingt, weiß ich auch nicht.)

In dem Jahr, in dem ich mit Fergal ging, hatte sich das gelegentliche Musizieren in der Band – aus Spaß und um ab und an ein wenig Geld zu verdienen – zu einer Beschäftigung entwickelt, die einen immer größeren Teil ihres Lebens und ihrer Zeit in Anspruch nahm. Und jetzt hatte man ihnen kurzfristig ein Engagement für eine Tournee im Beiprogramm einer viel bekannteren Band angeboten, nachdem die ursprünglich dafür vorgesehene Gruppe einen Rückzieher gemacht hatte.

Das bedeutete einen beinahe augenblicklichen Aufbruch in Richtung USA: jetzt oder nie.

Ich sah in seine unglaublich grünen Augen und sagte bewundernd: »Ach, Fergal, natürlich werdet ihr es schaffen! Aber ... ich werde dich vermissen, wenn du fort bist.«

Daraufhin löste er sich leicht von mir, und seine geraden schwarzen Augenbrauen zogen sich zu einem Stirnrunzeln zusammen. »Warum solltest du mich vermissen?«

»Natürlich werde ich dich vermissen. Du wirst ja monatelang fort sein!«

»Aber ... du kommst natürlich mit, Tish! Ich will dich dabeihaben.«

Ich war baff.

»M ... mich? Ich soll mit dir auf Tournee gehen? Aber ich kann nicht, Fergal – im September fängt mein Semester an der Uni an. Außerdem würde Mutter Anfälle bekommen, wenn ich hinter dir hertingelte wie ein Groupie. Und du hast mich übrigens auch nicht gefragt!«

An dieser Stelle übermannte Fergal sein stets explosives Temperament, und er schüttelte mich, bis mir die Zähne klapperten. »Du bist mein Mädchen und kein Groupie, und ich will dich bei mir haben. Und warum willst du zum College gehen? Ist das denn wichtig?«

Ist das denn wichtig, wenn du *mich* hast?, meinte er, und ich sah rot.

»Natürlich ist es wichtig! Ich freue mich auf mein Studium.« Wenigstens war das bis zu diesem Zeitpunkt so gewesen.

Fergal hatte gerade sein Aufbaustudium in bildender Kunst am Royal College of Arts abgeschlossen und sollte sich eigentlich mit seinen Bildern einen Namen machen, während ich mein Studium absolvierte, sodass wir eines Tages zusammen auf dem

Land leben konnten. Er würde malen und ich Gedichte schreiben…

Tagträume – aber alles schien möglich, solange ich mit Fergal zusammen war. Und natürlich hatte ich damals noch nicht begriffen, dass ich zwar eine Dichterin, aber keine *gute* Dichterin war.

Es gibt einen feinen Unterschied zwischen dem endlosen Spinnen nahtlos ineinander übergehenden Gefasels und dem wirklichen Dichten, und dieser Unterschied ist für einen Teenager manchmal schwer zu begreifen. Meine schriftstellerischen Talente lagen auf einem anderen Gebiet.

Aber damals war ich entschlossen, der Dichtung wegen moderne englische Literatur zu studieren, und ich meinte, dass Fergal dafür Verständnis haben sollte, da er ebenso entschlossen war zu malen – bis Goneril zu seinem Höhenflug ansetzte.

»Nun, dann setz doch einfach ein Jahr aus«, sagte er ungeduldig. »Es wird sowieso Zeit, dass du von zu Hause wegkommst und das richtige Leben kennen lernst, oder?«

Das würde sich natürlich in meinem Lebenslauf gut machen: »Was haben Sie denn in dem Jahr dazwischen getan, Miss Norwood?« – »Oh, nichts Besonderes. Ich habe bloß in ganz Amerika meinen Freund, den Rocksänger, gebumst.« – »Und war das ein Projekt der Entwicklungshilfe, Miss Norwood?« Und so weiter und so fort.

Was das wirkliche Leben angeht, so hatte ich davon in dem letzten Jahr mit Fergal mehr mitbekommen als in den ganzen siebzehn Jahren zuvor.

Aufgebracht sah ich ihn an … Und sofort legte sich mein Zorn etwas. Er war absolut hinreißend, und ich liebte ihn so sehr. Aber dann dachte ich wieder daran, wie selbstverständlich er davon ausgegangen war, dass ich ihm auf seine Bitte – oder seinen Befehl – hin wie ein kleines Hündchen nachlaufen würde, und augenblicklich war mein ganzer Ärger wieder da.

»Pass auf, Fergal, ich werde hier auf dich warten, bis du zurückkommst. Es ist ja nicht so, als ginge *ich* fort, um die Universität zu besuchen.« (Und das hatte ich einzig und allein so eingerichtet, um in seiner Nähe zu sein. Sonst hätte ich mich um einen Studienplatz beworben, der mich so weit wie möglich von

Mutter fortgebracht hätte – um ein Stipendium für nichtreimende glottale Verschlusslaute an der Universität der äußeren Mongolei zum Beispiel.)

Er hielt mich ein Stück von sich weg, und seine Finger bohrten sich in meine Arme. »Du kommst mit, oder es ist aus – *finito*!« Die Augen in seinem dunklen Gesicht waren so hart und kalt wie Smaragde.

Daraufhin verlor ich die Fassung. In einem Zustand der Kränkung und Wut machte ich einige sehr verletzende Bemerkungen – wie leicht es ihm gefallen sei, seine Kunst um des schnöden Mammons willen aufzugeben und Ähnliches mehr (ich war ja erst achtzehn und noch ein wenig idealistisch), und wir schlitterten in den bösesten Streit, den wir je gehabt hatten. Ihm folgte auch nicht die Art von Versöhnung, die einen solchen Krach wieder heilen kann, denn Fergal brachte mich direkt nach Hause und setzte mich ohne ein weiteres Wort dort ab.

Aber selbst zu diesem Zeitpunkt glaubte ich noch nicht, dass er es ernst meinte – er neigte dazu, mir in der Hitze des Augenblicks solche Dinge an den Kopf zu werfen. Doch als er am nächsten Tag immer noch nicht angerufen hatte, um sich zu entschuldigen, war ich langsam besorgt und zog es sogar ernsthaft in Erwägung, meinen Stolz und meinen Ehrgeiz zu vergessen und doch noch mit ihm zu gehen. Wenn es vielleicht auch nicht für die Ewigkeit sein würde, wäre es nicht besser, geliebt und verloren zu haben, als die Liebe gar nicht zu kennen?

Wer weiß, was geschehen wäre, wenn nicht mein armer Großvater am gleichen Tag eine Herzattacke erlitten hätte, sodass ich mich, statt am Telefon meine Fingernägel abzukauen, auf die Reise zu Granny machte?

Ich verbrachte schließlich den ganzen Sommer dort, erlebte den Kampf, den mein Großvater ausfocht und verlor, und den Kampf meiner praktisch veranlagten, stoischen Großmutter, um mit dem Verlust zurechtzukommen.

Mutter war in dieser Zeit natürlich vollkommen nutzlos. Sie erfand eine Ausrede nach der anderen, warum sie nicht kommen und helfen konnte, und krönte das Ganze dann mit der Behauptung, dass sie »zu sehr von Schmerz übermannt sei«, um an der Beisetzung teilzunehmen.

»Die Frau hat das Rückgrat eines durchweichten Salatkopfs«, meinte Granny, als ich es ihr erzählte; erfreulicherweise ließ mich diese Bemerkung hoffen, dass ihre Lebensgeister jetzt langsam zurückkehren würden.

Obwohl Mutter Fergal nie hatte leiden mögen, war es mir gelungen, ihr vor meiner Abreise das Versprechen abzuringen, ihm zu sagen, wo ich war, falls er anrufen sollte, und mir all meine Post nachzusenden. Aber wie sie beinahe freudig berichtete, hatte es nichts nachzusenden gegeben: Fergal setzte sich nie wieder mit mir in Verbindung.

Er hatte es also doch ernst gemeint.

Der Gnadenstoß war dann ein aus einem Klatschmagazin ausgeschnittenes Bild, das mir meine Mutter hilfreicherweise zusandte; darauf war Fergal zu sehen, wie er mit einem bekannten schönen Model, das ihn umklammert hielt wie eine Krake, aus einem amerikanischen Nachtclub kam.

Ich war so niedergeschmettert, dass ich jede Nacht betete, die Dame möge ihn mit ihren spitzen Hüftknochen im Bett erstechen, aber nichts dergleichen geschah, und Mutter schickte mir weiterhin Zeitschriftenausschnitte über all die skandalösen Dinge, die Fergal und der Rest seiner Band anstellten, bis ich ihr mitteilte, dass ich das alles gar nicht wissen wolle. Ich wollte nicht einmal mehr, dass der *Name* Fergal jemals wieder erwähnt wurde. Für ein gebrochenes Herz fehlte mir in diesem Sommer die Zeit.

Ich hatte Großvater über alles geliebt; er und Granny hatten zwar überhaupt nicht zusammengepasst, waren einander aber in inniger Liebe verbunden gewesen; also konzentrierte ich mich ganz darauf, meiner Großmutter auf jede erdenkliche Weise zu helfen.

Irgendwie schienen in meiner Umgebung alle Farben verblasst zu sein: kein Wunder, wenn einem das Herz gebrochen wurde und man gleichzeitig zum ersten Mal mit dem Tod konfrontiert wird. Als Granny daher beschloss, nach alter Sitte in Sack und Asche zu gehen und sämtliche Kleider, die sie besaß (und das Innere der Waschmaschine gleich mit), schwarz zu färben, gab ich ihr all meine Sachen gleich dazu.

Mir schien dieses Färben der Kleider eine sehr dramatische

Geste zu sein, ein Auslöschen des Lichts, und jahrelang trug ich nichts anderes mehr als Schwarz. Immerhin war damit das ständige Problem erledigt, die Frage, was man zu welcher Gelegenheit trägt und was wozu passt. Dies brauchte mich jetzt wahrlich nicht mehr zu kümmern. Die schwarzen Kleider wurden zu einer festen Angewohnheit, mit der ich erst brach, als Mutter mich darauf hinwies, dass es keine Hochzeitskleider in Schwarz gab.

(Ich konnte bei Schwarz nur einen Nachteil ausmachen – man sieht nie, ob es makellos sauber ist oder nicht.)

Als ich schließlich von Granny wieder nach Hause zurückkehrte, färbte ich dort nichts mehr schwarz, aber ich schnitt den Rest meiner Kleider in kleine Stücke – fünfzehn Zentimeter, sieben Komma fünf Zentimeter, zwei Komma fünf Zentimeter, um ja nichts zu verschwenden – und stürzte mich auf mein neues Hobby, Patchwork.

Aber durch meine Erfahrung mit Fergal, dem Treulosen, wusste ich schließlich James' beständigere, reife Art zu schätzen, als ich ihn kennen lernte, sodass ich heute nichts mehr von dem, was so lange zurückliegt, bedaure.

Und das Ganze hatte auch eine positive Seite: Immerhin wachte ich nach diesem Traum wenigstens nicht schuldbewusst auf, sondern nur wütend und tränenverschmiert.

Ich stieß James mit dem Ellbogen in die Rippen, reichte ihm eine Tasse Filterkaffee aus der Maschine und teilte ihm mit, dass es Zeit zum Aufstehen sei.

Ist es nicht merkwürdig, dass ich Tee hasse, obwohl ich die Herbstblätter so liebe? Aber warum, denke ich, sollte ich den Staub abgestorbener Blätter trinken?

»Freier Tag«, grunzte James und versuchte, sich die Decke über den Kopf zu ziehen.

»Freier Tag für die Haussuche. Und ich habe das Gefühl, dass wir das Landhaus unserer Träume heute finden werden – wir haben bisher einfach zu nahe an London und in der falschen Gegend gesucht. Außerdem wird ein Tag auf dem Land uns beiden gut tun. Das Laub ist inzwischen ganz golden und ...«

»Du hast schon genug Blätter«, erklärte er hastig und tauchte wieder auf. Ich weiß nicht, warum er an meinen harmlosen kleinen Hobbys Anstoß nimmt. Meine Patchwork-Arbeiten bringen Licht und Leben in die ganze Wohnung; es ist erstaunlich, wie viel man aus alter Garderobe machen kann. Ich bin die ganze Zeit über dabeigeblieben, und ich bin überzeugt, dass die Fläche, die ich produziert habe, die der Originalkleidung inzwischen übertrifft. Ob so etwas möglich ist? Algebra war nie meine Stärke. Oder ist der Stoff vielleicht ähnlich wie der Tisch im Märchen ein Tüchlein-streck-dich?

Und dann meine Laubsammlung. Als wir anfangs miteinander gingen, hat es James nie etwas ausgemacht, wenn ich auf Spaziergängen im Park oder auf dem Land Blätter sammelte. Aber er dachte, ich würde sie pressen. (Und sie vielleicht in ein Album stecken? Ich weiß, dass er eine ganze Ecke älter ist als ich, aber das ist schließlich viktorianisch!)

»Oh nein«, erklärte ich ihm damals überrascht. »Ich mag sie so kraus und gewellt, wie sie vom Baum fallen. Ich breite sie zum Trocknen aus und überziehe sie dann mit einer dünnen Schicht Acryllack.«

»Lack?«

»Sie werden schnell staubig. Und so kann ich sie dann abspülen.«

»Ah.« Ich sah, dass ihm all das zu schaffen machte. Vorsichtig forschte er weiter: »Dann machst du vermutlich Arrangements oder Bilder oder so etwas aus den Blättern?«

»Nein, ich sammle sie einfach in Körben auf den Fensterbänken in meinem Zimmer. Ich mag das Rascheln, wenn ich hereinkomme oder hinausgehe.«

Er drückte mich zärtlich an sich und sagte liebevoll: »Was für komische Ideen zu hast, Liebling – das kommt wohl daher, dass du so lange allein gelebt hast.«

»Oh nein, solche Ideen hatte ich schon immer«, versicherte ich ihm. Nur dass ich meine kleinen Eigenheiten bisher nicht für komisch gehalten hatte.

Immerhin sieht man, wie harmlos meine Hobbys sind.

»Ich brauche noch mehr Eichenblätter, James«, erklärte ich ihm jetzt. »Ich kann nie genug davon finden, und ich möchte gerne einen ganzen Korb voll haben.«

Ein andermal sagte ich: »Weißt du, ich verstehe gar nicht,

warum nicht alle Leute Blätter sammeln – sie kosten nichts, haben schöne Farben und Formen und sind vollkommen hygienisch, wenn man sie lackiert.« (Ich sammle immerhin nur solche, die sauber aussehen, aber man kann sie auch jederzeit mit Sagrotan abwaschen.) »Ist es nicht merkwürdig, dass wir sie nicht mehr zu schätzen wissen? Wir könnten sie zum Beispiel als Geld benutzen an Stelle dieser bakterienüberladenen Papierfetzen, oder …«

Unterm Bett ertönte ein herzhaftes Seufzen; dann hob sich die Matratze zwei- oder dreimal wie in schwerer Dünung, und ich unterbrach mich, um entrüstet zu rufen: »Du hast gestern abend wieder diesen blöden Hund reingelassen, oder? Du weißt doch, dass ich nicht gern die ganze Nacht die gleiche Luft ein- und ausatme; das ist nicht gesund. Und auch nicht hygienisch. Du stehst am besten gleich auf und bringst Bess raus, damit wir früh loskommen.«

»Zeit satt«, murmelte er, aber ich schob ihn entschlossen aus dem Bett, wobei das lockende Versprechen eines fett- und cholesterinreichen Frühstücks unterwegs meinen Bemühungen zusätzlichen Nachdruck verlieh.

HAT BRITANNIENS EROTISCHSTER ROCKER EINE TRAURIGE VERGANGENHEIT?

Trendsetter

Vergangenheit ist das Schlüsselwort. Ich glaube nicht, dass ich Tish vergessen könnte, selbst wenn ich es versuchen würde, aber ich versuche es gar nicht, sondern reibe immer wieder Salz in die alte Wunde, sodass sie niemals ganz verheilen kann.

Angst ist sehr gut für einen Künstler.

Mein makelloser, leidenschaftlicher Engel ist die Muse, die mich sowohl zu meinen Liedern als auch zu meinen Bildern inspiriert.

Aber das ist die alte Tish, die Tish, wie ich sie in meiner Erinnerung habe. Sie ist inzwischen wahrscheinlich eine Hausfrau in einem x-beliebigen Vorort, die ihre Träume weggesteckt hat, damit sie vermodern.

Was aus ihr geworden ist, muss – und will – ich nicht wissen.

Kapitel 2

Unser Haus, James

»Das ist es«, sagte ich mit Überzeugung. »Das ist *mein* Haus!«

»Was?«, murmelte James abwesend, während er durch eine schmutzige Fensterscheibe die kleine blonde und quirlige Maklerin beäugte, die sich trotz des arktischen Novemberwindes taktvollerweise draußen herumdrückte. Die Beine unter ihrem kurzen Rock hatten einen interessanten Blauton angenommen.

Bei dem Frauentyp verliert er immer ein bisschen den Kopf, sodass man sich wundert, warum er mich geheiratet hat: Ich bin groß, zurückhaltend und so überschäumend wie ein Guinness.

Und warum hat er eigentlich nicht einfach meine Mutter geheiratet, die klein, entschieden blond und wenn auch nicht gerade quirlig, so doch wenigstens nach dem zweiten Martini ein wenig lebhafter ist?

Ich gab ihm einen Stoß mit dem Ellbogen. »Konzentrier dich auf das Haus, James. Die Maklerin ist nur deshalb so reizend zu dir, weil sie hofft, einen Abschluss tätigen zu können.«

Er wirkte gekränkt. »Mach dich nicht lächerlich, Liebling – ich habe lediglich über den Fall nachgedacht, den ich gerade bearbeite. Ich hätte mir wirklich nicht einen Tag freinehmen sollen, um nach einem Haus zu suchen; ich werde wohl noch für eine Stunde oder zwei ins Büro müssen, wenn ich dich nachher bei deiner Mutter abgesetzt habe.«

Damit war auch das Rätsel gelöst, warum er sich für die Haussuche einen seiner schicken dunklen Anzüge angezogen hatte. (Obwohl sie zugegebenermaßen sein markantes Highlanderprofil unter dem rotblonden Haarschopf besonders gut zur Geltung bringen – eine Tatsache, um die er sehr wohl weiß.)

»Ich bin mir sicher, Drew, Drune und Tibbs kommen auch mal einen Tag ohne dich zurecht, James. Vor allem, wenn das bedeutet, dass wir endlich das richtige Haus gefunden haben.«

»Was? Du meinst doch nicht das hier, oder, Tish?« Seine leuchtenden Augen weiteten sich vor Erstaunen. »Ich weiß gar nicht, warum du es dir überhaupt ansehen wolltest – es ist zu klein, und es ist nicht mal frei stehend.«

»Es ist doppelt so groß wie die Wohnung: Die vielen Stühle hier lassen es kleiner erscheinen. Es sind insgesamt zweiunddreißig.«

»Zweiunddreißig was?«

»Stühle.«

»Was hat das denn zu sagen? Schau dir doch den Garten an – er ist eine einzige Wildnis.«

»Eine *große* Wildnis. Da draußen steht noch eine Art Schuppen, und neben dem Haus ist reichlich Platz für eine Garage.«

»Aber das Haus ist alt und düster und wahrscheinlich unhygienisch«, bemerkte er. »Es hat einem alten Mann gehört, der jahrelang nichts daran getan hat und wahrscheinlich darin gestorben ist.«

»An einer Überdosis Stühle vielleicht? In fast allen alten Häusern sind Menschen gestorben. Natürlich werde ich es von oben bis unten schrubben müssen, bevor wir irgendetwas von unseren Sachen hineinstellen, und alle Wände und Decken müssen gestrichen werden, und die Böden vielleicht abgeschmirgelt und versiegelt, wenn sie sonst noch gut genug sind. Rosen um den Eingang ... hübsche Vorhänge ... und denk doch nur mal an die Lage! Nur ein Nachbar – die Maklerin sagt, es sei eine nette alte Dame –, und vom Garten aus geht der Blick über den Park des Herrenhauses; es wird also sehr ruhig und friedlich sein.«

Ich verstummte. James wirkte störrisch und schien zu schmollen – eine Variante seines sehr beschränkten Ausdrucksrepertoires. (Wenn ich es mir so überlege, ist mir die Variante »nachsichtige Zuneigung« in letzter Zeit nicht mehr sehr häufig begegnet und auch nicht die »extreme Bemühung als Zeichen einer unbeirrbaren Entschlossenheit zu ehelichem Verkehr«.)

»Du weißt ja, Tish, ich habe schon mal darüber nachgedacht, dass wir vielleicht einfach nur nach etwas Kleinem fürs Wochenende suchen sollten, an der See. Jack hat versprochen, uns Segeln beizubringen und ...«

»Nein. Auf keinen Fall«, unterbrach ich ihn bestimmt. »Es

entspricht nicht meiner Vorstellung von einem schönen Wochenende, mit dem Hintern in eiskaltem Wasser zu sitzen, während man gleichzeitig von einem Stück Holz Hiebe auf den Kopf erhält und einem ein nasses Tuch um die Ohren schlägt. Außerdem«, fügte ich gekränkt hinzu, »hatten wir doch immer vorgehabt, aufs Land zu ziehen, sobald wir es uns leisten konnten, oder?«

»Nun ... ja, aber ...«

»Und dann kann ich endlich die schlecht bezahlte Arbeit in der Bibliothek aufgeben und mehr Geld mit Schreiben verdienen, und wir können eine Familie gründen, du könntest zur Arbeit pendeln und hättest noch obendrein viel frische Luft und Bewegung im Garten, wo wir unser eigenes Obst und Gemüse ziehen würden. Davon haben wir doch beide geträumt, oder?«

Er klappte den Mund zu und antwortete hastig: »Ja, Liebling, natürlich. Das heißt, es klingt wunderbar, aber vielleicht sollten wir warten, bis wir ein moderneres Haus finden, etwas Freistehendes ...«

»Wir sind jetzt seit sechs Jahren verheiratet, James. Ich sehe schon die große Dreißig auf mich zukommen, und du bist vierzig geworden.«

Er zuckte zusammen.

»Wir können uns dieses Haus leisten, und du kannst von hier aus noch gut zur Arbeit fahren – es sind nur elf Meilen bis zum Bahnhof Bedford. Sobald wir umziehen, setze ich die Pille ab. Und wir werden uns gesund ernähren und lange Spaziergänge unternehmen, um uns fit zu machen.«

James wirkte leicht angeschlagen. »Ich schätze, es *könnte* hier ganz schön sein«, räumte er widerstrebend ein. Plötzlich hellte sich seine Miene auf. »Und Gerry und Viola wohnen nur ein paar Meilen von hier entfernt, und ich bin sicher, dass er zur Arbeit pendelt. Muss sich wohl ziemlich früh auf den Weg machen. Ich werde ihn fragen, wie das ist.« Er legte einen Arm um mich. »Ich sehe ja, dass dir dieses Haus gefällt, Liebling, aber häng dein Herz nicht zu sehr daran. Ich denke, wir sollten uns erst noch ein paar ansehen, und wenn ich erst gleichberechtigter Partner der Sozietät bin, könnten wir uns auch etwas Freistehendes leisten.«

»Ich will aber dieses Haus. Ich will nicht in irgendeinem frei stehenden Tudor-Imitat wohnen, sondern in einem richtigen Landhäuschen. Ich will ein Landbewohner sein, mit schlammigen Gummistiefeln und einem eigenen Garten. Und du wolltest doch immer dein eigenes Obst und Gemüse anbauen – du hattest so viele Bücher darüber. Ich glaube, sie stehen noch im Schrank im Gästezimmer. Ich werde sie gleich raussuchen, wenn wir wieder zu Hause sind.«

Er wirkte nicht allzu begeistert – seine Neigungen sind oft nur Strohfeuer, und das zu begreifen hat mich einiges an Lehrgeld gekostet. Während mich voraussichtlich irgendjemand gewarnt hätte, bevor ich einen Serienmörder heirate, wies mich niemand darauf hin, dass mein zukünftiger Gemahl seine Steckenpferde gewohnheitsmäßig zu Schanden reitet. Vielleicht sollte man das in die Formel der Eheschließung aufnehmen? Du sollst nicht ständig deine Hobbys wechseln. Dennoch sehe ich keinen Grund, warum er nicht dasselbe Hobby zweimal haben kann, so wie die Masern, wenn man nur dafür sorgt, dass das Opfer dem Erreger massiv genug ausgesetzt wird.

James' Verhalten war dann allerdings ziemlich ernüchternd, als ich ihm auf dem Rückweg in die düsterste Vorstadt zu Mutters Geburtstagstee die vielen Vorzüge des Häuschens aufzählte. Ich werde ihn noch bearbeiten müssen, aber ich bin verliebt in mein Häuschen und entwickle allmählich ein eindeutiges Jetzt-oder-nie-Gefühl, was den Umzug anbelangt.

Ich glaube, es hat etwas damit zu tun, dass mein dreißigster Geburtstag näher rückt und ich so wenige meiner Ziele erreicht habe. Wenn ich jetzt den Sprung wage und ein Baby bekommen will, rücken alle anderen Dinge in unendlich weite Ferne.

Ein Pluspunkt des Landlebens in Nutthill wäre, dass James nicht mehr so oft der Versuchung erliegen könnte, auf dem Heimweg von der Arbeit abends im Pub einzukehren. Und angesichts der vielen Arbeit in Haus und Garten würde er auch weder die Zeit noch das Geld für seine Treffen mit »den Jungs« am Freitagabend haben. Auch unser gewöhnlicher Theater- oder Kinobesuch mit anschließendem Essen im Restaurant müsste dann entfallen.

Ich fühle mich in großen, anspruchsvollen, teuren Restaurants ohnehin nicht wohl und hätte das Geld schon immer lieber für ein Häuschen gespart. Ich bin kein sehr geselliger Mensch. Ich liebe es ruhig und habe nach der Arbeit gern etwas Zeit zu schreiben, und ein Besuch im Museum oder in einer Kunstgalerie ist für mich der größte Genuss.

James' Freunde sind alle etwa zehn Jahre älter als ich und haben selbstsichere, gut gekleidete, langweilige Ehefrauen, von denen ich mich abhebe wie ein Papagei von einer Rotte Sperlinge. Sie sind alle durch die Bank gepflegt und mausgrau. Ein zweifarbiges Halstuch ist für sie schon der Gipfel des gerade noch Vertretbaren.

Ein Umzug so weit hinaus aufs Land würde uns außerdem Abstand zu James' schrecklichem ehemaligen Schulfreund Howard verschaffen, einem alternden Hippie, wie er im Buche steht. Howard wohnt seit kurzem wieder in London – nachdem er eine Weile auf einer Segelyacht angeheuert hatte, wo er vermutlich ungefähr so nützlich war wie ein Stück verrottetes Tau.

In der kurzen Zeitspanne, nachdem er in Capri das Boot im Stich gelassen hatte und bevor er dort des Landes verwiesen wurde, gelang es ihm, sich eine reiche Freundin zu angeln. (Ich hatte es nicht für möglich gehalten, dass er überhaupt wusste, dass es Genossen zweierlei Geschlechts gibt, aber da sieht man es mal wieder. Die Frau muss wohl geistesgestört sein.)

James mag vielleicht die Vorteile all dieser Pluspunkte nicht unmittelbar einleuchtend finden ...

Er setzte mich mitten am Nachmittag bei Mutter ab (noch ein Pluspunkt: eine gute Entfernung zwischen mir und meiner Mutter). Dann fuhr James zum Büro, um dort (angeblich) einige Papiere abzuholen. Allerdings gab ich ihm noch mit auf den Weg, dass ich ihn umbringen würde, wenn er nicht binnen einer Stunde zurück sei.

Ich verdrängte mannhaft den schändlichen Gedanken, dass er vielleicht nur seine frühere Freundin Vanessa treffen wollte, die seit einiger Zeit wieder als Sekretärin im Einsatz ist. Als sie nach ihrer Scheidung einen Job suchte, bat sie James, ein gutes Wort für sie einzulegen, und sie tat ihm so Leid, dass er seinen Onkel Lionel überredete, sie wieder einzustellen.

Er hat mir alles erklärt, sodass ich auch nicht im Geringsten besorgt oder eifersüchtig bin, weil er Vanessa jeden Tag in seiner Nähe hat, obwohl sie auch so eine spritzige Blondine ist. Mit der Spritzigkeit scheint es, wie man hört, allerdings nicht mehr weit her zu sein; James sagte, ihr Mann sei ein Rohling gewesen, und sie sähe verhärmt und *um Jahre* gealtert aus.

Mutter war ein wenig traurig und gekränkt, als er davonfuhr, und beinahe ebenso griesgrämig wie James, als ich ihr das Häuschen beschrieb. Ihre Lebensgeister erwachten erst wieder, als er zurückkam und wie ein ausgehungerter Wolf über die kindischen Leckereien herfiel, die für sie zu einem Geburtstag gehören.

Dann wurde der Kuchen aufgetischt, und wir mussten »Happy Birthday« singen; James und Mutter versuchten, ihren Gesang aufeinander abzustimmen, und nur Granny schoss quer, indem sie den Fernseher für *Top of the Pops* etwas lauter stellte.

Mutter versucht ständig, alle Welt davon zu überzeugen, dass Granny langsam den Verstand verliert, aber ich finde, dass jeder, der im Stande ist, einen Videorekorder zu programmieren, freien Zugang zur Mensa verdient hätte.

»Das kannst du doch unmöglich sehen wollen, Maud!« Mutter hatte ihre Gesangsdarbietung ärgerlich unterbrochen.

Granny riss sich nur kurz vom Bildschirm los. »Warum nicht?«, fragte sie streitlustig. »All die komischen Kleider und die unanständigen Tänze. Das Beste, was die Kiste zu bieten hat.«

Sie wandte ihren gierigen Blick wieder den Hüften schwingenden jungen Männern zu, die enorm ausgebeulte Hosen und nackte Oberkörper zur Schau stellten. »Ha! Ich habe mehr Haare auf dem Handrücken als diese armen Jungen auf der Brust. Und das soll ein Bart sein? Babyflaum!«

Mutter seufzte leidgeprüft und verdrehte ihre babyblauen Augen himmelwärts: »So was Vulgäres«, flüsterte sie. »Lieber James, sie ist ja so ein Kreuz für mich – und wird von Tag zu Tag seniler.«

Das würde ich nicht unterschreiben, obwohl Granny sich in jedem Fall in rasantem Tempo wieder ihren Wurzeln nähert, die in Yorkshire liegen.

James drückte Mutter die Hand. »Wenigstens hat sie dich, die sich um sie kümmert, Valerie«, meinte er. Ich fand das ziemlich heftig, wenn man bedenkt, dass von den beiden Witwen, wie James sehr wohl weiß, Mutter die leichtsinnigere und verschwenderischere ist. Aber Mutter ist eine dieser zarten, ätherischen, zerbrechlichen Frauen, die eine bestimmte Sorte Mann anzusprechen scheint. (In Wirklichkeit ist sie zäh wie altes Leder.) Sie gibt haufenweise Geld, das sie nicht hat, für Schönheitskuren, Make-up und Kleider aus, was der Hauptgrund für Grannys Entschluss war, zu ihr zu ziehen und das Kommando zu übernehmen.

Sie hatte sicher geglaubt, Mutters Probleme lösen und sie dann sich selbst überlassen zu können, während sie den Rest ihrer Tage in dem Bungalow verlebte, den sie sich ausgesucht hatte. Aber wie sie bald herausfand, war Mutter die reinste Sisyphosarbeit – ein hoffnungsloser Fall.

Sie hatte Mutter wenigstens zweimal aus größeren finanziellen Schwierigkeiten helfen müssen, und inzwischen gehört Granny sogar das Haus. Es trifft sich also ganz gut, dass Großvater Juwelier war und viel Messing hatte, wie Granny es nennt. Er war ein freigebiger Mann, sagt sie immer, obwohl sie nicht preisgibt, wie freigebig genau.

Mutter hat bis heute nicht begriffen, dass sie der von Granny betreute Senior ist und nicht umgekehrt; sie erzählt jedem, sie versuche, der alten Dame ihre verbleibenden Jahre der Ruhe möglichst schön zu machen.

Granny zeigt bisher aber kaum Anzeichen von Ruhe.

Also drückte Mutter James jetzt in echter Dankbarkeit die Hand und klimperte ihn mit mascaraschweren Augenlidern an: »Der liebe James – so verständnisvoll. So klug.«

Grannys Taubheit zeigt erstaunliche Schwankungen, und zwar völlig unabhängig davon, ob sie ihren Hörapparat ein- oder ausgeschaltet hat. Jetzt bemerkte sie, ohne den Kopf zu drehen: »Der liebe James weiß, auf welcher Seite sein Brot gebuttert ist, genau wie du. Er…«

Sie hielt so plötzlich inne, dass ich erschrocken in meinem Stuhl herumfuhr, nur um festzustellen, dass ihre Aufmerksamkeit vom Anblick eines dunklen, extrem kantigen Gesichts auf dem Fernsehschirm gefesselt wurde. Eines vertrauten, sehr männlichen Gesichts, eingerahmt von langem, pechschwarzem Haar mit Augen so grün wie Kleeblätter.

»Da laust mich doch der Affe, Tish!«, stieß sie hervor. »Ist das nicht Fergus, der damals nebenan wohnte – der, für den du so eine Schwäche hattest? Also, das nenne *ich* einen Mann!«

»Fergal«, verbesserte ich sie automatisch. Und er war das gewesen, was auch ich einen Mann nannte, bis ihn Ruhm und Reichtum in die Ferne gelockt hatten und er ohne einen Blick zurück auf und davon gegangen war. Inzwischen habe ich meine Meinung über ihn geändert.

Trotzdem war es ein seltsames Gefühl, ihn im Fernsehen singen zu hören, die strahlenden Augen unnahbar und verschleiert. Und das Gefühl in meinem Magen wurde noch komischer, als die Gitarren einsetzten und Fergal geschmeidig über die Bühne sprang. Man sah ihm sein Alter nicht an, und die Jahre schienen seinen mannigfaltigen Talenten keinerlei Abbruch getan zu haben.

In *Top of the Pops* schien er allerdings fehl am Platz zu sein, da Goneril eher eine Kultband als eine des Mainstream ist. Eine Art Mischung aus keltischer Volksmusik und Heavy Metal und ... Ich denke schon wie das Groupie, das ich nie war.

Mir wurde langsam bewusst, dass die Unterhaltung am Tisch erstorben war, und ich spürte, wie James' Blick argwöhnisch zwischen dem Fernseher und mir hin- und herschwenkte wie eine Art Radar, aber bevor Fergal nicht vom Bildschirm verschwunden war und Aufnahmen des begeisterten Publikums an seine Stelle traten, konnte ich mich einfach nicht von seinem Anblick losreißen.

Es musste die Überraschung sein.

»*Du* bist mit Fergal Rocco gegangen?«, verlangte James ungläubig zu wissen. »Das hast du mir nie erzählt!«

Es war eine Erleichterung festzustellen, dass ich meinen Kopf wieder bewegen konnte. »Ach? Ich habe dir aber sicher erzählt, dass ich einmal mit einem Mann zusammen war, der mir sehr wehgetan hat und ...«

»Ja, aber du hast nicht gesagt, dass *er* es war.«

»Nun, ist das wichtig? Das war doch eine Ewigkeit, bevor ich dich kennen lernte. Seine Eltern hatten das Haus neben unserem gemietet, und ich lernte ihn kennen, als er sie einmal besuchen kam. Wir ... sind gewissermaßen zusammengeprallt. Aber dann wurde er berühmt und ist auf und davon, und ich bin auf die Universität gegangen und habe dann dich kennen gelernt, Liebling.«

»Zumindest war er ein Mann und kein Weichei«, sagte Granny mit einem vernichtenden Seitenblick auf den armen James. »Das erste Mal, dass ich dachte, das Mädchen könnte vielleicht doch etwas von den Thorpes mitbekommen haben, als sie sich mit ihm einließ.«

James starrte sie so empört an, dass ich beinahe kichern musste.

»Ein Ausländer – ich mochte ihn nie«, erklärte Mutter steif und ohne auf Grannys Bemerkung einzugehen, obwohl sich ihre Wangen etwas gerötet hatten. »Die ganze Familie war unmöglich. Man konnte seine Eltern noch sechs Häuser weiter schreien hören. Und man sieht ja, was aus ihm geworden ist – steht ständig wegen irgendwelcher Skandale in der Zeitung, und immer mit irgendeinem billigen Mädchen im Schlepptau.«

»Er war kein Ausländer«, wandte ich schwach ein. (Und ganz bestimmt traf die Beschreibung *billig* auf keins der Mädchen zu, von denen ich im Zusammenhang mit ihm je gehört hatte.) »Sein Vater ist gebürtiger Italiener – Rocco, von der Restaurantkette Rocco –, aber seine Mutter ist Irin, und Fergal ist in London geboren.«

»Das sage ich doch – ein Ausländer«, erwiderte Mutter triumphierend und rief mir all ihre wenig liebenswerten Taktiken in Erinnerung, mit denen sie versucht hatte, meine Liebe zu Fergal zu ersticken. Es hätte natürlich ohnehin nicht gehalten: Romeo und Julia verliebten sich, wurden erwachsen, stritten und trennten sich. Julia wurde eine gelangweilte Vorstadthausfrau, die zum Spaß Liebesromane schrieb, und Romeo ein von Drogen gezeichneter, sexbesessener Rockstar.

Wie bei Shakespeare, nur nicht so viele Tote.

Und alles Schnee von gestern.

James glotzte mich immer noch an, als hätte ich zwei Köpfe; also lächelte ich etwas nervös und versuchte, möglichst schnell das Thema zu wechseln.

»Wollen wir nicht den Kuchen anschneiden? Die Kerzen sind ja schon ausgeblasen. Und was ist mit dem Geschenk, das du erst auspacken wolltest, wenn James wieder zurück ist, Mutter?«

Es war wirklich nicht schwer, sie abzulenken. Sie wandte sich sofort ihrem Päckchen zu, und das Thema Fergal wurde dankenswerterweise fallen gelassen.

Im Auto war James sehr still, was mir gelegen kam, da der Anblick des echten Fergal in Aktion in mir doch ganz eigenartige Gefühle hinterlassen hatte. Sonst sehe ich ja nur die entschärfte Version, die ihr eigenes Leben in einem speziell dafür eingerichteten Gehege in meinem Kopf führt und von der ich mich einige Jahre lang vampirisch ernährt habe, um mich mit Stoff für meine Romane zu versorgen.

In Wahrheit sollte ich Fergal dankbar dafür sein, dass er mich so herzlos abserviert hat. Immerhin hat er mich dadurch auf den Weg einer echten Charakterbildung geführt – selbst wenn mir dieser Weg manchmal wie eine abwärts gerichtete Spirale vorkam –, der darin gipfelte, dass mein erster Liebesroman angenommen wurde und ich in James' kräftiger, attraktiver Gestalt echte Verlässlichkeit kennen lernte. Es war daher ein kleiner Schock, als der liebe, gute, verlässliche James das Schweigen brach und säuerlich bemerkte: »Dieser Exfreund von dir – wie hieß er noch? Rocca?« Er lachte, aber es klang mehr wie ein angewidertes Schnauben. »Ich schätze, sie nehmen alle einen neuen Namen an, aber *Rocca*...«

»Rocco, James. Und es ist sein richtiger Name.«

»Das weißt du natürlich, nicht wahr, als Freundin des großen Stars? Merkwürdig, dass du das nie vorher erwähnt hast, oder? Wenn deine Großmutter nicht die Katze aus dem Sack gelassen hätte, würde ich immer noch im Dunkeln tappen.«

»Genau wie die Katze«, sagte mein unglückseliger Mund, der sich nicht immer an mein Gehirn wendet, bevor er loslegt.

James' Miene wurde noch düsterer, sodass ich hastig beschwichtigend hinzufügte: »Also wirklich, James, es gab keine Katze, die aus dem Sack gelassen werden musste, wenn du damit ein sündiges Geheimnis meinst. Wenn ich gewusst hätte, dass eine detallierte Liste all meiner Exfreunde dich glücklich machen würde, dann hätte ich dir eine gegeben.«

»Du *hattest* keine anderen Freunde. Das hat Valerie mir erzählt.«

Es ärgerte mich, das er und meine Mutter meine Eignung für ihn diskutiert hatten (sie wird ihm wahrscheinlich versichert haben, dass ich nur wenig gelaufen bin, praktisch nur einmal rund um den Block, niedriger Kilometerstand und praktisch eine neugeborene Jungfrau). Und es missfiel mir, dass es wichtig sein sollte, mit wem sonst ich zusammen gewesen war. Ich wette, Mutter hat auch versucht, ihn über meine unattraktiveren Seiten hinwegzutrösten: das heißt, meine Größe (ich trage immer flache Schuhe), das eingedellte Kinn (Mutter nennt es ein Grübchen) und die merkwürdige Farbe meines Haars (rotblond).

»Ich hätte gar nicht gedacht, dass du Fergal Roccos Typ bist. Er ist ja so extrovertiert und wild, und du bist so prüde wie Schneewittchen und Rotkäppchen in einer Person«, fügte er unversöhnlich hinzu.

»Prüde? Ich bin nicht prüde!«, rief ich gekränkt und wütend. »Außerdem hast du mir bei deinem Heiratsantrag gesagt, dass dich vor allem meine Häuslichkeit und meine Reserviertheit angezogen hätten.«

Und mit dem plötzlichen Blitzstrahl einer verspäteten Erkenntnis begriff ich, dass er just eine prüde Frau gesucht und geglaubt hatte, sie in mir gefunden zu haben, da ich mich ja so ruhig und fleißig meinem Studium und meinen Romanen gewidmet hatte – und außerdem Kleider in gedeckten Farben trug. Ich muss ihm als genau das ruhige, fleißige Mädchen erschienen sein, das er auf Anraten seines Onkels Lionel heiraten sollte – vorsichtshalber, da keiner von ihnen über die Fähigkeit verfügt, ein »gutes Mädchen« von einem »bösen Mädchen« zu unterscheiden. (Möglicherweise weil es diesen Unterschied heutzutage nicht mehr gibt.)

Ein nettes, ruhiges, formbares junges Mädchen ... Er hatte bloß den Umstand übersehen, dass ich meine Ruhe einer Härtung durch Feuer verdankte.

Jetzt blickte James finster über das Steuerrad hinweg nach vorn. »Es ist leicht beunruhigend, plötzlich entdecken zu müssen, dass die stille Bibliothekarin, die man geheiratet hat, die ehemalige Freundin eines berüchtigten Rockstars ist, und ich kann dir versichern, dass Lionel und Honoria dich nicht so herzlich in der Familie aufgenommen hätten, hätten sie das gewusst.«

»Wenn die Aufnahme herzlich war, möchte ich nicht erleben, wie sie auf jemanden reagieren, den sie missbilligen.«

»Das wirst du vielleicht bald, wenn sie diese Geschichte herausbekommen.«

»Mir leuchtet nicht ein, warum sie das sollten. Oder warum ihre Billigung nötig sein sollte.«

»Natürlich ist sie das! Ein Anwalt braucht die richtige Frau. Einen Einwand hatten sie allerdings schon damals; dass du nämlich einen grässlichen Geschmack hast, was Kleider anbelangt. Sie meinten aber, das würde sich vielleicht mit ein wenig Anleitung ändern lassen.«

»Wie überaus gütig von ihnen!«

Honoria trägt immer Sachen aus haarigem Tweed, die eine gewisse Ähnlichkeit mit Sackleinen haben, und dazu Seidenblusen. Vielleicht *weiß* sie ja nicht, dass sie etwas auf der Haut trägt, dass aus dem Hintern einer Raupe kommt?

Ich erinnere mich noch, wie Lionel und Honoria zum ersten Mal Granny trafen. Mutter hatte es bis dahin geschafft, sie versteckt zu halten.

James muss ihnen von ihr erzählt haben, denn sie luden uns alle zusammen in das protzige, steife Restaurant ein, das sie für Vergnügungen wie das Kreuzverhör zukünftiger Anverwandter bevorzugen.

Zunächst einmal waren sie anscheinend wie elektrisiert gewesen durch die Größe und überwältigende Menge von Grannys Diamanten. Granny pflegte sich eine Auswahl davon über den wogenden Busen an ihr Kleid zu stecken – verteilt, wie es der Zufall wollte. Sie sagt immer: Wer hat, der hat und soll es auch zeigen.

Die Diamanten waren der Grund, warum Lionel und Honoria mannhaft versuchten, Granny selbst dann noch höflich zu behandeln, nachdem sie den Kellner hergerufen und ihn, auf ihre Suppe deutend, gefragt hatte:

»Als was bezeichnen Sie das?«

»Hühnersuppe, Madam«, hatte der Mann hochmütig erwidert.

»Wenn diese Suppe je ein Huhn gesehen hat, dann ist es auf Stelzen hindurchgelaufen.«

»Wie drollig Ihre liebe Großmutter doch ist«, ließ mich Honoria leise wissen. »Ein echtes Original. Sie sind Ihr einziges Enkelkind, nicht wahr?«

»Was? Oh, ja, Dad war ihr einziges Kind«, sagte ich unbestimmt und fragte mich, warum ich mich für Mutter so oft genierte, was mir bei Granny noch nie passiert war.

Granny ist klug, scharfsinnig, freundlich und liebevoll, und wenn sie weder Allüren noch Dünkel hatte, dann war das für mich kein Manko. Sie selbst sagt immer, die Leute aus Yorkshire seien so gut wie alle anderen und besser als die meisten.

Ich musste plötzlich wieder an James' Gesichtsausdruck denken, als Granny dann ein Rezept für eine Hühnersuppe aufschrieb und den Kellner anwies, es dem Küchenchef zu bringen. Ich lachte leise auf, bis mir klar wurde, dass James sich immer noch mit meinem Sinn für angemessene Kleidung beschäftigte. Das heißt, mit meinem Mangel desselben.

Sein Fahrstil wurde davon nicht besser.

»Nicht dass sich dein Geschmack auch nur einen Deut verbessert hätte«, meinte er gerade. »Das Schwarz, das du ständig getragen hast, war ein bisschen düster, aber warum musst du jetzt ins andere Extrem fallen?«

»Weil ich glücklich bin und leuchtende, fröhliche Farben tragen möchte, solange ich noch jung genug dafür bin.«

»Vermutlich mochte Fergal Rocco dich in grellen Kleidern?«

Er mochte mich am liebsten ganz ohne Kleider.

Ich schaffte es gerade noch, meinen Mund zuzuklappen, bevor die Pferde mit mir durchgingen, und nach einem kurzen Krampf, währenddessen meine Lippen sich stumm kräuselten, brachte ich es fertig, mit überlegener Selbstbeherrschung zu sagen: »Hör mal, ich bin nur ein paar Monate mit ihm zusammen gewesen. Dann ging Goneril nach Amerika auf Tournee, und Fergal ließ mich fallen wie eine heiße Kartoffel. Danach habe ich nie wieder etwas von ihm gehört oder gesehen. Zufrieden?«

»Du hast ihn danach nie mehr gesehen?«

»Nein!«

Nur in meinen Träumen.

Man kann nur hoffen, dass James nicht das plötzliche Verlangen übermannt, eins meiner Bücher zu lesen (so unwahrscheinlich das auch sein mag), in denen alle Liebhaber Umgestaltungen und Variationen von Fergal sind.

Tish, der literarische Vampir.

Frankenstein Tish, die jedes Mal aus den besten Teilen des alten Fergal (und es gab einige vorzügliche Teile) einen neuen schuf, der ihrer Fantasie entsprang. (Und meine Fantasie funktioniert gut. Gespenstisch gut.)

Ob der echte Fergal wohl jedes Mal blass und unruhig wird, wenn ich einen neuen kreiere? Der Gedanke, dass ich seine Batterien entlade, würde mir gar nicht gefallen ...

Wem will ich etwas vormachen? Es würde mir sehr wohl gefallen.

Geschähe ihm ganz recht. Immerhin hat er mir das Herz gebrochen.

Mit einem hochdramatischen Schlenker fuhr James bei uns vor und stapfte schweigend davon, ohne mir die Wagentür zu öffnen. Das war eine der altmodischen Höflichkeiten gewesen, die ihn mir einst so sympathisch gemacht hatten.

Ich hoffe nur, er wird nicht weiter darüber nachgrübeln. Ich verstehe nicht, warum es ihn so aufbringt; er weiß doch, dass ich nicht in einem Elfenbeinturm gelebt habe, bis er des Weges kam. (Vielmehr in dem Betonturm eines Studentenwohnheims – der Drang, Mutter zu entkommen, hatte mich überwältigt.)

Vielleicht passt Fergal einfach nicht zu dem Bild, das James sich von mir gemacht hat?

In letzter Zeit hatte ich manchmal den Eindruck, dass dieses Bild auch nicht besonders gut zu *mir* passt.

Ich weiß bis heute nicht genau, wieso ich James eigentlich geheiratet habe!

Ich war nämlich gar nicht auf der Suche nach dem richtigen Mann fürs Leben. Ich hatte nicht mal Torschlusspanik!

Ich weiß noch, wie ich ihm ganz offen erklärte, in meinem Leben sei der Wurm und ich habe vor, mich in die Stille des Landlebens zurückzuziehen und der Schriftstellerei zu widmen, und dass er erwiderte, er habe ebenfalls schon immer auf dem Land leben wollen. (Seine Selbstversorgungsphase.) Dann schlich er sich gewissermaßen mittels Blumen, Pralinen und anderem Zeug langsam bei mir ein. Spontaneität war ihm nicht in die Wiege gelegt worden, aber Verlässlichkeit sehr wohl: Er war immer da.

Die Tatsache, dass er älter war, verlieh ihm etwas Souveränes und Kultiviertes. Und es ließ ihn attraktiv erscheinen, wenn auch nicht aufregend, aber das war nach Fergal eher ein Pluspunkt: Aufregung hatte ich genug gehabt. Kurzum, es stand ihm gewissermaßen auf die Stirn geschrieben: Zum Heiraten wie geschaffen, bereit zur Familiengründung.

(Ich weiß nicht, was mir auf die Stirn geschrieben stand, es muss jedenfalls irreführend gewesen sein.)

James war in vieler Hinsicht furchtbar konventionell, und im Rückblick glaube ich, dass er dachte, ich sei es ebenfalls. Ich war so still und häuslich nach Fergal.

Während ich diesen Gedanken nachhing, wurde der Wagenschlag plötzlich aufgerissen, und ich wäre hinausgefallen, hätte ich nicht noch meinen Gurt umgelegt gehabt.

»Hast du vor, die ganze Nacht mit Tagträumen von deinem Ex im Auto zu verbringen, oder kommst du ins Haus?«, wollte James mit eisigem Sarkasmus wissen.

Oje.

Über seine Schulter hinweg sah ich etwas wie einen riesigen, lebendig gewordenen weißen Kaminvorleger über das Geländer springen und in die unbekannte Dunkelheit verschwinden.

»Bess ist wieder mal ausgebüxt, James«, sagte ich mit einem verbindlichen Lächeln.

ROCCO ERSCHÜTTERT DIE KUNSTWELT.

Sun

Sehen wir hier den neuen Renaissancemenschen?

Sunday Times

Das Bild ist vier Fuß im Quadrat groß.

Wenn man zurücktritt, schwimmt sie einem aus grünen Tiefen entgegen.

Tritt man heran, ist sie fort.

Die Dame verschwindet.

Die Galerie ist gut besucht dank der Zeitungen, die endlich eine Verbindung zwischen Fergal Rocco, dem (berüchtigten) Sänger/Liedtexter, und Rocco, dem Maler, hergestellt haben.

Wenigstens waren die meisten Kunstkritiker freundlich. Die Galerie verkauft meine Arbeiten bereits, seit ich das Royal College of Art verlassen habe, ohne viel Aufhebens darum zu machen, sodass es jetzt wenigstens nicht heißt: »Rocksänger glaubt, er könne malen«. Das hätte mich auch echt angekotzt.

Es gibt zwei Dinge, mit denen es mir ernst ist: meine Malerei und meine Musik.

Es waren einmal drei...

»Ach, Fergal, du bist so klug«, seufzt Nerissa und schaut zu mir auf. Ein Gesicht wie eine samtweiche, unschuldige Blüte. »So viele verborgene Talente.«

Sie ist klein, hübsch und gut gebaut, und nach ihrer kurzen erlesenen Liste früherer Eroberungen zu urteilen ist Ruhm bei einem Mann für sie ein mächtiges Aphrodisiakum. Neunzehn und verdorben genug für zwanzig und etwa so entschlossen wie Scarlett O'Hara, zu bekommen, was sie will. Sie hört sich auch genauso an wie Scarlett, wenn sie mich rumkriegen will.

Der liebe Daddy hat ihr immer alles gekauft, was sie haben wollte – bis jetzt. Bei mir wäre er wohl zum ersten Mal ein bisschen bockig geworden, selbst wenn ich käuflich gewesen wäre, was ich aber nicht bin. Ich stehe nur für eine befristete Pacht zur

Verfügung. Nerissa ist etwa so alt, wie Tish es war, als ich sie das letzte Mal sah …

Tish.

Kommt wie eine Meerjungfrau aus dem grünen Bild geschwommen; tritt zögernd in die Galerie, wie durch mein Unterbewusstsein herbeigerufen.

Eine Minute lang glaube ich wirklich, sie ist ein Hirngespinst meiner Fantasie, während sie im Eingang verharrt und sich umsieht. Ihre Augen scheinen von der Helligkeit geblendet zu sein, gleiten dann über das Bild, vor dem ich stehe, dann treffen sich unsere Blicke. Es ist, als prallten wir wieder frontal zusammen, wie damals unter dem Baum.

Jemand hinter ihr berührt ihren Ellbogen, um an ihr vorbeizukommen, unterbricht unsere Verbindung, dann macht sie auf dem Absatz kehrt und ist verschwunden.

Ich merke erst, dass ich einen Schritt nach vorn gemacht habe, als Nerissas Gewicht an meinem Arm mich abbremst wie ein Notanker.

»Was ist los? Wo willst du hin?«

Ich merke, dass ich den Atem angehalten hatte, als wollte ich eine längere Strecke tauchend unter Wasser schwimmen. »Nirgends«, seufze ich. »Ich will nirgendwohin.«

Nerissas Blick flackert von dem Mädchen auf dem Bild hinter meinem Rücken zu dem jetzt verwaisten Eingang. Sie wird niemals eine Intelligenzbestie, aber ihre Instinkte sind scharf und zuverlässig.

»Das war sie – das Mädchen auf dem Bild, nicht wahr?«

»Das Mädchen auf dem Bild existiert nicht.«

Die Dame verschwindet. Schon wieder.

Sie war es.

Kapitel 3

Ausgemalt

Oh Gott! Welcher Teufel hat mich geritten, Fergals Ausstellung zu besuchen? Und wie hätte ich ahnen sollen, dass er dort sein würde, mehrere Tage nach der Eröffnung?

Es war reine (oder unreine) Neugierde – aber ich hätte ihr bestimmt nicht nachgegeben, wären da nicht, seit er von Fergal wusste, ständig James' miese, eifersüchtige kleine Bemerkungen gewesen. Er hatte mir sogar einen Bericht über die Ausstellung unter die Nase gerieben; es ist also alles *seine* Schuld.

Mein Herz geht immer noch wie eine Nähmaschine, obwohl ich wieder zu Hause und in Sicherheit bin, und mein Magen scheint sich in eine heiße Schlangengrube verwandelt zu haben.

Er hat mich ebenfalls gesehen. (Ach, verdammt und zugenäht!) So viele Leute, und in dem Augenblick, in dem ich in der Tür erscheine, teilen sie sich vor uns wie das Rote Meer vor Moses.

Es reichte, Fergal einmal anzusehen, und der Schmerz und die Kränkung sind so frisch, als wäre alles erst gestern geschehen. Und noch etwas anderes, etwas, dessen ich mich schäme: Leidenschaft, denke ich. All diese heißen Schlangen. Sehr biblisch.

Etwas, das ich für James nie empfunden habe.

Als sich unsere Blicke trafen, empfand ich das Gleiche wie beim ersten Mal, als ich aus großer Höhe auf ihn hinabstürzte – bloß dass er es damals genauso empfand, denn das weiß ich.

Dieses Mal erstarrte er sozusagen mit diesem alten Bild hinter sich, das er von mir gemalt hat, sodass ich über seine Schulter hinweg auf mich zuzustürzen schien.

Als träfe man seinen Doppelgänger von Angesicht zu Angesicht. (Allerdings hat er mein Haar aus irgendwelchen Gründen rot gemalt. Aber wenigstens erkennt mich so niemand.)

James geht nur in Kunstgalerien, wenn ich ihn dazu zwinge, und das werde ich bei dieser bestimmt nicht tun.

Der arme alte James, verlässlich wie ein Fels.

Ich darf meine Gefühle für James von diesem lächerlichen Wiederaufleben vergangener Gefühle nicht beeinträchtigen lassen.

Von Wut, von Leidenschaft, von was auch immer ich heimgesucht werden mag – geschüttelt, aber nicht aufgerührt –, ich kann es kanalisieren, auffangen, auf Flaschen ziehen und meine nächsten Bücher damit beleben. Von Liebe gefesselt – zwischen den Buchdeckeln.

Der gute alte James – er ist auf seine Weise ebenso gut aussehend, und wenn unsere Liebe eher von der Art ist, die ständig wächst, als eine, die plötzlich in Flammen ausbricht und dann schnell erstirbt, dann ist es doch nur umso besser, oder? Und selbst wenn er nicht der allerbeste Liebhaber ist (was mir wahrscheinlich gar nicht aufgefallen wäre, hätte ich nicht einmal den weltbesten Liebhaber *gehabt),* dann ist das nicht seine Schuld.

Oder?

Vielleicht ist er manchmal ein wenig festgefahren in seinem Denken und Tun, und er hat sich wirklich merkwürdig benommen, seit er von meiner schmutzigen Vergangenheit weiß, macht er mich auf jede Erwähnung Fergals in der Presse oder im Fernsehen aufmerksam.

Davon hat es übrigens eine ganze Menge gegeben, seit die Presse plötzlich dahinter gekommen ist, dass er seit Jahren, ohne viel Aufhebens davon zu machen, Bilder ausstellt und verkauft. Man sollte meinen, die Leute hätten Rocco den Maler mittlerweile mit Rocco dem Sänger in Verbindung gebracht, aber anscheinend haben sie das nicht getan, bis er sich mit dieser Ein-Mann-Ausstellung geoutet hat. Ich dachte immer, er hätte seine Malerei zur gleichen Zeit aufgegeben wie mich.

Ich weiß nicht, warum James ständig gehässige Bemerkungen über Groupies und Rockstars machen muss. Rede *ich* denn unaufhörlich von seiner ehemaligen Freundin Vanessa, die ihn sitzen ließ und einen anderen heiratete, nicht ohne James vorher hilfsbereit in Form von Bess, der blöden Hündin, Gesellschaft zu verschaffen *und* stockbesoffen auf meinem Hochzeitsempfang aufzutauchen, wo sie mich kritisch durch einen richtiggehenden Trauerkranz aus Rauch beäugte und die vernichtende

Bemerkung machte: »Er war immer schon auf der Suche nach einer Jungfrau, die er für seine Karriere opfern konnte. Sieht so aus, als kämst du seinem Ideal ziemlich nahe.«

Kuh.

(Klein, blind und temperamentvoll – wieder mal. Aber ein bisschen flittchenhaft: Sekretärin.)

Eines hatten wir jedoch gemeinsam, James und ich, wir waren beide sitzen gelassen worden.

Wir schienen überhaupt eine Menge gemeinsam zu haben ... nur dass es in letzter Zeit noch mehr Dinge zu geben scheint, die wir *nicht* gemeinsam haben, wenn Sie verstehen, was ich meine.

Wie bin ich denn nun eigentlich von der Galerie nach Hause gekommen? Ich habe keine Erinnerung daran, hatte also wohl auf Autopilot geschaltet, getrieben von dem Drang, in meinem dunklen Keller zu verschwinden wie ein verängstigtes Kaninchen in seinem Bau und mich für eine Weile ganz still zu verhalten.

Das heißt, still bis auf das gedämpfte Krachen und Heulen, mit dem Bess sich abwechselnd gegen die Küchentür wirft und ihren Wunsch nach meiner Gesellschaft kundtut, und das ohrenbetäubende Schweigen des Papageien Toby, mit dem er sich für die schauerlichen Kreischlaute rüstet, die er ausstoßen wird, sobald ich zu erscheinen geruhe.

Mit Toby werde ich schon fertig. Er kann seine Käfigtür öffnen und fliehen, was er auch häufig tut, aber ich möchte mal sehen, wie er sich durch zwei dicke Chenille-Decken kämpft, mehr brauche ich wohl nicht zu sagen.

Was Bess betrifft, die hat ihre eigenen Vorstellungen davon, wie wortloses Mitleid auszusehen hat: Sie stopft mir ihre nasse, bakterienverseuchte schwarze Nase in die Hand, die mich von jedem Gedanken ablenkt, da ich dann auf der Stelle losmarschieren und mir besagte Hand waschen muss. Eine Hundenase ist so unhygienisch: Wenn sie nicht gerade einem anderen Hund in den Hintern gesteckt wurde, war sie garantiert im eigenen Hintern. Sie verstehen.

Es ist schon merkwürdig, dass sich einem immer so profane Gedanken aufdrängen, wenn man unter Schock steht, nicht wahr? Gedanken an Bess und daran, dass man vergessen hat, etwas zum Abendessen aufzutauen, und wann James wohl von dem Besuch bei seinem Mandanten in Worcester zurück sein würde, und ob der heilige Geist diese seltsame junge Mormonin im dritten Stock wohl auch heute Abend wieder zu einem Versuch aufrufen würde, mich zu bekehren. Und all diese Gedanken führen in meinem Kopf eine Art trauriges Ballett auf, mit gedämpftem Glockengeläut im Hintergrund.

Ich könnte natürlich Bess dazu bringen, die Mormonin zu Tode zu besabbern. Tod durch Besabbern. Man würde sie dann wahrscheinlich heilig sprechen. Sie könnte auf den Buntglasfenstern mit tropfenden Kleidern abgebildet werden und mit jener ernsten, feierlichen Miene, die im Betrachter den Wunsch weckt, mit einem Luftgewehr um sich zu schießen.

Nach einer Weile drang das flackernde Licht des Anrufbeantworters zu mir durch, und ich beugte mich vor und drückte den Abspielknopf.

»Hi, James, Vanessa hier. Du hast deinen Filofax vergessen. Ich bringe ihn dir morgen früh schnell vorbei, falls du ihn am Wochenende brauchst. Es macht keine Mühe – ich bin praktisch um die Ecke. So gegen zehn? Bye!«

»Such dir selbst einen Ehemann, blöde Kuh!«, beschied ich den Anrufbeantworter, der daraufhin einen gedankenvollen Piepton von sich gab.

Bei der nächsten Meldung spitzte ich jedoch sofort die Ohren.

»Hier ist das Immobilienbüro Merry and Little. Wir rufen an wegen Ihres Gebots für das Objekt Dower Houses Nummer zwei in Nutthill. Ich freue mich, Ihnen mitteilen zu können, dass Ihr Angebot angenommen wurde. Würden Sie uns bitte so bald wie möglich zurückrufen?«

Das Cottage?

Mein Cottage?

Ein Teil meines Gehirns begann sofort, zusammenhängend zu arbeiten. Der Verkäufer hatte unser Angebot für das Cottage akzeptiert – ein Angebot, von dem James beteuerte, es sei lächerlich niedrig, und von dem er mit Sicherheit hoffte, dass es deswegen auf der Stelle abgelehnt werden würde.

Und rückgratloser Fisch, der ich bin, hatte ich ihm nicht widersprochen.

Statt mir die Dinge zu nehmen, die ich will, habe ich, wie mir scheint, die Dinge einfach passiv geschehen lassen – mit mir geschehen lassen. Die einzige Ausnahme bilden da natürlich die Romane. In diesem Bereich bringe ich die notwendige Entschlossenheit ohne weiteres auf, obwohl ich mich selbst immer eher als Schriftstellerin auf dem Lande gesehen hatte.

Und jetzt ist die Verwirklichung dieses ehrgeizigen Zieles also in Reichweite gerückt. Eine rosige Vision von einem Garten Eden steht mir lockend vor Augen: James, mit neu erwachtem Interesse an der Gartenarbeit, baut Gemüse an, während ich selbst im Licht eines Kaminfeuers Seite um Seite fülle, mit einem schlafenden Baby in einer antiken Holzwiege zu meinen Füßen. Eine Uhr tickt, aus der Ferne hört man das Muhen der Kühe, die gemolken werden, Vogelgezwitscher...

Und sogar ein eigenes Zimmer.

Nicht nur eine Tischecke zum Schreiben in einem dunklen Esszimmer, sondern ein Zimmer ganz für mich allein. Das kleine Schlafzimmer mit dem Giebelfenster, denke ich, das mit Blick auf den Park.

Es wird langsam Zeit, die Vergangenheit zurückzulassen und vorwärts zu gehen, zusammen mit James, in die Zukunft, die wir uns gewünscht haben.

Mir scheint es so verdammt lange gedauert zu haben, dorthin zu gelangen.

Verloren in diesem wohltuenden, elysischen Traum, war das jähe Aufflackern des Lichts eine schmerzlich verwirrende Störung.

James stand in der Tür und sah beinahe so erschrocken aus, wie ich mich fühlte.

»Tish? Warum sitzt du da im Dunkeln? Und warum hockt Bess in der Küche und heult?«

Wie gewöhnlich ließ er Mantel und Aktentasche fallen, wo er stand, damit die Heinzelmännchen sie aufheben konnten. Und sie tun es auch: Ich muss verrückt sein.

»Ah ... hallo, James. Ich habe ... nachgedacht.« Ich schnitt eine Grimasse, von der ich hoffte, sie würde wie ein erfreutes

Lächeln aussehen, da es schließlich nicht seine Schuld war, dass er plötzlich so nüchtern und unspektakulär aussah. Etwas Spektakuläres hatte ich *gehabt.* Bis zum Abwinken.

»Brauchst du denn Dunkelheit, um nachzudenken?«, fragte er verständnislos.

»Na, Licht braucht man hier bestimmt nicht – dir mögen all diese eierschalenfarbenen Wände ja gefallen, aber mir lassen sie das Innere meines Kopfes doppelt so attraktiv erscheinen wie alles hier im Raum, mal abgesehen von meiner Patchworkarbeit.«

Blink! Seine sandfarbenen Lider klimperten auf und ab, seine typische Geste, wenn er sagen wollte: »Ich nehme Ihre Bemerkung zur Kenntnis, aber sie ergibt keinen Sinn für mich.«

»War Bess schon draußen? Was hast du eigentlich gemacht?«

»Bess war noch nicht draußen. Ist sie nicht eigentlich dein Hund? Geh du mit ihr raus, mir ist es zu kalt.«

»Aber ich habe keine Zeit – ich treffe mich in einer Stunde mit Gary und Dave.«

»Oh, du gehst heute Abend nicht aus, James! Du bist doch gerade erst zurückgekommen.«

»Aber heute ist Freitag«, protestierte er, als wäre es eine Art unumstößliches Gesetz, freitags auszugehen.

Es war ein unumstößliches Gesetz. Der Freitagabend gehörte »den Jungs«.

Aber nicht mehr lange! Und ich werde nicht mehr lange die Heimsuchungen des grässlichen Howard erdulden müssen, der die Wohnung neulich zwei Stunden lang mit seiner Anwesenheit verseucht hat. (Er gehört nicht wirklich zu »den Jungs«, er ist mehr eine Ein-Mann-Show.)

»Unser Angebot für das Cottage in Nutthill ist akzeptiert worden, die Nachricht war auf dem Anrufbeantworter.«

Er sah mich entsetzt an. »Aber …«

»Ist das nicht wunderbar, Darling? Genau das, was wir suchen, und noch dazu zu einem so niedrigen Preis. Das war wirklich clever von dir!« (Und jetzt noch eine Portion Süßholz.)

»Also, ich …«

»Das heißt, dass wir noch Geld für die Einrichtung übrig haben und um die Böden abstrahlen zu lassen und solche Dinge. Ich rufe gleich morgen früh an und gebe dem Immobilienfritzen grünes Licht.«

»Ja ... aber, Tish, hör mal, lass uns erst noch mal nachdenken, bevor wir voreilig handeln.«

»Ich habe nachgedacht. Wir kaufen das Cottage.«

Er hatte immer noch alle möglichen idiotischen Einwände, als er das Haus verließ, also machte ich ihm gründlich einen Strich durch die Rechnung, indem ich sofort die Rosens anrief, ein junges Paar, mit dem wir während des letzten Jahres gelegentlich über einen möglichen Verkauf unserer Wohnung verhandelt hatten. Die beiden hatten immer noch nichts gefunden, was sie sich leisten konnten und was ihnen besser gefiel, und waren ganz aus dem Häuschen, als ich ihnen von unserem Entschluss erzählte.

»Schnuckelchen ist ja so aufgeregt!«, gurrte Charlie. (Ich veräpple Sie nicht – die beiden müssen das Ekel erregendste Paar aller Zeiten sein.) »Sie hat ihr kleines Herzchen nämlich so an Ihre Wohnung gehängt, mein armer Liebling.«

Im Hintergrund hörte man zustimmendes Gemurmel von Schnuckelchen. Ich hatte die beiden zweimal als Paar erlebt (zweimal zu viel), und Schnuckelchen hatte mich davon in Kenntnis gesetzt, dass sie Model sei, obwohl ich mich frage, was für Mode eine einsfünfzig große Magersüchtige wohl vorführen mag. Wahrscheinlich Kindermode.

»Sie ist absolut entzückt«, vertraute Charlie mir an.

Und tatsächlich konnte man im Hintergrund mädchenhafte Freudenschreie hören.

»Ihre Wohnung ist so ein unbeschriebenes Blatt für sie – sie hat so viele wunderbare Ideen, was man damit machen könnte. Wir sind beide einfach hin und weg.«

Entschuldigung, dachte ich, aber dieses unbeschriebene Blatt ist rein zufällig mein Zuhause! Allerdings sah die Wohnung tatsächlich sehr kahl und langweilig aus, bis auf meine Patchworküberwürfe, die Körbe mit getrockneten Herbstblättern und die riesige, limonengrüne Pappmachéschale von Ikea.

James mag auf eierschalenfarbenen Tapeten bestehen, aber ich weigere mich kategorisch, in Zukunft weiterhin ein Eierschalenleben zu führen. Ich bin ziellos umhergeirrt und habe geglaubt, irgendwohin auf dem Weg zu sein, und jetzt habe ich endlich herausgefunden, wohin ich gehen will und wann: jetzt.

Ich muss unbedingt diesen Romanplot aufschreiben, bevor ich ihn vergesse: *Traumpfade zur Liebe*...

Fergal Rocco vor seinem froschäugigen Sprite-Sportwagen. Obwohl dies sein Lieblingswagen ist, hat er noch zwei Mini Cooper und einen Morris Traveller in seiner ziemlich exzentrischen Sammlung. Gegenwärtig sucht er nach einem Haus auf dem Land, mit mehr Platz für seine Autos…

Drive!

Mr. Rooney war ein mittelgroßer, unauffälliger Mann mit überraschend scharfen blauen Augen hinter dicken Brillengläsern, alles wichtige Eigenschaften für einen Privatdetektiv, vermute ich. Seine Empfehlungen sind jedenfalls blendend.

»Was haben Sie in Erfahrung gebracht?«, fragte ich, als er sich setzte und in seinem Notizbuch blätterte, bis er die richtige Seite fand, eine Prozedur, die einen feuchten Finger und mehr Zeit benötigte, als ich erübrigen konnte.

»Nun, Mr. Rocco«, sagte er endlich, »ich habe besagte Dame, wie von Ihnen gewünscht, kurz überprüft. Sie ist mit einem Rechtsanwalt namens James Drew verheiratet, Juniormitglied von Drew, Drune und Tibbs, und wohnt in einer Erdgeschosswohnung. Keine Kinder. Sie hat eine Teilzeitstelle in einer Universitätsbibliothek.«

»Sie ist Bibliothekarin?« Tish?

»Und sie schreibt.«

»Das klingt schon eher nach Tish. Gedichte, nehme ich an«, sagte ich, und eine flüchtige Erinnerung stieg in mir auf, die Erinnerung an lange Nachmittage in meiner Wohnung – ich malte, und Tish rang mit einem Gedicht, oder sie lag in einem Kreis ihrer Abiturbücher auf dem Teppich. Also war ich einigermaßen überrascht, als Mr. Rooney antwortete:

»Keine Gedichte, Mr. Rocco. Sie schreibt Liebesromane, unter dem Pseudonym Marian Plentifold.«

»Liebesromane?«

»Und sie scheint recht gut damit zu verdienen.«

»Zweifellos inspiriert von ihrem Mann«, erwiderte ich, und etwas in meiner Stimme veranlasste ihn, mir einen zweifelnden Blick zuzuwerfen.

»Mr. Drew scheint ein angesehenes Mitglied der Kanzlei zu sein, die von seinem Großvater gegründet wurde. Er ist unge-

fähr zehn Jahre älter als Mrs. Drew. Sein Vater lebt in Südafrika, zusammen mit seiner zweiten Frau und seiner Familie.«

»Aha – dann ist sie also glücklich verheiratet?«

Er stieß ein leises, trockenes Hüsteln aus. »Die allgemeine Meinung im Büro – die ich von einer der Sekretärinnen habe, einer gewissen Miss Sandra Walker – ist, dass er mit seiner Heirat für eine gewisse Enttäuschung gesorgt hat. Vor allem eine der Sekretärinnen hatte sich da wohl Hoffnungen gemacht; Mr. Drew und besagte Dame hatten über einen beträchtlichen Zeitraum hinweg eine Affäre miteinander. Sandras Meinung nach fand Mr. Lionel Drew, der Seniorpartner, dass die Dame nicht aus dem Holz geschnitzt sei, aus dem die Gattin eines Anwalts geschnitzt sein sollte. Sie heiratete später jemand anderes, ist jetzt aber geschieden und seit kurzem wieder bei der Kanzlei angestellt. Anscheinend hat sie dann ihre Angel abermals nach Mr. Drew ausgeworfen, hatte aber keinen Erfolg, sieht man mal von der Weihnachtsfeier der Belegschaft ab.«

»Was hat er denn bei der Weihnachtsfeier angestellt?«

»Er hatte etwas zu viel getrunken und zog sich mit Mrs. Vanessa Grey in den kleinen Fotokopierraum zurück.«

»Verstehe.«

»Es gibt vierunddreißig verschwommene Fotos von diesem Intermezzo.« Er reichte mir ein zusammengefaltetes Blatt hinüber. »Ich nehme an, in der Hitze des Augenblicks ... wie die Dinge lagen ... der Auslöser ...«

»Ja.« Nun, das Ganze konnte man wohl als Kavaliersdelikt abbuchen, verglichen mit dem, was ich mir in der Vergangenheit geleistet hatte. Aber andererseits bin ich nicht verheiratet. »Dann scheint er ansonsten also in der Lage zu sein, seine Hosen anzubehalten?«

»Ich habe nichts gefunden, was auf das Gegenteil hinweisen würde«, sagte Mr. Rooney tugendhaft, »und er versucht seither, sich von Mrs. Grey fern zu halten – sehr schuldbewusst und voller Angst, dass die Episode seiner Frau zu Ohren kommen könnte.«

Ich nehme an, ein Fehltritt sollte jedem gestattet sein. Oder eine Fotokopie.

»Das ist alles, was ich zu berichten habe, Sir. Soll ich die Angelegenheit denn nun weiterverfolgen oder nicht?«

»Nein. Nein, das genügt mir, vielen Dank«, versicherte ich ihm.

»Wer war denn das?«, erkundigte sich Carlo ein paar Minuten später, nachdem er ihm auf dem Flur begegnet war.

»Ein Privatdetektiv. Ich habe ihn damit beauftragt herauszufinden, was aus Tish geworden ist.«

Carlo hat große, dunkle Samtaugen und kann manchmal wie ein unaussprechlich trauriger Spaniel aussehen. Bei den Mädchen funktioniert das immer. Und so sah er mich jetzt an.

»Tish? Nach all den Jahren liegt dir immer noch etwas an ihr?«

»Nein, ich bin einfach nur neugierig geworden, weil ich sie neulich in der Galerie gesehen habe – ich nehme an, sie war auch neugierig, sonst wäre sie nicht zu der Ausstellung gekommen. Ich hatte einfach nur das Gefühl, dass ich gern wüsste, wie es ihr geht, was sie so macht.«

»Ja, und ich bin Titania, die Königin der Feen«, erwiderte Carlo skeptisch.

Ich grinste. »Na schön, ich dachte, das wären meine wahren Motive, nur kommt es mir jetzt so vor, als hätte ich mir tief innerlich gewünscht, dass sie todunglücklich und geschieden ist – du verstehst? Jedenfalls dass sie gerettet werden muss. Also, wie stehe ich jetzt da? Als absoluter Bastard?«

»Als menschliches Wesen. Darf ich daraus schließen, dass sie glücklich verheiratet ist und mit zwei Komma fünf Kindern in irgendeinem Vorort lebt?«

»Alles stimmt, bis auf die Kinder. Und sie schreibt inzwischen Liebesromane.«

»Wirklich? Also, wie geht es jetzt weiter? Willst du dich wie eine besonders gefährliche Spinne in ihr Leben fallen lassen und sie in dein Netz einladen?«

»Nein, natürlich nicht. Ich werde mich von ihr fern halten. Und mir gefällt deine Metapher nicht besonders, obwohl ich sie vielleicht benutzen werde. Ich habe eine Idee für einen neuen Song ...«

»Ob sie wohl manchmal eine seltsame Leere in sich spürt, weil du nach so vielen Jahren immer noch deine Inspirationen aus ihr beziehst? Hat der Detektiv eine Bemerkung darüber gemacht,

ob sie vielleicht wie die ausgetrocknete Hülse einer Frau aussieht?«

»Ha. Ha!« Ich lachte hohl. »Jetzt bin ich wohl auch eine Art Vampir.«

»Kannst du nicht etwas über Nerissa schreiben?«, fragte er neugierig.

»Sie ist eine Störung, zugegeben, und sie hält sich länger, als ich erwartet hätte. Aber Paps droht, ihren Monatsscheck zu kürzen, wenn er nur noch ein einziges Foto in der Zeitung sieht, auf dem seine Tochter mich begrapscht.«

»Sie wird bei dir einziehen, bevor du weißt, was dich gebissen hat.«

»Nein, wird sie nicht.« Ich warf mich in die Brust und nahm eine der typisch Garbo'schen Posen ein. »Ich möchte oft einfach nur alleiiin sein.«

»Ja, und genauso oft sagst du, dass du ruhiger werden und eine Familie gründen willst. Apropos, du hast doch nicht vergessen, dass ich heute Abend meine *Verlobung feiere?«*

»Natürlich habe ich das nicht vergessen. Aber ich will nur noch schnell diesen Song skizzieren, solange ich ihn noch im Kopf habe.«

Carlo sah mich trübsinnig an. »Okay, Hauptsache, du sitzt nicht hier rum und grübelst. Es ist sinnlos. Es gibt für niemanden ein Zurück.«

»Natürlich nicht. ›Das war in einem anderen Land, und außerdem, das Mädchen ist tot?‹«, gab ich leichthin zurück. »Etwas in der Art.«

Tot, zumindest für mich.

Kapitel 4

Ländliche Idylle

Dass Nutthill – das ›Wittumshaus‹ insbesondere – nicht ganz das ruhige Paradies meiner Fantasie sein würde, dämmerte mir an unserem ersten Morgen, als ich rüde aus einem tiefen Erschöpfungsschlaf gerissen wurde. Die Ursache war ein lautes, heiseres Brüllen wie von einem kranken Puma.

Mit hämmerndem Herzen setzte ich mich hin und sah mich mit wilden Blicken in dem fremden Raum um, in dem James und ich wie Überlebende eines Schiffbruchs mitten im Treibgut unserer irdischen Besitztümer lagen.

Ein gräuliches Februarlicht, das durch das vorhanglose Fenster fiel, zeichnete die Umrisse sämtlicher Gegenstände um mich herum nach; aber es war kein Puma darunter, weder ein kranker noch ein gesunder, und ich hatte mich gerade wieder dankbar in die warme Umarmung der Decke gekuschelt, als das Geräusch erneut zu hören war, noch lauter diesmal, bis es sich dröhnend und fauchend wieder entfernte.

Es musste ein Traktor gewesen sein – oder irgendetwas anderes.

Das war jedoch nicht das Erste, was mir am Landleben besonders aufgefallen war: Das hatte die Schiebetür zwischen Badezimmer und Küche in der vergangenen Nacht bereits auf besonders schmerzhafte Weise erledigt. Diese zusätzliche Barriere verdankten wir irgendeiner baupolizeilichen Spitzfindigkeit in Sachen Hygiene, die eine unmittelbare Nachbarschaft dieser beiden Räume zu unterbinden suchte, und obwohl der Slogan »Bakterien bleiben draußen« ganz nach meinem Sinn ist, leuchtet mir nicht ein, dass diese kleinen Biester sich von einer Schiebetür aufhalten lassen sollen.

Sobald das Brüllen draußen erstorben war, konnte ich die Vögel zwitschern hören, ein gedämpftes Gackern und ein schwaches, fernes Nebelhorn muhender Kühe. Die Mauern zwischen uns und unserer Nachbarin sind so dick, dass ich gestern während unseres Einzugs nichts von ihr gehört habe, obwohl ihre Gardinen wie verrückt hin und her zuckten, aber jetzt krachte nebenan eine Tür ins Schloss, und schlurfende Schritte tappten in Richtung Garten.

Das gedämpfte Gackern überschlug sich plötzlich zu wildem Schreien und Krähen, begleitet vom Klappern eines Eimers. Dann kehrten die langsamen Schlurfschritte zurück, die Tür krachte, und es wurde wieder still.

Abgesehen von den gerade freigelassenen Hennen natürlich und den Kühen und den Vögeln …

Ja, die Vögel …

Ich hatte erwartet – mit Freuden sogar –, von Vogelgezwitscher geweckt zu werden, aber was sich da gerade vor meinem Fenster ereignete, war alles andere als melodisch.

Eine Krähe vielleicht?

Ich werde es bald wissen, denn ich beabsichtige, die Namen aller wilden Vögel zu lernen, aller wilden Blumen und Bäume und der kleinen Geschöpfe des Waldes … mit Ausnahme der Insekten. In puncto Insekten habe ich absolut nicht die Absicht, »eins mit der Natur« zu sein.

Ich kuschelte mich abermals in meine Decke und versuchte, halb schuldbewusst, den Traum weiterzuträumen, den ich gehabt hatte, als der Puma mich weckte, der Traum in dem ich auf einer Waldlichtung lag, mit einem dunkelhaarigen, gut aussehenden Wildhüter neben mir. Sein warmer, durchtrainierter Körper, der sich an meinen drückte, war ganz …

»Urgh!«

Es gab ein plötzliches Erdbeben neben mir, gefolgt von einem nach Hausschwein klingenden Grunzen, dann tauchte ein sandfarbener Kopf aus dem Gewirr der Decken auf.

»Steh auf, James«, fuhr ich ihn ungehalten an, obwohl es nicht seine Schuld war, dass er nicht groß, dunkelhaarig und romantisch ist, weil das nicht die Eigenschaften waren, derentwegen ich ihn geheiratet hatte. (Und ich bin fest entschlossen, mich auf die Eigenschaften zu konzentrieren, derentwegen ich ihn geheiratet *habe* – jene Eigenschaften, die unter die Überschrift »zum Heiraten wie geschaffen« fallen und die unleugbare Ähnlichkeit mit einem Stück strapazierfähigem Dralon haben.) »Wir haben viel zu tun.«

»Waaa?« Er ließ ganz kurz einen Schlitz von einem leuchtend blauen Auge sehen. Manche Frauen bekommen gleich als Erstes ein »Guten Morgen, Liebling« oder sogar einen Kuss von ihren Ehemännern, aber James ist kein Morgenmensch.

Wenn ich so darüber nachdenke, ist er in letzter Zeit auch kein Abendmensch, aber der arme Kerl steht bei der Arbeit stark unter Druck, und dann noch der Umzug und alles – er schmollt immer noch wegen des Cottages, obwohl wir es so billig bekommen haben, dass man es praktisch als Investition betrachten kann.

Außerdem hat er die fixe Idee, dass ihm während der beiden letzten Monate ein kleiner, durchschnittlich aussehender Mann folgt, der manchmal einen kleinen roten Wagen mit Hecktür fährt. Wenn ich ihn beschwichtigend darauf hinweise, dass

a) jedes zweite Auto auf der Straße klein und rot ist,
b) er kaum wissen kann, dass es immer derselbe Mann ist, wenn dieser so durchschnittlich aussieht, und
c) wohl niemand daran interessiert sein kann, seine langweiligen Schritte nachzuvollziehen, es sei denn, ein Mitglied des Drogendezernats, das sämtliche Spezis des grässlichen Howard beschattet,

dann schnappt er plötzlich ein. Man könnte beinahe meinen, er *möchte* verfolgt werden.

Also kuschelte ich mich wieder an ihn und murmelte: »Oh, Liebling, der erste Morgen in unserem eigenen kleinen Cottage, noch dazu am Valentinstag.«

»Mmpf«, murmelte er und drehte sich um.

Da die Kaffeemaschine für den Abendbrottisch noch nicht ausgepackt war, hatte ich keine Entschuldigung, länger liegen zu bleiben. Während ich zaghaft die Füße auf den eisig kalten, nackten Fußboden setzte, kam Bess krallenklackernd herbeigelaufen, schwang sich in meine noch warme Hälfte des Bettes und sah mich mit einem sehr weiblichen Schlafzimmerblick selbstgefällig an.

»Miststück!«

Während ich meine Kleider von einem Karton nahm, schwor

ich mir, dass ich James diesmal nicht nachgeben würde, was den Hund betraf. Von heute Nacht an würde Bess in der Küche schlafen. Hunde im Schlafzimmer sind unhygienisch, außerdem sind drei definitiv einer zu viel.

Ohne Gardinen im Schlafzimmer fühlte ich mich gehemmt, obwohl hinter unserem Cottage nur der Park des hiesigen Herrenhauses liegt, von dem wir hier nicht einmal einen Schornstein sehen können. Trotzdem werde ich das Gefühl nicht los, dass ein Haufen Bauernjungs sich an unserem Zaun entlangdrückt, allesamt mit anachronistischen Ferngläsern in der Hand, die sie auf mein zitterndes, von Kopf bis Fuß mit einer Gänsehaut überzogenes Fleisch richten.

Es ist nicht einfach, Jeans und Pulli anzuziehen, wenn man drunter noch ein Nachthemd trägt, aber ich schaffte es irgendwie, dann ging ich die steile Treppe hinunter, die sich bei jedem Schritt – und manchmal auch ganz ohne Grund – mit einem Knarren beschwerte, ins Badezimmer.

Diesmal dachte ich rechtzeitig an die Tür.

Als ich durch die Küche kam, öffnete Toby, dessen Käfig wir einfach auf dem Küchentisch abgestellt hatten, ein kaleidoskopisches Auge und begann, mit zunehmender Stimmgewalt zu schreien: »Hallo! Hallo! HALLO! HALLO!«

Grässlicher Vogel. Selbst nachdem ich beide Türen geschlossen hatte, konnte ich ihn noch hören. Wahrscheinlich konnte ihn das ganze Dorf hören.

Das Badezimmer strahlt eine gewisse albtraumhafte Faszination aus: eine scheußliche Plastiktapete, die sich bereits von den Wänden löst, ein Linoleumfußboden mit Kieselsteineffekt und ein Duschvorhang aus Plastik mit einem glotzäugigen Goldfisch darauf, der in Fetzen von einer Haltestange rund um die Badewanne hängt.

Ich habe natürlich alles desinfiziert, aber das Badezimmer wird warten müssen, bis es an die Reihe kommt, denn es ist nur eins der Dinge, die erledigt werden müssen, bevor das Cottage so aussieht und sich so anfühlt wie das Landhaus unserer Träume. Oder jedenfalls *meiner* Träume, jetzt, da ich begriffen habe, dass James eher etwas in Richtung Bankdirektorenvilla vorschwebt. Aber er wird seine Meinung schon noch ändern, wenn er sieht, wie hübsch das Cottage in fertigem Zustand erst sein wird.

Es sieht jedenfalls viel größer aus ohne die Möbel des Vorbesitzers. All diese Stühle …

Nach einer schnellen Katzenwäsche – mit eiskaltem Wasser, da wir noch auf die Ankunft eines Ersatzteils für den Gasboiler warten – krempelte ich mir im Geiste die Ärmel hoch und stürzte mich in die Arbeit.

Schließlich hat Onkel Lionel James nur ein paar Tage freigegeben, und auch die nur widerstrebend. Und wir wollen noch sämtliche Fußböden abstrahlen und versiegeln und die Wände streichen. (Eierschale, seufz, aber ich beabsichtige, klammheimlich und heimtückisch Farben einzuführen.)

Toby hielt mitten im Schrei inne, als er mich sah, klammerte sich an einer Käfigstange fest und starrte mich mit wahnsinnigen Augen an. Dann stieß er das irrsinnige Kichern aus, das er im Allgemeinen für jene glorreichen Augenblicke reserviert, in denen es ihm gelingt, jemanden zu beißen, und bei dem ich immer daran denken muss, wie er Fergal einmal ins Ohr gebissen hat.

Ich zog hastig die alte Tagesdecke über den Käfig, und bis auf das wütende Knirschen eines Schnabels kehrte Stille in der Küche ein.

Der traurige, kalte cremefarbene Herd schien mir tadelnde Blicke zuzuwerfen, aber ich werde mich nicht mit einem Eimer schmutziger, von Spinnen besetzter Kohle abplagen. Ich werde auf meinen schönen neuen Gasherd warten, der heute geliefert werden soll.

Aber wahrscheinlich könnte ich aus dem alten Herd ein schönes Dekorationsstück machen, mit Kupfertöpfen und getrockneten Blumensträußen, die vom Handtuchhalter herunterbaumeln.

Alles war wieder ruhig und friedlich, so wie ich es mir immer vorgestellt hatte, und während ich Kaffee trank und Plätzchen aß, schrieb ich in meinem kleinen roten Notizbuch die dringendsten Arbeiten auf, die erledigt werden mussten. Mein Notizbuch ist eigentlich ein Tagebuch, aber ich bin kein Tagebuchschreiber wie Samuel Pepys (seine arme Frau!). James hat es mir zu Weihnachten geschenkt, fertig abgepackt mit einer Wollmütze und Handschuhen.

Es schien eine seltsame Kombination zu sein, aber eine, die dem typischen männlichen Last-Minute-Käufer gefiel, so wie diese Unterwäsche aus rotem Satin und schwarzer Spitze, die so kratzte und die sämtliche Empfängerinnen nach Neujahr gegen etwas umtauschten, von dem man nicht so leicht eine Blasenentzündung bekam.

Wenigstens kennt James mich gut genug, um mir nicht so etwas zu schenken. (Obwohl, wenn ich jetzt so darüber nachdenke, wann hat er mich je mit einer Wollmütze gesehen?) Und der arme alte Bursche schneidet, verglichen mit Pepys, doch noch ganz gut ab.

Das Klappern des Briefkastens kündigte die Ankunft von vier Valentinsgrüßen an: meiner an James, seiner an mich und Mutters für jeden von uns. Welch eine Überraschung!

Außerdem lag auf der Matte noch eine weniger willkommene Überraschung in Form eines Revolverblatts (ein Irrtum, nehme ich an, da wir noch keine Zeitung hierher bestellt hatten, und wenn wir es getan hätten, dann wäre es die *Times* gewesen). Die ganze erste Seite war, wie ich mit Entsetzen sah, Fergal Roccos letzten Heldentaten gewidmet, die auf den ersten Blick mit einem Springbrunnen und mehreren patschnassen Nonnen zu tun zu haben schienen.

Aus Angst, das Ding könnte bei James einen neuerlichen Anfall von schlechter Laune hervorrufen, stopfte ich es hastig in den Herd, davon überzeugt, dass er ihn niemals öffnen würde.

Nach dieser Aufregung warf ich James aus den Federn, und wir machten uns an die Arbeit.

Später, nach einem improvisierten Lunch aus Brot und Käse, zog er los, um etwas Farbe zu kaufen und den Sandstrahler für den Boden abzuholen, und ich ging in den Garten, um nach einem Mülleimer Ausschau zu halten.

Ich musste mir einen Weg durch ein Dickicht aus hüfthohem, abgestorbenem Gras bahnen. Den Mülleimer fand ich zwar nicht, aber der Blick über den wackligen Zaun auf den Park war die Strapaze durchaus wert: Schwarz-weiße Kühe grasten wie Spielzeuge aus Noahs Arche auf der hügeligen grünen Weide.

Ein paar schöne, große Bäume tüpfelten die Landschaft und hier und da ein Wäldchen. Das Ganze wellte sich sanft dem Horizont entgegen.

Es war schneidend kalt, zu kalt, um lange draußen zu bleiben, daher erstaunte es mich, dass ich bei meiner Rückkehr einen Zettel auf der Haustür kleben sah. Darauf stand zu lesen, dass die Männer vom Gaswerk da gewesen seien und, weil niemand aufgemacht hätte, mein »Haushaltsgerät« im Garten abgestellt hätten.

Und tatsächlich, mein wunderschöner neuer Herd stand verloren im Graupelregen, nur unzureichend mit einer Plastikplane verhüllt, wie ein Hippie bei einem verregneten Festival.

Die Männer konnten kaum ein einziges Mal angeklopft haben, denn Bess schlägt beim geringsten Geräusch an wie eine hysterisch gewordene Hyäne. Also deckte ich zuerst den Herd mit einer größeren Plastikplane ab und rief dann sofort beim Gaswerk an, um mich zu beschweren.

Meine Laune besserte sich nicht gerade, als ich von einer Person zur nächsten weitergereicht wurde, bis ich schließlich nur noch in den Hörer schrie, dass die Männer schleunigst zurückkommen und meinen Ofen einbauen sollten, sonst würde ich juristische Maßnahmen ergreifen.

Was meinte ich wohl damit? Was könne *ich* wohl gegen British Gas ausrichten?

Aber der Trick funktionierte, denn der Mann am anderen Ende der Leitung kapitulierte und versprach mir, am Nachmittag jemanden vorbeizuschicken.

»Und sagen Sie Ihren Leuten, sie sollen diesmal vernünftig an die Tür klopfen«, fügte ich noch zum Abschied hinzu, bevor ich den Hörer auf die Gabel knallte.

Es trug dann auch nicht zur weiteren Besserung meiner Laune bei, als ich das Lämpchen des Anrufbeantworters flackern sah und Vanessa, die Sekretärin, die Neuigkeit verkünden hörte, dass der große Bürofotokopierer wieder funktionierte.

Na und? Seltsamerweise war James auf *mich* sauer, weil ich nicht die ganze Zeit im Haus geblieben war, um auf die Leute vom Gaswerk zu warten. Aber wenn der Radarohr-Hund sie nicht gehört hatte, hätte ich sie wohl auch nicht gehört, es sei denn, ich hätte auf der Türschwelle gestanden.

Aber ich verzieh ihm, denn er hatte mir eine Schachtel mit herzförmigen Pralinen und dazu Blumen und Wein mitgebracht – wobei die Verbindung der beiden letzten Geschenke im Allgemeinen interessante Absichten signalisierte ...

Nur eine Stunde später kehrten zwei ziemlich trottelige Arbeiter zurück und installierten den Herd in der Küche, wobei sie gleich noch die Bodenfliesen zerstörten. Aber wie auch immer, ich bin dankbar, wieder einen Herd zu haben, der funktioniert.

Als Dreingabe und, wie ich vermute, als kleines Nebenprodukt meines telefonischen Wutanfalls tauchte keine halbe Stunde später noch ein anderer Mann auf und brachte das fehlende Ersatzteil für den Boiler, und nach einigen Flüchen und schrecklichen Gurgelgeräuschen nahm die Zentralheizung ihre Arbeit wieder auf.

Wer sagt, es zahle sich nicht aus, die Beherrschung zu verlieren?

Der Erste, der uns in unserem neuen Heim anrief – wenn man Vanessas Nachricht nicht mitzählt (die ich übrigens pflichtschuldigst an James weitergegeben habe, der sich über den reparierten Fotokopierer zu freuen schien) –, war natürlich Mutter, die wie Frischhaltefolie an mir klebt.

Ich werde nie vergessen, was für eine wunderbare Erleichterung es war, als ich seinerzeit erfuhr, dass James' Vater mitsamt Stiefmutter und mehreren kleinen Halbgeschwistern in Südafrika lebt und dass es ihm egal zu sein schien, ob ich die ganze Bande jemals kennen lerne oder nicht.

Mutter ist genug. Mehr als genug.

Als Erstes setzte sie mich davon in Kenntnis, dass sie nicht tief gekränkt sei, weil ich sie wochenlang nicht angerufen hatte, und dass sie und Granny trotz dieser Vernachlässigung meinerseits bestens zurechtkämen.

»Hör auf, dem Mädchen die Ohren voll zu jammern, Valerie«, rief Granny im Hintergrund. »Sie zieht gerade um!«

Mutter legte eine Hand über den Hörer – bedauerlicherweise über das falsche Ende – und zischte: »Sie könnte doch wenigstens anrufen, oder?«

»Tut mir Leid, dass ich diese Woche nicht angerufen habe, Mutter, aber ich hatte so viel mit dem Umzug zu tun.«

»Und dass du so weit weg ziehen musstest!«, klagte sie.

Es war nicht wirklich weit, aber da weder Mutter noch ich Auto fahren konnten, würden zukünftige Besuche etwas schwierig werden.

Granny würde ich jedoch vermissen.

»Ich habe mein kleines Mädchen monatelang nicht gesehen!«

»Es waren zwei Wochen, Mutter. Und vergiss nicht, dass wir wie gewöhnlich am Sonntag zum Tee kommen. Den Sonntagstee würde James um nichts in der Welt verpassen.«

»Der gute Junge! So ein netter, hart arbeitender Ehemann.«

»Und so ein Weichei!«, rief Granny von hinten, und ich grinste für ihren Geschmack. James ist zu höflich und ausgeglichen. Wenn er ihre Unhöflichkeit mit Gleichem vergelten würde, hätte er einen viel besseren Stand bei ihr, aber er verhält sich ihr gegenüber ungebrochen liebenswürdig und nachsichtig.

Und falls James jemals irgendwelche romantischen Absichten gehegt haben sollte, was unsere zweite Nacht im Cottage betraf, so war er, als wir ins Bett gingen, zu erschöpft, um diese in die Tat umzusetzen.

Die nächsten Tage verschmolzen zu einem gleichförmigen Brei aus Farbgerüchen, Sägespänen und Muskelkater, obwohl ich James am Mittwochnachmittag vom Haken ließ und zu einer Auktion schickte.

Die ehemaligen Möbel des Cottages sollten verkauft werden, und obwohl ich nicht unbedingt versessen bin auf Möbel aus zweiter Hand (es sei denn, es handelt sich um Antikes, das ist etwas anderes), hatten mir der große Küchentisch und der Schrank gut gefallen.

Ich gab James strikte Anweisungen, nicht über unser vereinbartes Limit hinauszugehen oder irgendetwas anderes zu kaufen, aber als er mit diesem einfältigen Ausdruck auf dem Gesicht nach Hause zurückkam, wusste ich, dass er genau das getan hatte.

Da er von einem Mann mit einem Lieferwagen begleitet wurde, der den Schrank und den Tisch trug, musste ich mich bezähmen, bis die beiden die Möbel hereingebracht hatten, und das Letzte, was aus dem Lieferwagen zum Vorschein kam, war ein alter Stuhl aus geschnitztem, goldfarbenem Holz mit Sitz und Rückenfläche aus feinem Rohrgeflecht.

Ein recht hübsches Stück.

»Wo wollen Sie den Nachtstuhl stehen haben?«, wollte der Mann wissen.

»Nachtstuhl?«, wiederholte ich verständnislos.

Er klappte die Sitzfläche hoch, und ein weißer, mit Blümchen bemalter Porzellantopf wurde sichtbar. »Sehen Sie? Der wird Ihnen so manchen langen, zugigen Weg durchs Haus ersparen!«

»Hübsch, nicht wahr?«, sagte James, der gerade aus dem Haus zurückkam, mit trotziger Miene. »Und für nur fünf Pfund.«

»Aber es ist ein *Nachtstuhl,* James. Den haben irgendwelche Leute jahrelang *benutzt!«*

»Oh, sei nicht so etepetete, Tish. Ich mache ihn sauber, und wir können den Porzellantopf als Blumentopf benutzen.«

»Nur über meine Leiche!«

Ich bezahlte den Mann mit dem Lieferwagen, der grinsend abzog, dann stürzte ich mich wieder in die Schlacht, doch James war fest entschlossen, das Ding zu behalten, und schmollte.

Aber der Stuhl wird in den klapprigen Gartenschuppen verbannt, bis er gereinigt und desinfiziert ist. Danach, und wenn der Deckel zugeschraubt ist, wird wohl niemand außer mir je erfahren, dass es sich früher einmal um einen Nachtstuhl gehandelt hat; ich dagegen werde immer die Geister hunderter ehemaliger Benutzer dort sitzen sehen, ihre bakterienverseuchten kleinen Hände auf die Armlehnen gelegt. In jenen Zeiten hielt man noch nicht viel von Hygiene.

Nachdem wir am Sonntag den schlimmsten Teil der Arbeit erledigt hatten – und uns selbst wahrscheinlich auch –, waren wir vollkommen erschöpft, und das Letzte, wozu wir Zeit und Lust hatten, war die weite Fahrt zu Mutter.

Als wir uns fertig machten, rief James, der sich vorm Spiegel das Haar bürstete, plötzlich aus: »Verdammt, ich habe immer noch Farbe im Haar – sieh mal.«

»Rede keinen Blödsinn, James. Das ist keine Farbe, das sind graue Haare«, informierte ich ihn nach einer oberflächlichen Untersuchung.

»Graue Haare!« Er erbleichte. »Unmöglich. Sind da noch mehr? Oh mein Gott, ich bin zu jung, um grau zu werden!«

»Es sind nur ein paar Strähnen hier und da«, versicherte ich ihm belustigt. »Wart es nur ab, du wirst richtig distinguiert wirken mit diesen grauen Strähnchen – und betrachte das Ganze doch von der positiven Seite: Wenigstens bekommst du keine Glatze.«

Das schien ihn nicht wirklich zu trösten, und ich ertappte ihn während der Fahrt zu Mutter ein paarmal dabei, wie er im Fahrerspiegel seine Haare untersuchte – was seinem Fahrstil nicht unbedingt zugute kam.

ROCKSTAR IN FLAGRANTI MIT NONNEN ERWISCHT!
Ist der ›Rocky Rocco‹ pervers?

Sun

Wir standen schon immer in dem Ruf, empörend skandalträchtig zu sein. Während der ersten Amerikatournee, nachdem ich herausgefunden hatte, dass Tish sich mit jemand anderem traf, habe ich alles getan, was man mir unterstellte, und noch mehr. Das gilt für uns alle. Wahrscheinlich war es das, was mich ernüchtert hat – die Erkenntnis, dass mein jüngerer Bruder Carlo, der ebenfalls bei der Band war, mit mir vor die Hunde ging.

Hywel, der sich um unsere Publicity kümmerte, setzte von Anfang an auf das Image ungezügelter Wildheit und machte einen Reklametrick daraus, und im Großen und Ganzen spielen wir einfach mit, obwohl wir im wirklichen Leben inzwischen ziemlich nüchterne Typen geworden sind.

Aber manchmal geht Hywel doch ein klein wenig zu weit.

Bei diesem Fototermin in Rom hat er sich wirklich selbst übertroffen und einen neuen Gipfel der Geschmacklosigkeit erklommen, und er brauchte eine ganze Portion Zungenfertigkeit und mehr als nur ein paar Lire, um mich nach diesem Video mit den Nonnen im Springbrunnen aus dem Gefängnis zu bekommen.

Es waren natürlich keine echten Nonnen, und jawohl, sie waren in der Tat pervers. (Der Nächste, der mich das fragt, fängt sich eine Ohrfeige.) Vielleicht war das der Grund, warum sie alle mit mir in den Springbrunnen gesprungen sind.

Es sollte eigentlich das Gegenstück zu dem Foto mit dem nassen T-Shirt werden – ich mit tropfnassen Kleidern im Springbrunnen. Nur dass ich am Ende sechs nasse Nonnen dabei hatte.

Wissen Sie, was Nonnen unter ihrer Tracht tragen?

Ich auch nicht, aber ich weiß, was diese Schnepfen unter ihrer Tracht anhatten, nämlich das Gleiche was der Schotte angeblich unter seinem Kilt trägt. Nichts.

Ma hat die ganze Geschichte natürlich ein wenig aufgeregt, und die Hälfte meiner italienischen Verwandten sprach nicht mehr mit mir, also habe ich Hywel gesagt, entweder er schraubt ein bisschen zurück oder ich suche mir einen neuen Agenten.

Ma weiß, dass Carlo und ich nicht so schlimm sind, wie man uns darstellt, aber das heißt nicht, dass diese ganze Sex-und-Drogen-Publicity um ihre Söhne sie nicht verletzt.

Das Gerücht, dass ich mit einer oder sogar mit mehreren dieser »Nonnen« im Springbrunnen Unzucht getrieben hätte, ist ihr besonders unter die Haut gegangen, aber Hy hat hoch und heilig geschworen, dass er damit nichts zu tun gehabt habe.

Und denken Sie mal kurz nach – wie realistisch ist diese Unterstellung? Das Wasser war so kalt, dass mir die Eier abfroren, selbst wenn ich irgendwelche schmutzigen Gedanken gehabt hätte, was ganz bestimmt nicht der Fall war.

Eines habe ich jedoch nie verstanden, nämlich warum sexuelles Fehlverhalten für viele Frauen so unwiderstehlich ist?

Sie werden nicht glauben, was für Post ich bekommen habe.

Kapitel 5

Mandarinenmarmelade

Nach unserem kurzen Ausflug zu Mutter nahmen wir erneut unsere Schinderei auf, bis James wieder ins Büro musste.

»Manche Leute kommen damit zurecht, den ganzen Tag zu Hause zu bleiben und nichts zu tun«, brummte er beim Frühstück, bevor er zu seinem ersten Tag im Büro aufbrach.

Bei diesem Frühstück handelte es sich wie gewöhnlich um eine komplett zubereitete Mahlzeit von der Hand der liebenden Ehefrau. Es ist wirklich erstaunlich, dass Kochen, wenn es von einer Ehefrau ausgeführt wird, keine richtige Arbeit ist, genauso wenig wie Wäsche waschen oder Putzen oder Anstreichen, Gartenarbeit, Einkäufe oder ... nun, und so weiter und so weiter.

Warum gibt es eigentlich keine Mindestlöhne für Hausfrauen? Oder eine maximale Wochenarbeitszeit?

Daher fiel meine Antwort ziemlich schnippisch aus: »Ich habe dir doch bereits erklärt, James, dass ich noch eine Woche in das Haus investieren will, dann werde ich vormittags und meistens auch nachmittags schreiben, was bedeutet, dass ich unterm Strich härter arbeiten werde denn je.«

Seine Miene hellte sich keineswegs auf, da seiner Meinung nach einem schönen sicheren Job nahtlos und genau im richtigen Augenblick eine schöne sichere Schwangerschaft folgen sollte.

Ich beschloss, dass dies nicht der Augenblick sei, um mit einer Enthüllung aufzuwarten: Ich hatte nämlich während des Umzugs in der Hitze des Gefechts zwei Tage vergessen, die Pille zu nehmen, und mir anschließend die Mühe gespart. Man weiß bei Männern nie, wie sie solche Sachen aufnehmen.

Es konnte ihn anspornen (und ich möchte nicht allzu bald schwanger werden) oder abturnen. (Ich muss mir eine andere Verhütungsmethode überlegen, obwohl ich die Alternativen samt und sonders ekelhaft finde.) Wenn ich schwanger werde, möchte ich, dass es eine bewusste Entscheidung ist, nicht eine Art russisches Roulette.

Außerdem muss ich mir eine Ärztin in der Nähe suchen. Ich habe nicht die Absicht, meine edelsten Teile von einem Mann untersuchen zu lassen. Was würde mir ein Mann im Falle einer Schwangerschaft nutzen? Er würde seine einzigen Erfahrungen aus Büchern bezogen haben, und wir alle wissen ja, dass man Medizinstudenten beibringt, Frauen hätten zwischen den Knien und dem Nabel kein Schmerzempfinden.

»... Wohltätigkeitsarbeit«, sagte James gerade. »Hörst du mir überhaupt zu?«

»Was?«, fragte ich hastig und setzte mich gerade hin.

»Noelle geht nicht arbeiten, sondern leitet einen Wohltätigkeitsausschuss und macht Krankenbesuche.«

»Ah, die Visite des Todesengels«, erwiderte ich schaudernd, und vor meinem geistigen Auge entstand die schreckliche Vision der nüchtern gekleideten Gattin eines der Trinkkumpane von James.

»Das ist nicht komisch«, erklärte er steif.

»Sollte es auch gar nicht sein«, beteuerte ich. »Außerdem, wenn du glaubst, ich solle mich für Wohltätigkeitsarbeit engagieren, dann muss ich dir sagen, dass mich im Augenblick nur ein einziger Ausschuss interessieren würde, nämlich die ›Wie-machen-wir-aus-Tish-Drew-eine-reiche-und-berühmte-Autorin-Gesellschaft‹.«

»Ich weiß, dass das nicht dein Ernst ist. Wenn du erst siehst, wie viel freie Zeit du hast, hast du vielleicht doch mal Lust, Noelle anzurufen und etwas zu plaudern.«

Freie Zeit? Der Mann muss verrückt sein. Aber andererseits konnte ich ihn noch nie davon überzeugen, dass Schreiben ernsthafte Arbeit ist und kein zweifelhaftes Hobby, das außer Kontrolle gerät wie die Patchworkarbeiten und die Blätter. Wenn James sich erst einmal eine Idee in den Kopf gesetzt hat, dann bleibt sie da für alle Zeit hocken, wie eine Fliege im Bernstein. Schreiben ist mein Beruf.

Er spricht immer von meiner »Schreiberei«, weil ich nur kurze Liebesromane verfasse. Er denkt wahrscheinlich, das richtige »Schreiben« sei eine Sache der Männer – eine Einstellung, die er erst durchblicken ließ, als wir verheiratet waren und er zu glauben schien, ich hätte es nicht länger nötig zu schreiben.

Er weiß offensichtlich nicht, was eine Süchtige ist.

Mein Talent zum Schreiben von Liebesromanen entdeckte ich in meinem letzten Jahr an der Universität, nachdem ich die Romane vieler anderer Leute gelesen hatte, um mich zu trösten (das literarische Äquivalent eines Mars-Riegels). Es waren Romane, deren Held nicht wirklich überzeugend war und ganz bestimmt nicht genug gelitten hatte, bevor die Heldin sich dazu herabließ, ihn zu heiraten.

Fergal Rocco mochte zu viel für eine einzige Frau gewesen sein, aber er bietet weiß Gott genug Material, um die Fantasie zu entzünden: die destillierte Essenz des Sexappeals. Nut gut, dass James niemals einen meiner Romane liest! Ich mag eine Art literarischer Vampir sein, aber Fergal *schuldet* es mir, nachdem er mich so behandelt hat, außerdem macht es einfach Spaß, einen Fergal-Klon nach dem anderen aus dem Hut zu zaubern.

Mein Pseudonym ist Marian Plentifold, und ich habe seit dem College zwei Romane im Jahr rausgebracht. James bezeichnet das Einkommen, das meine Bücher mir bringen, ärgerlicherweise als »Nadelgeld«, und er sieht es gar nicht gern, wenn ich anderen Leuten von meinen Büchern erzähle, weil es Liebesromane sind. Aber ich würde es am liebsten in die Welt hinausposaunen.

Wie auch immer, meine Mutter weiß Bescheid, was so ungefähr dasselbe ist.

Merkwürdigerweise hatte James keine Einwände, als ich Gedichte veröffentlicht habe, wahrscheinlich weil niemand in seiner Bekanntschaft die fraglichen Zeitschriften las. (Manchmal habe ich den Verdacht, dass nur Dichter und Möchtegerndichter sie lesen: der reinste Inzest.)

Außerdem ist er vielleicht auch etwas eifersüchtig, da er schon Mühe hat, seinen Namen unter irgendwelche Schriftstücke zu setzen, und James Bond liest. Nichts als Eskapismus.

Unglücklicherweise hat er auch nur geringe Ähnlichkeit mit dem Neuen Mann (in letzter Zeit ähnelt er eher dem Alten Mann), und die einzige Hilfe, die ich wirklich von ihm bekomme, sind die wöchentlichen Großeinkäufe im Supermarkt. Die erledigt er, da ich nicht Auto fahren kann. (Noch nicht.)

Ich war froh, als er ging, damit ich endlich das Gefühl auskosten konnte, allein im Cottage zu sein, das jetzt auf erstaunliche Weise anders wirkte – hell und geräumig, mit abgeschmirgelten und versiegelten goldgelben Dielenbrettern und frisch gestrichenen Wänden. Wenn ich erst meine fröhlich bunten Vasen, Schalen und Patchworkarbeiten überall verteilt habe, wird es noch viel wohnlicher aussehen. Und dazu ein oder zwei Körbe mit Blättern und später vielleicht ein paar helle Teppiche.

Es ist überraschend, wie wenig Möbel wir haben, obwohl wir schon sechs Jahre verheiratet sind, aber wie ich bereits erwähnte, hasse ich Second-Hand-Möbel, mit Ausnahme von Antiquitäten. Der teure Glanz eines antiken Möbelstückes hat etwas unbestreitbar Antiseptisches.

Mein Küchenschrank und der Tisch sind geschrubbt und versiegelt, und ich weiß wenigstens, woher sie kommen. Der Nachtstuhl hat nach einer wahren Schmirgelorgie die Absolution erhalten; ich glaube nicht, dass viele Bakterien dieser Aktion entgangen sind. James hat den Stuhl inzwischen gewachst und poliert, und ich muss zugeben, dass er sich im Flur wirklich gut macht.

Außerdem habe ich James dazu gebracht, die Schüssel zu entfernen und den Deckel festzuschrauben (er hat ernsthaft vorgeschlagen, dass wir unsere Handschuhe darin aufbewahren könnten!), und ich habe ihm verboten, irgendjemandem zu erzählen, welche Funktion der Stuhl früher hatte. Ich will gar nicht wissen, was er mit der Schüssel gemacht hat, mir reicht, dass sie sich nicht mehr im Haus befindet.

Später habe ich dann unser Schlafzimmerfenster vermessen und ein Bestellformular für helle Vorhänge ausgefüllt (Pech gehabt, James!), dann bin ich mit einer ekstatisch hechelnden Bess Gassi gegangen, um einen Briefkasten zu suchen. Ich hätte den blöden Hund ja nicht mitgenommen, nur dass man sich eben nicht darauf verlassen kann, dass er aus Wut nicht irgendetwas anstellt, wenn man ihn nicht mitnimmt.

Seltsamerweise war dies mein erster Ausflug ins Dorf. Bisher waren wir immer im Wagen gefahren: in den Supermarkt, zum Baumarkt, in den Park, damit Bess etwas laufen konnte. Wir wissen, dass es in Nutthill einen Dorfladen gibt, eine Grundschule und eine Bushaltestelle und dass es ziemlich hübsch und friedlich ist, aber das ist so ungefähr alles.

Ich begreife übrigens nicht, warum das Dorf ausgerechnet Nutthill heißt – die Gegend hier ist ziemlich flach.

Ich fühlte mich seltsam nackt, als ich die Tür hinter mir schloss und die Gasse hinunterging, und als ich mich noch einmal umdrehte, sah ich gerade noch, wie nebenan die Gardinen zuckten und ein blasses Mondgesicht hinter der Glasscheibe verschwand.

Bess hockte sich unverzüglich in einer wenig damenhaften Haltung auf die schmale Landstraße und nahm einen entschlossenen Gesichtsausdruck an, sodass ich mich, so weit die Leine es zuließ, außer Riechweite begab und mir die Landschaft mit den Bilderbuchcottages besah.

Der Februar ist vielleicht nicht die Jahreszeit, in der die Dinge sich von ihrer besten Seite zeigen – es wirkt alles ein bisschen grau, wie unter einer Schimmelschicht.

In der Ferne erschien ein kleiner, plumper Kirchturm über einigen düsteren Bäumen, Eiben vielleicht, aber selbst als wir am Friedhof vorbeikamen, konnte ich kaum mehr von dem Turm erkennen, weil die hohe Mauer und die Bäume sich dazu zu verschwören schienen, jeden weiteren Blick zu vereiteln.

Auf dem kurzen grünen Rasen standen einige interessante und sehr alt aussehende Bauwerke, die ich trotz des schneidenden Windes näher erkundet hätte, wäre nicht Bess bei mir gewesen.

Nach einigem Suchen erspähte ich den Briefkasten, der sich in einer sorgfältig beschnittenen Nische der Stechpalmenhecke versteckte. In seinem frischen Anstrich sah der Briefkasten so klein und unscheinbar aus wie ein Vogelkäfig an einem Pfosten, aber ich schob den Brief trotzdem in den Schlitz und ging weiter, um mir den Laden anzusehen.

Er lag in einer Reihe kleiner Cottages, aber das ursprüngliche Fenster war durch größere Scheiben aus einem dicken, grünlichen Glas ersetzt worden, und man hatte die Ladenfläche vergrößert, indem man etliche Waren einfach auf das betonierte Grundstück davor ausgelagert hatte: Kisten mit Gemüse und Kartoffelsäcke wetteiferten mit Gartenwerkzeugen und einer ebenso großen wie grellen Ansammlung von Gartenzwergen.

Den niedrigen Eingang zierten etliche Gummistiefel, die an einer Schnur aufgehängt waren, und das Ganze sah ein bisschen wie eine Szene von Enid Blyton aus: Von Rechts wegen hätte hinter der Theke ein Elf in einer langen, gestreiften Schürze stehen müssen.

Es war dunkel, und als ich auf der Türschwelle stehen blieb, damit meine Augen sich an das trübe Licht gewöhnen konnten, kam aus dem Dämmer vor mir der energische Befehl: »Keine Hunde, bitte! Draußen ist ein Haken, an dem man sie festbinden kann.«

Diesen Haken gab es tatsächlich, halb versteckt zwischen den Zwiebeln und den Kartoffeln. Darüber war ein kleines Schild angebracht, mit der Aufschrift *Hunde* und einer Hand, die malerisch nach unten deutete, Michelangelo lässt grüßen.

»Platz!«, befahl ich und befestigte Bess' Leine an dem Haken. Bess jaulte und versuchte, an mir hochzuspringen, aber die Leine war zu kurz, und Bess musste zu ihrer Verwirrung aufgeben.

Als ich mich wieder in den Laden wagte, war eine kleine, runzlige Frau hinter der Holztheke aufgetaucht. Sie lächelte mich an, ein Lächeln, das von einem Ohrring zum nächsten reichte und eine Reihe von Zähnen entblößte, die so weit auseinander standen wie Rosenbüsche auf einem Kiesweg, aber ihre Augen waren scharf und voller Neugier.

»Tut mir wirklich Leid, meine Liebe, doch so will es das Gesetz, Sie verstehen – keine Hunde in Geschäften, in denen Nahrungsmittel verkauft werden. Ich bin selbst eine große Hundeliebhaberin. Was für eine Rasse ist Ihrer denn?«

»Ein Barsoi«, erwiderte ich, während ich gleichzeitig die in Reih und Glied stehenden Gläser, Büchsen und Pappkartons musterte, die die vom Fußboden bis zur Decke reichenden Regale füllten. Was nicht dort stand, hing von Haken in der Decke herab oder lag auf der Theke.

»Wie bitte?«

»Barsoi.«

»Oh – Bourgeois. Eine von diesen ausländischen Rassen. Ich

persönlich finde ja, dass nichts über einen schönen Labrador geht.«

»Sie ist ›eine Aristokratin der russischen Steppe‹, wenn Sie es genau wissen wollen«, beschied ich die Dame, ein Zitat aus dem *Handbuch für Barsoi-Besitzer*, das ich mir irgendwann mal in der Hoffnung gekauft hatte, dem Buch entnehmen zu können, dass das blödsinnige Geschöpf, wenn es denn ausgewachsen wäre, ein paar Gehirnzellen hinzugewinnen würde.

»Ein Bourgeois«, murmelte sie und versuchte offensichtlich, sich den Begriff zu merken. »Was kann ich denn nun für Sie tun?«

Da mich pure Neugier in den Laden geführt hatte, brachte diese Frage mich vorübergehend aus dem Konzept, aber dann fiel mein Blick auf einen Korb mit Mandarinen, und ich sagte hastig: »Vier Pfund Mandarinen, bitte.«

Fragen Sie mich nicht, warum vier Pfund – es kam mir einfach so in den Sinn.

»Vier Pfund, in Ordnung«, sagte die Frau. »Das sind aber viele Mandarinen, nicht wahr?«

»Ja …« Ein Bild aus meinem *Großen Buch des Einkochens* (ein Vorschlagband aus dem Buchclub) blitzte in meinem Gehirn auf. »Ich mache Mandarinenmarmelade.«

»Ach ja?«, meinte sie strahlend und wog auf einer großen Waage die Mandarinen ab, bevor sie sie in ein Stück Zeitungspapier einschlug. »Also schön, dann brauchen Sie sicher auch Zucker? Granulierten, ja?«

Überrumpelt stimmte ich ihr zu und nickte abermals, als sie auch noch eine Zitrone vorschlug (warum eine Zitrone?). Aber als sie auch noch anfing, teuer aussehende Einmachgläser unter der Theke hervorzukramen, bemerkte ich, dass ich jede Menge Gläser zu Hause hätte, was der Wahrheit entsprach. Ich hatte diese Gläser in Erwartung solch ländlicher Tätigkeiten lange im Voraus gesammelt, obwohl ich nicht erwartet hätte, dass ich sie so kurz nach dem Einzug schon brauchen würde!

Enttäuscht schob sie die Einmachgläser mit dem Fuß wieder dahin zurück, wo sie sie hergeholt hatte.

»Das ist alles, glaube ich«, erklärte ich entschieden, aber trotzdem gelang es ihr, meine Einkäufe noch um zwei Päckchen

Marmeladenetiketten und Einmachringe zu bereichern, bevor ich mich aus dem Staub machen konnte.

Ihr nachdenklicher Blick durch das Schaufenster entging mir, während ich Bess losband, die mich mit einer sabbernden, stürmischen Begrüßung empfing. Die notdürftig eingepackten Mandarinen, die jeden Augenblick aus dem Zeitungspapier zu kullern drohten, behinderten mich bei diesem Manöver, und als ich endlich die Gasse hinunterging, drehte ich mich, irgendeinem Impuls gehorchend, noch einmal um; in der Ferne stand eine kleine Gestalt wie angewurzelt vor dem Laden und starrte mir nach. Ich winkte ihr halbherzig zu und war mir bis zum Ende des Weges der Blicke, die sich in meinen Rücken bohrten, ungemütlich bewusst.

Noch bevor ich durch unser Gartentor ging, konnte ich ein schrilles und sehr durchdringendes Geschrei hören, und als ich die Haustür endlich aufbekam, bekam das ganze Dorf eine Vorstellung von der erstaunlichen Reichweite und Kraft einer Papageienlunge.

Es ist bemerkenswert, dass etwas, das nicht größer ist als ein leicht überdimensionierter Wellensittich, trotzdem einen solchen Lärm hervorzubringen vermag! Ich verlor keine Zeit, sondern stürzte sofort ins Wohnzimmer und warf eine Decke über den Käfig. Dieser verdammte Vogel.

Stille kehrte ein. Manchmal wünschte ich, ich könnte ihn einfach unter seiner Decke lassen, aber das wäre grausam – obwohl Toby, wenn es bei den Papageien Schwachsinnige gibt, bestimmt einer davon ist.

Eine ältliche Nachbarin hatte ihn mir vermacht, da ich mich einmal um das Tier gekümmert hatte, als sie ins Krankenhaus gekommen war. Mit dem Vogel verbunden war ein kleines Erbe, und leider konnte ich nicht das Geld behalten und den Papageien ablehnen.

Er war angeblich uralt, aber inzwischen sind Jahre vergangen, und obwohl das Erbe längst futsch ist, ist Toby immer noch da. Es gibt nichts Zählebigeres als einen Papageien. Er ist ein schmutziges Bündel grauer Federn mit einem Spritzer Dunkelrot, er ist laut und bösartig – und beweist nicht die Tatsache, dass er die Hand beißt, die ihn füttert, seine Dummheit?

Als ich mit einer Tasse Kaffee aus der Küche zurückkam, schien der verhüllte, schweigende Käfig ein einziger, leibhaftiger Tadel zu sein. Ich zog die Decke weg und füllte das Futterkästchen vorsichtig mit dem superteuren Papageienmix, den Toby bevorzugt, und er kam auf seinen grässlichen, runzligen grauen Füßen herbeigestürzt, als hätte er seit einer Woche nichts mehr zu fressen bekommen. Alles war friedlich – wenn man das schauerliche Knirschen und Knacken eines viel beschäftigten Schnabels ignorieren kann.

Ich nippte an meinem Kaffee und machte mich daran, im Buch das Rezept für die Mandarinenmarmelade nachzuschlagen. Ich wollte die Marmelade heute Nachmittag kochen.

Das Rezept schien recht einfach zu sein, und bald darauf blubberten in meinem Dampfkochtopf auf- und abhüpfende Beutel mit Kernen und Schale darin. (Das Buch schreibt einen Musselinbeutel vor, aber ich hatte keinen, daher mussten am Ende die Füße einer sauberen Strumpfhose herhalten.)

Dann, genau in dem Stadium, in dem die Marmelade den kritischen Punkt erreicht, beschloss Toby, die Welt in den Genuss seines vollen Repertoires zu bringen: Concerto für einen Papageien.

Ich wurde ein wenig nervös. Das Marmeladekochen war eine größere Schweinerei, als ich gedacht hatte, und sowohl ich als auch die Küche schienen über und über klebrig zu sein. Und Bess erst! Fressen andere Hunde auch Mandarinenschalen?

Als ich gerade dankbar den Deckel auf das letzte Glas schraubte, bimmelte die Türglocke ihre vulgäre »Orangen-und-Zitronen«-Melodie (das Ding kommt weg!), und mit einem gemurmelten Fluch wusch ich mir die Hände und ging zur Tür, um sie zu öffnen.

Auf der Schwelle stand eine winzige alte Dame in einem Baumwollkleid und einer geblümten Schürze darüber – beide nur ein schwacher Schutz gegen die Kälte –, die ihr langes, schmuddeliges graues Haar mit einem rot getüpfelten Band zu einem Pferdeschwanz gebunden hatte.

Ihr rosafarbenes, teigiges Gesicht und die schwarzen Knopfaugen hatten einen kriegerischen Ausdruck, der bei ihr der Normalzustand zu sein schien. Das Ganze wurde nicht besser durch den kleinen Erdrutsch, der die linke Seite ihres Gesichtes in eine neue Form gebracht hatte, sodass das Auge und der linke Mundwinkel schlaff nach unten hingen.

Ich hatte schon attraktivere alte Damen gesehen.

»Ich komme wegen des Kindes!«, zischte sie anklagend durch den unversehrten Teil ihres Mundes.

Kapitel 6

Das verschwenderische Bouquet

»Ach ja?«, antwortete ich höflich, für den Fall, dass sie sich als die Dorfidiotin entpuppen sollte. »Welches Kind?«

»Welches Kind! Welches Kind!«, äffte die alte Dame mich nach. »Na, das Kind, das ich die ganze Nacht und den ganzen Morgen habe schreien und weinen hören! Den Morgen und die Nacht! Hören Sie, da schreit es wieder, das arme Ding! Es ist eine Schande, ein Kind derart zu vernachlässigen – ganz zu schweigen davon, dass sie es allein zu Hause lassen, wie ich heute Morgen beobachtet habe! Wenn das nicht aufhört, werde ich mich an die Behörden wenden, Sie sind also gewarnt!«

Mein Verstand rastete mit einem beinahe hörbaren Klicken ein, als mir endlich die Wahrheit aufging, denn selbst während wir da im Flur standen, konnte man heiseres Geschrei aus dem Wohnzimmer hören.

Und das hier musste die stille, liebe alte Dame von nebenan sein! Kaum das, was uns die Maklerin weisgemacht hatte.

»Das ist kein Kind, das da schreit, das ist mein Papagei«, erklärte ich. »Tut mir Leid, wenn er sie gestört hat.«

Sie sah mich mit unbeschreiblicher Verachtung an. »Ein Papagei? Das Kind hat die ganze Zeit nach seiner Mutter geschrien und geschluchzt!«

»Wo ist Mami? Toby will Keksi!«, flehte das gefiederte Familienmitglied aus dem Nebenzimmer.

»Ein Papagei, wahrhaftig!«

Es blieb mir nichts anderes übrig, als sie hereinzubitten, um sich den elenden Vogel anzusehen, und natürlich verfiel Toby auf der Stelle in Schweigen und starrte uns boshaft durch die Gitterstäbe an, wobei er den Kopf zweifelnd von einer Seite zur anderen drehte. Dann kratzte er sich mit einem Fuß den Kopf, bevor er mit einem widerlichen »Batsch« ausgiebig sein großes Geschäft erledigte.

Ich wandte den Blick ab. Manchmal finde ich ihn einfach widerlich.

»Er ist nicht sehr groß, wenn man bedenkt, dass er so viel Krach macht, oder?«, fragte meine Nachbarin, ohne überzeugt zu sein. »Ich dachte, Papageien wären diese riesigen bunten Vögel mit gebogenen Schnäbeln.«

»Ich nehme an, Sie meinen Aras, aber er ist wirklich ein Papagei – ein südafrikanischer Graupapagei, und es ist tatsächlich überraschend, wie laut er sein kann. Ich muss ihn manchmal zudecken, nur um ein bisschen Ruhe zu haben, aber ich kann ihn nicht die ganze Zeit zugedeckt lassen.« (Leider.)

»Im Moment sagt er nichts, oder?«

Wir beide sahen den stillen Käfig an, und Toby starrte furchtlos zurück.

»Aber wenn Sie wirklich kein Kind haben, muss er es wohl gewesen sein, den ich gehört habe.«

»Ich habe hier kein Kind versteckt, und ich habe im Augenblick wirklich furchtbar viel zu tun ...«

Sie warf Toby einen letzten, zweifelnden Blick zu und wandte sich zum Gehen.

»Mach die Scheißtür zu!«, kreischte eine schauerliche Stimme, und meine Nachbarin wirbelte so schnell herum, wie ihr lahmes Bein das zuließ.

Toby blinzelte sie unschuldig an und stieß dann das obszöne Lachen aus, das sich langsam zu einem boshaften Kichern steigerte.

Mit noch immer weit aufgerissenen Augen zog sie sich aus dem Wohnzimmer zurück und fiel prompt über den Stuhl im Flur. »So was hätte ich nie für möglich gehalten«, murmelte sie, während sie sich an der Stuhllehne wieder hochhievte. Dann blickte sie nach unten und fügte geistesabwesend hinzu: »Hübscher Nachtstuhl!«

»Uns gefällt er«, sagte ich kalt. Wie um alles in der Welt konnte sie das wissen? »Nun, es freut mich, dass ich Sie endlich kennen gelernt habe, Mrs. ... ähm?«

»Peach.« Und die unförmige Gestalt humpelte ohne ein weiteres Wort die Einfahrt hinunter.

Ich fühlte mich noch zerknautschter als zuvor, als ich die Tür schloss und einen langen, dünnen braunen Umschlag auf dem Boden liegen sah, der irgendwann früher gekommen sein musste. Es war ein ziemlich steifer Umschlag – wahrscheinlich einer der Garagenprospekte, die wir hatten kommen lassen.

Also riss ich das Ende des Umschlags auf, nahm den Inhalt heraus, und mit einem scharfen Zischen sprang etwas Ziegelsteinrotes heraus und schlug mir heftig auf die Nase. Ich prallte auf den Nachtstuhl zurück und weinte heiße Tränen der Erschöpfung.

Natürlich hatte ich mich bald wieder gefasst und stellte fest, dass es sich bei dem fliegenden Objekt um eine Pappgarage handelte, die kunstvoll so zusammengeklappt gewesen war, dass man sie flach in einen Umschlag schieben konnte. Sobald man sie herauszog, wurde sie durch ein System von Gummibändern wieder in Garagenform gebracht. Auf der Seite prangte in großen Lettern der Name der Firma.

Ich schob die Garage in ihren Umschlag zurück und ging wieder in die Küche, um meine Marmelade zu etikettieren und mich selbst und die Küche zu säubern, und als James zurückkam, war ich gerade dabei, die Marmeladengläser stolz auf der Anrichte zu drapieren, wo sie in bernsteinfarbenem Glanz erstrahlten.

»Was für eine schrecklich häusliche Szene für die Exfreundin eines Rockstars!«, höhnte er, und ich war so sauer, dass ich ihm den Garagenumschlag reichte – in der Hoffnung, dass er ebenfalls eins auf die Nase bekommen würde.

So viel Glück war mir nicht vergönnt.

»Was für eine geniale Werbung!«, schwärmte er, während er mit dem Ding spielte.

»Ja, wirklich«, brummte ich düster. »Aber der Hersteller ist nicht so günstig wie der, von dem wir gestern den Prospekt bekommen haben. Die haben eine Garage mit weißem Anstrich angeboten, die perfekt zu dem Rest des Hauses passen würde.«

»Vielleicht. Lass uns erst mal auf die anderen Prospekte warten, bevor wir uns entscheiden. Das Telefon klingelt – ich wette, es ist deine Mutter.«

Mit dem gewohnten Gefühl des Widerstrebens – ganz zu schweigen von Erschöpfung und ein klein wenig Restklebrigkeit – nahm ich den Hörer ab und hörte sie drauflosplappern, bevor ich den Telefonhörer am Ohr hatte.

»... und ich kann einfach nicht mehr. Ich kann so nicht weitermachen! Sie wird mit jedem Tag unmöglicher!«

»Hallo, Mutter. Was kannst du nicht weitermachen?«

»Mami, Liebes – nenn mich doch bitte ›Mami‹! ›Mutter‹ macht so alt. Und ich spreche natürlich von Granny. Hab ich doch gerade gesagt. Und dabei ist es nicht so, als hätte ich sie jemals leiden mögen!«

»Aber du hast sie nach Großvaters Tod gefragt, ob sie nicht bei dir wohnen wolle!«

»Ich fühlte mich dazu verpflichtet. Und sie fand immer, dass ich nicht gut genug für ihren kostbaren Sohn sei. Wirklich, ich begreife nicht, warum ich jemanden mögen muss, nur weil er meine Schwiegermutter ist.«

»Nein, Mutt ... Mami.«

»Natürlich, du und ich, wir waren immer mehr wie Schwestern als wie Mutter und Tochter, nicht wahr, Darling? Aber ich war ja auch so eine junge Mutter – kaum mehr als ein Kind.«

»Ja, Mami.« Eine schwache, vertraute Übelkeit schnürte mir die Kehle zu.

»Und ich muss einfach mal von Granny weg. Ich habe zum Doktor gesagt: ›Ich brauche etwas Ruhe.‹ Und weißt du, was er mir geantwortet hat? ›Brauchen wir die nicht alle, Mrs. Norwood?‹ Da habe ich gefragt, ob er sie nicht für eine Woche ins Krankenhaus einweisen könne? Und er meinte, sie sei nicht krank, und außerdem gäbe es eine Warteliste bis ins nächste Jahr hinein! Nicht dass ich ihm glauben würde, natürlich – er hat bloß Angst, dass ich sie ihm hinterher nicht wieder abnehme.«

»Und würdest du es tun?« Die Worte waren heraus, bevor ich mich bezähmen konnte.

»Ich hoffe doch, dass ich meine Pflicht kenne«, antwortete sie zweideutig nach einer kurzen Pause. »Wenn mein Gesundheitszustand es zulässt, würde ich sie selbstverständlich wieder bei mir aufnehmen, wie groß die Strapaze auch wäre.«

»Warum bittest du nicht die nette Bezirksschwester um einen Rat, wenn sie das nächste Mal kommt, um Granny die Spritze zu geben? Mrs. Durwin heißt sie, nicht wahr?«

Aus dem Hörer kam ein Schnauben. »Ich *hab* sie gefragt. Ich hab zu ihr gesagt: ›Ich schaffe das einfach nicht länger – es ist zu viel für mich‹, und weißt du, was sie mir geantwortet hat? Sie meinte: ›Haben Sie es mal mit Seife auf der Treppe versucht, Mrs. Norwood?‹, und dann lachte sie, hat praktisch geschrien vor Lachen, bis ihr die Tränen übers Gesicht liefen. Und keine fünf Minuten später höre ich, wie sie das Ganze brühwarm Granny erzählt! Diese Inder haben schon einen komischen Humor.«

»Den hat Granny auch – deshalb verstehen die beiden sich ja so gut. Und es war doch wirklich ein Witz.«

»Ich kann nichts Komisches daran finden. Ich bin mit meinem Latein am Ende. Ich brauche Urlaub. Also, wenn ich Granny für ein oder zwei Wochen loswürde, könnte ich doch runterkommen und mir dein hübsches kleines Cottage ansehen, oder? Ich brenne darauf, es zu sehen. Du hast doch sicher ein Zimmer für deine Mami, oder?«

Kalte Panik schnürte mir die Brust zusammen. »Oh ja – zwei sogar –, aber ich fürchte, eins davon ist im Augenblick noch vollkommen kahl, und das andere soll mein Schreibzimmer werden.«

»Ah, ja, deine Arbeit«, entgegnete sie ehrerbietig. »Wie kommst du denn mit dem Schreiben voran, Liebes?«

»Gar nicht, ich hatte zu viel zu tun. Aber wenigstens habe ich hier ein Zimmer für mich allein, und ich werde jetzt bald das nächste Buch anfangen.«

»All meine Freundinnen sind so beeindruckt, wenn ich ihnen erzähle, dass mein kleines Mädchen Schriftstellerin ist!«

Ich zuckte zusammen, obwohl mir diese Reaktion nur allzu vertraut ist. Dann nahm ich all meinen Mut zusammen, um zu fragen: »Du hast doch – hm – nicht wieder getrunken, oder, Mami?«

»Oh, es hat gerade an der Tür geklingelt!«, sagte sie munter, »ich muss Schluss machen, Liebling. Ich geb dir Bescheid, wenn ich etwas für Granny arrangiert habe, damit ich auf einen kleinen Urlaub zu dir kommen kann. Tschühüss!« Und damit war die Leitung tot.

Ich hatte keine Türklingel gehört, und ich legte den Hörer mit einem Gefühl tiefster Mutlosigkeit auf die Gabel. Diese Wirkung hat Mutter meistens auf mich.

James war ganz in seine Zeitung versunken und nahm weder mich noch Bess wahr, die viel sagend die Tür anstarrte. (Normale Hunde jaulen.)

»Bess möchte nach draußen, James!«, erklärte ich laut, aber er stellte sich taub, daher nahm ich mit einem resignierten Seufzer die Leine von der Türklinke.

Als ich dann in der eisigen Dunkelheit der Gasse stand und darauf wartete, dass Bess ihr Geschäft verrichtete, dachte ich: Was für ein Tag!

»Du hast doch nicht vergessen, dass ich heute Abend spät nach Hause komme, oder?«, erkundigte James sich beiläufig. Es war ungefähr eine Woche später, und er stand bereits an der Tür, um zum Büro zu hetzen.

Er sah ziemlich gut aus in seinem piekfeinen dunklen Anzug, aber ich denke immer, dass er noch besser aussehen würde, wenn er wie seine Vorfahren in einem Kilt über die Heide schreiten würde. Er ist dieser Typ Mann. Ein Naturbursche. (Was er in Wirklichkeit natürlich nicht ist.)

»Ob ich es vergessen habe? Wie könnte ich es vergessen haben, wo du es mir überhaupt nicht erzählt hast!«, entfuhr es mir überrascht.

»Ich habe es dir schon vor Tagen erzählt.«

»Was ist denn mit dem Abendessen? Wie spät wirst du zurückkommen?«

Er schien sich über meine absolut vernünftige Frage zu ärgern: »Warte nicht auf mich – ich schnappe mir irgendwas unterwegs.«

»Fastfood ist ungesund, vor allem, wenn man es eilig runterschlingt, James.«

»Dann gehe ich nachher noch zum Essen mit zu Howard und bleibe über Nacht gleich da!«

»Ein Essen bei Howard ist ein noch schlimmeres Gesundheitsrisiko. Da gibt es immer nur dieses Zeug aus irgendeiner Imbissbude, und es ist zu dunkel, um zu sehen, was man isst, weil sie ihm ständig den Strom abklemmen.«

»Ich weiß nicht, was du gegen Howard hast!«

»Du meinst, abgesehen davon, dass er ein drogensüchtiger, nassauernder, alternder Hippie ist, der in seinem ganzen Leben nie gearbeitet hat?«

»Howard ist in Ordnung – wir waren zusammen auf der Schule«, protestierte er, als wäre dieser Umstand Qualifikation genug, um Howard als Mitglied der menschlichen Rasse anzusehen. »Außerdem steht mein Entschluss fest: Ich übernachte heute bei Howard.«

Ich sagte nichts mehr, weil er, wenn ich nicht wegen des Fastfoods an ihm rumgenörgelt hätte, wahrscheinlich stattdessen nach Hause gekommen wäre. Ich glaube nicht, dass ich diese Angelegenheit besonders diplomatisch gehandhabt habe.

Als James verschwunden war – mitsamt Reisetasche, obwohl er mit Ungezieferspray sicher besser bedient gewesen wäre –, ging ich in den Garten und hämmerte die Einschlaghülse für die Wäschespinne mit unnötiger Wucht in den Rasen. Ich kann es mir nicht leisten, ständig den Trockner zu benutzen, obwohl es entschiedenermaßen seine Nachteile hat, im März draußen Wäsche aufzuhängen; die Chancen stehen fünfzig zu fünfzig, dass die Sachen trocken werden oder an der Leine festfrieren.

Während die erste Ladung Wäsche in der Maschine hin und her geworfen wurde, ging ich nach oben in mein kleines Schreibzimmer. Ich hatte dort am Fußboden gearbeitet. Es war nicht mehr lohnend erschienen, ihn abzuschmirgeln und zu versiegeln; deshalb hatte ich die Bretter in einem sanften Cremeton gestrichen und mit einer Schablone Rosen auf die Fußleiste gemalt.

In einer Ecke stapelten sich leichte Pappkartons mit einigen meiner lackierten Blätter. (James findet, zwei Körbe mit toten Blättern in einem einzigen Wohnzimmer seien mehr als genug.) Ich hatte einen Geistesblitz und legte an den Wänden entlang Spuren aus goldenen Blättern und stapelte auch welche in der Ecke gegenüber der Tür auf, wo sie beim geringsten Luftzug wispern und rascheln. Es sah wunderhübsch aus, obwohl James bestimmt sagen wird, es sei eine unheimliche Idee. Er ist bei allem, was ich tue, so erzkonservativ, aber er darf einfach davonmarschieren und bei dem grässlichen Howard übernachten, der wirklich unheimlich ist.

Mittlerweile war die Wäsche fertig, und als ich sie gerade draußen aufhängte, kam der Pfarrer: ein großer, dünner Mann in mittleren Jahren, der jugendlichen Enthusiasmus verströmte und zu seinem Priesterkragen ein purpurfarbenes T-Shirt trug.

Als er die Einfahrt hinaufgeschlendert kam, mit diesem seltsamen Gang, den einige Männer haben – die Knie nach außen gedreht, als hätten sie einen Tritt in ihre edelsten Teile bekommen und sich nie wieder davon erholt –, drehte ich die Wäschespinne hastig um, um den älteren und fadenscheinigeren Teil meiner Unterwäsche zu verbergen. (Ich hänge meine Schlüpfer immer in die Mitte, von Oberhemden und ähnlichen Dingen verdeckt, aber so weit war ich noch nicht gekommen.)

Der Pfarrer stürmte jedoch direkt auf mich zu und streckte mir schon die Hand hin, als er noch Meter entfernt war, und als er meine kalten, feuchten Finger endlich erwischt hatte, riss er mir fast den Arm aus, so begeistert schüttelte er meine Hand.

»Strange Lady!«, rief er aufgeregt, und ich verstand natürlich nur »merkwürdige Dame«.

»Oh!«, sagte ich konsterniert. Aber wie sich herausstellte, war das sein Name – ein ziemlich unglücklicher Name für einen Pfarrer.

»Strangelady! Sehr erfreut, Sie in unserer kleinen Gemeinde willkommen heißen zu dürfen. Ah! Waschtag, wie ich sehe!«, fügte er hinzu und schenkte meinem schwarzen BH und den schäbigen Schlüpfern ein wohlwollendes Lächeln. Ich wurde so rot wie ein Radieschen.

»Ähm ... wollen Sie nicht hereinkommen, ähm ... Herr Pfarrer?«, lud ich ihn ein, wobei ich mich hastig von der Wäsche entfernte und auf die Haustür zubewegte. (Wie spricht man denn nun einen Pfarrer eigentlich an?)

Je eher wir den Garten in Angriff nehmen, damit ich die Wäsche in schicklicher Verborgenheit aufhängen kann, desto besser!

Trotzdem, bei Kaffee und Keksen fand ich mein inneres Gleichgewicht wieder, während der Pfarrer einen barmherzigerweise schweigenden Toby bewunderte und der Hund mit schmachtendem Blick seine Knie besabberte und mit langen weißen Haaren zierte. *(Der Barsoi schenkt seine Zuneigung nur einer einzigen Person und gibt sich anderen gegenüber kühl und abweisend.)* Bess legte ihm eine Pfote aufs Knie, wann immer er sie streichelte, und zog im Angesicht der Keksdose ihre schönste *Hungernde-Russische-Aristokratin*-Nummer ab.

(Ja, sie *ist* die verschollene Anastasia.)

Der Pfarrer bedrängte mich nicht, in die Kirche zu kommen, worauf ich gefasst gewesen war, obwohl er mir zumindest eine Ausgabe des Pfarrbriefs und ein Faltblatt mit den Gottesdienstzeiten daließ und erklärte, dass wir jederzeit willkommen seien.

Gerade als er sich verabschieden wollte, fuhr der Lieferwagen eines Blumengeschäfts vor, und der Fahrer überreichte mir einen Strauß cremefarbener Rosen. Ich brauchte die Karte nicht zu lesen, um zu wissen, was darauf stand: *Für meine wunderbare Frau, von James*, da er das immer machte, wenn er seinen Willen durchgesetzt oder mich wütend gemacht hatte. Er fühlt sich dann besser.

»Haben Sie vielleicht Geburtstag? Oder Hochzeitstag?«, fragte der Pfarrer. »Was für schöne Rosen!«

»Nur ein Geschenk zum Einzug«, murmelte ich ungehalten und verabschiedete ihn hastig. Das war genau die Art von Geste, die wir uns im Augenblick nicht leisten konnten – James musste ein Vermögen bezahlt haben, um die Blumen bis hierher liefern zu lassen, und warum *cremefarbene* Rosen? Sie würden in all diesen Eierschalen praktisch unsichtbar sein.

Wenn er mir unbedingt etwas schenken musste, wäre mir die Messingschablone mit den Weinblättern vom Baumarkt lieber gewesen.

Ich fand James' verschwenderische Blumengeschenke früher romantisch, aber mal ehrlich, was gehört schon dazu, einen Blumenladen anzurufen und dem Floristen seine Kreditkartennummer vorzulesen. Frustriert rammte ich die geruch- und nutzlosen Rosen in eine cremefarbene Vase und stellte sie auf einen cremefarbenen Tisch vor die cremefarbene Wand, wo sie praktisch verschwanden.

Goneril: EIN ABSCHIED FÜR IMMER?
Fergal Rocco: »Meine nächste Tournee ist wirklich die letzte!«

Trendsetter

Das sage nicht nur ich – wir sagen es alle, obwohl niemand zu glauben scheint, dass wir es wirklich ernst meinen. Wir gehen nicht auseinander, wir werden weiter zusammen Platten aufnehmen und gelegentlich einen Auftritt haben, aber wir haben alle noch andere Dinge im Leben, die wir weiterentwickeln wollen.

Und wir sind es alle leid, eine Tournee nach der anderen zu machen.

Mike und Col wollen mehr Zeit mit ihren Familien verbringen, Carlo heiratet, und ich möchte mich für eine Weile auf die Malerei und das Schreiben von Songs konzentrieren.

Witzigerweise war es der unerwartete Anblick Tishs, der in mir den Wunsch weckte, wirklich einmal zur Ruhe zu kommen und Bilanz zu ziehen: wo ich mit meinem Leben hin will. (Und wo ich gewesen bin. Sofern ich mich daran erinnern kann.)

Außerdem hat sie mich zu einer ganzen Reihe neuer Songs inspiriert, aber das nur so nebenbei.

Sie sah immer noch gut aus ...

Ist es möglich, dass ich der einzige Mann bin, der feuerhaarige, militante präraffaelitische Engel wahnsinnig anziehend findet?

Kapitel 7

Abgespült

Als James am nächsten Tag nach Hause kam, war er vollkommen erschöpft: Bei Howard hatte sich eine Art Party entwickelt, und er hatte die ganze Nacht praktisch kein Auge zugetan.

Ich verkniff mir mit Mühe jeden Kommentar (abgesehen von dem Vorschlag, dass er vielleicht eine Dusche nehmen solle, da Howard im Allgemeinen in einem Sammelsurium schmutziger, gärender Bakterien lebt), aber später verwünschte ich meine Zurückhaltung, als er von der Zeitung aufblickte und sagte: »Wie ich sehe, plant die Band deines Exfreundes eine Abschiedstournee durch sieben Länder – er wird wahrscheinlich langsam ein bisschen zu alt für das Ganze!«

»Er ist eine ganze Ecke jünger als du«, bemerkte ich. (»Dein Exfreund«, wenn ich das schon höre!) »Und Alter scheint bei den Rolling Stones kein großes Hindernis zu sein, nicht wahr?«

»Keine Ahnung. Ich teile deine musikalischen Interessen nicht.«

Er hatte überhaupt keine musikalischen Interessen, aber das ist keine Entschuldigung für diesen billigen Seitenhieb.

»Vergiss es, James«, bemerkte ich honigsüß, »und einen Vorteil hat es ja auch, dass du stocktaub bist. Da weißt du wenigstens diese vollbusige blonde Countrysängerin mit dem nasalen Heulen zu schätzen.«

Daraufhin ließ er das Thema fallen, aber ich wünschte, er würde es wirklich vergessen. Ich bin diese hämischen kleinen Bemerkungen ja so leid!

Später warf ich einen verstohlenen Blick in die Zeitung, und da stand Fergal auf irgendeinem Flughafen und sah übermüdet, unrasiert und ein ganz klein wenig gefährlich aus. Ich hoffe, der Fotograf ist nicht zu nah rangegangen.

Ich überlegte, ob ich den Artikel ausschneiden sollte, damit er nicht später wieder davon anfing, dachte dann aber, dass ein Loch in der Seite vielleicht alles noch schlimmer machen würde, da James dann denken musste, ich wolle den Zeitungsausschnitt aufbewahren. Warum sollte ich seiner verdrehten Fantasie auch noch Nahrung geben?

Wo wir gerade von verdrehter Fantasie sprechen, ich hatte in dieser Nacht einen Traum von Fergal: einen von der Sorte, die einem die Röte ins Gesicht treiben. Ich weiß, ein gesundes Glas Wasser ist es, was ich brauche, aber wenn man einmal Champagner gekostet hat, hat man mit einem Teil seines Wesens immer wieder Verlangen danach, auch wenn man weiß, dass man ihn nicht verträgt. (Und in letzter Zeit habe ich nicht mal das Wasser bekommen!)

Für gewöhnlich fühle ich mich am Morgen danach immer schuldig, aber diesmal war ich noch böse auf James und kam zu dem Schluss, dass er es nicht besser verdiente. Ich gab ihm einen Kuss von der spitzlippigen Sorte und zog mich, nachdem er fort war, mit dem Kreuzworträtsel ins Badezimmer zurück, wo ich mitten in meinem Geschäft war, als mich Männerstimmen aus dem Garten direkt unterm Fenster aufschreckten.

Ich betätigte hastig die Toilettenspülung und blickte hinaus, wo zu meiner entsetzlichen Verlegenheit drei Männer in den orangefarbenen Leuchtwesten der Gemeindearbeiter in die sprudelnde Kanalisation blickten, von der sie gerade den Deckel entfernt hatten.

Ich wäre am liebsten im Boden versunken und gestorben, aber sie hatten mich gesehen, daher blieb mir nichts anderes übrig, als die Situation mit einem munteren »Guten Morgen!« aufzulockern. Man hätte auf meinen Backen Kastanien rösten können. (Auf allen vieren.)

Die Männer stellten einförmig leere Mienen zur Schau, murmelten im Chor »Guten Morgen« und nahmen ihre faszinierte Betrachtung der Kanalisation wieder auf.

»Dann ist also hier nichts verstopft?«, wollte einer der Männer nach etwa zehn Minuten stillschweigender Prüfung wissen.

»Nein, muss irgendwo weiter weg sein«, sagte der zweite Arbeiter.

»Ja. Muss woanders sein«, meinte der dritte Arbeiter.

»Vielleicht ist es doch weiter weg«, warf der erste ein. »Komisch – ich war mir so sicher, dass es diese sein müsste.«

»Mach dir nichts draus, Bob – es wird weiter weg sein.«

Und so ging es weiter, bis die Männer nach noch einmal zehn oder fünfzehn Minuten dieses ermüdenden Dialogs à la Beckett den Kanalisationsdeckel wieder auflegten und sich in Mrs. Peachs Garten verzogen, um dort ihr Glück zu versuchen.

Ich brauchte Unmengen Kaffee, um meine flatternden Nerven zu beruhigen, und selbst danach verspürte ich immer noch den Wunsch, mich in ein Mäuseloch zu verkriechen. Immer wieder sah ich vor meinem geistigen Auge die ausdruckslosen Gesichter der Arbeiter, als sie in den Kanalschacht blickten.

Später brach ein schier unvorstellbares Gewitter über dem Cottage aus, und der Zorn Gottes entlud sich in Form eines kräftigen Blitzes in die Telefonleitung und ließ den Anrufbeantworter in tausend kleine geschmolzene Stücke bersten.

Ich weiß nicht, womit ich das verdient habe.

Solange ich in der Wohnung lebte, war mir so etwas jedenfalls nie passiert.

Kapitel 8

Verstopfte Spülung

Wir sind jetzt einen ganzen Monat hier, und ich habe mir einen etwas professionelleren Arbeitsrhythmus angewöhnt: die Vormittage für das Buch, die Nachmittage für das Haus. Wie schön es ist, kein schlechtes Gewissen zu haben, weil ich schreibe, statt die Hausarbeit zu erledigen, und es außerdem tun zu können ohne James' ständige Störungen! Ich weiß nicht, wie Jane Austen es je geschafft hat, ein einziges Wort zu Papier zu bringen, während ihre Familie wie eine Hand voll Jojos um sie herumflatterte.

Mein kleines Zimmer ist sehr einladend, mit hellrosa gestrichenen Wänden (nicht eierschalenfarben!), obwohl es ein oder zwei Farbtupfer braucht – Limonengrün wenn möglich. Als ich etwas Derartiges zu James sagte, bemerkte er: »Warum eine schöne Farbzusammenstellung ruinieren?«

Er hat die Blätter noch nicht gesehen. Oder die Patchworkgardinen.

Mein Schreibtisch steht in der kleinen Fensternische, und es herrscht wunderbare Ordnung darauf: Der Manuskriptstapel auf der einen Seite der Schreibmaschine, das unbenutzte Papier auf der anderen. James meint, ich solle mir einen Computer zulegen, aber ich bin mit dem, was ich habe, ganz zufrieden. Ich nehme an, eines Tages werden die Verleger sich weigern, maschinengeschriebene Manuskripte anzunehmen, wie sie es jetzt mit handgeschriebenen machen. (Aber ich wette, wenn ein Bestseller-Autor wie Archer des Weges käme, würden sie sein Manuskript annehmen, auch wenn es mit Lippenstift auf Brotscheiben geschrieben wäre.)

Mein gegenwärtiges Buch entwickelt sich ganz gut. Die Heldin steht kurz vor ihrer Begegnung mit dem Funkamateur, der ihren Notruf aufgefangen hat, als ihre Yacht sank. Er hat ihr das Leben gerettet, und er wird furchtbar attraktiv und aufregend sein, aber irgendwelche Narben haben, deretwegen er sich vor der Welt versteckt und nur über seine Funksprüche kommuniziert.

Ich dachte, *Liebe auf allen Wellen* wäre ein schöner Titel, aber ich weiß nicht, ob Thripp, Thripp und Jameson, meine Verleger, damit einverstanden sein werden. Mr. Thripp – Mr. H. Thripp – hat, was Titel und Buchdeckel betrifft, einen abscheulichen Geschmack.

Ich muss in die Stadt fahren und mir in der Bibliothek ein paar Bücher über Amateurfunk ansehen, da mein Wissen auf diesem Gebiet nicht einmal für eine erste Skizze ausreicht. Es ist sehr lästig, keinen Führerschein zu haben, weil die Busverbindungen nicht besonders gut sind. Es ist sehr teuer, Bus zu fahren, und man ist eine Ewigkeit unterwegs.

Fergal hat einmal versucht, mir das Autofahren beizubringen, aber er wurde so wütend, als ich versehentlich rückwärts in einen Busch fuhr und seinem geliebten Sportwagen einen *winzigen* Kratzer bescherte, dass ich mich anschließend geweigert habe, es noch einmal zu versuchen. Er war vernarrt in dieses Auto; er wurde einmal sogar wütend, weil ich die Polster mit Lederpolitur eingerieben hatte und sie anschließend obszöne Glucksgeräusche machten, wenn er romantisch wurde.

Sobald das Cottage fertig eingerichtet ist, werde ich Unterricht nehmen. Manchmal fühle ich mich hier draußen wie auf einer einsamen Insel, vor allem da James inzwischen *dreimal* bei Howard übernachtet hat, weil er Überstunden machen musste. Als ich protestierte, erklärte er: »Nun, das ist der Preis, den du für das Leben auf dem Land zahlen musst!« Am nächsten Tag kommt er immer mit Pralinen und Blumen zurück, aber ich hätte ihn lieber zu Hause, wie spät auch immer.

Wirklich, ich weiß nicht, was in ihn gefahren ist, seit wir hier eingezogen sind. Früher sprach er immer davon, dass er Gemüse anbauen wolle und solche Dinge, aber er hat noch nicht einmal *angefangen,* den Garten zu planen. Ich bin mir gar nicht so sicher, ob er ihn überhaupt schon betreten hat! Und was sein Versprechen betrifft, mir im Haus zu helfen – ich muss schon bitte bitte machen, nur damit er mir ein oder zwei simple Regale aufstellt.

Er behauptet, seine Arbeit sei anspruchsvoll und sehr ermüdend, und er brauche seine Freizeit zur Entspannung; aber er geht nicht einmal mit Bess Gassi, was ihm gut tun würde.

Ich kann nur hoffen, dass er sich an das Cottage gewöhnt und etwas Interesse für den Garten zeigt, wenn das Wetter ein bisschen freundlicher wird. Und er muss immer noch einmal die Woche zum Einkaufen in den Supermarkt fahren, das ist wenigstens etwas.

Wenn ich irgendwelche Extras brauche, ist Mrs. Deakin aus dem Dorfladen sehr entgegenkommend, und es macht mir nichts aus, ein paar Pennys draufzuzahlen, um mir die Expedition in die Stadt zu ersparen, nur dass besagte Dame sehr überzeugend ist und ich oft mit Dingen nach Hause komme, die ich überhaupt nicht haben wollte.

Manches wie naturbelassene Sojasoße, Kleie und Linsen muss ich im Bioladen kaufen: Ich bin fest entschlossen, uns gesund zu ernähren, ganz gleich, was James dazu sagt. Außerdem habe ich im Bioladen gleich noch etwas Klopapier erstanden, was jedoch kein voller Erfolg war, da man dreimal abspülen musste, bevor das Zeug verschwand. Und die grässliche Kaugummifarbe fand ich auch nicht so toll, obwohl man mir versicherte, es sei alles absolut hygienisch. Aber es hat keinen Sinn, Bäume zu retten, wenn ich kein Wasser rette.

Von Mrs. Peach bekommen wir jetzt unsere Eier. Sie stammen von Hühnern, die sie »frei laufend« nennt. Wenn etwas frei laufend ist, dann die Hühnerkäfige, da sie sich auf kleinen Rädern durch den Garten bewegen lassen.

Gleich an dem Tag, nachdem sie sich über Toby beschwert hatte, kam sie die Einfahrt hinaufgeächzt, ein kleines Wägelchen im Schlepptau, das aus alten Kinderwagenrädern und einem Holzaufbau darauf bestand, der stark an eine Arche erinnerte. Sie trug einen schwarzen Wollmantel, der schon fadenscheinig war, und einen merkwürdigen, spitz zulaufenden Hut aus magentaroter Wolle, mit Ohrklappen, die sie sich unterm Kinn zugebunden hatte.

Als ich widerstrebend die Haustür öffnete, leckte sie gerade einen Bleistift an, der mit einer fettigen schwarzen Schnur an einem kleinen Notizbüchlein befestigt war.

»Sie werden Eier brauchen«, erklärte sie kategorisch und ohne aufzublicken. »Wie viele brauchen Sie die Woche?«

Ich konnte sehen, dass sich auf der Kinderwagenarche hinter ihr Eierkartons stapelten. »Ich kaufe meine Eier in der Stadt. Eier von frei laufenden Hühnern.« (Schöne, saubere Eier in neuen Kartons!)

»So ist es recht – genau die habe ich auch, braune Eier von frei laufenden Hühnern. Spart Ihnen den Weg. Wie viele?«

Ich kapitulierte. »Ein halbes Dutzend, bitte.«

»Montags. Heben Sie die Kartons auf.« Und damit stapfte sie von dannen; ihre Arche hüpfte auf dem unebenen Boden auf und nieder, und die Sache war erledigt.

Jetzt kommt sie jeden Montag an, nimmt ihre Eierkartons und ihr Geld in Empfang, gibt mir dafür die frischen Eier und stapft dann mit einem gemurmelten »Sehen wir uns mal diesen schlauen alten Vogel an!« an mir vorbei ins Wohnzimmer, um Toby mit gierigen Blicken anzustarren. Angefeuert von ihrer Aufmerksamkeit, spult er unweigerlich sein gesamtes Repertoire ab. (Mit höchster Lautstärke.)

Dann geht sie wortlos davon, und einzig ein gelegentliches Beben ihrer kollabierten Wange verrät ihr Vergnügen.

Ich nehme an, sie unterhält das gesamte Dorf mit den grässlichen Dingen, die Toby von sich gibt, und die Leute werden alle annehmen, dass er sie von uns gelernt hat.

Die Bibliothek hatte tatsächlich einige Bücher über Amateurfunk, obwohl sie mir nicht besonders modern zu sein schienen. Aber ich kann mir nicht vorstellen, dass sich allzu viel geändert hat, außerdem ist es mir gelungen, eine Zeitschrift zu dem Thema zu kaufen, die James gleich beschlagnahmt hat, als er nach Hause kam. Später lag er dann im Bett und konnte sich nicht mehr davon losreißen, obwohl er sich bisher nie für dergleichen interessiert hat.

Ich nehme an, er brauchte lediglich etwas zum Lesen. (Und warum kann er, bitte schön, das nicht unten tun?) Ich habe versucht, mich im Bett an ihn zu kuscheln, aber abgesehen davon, dass er mich auf ein oder zwei besonders interessante Absätze aufmerksam machte, nahm er keine Notiz von mir, daher bin ich wieder runtergegangen und habe stattdessen eins der Bücher gelesen.

Beim allerersten Tageslicht am nächsten Morgen weckte Bess mich mit einem hysterischen Jaulen – sie muss etwas gefressen haben, das ihr nicht bekommen ist. James zog sich die Decke über den Kopf und tat wie gewöhnlich, als hätte er sie nicht gehört.

Nachdem sie den schlimmsten Teil der Prozedur hinter sich gebracht hatte, dachte ich, dass wir, da wir schon mal dabei waren, auch gleich unseren gewohnten kleinen Morgenspaziergang durch die Gasse machen konnten. Ein Stück weiter oben führt eine alte, überwucherte Einfahrt zum Herrenhaus, und dort gibt es auch einen Fußweg durchs Gebüsch, wo ich sie laufen lassen kann.

Aber gerade als ich sie von der Leine lassen wollte, sah ich einen Hasen, und es stimmt schon, was die Leute sich von verrückten Märzhasen erzählen, denn dieser spezielle Hase hüpfte wie toll herum. Dann gesellte sich ein zweiter dazu, und die beiden hatten gerade eine Art Boxwettkampf begonnen, als Bess bellte und alles verdarb; in Windeseile rasten die beiden Hasen davon.

Aus irgendeinem Grund erinnerten sie mich an den Pfarrer.

Später schien es Bess wieder gut zu gehen, glücklicherweise, denn ich musste in die Stadt fahren, um mich mit einem Literatur-Agenten zu treffen, einem Spezialisten für Liebesromane. Nachdem gerade ein Vertrag über drei Bücher mit Thripp und Co. abgelaufen war, dachte ich, es wäre interessant zu sehen, was ein Agent für mein nächstes Buch herausholen konnte.

Ich hatte die Adresse des Mannes aus dem *Schriftstellerjahrbuch,* obwohl ich zugeben musste, dass ich Vivyan Dubois für eine Frau gehalten hatte, bis ich zu unserer Verabredung kam. Er ist ziemlich jung, engagiert, intelligent und schwul. Ich mochte ihn sofort.

Er hat einige meiner Bücher gelesen und ist davon überzeugt, bei einem anderen Verleger einen besseren Abschluss machen zu können. Außerdem glaubt er, dass es für mich einen Markt in Amerika gäbe!

Dubois war sehr enthusiastisch und geradezu begeistert, dass ich sehr schnell schreibe. Ich soll ihm verschiedene Vorschläge zuschicken, die er sich ansehen möchte, und *Liebe auf allen Wellen,* wenn es fertig ist.

Anschließend brannte ich darauf, die guten Neuigkeiten an irgendjemandem weiterzugeben; also schaute ich kurz bei Mutter und Granny herein.

Granny war schlecht gelaunt. »Wenn du in den Leeds-Liverpool-Kanal fallen würdest, würdest du noch mit einer Forelle im Mund wieder auftauchen!«, sagte sie mürrisch.

»Habe ich denn deiner Meinung nach keinen Lohn für harte Arbeit verdient, Granny?«

»Wir freuen uns bestimmt für dich, sehr sogar, Liebes«, versicherte Mutter. »Aber als du erwähntest, du habest eine wunderbare Neuigkeit, habe ich doch einen Augenblick lang gehofft ... Ich weiß, wie sehr der liebe James sich nach einem Sohn sehnt, und ich hätte schrecklich gern ein Enkelkind.«

»Lass das Mädchen in Ruhe!«, fuhr Granny sie an. »Sie wohnt keine fünf Sekunden in ihrem neuen Haus.«

»Aber es ist kein *neues* Haus, nicht wahr? Alte Häuser bergen alle möglichen Gefahren für Kleinkinder – und sie sind immer so feucht und unhygienisch. Ich fand eure Wohnung so viel besser, Liebling, denn da wusstet ihr wenigstens, dass noch nie jemand darin gelebt hatte – oder darin gestorben war!«

»Danke für den freundlichen Hinweis, Mutter.«

»Mami, Liebes. Und ich sage das nur zu deinem eigenen Besten, Leticia.«

»Tish«, korrigierte ich sie. Was dem einen recht ist ...

Ich fuhr frühzeitig nach Hause, kaufte unterwegs schnell noch eine Flasche preiswerten Champagner und nahm dann von der Bushaltestelle aus ein Taxi. (Letzteres nur deshalb, weil der Hund so eine schwache Blase hat und nach meiner langen Abwesenheit bestimmt dringend raus musste.)

Aber Bess war brav gewesen und wurde dafür mit Keksen und einem Spaziergang zum Dorfteich belohnt, wo sie die vier Moschusenten jagte, bis eine sich umdrehte und sie durchdringend ansah. Daraufhin schlich sie, ihren buschigen Schwanz zwischen die Beine geklemmt, davon.

James kam sehr spät nach Hause, aß nicht viel und erklärte, dass es sich nicht lohne, billigen Champagner zu kaufen. »Gibt es denn etwas zu feiern?«

»Nun ja, wir wohnen jetzt fast zwei Monate in diesem Haus,

Liebling – es ist fast April! Und ... du weißt doch, dass ich mich heute mit diesem Agenten getroffen habe?«

Er nickte, und ich erzählte ihm haarklein von meinem Gespräch mit Vivyan Dubois, obwohl er anscheinend überhaupt nicht begriff, was das für mich – für uns – bedeutete.

»Aber lohnt sich das denn wirklich? Immerhin«, wandte er ein, während er den geschmähten Champagner wie Limonade herunterkippte, »immerhin wirst du, wenn du dich erst um ein Baby kümmern musst, keine Zeit mehr zum Schreiben haben, oder? Jetzt, nachdem ich in der Sozietät gleichberechtigter Partner geworden bin, kommen wir auch ohne das kleine Zubrot zurecht, das deine Schreiberei einbringen würde.«

Mein Mund muss mehrere Zentimeter nach unten geklappt sein. Ich brauchte ein paar Sekunden, um meine Stimme wiederzufinden. »Es ist mehr als ein kleines Zubrot! Außerdem schreibe ich gern, und ich kann damit nicht einfach aufhören, so wie man einen Wasserhahn abdreht. Ich will nicht damit aufhören!«

»Das sagst du jetzt, und ich weiß, wie viel dein kleines Hobby dir bedeutet, aber wenn du erst ein Baby hast, um das du dich kümmern musst ...«

»Es wird vielleicht kein Baby *geben.*«

Er lächelte nachsichtig. »Ich wüsste nicht, warum nicht; wir sind beide gesund, und ich glaube nicht, dass wir noch allzu lange damit warten sollten. Ich möchte meine Söhne haben, solange ich noch jung genug bin, um mit ihnen Fußball zu spielen.«

»Söhne? Es könnten durchaus auch Mädchen werden, James! Oder *ein* Mädchen – ich glaube nicht, dass ich mehr als ein Kind haben möchte. Und das Schreiben ist kein Hobby für mich, und ich werde nicht damit aufhören!«

(Ich glaube nicht, dass ich aufhören könnte, um genau zu sein. Es würde sich alles in mir aufstauen, bis meine inneren Dämme brechen.)

So ging es noch eine ganze Weile hin und her, weil James sich nicht von seinen altmodischen, idiotischen Ideen abbringen ließ und mit seiner Rechtsanwaltsstimme nur immer wieder bemerkte: »Abwarten und Tee trinken!«

Er wird ziemlich lange abwarten und Tee trinken, wenn er so weitermacht.

Noch sehr lange, obwohl der Gedanke, eine Familie zu gründen, sobald wir aufs Land gezogen waren, ursprünglich durchaus auf dem Plan gestanden hatte. Aber jetzt, wo es so weit wäre, bekomme ich plötzlich kalte Füße. Möglich, dass ich – oh, schrecklichster aller Schrecken – dem Muttersein überhaupt nichts abgewinnen würde! Meine biologische Uhr scheint ziemlich leise zu ticken.

Außerdem, inwieweit würde James sich an der Kindererziehung beteiligen?

Nun ja, ich nehme an, Babys schlafen viel, und dann könnte ich doch noch schreiben. Ich weiß es nicht genau, da ich bisher noch nicht einmal eins im Arm hatte. Ich habe einfach nicht die geringste Ahnung. Irgendwie faszinieren und erschrecken sie mich gleichzeitig, daher weiß Gott allein, was für eine Mutter ich abgeben werde!

Jedenfalls werde ich nicht so wie meine Mutter, die sich meiner Liebe so wenig sicher ist, dass sie mich nicht einmal eine Sekunde lang loslassen kann. Sie hat nie begriffen, dass solche Strategien bei mir genau das Gegenteil von dem bewirken, was sie bewirken wollte. Ich finde das sehr traurig.

Ich wünschte, ich hätte eine enge Freundin, mit der ich all diese Dinge besprechen könnte, aber irgendwie habe ich den Kontakt zu meinen Freundinnen vom College verloren, und meine Schulkameradinnen verschwanden, nachdem ich Fergal kennen gelernt hatte; während wir zusammen waren, existierte für mich der Rest der Welt nicht mehr.

Eine gute Freundin habe ich allerdings doch; ich lernte sie kennen, als ich dem Verband der Liebesromanautoren (VLA) beitrat, aber sie ist älter als ich und lebt in Cornwall.

Ich habe immer geglaubt, James und ich seien uns in den wichtigen Punkten einig und es gäbe nichts, worüber wir nicht reden könnten, aber entweder hat er sich verändert, oder ich habe ihn durch eine rosarote Brille gesehen … Er scheint die fundamentale Kluft, die sich unter unseren Füßen auftut, nicht einmal wahrzunehmen.

Und um den Abend so richtig abzurunden, bekam ich dann auch noch einen merkwürdigen Telefonanruf. Nicht merkwürdig in dem Sinne, dass er obszön gewesen wäre: Da war nur

Schweigen, obwohl ich keine Zweifel hatte, dass jemand am anderen Ende der Leitung war. Als ich eins-vier-sieben-eins wählte, stellte sich heraus, dass der Anrufer die Weitergabe seiner Nummer gesperrt hatte.

So wie die Chinesen das Jahr der Ratte haben, ist der März bei uns der Monat der Toilette.

Der verhängnisvolle Tag fing schon viel versprechend an, als James sich unter einem der niedrigen Balken zu ducken vergaß und sich so heftig den Kopf stieß, dass er sich geschlagene fünf Minuten vor Schmerz krümmte und fluchte, während Toby jeden einzelnen Kraftausdruck mit anhörte.

Eines Tages wird er sich wohl an diese Balken gewöhnen, wie die Pawlow'schen Hunde. (Wer um alles in der Welt war eigentlich Pawlow, das wüsste ich gern? Und was für Hunde? Vielleicht eine Zirkusnummer?)

Ein kräftiger Schlag auf den Kopf in einem frühen Stadium des Lebens hat so manchen Mann groß gemacht – Augustus John, der walisische Maler, kommt mir da sofort in den Sinn –, aber dafür ist James schon zu alt, das wird bei ihm nicht mehr viel nützen.

Nachdem er endlich zur Arbeit gefahren war, blass, mit Märtyrermiene und einem ganzen Röhrchen Aspirin bewaffnet, stieg ich auf den Toilettendeckel, um den Duschvorhang zu richten, der furchtbar klemmte.

Die Folge war ein jähes Krachen, dann stand ich mit einem tropfnassen Samtpantoffel und einigen hässlichen Kratzern am Knöchel in der Kloschüssel. Das war doppelt ärgerlich, denn abgesehen von dem Schreck und dem Schmerz sah ich mich nun auch noch der peinlichen Situation gegenüber, einen neuen Toilettendeckel bestellen zu müssen, und da das Badezimmer uralt und längst aus der Mode ist, würde ich die Überreste des kaputten Deckels mitnehmen müssen, um sicherzugehen, dass ich den richtigen Ersatz bekam. Ich glaubte nicht, dass ich James würde überreden können, das für mich zu übernehmen.

Endlich bekam ich dann den Duschvorhang frei, nachdem ich mir einen Küchenhocker geholt hatte. Ich stand gerade in meinen Pantoffeln unter dem heißen Wasserstrahl und richtete die Dusche auf den einen, der im Klo gestanden hatte, als mir plötzlich einfiel, dass ich in der Hektik der vergangenen Wochen ganz vergessen hatte, meine Brust auf Knoten abzutasten.

Also holte ich das jetzt nach, und als ich zu dem Teil meiner Anatomie gelangte, an dem meine linke Brust an die Achsel grenzt, wünschte ich, ich hätte es nicht getan, denn ich konnte etwas fühlen. Etwas Knotiges. Etwas Weiches.

Ich rang meine Panik nieder und tastete die Stelle noch einmal ab, aber der Knoten war immer noch da, und ein paar Sekunden später saß ich auf dem Badewannenrand und dachte: So etwas kann *mir* einfach nicht passieren!

Dann riss ich mich zusammen und versuchte, die beiden Seiten miteinander zu vergleichen, aber die linke Brust war unleugbar anders als die rechte – obwohl es doch bestimmt nicht so ein einzelner, harter Knoten ist, nach dem man suchen soll? Dann fiel mir ein, dass ich irgendwo mal gelesen hatte, dass Brustkrebs keine Schmerzen verursacht, bevor er das Endstadium erreicht?

Natürlich. Sobald ich erst einmal die gefürchteten Worte »Endstadium« und »Brustkrebs« vor mir sah, ergriff kalte, zittrige Panik von mir Besitz, obwohl ich mir weiterhin einzureden versuchte, dass ich mir bestimmt beim Anstreichen einen Muskelkater zugezogen hatte und das die ganze Erklärung sein müsse. Immerhin fühlte ich mich absolut fit und gesund.

Es war also nicht nötig, einen Arzt aufzusuchen. Falls das Ding ... falls es nicht weggehen würde ... Ich wollte es gar nicht wissen ... Ich glaubte nicht, dass ich es wissen wollte.

Nur dass das natürlich dumm war. Ich beschloss abzuwarten.

Um das Maß voll zu machen, wurde das Fell auf meinen sehr teuren Pantoffeln ganz steif und filzig wie bei einer toten Katze, und sie gefielen mir lange nicht mehr so gut wie vorher.

Die nächste Woche war die reinste Hölle.

James hätte auch nichts mitbekommen, wenn ich mich auf Krücken durchs Haus geschleppt hätte, denn er ritt ein neues Steckenpferd: Amateurfunk. Dies vereitelte auch all meine Bemühungen, mich abzulenken, indem ich mit dem Schreiben weitermachte, da er mehrere Artikel aus meiner Funkerzeitschrift ausgeschnitten hatte und meine Bücher aus der Bibliothek weiter mit Beschlag belegte.

Ich konnte nur hoffen, dass es ein flüchtiges Interesse sein würde.

Es ist schon schlimm genug, dass er in seine alte Gewohnheit zurückgefallen ist, sich nach der Arbeit noch in einem Pub mit seinen »Jungs« zu treffen (weshalb es bei uns jetzt praktisch jeden Tag statt eines Abendessens nur noch eine Art Mitternachtssnack gibt). Ansonsten riskiert er nach wie vor regelmäßig eine Verhaftung aufgrund seiner Verbindung zu Howard, und wenn er jetzt auch noch die Nase in meine Bücher steckt, sobald er einmal zu Hause ist und ich eine Arbeit erledigt haben möchte, dann bin ich vollends aufgeschmissen.

Am Freitagmorgen war der Knoten immer noch da, also fuhr ich zu meiner neuen Ärztin, was ich sofort hätte tun sollen.

Nicht dass die Ärztin, eine energische, schroffe und überarbeitete Frau, mir besonders viel Mut gemacht hätte.

Sie meinte, ihrer Meinung nach gebe es keinen Grund zur Sorge, aber sie werde mich trotzdem ins Krankenhaus überweisen, und ich solle einen Termin vereinbaren.

Das bedeutete, dass das Warten weiterging, obwohl ich mir natürlich klar machte, dass sie mich auf der Stelle ins Krankenhaus geschickt hätte, hätte sie sich wirklich ernsthafte Sorgen wegen des Knotens gemacht.

Je länger also die Wartezeit dauerte, desto weniger wichtig hatte sie die Veränderung in meiner Brust gefunden …

Es nützte nichts. Ich machte mir weiter Sorgen.

Ich fühlte mich so allein.

WELCHER ENGLISCHE STAR HAT DEN MEISTEN SEXAPPEAL? STIMMEN SIE AB!

Trendsetter

Sexappeal?

Ich habe nicht die Absicht, einen lebenslänglichen Keuschheitseid abzulegen, aber als ich Tish so gesehen habe... Nun ja, wenn es einen nach Champagner verlangt, ist Wasser eben doch nur etwas, womit man seinen Durst löscht, wenn man nicht bekommen kann, was man wirklich will.

Nerissa – der jüngste Durstlöscher – wird langsam schwierig, jetzt, da ich das Interesse verliere. Ich habe nicht viel Respekt vor Frauen, die sich bei der Erwähnung eines berühmten Namens gleich hinlegen, aber ich möchte ihr trotzdem nicht wehtun.

Sie war einfach nur ein Mädchen, das sich mir an den Hals geworfen hat und hübscher war als die meisten. Dummerweise hat sich inzwischen herausgestellt, dass sie mit Sara, Carlos Braut, zur Schule gegangen ist, und sie nutzt diese alte Freundschaft jetzt aus. Sie weiß immer im Voraus, wohin ich als Nächstes fahren werde, und versucht, aus einer oberflächlichen Affäre eine Art Beziehung zu machen.

Sie ist immer da. Vor allem nach einem Gig, wenn ich noch high bin von der Musik...

Sie scheint auch immer da zu sein, wenn die Kameras klicken.

Kapitel 9

Nutthill Nutria

Zwei Wochen später saß ich in einem schäbigen Krankenhausflur auf einem aus den Nähten platzenden Plastikstuhl und dachte über das Leben, das Universum und andere weltlichere Dinge nach, wie etwa die Frage, warum James nicht bemerkt hatte, in welcher Panik ich gewesen war.

Er hätte ahnen müssen, dass etwas nicht stimmte. Aber nicht einmal letzte Nacht, als ich so nervös war und so dringend etwas Zärtlichkeit gebraucht hätte, dass ich ihm die Arme um den Hals schlang und ihn küsste, selbst da hatte er es nur mehr oder weniger über sich ergehen lassen, bevor er sich vorbeugte und auf die Abspieltaste des Videogeräts drückte.

Wenn er mich in letzter Zeit jemals angefasst hätte, hätte er den Knoten vielleicht selbst bemerkt ... was mich auf ein anderes Thema bringt: Seit dem Umzug scheint sich unser Liebesleben so ziemlich in Luft aufgelöst zu haben. (Nicht dass mich der Sex jemals wirklich vom Hocker gerissen hätte, aber ich vermisse die Zärtlichkeit.) Der einzige Körperkontakt, den wir in letzter Zeit miteinander haben, scheint James' geistesabwesender Abschiedskuss am Morgen zu sein – wenn er nicht gerade bei dem schrecklichen Howard übernachtet.

Nachdem ich die Pille abgesetzt habe, bekomme ich wieder die leichten, unregelmäßigen Regelblutungen wie früher. Aber es macht mir im Grunde nichts aus – ich finde nur die Unberechenbarkeit etwas störend, und ich denke, dass mein Körper den Urlaub von all den Chemikalien durchaus genießt.

James hat nicht bemerkt, dass ich in letzter Zeit nicht viel gegessen habe, sondern glaubt, ich mache eine Diät. Er hat gesagt, wenn er eine Frau hätte haben wollen, die aussieht wie ein Kleiderbügel mit Rock und Bluse, dann hätte er eine geheiratet! So dünn bin ich nun auch wieder nicht – ich habe immer noch die richtigen Kurven an den richtigen Stellen –, aber vielleicht bin ich zu mager geworden, um für James noch attraktiv zu sein?

Übrigens, während ich immer dünner werde, nimmt *er* ständig zu – vor allem um die Taille herum! Und sein Gesicht scheint mir unter seinem neuen Polster und den dicken Tränensäcken langsam etwas von seiner zerklüfteten Männlichkeit zu verlieren. Er sieht immer besonders schlecht aus, wenn er bei Howard übernachtet hat, also sollte er wirklich besser nach Hause kommen und sich ausschlafen, wenn er bis spät in den Abend hinein gearbeitet hat.

Als ich ihn fragte, ob er sich in letzter Zeit einmal gewogen habe, war er ein bisschen verstimmt und murmelte, dass er zumindest kein hohläugiger Drogensüchtiger sei wie mein Exfreund, eine Bemerkung, die ich ignorierte, weil eine Antwort unter meiner Würde gewesen wäre. (Ich meine, haben Sie Fergal Rocco mal gesehen? So einen Körper hält man nicht, wenn man an der Spritze hängt!)

Da mir all diese Dinge im Kopf herumgingen, dauerte es eine Zeit, bis ich für meine neue Umgebung empfänglich wurde und mir meine Leidensgefährtinnen näher besah; sie wirkten alle etwas unappetitlich, aber es war möglicherweise die Beleuchtung, die jeden Einzelnen hier nach Schwindsucht im Endstadium aussehen ließ.

Einige unterhielten sich leise, aber niemand versuchte, auch nur ein nervöses Lächeln mit mir zu tauschen, und nach einer Weile ging mir auf, dass mich etwas von den anderen Frauen abhob – die Farbe meiner Kleidung.

Keine der anderen Frauen trug eine gewagtere Farbe als Beige, und die meisten sahen so aus, als hätten sie bereits angefangen, um sich selbst zu trauern.

James sähe es gern, wenn ich Countrymode und schicke kleine Kostüme tragen würde, und er sagt immer wieder, ich solle mir die Haare stylen lassen.

Was meint er damit: »stylen«? Meine Haare sind von einem tiefen Goldton und von Natur aus gelockt, und seit ich alt genug bin, um mich Mutter zu widersetzen, sind sie nicht mehr geschnitten worden. Allerdings verknoten sie sich leicht ineinander wegen der Locken. Aber ist das nicht auch ein Stil?

Als ich eine Stunde später aufgerufen wurde, fühlte ich mich etwa so, wie die anderen Patientinnen aussahen, da ich in meiner Sorge, den Aufruf zu verpassen, nicht zur Toilette gegangen war.

Die Krankenschwester führte mich an zwei Männern in weißen Mänteln vorbei, die die Köpfe zu einem ernsthaften Gespräch zusammensteckten, dann riss sie die Tür einer kleinen Zelle auf. »Da rein«, befahl sie herrisch. »Ausziehen. Nur oben rum.«

Als die Tür ins Schloss fiel, verstummte das ferne Geklapper des Krankenhauses jäh. Ich sah mich in dem engen, kleinen Raum mit seiner Couch, dem Waschbecken und dem winzigen Fenster mit dem mattierten Glas um.

Ich löste die Riemen meiner Latzhose und zog mit vor Kälte und Angst unbeholfenen Fingern meine Bluse aus und legte sie auf den Rand der Couch.

Dort entdeckte ich eine weiße Krankenhausdecke aus Zellstoff, sauber, aber mit alten Flecken übersät, und mir war so kalt, dass ich mir die Decke um die Schultern legte und mich auf die Couch kauerte. Ich ließ die Beine hinunterbaumeln, und ein Schuh fiel auf den kaugummifarbenen Linoleumboden. Ich streifte auch den anderen ab, und als mir auffiel, dass ich eine Hand fest auf meinen Knoten drückte, riss ich sie hastig herunter.

Nach zehn unendlich langen Minuten kam ein pickeliger junger Mann in einem weißen Mantel hereingeschneit. »Guten Morgen! Ich bin Medizinstudent, und wenn es Ihnen nichts ausmacht, möchte ich Sie gern zuerst untersuchen«, erklärte er gut gelaunt und ohne von seinem schmuddeligen Klemmbrett aufzublicken. Hinter ihm erschien wie aus dem Nichts die Krankenschwester und zog mir mit einer flinken Bewegung die Decke weg, ohne meine Antwort abzuwarten.

Der junge Mann tastete beide Brüste lange und ausdauernd ab, wie jemand, der in einer Müslischachtel nach dem Gratisspielzeug sucht. Dann richtete er sich auf und stieß einen langen Seufzer aus.

Ich sah ihn ängstlich an.

»Ja, da scheint es tatsächlich einen ganz schwach ausgebildeten Knoten zu geben, nicht wahr? Ich hole jetzt Dr. Thomas – wir sind im Handumdrehen wieder da.«

Fünf Minuten später, während mir noch immer meine Sterbebettszene lebhaft vor Augen stand, fegte ein kleiner, rundlicher und nicht mehr ganz junger Arzt mit einer gepunkteten Fliege um den Hals und einem Gefolge unterwürfiger Krankenschwestern im Schlepptau herein.

Er verschwendete keine Zeit mit höflichen Vorreden.

»Heben Sie den Arm. Den linken. Höher. So.« Er tastete kurz und mit unangenehm warmen Fingern meine Achsel ab. »Da ist nichts. Sie können gehen.«

Und damit war er auch schon wieder verschwunden.

Ich starrte den Medizinstudenten, der mit seinem Herrn und Meister gekommen war, ausdruckslos an: »Heißt das … heißt das, mit mir ist alles in Ordnung?«

»Ja, wenn Dr. Thomas es sagt. Sie können gehen.«

Ich atmete tief aus, und mit einem Mal kehrten Farbe, Wärme und Bewegung in die Welt zurück. »Mein Gott! Ich dachte, er würde mir eröffnen, dass ich noch sechs Monate zu leben habe oder etwas in der Art.«

»Nicht diesmal!« Und damit eilte er seinem Meister hinterher.

Was für eine Erleichterung!

Der Wunsch, niemandem etwas davon zu erzählen, verwandelte sich in das heftige Bedürfnis, es in die Welt hinauszuposaunen. James meinte nur, ich sei eine Idiotin und er habe mir gleich sagen können, dass mir nichts fehle; aber da er keinen medizinischen Abschluss hat, hätte mich das wohl kaum beruhigt.

Insgeheim bin ich immer noch nicht richtig davon überzeugt, dass wirklich alles gut ist, und die klumpige Erweichung ist nach wie vor da. Aber ich werde wohl damit leben müssen, es ist immer noch besser als die Alternative.

Allerdings hat mich das Erlebnis nachhaltig davon abgebracht, meine Brüste abzutasten. Wie soll man eine bösartige Murmel erkennen, wenn man einen ganzen Beutel davon hat?

James' Reaktion war eine derart kalte Dusche, dass ich überlegte, ob ich es nicht noch jemandem erzählen sollte. Dann dachte ich: Warum rufe ich nicht einfach Peggy an? Sie würde mich verstehen.

Peggy Mulvaney ist ebenfalls Mitglied des Verbandes der Liebesroman-Autoren, etliche Jahre älter als ich, und sie lebt in Cornwall, wo sie unter einer Vielzahl fantastischer Pseudonyme unanständige Bücher schreibt.

Sie sagt, dass sie viel Zeit mit Recherchen verbringe.

Ich habe sie seit unserem Umzug hierher nicht oft zu sehen bekommen, da es für einen Nichtautofahrer so schwierig ist, die Versammlungen des Verbandes zu besuchen. Aber ich vermisse sie und meine anderen Freunde vom VLA. Meine Aufnahme in den Verband, nachdem ich mein erstes Buch veröffentlicht hatte, hat meinem Selbstbewusstsein ungemein Auftrieb gegeben. Und da sich meine Bücher weiterhin verkaufen, habe ich das Gefühl, wenigstens *irgendwo* Erfolg zu haben.

Wie dem auch sei, ich rief Peggy an, und wir hatten ein wunderbares, langes Gespräch. Sie verstand genau, was ich durchgemacht hatte, da sie etwas Ähnliches erlebt hatte und man ihr damals versichert hatte, es sei ein gutartiges Gewächs und sie solle es ignorieren, was sie auch tat.

Sie erzählte auch, dass sie mittlerweile so viel zugenommen habe, dass sie eine Woche brauchen würde, um ihre Brüste abzutasten, dass aber Gerry, ihr gegenwärtiger Liebhaber, stets zu einem Versuch bereit sei.

Nach dem Gespräch ging es mir viel besser, und ich dachte, dass auch Mutter vielleicht gern wüsste, was ich durchgemacht hatte. Aber dann musste ich so lange warten, bis der Hörer endlich aufgenommen wurde, dass ich sie schon in einer Lache Kochsherry in der Küche liegen sah, als endlich ein Klicken in der Leitung zu hören war und dann eine vorsichtige, zittrige Stimme: »Sie ist nicht da!«

»Hallo, Granny!«, rief ich laut in den Hörer. »Ich bin es – Tish.«

»Wer?«

»Tish – deine Enkelin.«

»Warum schreist du denn so?«

»Entschuldige. Wo ist Mutter?«

»Schnaps kaufen. Sie meinte, sie wolle in die Bibliothek, aber wann ist deine Mutter je in eine Bibliothek gegangen? Mir macht sie nichts vor, das hat sie noch nie getan. Ich bin ans Telefon gegangen.«

»Ich weiß, ich kann dich hören. Ich dachte, du gingst nie ans Telefon?«

»Doch, ich bin ans Telefon gegangen, und dabei gehe ich nie ran.«

»Warum hast du es dann heute getan, Granny?«

»Musst du so flüstern? Ich verstehe kein Wort. Ich weiß nicht, warum ich mir die Mühe gemacht habe, diesen elenden Apparat aufzunehmen. Ich werd es nicht wieder tun.«

»Granny, ich war heute im Krankenhaus, weil ich dachte, ich hätte Krebs, aber ich habe keinen. Ist das nicht wunderbar?«

»Krebs? Ich bin Fisch. Nicht dass ich an diesen ganzen Quatsch glauben würde. Aber deine Mutter tut es, dieser Dummkopf. Weshalb interessierst du dich plötzlich für Astrologie? Ich will jedenfalls kein Horoskop haben!«

»Aber ich interessiere mich doch gar nicht für Astrologie!«

»Warum wolltest du dann mein Sternzeichen wissen?«, fragte sie folgerichtig. Ich gab es auf.

»Wie geht es dir, Granny?«

»Deine Mutter versucht, mich umzubringen.«

»Dich umzubringen? Aber Granny ...!«

»Ja, sie will mich umbringen! Sie lässt braune Sherryflaschen auf braunen Teppichen liegen und grüne Weinflaschen auf grünen Teppichen. Das macht sie absichtlich. Als Nächstes werde ich über deine Mutter stolpern.«

»So schlimm ist sie doch bestimmt nicht, oder?«

»›Meine Schwiegertochter trinkt‹, habe ich dem Doktor gesagt, und weißt du, was er geantwortet hat? ›Man muss trinken, sonst stirbt man, Mrs. Norwood.‹ ›Das kann ja sein‹, habe ich erwidert, ›aber nicht Sherry, den nicht!‹ Dann habe ich ihm erzählt, wo er sich sein Stethoskop hinstecken kann, der herablassende Quatschkopf!« Sie kicherte boshaft, und ich zuckte zusammen.

»Ach herrje – das hättest du aber wirklich nicht tun sollen, Granny! Und ich dachte, du magst Dr. Reevey.«

»Aufgeblasener Trottel. Er hat erklärt, er würde nicht noch

mal herkommen, um *mich* zu untersuchen. Meinetwegen. Ich brauche ihn nicht!«

»Ach herrje!«, wiederholte ich hilflos. »Wenn du so weitermachst, gehen dir die Ärzte bald aus.«

»Ich wünschte, das wäre wahr. Die vermehren sich wie Fliegen und suchen ständig nach alten Leuten, mit denen sie herumexperimentieren können. Das machen sie nämlich auf den Pflegestationen, Experimente mit alten Leuten. Deshalb kommen sie auch nie wieder raus!«

»Du irrst dich, Granny, ganz bestimmt!«

»Ich kann kein Wort verstehen. Warum flüstern alle, wenn sie mit mir reden? Da kommt deine Mutter – ich mache Schluss.« Und dann war die Leitung plötzlich tot.

Kaum hatte ich aufgelegt, klingelte das Telefon wieder, und ich nahm den Hörer auf, weil ich dachte, es sei Mutter – nur dass mir vom anderen Ende der Leitung lediglich Schweigen entgegenkam.

»Komisch«, sagte ich zu James, als er ins Zimmer kam. »Da hat schon wieder jemand angerufen und sich nicht gemeldet.«

»Wahrscheinlich verwählt.«

»N ... nein ... der Anrufer hat nicht aufgelegt, und ich bin davon überzeugt, dass jemand dran war. In letzter Zeit habe ich vier solcher Anrufe bekommen, und der Betreffende hat immer die Durchgabe seiner Nummer gesperrt.«

»Na, komm schon, Tish: Da hat jemand einfach eine falsche Nummer gewählt! Aber wenn es dich glücklich macht, rufe ich morgen von der Arbeit aus die Telecom an und lasse es überprüfen. Okay? Ich meine, es hat dir niemand Obszönitäten ins Ohr geflüstert oder schwer geatmet oder so etwas, hab ich Recht?«

»Nein«, gab ich zu und kam mir plötzlich ziemlich dumm vor. »Du hast Recht – ich rege mich ganz umsonst auf.« (Nur zur Erinnerung, ich war nicht diejenige, die sich einbildete, überall verfolgt zu werden, obwohl James sich diese Idee ziemlich schnell wieder aus dem Kopf geschlagen hat.)

Ich brachte ein Lächeln zu Stande, da er ein wenig ungeduldig wirkte, aber als ich später mit Bess in der dunklen Gasse stand, nagte der seltsame Anruf immer noch an mir.

Ich will, dass in meinem Garten Eden alles perfekt ist – keine Würmer in diesem Apfel!

Als ich leise die Haustür wieder aufschloss, hörte ich James ungehalten rufen: »Lass es einfach bleiben!«

»Was soll ich bleiben lassen?«, fragte ich entrüstet und schob den Kopf durch die Tür. James hielt den Telefonhörer in der Hand.

»Wir reden morgen weiter«, fügte er hinzu und legte auf.

»Entschuldige – ich dachte, du hättest mit mir gesprochen«, erklärte ich. »Wer war denn das?«

Er sah mich einen Augenblick lang ausdruckslos an und antwortete dann: »Howard.«

»Ah. Was wollte er denn? Du klangst so, als wärst du nicht gut auf ihn zu sprechen. Was soll er bleiben lassen?«

»Ach, du kennst doch Howard! Er hat sich ein bisschen was nebenher verdient, mit Schwarzarbeit in irgendeinem Pub, und das Sozialamt ist dahinter gekommen. Ich habe ihm gesagt, er soll entweder aufhören zu arbeiten oder keine Stütze mehr kassieren.«

Ich verlor das Interesse (abgesehen von einer gelinden Überraschung, dass Howards Telefon nicht wie üblich wegen unbezahlter Rechnungen abgeklemmt war!) und ging ins Bett, wo ich wieder einen von diesen Träumen hatte, nach denen ich James am nächsten Morgen am liebsten gar nicht in die Augen sehen möchte. Fergal spielte eine große Rolle in dem Traum.

Ich kann nichts für mein Unterbewusstsein.

Am nächsten Tag fiel mir noch jemand ein, dem ich von dem Knoten erzählen konnte und der mich bestimmt verstehen würde: Mrs. Deakin.

Sie reagierte auf sämtliche schmutzigen Einzelheiten meiner Untersuchung und der anschließenden Erleichterung mit wohltuend schauerlichen Geschichten über Brustamputationen und qualvolle Sterbebettszenen, die sie persönlich miterlebt hatte. Ihre ganze Verwandtschaft (die weibliche) musste entweder Schlagseite haben oder tot sein. Mir ging es nachher jedenfalls viel besser.

Dann teilte sie mir noch die erstaunliche Neuigkeit mit, dass in der Neubausiedlung ein reger Ehefrauentausch im Gange sei!

Während ich ein derartiges Treiben persönlich missbillige, habe ich als Schriftstellerin das Gefühl, dass ich alles über das Leben wissen sollte, daher entlockte ich Mrs. Deakin so viele Einzelheiten wie nur möglich. (Ich hoffe, das Gerücht dringt niemals bis zu James vor – Männer sind in solchen Dingen so komisch.)

Als ihr die Partnertauschgeschichten schließlich ausgingen, wechselte sie das Thema, und ich kam in den Genuss einer ausführlichen Abhandlung über die dörfliche Geschichte:

»Da war mal ein Mann ... «, begann sie und stützte sich mit Ellbogen und Busen auf die Zuckertüten. Die meisten ihrer schönsten Dorfgeschichten begannen so oder mit den Worten: »Da war mal eine Frau ... «

»Da war mal ein Mann«, fuhr sie jetzt fort, »der in Rose Cottage unten am anderen Ende des Dorfes wohnte. Seine Frau Polly, die ist vor zwei Jahren gestorben. Sie hat im Landfrauenverband Lederarbeit unterrichtet – sie hat Handschuhe und Taschen und solche Dinge hergestellt; eine echte Begabung, obwohl sie schon eine merkwürdige Frau war.

Ihr Mann, Reg, hat hobbymäßig Meerschweinchen gezüchtet, draußen im Gartenschuppen. Waren ganz merkwürdige Tiere. Der Mann hat bei einem Bauern gearbeitet, ein ganz ruhiger Typ, hätte man gedacht. Nicht übermäßig intelligent, das nicht, aber auf eine derbe Art gut aussehend.

Eines Tages schöpft Polly also Verdacht, dass er eine andere hat, also schleicht sie ihm eines Abends nach, als er ins *Dog and Duck* geht.«

»Was hat ihren Verdacht erregt?«

»Saubere Unterhosen! Ja, er hat jeden Tag eine saubere Unterhose verlangt!«

»W... wirklich?«

»Und sie hatte Recht – er hatte tatsächlich was am Laufen, mit einer Londoner Witwe, die gerade in einen der Bungalows da hinten gezogen war. Aber, wie ich schon erwähnte, Polly war eine seltsame Frau, und sie sagte erst mal gar nichts, weil sie dachte, diese elegante Londoner Dame würde ihres Regs bald müde werden, und dann würde sie ihn in aller Ruhe dafür büßen lassen können. Bloß dass sie eines Tages feststellt, dass ihr gemeinsames Postsparkonto geplündert worden war, und dann sieht sie die Witwe in einer neuen Pelzjacke herumstolzieren und zählt zwei und zwei zusammen.«

»Wie schrecklich! Was hat sie getan?«

»Ihm sein Zeug auf die Straße gestellt und die Türen abgeschlossen, sodass er nicht rein konnte. Die hat einen schönen Krach vom Stapel gelassen, als er nach Hause kam! Aber nach einer Weile sammelte er dann seine Siebensachen zusammen und geht rüber zu der Witwe. Am nächsten Tag will er dann seine Meerschweinchen holen, aber Polly sagt, sie hätte sie verkauft. Er hatte eine Mordswut im Bauch, da es irgendwelche besonderen Tiere waren und er sie jahrelang gezüchtet hatte, aber damit war die Sache eben erledigt.«

Mrs. Deakin hielt inne und verlagerte ihr Gesicht etwas, sodass eine Brust von den Zuckertüten in den Karton mit den kandierten Äpfeln absackte.

»Aber haben die beiden sich denn nicht wieder zusammengerauft? Wie ging es weiter?«

»Nach einer Weile wirft die Witwe den alten Reg raus und geht wieder dahin, woher sie gekommen war, und er zieht mit einem anderen Landarbeiter in ein Heuerhaus. Von Polly hat man dann lange nichts mehr gesehen – sie war beschäftigt. Bis sie eines Tages das ganze Dorf überrascht, indem sie in einer neuen Pelzjacke wieder auftaucht. Die Jacke war sagenhaft, der Pelz lang und glänzend und von einer ganz ungewöhnlichen Farbe. So etwas habe ich noch nie gesehen. ›Was für eine Art Pelz ist das denn, Polly?‹, hab ich sie gefragt, und da lächelt sie so merkwürdig. ›Nutthill Nutria‹, antwortet sie.«

»A ... aber das kann doch nicht ...?«, stammelte ich verblüfft.

»Das zeigt nur mal wieder, was für schwache, unzuverlässige Geschöpfe Männer sein können.« Mrs. Deakin sah mich mit ihren strahlenden Augen an. »Selbst die, die einen ganz ruhigen Eindruck machen wie Reg.«

»Aber nicht alle sind so!«, versicherte ich ihr mit einem Lächeln, denn selbst wenn James die Zeit dazu hätte, hätte er bestimmt nicht die Neigung. Wenn man ihn sezieren würde, würde bestimmt auf jedem seiner Körperteile *zum Ehemann wie geschaffen* geschrieben stehen.

»Männer! Man muss sie die ganze Zeit im Auge behalten«, beteuerte sie düster. »Selbst wenn der Geist willig ist, das Fleisch ist schwach!«

Ich dachte mit jäher Beklommenheit an Vanessa, nur um den Gedanken sogleich entschieden aus meinem Kopf zu verbannen.

Mrs. Deakin würde sich zu Tode langweilen, wenn sie James sehen könnte, wie er nur noch Amateurfunk im Kopf hat. Jeden Tag kommt mit der Post irgendwelches Zeug für ihn ins Haus. Er muss auf jede Annonce in der Funkerzeitschrift geantwortet haben, daher die vielen Löcher, die ich in den Seiten meiner Zeitschrift gefunden habe. Außerdem ist er einem nationalen Club für Fans beigetreten und geht nächste Woche zu einer Versammlung der hiesigen Ortsgruppe. Und nicht nur das, er hat auch noch einen Abendkurs gebucht.

Wenn er so viel um die Ohren hat, dass er nicht einmal mit mir essen gehen kann, wie kommt es dann, dass er dafür Zeit findet? Und was ist mit den Kosten?

Trotzdem, vielleicht hält seine Begeisterung ja diesmal nicht so lange an. Als er sich fürs Fotografieren interessierte, dauerte es zehn höllische Wochen, in denen ich scheinbar keinen Muskel bewegen konnte, ohne mich in farbiger Unsterblichkeit wiederzufinden. Und er wollte mich sogar ohne Kleider fotografieren! Aber ich habe ihm ziemlich schnell klar gemacht, was ich von *dieser* Idee halte.

Diesmal hab ich ihm gesagt, dass er, wenn er ein Hobby suche, sich den Garten vornehmen solle, obwohl ich zu der Ansicht gelangt bin, dass ihm an der Gartenarbeit nur das Lesen der Gartenbücher gefallen hat. Sobald Regen und schlammige Gummistiefel ins Spiel kommen, wird er wohl rasch das Interesse verlieren.

Aber wir hatten jetzt April, und irgendjemand musste wohl einen Anfang machen, daher ging ich am ersten, einigermaßen milden Tag nach draußen, einen Notizblock in der Hand, um mir einen Schlachtplan zurechtzulegen.

Für den Vordergarten brauchte ich nicht lange: *1) Hecke schneiden. 2) Vordergarten umgraben und frischen Torf auflegen*, schrieb ich. Als ich mich dann noch ein letztes Mal umdrehte, ging mir plötzlich auf, was die Vorderseite des Cottages wirklich brauchte (abgesehen von einem neuen Anstrich): 3) *Rosen, und zwar Kletterrosen.*

Sehr zufrieden mit mir ging ich ums Haus herum, wo mir schon bald eine Fertiggarage den Weg versperrte. Entmutigt blieb ich am Rand des hüfthohen Gräsermeeres stehen, das den eigentlichen Garten darstellte und das jetzt, nach einem kurzen Winterschlaf, zu neuem, üppigem Leben erwachte.

Irgendwann einmal hatte ich mir einen Weg bis zum Zaun gebahnt, aber davon war jetzt nichts mehr zu sehen, und den Mülleimer hatte ich nie gefunden. Jetzt stand ein neuer Plastikmülleimer verloren am Rand der Wildnis, wie der letzte Vorposten der Zivilisation.

Ich konnte das Gackern von Mrs. Peachs Hennen hören, und als der Wind seine Richtung änderte, konnte ich sie auch riechen.

Kurz entschlossen schnürte ich meine Gummistiefel zu und watete zum Gartenschuppen hinüber, der zu meiner Überraschung in halbwegs gut erhaltenem Zustand war, abgesehen von einem gesprungenen Fenster. Im Innern stieß ich auf eine große Zahl von Spinnweben, mit und ohne Bewohner, einen Haufen kaputter Blumentöpfe, eine Harke, an der drei Zinken fehlten, eine Menge vor sich hin modernder Säcke, die so ziemlich alles enthalten konnten, und die Porzellanschüssel aus dem Nachtstuhl. Eindeutig ein Job für James.

4) Schuppen ausräumen, Fenster reparieren (James).

5) Unkraut mähen. Oder müsste das heißen: »schneiden«?

An den von Zäunen begrenzten Längsseiten des Gartens standen kleine, niedrige, in die Breite gezogene Bäume, die mit ihren Ästen dicht ineinander gewachsen waren und entfernt an auf Spalier gezogene Obstbäume erinnerten, die ich mal in einem Gartenbuch gesehen habe. (Falls es sich um so etwas handelt, hoffe ich nur, dass sie nicht so alt und tot sind, wie sie aussehen.)

Das Ganze war sehr entmutigend und würde eine Menge harter Arbeit und noch mehr Geld erfordern, bevor es sich in den hübschen ländlichen Garten verwandelte, nach dem ich mich so sehnte.

Der Gegensatz zu dem glatten, gut gepflegten Rasen des Parks war niederschmetternd.

Als ich ein paar Tage später bei Mrs. Deakin vorbeiging, um Feigen zu kaufen, erzählte sie mir, dass das Herrenhaus endlich verkauft worden sei, obwohl sie nicht habe herausfinden können, an wen. Der neue Besitzer habe Handwerker kommen lassen, aber die Männer seien nicht von hier, und ihre Nachforschungen würden außerdem durch den Umstand behindert, dass der Haupteingang des Hauses auf der anderen Seite des Parks in Lower Nutthill liege. Ich werde Bess wohl bald nicht mehr in der verwilderten hinteren Auffahrt Gassi führen können, was lästig ist.

Das Haus heißt Greatness Hall, obwohl Mrs. Deakin sagt, es habe früher Great Ness geheißen. (Was für mich noch weniger Sinn ergibt.)

»Jemand meint, es sei so eine ausländische Opernsängerin, die das Haus gekauft hat«, erzählte Mrs. Deakin hoffnungsvoll. »Diese Monsterratte Cavaliero.«

»Greatness Hall hat sicher einen guten Klang als Adresse für eine Berühmtheit«, pflichtete ich ihr bei, während ich noch rätselte, wer die Monsterratte wohl sein mochte. Dann machte es klick: Montserrat Caballé.

»Es heißt, das Wittumshaus habe früher da gestanden, wo sich jetzt Ihr Cottage befindet, aber die Dame, die als Letzte da lebte, wurde wahnsinnig, hat das Haus in Brand gesteckt und ist im Feuer umgekommen«, fuhr sie ungebrochen fröhlich fort.

»Wie aufregend! Der Gutachter meinte tatsächlich, dass ein oder zwei der Mauern des Hauses älter aussähen als der Rest.«

»Ein Hauch von Erhabenheit!«, kicherte sie. »Hier haben Sie die getrockneten Feigen. Warten Sie nur ab, die werden Ihnen unheimlich gut tun.«

»Ich will Müsliriegel mit Feigen und Sesam zubereiten.«

»Egal, was Sie damit machen – die pusten Ihren Darm so richtig schön durch. Sie werden schon sehen.«

(Sie hätte vielleicht Recht behalten, wenn ich irgendjemanden dazu hätte bewegen können, einen meiner Riegel zu essen. Sie haben die Beschaffenheit von Sandwiches mit Sandfüllung und sehen so aus wie etwas, das Bess macht, wenn sie Verstopfung hatte. Toby ist der Einzige, der sie zu mögen scheint.)

James kam noch später als gewöhnlich nach Hause. Er roch nach Bier und gab zu, dass er noch auf einen Absacker im *Dog and Duck* vorbeigegangen sei.

»Wenn ich es gewusst hätte, hätten wir uns da treffen können!«, sagte ich gekränkt.

»Ich hatte es nicht geplant«, erwiderte er gereizt, »mir war einfach nach einem Bier, als ich vorbeikam.« Er stocherte in seinem Curry herum und blickte dann stirnrunzelnd auf. »Irgendwie finde ich kein Fleisch in meiner Portion.«

»Es ist auch keins drin – es ist ein Gemüsecurry.«

Er legte die Gabel weg. »Haben wir Käse im Haus?«

»Schmeckt dir der Curry nicht? Ich dachte, dass er mir gut gelungen ist. Und in den Erbsen und dem braunen Reis ist viel Protein.«

Er schob seinen Stuhl zurück. »Vergiss es, ich habe einfach keinen Hunger. Ich habe im Pub eine Pastete gegessen – Rindfleisch und Zwiebeln.«

»Wozu koche ich eigentlich, wenn du dir, noch bevor du nach Hause kommst, den Appetit verdirbst!«, brauste ich auf. »Nicht dass ich in letzter Zeit jemals genau wüsste, wann du dich dazu herablässt, hier aufzutauchen.«

»Ich kann es nun mal nicht ändern, dass ich so lange arbeiten muss«, erklärte er mürrisch.

»Aber an deinen Besuchen im Pub auf dem Heimweg könntest du etwas ändern!«

»Ich muss mich nach einem harten Arbeitstag entspannen. Und wenn mich etwas Verlockenderes als Gemüsecurry zu Hause erwarten würde, wäre das vielleicht ein Anreiz, etwas früher zu kommen.«

»Was gibt es auszusetzen an Gemüsecurry? Und wie soll ich ein vorzügliches Menü kochen, wenn das Essen stundenlang warm gehalten werden muss, bis du endlich nach Hause kommst? Ich ... wo gehst du hin?«

»In den Pub! Um noch eine Pastete zu essen!«, brummte er und schlug die Tür hinter sich zu, bevor ich den frischen Obstsalat auch nur erwähnen konnte.

Ich war bereits ins Bett gegangen (mit Kopfschmerzen), als er zurückkam, und als ich am nächsten Morgen die Treppe hinunterging, stellte ich fest, dass er in der Küche Bier gebraut hatte. So wie es aussah, musste er die Idee in betrunkenem Zustand in die Tat umgesetzt haben.

Der Herd war mit einer klebrigen, braunen Kruste überzogen, zu deren Herstellung er ungefähr ein Pfund Zucker über die halbe Küche verteilt hatte. In der Spüle standen zwei meiner besten, teuersten gusseisernen emaillierten Kasserollen, in denen der widerwärtige Papp zu einer dicken, braunen Haut verkrustet war. Um das Maß voll zu machen, hatte James den Abflussschlauch der Waschmaschine um die Töpfe gewickelt, sodass der Schlauch jetzt ebenfalls widerlich klebte.

Die ganze Küche roch wie eine Brauerei, und meine Pantoffeln klebten am Fußboden fest.

Warum macht er seine Schweinerei eigentlich nie selbst weg? Und als ich mich über das Chaos beschwerte, spielte er die beleidigte Leberwurst und meinte, er habe gedacht, ich würde mich freuen, dass er Bier selbst braut, da ich es nicht gern sähe, wenn er in den Pub geht.

»Wenn du früher Bier gebraut hast, hat es dich auch nicht daran gehindert, in den Pub zu gehen!«, erwiderte ich, ohne nachzudenken, und er stürzte wie ein wütender Stier zur Arbeit davon. Ohne mich zu küssen. (Und Gott weiß, dass das in letzter Zeit unser einziger körperlicher Kontakt ist!)

Ich habe eine Ewigkeit gebraucht, um alles wieder sauber zu bekommen, und ich war gerade erst fertig geworden und saß mit einer Tasse Kaffee am Tisch, als Bess beschloss, ihren Mageninhalt mitten auf den sauberen Küchenboden zu entleeren.

So waren meine Vormittage früher nie.

Später kamen die unvermeidlichen Blumen, aber diesmal hatte er ein Frühlingskörbchen mit Narzissen gewählt, das wirklich hübsch war.

Es roch wahrscheinlich auch gut, nur dass sich das Geruchsgemisch aus verbranntem Malz und Bess' Erbrochenem bereits ziemlich hartnäckig in meiner Nase festgesetzt hatte.

IN DIESER AUSGABE:
Ein exklusives Poster des Mannes, den Sie einstimmig gewählt haben – wie Sie ihn noch nie gesehen haben!

Trendsetter

Ich habe mich selbst noch nie so gesehen. Wo haben die bloß dieses Ding ausgegraben? Ich habe ja keine Komplexe, was Nacktheit betrifft, aber trotzdem!

Vielleicht ist es ein altes Bild aus meinen frühen Tagen mit Goneril? Ich kann nicht beschwören, dass ich mich an alles erinnere, was ich während unserer ersten Tournee getan habe. Oder vielleicht ist das Ganze ja nur eine gelungene Computeranimation?

Und dieses Bärenfell ist ja nun wirklich alles andere als originell. Es wundert mich nicht, dass das Tier so ein gequältes Gesicht macht.

Kapitel 10

Gerechter Lohn

James scheint sich neuerdings mehr Mühe zu geben, früher nach Hause zu kommen oder mir wenigstens mitzuteilen, wenn er sich verspäten wird, daher belohne ich ihn mit langweiligen Standardmahlzeiten: Fleisch, zweierlei Sorten Gemüse sowie Apfelkuchen und Eiercreme zum Nachtisch, alles Dinge, die er gern mag. Vollwertkost ist etwas, das man wohl besser schrittweise einführt.

Außerdem ist er ein paar Mal mit mir zum Essen in den Pub gegangen, aber er benötigt immer noch einen Kickstart, wenn er mir im Haus helfen soll. Ich kam mir schon wie die reinste Xanthippe vor, als ich ihn endlich so weit hatte, das ganze Osterwochenende darauf zu verwenden, den Vorgarten in Ordnung zu bringen, aber es musste sein.

In einem Augenblick der Erleuchtung mietete ich einen Müllcontainer und ließ ihn vorm Haus aufstellen, wo er sich zu einem Magneten für das ganze Dorf entwickelte.

Obwohl wir niemals jemanden gesehen haben, denn die Leute kamen stets im Schutz der Dunkelheit, tauchte jeden Morgen fremder Müll in dem Container auf. Doch muss fairerweise gesagt sein, dass auch alle möglichen Dinge verschwanden, angefangen von halb verfaulten Holzbrettern bis hin zu abgelegten Gummistiefeln.

Wir stutzten die Ligusterhecke auf eine vernünftige Höhe zurück und gruben den Vorgarten um.

Es war eine elende Schinderei, und ich hatte Blasen an den Händen, aber der Unterschied ist wirklich verblüffend!

James lag anschließend stundenlang in der Badewanne, weil er sonst, wie er meinte, bis ans Ende seiner Tage wie der Glöckner von Notre Dame aussehen würde. Er verbrauchte mein ganzes teures Kiefernbadeöl und den kompletten Vorrat an heißem Wasser, und ich musste fast eine Stunde warten, bis es wieder warm wurde. Ich versuchte, ihn durch die Badezimmertür darauf aufmerksam zu machen, aber er hatte das Radio auf volle Lautstärke gestellt und tat so, als hörte er mich nicht, der egoistische Kerl.

Obwohl ich froh darüber bin, dass der Garten langsam Form annimmt, schaffte James es, aus seiner harten Arbeit, die eigentlich trotzdem hätte Spaß machen können, eine Art Buße zu machen, die ich ihm aufzwang, sodass ich es nicht wagte, das Gartenstück hinterm Haus auch nur zu erwähnen.

Während er sich noch in der Badewanne marinierte, bekam ich wieder einen dieser schweigenden Telefonanrufe – den ersten seit einer ganzen Weile. Irgendwie scheint James nie am Apparat zu sein, wenn solche Anrufe kommen.

Am Dienstagmorgen humpelte James immer noch stöhnend durchs Haus und machte spitze Bemerkungen des Sinnes, dass der Gedanke ans Büro nach all dieser Plackerei die reinste Freude sei. Ich dagegen hatte die Bewegung an frischer Luft als anregend und wohltuend empfunden.

Ausnahmsweise brachte es der Postbote fertig, die Post zu bringen, bevor James zur Arbeit fuhr, und neben einem Haufen idiotischer Werbesendungen, für die mindestens anderthalb Bäume gestorben waren, fand ich meine Einladung zu der Preisverleihung des VLA im Juni mit anschließendem Essen.

»James, möchtest du dieses Jahr mit zum VLA-Dinner kommen?«, fragte ich. »Es findet im *Fitzroy Tower Hotel* statt, sodass das Essen bestimmt erstklassig sein wird!«

Ich glaubte nicht, dass er mich begleiten würde; er hatte es auch nur ein einziges Mal versucht, und die Erfahrung, einfach nur »Marian Plentifolds Ehemann« zu sein, ein Anhängsel, hatte ihm nicht gefallen.

»Du brauchst mich nicht«, murmelte er verdrießlich und strich weiter Butter auf seinen Toast. »Du ziehst doch nur mit deinen Freunden ab und redest über Bücher.«

»Das ist der Sinn solcher Veranstaltungen, James – die Chance, Leute mit den gleichen Interessen zu treffen. Seit unserem Umzug hierher konnte ich nicht einmal zu den üblichen Treffen gehen, und ich vermisse sie wirklich.«

Er beugte sich plötzlich vor und riss mir die Einladung aus

den Fingern, wie ein viktorianischer Papa, der einen Liebesbrief witterte. Als er sah, was der Abend kostete, stieß er ein entrüstetes Heulen aus. (Verständlicherweise.) Dann überflog er die Namen der Preisgewinner.

Ich hatte gehofft, dass er genau das nicht tun würde.

»Ich verstehe! Deshalb bist du also so versessen darauf hinzugehen! Fergal Rocco soll den Preis der Zeitschrift *Trendsetter* entgegennehmen, für *den Mann, mit dem unsere Leserinnen am allerliebsten* ... !«

Er blickte auf, verwirrt und argwöhnisch: »Mit dem die meisten Leserinnen am allerliebsten ... was?«

»Benutz deine Fantasie, James!«

»Das ist ja widerlich!«

»Ich finde es komisch. Außerdem wird Fergal nicht da sein.«

»Woher weißt du das?«, fuhr er mich an. Seine Augen wurden verdächtig schmal, und die kleine Ader an seiner Schläfe – immer ein Warnsignal – begann zu zucken.

»Weil er zurzeit auf Welttournee ist; du hast mir selbst den Zeitungsartikel gezeigt! Er wird wohl kaum von Japan rübergeflogen kommen, nur um den Preis des *Trendsetters* entgegenzunehmen!«

»Japan? Wieso weißt du, wo er ist?«

»Um Himmels willen, James! Ich habe einfach das erste Land erwähnt, das mir in den Sinn gekommen ist! Was um alles in der Welt ist bloß in dich gefahren?«

Es stellte sich heraus, dass er den Zeitungsartikel aufgehoben hatte, und unglücklicherweise sollte Goneril tatsächlich ungefähr zu dieser Zeit in Japan auftreten. Aber zumindest beruhigte ihn diese Tatsache dahingehend, dass Fergal nicht bei der Preisverleihung anwesend sein würde. (Und ich war ebenfalls beruhigt – ich wäre nicht hingegangen, wenn auch nur die geringste Wahrscheinlichkeit bestanden hätte, ihm dort zu begegnen.)

James fuhr zur Arbeit, mit Verspätung und in übelster Laune (aber das war sein Problem), und ich rief Peggy Mulvaney an und schlug ihr vor, dass wir uns beim Dinner um Plätze nebeneinander bemühen sollten.

»Es ist eine Schande, dass Fergal Rocco nicht da sein wird«, meinte sie traurig. »Er hat fast so viel Sexappeal wie Robert Plant.«

»Robert Plant?«

»Ich vergesse immer wieder, dass du jünger bist als ich. Er gehörte zu Led Zeppelin. Komischerweise habe ich nie für ihn geschwärmt, als er noch jünger war – ein magerer Kerl mit Beinen wie eine Spinne –, aber jetzt, wenn er an meine Tür klopfte und mich anflehte, eine Affäre mit ihm anzufangen, würde ich ernsthaft darüber nachdenken. Ungefähr zwei Sekunden lang.«

»Ich habe ihn mal gekannt.«

»Was, Robert Plant?«

»Nein! Fergal Rocco.«

»Du kanntest ihn? Im biblischen Sinne?«

»Also wirklich, Peggy! Ich bin vor Jahren mit ihm gegangen, und ich bin froh, dass er nicht zu dem Dinner kommen wird, denn er hat mich ziemlich mies behandelt. Ich möchte ihn wirklich nicht wiedersehen.«

»Nun, nun! Kein Wunder, dass du diese saftigen Passagen in deine Romane einbaust. Und vielleicht möchtest *du* ihn nicht wiedersehen, aber du hättest ihn *mir* vorstellen können.«

»James hat erst vor kurzem erfahren, dass ich mit Fergal gegangen bin, und er hat ziemlich komisch darauf reagiert. Eifersüchtig. Vielleicht hat er deshalb eine Art Widerwillen gegen mich entwickelt, denn eigentlich sollten wir auf ein Baby trainieren, aber er ist seit unserem Umzug kaum in meine Nähe gekommen.«

»Er hat wahrscheinlich nur Angst vor dem Vergleich – dass er nicht mit dem anderen mithalten kann. Außerdem willst du doch kein Baby. Eklige, schreiende, stinkende Dinger.«

»Sind sie das? Ich dachte, sie schlafen viel?«

»Nur die Babys anderer Leute schlafen.«

»Oh. Ich dachte, sie liegen den größten Teil der Zeit im Bett, sodass ich trotzdem schreiben könnte und ...«

»Vergiss es. Wenn du Glück hast und sie tatsächlich mal schlafen, verbringst du die Zeit damit, bekötzelte Kleider in die Waschmaschine zu stopfen, Fläschchen auszukochen, Spielzeug wegzuräumen und zu versuchen, alles halbwegs sauber zu halten. Und wenn du mehr als vier Stunden Schlaf auf einmal bekommst, ist das schon der Gipfel der Glückseligkeit.«

»Klingt schrecklich. Ist es wirklich so schlimm?«

»Schlimmer. Aber du bist noch jung – ich schätze, du würdest damit zurechtkommen. Schaff dir nur eins an, und finde dich damit ab, dass du nichts Konstruktives getan bekommst, bis es in den Kindergarten gehen kann.«

»So jung bin ich nun auch wieder nicht – fast dreißig. Ich glaube, du hast mir soeben meinen Kinderwunsch ausgeredet.«

»Tut mir Leid. Es hat auch seine schönen Seiten. Ich habe meine Kinder heiß und innig geliebt, als sie erst mal aufhörten, wie Pfannkuchen im Bett rumzuliegen. Aber ich hätte keine bekommen, wenn mein Ex nicht so versessen darauf gewesen wäre und wenn ich nicht so versessen auf ihn gewesen wäre.«

»James ist ebenfalls versessen darauf – oder war es jedenfalls, bis er von meiner zweifelhaften Vergangenheit erfuhr.«

»Söhne, das ist es, was dahinter steckt. Er ist über vierzig, nicht wahr? Die nächste Generation. Hat wahrscheinlich irgendwelche altmodischen Ideen im Kopf, kleine Kopien seiner selbst produzieren zu wollen.«

»Woher weißt du das?«

»Männer sind so durchschaubar – deshalb ist es so leicht, männliche Figuren zu beschreiben. Drücke auf Knopf A, und du bekommst Reaktion B. Punkt.«

»Ist Gary auch durchschaubar?«

»Bis zu einem gewissen Grad, ja, aber er macht einen auf Künstler, was ihm eine gewisse Tiefe verleiht. Und er ist groß – groß, bärtig und wortkarg –, und er hat noch seine eigenen Haare und Zähne. Das ist so ungefähr alles, was ich heutzutage noch verlangen kann. Aber er ist wirklich ganz nett.«

»Ich finde, er klingt sehr attraktiv.«

»Es geht. Wie auch immer, wir sehen uns dann also im Hotel. Ich fahre mit dem Nachtzug nach Hause, daher können wir nach dem Essen noch ein bisschen an der Hotelbar plaudern.«

»Könntest du nicht auch über Nacht bleiben?«

»Ich kann Gary die Katzen nicht länger als einen Tag anvertrauen – sie terrorisieren ihn.«

Als ich aus dem Haus ging, um meine Anmeldung für die Veranstaltung abzuschicken, zuckten Mrs. Peachs Vorhänge, aber ich gewöhne mich langsam daran. Abgesehen von ihrer Eiertour sehe ich sie nur selten, denn wenn ich aus dem Haus gehe, bleibt sie drin, um mich zu beobachten.

Sie hat mir angeboten, mir Kaninchen »für die Pfanne« zu verkaufen, aber ich habe abgelehnt. Eine widerwärtige Idee, selbst wenn sie kochfertig zerlegt wären, was ich bezweifle. Igitt!

ANSTURM AUF TICKETS IN TOKIO:
Neun Menschen verletzt bei Vorverkauf für den letzten Auftritt der britischen Band Goneril...

Sun

Fragen Sie mich nicht, wie Hywel dahinter gekommen ist, dass ich während der Abschiedstournee für eine einzige Nacht nach England zurückfliegen wollte, aber er hat es geschafft. Ich habe ihn zwar nie dabei ertappt, wie er mit dem Ohr auf dem Boden lag, um zu lauschen, aber ich habe so meinen Verdacht.

Ich habe ihm nicht erzählt, warum, weil ich nicht möchte, dass meine persönlichen Angelegenheiten auf der Stelle in Publicity-Material kompostiert werden.

Er wies mich darauf hin, dass ich noch eine zweite Nacht dranhängen und den Preis vom Trendsetter *persönlich entgegennehmen könne.*

»Das könnte ich – aber dann müsste ich zu einer gottlos frühen Stunde am nächsten Morgen zurückfliegen, oder ich wäre nicht rechtzeitig zum nächsten Gig wieder in Japan.«

»Ich könnte dir ein Zimmer in dem Hotel reservieren lassen, in dem die Preisverleihung stattfindet«, versuchte er mich zu überreden, »dann kannst du dich noch ein paar Stunden hinlegen, bevor dein Flieger geht.«

»Vielen Dank. Aber ich möchte lieber einen Tag früher zurückkommen und zusehen, dass ich vorm nächsten Konzert die Zeitverschiebung halbwegs wieder verdaut habe.«

»Aber denk doch mal an die Publicity«, jammerte Hy. »Dieser Preis wird bei der Jahresversammlung des Verbandes der Liebesromanautoren überreicht – ein oder zwei Fotos von dir, umringt von den Königinnen der Romantik. Das wäre auch für die eine gute Publicity – und wer weiß? Vielleicht inspirierst du die eine oder andere Dame zu einer neuen Schnulze!«

Er kicherte, und ein Erdbeben, das auf der Richterskala die Stärke vier erreicht hätte, ließ sein Sechsfachkinn erzittern.

»Verband? Sind alle da Mitglied?«

»Die meisten, denke ich. Es werden etwa dreihundert Leute anwesend sein, darunter viele Schriftsteller. Warum fragst du? Du kennst doch keine Schriftsteller, oder?«

»Vielleicht doch. Könntest du mir eine Liste aller Teilnehmer beschaffen, wenn ich verspreche, den Preis persönlich entgegenzunehmen?«

»Kein Thema – die werden so begeistert über deine Teilnahme sein, dass du nur zu fragen brauchst, und sie geben dir noch eine Schriftstellerin als Dreingabe.«

»Ich glaube, du überschätzt meinen Charme, aber ich werde dran denken. Für den Augenblick würde mir eine Liste reichen.«

Sie wird wahrscheinlich nicht da sein – und wenn doch, sollte ich nicht hinfahren ... Aber verdammt, nach all dieser Zeit können wir einander doch wohl wie zivilisierte Menschen gegenübertreten, oder?

»Wenn du mir vielleicht verraten würdest, für welchen Namen du dich interessierst?«, bemerkte Hywel mit Unschuldsmiene.

Ich warf ihm einen Blick zu.

»Der Mann, mit dem die meisten Leserinnen am allerliebsten ...«, spottete er unverfroren.

»Versprich dir nicht zu viel davon. Die meisten Leserinnen des Trendsetter *sind etwa vierzehn, und wenn sie mir von Angesicht zu Angesicht begegnen sollten, würden sie einen knallroten Kopf bekommen und stottern. Manchmal fühle ich mich wie ihr Vater.«*

»So sehen sie dich bestimmt nicht. Wie auch immer, ich treffe also die nötigen Vorbereitungen, okay?«

»Ja. Ich soll dir übrigens noch etwas von Carlo ausrichten, wegen Japan. Er hat sich gerade verlobt, und er sagt, wenn du noch mal so einen Stunt probierst wie bei unserem letzten Besuch in Japan und uns eine Geisha und einen Kameramann auf unsere Suite schickst, wird er dir höchstpersönlich die Birne einschlagen. Und ich werde ihm dabei helfen«, fügte ich hinzu.

»Carlo verlobt?«, fragte er und drang dabei gleich zum Kern der Sache vor. Dann schüttelte er seelenvoll den birnenförmigen Kopf. »Das wird seinem Image aber gar nicht gut tun. Mike und Col sind wenigstens schon so lange verheiratet, dass die Leute es völlig vergessen haben. Außerdem sind die beiden keine Frontleute. Aber, na ja, man muss die Sache positiv sehen – wenigstens läuten die Glocken nicht für dich.«

»Nein, ich habe keine Heiratsabsichten, aber ich bin froh, dass das die letzte Tournee ist. Es wird Zeit, dass ich mich irgendwo niederlasse.«

»Das erzählst du jedes Jahr.«

»Carlo findet es jetzt auch, und die beiden anderen möchten langsam ein normales Familienleben führen können. Ich sage nicht, dass wir auseinander gehen werden, nur dass wir alle lieber nur noch ab und zu ein paar Konzerte geben wollen, statt auf Tournee zu gehen. Es gibt auch noch andere Dinge im Leben als Musik, und wir wollen etwas Zeit dafür haben.«

»Das ist nicht dein Ernst! Wie auch immer, wir müssten wenigstens noch eine Abschiedstournee machen.«

»Dies ist unsere Abschiedstournee, jedenfalls haben wir sie als solche angekündigt, falls du dich erinnerst?«

»Ja, aber das ...«

»Dann kann es also auch eine sein«, fiel ich ihm gnadenlos ins Wort.

Er schüttelte langsam den Kopf. »Hör mal, Fergal, ich kann nicht glauben, dass das wirklich dein Ernst sein soll! Überleg doch mal, was würdest du tun, wenn du nicht durch die Welt tourst?«

»Malen? Mehr Songs schreiben? Leben?«

Er blickte auf, plötzlich hellhörig geworden. »Es ist doch nicht diese kleine Amerikanerin, oder? Die, die dir ständig nachläuft?«

Nein, nicht so, wie du es dir vorstellst. Ich habe noch keine Frau kennen gelernt, mit der ich auf Dauer zusammenleben möchte – bis auf eine.

Hywel ist der letzte Mann, dem man solche Geheimnisse anvertrauen darf.

Er entspannte sich jetzt sichtbar, und sein Lächeln wurde immer breiter: Er nimmt es mir nicht ab, dass es mir ernst ist. Todernst. Aber es ist mir ernst – das ist die Angelegenheit, derentwegen ich nur für einen Tag von Japan rüberfliege. Ich werde nicht eine Tournee nach der anderen machen, bis ich nur noch eine Parodie meiner selbst bin. Ich mag für Hy ja noch immer der Bad Boy des Rock'n'Roll sein, aber ich möchte nicht zum schmutzigen alten Mann des Rock werden, zum ältesten Sänger in der Stadt.

Kapitel 11

Das Untier im Schuppen

Heute bin ich mit dem Bus in das Gartencenter gefahren und habe mir eine Kletterrose und ein weißes Gitter gekauft und mich in ein rustikales Vogelhäuschen verliebt, sodass ich James anrufen und ihn bitten musste, die Sachen auf dem Weg von der Arbeit abzuholen. Das gefiel ihm nicht besonders, obwohl es nur ein paar Meilen Umweg bedeutet.

»Außerdem ist es Geldverschwendung!«

»Du findest es ganz in Ordnung, wenn du Geld für Alkohol, teure Zeitschriften und Bücher über Amateurfunk ausgibst, James«, bemerkte ich. »Warum soll ich mir nicht auch mal einen Luxus leisten?« (Falls man ein Vogelhäuschen als Luxus bezeichnen kann!)

Er schmollte immer noch, als er mit dem Vogelhäuschen nach Hause kam, das ich jetzt hinterm Haus aufgestellt habe, wo eines Tages die Terrasse sein wird. Ich kann in der Frühstücksecke (Eiche – Kiefer hat heute ja jeder) sitzen und mit dem Bestimmungsbuch in der Hand den Garten beobachten, obwohl mir bisher nur große, braune, langweilige Vögel unterkommen, die um den Tisch herumhüpfen, als hätten sie Gummibeine.

Am Morgen nach dieser kleinen Meinungsverschiedenheit fuhr James abermals ins Büro, ohne mir einen Abschiedskuss zu geben, aber ich glaube, dass weniger schlechte Laune als Geistesabwesenheit dahinter steckte.

Die Überstunden am Abend scheinen wieder häufiger nötig zu werden. Ich überlege, ob ich Lionel einmal darauf ansprechen soll, wie sehr James das ermüdet. Obwohl ich das Gefühl habe, dass er es mir übel nehmen würde, wenn ich es täte. Und Onkel Lionel ist nicht übermäßig freundlich. Er hat einen kahlen Kopf und kleine Kugelaugen wie ein Tintenfisch.

Ich habe ziemlich lange an *Liebe auf allen Wellen* gearbeitet und bin dann zu einer Tasse Kaffee nach unten gegangen, und da passierte es. Während ich meinen Kaffee trank, sah ich aus den Augenwinkeln etwas Großes, Braunes blitzschnell auf das Vogelhäuschen zulaufen, ein Bröckchen Brot schnappen und wieder davonhuschen.

Aufgeregt versuchte ich, mir alle mittelgroßen, braunen Tierarten ins Gedächtnis zu rufen, die auf den britischen Inseln beheimatet sind. Otter natürlich – aber leben die nicht an Flüssen und fressen Fische? Und Wiesel.

Ich stahl mich auf Zehenspitzen hinaus und verteilte eine großzügige Portion Essensreste auf dem Tisch, dann ging ich wieder hinein und drückte hoffnungsvoll meine Nase an die Fensterscheibe.

Das Tier kehrte mit ungeheurer Schnelligkeit zurück, sodass ich kaum Zeit hatte, den glänzenden braunen Leib, die runden Ohren und den langen nackten Schwanz wahrzunehmen, bevor es wieder wegsprang.

Ein grässlicher Verdacht – eine furchtbare Vorahnung – beschlich mich. Das konnte doch unmöglich eine *Ratte* gewesen sein?

Nein – es musste sich um etwas anderes handeln, etwas, das ein wenig wie eine Ratte aussah, aber ganz harmlos war …

Trotzdem, irgendeine der menschlichen Rasse angeborene Erinnerung ließ in meinem Gehirn Warnglocken schrillen, und nachdem ich das Geschöpf bei mehreren weiteren Besuchen beobachtet hatte, war ich mir ganz, ganz sicher. Es handelte sich tatsächlich um eine Ratte.

Nichts hätte mich veranlassen können, noch einmal durch diese Gartentür zu treten. Ich dachte an Beulenpest und den schwarzen Tod.

»James!«, rief ich in Panik ins Telefon. »Wie sehen Ratten aus?«

Seine Stimme nahm einen gedämpften Klang an, als hätte ich ihm den Tod eines Familienmitglieds mitgeteilt.

»Ratten? Erzähl mir nicht, wir haben Ratten im Haus?«

»Nein, aber draußen lebt eine, unter dem Schuppen, glaube ich.«

»Oh, draußen!« Seine Stimme wurde lauter, gereizter. »Ist

das alles? In dieser verfallenen Scheune nebenan muss es von Ratten nur so wimmeln! Lass Bess raus – sie wird sie schon verscheuchen. Also, wenn das alles ist, möchte ich jetzt weiterarbeiten. Ich habe heute extrem viel um die Ohren, und du solltest mich wirklich nur anrufen, wenn es etwas Dringendes gibt.«

»Das ist dringend!«, jammerte ich, aber er legte mit einem beiläufigen »Bis später« auf.

Gemeiner Kerl.

Ich ließ den Hörer auf die Gabel krachen und blieb fingernägelkauend neben dem Apparat sitzen, bis mir klar wurde, dass ich auf dem Nachtstuhl saß, woraufhin ich mich hastig erhob und mich daranmachte, die Hunde-Artillerie in den Garten hinauszulocken.

Besagte Artillerie lag gemütlich schlafend vor dem Gasfeuer, wie ein teurer norwegischer Teppich, und weigerte sich, die Augen zu öffnen, obwohl ich sie mit falschen Versprechungen zu ködern versuchte: »Komm, Gassi gehen!«

Dann rief ich den Bezirkskammerjäger an, aber der Herr verlor ebenfalls das Interesse, sobald er erfuhr, dass die Ratte nicht das Haus mit mir teilte.

Jetzt blieb mir nur noch eines; ich zog meinen Mantel an und ging mir einen Rat bei Mrs. Deakin holen: die dörfliche Anlaufstelle für Probleme jeder Art.

»Ratten?«, wiederholte sie gelassen und richtete dann mit einem vernehmlichen Klatschen die Schulterriemen ihres BHs. »Unter Ihrem alten Schuppen?«

Ich sah im Geiste eine ganze Familie ausgehungerter Ratten aus dem Schuppen auftauchen, um mich mit großen, gelben Zähnen anzugreifen, und meine Stimme wurde schrill: »Es muss doch eine Möglichkeit geben, die Tiere loszuwerden ... *das* Tier!«

»Wir hatten mal vor ein oder zwei Jahren schreckliche Probleme mit Ratten, damals, als die neue Kanalisation gebaut wurde. Die Viecher liefen in Scharen über die Dorfstraße, das können Sie mir glauben. Und gequiekt haben sie!«

Ich klammerte mich an der Holztheke fest und sah Mrs. D. verzweifelt an.

»Sie brauchen Bob und seine Jack Russells«, erklärte sie mir. »Die werden Ihren Ratten Beine machen!«

»Bob und seine Jack Russells?« Es klang wie der Name einer Band oder einer Punkergruppe.

»Jack Russells sind kleine Terrier, aber wie wild hinter Ratten her. Ich sage Bob, dass er morgen früh mit seinen Hunden bei Ihnen vorbeikommen soll, ja?«

»Oh ja, bitte!«, antwortete ich dankbar. Ratten stehen auf der Dringlichkeitsliste eindeutig über dem Schreiben.

»Ich nehme das in die Hand. Das wird ihm Spaß machen, unserem Bob. Er hat sie nicht alle beisammen, das müssen Sie wissen, aber Sie werden sehen, er ist ein guter Junge, und immer hilfsbereit.«

»Hat sie nicht alle beisammen ...?«

»Siebenmonatskind«, erklärte sie. »Und im Zug nach London geboren. Ma Slogget wollte ihn Euston nennen, aber ihr Mann Joe hat ein Machtwort gesprochen und gemeint, wenn William gut genug für seinen Vater gewesen sei, dann wäre es auch gut genug für seinen Sohn. Aber wir nennen ihn Bob.«

»Oh ...« Ich glaube, man konnte beinahe das Klicken hören, mit dem bei mir der Groschen fiel. »Oh, hm, vielen Dank, Mrs. Deakin! Muss ich ihm etwas geben? Ich meine, was ...?«

»Ihm etwas geben?«, wiederholte sie, überrascht, dass ich das nicht selbst wusste. »Nun, geben Sie ihm ein paar alte Zeitschriften! Er ist ganz vernarrt in Zeitschriften, unser Bob. Egal was: Comics, Frauenblätter, alte Kataloge. Es geht um die bunten Bilder darin.«

So hatte ich das noch nie betrachtet!

»Also, was kann ich Ihnen geben?«, fragte sie.

»Ähm ... haben Sie vielleicht Batman-Comics da?«

James, davon in Kenntnis gesetzt, dass, oh Jubel!, der Rattenfänger im Anmarsch sei, zeigte sich sehr skeptisch, was den Erfolg dieses Manövers betraf, konnte aber keinen besseren Gegenvorschlag machen und zog sich am nächsten Tag wie gewohnt ins Büro zurück, um es mir zu überlassen, in banger Erwartung auf meinen geistesschwachen Besucher zu warten.

Aber ich hätte mir keine Sorgen zu machen brauchen, denn Bob erwies sich als ein Bombenerfolg.

Groß, mit gelocktem Haar, leeren blauen Augen und scheuem Lächeln, klopfte er irgendwann am Vormittag an meine Gartentür.

Tatsächlich war er schon eine ganze Weile da, hatte diesen Umstand aber lediglich durch den Lärm kundgetan, mit dem er durch den Garten gelaufen war und seine Hunde mit lauten Schreien angefeuert hatte.

Der blonde Hüne auf der Türschwelle riss eine Hand hinterm Rücken hervor und hielt mir, zum Zwecke näherer Begutachtung, eine extrem tote Ratte hin. Er ließ sie am Schwanz vor meinen Augen hin und her baumeln.

»Ich hab eine!«, rief er freudestrahlend.

Natürlich prallte ich ein wenig zurück, erholte mich aber so weit, dass ich ihm zu den Jagdkünsten seiner Hunde gratulieren konnte. Die beiden kleinen, unauffälligen Terrier hockten hechelnd zu seinen Füßen.

Er machte keine Anstalten, wieder zu gehen, sondern stand einfach nur da und lächelte mich freundlich an, wie ein Mensch, der alle Zeit der Welt hatte, was vermutlich auch der Fall war.

»Warten Sie«, bat ich, als mir Mrs. Deakins Worte wieder einfielen, »ich habe etwas für Sie.«

Ich kam mit zwei Batman-Comics und einigen Frauenzeitschriften zurück. Als ich sie ihm hinhielt – einem hoch gewachsenen Mann in schlammigen Cordhosen und den größten Stiefeln, die ich je gesehen hatte –, huschte ein Ausdruck kindlicher Freude über seine Züge, und ich war so erleichtert, dass ich ihm obendrein einen Mars-Riegel und zwei knochenförmige Hundekuchen aufdrängte, sodass wir in bester Freundschaft voneinander schieden.

Als er um die Ecke des Hauses bog, nuckelte er gedankenverloren an einem der Hundekekse, aber ich glaube nicht, dass er ihm schaden wird.

Ich freute mich schon darauf, James von all dem zu erzählen, doch das Abendessen stand bereits im Zustand der Austrocknung im Ofen, als James mich von Howard aus anrief, um mir mitzuteilen, dass er an diesem Abend nicht nach Hause kommen würde.

»Aber warum hast du mir nicht früher Bescheid gesagt?«, fragte ich. »Das Abendessen ist ruiniert, und ich habe gerade überlegt, ob ich die verschiedenen Krankenhäuser anrufen soll, um zu hören, ob du vielleicht einen Unfall hattest!«

»Werd doch nicht gleich hysterisch! Ich hatte bis spät mit einem Mandanten zu tun, und dann dachte ich, ich kann dich genauso gut von hier aus anrufen. Tut mir Leid wegen des Abendessens. Hör mal, ich bringe morgen Abend zur Entschädigung etwas von unterwegs mit, wie wär das? Und eine Flasche Wein.«

Ja, eine Flasche sehr trockenen Rotwein, nicht den lieblichen Weißen, den ich bevorzuge. Und wenn ich mich nicht beeile, hat er seit neuestem die Flasche schon leer getrunken, bevor ich den ersten Schluck genießen kann.

»Ich wünschte, du würdest nach Hause kommen«, gestand ich kläglich.

»Sei nicht dumm. Ich seh dich dann morgen. Gute Nacht.« Er legte auf.

Ich gab Bess die vertrockneten Überreste des Abendessens und fühlte mich zu niedergeschlagen, um irgendetwas anderes zu tun, als ins Bett zu gehen. Und ich nahm sogar Bess mit nach oben, weil ich so einsam war. Sie stieß mir immer wieder ihre Nase in die Hand und seufzte, was kitzelte.

Irgendwann schlief ich ein und träumte, dass Fergal Rocco, bekleidet mit einem gänzlich unpassenden Heiligenschein und Flügeln (und sonst nichts), mir erzählte, was für eine Langweilerin aus mir geworden sei.

»Steig von deinem Pferd runter, und trink deine Milch!«, sagte er gedehnt und ritt davon, einem Technicolor-Sonnenuntergang entgegen und begleitet von Glockengeläut.

Telefonglocken...

Ich tastete schläfrig nach dem Hörer. »Hallo?«

Als Antwort bekam ich ein ersticktes Kichern und ein plötzliches Rascheln, dann wurde das Telefon am anderen Ende der Leitung mit solcher Wucht auf die Gabel geknallt, dass ich plötzlich aufrecht im Bett saß, mit wild hämmerndem Herzen.

War das der nächste Schritt des schweigenden Anrufers? Oder nur irgendjemand, der mir einen Streich spielte? Oder einfach eine falsche Verbindung?

Ich hatte bisher die Möglichkeit gar nicht in Betracht gezogen, dass es sich bei dem schweigenden Anrufer um eine Frau handeln könnte …

Nach einer Weile gab ich den Versuch auf, noch einmal einschlafen zu wollen, und machte mir eine Tasse Kakao, und als ich endlich ins Bett zurückkam, stellte ich fest, dass Bess fast genauso laut schnarchte wie James, dabei aber deutlich attraktiver aussah.

Sie rutschte auch entgegenkommend zur Seite, um mir Platz zu machen, als ich darauf beharrte. (Ebenfalls im Unterschied zu James.)

Nach einer Weile schlief ich mithilfe eines Buches auch wieder ein, aber sobald ich am nächsten Morgen aufwachte, beantragte ich eine Geheimnummer. Es interessiert mich nicht, was James dazu sagt, ich habe genug merkwürdige Anrufe bekommen.

Außerdem konnte ich ihn gar nicht fragen, er war ja nicht da.

WELTTOURNEE – EIN TOTAL-AUSVERKAUF!
Gerüchte verdichten sich, dass es sich tatsächlich um Gonerils letzte Tournee handeln soll. »Keine Tourneen mehr, aber die Band besteht weiter«, sagt Fergal Rocco.

NME

Glauben Sie es.

Kapitel 12
Mayday

Ich war so sauer auf James, dass ich ein weiteres Arbeitswochenende verhängte und ihn am Samstagmorgen in den Garten hinausscheuchte, so sehr er auch murrte, dass er eigentlich einen Kurs für Amateurfunker hätte besuchen wollen, und sich über die unberechenbaren Aprilschauer beschwerte.

Nachdem ich ihm jedoch die neue Sense überreicht hatte, die ich gekauft hatte, besserte sich seine Laune vorübergehend. Das Ding trug den Namen »Der Grinsende Schnitter«.

Es war Knochenarbeit, aber am Ende hatten wir das ganze Grundstück zwischen den auf Spalier gezogenen Obstbäumen (ich glaube, es sind Birnbäume) an Mrs. P.'s Seite und der total überwucherten Weißdornhecke an der anderen Seite von Bewuchs befreit.

James stellte erste vorsichtige Zeichen von Begeisterung zur Schau, trotz etlicher neuer Schwielen an den Händen und eines Unglücks mit der Sense, das ihn um ein Haar einer Extremität beraubt hätte, und machte sich anschließend daran, mit meinem Maßband aus dem Nähkästchen (das er dabei in einen abscheulich schmutzigen Zustand versetzte) das Grundstück auszumessen. Wenigstens interessierte er sich jetzt ein klein wenig dafür, wo die Terrasse und die Blumenbeete angelegt werden sollten!

Den ganzen Nachmittag beäugte uns eine Kuhherde von der anderen Seite des Zauns, sehnsüchtig und sabbernd, was meine Nerven einigermaßen strapazierte, da der Zaun nicht sehr kräftig ist und die Tiere ihn einzudrücken versuchten. Ich habe keine Angst vor Kühen, aber sie sind doch überraschend groß, und ich möchte ihnen nicht unbedingt beim Wäscheaufhängen Auge in Auge gegenüberstehen.

Der Zaun fällt in die Verantwortung der Besitzer des Herrenhauses, und jetzt, da es verkauft ist, kann ich ihnen schreiben und sie bitten, den Zaun so bald wie möglich zu reparieren. Wir wissen immer noch nicht, wer das Haus gekauft hat, obwohl Mrs. Deakin immer stärker zu dem Gerücht neigt, dass es die »Monsterratte« sei. Wenn ja, hoffe ich, dass uns nicht demnächst Pavarotti-Konzerte im Park bevorstehen.

Ich habe Mrs. Deakin gefragt, wie das Haus denn so sei, und sie meinte, es sei »irgendwie alt, mit komischen Türmchen«, was mir ein bisschen nach viktorianischer Gotik klingt.

Nach dem Tee fuhr James weg, (angeblich) um Zigarren zu kaufen, obwohl ich ihm versicherte, dass Mrs. Deakin welche haben würde, falls das *Dog and Duck* keine führte. Aber er erklärte, er wolle keine anderen Marken rauchen und die im Laden seien sicher mumifizierte Überreste von etwas, das jahrhundertelang dort gelegen habe.

In diesem Punkt tut er Mrs. D. unrecht, denn sie könnte einem Quäker einen Panzer verkaufen und hat daher keine Probleme, ihre Vorräte in kürzester Zeit an den Mann zu bringen.

James hat sich das Zigarettenrauchen abgewöhnt, nachdem eine Fernsehsendung ihm Angst gemacht hatte, raucht dafür jetzt aber teure, stinkende dünne Zigarren, von denen er behauptet, sie seien harmlos, weil er den Rauch nicht inhaliere. (Tut er aber.) Es ärgert mich immer zuzusehen, wie gutes Geld in Rauch aufgeht.

Wie auch immer, er brauste einfach los, ohne mich zu fragen, ob ich ihn begleiten wolle, daher bin ich mir ziemlich sicher, dass er sich mit Freunden trifft – wahrscheinlich mit Rob oder Gary. Es verletzt mich, dass er mich nicht mitnehmen will, doch noch schlimmer finde ich die Tatsache, dass er mich belügt.

Seine Freunde (abgesehen von Howard) sind Rechtsanwälte und Steuerberater und dergleichen, und sie trinken alle viel zu viel und werden rot im Gesicht und ausgesprochen albern, und dann fahren sie in diesem Zustand nach Hause. Sie sind alle ungefähr in James' Alter und haben leidgeprüfte Ehefrauen mit gut erhaltenen Gesichtern, die schwere Geländewagen fahren. (Auf der Straße, damit die Vehikel nicht so schmutzig werden.) Gegen Mitternacht fiel er, unverkennbar beduselt, ins Bett und setzte mich darüber in Kenntnis, dass er sich mit dem Kratzer am Finger, den er sich bei der Gartenarbeit zugezogen hat, wahrscheinlich eine Blutvergiftung eingehandelt habe, und all seine Freunde hätten gesagt, so etwas führe unweigerlich zum Tod.

»Gut«, murmelte ich, drehte mich um und schlief weiter. Ich glaube, ich hörte ihn noch brummen: »Hartherziges Stück!«, aber er hat bestimmt mit Bess gesprochen, denn am nächsten Morgen lag sie mit selbstgefälliger Miene neben ihm im Bett.

Ich brauchte am Sonntag dann auch eine Ewigkeit, um James aus dem Bett zu locken und von der *Sunday Times* wegzubekommen und in den Garten hinauszuscheuchen, um weiter umzugraben, während ich die Hecke beschnitt. Ich ließ allerdings genug davon stehen, um den Schuppen dahinter zu verstecken. James jammerte pausenlos über seinen Kater, aber ich war nicht in der Stimmung, Mitleid zu haben.

Dann warf er plötzlich seinen Spaten weg, brüllte: »Ich habe etwas gefunden!«, und hielt einen großen, weißlichen Gegenstand in die Höhe.

Ich nahm ihn ihm ab und wischte mit spitzen Fingern die Erde weg. »Igitt! Es ist eine Art Zahn – aber was für ein Mordsding! Welchem Tier er wohl gehört haben mag?«

»Einem Mammut vielleicht? Wahrscheinlich haben im Altertum irgendwelche Leute hier gelagert und die Überreste ihrer Mahlzeit weggeworfen.«

»Dieser Garten ist sicher schon früher umgegraben worden, daher kann es sich wohl kaum um einen unbemerkten prähistorischen Picknickplatz handeln«, entgegnete ich zweifelnd. »Trotzdem, wir können ja die Augen offen halten – und vielleicht frage ich mal die Leute im Museum, um was für einen Zahn es sich handelt. Ich wollte am Montag sowieso hingehen.«

Weitere Grabearbeiten förderten nichts Aufregenderes zu Tage als einen Müllhaufen, den jemand am unteren Ende des Gartens beerdigt hatte, einschließlich einer auseinander genommenen Außentoilette. Mit einiger Erleichterung beobachtete ich später, wie der Container abgeholt wurde, gekrönt von der hölzernen Klobrille.

Während das Ganze sich langsam in Richtung Straße bewegte, kam Mrs. Peach mit erstaunlicher Geschwindigkeit aus ihrem Vordergarten herbeigestürzt und hielt es auf, nur um einen Augenblick später den Weg zurückzuhuschen, die Klobrille an die Brust gepresst. Den Ausdruck, den ihr Gesicht in diesem Augenblick zeigte, kann ich nur als »senilen Jubel« bezeichnen.

Gott weiß, wofür sie das Ding haben will!

Wir haben uns für eine Garage entschieden – James hat die Bestellung abgeschickt. Es war schön, ihn in die Prospekte vertieft zu sehen, auch wenn seine Begeisterung für die Gartenarbeit so kurzlebig war.

Am Montag legte ich mit wichtiger Miene den Mammutzahn einem weltmüden Kurator im örtlichen Museum vor und erhielt prompt einen Dämpfer, als er unseren Fund in einen Plastikbeutel stopfte, meinen Namen und das Datum draufschrieb, den Beutel in einen überquellenden Pappkarton warf und mir erklärte, ich solle in ein paar Wochen wiederkommen.

Während ich im Museum war, nahm die Wäsche in der Waschmaschine einen Rosa-Ton an. Wieso das? Ich hatte keine roten oder rosafarbenen Teile in der Maschine gehabt. James steht nicht besonders auf rosafarbene Taschentücher und Unterwäsche, aber ich finde, er kann sich verdammt glücklich schätzen, seine persönliche Wäschemagd zu haben, auch wenn diese sich gelegentlich heftige Schnitzer leistet!

Bess und ich entdeckten bei unserem Abendspaziergang, dass die überwucherte Auffahrt zum Herrenhaus freigelegt worden war und schmiedeeiserne Tore eingepasst wurden. Auch die halb verfallene Mauer war wieder in Stand gesetzt worden; und dabei handelt es sich hier nur um einen unwichtigen Hintereingang! Ich erzählte Mrs. Deakin davon, und sie platzte förmlich vor Neugier. Irgendjemand gibt da ein Vermögen für das Haus aus.

»Der lasterhafte Mai«, wie Eliot es ausdrückt, stand vor der Tür, und mein Wecker war so eingestellt, dass er, wie Mrs. Deakin mich instruiert hatte, kurz vor Sonnenaufgang läutete.

James weigerte sich rundheraus, vor fünf Uhr morgens aus dem Bett zu kriechen, um, wie er es ausdrückte, »einen Haufen volkstümlicher Idioten dabei zu beobachten, wie sie im nassen Gras stehen und um einen bemalten Stock tanzen«.

»Wie können Sie gleichzeitig tanzen und im nassen Gras stehen?«, fragte ich, aber er stöhnte nur und drehte sich auf die Seite.

Er hat in letzter Zeit überhaupt keinen Sinn für Humor mehr.

Wenn ich so drüber nachdenke, hatte er den noch nie.

Warm eingepackt in einen gestreiften peruanischen Umhang und Jeans, machte ich mich auf den Weg zum Dorfplatz, wobei ich die Bourgeoishündin zu Hause ließ, so sehr sie sich auch darüber beschwerte, aber es ist nun mal ihre Spezialität, ihr Geschäft vor dem größtmöglichen Publikum zu erledigen.

Als ich nun mit großen Schritten die Straße hinunterging, überkam mich plötzlich ein ungeheures Glücksgefühl, denn die Sonne überhauchte bereits alles mit einem sanften Goldton, Vögel zwitscherten, und der Himmel wurde von Minute zu Minute blauer. Ein Kaninchen huschte davon – selbst ich kann ein Kaninchen erkennen! –, und Glockenblumen, Butterblumen und irgendwelche pinkroten Dinge blühten in der Hecke.

Ein oder zwei Autos überholten mich, als ich an Mrs. Deakins verrammeltem Laden vorbeikam, der seltsam nackt wirkte ohne all die Kisten und Kästen, die sonst vor der Tür standen, und in der Nähe des Dorfplatzes parkten bereits etliche weitere Autos.

In der Menge, die sich auf dem Dorfplatz versammelt hatte, erkannte ich einige Gesichter. Die Leute, die Mrs. D. »die von der Folkloregesellschaft« nannte, hatten sich ebenfalls bereits eingefunden.

Ein Geiger spielte eine kleine Melodie, und auf dieses Zeichen hin bildeten die Leute alle einen Kreis um den Maibaum. Das Ganze wirkte seltsam authentisch – eine Zeremonie, die Jahr für Jahr an diesem Tag stattfand, immer stattgefunden hatte und immer stattfinden würde ... Oder jedenfalls am nächsten darauf folgenden Samstag.

Ein Akkordeon fiel in das Geigenspiel ein, und ein erwartungsvolles Raunen ging durch die Menge. Nach ein oder zwei Minuten rief der Akkordeonspieler etwas, und plötzlich tanzten alle in einem großen Kreis um den Maibaum herum. Ich wurde einfach mitgerissen.

Zuerst stolperte ich nur unsicher hinterher, aber dann hatte ich den Bogen plötzlich raus und war froh, ein Teil des Ganzen sein zu dürfen.

Als ich wieder nach Hause kam, stand James gerade auf und zeigte sich gänzlich uninteressiert an den Feiern zum Ersten Mai.

»Du warst eine Ewigkeit weg, und ich habe heute Morgen Termine.«

»Aber es ist Samstag – und von diesen Terminen hör ich zum ersten Mal!«

»Nun, jetzt habe ich es dir ja gesagt. Hast du Hemden gebügelt? Was gibt es zum Frühstück?«

Man möchte meinen, ich sei die Haushälterin! Plötzlich ging mir auf, wie absolut lächerlich es war, dass ein erwachsenes menschliches Wesen (wenn man James erwachsen nennen konnte) von einem anderen erwartete, dass es für einen kochte, die Wäsche wusch und es von vorne bis hinten bediente.

James zog gerade einen piekfeinen grauen Anzug und eine gestreifte Krawatte an (alles gebügelt und für ihn zurechtgelegt) und hatte nichts Anstrengenderes zu tun, als dazusitzen und sich das Frühstück bringen zu lassen, bevor er zu seinen »wichtigen Terminen« fuhr, unter Hinterlassung eines Stapels fettigen Geschirrs und seiner schmutzigen Wäsche auf dem Schlafzimmerfußboden.

Plötzlich riss in meinem Kopf etwas entzwei. »Oh, mach dir dein verdammtes Frühstück ausnahmsweise mal selbst!«, schrie ich ihn an und stürmte in mein Schreibzimmer.

Ich wusste, dass er sich nichts machen würde, und nach einer Weile hörte ich ein zaghaftes Klopfen an meiner Tür.

»Tish? Ich gehe jetzt. Ich hoffe, du fühlst dich besser, wenn ich wiederkomme.«

Ich riss die Tür auf. »Besser? Warum sollte ich mich besser fühlen? Ich habe keine Probleme – ich habe lediglich die Nase voll davon, hier alle Arbeit tun zu müssen! Du erwartest von mir, dass ich dich von vorne bis hinten bediene.«

Er sah so verdutzt aus, als hätte sein Teddybär ihn gebissen.

»Du glaubst doch nicht, dass ich gern am Samstag arbeite, oder?«, fragte er bekümmert. »Ich muss solche Dinge tun, um genug Geld heranzuschaffen – das *du* ja ohne Probleme auszugeben scheinst.«

»Ich arbeite auch, falls dir das entgangen sein sollte: Ich schreibe nicht nur, ich mache auch die ganze Hausarbeit, den Garten, die Küche, die Wäsche ... ganz zu schweigen davon, dass ich mich um Bess kümmere, die doch angeblich dein Hund ist!«

»Aber das ist keine richtige Arbeit – du kannst das tun, wann immer du Lust hast. Ich habe einen sehr verantwortungsvollen Job. Und ich weiß nicht, weshalb du so ein Theater machst – die meisten Frauen wären froh, wenn sie zu Hause bleiben und nichts tun dürften. Du hast es leicht.«

»Ich nehme an, das denkst du wirklich. Aber das Schreiben ist mein Beruf, James – kein Hobby! Warum sollte ich deine Haushälterin sein, während du im Haus keinen Finger krumm machst? Bevor ich in der Bibliothek gekündigt habe, hast du mir doch auch immer geholfen.«

»Lass uns nicht streiten, Tish. Schließlich habe ich dir dein Cottage auf dem Land gekauft, nicht wahr?«

»*Wir* haben ein Cottage auf dem Land gekauft, von *unserem* Geld. Du wolltest es genauso sehr wie ich.«

»Es ist mir egal, wo wir wohnen, nur dass du seit unserem Umzug hierher schlecht drauf bist. Du warst früher nie so. Ich begreife nicht, was in dich gefahren ist!«

Es lag mir auf der Zunge zu entgegnen: »Nun, du bist es in den letzten Wochen jedenfalls bestimmt nicht gewesen, James!«, aber ich konnte mir diese vulgäre Erwiderung gerade noch verkneifen.

»Du warst früher auch nie so«, meinte ich stattdessen und sah, nachdem mir soeben die Augen geöffnet worden waren, einen egoistischen, selbstgefälligen Fremden vor mir.

»Verdammt, ich komme noch zu spät – nimm um Gottes willen ein paar Aspirin, und leg dich hin. Du bist überreizt.« Die Tür wurde zugeschlagen, und James stapfte von dannen.

Er dachte offensichtlich, ich hätte meine Tage, und das Ganze sei nur ein kleiner Gefühlssturm infolge dieses Ungemachs.

Außerdem habe ich meine Tage nicht. Jetzt, wo ich die Pille abgesetzt habe, ist meine Periode vollkommen unberechenbar geworden, wie früher.

Warum versanden Ehestreitigkeiten immer an denselben Stellen? Es lohnt sich kaum, damit anzufangen, wenn man von vornherein weiß, wo es enden wird.

Ich brühte mir eine Kanne Kaffee auf und aß gerade mein Müsli, als Bess mit hyänenhafter Verzückung die Ankunft des Postboten meldete.

Zehn Minuten später prostete ich mir mit einem Glas Kochsherry zu. Meine Bücher werden in Amerika verkauft werden! Lovecall Hot Editions wollen alle Romane von mir, die sie bekommen können. Sieht so aus, als könnten meine Einkünfte jeden Augenblick James' Einkünfte überflügeln, und dann kann er sie wohl kaum länger als Taschengeld abtun, oder?

Beflügelt von dieser Erregung, kam ich an diesem Vormittag mit meinem Roman ein ganzes Stück weiter und machte mich dann über das Badezimmer her. Ich möchte das Bad mit Holz verkleiden, was im Buch ziemlich einfach aussieht.

Als ich die Plastikverschalung des Bades abstemmte, sprengten Holzläuse wie winzige Gürteltiere in alle Richtungen davon, und ich brauchte eine Ewigkeit, um sie in die Kehrschaufel zu bekommen, weil sie sich zu kleinen Bällen zusammenkrümmten und immer wieder wegrollten.

James kam sehr spät und sehr betrunken zurück, hatte also keineswegs den ganzen Tag nur gearbeitet. Weiß der Himmel, wo er gewesen ist, aber ich wünschte, er würde nicht in alkoholisiertem Zustand Auto fahren.

Ich kam also nicht dazu, ihm von dem Brief meines Agenten zu erzählen. Oder von Vivyans anderem Vorschlag, der den Lektor von Lovecall betraf. Besagter Lektor sollte bei dem VLA-Dinner sprechen, und da er mich gern bei einem Arbeitsfrühstück am nächsten Morgen (anscheinend ein amerikanisches Konzept) kennen lernen wollte, schlug Vivyan vor, dass ich in dem Hotel übernachten sollte.

Das ist alles sehr aufregend – und beängstigend. Aber Vivyan wird bei dem Dinner und auch bei dem Frühstück anwesend sein.

James wird es sicher nicht gefallen, aber es ist mir egal – ich fahre hin!

Was trägt man zu einem Arbeitsfrühstück? Gestreifte Pyjamas?

Die Verkleidung des Bades ist schwieriger, als ich dachte, und James ist sehr kritisch; aber was spielt es für eine Rolle, wenn der Unterbau etwas zusammengestoppelt ist? Es wird sowieso niemand sehen, weil ja die Kiefernverschalung darüber angebracht wird.

Es gibt nur ein Set von Duschvorhang, Tapete und Rollo, das mir gefällt, und es ist wirklich sehr teuer. Aber das Badezimmer ist ja zum Glück nicht groß. Ich habe die Duschvorhänge bereits aufgehängt, weil ich von dem glotzäugigen Fisch nun wahrhaftig genug hatte.

James fand den Prospekt und stöhnte über den Preis, aber ich wies ihn darauf hin, dass der Duschvorhang genauso viel kostet, wie er in einem Monat für Alkohol ausgibt, und dass mir der Duschvorhang erheblich mehr Freude bereiten wird.

Dann machte ich noch den Vorschlag, dass er sich doch den Umweg sparen und den Wein gleich in die Toilette schütten solle; oder noch besser, er könne das Geld, das er dafür ausgegeben hätte, gleich in der Toilette runterspülen. Er erklärte, meine plumpe Ausdrucksweise und mein Sarkasmus seien absolut abstoßend.

James war auch sehr enttäuscht, als das Museum feststellte, bei seinem Mammutzahn handele es sich lediglich um einen Pferdezahn, der ohne Interesse sei. Aber mich interessierte es durchaus. Man stelle sich nur vor, dass ein Pferd ein ganzes Maul voller solcher Zähne hatte und trotzdem den Kopf oben halten konnte! Aber warum ist das Tier in meinem Garten gestorben? Ich hoffe, wir finden nicht auch noch den Rest.

Als ich ein paar Tage später von einer Einkaufsexpedition heimkehrte, sah der Vordergarten so aus, als wären mehrere Zementmischer darüber hinweggerollt, aber von den Männern, die das Fundament der Garage legen sollten, war keine Spur zu entdecken.

Der untere Teil der Garage selbst schien fast fertig zu sein, und der Zementmischer arbeitete noch, daher folgte ich dem Gemurmel von Stimmen in den hinteren Teil des Gartens und fand die Männer, wie sie gerade ein zweites Fundament in der Nähe des Schuppens legten.

Als ich wissen wollte, was um alles in der Welt sie da täten, reagierten sie gekränkt und zeigten mir ihre Anweisungen, nach denen eine zweite, kleinere Garage angelegt werden sollte.

Ein schrecklicher Verdacht wallte plötzlich in mir auf, weil mir wieder einfiel, wie sorgfältig James diesen Teil des Gartens ausgemessen hatte, und ich ließ die Arbeiter vor dem nassen Beton warten, während ich James anrufen ging.

Mein Verdacht bestätigte sich – er hat tatsächlich einen zweiten Bau bestellt, ohne mir davon zu erzählen! Er weiß, wie ich Ratenkäufe hasse, und es wird schon schlimm genug, für die Garage zu bezahlen.

»Wozu um alles in der Welt brauchst du noch einen Schuppen?«, fragte ich wütend. »Warum hast du mir nicht erzählt, was du planst, bevor du den Vertrag unterschrieben hast?«

»Das habe ich gemacht, als ich das Formular für die Garage ausfüllte – im Katalog haben sie genau das angeboten, was ich brauchte, also habe ich gleich zwei bestellt. Die Raten werden dadurch nicht viel teurer, außerdem bin ich derjenige, der jeden Tag zur Arbeit geht, also habe ich das Recht, etwas von dem Geld so auszugeben, wie es mir gefällt!«

»Ich verdiene auch Geld, James, aber ich hätte niemals so viel ausgegeben, ohne mich vorher mit dir zu besprechen! Außerdem, wozu brauchst du das Ding eigentlich? An dem Schuppen ist doch nichts auszusetzen.«

»Es wird ein Hobbyraum – wie ein zusätzliches Zimmer. Ich werde Strom rüberlegen.«

»Wozu? Du scheinst in letzter Zeit nur ein einziges Hobby zu haben, zu viel zu trinken und spät nach Hause zu kommen. Es sei denn, du hast beschlossen, das demnächst in einsamer Abgeschiedenheit zu tun?«

»Ich kann darüber jetzt nicht reden, ich erwarte einen Mandaten«, antwortete er steif und legte auf.

Halb eins. Schöner Mandant!

Als ich später aus dem Küchenfenster blickte, sah ich nur eine neue Fläche weißlichen Betons und ein paar Holzstücke. Und ich hörte das Brummen des Zementmischers, der abtransportiert wurde.

James kam ziemlich früh nach Hause, gerüstet für die Schlacht. Bevor er ins Haus kam, besah er sich seine teuren Fundamente – die Hütte wird fast so viel kosten wie die Garage!

Während des folgenden Streits hatte ich das sichere Gefühl, dass wir dieselben Dinge schon einmal erörtert hatten: James, der darauf beharrte, dass er das Geld verdiene und das Recht habe, etwas davon für sich selbst auszugeben, und ich, die ich darauf hinwies, dass auch ich Geld verdiene und nicht im Traum daran dächte, große Summen auszugeben, ohne mich vorher mit ihm zu besprechen, und so weiter und so weiter.

»Was ist mit deinen Kleidern?«, fragte er. »Du kaufst dir ständig was zum Anziehen! Und dabei sind es nicht einmal schöne Sachen, die du kaufst – immer nur Jeans. Dieses Kostüm, das ich dir zum Geburtstag geschenkt habe, hast du nie getragen.«

»Ich wähle meine Kleidung, um mich wohl zu fühlen, nicht um dir zu gefallen.«

»Offensichtlich!«

»Ich würde völlig lächerlich aussehen, wenn ich auf dem Land in eleganten Kleidern herumliefe, und alles, was ich mir seit unserem Umzug hierher gekauft habe, ist eine einzige Jeans, die ich wirklich *brauchte.* (Und ein neues Outfit für das VLA-Dinner, aber davon weiß James noch nichts.) Was ist mit deinem neuen Anzug?«

»Brauch ich für die Arbeit.«

»Und mit deinen Seidenkrawatten?«

»Ich muss repräsentabel aussehen.«

»Deine Mandanten würden sich nicht angeekelt abwenden, wenn du keine Seidenkrawatte trägst. Außerdem geht es gar nicht um diese Dinge: Was willst du mit einem Hobbyraum?«

»Ich will meine Amateurfunkanlage darin aufstellen«, brummte er mürrisch.

»Was!«, schrie ich. »Du meinst, du willst Funkamateur werden? Aber James – wir können uns kein Hobbyhäuschen leisten und erst recht nicht all diese teuren Geräte.«

»Nun übertreib mal nicht. Man könnte meinen, wir nagen am Hungertuch, so wie du über Geld redest. Wir werden die Monatsraten für die Garage und die Werkstatt kaum bemerken, und ich habe bei der Bank ein Darlehen für die Funkausrüstung aufgenommen – die Bestellung ist bereits abgeschickt.«

Ich ließ mich mit weichen Knien aufs Sofa sinken: Das Ganze würde uns ein kleines Vermögen kosten. Und ein Bankdarlehen – ohne mir etwas zu sagen!

»Aber warum?«, fragte ich kläglich. »Warum hast du nicht mit mir darüber gesprochen?«

»Ich wusste, dass du ein furchtbares Theater machen würdest, außerdem geht es dich im Grunde gar nichts an.«

»Es geht mich nichts an? Wenn ich mir also eines Tages einfach einen Computer kaufe, dann geht dich das nichts an?«

»Du brauchst keinen Computer – es wird Zeit, dass du dieses Gekritzel endlich aufgibst und ein Baby bekommst. Derek Wymans Frau ist schwanger.«

Ich hätte ihn darauf hinweisen können, dass in letzter Zeit kaum Hoffnung auf ein Baby bestanden hätte, es sei denn, ich wäre durch spontane Selbstbefruchtung schwanger geworden, aber das wäre ein Schlag unter die Gürtellinie gewesen, und ich verkniff mir den Hinweis.

»James, wie oft muss ich es dir noch erklären, bevor es in deinen dicken Schädel durchdringt? Mein ›Gekritzel‹ bringt eine Menge Geld ein, und der neue Vertrag, den mein Agent für mich ausgehandelt hat, bedeutet, dass ich am Ende mehr verdienen werde als du!«

Das war es. Ich weiß nicht, woher er derartig altmodische Ideen hat, aber die Vorstellung wirkte auf ihn wie ein rotes Tuch auf einen Stier. Die meisten Männer wären überglücklich, wenn ihre Frauen Unmengen Geld verdienten, aber nicht James.

Am Ende sagte ich, ich würde mein ganzes Geld auf einem separaten Bankkonto lassen, abgesehen von einem gewissen Anteil, den ich auf unser gemeinsames Konto einzahlen würde, und James stürzte aus dem Haus, mit der Bemerkung, ich könne mit meinem verdammten Geld machen, was ich wolle.

Oje. Wir waren doch glücklich, bevor wir in dieses Cottage zogen … und ich glaube nicht, dass ich mich so sehr verändert habe – oder doch? Allerdings bin ich mir auch nicht sicher, ob es James ist, der sich verändert hat. Mir kommt langsam der Verdacht, dass diese Vorstellungen schon immer in ihm geschlummert haben, aber dass er sie erst jetzt offen zeigt.

Ich konnte die Tränen nicht zurückhalten, ich war so unglücklich.

Fergal Rocco mit seiner ständigen Begleiterin, Miss Nerissa Bright, der Tochter des amerikanischen Computermagnaten Curtis Bright.

Exposé

Der Ausdruck »ständige Begleiterin« klang so, als wäre Nerissa eine Art Blindenhund, aber sie selbst schien sehr zufrieden damit zu sein, wie sie sich überhaupt über jeden Artikel freut, in dem unsere Namen in einem Atemzug genannt werden, als könnten diese Artikel helfen, eine Beziehung aufzubauen, wie Ziegelsteine ein Haus.

Meine kleine Klette.

Sie verfügt über eine erstaunliche Haftkraft. Man sollte meinen, sie sei inzwischen zu neuen Weiden weitergezogen, vor allem, da ich mich geweigert habe, mich »in ihren Kreisen« vorführen zu lassen wie ein zahmer Tiger.

Ich habe mich daran gewöhnt, sie in der Nähe zu haben, und sie hat sich zumindest in einem Punkt als nützlich erwiesen. Als sie hörte, dass ich ein Haus suche, hat sie Informationen über alle geeigneten Objekte in bequemer Entfernung zu ihrem Vater in Lavenham gesammelt, und darunter habe ich ein echtes Juwel gefunden: das Haus, von dem ich immer geträumt habe.

Was Nerissa betrifft, möchte ich nicht unfreundlich sein. Ich denke, sie wird jemand anderes finden, während wir auf Tournee sind. Ich hoffe es. Es wäre auch ihr gegenüber nicht fair – was sie mir geben kann, kann ich überall finden.

(Und tue es auch oft genug.)

Kapitel 13

Rote Bete

Während der nächsten drei Tage beschränkte sich unsere Kommunikation auf ein Minimum, und ich eröffnete ein separates Bankkonto. Bisher hatte ich den Papierkram und die Finanzen immer James überlassen, daher war es etwas mühsam, alles auszuknobeln, aber es war auch sehr interessant zu sehen, wo das Geld blieb. Ich kam zu dem Schluss, dass James ein teurer Luxus ist.

Daraufhin legte er die gekränkte Verwirrung eines Menschen an den Tag, der zu Unrecht beschuldigt wurde, aber guten Willen zeigen möchte, und er machte Friedensangebote, obwohl Pralinen und Blumen nur mäßig geeignet sind, einen solchen Vertrauensbruch wieder gutzumachen. Es ist so ähnlich, als würde man ein Dinosaurierpflaster auf ein gebrochenes Bein kleben.

Es ist merkwürdig – ich glaube nicht, dass James sich verändert, sondern dass er jetzt nur sein wahres Wesen zeigt, und das ist ein Wesen, das mir nicht gefällt.

Wir umschiffen nach wie vor alle heiklen Themen, und ich werde mein eigenes Konto behalten, für den Fall, dass er hinter meinem Rücken noch andere Dinge plant. Es ist wahrscheinlich ohnehin eine gute Idee, jetzt, da ich die Hoffnung habe, in Zukunft so viel mehr zu verdienen. Ich werde einfach weiterhin meine Hälfte von allem bezahlen (abgesehen von dem Hobbyhaus und den Raten an die Bank für die Funkausrüstung).

Es war eine kleine (und schäbige, aber doch befriedigende) Vergeltung meinerseits, als ich ihn endlich davon in Kenntnis setzte, dass ich nach der Preisverleihung in dem Hotel übernachten würde, was die versöhnliche Stimmung beinahe zerstört hätte, aber das kümmerte mich nicht.

Mutter hat mir wieder etwas vorgejammert – zum Thema: »Wann werde ich endlich Großmutter?« Sie sagt, all ihre Freundinnen hätten Enkelkinder, aber ich glaube nicht, dass sie außerhalb von Transsilvanien überhaupt Freundinnen hat. James muss ihr den Floh ins Ohr gesetzt haben, da er die Gewohnheit hat, sie vom Büro aus anzurufen, wenn ich sein Missvergnügen erregt habe (noch so eine schäbige Angewohnheit).

Da ich inzwischen davon überzeugt bin, dass die Versorgung eines Babys einzig und allein mir überlassen sein wird, ebenso wie alles andere auch, und da ein Baby James nur noch eine weitere Ausrede liefern würde, mich zu Hause zu lassen, wenn er ausgeht, ist mein Verlangen nach Nachwuchs extrem gering.

Mutter äußerte außerdem ihre Hoffnung, Granny für unzurechnungsfähig erklären zu lassen oder etwas in der Art zu unternehmen, damit sie an ihr Bargeld und ihren Schmuck herankommt, von dem sie einen Teil dafür benutzen will, meine Großmutter in einem Altenheim einsperren zu lassen.

Granny ist definitiv die Tüchtigere der beiden Frauen und verfügt über einen weitaus klareren Verstand als Mutter, daher ist dieser Plan zum Scheitern verurteilt. Granny lässt sich nicht einmal von ihrer Diabetes merklich behindern, und an ihrem Verstand gibt es nichts auszusetzen – der war schon immer so.

Ihr einziger Fehler bestand darin, dass sie nach Grandpas Tod aus einem grimmigen, den Menschen aus dem Norden eingepflanzten Pflichtgefühl heraus zu Mutter gezogen ist, um sich um sie zu kümmern.

Ich frage mich, ob ich James nicht auch vielleicht für unzurechnungsfähig erklären lassen kann.

Das Hobbyhaus und die Garage sind binnen eines Tages errichtet worden, und er hat seinen Luxusschuppen bereits mit Elektrizität versorgt, Gardinen gekauft und sogar einen Teppich bestellt. Ich verliere kein Wort mehr über die Kosten; wenn er sich in Schwierigkeiten bringt, ist das nicht länger meine Sache.

James hat mich daraufhin sogar huldvoll darüber informiert, dass er eine gewaltige Antenne am Haus anbringen lassen werde, was schrecklich aussehen wird. Man wird in einem so hübschen Dorf wie diesem so einen Schandfleck doch sicher nicht zulassen? Aber James muss noch eine Art Examen oder Prüfung bestehen, bevor man ihn auf den Äther lässt, daher kann ich nur hoffen, dass er mit Pauken und Trompeten durchfällt und sich einem vernünftigeren Hobby zuwendet. Dem Briefmarkensammeln zum Beispiel.

Bei meinem nächsten Pflichtbesuch in den tiefsten Vororten unterhielt ich Granny mit einem Bericht über die Feierlichkeiten zum Ersten Mai, woraufhin sie in alten Erinnerungen zu schwelgen begann und in den Yorkshire-Dialekt verfiel.

»Der Erste Mai? Ich war die Keighley-Königin des Mais. Mein Bernard kam damals zufällig durchs Dorf, und er sagte zu mir: ›Wie kommt so ein hübsches Mädel wie du dazu, so einen dämlichen Hut zu tragen?‹ Nur dass er es natürlich ein bisschen anders formulierte, wo er doch so ein feiner Herr war und aus dem Süden kam.«

Mutter verdrehte die Augen gen Himmel und ging hinaus, um den Kessel aufzusetzen.

»War es Liebe auf den ersten Blick, Granny?«

»Und ob, aber ich habe ihn zappeln lassen!« Sie stieß einen Seufzer aus. »Nun, wir hatten ein schönes Leben, obwohl wir nur das eine Kind bekommen konnten, das weniger Rückgrat hatte als eine Mücke!«

»Dad war nicht ...«

»Dein Vater war ein weicher, umgänglicher Narr – er kam mehr nach Bernards Seite als nach meiner. Natürlich war er ein liebevoller, gutmütiger Kerl, ganz sicher, und ein guter Sohn, aber Bernard war doch enttäuscht, dass er nicht das Geschäft übernehmen wollte. Aber nun ja – er war sehr glücklich in seiner Bank.«

»Wem schlage ich denn nach?«, fragte ich neugierig.

»Weiß der Himmel! Und dein Vater hatte gleich nach der Hochzeit böse Mumps, daher haben wir gar nicht damit gerechnet ...«

Sie brach nachdenklich ab, und ich dachte, das sei alles gewesen, bis sie hinzufügte: »Als ich dich sah, meinte ich zu Valerie: ›Wenn das dein Kind ist, muss es ein Wechselbalg sein – in meiner Familie gibt es keine roten Haare!‹«

»Ich habe keine roten Haare! Sie sind dunkelblond.«

»Dann ist diese Vanessa Redgrave auch eine Blondine. Valerie hatte helles Haar, das weißt du natürlich – so ein richtiges Silberblond.«

»Sie ist immer noch blond«, erwiderte ich, als Mutter mit einem Tablett zurückkam.

»Kommt aus der Flasche.«

»Was kommt aus der Flasche?«, erkundigte Mutter sich strahlend.

»Ach, nicht wichtig«, sagte ich schnell. »Hast du diese wunderbaren Scones gebacken?«

Sie war leicht abzulenken und spreizte jetzt förmlich das Gefieder. »Oh ja, ich habe einen ganzen Schwung gebacken, weil Dr. Reevey vorhin hier war.«

»Du bist doch nicht krank, oder?«

»Oh nein!« Sie lächelte selbstgefällig. »Er ist nicht *mein* Arzt. Das wäre auch ganz unpassend! Granny war seine Patientin. Das eben war nur ein kleiner Freundschaftsbesuch. Wir haben uns zum Line Dancing verabredet.«

»Line Dancing?«

Ich sah sie mit größerer Aufmerksamkeit als gewöhnlich an. Sie ist eine lebhafte kleine Blondine mit großen blauen Augen und hat sich für ihre neunundvierzig Jahre gut gehalten. Aber hinter ihrem feenhaften Äußeren verbirgt sich ein eiserner Wille und ein starres Festhalten an dem, was sie Anstand nennt. (Was immer das sein mag.) Sie hatte immer ein oder zwei Bewunderer am Schürzenbändel, für gewöhnlich ältere Herren. Dr. Reevey ist nicht sehr viel älter als sie. Sie sieht etwas anders aus als sonst – unter anderem fällt mir ein kräftigeres Augen-Make-up auf.

»*Ich* bin ausgegangen!«, erklärte Granny mit vollem Mund. »Ich hatte keine Lust, das fünfte Rad am Wagen zu sein, also habe ich mir ein Taxi gerufen und Herries, diesen alten Schurken, besucht. Nennt sich Rechtsanwalt, der Mann!«

»Aber hat Mr. Herries sich nicht schon vor einer Ewigkeit aus dem Berufsleben zurückgezogen?«

»Er ist so freundlich, eigens für mich aus seiner Krypta herauszukommen!«

»Da bist du also gewesen!«, rief Mutter und fügte, während sie Tee in zierliche, spitz zulaufende Tassen goss, etwas beiläufiger hinzu: »Was wolltest du denn von ihm?«

Ich nahm die Tasse mit dem abscheulich blassen Kaffee, den sie mir gekocht hatte.

»Das würdest du gern wissen, was?«, gab Granny unfreundlich zurück.

»Nicht unbedingt; ich interessiere mich nicht im Mindesten für deine Angelegenheiten.« Mutter warf den Kopf in den Nacken. »Ich dachte nur, dass ich ihm etwas ausrichten könnte, wenn ich gewusst hätte, was du mit ihm besprechen wolltest. Dann hättest du dir den Weg sparen können.«

»Der Besuch hat mir Spaß gemacht; er hat mir gut getan. Ich bin besser in Form als er, Diabetes hin oder her!«

Ich trank den Kaffee so schnell wie möglich, um es hinter mich zu bringen, und aß dann den letzten Bissen meines Scones, das wirklich hervorragend war.

Wenn Mutter irgendetwas kann – abgesehen von ihrer immensen Fähigkeit, sich überall einzumischen –, dann backen.

»Ich mache mich jetzt besser auf den Weg, sonst verpasse ich den Zug. Ich muss mir wirklich einen Fahrlehrer suchen. Ich sage immer wieder, dass ich es in Angriff nehmen will, aber irgendwie komme ich einfach nicht dazu.«

»Kann der liebe James dich nicht hier abholen? Wir haben ihn eine Ewigkeit nicht mehr gesehen.«

»Nein, er musste einen Mandanten in Bradford besuchen.«

»Ah, das Juwel des Nordens!«, meinte Granny munter, und Mutter warf ihr einen hämischen Blick zu. Granny war nie weiter nördlich als Luton gewesen.

Während sie mich zur Tür begleitete, fiel mir wieder ein, was Granny vorhin gesagt hatte, und ich fragte: »Von wem habe ich eigentlich meine Haarfarbe, Mutter, und meine grauen Augen? Kommen die von deiner Seite der Familie?«

Einen Moment lang blitzte Verblüffung in ihren babyblauen Augen auf, dann antwortete sie mit einem hellen Lachen: »Oh, ich denke doch. Meine Mutter starb, als ich noch klein war, aber ich glaube, sie hatte deine Haarfarbe.«

»Du erzählst nie etwas über deine Kindheit, und du sprichst auch nicht viel über deine Schwester. Sah sie mir ähnlich?«

»Also wirklich, Leticia, Liebes! Wenn du in die Familiengeschichte eintauchen willst, sollten wir das nicht auf der Türschwelle tun. Und Glenda sah mir, wenn ich mich recht erinnere, sehr ähnlich – obwohl es natürlich über zwanzig Jahre her ist, seit wir uns das letzte Mal begegnet sind.«

Man vergisst doch nicht, wie die eigene Schwester aussieht, oder? Aber die arme Glenda hatte es sich mit sechzehn mit dem Rest der Familie verdorben, weil sie mit dem Ehemann einer anderen Frau durchbrannte, und Mutter geht es schon gegen den Strich, ihre bloße Existenz zuzugeben.

Ich wollte sie gerade fragen, ob sie ein Foto von Glenda habe, aber da das Thema sie sichtlich verstimmte, ließ ich es fallen, drückte ihr einen Kuss auf die gepuderte Wange (ein Gefühl, als küsste man eine Mehltüte, wenn auch eine parfümierte) und machte mich auf den umständlichen Weg in Richtung Heimat.

Fahrschule, ich komme!

James verbrachte das Wochenende damit, seinen Schuppen in eine Luxusvilla zu verwandeln, während ich das Badezimmer tapezierte, nachdem ich mit der Holzverschalung fertig geworden war.

Am Montag geschah dann etwas Seltsames und Wunderbares, das mich ungeheim aufheiterte – ich fand heraus, dass Mrs. Peach eine Sonnenanbeterin ist!

Ich blickte gerade müßig aus dem Schlafzimmerfenster und stellte fest, dass ich, nachdem die Birnbäume beschnitten sind, einen Teil des Nachbargartens sehen kann. Der Garten reicht weiter als unserer und hat neben all den fahrenden Hühnerpferchen auch noch einen Obstgarten am unteren Ende.

Eine Tür krachte ins Schloss, und Mrs. Peach erschien auf der Bildfläche, frisch zurückgekehrt von ihrer Eierrunde, angetan mit ihrer Wollmütze und dem düsteren Mantel.

Sie wanderte langsam auf ihren kleinen Stummelbeinen durch den Garten, schüttelte als Erstes ihren Mantel ab und warf ihn über den nächsten Busch, der zufällig ein Lavendelbusch war. Dann streifte sie die Schuhe ab und entledigte sich, während sie weiter den Weg hinunterwatschelte, nach und nach weiterer Kleidungsstücke.

Als ich sie aus den Augen verlor, trug sie nur noch voluminöse leuchtend rosafarbene Pumphosen und zupfte an den Verschlüssen eines gewaltigen BHs.

Ich ließ mich voller Staunen aufs Bett sinken, kaum im Stande, meinen eigenen Augen zu trauen, aber als ich wieder hinaussah, hingen die verschiedenen Kleidungsstücke immer noch in ihren Büschen, wie bei einem Zigeunerwaschtag, und die extraweiten Lederschuhe lagen verlassen im Gras.

Von der ältlichen Baumnymphe war keine Spur mehr zu sehen.

Man stelle sich nur vor, Mrs. P., die, wie Gott sie geschaffen hat, mit der Natur in Verbindung tritt! (Ich nehme an, die Hennen sind an ihren Anblick gewöhnt.)

Ich konnte es kaum erwarten, James davon zu erzählen, aber seine Erheiterung hielt sich in enttäuschenden Grenzen.

Ich kann es immer noch nicht glauben, wenn ich die kloßrunde kleine Gestalt mit ihrem Eierwagen den Pfad entlangstapfen sehe. Kann das dieselbe Frau sein wie die splitternackte, schweinchenartige Nymphe, die ihre Kleider wie Konfetti im Garten verstreut hat? Aber sie tat es am nächsten Morgen wieder, als sie ihre Runde beendet hatte, daher muss es sich eindeutig um eine feste Angewohnheit handeln – es sei denn, der Mai treibt sie heraus wie eine Blume?

Mrs. Deakin weiß bestimmt nichts davon, sonst hätte sie es mir sicher erzählt. Es ist ein seltsames Gefühl, etwas über das Dorf zu wissen, das sie nicht weiß, aber ich kann ihr unmöglich davon erzählen. Es käme mir vor wie ein Verrat.

Ich wünschte allerdings, es gäbe jemanden, mit dem ich dieses Geheimnis teilen kann, jemanden, der es zu schätzen wüsste.

Mrs. Deakin hat mich überredet, die Zutaten für eingemachte Rote Bete zu kaufen. Eigentlich war ich nach dem Mittagessen nur kurz im Dorf, um Mineralwasser zu besorgen, und am Ende hatte ich Einmachessig, Pfefferkörner und dergleichen mehr in meiner Tasche, sowie ein großes und sehr behelfsmäßig eingewickeltes Päckchen mit Roter Bete, das sich auf halbem Weg nach Hause öffnete. Das Aufsammelmanöver wurde einigermaßen behindert durch die Anwesenheit der Bourgeoishündin, die ich unüberlegterweise mitgenommen hatte – und die Rote Bete war am Ende noch schmutziger als im Urzustand. (Ich hatte registriert, dass Mrs. Deakin die Schlammschicht beim Auswiegen nicht abgerechnet hatte.)

Ich blickte gerade auf die Verpackung aus Zeitungspapier hinab, wo ein Bild von Fergal Rocco und einem hübschen Mädchen zu sehen war (teilweise schlammverkrustet – wie überaus passend), als eine elegant gekleidete Frau aus einem Cottage in der Nähe sehr freundlich bei mir stehen blieb, um mir zu helfen, und wir kamen ins Gespräch.

Sie heißt Margaret Wrekin und hat einen furchtbaren, nach tiefster Provinz klingenden Akzent, aber sie ist sehr nett. Ihre Kleidung war von genau der Art, wie James sie gern an mir sehen würde – ein gerade geschnittener Rock und ein langes Jackett und dazu flache Pumps. Ihr dunkles Haar war gerade und irgendwie eckig geschnitten. Sie ist ungefähr in meinem Alter.

Ihr Cottage ist eins von diesen riedgedeckten Häusern, bei denen alles tipptopp ist – sogar das Ried ist mit einem Drahtnetz abgedeckt –, aber als ich bemerkte, wie altweltlich und romantisch es sei, erwiderte sie, das sei nur eine Fassade, da der Rest abgerissen worden sei und sich dahinter nun ein großes, modernes Haus befinde.

Sie bewunderte die Bourgeoishündin, die daraufhin stürmisch mit dem Schwanz wedelte, und lud mich ein, am nächsten Tag zum Kaffee zu kommen, um einige ihrer Freundinnen kennen zu lernen. Das Angebot war sehr nett, aber ich erklärte ihr, dass ich jeden Morgen schreibe.

Mrs. Wrekin war sehr interessiert und sagte, ich müsse ihr unbedingt davon erzählen, doch sie habe im Augenblick keine Zeit. Sie wollte noch schnell zu Mrs. Deakin, um eine Dose Artischockenherzen zu kaufen.

Es tat mir jedenfalls gut, dass ich endlich jemanden im Dorf kennen gelernt hatte.

Das Einmachen der Roten Bete war schrecklich – die grässliche rote Farbe und der ekelhafte Geruch von Essig –, und meine Gummihandschuhe waren verschwunden.

Es dauerte Stunden, und als ich das letzte Glas gefüllt hatte, war ich von Kopf bis Fuß mit roten Flecken übersät, und meine Hände und Unterarme waren nicht minder rot: nie wieder!

Bevor ich mich waschen konnte, klingelte es an der Tür. Warum muss in solchen Augenblicken unweigerlich jemand vor der Tür stehen? Ich machte auf, die Hände vom Körper weggestreckt wie ein Chirurg.

Der Pfarrer prallte zurück.

Ich muss wirklich ziemlich blutig ausgesehen haben, wie ich da auf die Türschwelle tropfte. Nachdem ich mir hastig die Hände an meiner Schürze abgewischt hatte, lächelte ich beruhigend: »Ich habe nur Rote Bete eingemacht, Herr Pfarrer! Warum kommen Sie nicht herein?«

»Oh – Rote Bete!«, flüsterte er und entspannte sich sichtlich. »Ja, natürlich – Rote Bete.« Er zog nervös seine Krawatte zurecht. »Nein, ich möchte im Augenblick nicht hineinkommen, vielen Dank. Die Sache ist die, ich sammle für den Kirchenbasar und das Gemeindefest Dinge, die sich verkaufen lassen. Am dreiundzwanzigsten Juni oder dem ersten Samstag danach – vor der Kirche, wenn es schön ist, in der Kirche, wenn es regnet.«

»Kirchenbasar?«

»Und Gemeindefest. Der Erlös soll dieses Jahr in die Renovierung des Ostfensters fließen. Ich bitte immer jeden um einen kleinen Beitrag, selbst diejenigen, die nicht regelmäßig die Messe besuchen. Ich denke, eine Kirche in einem Dorf wie Nutthill ist eine Art Erbe aller Dorfbewohner, finden Sie nicht auch?«

»Oh ja«, antwortete ich unbestimmt. »Ähm ... welche Dinge hatten Sie sich denn vorgestellt?«

»Nun, da ist zum einen die Tombola. Da werden Konservendosen und so weiter verlost. Und der Flaschenstand – alle möglichen Flaschen sind willkommen. Oder der weiße Elefant.«

Alle möglichen Elefanten willkommen. Am Ende gab ich ihm eine Flasche von dem scheußlichen, teuren französischen Parfüm, das Mutter mir jedes Jahr zu Weihnachten schenkt.

Er war sehr zufrieden mit dieser Spende und auch mit dem Päckchen einzeln verpackter Stücke Gästeseife, ebenfalls ein übrig gebliebenes Weihnachtsgeschenk.

Als ich James von meiner Begegnung mit Margaret Wrekin

erzählte, sagte er, er glaube, ihren Mann ein- oder zweimal im *Dog and Duck* gesehen zu haben, als er auf dem Heimweg auf ein schnelles Glas Bier dort Halt gemacht hatte.

Ich weiß nicht, warum er das tut, wo er genauso gut nach Hause kommen und mich auf ein schnelles Bier mitnehmen könnte. (Nun, vielleicht kein Bier, aber einen Drink.)

Er fügte hinzu: »Die Wrekins sind der Typ von Leuten, mit denen wir uns hier anfreunden wollen. Passende Leute.«

»Passend wofür?«, erkundigte ich mich erstaunt. »Ich wähle meine Freunde nicht nach ihrem Akzent, ihrem gesellschaftlichen Status oder ihrem Wohlstand aus, James! Ich fand diese Frau einfach nett.«

»Du möchtest doch sicher nicht mit Krethi und Plethi verkehren, wenn du in einem kleinen Dorf lebst, so wie du es schon mit dieser Ladenverkäuferin tust, zum Beispiel. Wenn wir Kinder haben, werden wir mit unserem Bekanntenkreis etwas wählerischer werden müssen.«

»Warum? Unsere Tochter wird in die Dorfschule gehen und dort ohnehin mit allen Leuten zusammenkommen.«

»Unser *Sohn«,* korrigierte James entschieden, »wird eine gute Schule besuchen – obwohl die Dorfschule für die ersten ein oder zwei Jahre vielleicht genügen wird.«

»Ich hoffe, mit ›gut‹ meinst du kein Internat«, erwiderte ich verblüfft, »denn wenn das der Fall sein sollte, erkläre ich dir hier und jetzt, dass ich keine Schwangerschaft durchmachen werde, um meinen Sprössling bei der ersten sich bietenden Gelegenheit von zu Hause wegzuschaffen. Außerdem könnten wir es uns sowieso nicht leisten!«

»Lionel würde helfen.«

»Warum? Er hat dir noch nie irgendwie geholfen, abgesehen von deinem Start in der Kanzlei.«

»Es ist eine Familiengeschichte – du würdest das nicht verstehen. Ich habe die Schule in Eshington besucht und Dad und Onkel Lionel auch. Und meine Söhne werden dasselbe tun.«

Und der grässliche Howard war ebenfalls dort gewesen, bis sie ihn wegen einer nicht näher spezifizierten Missetat rauswarfen! »Dein Halbbruder Robert war nicht dort, oder?«

»Er ist noch sehr jung. Schließlich hat Dad erst kurz vor unserer Hochzeit selbst wieder geheiratet, und seine Frau ist nicht viel älter als du.«

»Ein komischer Gedanke, eine Stiefmutter und Halbgeschwister zu haben, denen man nie begegnet ist. Und auch deinen Vater habe ich nie gesehen!«

»Er hat in seinem letzten Brief davon gesprochen, dass er uns einmal besuchen wolle.«

»Davon spricht er immer.«

Wir hatten uns von unserem eigentlichen Thema ziemlich weit entfernt, aber ich ließ die Sache für den Augenblick auf sich beruhen. Ich musste das Ganze erst überdenken; noch eine neue Seite, die ich an James nicht gekannt hatte und die mir nicht besonders gefiel.

Als ich mit Bess von ihrem Abendspaziergang zurückkam, konnte ich James telefonieren hören, aber sobald ich eintrat, legte er den Hörer auf.

»Wieder Howard?«, erkundigte ich mich.

Er nickte. »Wir haben nur etwas geplaudert; nichts Wichtiges.«

»Dann ist er also nicht wieder bei der Schwarzarbeit erwischt worden?«

»Schwarzarbeit?«, wiederholte er, als hätte er so etwas noch nie gehört.

»Ja, Schwarzarbeit. War das nicht der Grund, warum er dich das letzte Mal angerufen hat?«

»Oh ja. Nein, es war nur – ein kleiner Schwatz«, sagte er, aber sein scheinheiliger Gesichtsausdruck bei diesen Worten missfiel mir zutiefst.

Ich hoffe, er und Howard hecken nicht irgendetwas aus.

Kapitel 14

Im Vollrausch

Die erstaunliche und sehr therapeutische Summe, die ich für einen smaragdgrünen, seidenen Hosenanzug mit einer langen Nerojacke für das VLA-Dinner gekauft hatte, hatte sich gelohnt; für das Arbeitsfrühstück würden meine neueste Jeans und eine gute Seidenbluse eben genügen müssen. Ich bin froh, dass Vivyan dabei sein wird. James zog sich in seinen Schmollwinkel zurück, als ich ihn daran erinnerte, dass er am Freitag früh nach Hause kommen müsse, um Bess zu füttern und auszuführen, und als ich ihm erklärte, was ich ihm fürs Abendessen in den Kühlschrank gestellt hatte, bekam ich überhaupt keine Antwort.

Vielleicht wird Bess ihn ja mit einem kleinen Willkommensgeschenk empfangen, da sie entschieden besorgt wirkte, als ich mit einem Koffer das Haus verließ. (Zu spät, weil der Postbote genau in dem Augenblick kam, als ich aufbrechen wollte.)

Ich nahm meine Post mit und öffnete sie im Zug. Es war nicht viel Interessantes dabei, bis ich auf einen dicken braunen Umschlag stieß, der ein großes, zusammengefaltetes Blatt Papier enthielt.

Es stellte sich heraus, dass es sich um eine dieser riesigen Fotokopien handelte, nur dass ich nicht recht erkennen konnte, was sie darstellen sollte. Ich hielt das Blatt mal so, mal so, und das Einzige, woran es mich erinnerte ...

Nein.

Es ist wie dieser Test mit dem Tintenklecks, bei dem das Unterbewusstsein einem Dinge vorgaukelt, die nicht da sind, wie Schmetterlinge zum Beispiel, obwohl es sich in Wirklichkeit nur um einen großen Klecks handelt. Mehrere große Kleckse in diesem Fall und ein länglicher Gegenstand ...

James' Büro hat einen großen Fotokopierer, für Pläne und Dokumente.

Es musste sich um einen Irrtum handeln.

Ich sah noch einmal auf den Umschlag: Er war eindeutig an Mrs. L. Drew adressiert.

Dann hielt ich das Blatt noch einmal verkehrt herum vor mich, und je länger ich es betrachtete ...

Und hatte Vanessa nicht direkt nach unserem Umzug nach Nutthill mit irgendeiner geistesgestörten Nachricht wegen eines Fotokopierers angerufen? Der große Fotokopierer sei wieder einsatzfähig oder etwas in der Art?

Der Mann gegenüber sah mich über den Rand seiner *Times* neugierig an. Langsam faltete ich das Blatt wieder zusammen und schob es in den Umschlag zurück.

Vanessa? Das würde er nicht tun – oder?

Aber ich bin mir sicher, dass sie hinter ihm hergewesen ist, und wie Mrs. Deakin einmal zum Thema Männer sagte: Ihr Geist mag willig sein, aber ihr Fleisch ist schwach, vor allem, wenn man es in Versuchung führt.

Nein – er würde nicht.

Aber ich *könnte* natürlich rein zufällig auf dem Weg zum Hotel am Büro vorbeifahren und ihm die Fotokopie zeigen, denn sobald ich gesehen habe, dass er sich genauso wenig einen Reim darauf machen kann wie ich, werde ich mich erheblich wohler fühlen. Ich war also wieder in der rauen Wirklichkeit.

James würde sich vielleicht sogar über einen Besuch von mir freuen, obwohl er mich nie ermutigt hat, ins Büro zu kommen. (Ich verspüre auch keinen besonders starken Drang dazu – es ist düster und trübselig dort, und die Empfangsdame ist ein hochnäsiges Frauenzimmer, das genau weiß, wie sie ihr Make-up am wirkungsvollsten zur Geltung bringt.)

Ich nahm vom Bahnhof aus ein Taxi, und wir waren schon fast bei der Abzweigung in die ruhig gelegene Sackgasse, wo Drew, Drune und Tibbs residierten, als ich Drew junior auf der anderen Straßenseite auf mich zukommen sah.

Nur dass er nicht allein war.

Eine kleine Blondine schmiegte sich in seinen schützenden Arm, und sie hatten die Köpfe zusammengesteckt.

Ich konnte ihr Gesicht nicht sehen, aber es war Vanessa, die Sekretärin. Ich wusste es!

Als das Taxi vor den Büros das Tempo verlangsamte, beugte ich mich vor und sagte hastig: »Ich habe meine Meinung geändert – ich möchte doch nicht hier halten.«

»Wohin soll es dann gehen?«, fragte der Fahrer, vollführte ein schnelles Wendemanöver und fuhr wieder los. Diesmal war von James nichts zu sehen.

»Wohin?«, wiederholte er.

Mein Kopf war vollkommen leer. Wohin? Wo war ich? Wo wollte ich hin?

»Könnten Sie bitte einfach fünf Minuten durch die Gegend fahren, während ich mich entscheide?«

Er zuckte die Schultern und bog in die Hauptstraße ein.

Es gibt jede Menge guter Gründe, warum James sich in einer solchen Lage befinden konnte. Sehr gute Gründe, es war nur, dass ich die beiden so zusammen gesehen hatte – und dann die Fotokopie und ... Ich hatte ihm vertraut!

Nein, natürlich hat er keine Affäre, er ist einfach nicht der Typ für so was! Es ist närrisch, dass ich das Gefühl habe, als brächen die Fundamente meines Lebens unter mir weg.

»Haben Sie sich schon entschieden?«, erkundigte sich der Fahrer, der, wie mir jetzt auffiel, das Gesicht eines Preisboxers hatte. Aber da er in einem Ohr ein kleines goldenes Kreuz trug, nahm ich an, dass er im Grunde ein netter Kerl war.

»Ja. Ins *Fitzroy Tower Hotel*, bitte.«

Zum Glück war mir wieder eingefallen, wo ich hinwollte.

Ich hatte gerade noch Zeit, mich anzumelden, umzuziehen und mich mit Vivyan zu einem schnellen Drink vorab in der Bar zu treffen.

»Sie sehen ziemlich mitgenommen aus«, sagte er. »Blass und interessant.«

»Mir geht es ganz gut, Vivyan, ich habe nur gerade einen kleinen Schock erlebt. Ich ... ich habe eben meinen Mann Arm in Arm mit seiner alten Freundin die Straße runtergehen sehen.«

»So ein Bastard!«, meinte er mit größter Gelassenheit.

»Oh, nein.« Ich lächelte schwach. »Er ist in Wirklichkeit gar nicht so. Es muss eine absolut vernünftige Erklärung geben.«

»Natürlich gibt es die. Bestellen Sie sich noch einen Drink.«

Als der zweite Drink in der kalten, leeren Höhle meines

Magens aufschlug, fühlte ich mich erheblich besser und war fest davon überzeugt, die falschen Schlüsse gezogen zu haben; ich beschloss, mir morgen den Kopf darüber zu zerbrechen.

Dann beugte Vivyan sich vor und flüsterte verschwörerisch: »Ich habe eine Neuigkeit, die jedem Mädel die Farbe in die Wangen treibt: Fergal Rocco wird heute Abend doch persönlich seinen Preis entgegennehmen.«

»Was? Aber ich dachte, er sei in Japan.«

»Da sollte er auch sein – er fliegt morgen in aller Frühe zurück. Na, ist das was?«

»Ich kann es kaum erwarten!«, erwiderte ich leise. Genau das hatte mir noch gefehlt.

Glücklicherweise waren Peggy und ich weit von dem Tisch mit den Berühmtheiten entfernt (sehr zu ihrem Missfallen), und Peggy ist üppig genug, dass ich mich hinter ihr verstecken kann. (Rubens hätte ihr zu Füßen gelegen.)

Nicht dass Fergal mich überhaupt in einer so dunklen Ecke hätte entdecken können – außerdem beabsichtigte ich zu gehen, sobald ich konnte. Ich konnte ihn nur mit knapper Not sehen, wie er da zwischen den Reichen und Berühmten saß, aber Peggy hielt mich über seine Vorzüge auf dem Laufenden.

Wir tranken eine Flasche Wein zum Abendessen, und ich fühlte mich immer besser. Nun, vielleicht nicht besser, aber mehr und mehr betäubt.

Peggy wollte versuchen, Fergal später kennen zu lernen (zusammen mit etwa neunzig Prozent der anderen anwesenden Frauen), daher versprach ich, ich würde sie in der Bar erwarten, sobald sie sich losreißen könne, und schlenderte davon.

»Dieser Mann«, sagte sie träumerisch, als sie später wieder zu mir stieß, »dieser Mann hat die erotischste Stimme, die ich je gehört habe. Da zittert der Schlüpfer!«

»Peggy!«

Sie musterte mich nachdenklich. »Und sich vorzustellen, dass du das alles einmal in Reichweite hattest! Ich sehe dich plötzlich in einem ganz anderen Licht.«

Rotlicht, wahrscheinlich.

Es war ein Fehler, dass ich versucht hatte, beim Trinken mit ihr mitzuhalten – sie muss Hohlräume in den Beinen haben –, denn als ich das nächste Mal aufsah, hatte Vivyan ihren Platz eingenommen und legte mir nahe, ein paar Stunden zu schlafen, da mir am nächsten Morgen das Treffen mit dem Lektor von Lovecall bevorstand.

Als er hinzufügte, dass Fergal Rocco ebenfalls die Nacht – oder jedenfalls einen Teil davon – im Hotel verbringen würde, rieten mir all meine Instinkte: Geh in Deckung.

In Deckung taumeln war das Beste, wozu ich noch im Stande war.

Der Weg zurück auf mein Zimmer war ein wenig surreal: der Versuch, im Lift nicht an der Wand herunterzurutschen – der Korridor, der seltsame Wellenbewegungen machte, während ich ihn entlangging – die dunklen, bedrohlichen Schatten vor meinem Zimmer ...

Als ich mit meinem Schlüssel im Schlüsselloch herumfuhrwerkte, löste sich einer der Schatten von der Wand und ragte über mir auf.

Ich stieß ein ersticktes Kreischen aus, und meine Knie gaben unter mir nach.

»Endlich!«, hörte ich die heisere, vertraute Stimme, die Peggy mir so zutreffend beschrieben hatte. »Ich dachte, du würdest überhaupt nicht mehr kommen. Ich will mit dir reden.«

Eine Hand wie ein Schraubstock schloss sich um meinen Arm, der Schlüssel wurde meinen nervenlosen Fingern entrungen, dann fand ich mich mit Fergal Rocco in meinem Zimmer wieder.

Während ich mit gebannter Faszination in sein wütendes Gesicht blickte (warum er wütend sein sollte, wusste ich nicht), ging mir durch den Kopf, dass es wohl nur wenige Frauen gab, die sich nicht gern mit Fergal Rocco in ihrem Schlafzimmer wiedergefunden hätten; aber wenn er wirklich reden wollte, so glaubte ich nicht, dass ich dazu im Stande sein würde. Mein Mund hat selbst in den besten Zeiten nur eine dürftige Verbindung zu meinem Gehirn, daran gibt es nichts zu rütteln.

Meine Knie schienen sich langsam zu verflüssigen, und um nicht einfach zu Boden zu sinken, hielt ich es für eine gute Idee, meinen freien Arm um Fergal zu legen und meinen Kopf an seine Brust zu lehnen.

Ich spürte, wie die Muskeln seines Rückens unter meiner Hand zitterten.

»Tish«, sagte er leise und mit veränderter Stimme.

FERGAL LÄSST SICH EINFLIEGEN!
Hysterie auf dem Flughafen, als Fergal Rocco Überraschungsbesuch macht, um den Preis des Trendsetters *in Empfang zu nehmen.*

Sun

Ich entdeckte Tish fast sofort, obwohl sie ungefähr so weit von mir entfernt saß, wie sich das nur einrichten ließ, außerdem versuchte sie, sich hinter einer üppigen, auffälligen Dame zu verstecken. Aber dieses unverkennbare rotgoldene Haar, das im Licht der Kronleuchter schimmerte, verriet sie.

Während des gesamten Abendessens und der Preisverleihung (eine einzigartig geschmacklose Trophäe) war ich mir ihrer Blicke aufs Schärfste bewusst und fragte mich, was sie wohl denken mochte.

Ich hätte dem Drang widerstehen sollen, heute Abend hier zu sein, sie wiederzusehen, aber ich hatte ursprünglich gar nicht die Absicht, sie anzusprechen, bis sie am Ende der Mahlzeit buchstäblich aufsprang und aus dem Saal huschte.

Nur weil wir früher mal zusammen waren, heißt das nicht, dass wir uns nicht wie zivilisierte Menschen begegnen können... oder?

Nur dass ich die Entdeckung machte, dass ich mich nicht besonders zivilisiert fühlte. Ich wollte ihr folgen und sie an den Haaren zurückschleifen.

Es kostete mich echte Anstrengung, freundlich zu den Leuten zu sein, die mich belagerten, bis ich die üppige dunkelhaarige Dame mit dem wallenden kirschroten Kleid entdeckte, die neben Tish gesessen hatte.

Zehn Minuten später hatte ich die Information, dass Tish im Hotel übernachten würde. Ihre Freundin wusste, dass sie einmal mit mir zusammen war. Angeblich hatte aber Tish nicht damit gerechnet, dass ich an diesem Abend da sein würde, und sie wollte mir nicht begegnen. Gleichfalls erfuhr ich jetzt, dass der lebhafte kleine Mann, der die Gruppe um mich herum umkreiste, Tishs Agent war, Vivyan Dubois.

Außerdem hatte mir das Gespräch die Telefonnummer dieser Dame eingebracht. Sie sagte, sie bevorzuge im Grunde blonde

Männer, sei aber immer bereit, für eine gute Sache eine Ausnahme zu machen!

Ich beschloss, mit Tish zu sprechen – ich würde cool sein und ihr zeigen, dass es mir nichts ausmachte, ihr zu begegnen; ja, ich würde ihr zeigen, wie wenig sie mir bedeutete.

Sonst nichts, nur ein »Wie geht es dir? Hm, schön, dich mal wiederzusehen«.

Ein Gespräch unter vier Augen.

Ich brauchte keine fünf Minuten, um Tishs Zimmernummer aus ihrem Agenten herauszulocken: Der Mann erinnert mich an Hywel.

Kapitel 15

Flüchtige Begegnung

»Oh Gott!«, stöhnte ich, als ich langsam wach wurde, mit hämmerndem Herzen, pochendem Schädel und trockenem Mund. Ich sah mich wild in dem Hotelzimmer um, das abgesehen von mir selbst und wahllos verstreuten Kleidungsstücken leer war. Ich fühlte mich, als hätte ich drei Runden mit einem Grisli gekämpft, und die Laken waren zu einem einzigen großen Knoten verheddert.

Einen Augenblick lang dachte ich, ich hätte lediglich den reißerischsten aller Träume gehabt, um den Träumen ein und für alle Mal ein Ende zu machen – und dann kam die Erinnerung zurück. Ich hatte tatsächlich drei Runden mit einem Grisli hinter mir, die wunden Stellen an merkwürdigen Teilen meines Körpers bewiesen es.

Ich wurde in einer einzigen gewaltigen Welle vom Kopf bis zu den Füßen rot: Miss Scarlett.

Was hatte ich getan? *Hatte* ich ... es getan ...?

Was zum Teufel hatte ich gestern Abend getrunken?

Ich drückte mir beide Hände gegen die Schläfen und versuchte, mich zu erinnern. Vivyan. Wein zum Abendessen. Drinks mit Peggy in der Bar ... Der Versuch, mich in der Senkrechten zu halten, während ich über den Korridor zu meinem Zimmer ging.

Es wäre alles glatt gegangen, wenn Fergal mich nicht erwartet hätte, wenn ich, als er mich berührte, nicht ...

Hatte ich wirklich?

Er musste doch *gesehen* haben, dass ich viel zu viel getrunken hatte und er meine Situation ausnutzte.

Nur dass ich dieses grässliche Gefühl nicht loswerde, dass *ich* seine Situation ausgenutzt hatte. Ich erinnere mich, ihn berührt zu haben, erinnere mich an das Gefühl, dass ich mich einfach an ihn schmiegen wollte, wie eine Decke.

Schöne Decke.

Ich glaube, dass mein ganzer Körper förmlich grinst, selbst wenn der Rest von mir sich angewidert, beschämt und gedemütigt fühlt.

Es ist alles James' Schuld – es war der Schock, ihn mit Vanessa zu sehen, der bei mir die Sicherungen hat durchbrennen lassen. Aber jetzt, im kalten Licht des Tages, dachte ich, dass ich vielleicht zu viel in die Sache hineininterpretiert hatte. Es musste eine absolut vernünftige Erklärung geben. James ist nicht so.

Aber – *ich* bin auch nicht *so*. Oder?

Nicht dass ein Treuebruch mit Fergal wirklich ein Treuebruch wäre, da ich ihn schon vorher kannte ... Also zählt es irgendwie nicht richtig. Nun ja, Sie wissen, was ich meine.

Aber wenn ich dasselbe auf James und Vanessa anwende, dann zählt es sehr wohl – wenn sie sich ... wenn sie es ...?

Ich wünschte, mein Kopf würde aufhören zu hämmern, damit ich *denken* konnte. Ein Klopfen an der Tür war der Vorbote einer großen Kanne Kaffee, die Vivyan mir geschickt haben musste, denn ich bin davon überzeugt, dass ich gestern Abend des Denkens nicht mehr mächtig war. Ich muss mich bei ihm entschuldigen, dass ich mich derart habe gehen lassen.

Nach dem Kaffee und ein paar Aspirin aus meiner Handtasche sowie einer ausgedehnten Dusche dachte ich langsam, dass ich wohl doch weiterleben würde. Ich fragte mich sogar, ob ich das Ganze nicht vielleicht geträumt hatte, da nichts darauf hinwies, dass Fergal je in diesem Zimmer gewesen war, abgesehen von dem seltsamen, kleinen, blauen Fleck (sehr seltsam). Keine Nachricht, nichts.

Aber die Fotokopie, die ich vor dem Dinner zusammengeknüllt und weggeworfen hatte (daran erinnere ich mich noch), war glatt gestrichen worden und lag jetzt wie ein seltsamer kleiner Läufer auf dem Teppich. Ikea würde vielleicht einen Markt für dieses Design finden.

Während ich noch über die möglichen Konsequenzen des Geschehenen nachsann, klingelte das Telefon. Es war James.

»Tish? Ich bin es. Wo ist meine grüne Seidenkrawatte? Die mit den terrakottafarbenen Streifen?«

Er klang normal. (Unwirsch.) Ich räusperte mich und schlug vor: »Am Krawattenständer?«

»Ist alles in Ordnung mit dir? Deine Stimme hört sich ein bisschen merkwürdig an.«

»Ich habe gestern Abend etwas zu viel getrunken.«

»Willkommen in der menschlichen Rasse!«

»Ich hatte gar nicht gewusst, dass exzessive Trinkerei die Qualifikation ist«, sagte ich kalt.

»Hör mal, Tish, ich muss jetzt los, sonst komme ich zu spät...«

»Ich habe dich gestern auf dem Weg zum Hotel gesehen – mit einer blonden Frau. Du hattest den Arm um sie gelegt«, sprudelte es aus mir hervor, ohne dass ich es so recht gewollt hatte. (Mein Mund machte sich selbstständig, es war das alte Lied.)

Es folgte eine Pause, die so kurz war, dass ich mich hinterher fragte, ob ich sie mir vielleicht nur eingebildet hatte, dann entgegnete er gekränkt: »Du hast uns gesehen? Dann wünschte ich, du hättest angehalten! Ich brauchte ein Taxi, und es ist nie eins zu kriegen, wenn man eins haben will. Ich habe Beryl nach Hause gebracht.«

»Beryl?«

»Du weißt doch, die Schreibkraft. Klein, blond, ziemlich dick, trägt eine Brille. Was ist los mit dir? Du hast doch sicher nicht gedacht...? Du *hast* es gedacht, nicht wahr? Du dachtest, du hättest mich in flagranti erwischt! Wenn du nicht mehr Vertrauen zu mir hast, dann...«

»Warum«, fiel ich ihm ins Wort, während ich mir mit der freien Hand meine schmerzende Stirn rieb, »warum hattest du den Arm um sie gelegt? Und ich erinnere mich *nicht* an Beryl.«

»Sie hatte eine schreckliche Migräne – mit Augenflimmern und allem Drum und Dran. Sie konnte nicht allein nach Hause gehen. Wenn du angehalten und gefragt hättest, statt zu deinem Hotel davonzurauschen und das Schlimmste zu vermuten, hätten wir dein Taxi benutzen können.«

»Sie sah genauso aus wie Vanessa!«

»Vanessa? Vanessa ist nicht blond.«

»Ich habe Vanessa gesehen, James – bei unserer Hochzeit –, erinnerst du dich? Sie ist blond.«

»Sie war es, aber sie ist zu ihrer natürlichen Haarfarbe zurückgekehrt, eine Art Rotbraun.«

»Sie ... sie ist nicht blond?« Plötzlich wurde mir wieder ernsthaft übel. »Oh! Nun ... also, tut mir Leid, James, aber es sah wirklich merkwürdig aus, das musst du zugeben.«

»Du solltest keine voreiligen Schlüsse ziehen«, erklärte er mir kalt. »Es war Beryl, und sie ist etliche Jahre älter als ich und hat zwei halbwüchsige Kinder. Hör mal, ich muss jetzt Schluss machen. Warte heute Abend nicht mit dem Essen auf mich, ich werde vielleicht Überstunden machen müssen.«

»Aber James!«

Die Leitung war tot. Mein Magen fühlte sich wieder wie eine große, bebende Grube an, aber als Vivyan anklopfte, hatte ich mich äußerlich wieder gefasst.

Es tut mir Leid, dass ich James so unrecht getan habe, wo er einfach nur nett zu seiner Schreibkraft sein wollte, aber woher sollte ich das wissen? Und außerdem, ich habe immer noch keine Erklärung für die Fotokopie. (Was Fergal wohl davon gehalten haben mochte?)

Und ich weigere mich, mich wegen gestern Nacht zu schämen, selbst wenn es mich bei der bloßen Erinnerung heiß und kalt überläuft – vor allem heiß, denn wenn ich zu Hause ein Geschlechtsleben gehabt hätte, hätte ich wohl kaum so reagiert.

Aber ich will Fergal Rocco nie wiedersehen. Niemals.

Auf dem Heimweg fühlte ich mich wie ein Backfisch nach dem ersten bedeutungsschweren Rendezvous, und mein Herz machte einen Satz, als es mir wieder einfiel: keine Antibabypille.

Im nächsten Augenblick fiel dasselbe Herz wie ein Stein in einen Abgrund, als ich an die schrecklichen Krankheiten dachte, die Fergal sich bei seinem Frauenverschleiß zugezogen haben konnte.

Ich hatte jedenfalls nicht über Vorsichtsmaßnahmen nachgedacht. Ich habe überhaupt nicht gedacht, sondern lediglich (niederen) Instinkten gehorcht – und ich glaube auch nicht, dass ich ihm viel Zeit zum Nachdenken gelassen habe, oder? (Oh Gott – ich muss eine spät berufene Nymphomanin sein.)

Vielleicht ist er so daran gewöhnt, dass Frauen sich ihm an den Hals werfen, dass er immer alles Notwendige dabei hat?

Allzeit bereit.

Meine zweite Sorge ist schlimmer als die erste, denn ich nahm jetzt seit Monaten die Pille nicht mehr, und es war nichts passiert, daher musste ich wohl unfruchtbar sein. Außerdem habe ich einiges über diese Dinge gelesen, und ich glaube sowieso nicht, dass ich zurzeit meine »gefährlichen Tage« hatte.

Da ich Fergal aber wenigstens nach einem möglichen Infektionsrisiko fragen musste, schickte ich ihm, sobald ich nach Hause kam, über das Restaurant seines Vaters eine Nachricht, versiegelt in einem doppelten Umschlag.

Darin stand: *Hast du irgendwelche ansteckenden Krankheiten? T.*

Ich gab *c/o Vivyan Dubois* als Absender an, da ich ihn nicht wissen lassen wollte, wo ich wohne.

Danach badete ich in Sagrotan und nahm eine ausgiebige Dusche. Schuldgefühle mögen sich nicht wegwaschen lassen, Bakterien sehr wohl.

Als ich den Wagen hörte, musste ich mich zu einem normalen Benehmen zwingen, was nicht leicht ist, wenn man sich fühlt, als hinge einem ein Damoklesschwert über dem Kopf – und zwar an einem seidenen Faden.

Er kam ziemlich spät und sah wie ein sehr gemarterter heiliger Sebastian aus, aber dann erklärte er nobel, dass er mir verzeihe, da er nachvollziehen könne, dass es mich durchaus aufgeregt haben konnte, ihn zusammen mit einer anderen Frau zu sehen. Diese Herablassung hatte jedoch eine gegenteilige Wirkung auf mich; meine Schuldgefühle zerstoben, und ich war stattdessen plötzlich nur noch wütend.

Selbst der verrückte Drang, alles zu beichten, fiel nun von mir ab.

Er fragte mich auch nicht, wie das Treffen verlaufen war. (Was nur gut war, wenn man meinen Zustand bedenkt.) Aber ein oder zwei Tage später kam James schon früh aus dem Büro zurück, stürmte mit langen Schritten ins Zimmer und klatschte mir eine abgegriffene Fotografie hin.

Fergal Rocco wird eingeflogen, um Preis entgegenzunehmen,

hieß es in der Überschrift, aber ich wandte den Blick von Fergals dunklem Gesicht ab. Ich konnte derzeit nicht einmal einem Foto von ihm ins Auge sehen, und ich wusste einfach, dass mir eine schuldbewusste Röte in die Wangen gestiegen war. »Ich hatte keine Ahnung, dass du den *Trendsetter* liest, James.«

»Tu ich auch nicht, wie du sehr gut weißt. Die Schreibkraft hatte das da an ihrem Aktenschrank kleben.«

»Dann gibst du es ihr besser zurück – sie vermisst es vielleicht!«

Statt einer Antwort zerknüllte er die Fotografie und warf sie ungefähr in Richtung Papierkorb. »Ich nehme an, du wusstest die ganze Zeit, dass er da auftauchen würde!«

»Um Himmels willen, James! Niemand wusste es, bis zum letzten Augenblick nicht! Er wurde dringender Geschäfte wegen nach London zurückgerufen.«

»Ich nehme an, das hat er dir erzählt?«

»Das hat er *allen* erzählt.«

James sah mich eingehend an. »Dann hast du also nicht mit ihm gesprochen?«

»Wir haben kaum ein paar Worte gewechselt«, sagte ich wahrheitsgemäß (Körperflüssigkeiten vielleicht, Worte so gut wie keine). »Und ich weiß nicht, warum du ständig auf dem Thema ›Fergal‹ herumhackst, da ich dir nie den geringsten Grund zur Eifersucht gegeben habe. Aber als ich dich vollkommen vernünftig gefragt habe, warum du eine andere Frau im Arm hieltest ...«

»Das war etwas ganz anderes!«, plusterte er sich auf. »Mein Leben ist ein offenes Buch, aber du bist voller Heimlichkeiten. Ich meine, du bist mit einem der berüchtigtesten Rockstars gegangen, und in sechs Jahren Ehe erwähnst du diesen Umstand nicht einmal ...«

»Er war damals kein Rockstar, weder ein berüchtigter noch sonst einer«, unterbrach ich ihn, aber man konnte nicht mehr vernünftig mit James reden.

Er ließ erst von dem Thema ab, als mir die Fotokopie wieder einfiel und ich sie ihm zeigte. James leugnete zuerst, irgendetwas darüber zu wissen, gab aber schließlich zu, dass es bei der Weihnachtsfeier im Büro ein paar Albereien gegeben habe, schwor jedoch hoch und heilig, dass »im Grunde nichts passiert« sei, und ich würde ihm eben vertrauen müssen. Er sagte, Vanessa habe mir die Fotokopie wahrscheinlich gerade deshalb geschickt, weil er sich so tugendhaft geweigert habe, wieder mit ihr anzubändeln.

Die Erklärung klingt ziemlich logisch, daher werde ich ihm wohl verzeihen müssen, obwohl ich gute Lust hätte, *ihn* ebenfalls in Sagrotan einzuweichen, nur für den Fall des Falles.

Nach diesem Gespräch hatte ich das Gefühl, dass wir in puncto Schuldgefühle und Verdächtigungen einen Gleichstand erzielt hatten, und ich hörte auf, besonders nett zu ihm zu sein.

Ich mache mir immer noch Sorgen wegen seltsamer Erkrankungen, aber nicht mehr wegen einer möglichen Schwangerschaft, da ich drei Tage nach meiner »flüchtigen Begegnung« eine »flüchtige Periode« hatte.

Aus irgendeinem Grund heulte ich wie ein Schlosshund. Ich weiß nicht, warum.

Doch, ich weiß es wohl.

Ich war so hin- und hergerissen wegen einer möglichen Schwangerschaft, und trotzdem war der Gedanke, Fergals Kind zu bekommen, für einen Teil meines Wesens nicht vollkommen widerwärtig – obwohl ich nicht die leiseste Ahnung habe, wie ich ein schwarzhaariges und wahrscheinlich olivenhäutiges Baby James hätte erklären sollen.

Daher ist es wahrscheinlich nur gut, dass mir das erspart bleibt.

TUMULT AUF FLUGHAFEN: ROCCO SCHLÄGT REPORTER K.O.!

Sun

Was ich gedacht habe, als Tish sich so unerwartet in meine Arme warf? Nichts, ich habe nur gefühlt. Als sie mich berührte, stellte sich jeder Nerv in meinem Körper auf und zitterte.

Es fühlte sich richtig an.

Einen Funken Selbstbeherrschung hatte ich noch: genug, um sie zum Beispiel zu fragen, ob sie sich sicher sei...

Sie schien sich verdammt sicher zu sein.

Und es ist nur gut, dass ein ausschweifender Lebenswandel gewisse Vorkehrungen automatisch mit sich bringt.

Nachher hätte ich das Flugzeug vielleicht – vielleicht! – ohne mich abfliegen lassen, wenn Tish sich nicht in meinen Armen geregt und gemurmelt hätte: »James?« Und in ihrer Stimme lag eine verhaltene Traurigkeit, die an mein Gewissen rührte.

Im Gegensatz zur öffentlichen Meinung habe ich sehr wohl eine Moral, und da lag ich nun mit der Frau eines anderen Mannes im Bett – oder sie lag mit mir im Bett.

Wenn sie nicht angefangen hätte...

Es sah ihr gar nicht ähnlich... Obwohl, woher soll ich wissen, wie sie heute ist?

Als ich mich von ihr gelöst hatte und die Nachttischlampe anknipste, war sie für die Welt um sie herum tot – die schlafende Venus.

Vielleicht hatte sie doch etwas zu viel getrunken? Aber sie war mir so... zielstrebig *erschienen, ein besserer Ausdruck dafür fiel mir nicht ein.*

»Tish?« Ich rüttelte sie sachte. Ihre Wimpern flatterten, und sie murmelte etwas.

Würde sie es bedauern, wenn sie aufwachte? Ich musste ihr eine Nachricht hinterlassen ... und ich musste verschwinden, bevor ich noch einmal von vorne anfing!

Ich stand auf, sammelte meine verstreuten Kleider ein und zog ein zerknülltes Blatt Papier unter meinem Hemd hervor. Ich strich es glatt, und ein Blick auf diese vertraute Fotokopie sagte mir, dass sie von der Affäre ihres Mannes erfahren hatte.

Wenn sie das da gesehen hatte und sich dann erst mit Alkohol und schließlich mit mir getröstet hat – war ich dann nur ein Werkzeug der Rache für sie?

Ich fühlte mich benutzt. (Gut benutzt, aber benutzt.) Dann fiel mein Blick auf die Uhr. »Oh, mein Gott!«

Zehn Minuten später war ich sauber, mit frischer Wäsche versehen, aber unrasiert, auf dem Weg aus dem Hotel.

Am Flughafen wurde ich von Hywel, Nerissa, einem Kameramann und einem Reporter erwartet. Ich blinzelte; der Blitz fiel mir direkt in die Augen – und Nerissa um den Hals, wo sie wie ein parfümiertes Faultier hängen blieb. Und das alles geschah praktisch innerhalb einer Sekunde.

»Liebling – ich habe dich ja so vermisst! Warum hast du mir nicht erzählt, dass du hier sein würdest?«

Ich schob sie weg und gab dem Reporter, der mir ein Mikrofon in die Nase schieben wollte, eine Ohrfeige.

Mein Geduldsfaden war noch nie allzu lang. Und ich hatte gehofft, dass Nerissa sich in meiner Abwesenheit an einen anderen Mann hängen würde. Von mir wusste sie ganz bestimmt nicht, dass ich diesen kurzen Ausflug geplant hatte.

Hywel blickte selbstgefällig drein. Das war seine Vorstellung von guter Publicity.

Ich schüttelte die beiden ab und ging zum Abflugschalter.

Kapitel 16

Katzenpfoten

Dieses Flughafenfoto verursachte mir Übelkeit: aus meinem Bett und direkt in einen Clinch mit seiner Freundin! So ein Bastard!

Ich nehme an, er war halt gerade in Stimmung, und ich war in Reichweite und willig. Und ich dachte …

Sind die Männer alle nur streunende Kater?

Meinen Brief beantwortete er jedoch prompt. Vivyan rief mich am nächsten Tag an, um mir zu berichten, dass er soeben einen überaus merkwürdigen Telefonanruf bekommen habe. »Ein Mann – hat keinen Namen genannt, die Stimme klang aber sehr heiser und attraktiv und kam mir irgendwie bekannt vor. Er hat eine Nachricht für dich hinterlassen.«

»Was hat er gesagt?«, fiel ich ihm ungeduldig ins Wort.

»Er meinte: ›Richten Sie Tish aus: Nein, ich habe nicht, und außerdem bin ich wie die Pfadfinder, allzeit bereit.‹ Dann hat er aufgelegt. Ergibt das einen Sinn für dich, Darling?«

»Ja.« Ich fühlte mich plötzlich ein klein wenig besser. (Keine Krankheiten.) Aber seltsamerweise ärgerte es mich, dass Fergal im Gegensatz zu mir immerhin klar genug hatte denken können, um Vorsichtsmaßnahmen zu ergreifen! »Ja, es ergibt einen Sinn, vielen Dank, Vivyan – wirklich, vielen Dank.«

»Keine Ursache – aber was hat das zu bedeuten? Ich finde, du benimmst dich sehr rätselhaft! Jetzt werde ich mich ewig fragen, wo ich diese Stimme schon mal gehört habe.«

Hauptsache, er kommt nicht drauf.

James und ich sind furchtbar nett zueinander. Ich bin davon überzeugt, dass Vanessa versucht hat, ihn bei der Weihnachtsfeier zu verführen, aber ich werde ihm wohl verzeihen müssen, da ich …

Und ich bin mir sicher, dass er nicht *wirklich* ... das würde er nicht tun.

Wir haben also eine Art Gleichstand erzielt und können noch einmal von vorn anfangen. Nur dass ich James nicht länger als den verlässlichen Eckpfeiler meines Lebens ansehen kann, sondern nur noch als eine Strecke Treibsand, durch die man den Weg kennt.

Da ist zum Beispiel der Garten. Ich mache mir schon lange keine Hoffnungen mehr, dass James irgendein Interesse daran bekundet, daher habe ich mich über Mrs. Deakin mit Bobs Eltern verständigt; Mrs. Deakin hat den Vorschlag gemacht, dass er mir regelmäßig helfen könne, was er jetzt auch tut. (Nun ja, unregelmäßig – er scheint immer mehr Zeit hier zu verbringen.) James war dagegen, konnte sich aber nicht wirklich darüber beklagen, da er selbst nicht mit anfasst.

Heute Nachmittag hat Bob gut gelaunt im Garten gearbeitet und eine Reihe ordentlicher Beete voller unidentifizierbaren Gemüses anlegt. Er scheint zu wissen, was er tut, aber wenn ich Vorschläge mache, lächelt er nur, nickt und ignoriert mich.

Nachdem ich ihm einen Becher Tee gemacht hatte (in einem riesigen Emaillebecher, den ich eigens für diesen Zweck gekauft hatte, weil er praktisch unzerstörbar ist), ging ich mit einem Päckchen Druckfahnen zur Haltestelle, um mit dem Bus ins Nachbardorf zu fahren. Ich habe Mrs. Deakin einmal gefragt, warum sie in ihrem Laden keinen Postschalter hat, und sie sagte düster, dass sie einmal einen gehabt und ihn wieder verloren habe, dann lachte sie und meinte, das sei die Geschichte ihres Lebens.

Auf einer Mauer an der Bushaltestelle saß eine hübsche getigerte Katze; während ich dort wartete, kam sie mit unverkennbaren Zeichen der Freundlichkeit auf mich zu. Ich fühlte mich geschmeichelt, aber als ich mich bückte, um sie zu streicheln, sah ich zu meinem Entsetzen, dass jede Pfote mit einer Vielzahl von Zehen ausgestattet war – genug, um noch eine Katze mit der üblichen Anzahl von Zehen auszustatten, ohne dass einem der beiden Tiere dadurch ein merklicher Mangel entstanden wäre.

Als ich zurückprallte und mir die Hände an meinen Jeans abwischte, hörte ich hinter mir ein derbes, seniles Kichern. Ein dicker alter Mann beugte sich über eine Gartenpforte und sah mich aus wässrigen blauen Augen an.

»Das hat Sie überrascht, was? Sie hätten mal Ihr Gesicht sehen sollen! Es ist immer wieder köstlich, fremden Leuten zuzusehen, wenn sie Tibbys Füße zum ersten Mal zu Gesicht bekommen.«

»Freut mich, dass ich zu Ihrer Erheiterung beigetragen habe«, erwiderte ich kühl und kämpfte ein Gefühl der Übelkeit nieder. Solche Dinge bringen mich aus dem Gleichgewicht, seit ich auf einem Jahrmarkt dafür bezahlt habe, das Schwein mit den sechs Beinen zu sehen, und es sich als eine widerwärtige weiße Leiche entpuppte, die in einem Fass voller Formaldehyd trieb.

»Ist das Ihre Katze? Was für ein Jammer, dass sie missgestaltet ist. Sie hätten sie ertränken sollen, als sie geboren wurde.«

»Sie ertränken?«, fragte er mit bebender Stimme, und seine falschen Zähne wurden sichtbar, Zähne, die eindeutig zu groß für seinen Mund wirkten. »Warum hätte ich sie denn töten sollen? In Nutthill laufen jede Menge Katzen mit mehr Zehen als nötig herum, und so ist es immer schon gewesen – sie tun keiner Menschenseele etwas zu Leide. Manche Leute behaupten, es wär hier etwas im Wasser, das das bewirkt, aber das ist eine dumme Erklärung. Wenn es stimmte, müsste auch jedes andere Geschöpf mehr Zehen haben, als es braucht.«

»Etwas im Wasser?« Ein kalter Schauder durchfuhr mich, bis der gesunde Menschenverstand wieder die Oberhand gewann und mir klar wurde, dass ich hier nicht mehr und nicht weniger als ein genetisches Ungeheuer vor mir sah, das die Natur am Leben gelassen hatte, statt es auszulöschen.

»Sie hat jedenfalls eine sehr hübsche Zeichnung«, räumte ich großmütig ein und schickte mich an, meiner Wege zu gehen.

Er lächelte boshaft. »Wenn sie das nächste Mal wirft und ein Kätzchen mit dieser Zeichnung dabei ist, heb ich Ihnen eins auf. Es ist meistens eins dabei, das ihr ganz ähnlich sieht.«

Während ich glühend jeden Wunsch nach einem vielzehigen Katzenmonster abstritt, kam der Bus um die Ecke, und ich musste die Beine in die Hand nehmen. Ich hoffe nur, dass der senile alte Narr sein Versprechen vergessen wird.

Der Bus war überraschend voll, aber als wir uns dem Nachbardorf näherten, bekam ich sofort eine Erklärung für diese drangvolle Enge: Es war Jahrmarkt. Während ich am Postschalter anstand, las ich ein kleines Poster, auf dem all die zu erwartenden Freuden aufgelistet waren: Vorführung einer Schafschur, Spinner und Weber, die ihre Kunst zeigten, Bierzelte, Antiquitäten, handgefertigte Kleidung ...

Unwiderstehlich!

Kurz darauf ging ich die schmale Gasse hinauf zu dem Bauernhof, wo der Jahrmarkt stattfand. Ich sage Bauernhof, aber in Wirklichkeit handelte es sich mehr um ein kleines Gut.

Am Rand des Grundstücks wimmelte es von kleinen Verkaufsbuden, wo ich Honig erstand, selbst gemachte Karamellbonbons und ein Bild mit gepressten wilden Blumen aus der näheren Umgebung.

Die Schafschur erwies sich als eine überraschend blutige Angelegenheit, und die Schafe präsentierten sich nicht nur in rosafarbener Nacktheit, sondern auch mit etlichen Schnittwunden versehen, daher schlenderte ich an dem kleinen Jahrmarkt und der Hüpfburg vorbei in das Bierzelt.

Erhitzt und müde saß ich mit einem schönen, kühlen Bier in der nach Gras duftenden Dunkelheit, bis es Zeit für den nächsten Bus wurde.

Direkt am Eingang stand eine Losbude, an der man praktisch nicht vorbeikam, ohne ein Los zu kaufen (»Jedes Los ein Gewinn«), aber ich stellte zu meiner nur mäßigen Überraschung fest, dass meine Lose keine Gewinne waren. Als ich mich abwandte, drückte mir der Junge hinter der Theke plötzlich einen Plastikbeutel mit einem sehr kleinen Goldfisch in die Hand. Ich prallte zurück und versuchte, ihm den Beutel zurückzugeben.

»Aber ich habe nichts gewonnen! Außerdem will ich ihn nicht haben.«

Er nahm den Beutel nicht zurück. »Trostpreis.«

Ich stand unentschlossen auf dem heißen, sonnigen Feld. Der Fisch war sehr klein, und das Wasser in dem Plastikbeutel fühlte sich schon ziemlich warm an.

Ich schlenderte trostlos von dannen und versuchte, all meine kleinen, unhandlichen Päckchen festzuhalten, ohne den Fisch zum Kentern zu bringen, aber am Ende musste ich noch einmal umdrehen und eine Patchworktasche erstehen. Sobald ich alles darin verstaut hatte, gelang es mir, den Goldfischbeutel so zu fassen, dass er in der Tasche hing und das arme Vieh zumindest ein wenig Schatten hatte.

Mittlerweile hatte ich den Bus verpasst und musste den langen Fußmarsch nach Hause antreten; inzwischen wünschte ich, ich hätte einen großen Bogen um den Jahrmarkt gemacht. Die Tasche enthielt Bleigewichte, der Goldfisch ächzte, ich schwitzte.

Als ich stehen blieb, um ein wenig Luft in den Goldfischbeutel zu lassen, hielt ein Wagen voller junger Leute neben mir, die sinnige Bemerkungen über meinen Speiseplan für heute Abend machten und mir beharrlich anboten, mich mitzunehmen. Keine zehn Minuten später hielt ein anderer Wagen neben mir, und ich drehte mich mit einem Strom wüster Verwünschungen auf den Lippen um, nur um die Entdeckung zu machen, dass es sich um den Pfarrer in einem altertümlichen, grünen, halb mit Holz verkleideten Morris 1000 handelte. Ich verwandelte meine finstere Miene in ein schwaches Lächeln und ließ mich dankbar auf den Beifahrersitz sinken.

Das Vehikel befand sich in einem furchtbaren Zustand und machte einen Höllenlärm, was bedeutete, dass die Fahrt überwiegend schweigend verlief. Meine Einladung, noch auf einen Sprung mit hereinzukommen, lehnte der Pfarrer ab, weil seine Frau ihn zum Nachmittagstee erwartete, was in meinen Ohren nach genau dem klang, was man von einer Pfarrersfrau erwartete.

Bob war noch immer im Garten bei der Arbeit, und seine ausdruckslosen blauen Augen leuchteten beim Anblick des Goldfisches in dem durchweichten Beutel merklich auf.

»Go... fisch!«, sagte er begeistert und drückte mit einem erdverkrusteten Finger in den Beutel. »Go... fisch!« In diesem Augenblick hatte ich einen Geistesblitz, auf den ich noch lange Zeit später stolz war: »Bob, möchtest du den Goldfisch haben? Möchtest du ihn mit nach Hause nehmen?«

»Ich? Für mich?« Er machte einen Freudensprung.

Ich händigte ihm den kleinen Gefangenen aus. »Dann sollst du ihn haben. Warte einen Augenblick, ich schreibe nur kurz ein paar Zeilen an deine Mutter.«

Ich kam mit einem Umschlag zurück, der seinen (sehr vernünftig bemessenen) Lohn enthielt. »So, bitte schön. Verliere ihn nicht, und gib ihn gleich deiner Mutter, wenn du nach Hause kommst.«

Seine Augen, die durch den Beutel mit Wasser auf schauerliche Weise vergrößert wurden, blieben so leer und klar wie immer, dann nickte er langsam und ließ den Fisch sinken.

»Umschlag für Mum. Go... fisch für Bob.«

»So ist es recht. Auf Wiedersehen, Bob.« Ich zog mich erleichtert in die kühle Küche zurück.

Er umrundete mit schleppenden Schritten das Haus und schien mit jemandem zu reden. Wahrscheinlich mit dem Goldfisch.

Es kann kein wonnevolleres Gefühl auf Erden geben als das, das man in dem Augenblick empfindet, in dem man seine Sandalen auszieht und seine heißen, geschwollenen Füße auf die kalten Fliesen drückt: praktisch ein Orgasmus.

Und ich schwöre, das Glas Wasser zischte, als es durch meine Kehle rann.

Als James nach Hause kam, verzehrte er meine gesamten Karamellbonbons.

Da am nächsten Tag Samstag war, wollte ich, dass er mit mir die Kacheln fürs Badezimmer aussuchen fuhr und dann die alten aus der Wand stemmte; aber er setzte mich davon in Kenntnis, dass er mit dem Aufbau seiner Funkanlage zu beschäftigt sein würde. Jetzt watet er förmlich durch Transmitter, Handbücher und alle möglichen Dinge, und er läuft ständig zwischen dem Haus und dem, was er jetzt seine »Funkerbude« nennt, hin und her. Ich bin immer noch zutiefst gekränkt über seine Hinterhältigkeit, diese Dinge einfach zu bestellen und sogar ein Bankdarlehen aufzunehmen, ohne mir davon zu erzählen (und er wirft *mir* Heimlichtuerei vor!), und nun hilft er mir nicht einmal mit dem Haus.

Ich war so wütend, dass ich Mutter anrief – ich musste mit jemandem reden. Aber ich hatte keinen Erfolg; der Goldjunge war mir zuvorgekommen. Ich bin fest davon überzeugt, dass sie ihn lieber hat als mich. Tatsächlich habe ich manchmal das Gefühl, dass sie mich überhaupt nicht mag.

Aber ich nehme an, das ist dumm, denn sie hat mich seit meiner Geburt schier erstickt mit ihren Besitzansprüchen. (»Das ist meine Puppe, und du darfst nicht damit spielen.«) Sie war bestimmt furchtbar enttäuscht, als ich mich nicht als ein konventioneller kleiner Klon ihrer selbst entpuppte.

Wie auch immer, Mutter hing mir jedenfalls in den Ohren, dass Männer ein Hobby brauchen und wie wichtig es sei, dass sie ihren Interessen zu Hause nachgehen können (zu Hause, mit einem halben Garten zwischen uns!), und außerdem hatte sie offensichtlich mächtig getrunken: Ich kenne dieses Stadium sorgsam artikulierter Geschwätzigkeit.

James kam um Mitternacht aus der Funkerbude zurück und ließ die Bourgeoishündin ins Schlafzimmer.

Am Montag brachte Mrs. Peach wie gewohnt ihre Eier, aber als sie sich zum Gehen wandte, fragte sie abrupt: »Wie steht es mit Ihrer ›Guten Fruchtbarkeit‹?«

»Was?«, fragte ich verständnislos und dachte nur, dass James doch wohl kaum im Pub, in dem das halbe Dorf zuhörte, Ehegeschichten ausgeplaudert haben konnte?

»Ich meine diese Birnbäume ›Gute Fruchtbarkeit‹ hinten im Garten«, erklärte sie. »Sie machen vielleicht nicht mehr viel her, aber sie bringen immer noch eine reiche Ernte ein. Mir ist aufgefallen, dass Sie die Bäume geschnitten haben.«

Das war vor einer Ewigkeit! »Ich finde, sie sehen okay aus, Mrs. Peach. Aber wir werden es wohl abwarten müssen, nicht wahr?«

Sie erwiderte nichts, sondern stapfte davon. Jetzt, da ich ihr Geheimnis kenne, schrecken mich ihre kleinen Wunderlichkeiten nicht länger.

Dies war übrigens ein weiterer Tag, an dem James vergaß, mich zum Abschied zu küssen. Das ist ihm jetzt mehrfach passiert. Keine Küsse, keine Kuscheleinheiten – ich fühle mich ungeliebt.

Ich wünschte, ich hätte eine enge Freundin, mit der ich über alles reden kann, aber vielleicht kann ich einmal mit der Ärztin sprechen? Ich sollte sie ohnehin noch einmal aufsuchen, weil ich die Pille abgesetzt habe und meine Periode so unregelmäßig kommt. Das letzte Mal habe ich mir zu große Sorgen wegen des Knotens gemacht, um daran zu denken.

An diesem Abend gab ich mir besondere Mühe mit dem Essen – Chili con Carne –, aber James war sehr verstimmt, weil es nicht den Standardbraten mit Gemüse gab, obwohl ich ihm erklärte, dass es gesünder sei, weniger Fleisch und mehr Bohnen zu essen. Er antwortete, rote Bohnen seien giftig, und außerdem wolle er lieber ungesund leben, als solchen Müll zu essen.

Ich war gekränkt, da ich noch nie Chili con Carne zubereitet hatte, und fand, es sei mir sehr gut gelungen, wenn auch ein wenig scharf. Bess hat es jedenfalls geschmeckt.

Später, als ich im Badezimmer eine riesige Spinne fand, weigerte James sich rundheraus, aus seiner Funkerbude zu kommen, um das Tier wegzuschaffen, also musste ich mich selbst darum kümmern.

Als Erstes warnte ich es (von der Tür aus): »Spinne, wenn du nicht in zwei Minuten aus dem Haus bist, werde ich dich umbringen!«

Die Spinne blieb, daher knüppelte ich sie mit einem übrig gebliebenen Stück der Kiefernholzverschalung zu Tode und entledigte mich ihrer sterblichen Überreste per Toilette.

Iih!

Am nächsten Tag hatten James und Bess schreckliche Blähungen, die, wie James felsenfest behauptete, auf die giftigen roten Bohnen in meinem Chili zurückzuführen seien. Aber ich hatte keine Probleme damit.

Bess stieß unablässig schauerliche Stinkbomben aus und sah mich dann anklagend an, weshalb ich Margaret Wrekins Einladung zum Kaffee, als ich ihr im Dorf über den Weg lief, nur mit verständlichem Zögern annahm.

Ich hoffte, das Schlimmste sei vorüber.

Es ist tatsächlich nur die Front eines alten Cottages stehen geblieben, mit einem riesigen, modernen Haus dahinter, und im Garten spielten zwei dunkelhaarige, hübsche kleine Mädchen mit einem Ball, behütet von einer kleinen Malaiin in einer hin- und herschwingenden Hängematte. Margaret ließ Bess zu meiner Erleichterung mit den Kindern im Garten spielen.

Die Frau kauerte sich, bildlich gesprochen, in die hinterste Ecke ihrer Hängematte; sie war offensichtlich keine Hundeliebhaberin. Eine Einstellung, für die ich Verständnis habe.

»Das ist May, meine Hilfe«, erklärte Margaret. »Dieses Haus ist so groß, dass ich zu Ray gesagt habe: ›Ich komme einfach nicht klar ohne eine Putzfrau‹, also haben wir eine Annonce aufgegeben und May bekommen. Sie ist ein ganz liebes Mädchen, und ihr Englisch wird von Tag zu Tag besser. Meine Töchter lieben sie.«

Ich nahm den Kaffee in einer zierlichen Porzellantasse entgegen und dazu einen leckeren französischen Kuchen mit Kaffeeglasur. »Ich wusste gar nicht, dass Sie Kinder haben.«

»Haben Sie denn selbst keine?«

Ich schüttelte den Kopf. »Jedenfalls noch nicht.«

Wir tauschten ein Lächeln.

»Sie haben noch jede Menge Zeit – und wenn Sie Töchter bekommen, wie ich sie habe, dann können Sie sich glücklich schätzen! Ich merke kaum, dass sie da sind.«

Dieser Umstand ließ sich wahrscheinlich auf May, die Märtyrerin, zurückführen, aber ich bezweifle, dass wir uns ein Aupairmädchen oder sonst eine Hilfe im Haushalt leisten können, und außerdem scheint es mir, wie ich bereits zum Thema »Internate« zu James sagte, ziemlich sinnlos zu sein, Kinder zu bekommen, wenn man sie nicht um sich haben will. Wozu hatte Margaret ihre Kinder?

Wozu hatte *überhaupt jemand* Kinder?

Das Innere des Hauses ist sehr luxuriös, mit edlen Vorhängen, großen, protzigen Quasten und dem größten rosafarbenen Dralonsofa auf der Welt.

Ich fühlte mich richtig schmuddelig in meiner von Hundehaaren verseuchten karierten Hose und dem grünen T-Shirt, aber Margaret zeigte sich so beeindruckt und begeistert von der Enthüllung, dass ich Marian Plentifold, die Autorin, war, dass ich mich entspannte und wir uns lange und angeregt unterhielten.

Mit der Zeit werden wir vielleicht Freundinnen; ich hoffe es.

Allerdings werde ich kaum lange genug leben, um mich mit irgendjemandem anzufreunden, denn als ich nach Hause ging und Bess' Leine an den Haken hängte, stürzte ich in die Unterwelt.

Nun, jedenfalls fühlte es sich in dem Augenblick so an, obwohl es sich in Wirklichkeit um einen geheimen Keller handelte, der auch nur für uns ein Geheimnis war, denn der letzte Besitzer des Cottages hatte offensichtlich davon gewusst.

Ich hatte die Tür ursprünglich für eine Holzvertäfelung an der hinteren Wand des Schranks unter der Treppe gehalten, bis ich das Gleichgewicht verlor und mir bei einem Sturz die Steintreppe hinunter um ein Haar alle Knochen im Leib gebrochen hätte.

Als ich mich von dem Schock erholt hatte, kramte ich die große Taschenlampe hervor, leuchtete in die kalte, muffige Schwärze hinab und fühlte mich ungefähr wie Howard Carter am Eingang zu Tutenchamuns Grabstätte.

Kleine Regale an den Wänden enthielten eine Sammlung wunderlicher Dinge, die der letzte Besitzer angelegt hatte: alte Kerzenstummel, eine rostige Blechdose und einen kaputten Regenschirm.

Ohne auch nur die grundlegendsten Vorsichtsmaßnahmen zu treffen, indem ich zum Beispiel Toby vorausschickte, um zu testen, ob die Luft rein war, ging ich hinunter, zitternd und mit Bess im Schlepptau, die ihre kalte, feuchte Nase in meine Hand drückte.

Unten fand ich ein kleines Kellergewölbe mit gepflastertem Boden, Regalen aus Steinplatten und einem gewaltigen Steintisch vor.

Das Ganze war offensichtlich älter als das Cottage und muss ursprünglich ein Teil des Wittumshauses gewesen sein – wie gewöhnlich hatte Mrs. Deakin Recht gehabt. Ich konnte sehen, dass an zwei Seiten gewölbte Türbogen zugemauert worden waren.

Der Keller war vollkommen leer, und obwohl ich eine gelinde Enttäuschung gestehe, dass ich keine Schätze dort vorfand, wäre ich doch im selben Maße bekümmert gewesen, hätte mich ein an die Wand gekettetes Skelett dort unten erwartet.

Wie um alles in der Welt konnte der Makler diesen Keller übersehen haben? Man kann auf Schadensersatz klagen, wenn ein gekauftes Haus kleiner ist als in der Beschreibung ausgewiesen, aber was macht man, wenn es beträchtlich größer ist?

James war verblüfft.

Er stolzierte herum wie ein Kater, der sein Territorium markierte, dann musterte er den Steintisch mit einem sehr seltsamen Gesichtsausdruck und bemerkte, dass der Keller einen originellen Partyraum abgeben würde.

»Nicht für die Art Partys, die ich besuche«, erklärte ich kalt.

»Na schön, dann eben ein Weinkeller.«

»Du scheinst nicht im Stande zu sein, eine Flasche Wein über einen längeren Zeitraum als einen einzigen Tag im Haus aufzubewahren, James, aber du könntest natürlich das Leergut hier stapeln.«

»So, wie du redest, würde mich jeder für einen Alkoholiker halten!«, rief er, und seine Stimme klang ein wenig gedämpft, da er gerade die Regale nach einem verlorenen Schatz absuchte.

Aber ich hatte ihn bereits gefunden: eine Blechdose oben an den Treppe enthielt dreiundvierzig silberne Dreipennystücke.

Auch wenn mir auf Anhieb kein Verwendungszweck für den Keller einfällt, werde ich hier unten Strom legen lassen und einmal gründlich Staub saugen.

Und den Spinnen wird gekündigt.

THE SHOW MUST GO ON:
Goneril steht in den USA auf der Bühne, während die Freundin des Lead-Sängers Fergal Rocco, eine reiche Erbin, ins Krankenhaus eingeliefert wird ...

Exposé

Ich habe Nerissa vor der Tournee gesagt, dass sie sich besser einen anderen suchen solle, und meine schroffe – wenn nicht gar brutale – Zurückweisung am Flughafen hätte ihr eigentlich klar machen müssen, dass es mir ernst war. Sollte man meinen.

Ihre einzige Reaktion war die Drohung, sich das Leben zu nehmen, wenn ich mich nicht weiter mit ihr treffe.

Ich lasse mich nicht gern manipulieren.

Zum Glück hatte Sara mich gewarnt, dass sie diese List schon einmal angewandt hatte, vor allem um ihren Vater gefügig zu machen, aber ich glaube fest, dass sie sich niemals etwas antun würde. Ihr Körper ist ihr Tempel, und sie huldigt ihm von früh bis spät.

Wir machten uns gerade für unseren letzten Auftritt in Amerika fertig, als ich ein Telegramm von ihrem Vater bekam, des Sinnes, dass es alles meine Schuld sei, dass ich seinem kleinen Mädchen das Herz gebrochen hätte et cetera und dass ich mit dem nächsten Flieger zurückkommen müsse.

Ich schickte ihm meine Antwort per Telegramm: Komm bald wieder auf die Beine, wir sehen uns dann in ein paar Tagen, wenn wir wieder zu Hause sind. *Ihr Vater zeigte das Telegramm den Zeitungen, für die es ein gefundenes Fressen war.*

Ich habe Nerissa tatsächlich gleich am Tag nach unserer Rückkehr besucht, und sie sah wirklich Mitleid erregend aus – wie ein kleines Mädchen, das mit offenem Haar und frisch geschnittenem Pony im Bett saß. Sie hatte offenkundig eine große Szene vorbereitet, aber ich zog es vor, es kurz und bündig zu machen. Wenn sie mit einem solchen Husarenstück ein zweites Mal käme, erklärte ich ihr, würden wir uns überhaupt nicht mehr sehen, aber da ich ein weiches Herz habe, fügte ich nicht hinzu, dass mich ihr Getue unendlich langweilte und ich sie nie wiedersehen wolle. Stattdessen zog ich die »Lass-uns-Freunde-bleiben«-Nummer ab.

Seither kommt sie mir ständig in den Weg, wann immer sie herausfinden kann, wo ich mich aufhalte, obwohl ich Sara jedes Mal schwören lasse, niemandem ein Sterbenswörtchen zu verraten. Beharrlichkeit, dein Name ist Nerissa.

Aber es muss doch noch andere Frauen da draußen geben, Frauen, die die gleiche Wirkung auf mich haben, wie Tish sie noch immer hat; ich muss nur eine finden. Ich bin fest entschlossen, mich nie wieder in den Dunstkreis der Verführung hineinziehen zu lassen, der von Tish ausgeht. So viel steht fest.

Kapitel 17

Das verteufelte Fest

Der dreiundzwanzigste Juni, der Tag des Gemeindefestes, dämmerte heiß und sonnig herauf (die Macht des Gebetes?), und ich beschloss, das Ereignis mit meiner Anwesenheit auszuzeichnen.

Der Kirchplatz war verwandelt durch Verkaufsbuden, Kilometer verblichener Schleifenbänder und eine aufblasbare Hüpfburg. Außerdem gab es ein wahrhaft schauerliches Orchester, das aus kleinen Kindern bestand; die Kinder spielten Instrumente, die weder ihrem Alter oder ihrer Größe noch ihren geistigen Fähigkeiten angemessen waren.

Es wimmelte nur so von piranhahaften Losverkäufern, und ehe ich es mich versah, hatte ich eine Hand voll verschiedenfarbiger Zettelchen erstanden.

An den Buden wurde alles verkauft, angefangen von Strickkleidern bis hin zu alten Büchern, und es fanden sich auch jede Menge rüschenbesetzter kleiner Schürzen und Klammerbeutel, die wie Kleider auf Kleiderbügeln aussehen und sich bei den Zulieferern von Kirchenbasaren offenbar großer Beliebtheit erfreuen. Aber ich widerstand allen Zureden, eine dieser Abscheulichkeiten zu kaufen, einen Reifen über eine Flasche zu werfen oder mit einem Pfeil auf ein Brett zu zielen.

Stattdessen lief ich immer wieder dem Pfarrer über den Weg, der überall gleichzeitig zu sein schien, Begeisterung versprühte und eine kleine Startpistole mit sich herumtrug. Einer seiner Zehen lugte aus seinem Turnschuh. Seine üppige, gut gelaunte Frau verschaffte sich mithilfe eines Megafons in jedem Winkel des Kirchplatzes Gehör und Geltung.

Die Kinder wurden ohne Ausnahme zu Wettrennen verschiedener Art abgeführt, darunter auch Margarets zwei dunkelhaarige Mädchen unter Aufsicht von May. (Aber kein Zeichen von Margaret selbst, der durch Abwesenheit glänzenden Mutter.)

Dann führten Kinder aus dem Ort einen Volkstanz auf, und eine Frau ergötzte die Zuschauer mit einem Holzschuhtanz, der auf einem Holzbrett aufgeführt wurde. Das musste ich unbedingt Granny erzählen.

Mit dem Gefühl, durch den Kauf all dieser Lose mehr als meine Pflicht getan zu haben, wollte ich gerade Feierabend machen, als die Ankündigung kam, dass Lady Soundso die Tombolapreise verteilen würde, daher beschloss ich, noch ein Weilchen zu bleiben. (Obwohl ich nie etwas gewinne.)

Die Dame verteilte alle möglichen wirklich brauchbaren Preise: einen Korb mit Obst, eine Flasche Sekt et cetera, und ich dachte, sie sei schon fertig, als sie plötzlich eine grüne Losnummer verlas, die ich als eine der meinen erkannte. Ich konnte es nicht recht fassen, aber sie verlas die Nummer noch einmal, und sie stimmte tatsächlich mit meiner überein!

Es war mir ungeheuer peinlich, meinen Preis vor all diesen Leuten in Empfang zu nehmen. Lady Soundso schüttelte mir die Hand, murmelte etwas, das nach Sherry roch, und überreichte mir ein Gemälde.

Ein Gemälde!

Natürlich betrachtete ich es erst, als ich wieder in die Anonymität der Menge zurückgekehrt war. Es war ein Ölgemälde vom Meer, wahrscheinlich aus Cornwall (zeigen nicht alle Seestücke Cornwall?), und gar nicht schlecht. Auf der Rückseite klebte ein Aufkleber: *Von Claude Sturgeon: Fußmaler.*

Und dann folgte die Erklärung, dass es eine ganze Reihe behinderter Maler gebe, die mit den Füßen malten, und danach beeindruckte mich das Bild noch mehr, denn ich hätte es nicht einmal mit den Händen zu Stande gebracht, geschweige denn mit irgendeinem anderen Körperteil.

Was für eine Leistung!

Plötzlich erschien, wie eine kleine geblümte Fee, Mrs. Deakin an meiner Seite und bewunderte das Gemälde so überschwänglich, dass ich es ihr um ein Haar geschenkt hätte: Aber mein erster Gewinn in meinem ganzen Leben sollte wohl doch in der Familie bleiben, und Mutter würde hingerissen davon sein.

Mrs. Deakin sagte, sie habe den Laden geschlossen, um wenigstens die letzte halbe Stunde des Gemeindefestes mitzubekommen, beabsichtige aber, die Zeit am Abend wieder hereinzuholen. »Und das da drüben sind *meine* gestrickten Schals und Handschuhe«, bemerkte sie anzüglich, da sie genau sah, wie wenig Beute ich gemacht hatte. (Abgesehen von dem Bild.)

»Ach, wirklich? Sie scheinen sich ja gut zu verkaufen.« (Vor allem an Farbenblinde.) Ich wollte mich davonstehlen: »So spät ist es schon? Ich muss wirklich los und …«

Aber ihre Augen, mit denen sie etwas hinter meiner linken Schulter verfolgte, wurden plötzlich glasig, und die kleine raubtierhafte Kralle, die sie auf meinen Arm gelegt hatte, krampfte sich zusammen.

Ein seltsames Prickeln lief mir den Rücken herunter. Ich drehte mich langsam um und sah mit einem Gefühl der Unausweichlichkeit meines Schicksals, wie eine große, dunkelhaarige und unwillkommene Gestalt entschlossenen Schrittes durch die Menge auf mich zukam, wie Moses, der das Rote Meer teilte.

Seine Anwesenheit war so unwirklich, dass ich einen Augenblick lang glaubte, in einem meiner seltsamen Träume gelandet zu sein, und der Mann vor mir würde mich gleich in die Arme reißen, um unaussprechlich wunderbare Dinge mit mir zu tun …

Ich sollte mich was schämen.

Dann fiel mir wieder ein, dass wir unaussprechlich wunderbare Dinge getan *hatten,* und irgendein Instinkt der Selbsterhaltung weckte in mir den Impuls, mich umzudrehen und zu flüchten, während mein Herz wie ein sterbender Fisch flatterte und mein Gesicht brannte, bevor buchstäblich alles Blut daraus entwich. (In meine Füße, denke ich, weshalb ich wohl auch nicht sehr weit kam, bevor Mrs. D. mich zum Stehen brachte, als wäre sie ein Anker.)

Seine Begrüßung war nicht gerade die eines Mannes, den die Erinnerung an einen zärtlichen Augenblick (oder sogar an ein paar heiße, schweißfeuchte Stunden) milde stimmte.

»Was zum Teufel hast du hier zu suchen?«, fauchte er mich an und trat zu diesem Zweck so dicht vor mich hin, dass ich den Kopf in den Nacken legen musste, um zu ihm aufzusehen.

Blaue Lichter funkelten in seinem langen schwarzen Haar,

seine Haut hatte vor dem Hintergrund seines weißen Hemdes einen dunklen Olivton, und seine gletschergrünen Augen ließen mich an Ort und Stelle festfrieren.

Schließlich löste die Wut meine Zunge. »Ich freue mich auch, dich hier zu sehen, Fergal!«

Da ich in diesem Augenblick zum ersten Mal die kleine Brünette wahrnahm, die sich an seinen Arm klammerte und vor Anstrengung hechelte, weil er sie hinter sich hergezogen hatte, fügte ich höflich hinzu: »Hallo!«

Dann sah ich genauer hin: Sie war das Mädchen auf dem Flughafenfoto, die Frau, die er keine Stunde, nachdem er mich verlassen hatte, umarmt hatte.

Ihre stiefmütterchenbraunen Augen erwiderten meinen Blick mit unübersehbarer Feindseligkeit: Niemand schien sich darüber zu freuen, mich zu sehen, vielleicht mit Ausnahme des Pfarrers, der strahlend an Fergals anderer Seite stand.

Die Behauptung, wir hätten im Zentrum aller Blicke gestanden, war eine Untertreibung. Mrs. Deakin hatte sämtliche Antennen ausgefahren, und ich hatte noch nie erlebt, dass sie so lange schwieg.

Fergal reckte seine lange Nase noch ein Stückchen höher und blickte auf mich herab. »Ich hatte nicht erwartet, *dich* hier zu finden!«

Ich versuchte es mit einem coolen Lächeln, da mir kein Grund einfiel, warum ihn meine Anwesenheit so wütend machen sollte. Er konnte sich eine Schlange in seinem Garten Eden genauso wenig wünschen, wie ich es tat. »Warum solltest du auch? Und ich könnte dasselbe von dir sagen: Das hier dürfte kaum die Art Veranstaltung sein, die dich normalerweise interessiert, oder?«

»Sie kennen einander?«, fragte der Pfarrer mit ungläubiger Miene.

»Wir haben uns mal gekannt – früher.« Die grünen Augen musterten mich nachdenklich von Kopf bis Fuß. »Du hast dich sehr verändert, Engel.«

Das sollte eindeutig kein Kompliment sein, obwohl er meinen alten Kosenamen benutzte.

»Älter und klüger«, erwiderte ich honigsüß.

»Herr Pfarrer«, meldete Mrs. Deakin sich zu Wort, außer

Stande, ihre Neugier noch einen Augenblick länger zu beherrschen. »Wer? Was?«

Der Pfarrer hatte Erbarmen mit ihr. »Das ist Fergal Rocco, Mrs. Deakin, der, wie ich aus verlässlicher Quelle weiß, ein berühmter Rockstar ist!«

Er wartete auf höfliches Gelächter über seinen kleinen Scherz – eine Übung, die Mrs. D. solo absolvierte –, bevor er seinen eigentlichen Trumpf aus dem Hut zog: »Und der neue Besitzer von Greatness Hall!«

»Manche Menschen erben Größe«, sagte mein Mund, der sich wie üblich verselbstständigte, »und manchen wird sie in den Schoß geworfen!« Dann machte ich hastig einen Schritt nach hinten, weil ich glaubte, Fergal würde mir höchstpersönlich den Hals umdrehen. Er schien mit dem Alter nicht sanftmütiger geworden zu sein.

»Wer ist diese Dame eigentlich?«, fragte die Frau an seiner Seite gedehnt. Sie klammerte sich noch immer wie eine zusammengefaltete Fledermaus (allerdings nicht kopfunter) an seinen Arm und bedachte mich mit dem bösen Blick. »Eine alte Flamme, Fergal, Schatz?« Dann fügte sie vernichtend hinzu: »Eine sehr alte Flamme!«

Blöde Kuh.

Fergal beachtete sie nicht. »Was machst du hier, Tish?«, wollte er in etwas gemäßigterem Tonfall wissen.

»Ich lebe in Nutthill.« (Und von allen Dörfern auf der ganzen Welt musstest du dir ausgerechnet dieses aussuchen!)

»Wirklich?« Er klang alles andere als begeistert angesichts dieser Offenbarung. »Die Welt ist wirklich klein, nicht wahr? Ich ziehe gerade ein. Habe ich dich eigentlich schon mit Nerissa bekannt gemacht? Vergiss es, ich glaube nicht, dass ihr euch je wiedersehen werdet.«

Nerissa zog einen Schmollmund, und der Pfarrer sah aus wie ein Welpe, der nicht recht weiß, ob er das Richtige getan hat oder nicht. Fergal wollte sich abwenden. »Schön, dich wiedergesehen zu haben, Tish... Mrs. ...«

»Deakin« ergänzte sie eifrig. »Von Nutthill Home Stores. Wenn Sie irgendetwas brauchen, kommen Sie zu mir. Nicht nötig, in diese ekelhaften Supermärkte zu fahren!«

Einen Augenblick lang glaubte ich, sein Gesicht würde sich vielleicht zu einem Grinsen verziehen, aber nein. »Ich werde es im Hinterkopf behalten«, sagte er ernst und wandte sich zum Gehen.

Mit einem einzigen, gewaltigen Satz galoppierte mein Mundwerk wieder los: »Ach, Fergal!«

Er blieb stehen und warf mir einen finsteren Blick über die Schulter zu.

»Ich habe dir einen Brief geschrieben ... nun ja, ich habe dem neuen Besitzer des Herrenhauses geschrieben – ich wusste ja nicht, dass du es bist –, wegen des Zauns, der deinen Park von meinem Garten trennt. Du bist für den Zaun verantwortlich, und die Kühe versuchen immer wieder durchzubrechen. Meinst du, dass du jemanden mit der Reparatur beauftragen kannst?«

»Fergal, Schatz, kaufst du mir so einen süßen kleinen Teddybären?«, unterbrach Nerissa mich unhöflich und klimperte mit ihren dunklen Wimpern zu Fergal empor. »Das Gemeindefest ist gleich zu Ende, und wir haben noch gar nichts gesehen.«

»Ich kümmere mich darum!«, blaffte *Fergal-Schatz* in meine Richtung und ging mit Nerissa davon, die noch immer an seiner Seite klebte.

Sie ist definitiv das Mädchen vom Flughafen. Die zukünftige Mrs. Rocco? Sie sieht so aus, als hätte sie es genau darauf abgesehen, und ihre weiche Stimme, ihre großen braunen Augen und ihr eiserner Wille werden ihr vielleicht zum Sieg verhelfen. Okay – und die tadellose Figur und das hübsche Gesicht. Und sie kann nicht älter als zwanzig sein, wenn überhaupt.

Fergal musste wirklich verzweifelt gewesen sein, dass er sich in dieser Nacht mit mir begnügte. Aber in einem Sturm tut es wohl jeder Hafen. Oder vielleicht war *er* ebenfalls betrunken gewesen?

Wie um alles in der Welt soll ich damit fertig werden, dass er jetzt auch in Nutthill wohnt?

Ich wich Mrs. Deakins Fragen (für den Augenblick) aus, indem ich zu dem denkbar einfachsten Mittel griff: Ich spazierte ohne ein weiteres Wort davon. Ich war verwirrt und fühlte mich aufgewühlt. Warum um Gottes willen machte es ihn wütend, mich in Nutthill vorzufinden? Oder hatte er Angst, seine

Freundin könnte von seinem kleinen Fehltritt mit mir erfahren – so wie ich mich davor fürchtete, dass James davon Wind bekam?

Vielleicht war Fergal aber auch einfach wütend auf sich selbst, dass er mich verführt hatte, als ich betrunken und (fast) wehrlos gewesen war. Warum musste er mich obendrein noch zu Tode erschrecken und unhöflich werden?

Ich grübelte eine Ewigkeit darüber nach, wie ich James beiläufig mitteilen konnte, dass Fergal Rocco der neue Herr von Greatness Hall war, aber ich hätte mir die Mühe sparen können, denn er fuhr auf dem Heimweg im Pub vorbei und bekam eine Abendzeitung zu fassen, die er mir zu Hause wie Beweisstück A unter die Nase hielt.

»Vielleicht könntest du mir das einmal erklären!«, brüllte er, während sein Gesicht die Farbe von Erbrochenem annahm. Sie passte gar nicht gut zu seinem sandblonden Haar.

Das große Foto auf der ersten Seite zeigte Fergal und mich, wie wir einander aus extrem kurzer Entfernung sehnsuchtsvoll in die Augen sahen.

»Komisch, ich habe gar keinen Fotografen bemerkt.«

»Offensichtlich nicht – es überrascht mich, dass ihr überhaupt etwas anderes wahrgenommen habt als einander. Ich nehme an, du hast ihm bei eurer Begegnung in London deine Adresse gegeben?«

»James! Ich habe dir doch schon gesagt, dass ich mich nicht einmal mit ihm unterhalten habe.«

Unglückseligerweise trieb mir das schlechte Gewissen eine heiße Röte ins Gesicht, obwohl das sogar die Wahrheit war: Ein paar Worte machen noch *keine* Unterhaltung. »Worüber regst du dich eigentlich so auf? Ich schwöre dir, ich hatte bis heute keine Ahnung davon, dass er Greatness Hall gekauft hat. Es war für uns beide eine Überraschung, und ich habe lediglich ein paar höfliche Worte ...«

»Höflich! Du starrst ihn an, als wäre er die Verkörperung sämtlicher Helden in deinen dummen Büchern.«

Das war für James' Verhältnisse ziemlich scharfsichtig, obwohl mir das Wort »dumm« missfällt.

»Es liegt am Blickwinkel der Kamera. Siehst du die Hand am

Rand des Bildes dort, die sich an Fergals Arm klammert? Sie gehört der sehr jungen, sehr hübschen Amerikanerin, mit der er zusammen war.«

James warf mir einen argwohnfunkelnden Blick zu und beugte sich vor, um das Beweisstück A näher in Augenschein zu nehmen. Die Ader an seiner Schläfe hörte auf zu zucken, und seine Gesichtsfarbe näherte sich langsam wieder ihrem Normalton.

»Das Ganze ist einfach lächerlich, und du solltest mich mittlerweile besser kennen, James.«

»Ich fühlte mich lächerlich, als sie mir im Pub das Foto zeigten und mich fragten, wieso meine Frau mit einem Rockstar auf derart vertrautem Fuß steht«, murmelte er unwirsch.

»Wir stehen nicht auf vertrautem Fuß, und ich würde ihn auch nicht direkt als ›Rockstar‹ bezeichnen.«

»Du bist die Expertin«, erwiderte er boshaft, aber mit etwas weniger Überzeugung.

»Da Mrs. Deakin diese ereignisreiche Begegnung von Anfang bis Ende miterlebt hat, nehme ich an, dass alle Leute im Umkreis von fünf Meilen mittlerweile die korrekte Version kennen. Die Männer haben dich nur aufgezogen, und du bist ihnen wunderbar auf den Leim gegangen. Ich nehme an, es ist dir nicht in den Sinn gekommen, eine Bresche für mich zu schlagen?«

Diese Frage schien ihn ein wenig zu beschämen, aber er entschuldigte sich nicht.

Als er in seine Funkerbude gegangen war, sah ich mir die Zeitung noch einmal an. Es zeigt nur mal wieder, dass die Kamera lügen kann – so wie anscheinend der Fotokopierer auch.

Ich sollte Mrs. D. wohl besser über meine kurze Jugendromanze ins Bild setzen, bevor weitere schillernde Gerüchte die Runde machen.

Ich wurde dann sehr viel später von James geweckt, der über die Schlafzimmermöbel und über Bess stolperte, was ein Jammer war, da ich gerade erst in den Schlaf gefunden hatte. (Jedes Mal, wenn ich die Augen schloss, sah ich Fergals dunkles Gesicht vor mir: ein beunruhigendes Bild.) Als ich erst mal wach war, konnte ich nicht wieder einschlafen, und all meine Sorgen stiegen wie schwarzer Schaum an die Oberfläche meines Bewusstseins.

Ich hatte es fast geschafft, meine Affäre mit Fergal zu vergessen, weil ich damit gerechnet hatte, ihn nie wiederzusehen. Aber wenn er gleich nebenan wohnte und ich ihm jederzeit über den Weg laufen konnte, war dies nicht möglich.

Dann war da noch James: Was war nur in ihn gefahren, seit wir hier wohnten? Machte er eine Art vorzeitiger Midlifecrisis durch? Wenn er nicht in seiner Funkerbude sitzt, hält er sich im Pub oder bei Howard oder irgendwelchen anderen seiner Spezies auf.

Früher hatte ich mich immer auf unsere Wochenenden gefreut, aber jetzt sieht es so aus, als würden wir uns nur in die Haare geraten, wenn wir uns bei einem von James' seltenen Besuchen im Haus zufällig begegnen. Und die ganze Arbeit in Haus und Garten mache ich allein (mit Bobs Hilfe.)

Ich finde es merkwürdig, dass James so eifersüchtig auf Fergal ist, obwohl er mich selbst nicht zu begehren scheint. Vielleicht habe ich mich seit unserem Umzug hierher ein wenig gehen lassen und sollte mir Mühe geben, mehr auf meine Kleidung zu achten, wenn er zu Hause ist? (Nicht dass er sich die Mühe machen würde, allzu viel zu Hause zu sein, daher wäre jede Anstrengung meinerseits eine Verschwendung.) Aber ich könnte es wenigstens versuchen.

Ganz sicher würden mir zufällige Begegnungen mit Fergal weniger ausmachen, wenn James und ich eine einheitliche Ehefront zeigten, auch wenn diese Einigkeit im Herzen etwas hohl wäre.

Was mich an irgendeine Königin erinnert, die den Wunsch äußerte, man möge ihr Herz in Calais begraben – ausgerechnet. Es liegt jetzt wahrscheinlich unter einem Großmarkt verbuddelt.

»ICH MÖCHTE NICHTS ANDERES ALS EIN RUHIGES LEBEN«,
sagt Rockstar Fergal Rocco. Hier abgebildet im Gespräch mit einer alten Freundin, Mrs. Leticia Drew, beim Gemeindefest in Nutthill.

Nutthill District Advertiser

Das Leben ist merkwürdiger als alle Romane, heißt es. Für mein Leben gilt das ganz bestimmt.

Ich hätte mir hier kein Haus gekauft, wenn ich es gewusst hätte – und doch …

Ist sie glücklich? Sie sah dünn und müde aus, mit dunklen Ringen unter den Augen. Hat sie ihrem Mann den Lapsus mit der Sekretärin verziehen? Bedauert sie es, dass sie mit mir geschlafen hat?

So muss es wohl sein; sie war geradezu entsetzt, als sie mich sah, und verrückterweise machte mich das wütend, denn wenn ich sie nicht haben kann, dann möchte ich ihr auch nicht ständig begegnen.

Aber ich werde es wohl nicht vermeiden können und muss dann so tun, als bedeutete mir das, was zwischen uns vorgefallen ist, nichts, als bedeutete sie *mir nichts. Ich bin kein Ehebrecher.*

Nerissa, die sich nicht hatte abwimmeln lassen, erkannte Tish aus der Galerie, zählt jetzt zwei und zwei zusammen und kommt dabei auf zehn oder mehr.

Das Leben kann schon mies sein.

Kapitel 18

Zäune

Ich habe eine schroffe Notiz in Fergals mir sofort wieder vertrauter, schwarzer Kritzelschrift bekommen, des Inhalts, dass er sich so bald wie möglich um die Sache mit dem Grenzzaun kümmern werde – mit herzlichen Grüßen, F. Rocco.

Du mich auch.

Dank Mrs. D. weiß ich jetzt genauestens über seine Freundin Bescheid, und es klingt, als wären die beiden wie füreinander geschaffen.

»Ihr Dad ist ein Yankee, und sie wohnen drüben in Lavingham. Stinkreich. ›Brights Computer sind die besten‹ und solche Sachen, Sie verstehen schon?«, informierte sie mich.

Ich nickte. Mehr Ermutigung brauchte sie nicht.

»Sie – diese Nerissa, wie Sie sie genannt haben – die ist ein ziemliches Früchtchen. Ist mit einem Arbeiter vom Jahrmarkt von der Schule weggelaufen, als sie gerade sechzehn war, und ihr Dad brauchte vierzehn Tage, um sie wiederzufinden. Die Schule wollte sie nicht zurücknehmen, also mussten sie sie auf eine andere, strengere schicken, und dann bekam sie ihren letzten Schliff.«

»Den letzten Schliff?«

Für mich hörte es sich so an, als hätte sie nicht mal den ersten bekommen!

»Sie ist irgendwo ins Ausland gegangen, um die Sprache zu lernen und wie man irgendwelche pompösen ausländischen Speisen zubereitet. Als sie zurückkam, war sie jede Woche in einen anderen Mann verknallt, und nicht einer darunter, den Sie vielleicht als einen netten, angenehmen Jungen bezeichnen würden. Allesamt Schauspieler und Popsänger, und ein Fußballspieler war auch dabei. Der, dessen letzte Freundin angeblich gegen eine geschlossene Tür gelaufen ist. Also für mich sah es so aus, als müsste diese Tür eine kräftige Faust gehabt haben. Aber diese Nerissa würde wohl kaum einen Rat annehmen, denn so süß und unschuldig sie auch aussehen mag – sie ist doch ein ziemlich wildes Ding.«

»Dann müsste sie ja sehr gut zu Fergal Rocco passen«, entgegnete ich eine Spur spitzer als beabsichtigt. »Die beiden können an langen, dunklen Winterabenden über ihre missratene Vergangenheit plaudern.«

»Ich schätze, sie wird jetzt vielleicht ruhiger werden«, sagte Mrs. D. zweifelnd. »Schließlich geht das nun schon eine ganze Weile, und wenn Fergal Rocco das Herrenhaus gekauft hat, trägt er sich wahrscheinlich mit dem Gedanken ans Heiraten, nicht? Aber ich glaube nicht, dass er ihrem Dad besser gefallen wird als seine Vorgänger, und er ist auch ein ganzes Stück älter als sie. Wissen Sie«, fügte sie hinzu, während sie ihren Busen behaglich auf die Zuckertüten bettete, »es ist komisch, aber es fällt einem doch ein bisschen schwer, all diese Geschichten über Mr. Rocco zu glauben, wenn man mit ihm redet. Er ist immer so freundlich. Irgendwie ... warm.«

»Heiß« dürfte es eher treffen.

»Ein Mann kann lächeln, immer lächeln und kann trotzdem ein Schurke sein«, zitierte ich. (Vielleicht irre ich mich, aber das Zitat stammt mit ziemlicher Sicherheit von Shakespeare, die meisten Zitate scheinen heutzutage von Shakespeare zu stammen.)

»Oh ja, das ist wirklich wahr, wer wüsste das besser als ich? Und das mit diesen Nonnen im Springbrunnen muss wohl stimmen, denn ich habe selbst die Fotos im *Exposé* gesehen.«

Sie warf mir einen dieser seltsamen Blicke zu, die scharf genug waren, um eine Eiterbeule auf eine Entfernung von fünfzig Schritt aufzuschneiden. Dann fügte sie hinzu: »Ich kann es immer noch nicht fassen, dass Sie ihn kennen.«

Ich versuchte, so auszusehen, als langweilte mich das Thema. (Übung macht den Meister.) »Oh, das ist so viele Jahre her ... Es überrascht mich, dass er mich überhaupt wiedererkannt hat.«

Nach diesem Gespräch ging ich nach Hause und verpasste der Küche die Art von gründlicher Säuberung, zu der auch ein Zahnstocher gehört, mit dem man die Zwischenräume zwischen den Fliesen auskratzt. Genau in der Stimmung befand ich mich nämlich.

Vielleicht liegt es daran, dass ich mich nie ganz von dem Makel des Ehebruchs werde reinwaschen können.

James hat sich übrigens einen schrecklichen Sonnenbrand geholt, indem er den ersten wirklich heißen Sonntag des Jahres damit zubrachte, in seinen weißen Squash-Shorts in einem Gartenstuhl zu liegen und zwei leichenblasse Beine auszustrecken. Jeder, der auch nur ein Mindestmaß an gesundem Menschenverstand besitzt, hätte sie wenigstens vorher eingecremt, aber nicht James!

Jetzt gibt er mir die Schuld, weil ich ihm nicht gesagt habe, dass er sich einreiben soll. Bin ich der Hüter meines Ehemannes? (Anscheinend ja!)

Kurz nachdem er hereinkam, nahmen seine Beine einen Erdbeerton an und begannen zu schmerzen, und er verschwand auf eine ganze Ewigkeit im Badezimmer, wo er fast einen ganzen Topf von meiner teuren Gesichtscreme auf seine Waden schmierte.

Beim Schlafengehen ärgerte er sich dann furchtbar, als ich ihn auslachte, denn er sah so aus, als trüge er scharlachrote Beinlinge. (Aber das war, bevor ich das mit der Gesichtscreme herausfand.)

Heute liegt er im Bett und stöhnt, seine Beine täten zu weh, um sich zu bewegen. Ich musste Lionel anrufen und ihm erklären, warum James nicht in der Kanzlei erscheinen würde, was nicht besonders gut ankam. Onkel war offensichtlich der Meinung, dass nichts Geringeres als eine Amputation eine hinreichende Entschuldigung sei.

Ich ergriff jedoch die günstige Gelegenheit, um ihn davon in Kenntnis zu setzen, dass James ohnehin etwas Ruhe gebrauchen könne, da er in letzter Zeit ständig bis spät in den Abend gearbeitet habe und samstags auch noch, was ihn zum Schweigen zu bringen schien. Vielleicht wird er in Zukunft ein wenig rücksichtsvoller sein und James nicht mehr gar so sehr mit Arbeit überhäufen.

Dann musste ich in die Stadt hetzen (nachdem ich bereits stundenlang mit Drinks, Zigarren und Essbarem die Treppe rauf und runter gelaufen war), um etwas zu kaufen, womit der Invalide sich salben konnte – es sollte weniger teuer sein als

Gesichtscreme und dafür auch etwas effektiver. Außerdem brauchte ich eine neue Gesichtscreme für mich, da James meine inzwischen ratzeputz aufgebraucht hatte.

Kaum hatte er sich mit der Lebertransalbe eingerieben, die der Apotheker empfohlen hatte, als Bess unter lauten Entzückensschreien an ihm hochsprang und begeistert begann, den Lebertran wieder abzulecken, sodass James vor Schmerz schrie. Er bestand darauf, dass ich den Hund aus dem Schlafzimmer aussperre. (Als wäre ich diejenige, die Bess nach oben gelassen hätte!)

Das war der Höhepunkt eines ansonsten ausgesprochen zähen Tages. Das Schlafzimmer war zur Schlafenszeit so unerträglich verqualmt, dass ich alle Fenster öffnen und schreckliche geflügelte Kreaturen hereinlassen musste. Anschließend lauschte ich den größten Teil der Nacht darauf, wie die »wunderbaren Schöpfungen der Natur« sich im Garten gegenseitig meuchelten, bis mich bei Morgengrauen der gewohnte Trecker aus dem Schlaf riss, gefolgt von Mrs. Peachs Hennenchor.

Oh, die Freuden des Landlebens!

Aber dann fand ich eine persönlich zugestellte Einladung zu einem Grillfest auf der Fußmatte; die Einladung kam von Margaret Wrekin und war an »Marian Plentifold und Ehemann« adressiert, was James ein wenig säuerlich stimmte.

Das Grillfest sollte am Freitagabend um halb neun stattfinden. »Damit Sie auch einmal Ihre Nachbarn kennen lernen«, hatte Mrs. Wrekin geschrieben, und ich finde es wirklich sehr nett von ihnen, uns einzuladen. Vielleicht werden wir jede Menge nette Leute aus dem Dorf kennen lernen und wieder einen (gemeinsamen) Freundeskreis haben.

Dann erschien ein Arbeiter am anderen Ende des Gartens und machte sich daran, den Zaun zu vermessen. Es sieht so aus, als hätte Fergal einen Lattenzaun aus weiß gestrichenem Metall bestellt, der massiv genug sein wird, um die Kühe fern zu halten, ohne mir die Aussicht zu nehmen. (Auf seinen Park!)

Das war sehr rücksichtsvoll von Fergal, denn wenn er nur eine Grenze zwischen uns hätte errichten wollen, hätte er einfach eine hohe Mauer ziehen lassen können. Ich wünschte, ich wäre nicht ganz so unhöflich zu ihm gewesen. (Obwohl er angefangen hat.) Aber James wurde plötzlich wieder eifersüchtig und ganz merkwürdig – wie bei jeder Erwähnung des gefürchteten Namens.

Ich weiß nicht, was dieses Platzhirschgehabe soll – er führt sich auf wie ein Hund, der seinen Knochen bewacht, obwohl er selbst sich ansonsten nicht allzu sehr dafür zu interessieren scheint.

Ist die »richtige Frau« lediglich ein Besitz, wie das »richtige Haus«, die »richtigen Freunde« und die »richtige Schule«?

Beim Plaudern mit dem Arbeiter am unteren Ende des Gartens fand ich heraus, dass Bob all die hübschen purpurfarbenen Blumen ausgegraben hatte, die meiner Meinung nach den Zaun überwuchern sollten, aber er erklärte mir, es handele sich um Winden, die sehr schwer auszurotten seien. Nun, genau genommen sagte er es mir nicht in diesen Worten, er meinte nur, es sei »schrecklüches Zeuch«, und zertrampelte die nächste Pflanze mit dem Absatz. Ich habe sie dann in meinem Wildblumenbuch nachgeschlagen. »Gärtners Fluch«.

Nächstes Jahr werde ich Gartenwicken pflanzen.

Zu guter Letzt vereinbarte ich einen Termin bei der Ärztin, der ich erzählte, dass ich die Pille abgesetzt hätte und dass meine Periode seither sehr unregelmäßig und schwach ausfiele, so wie es in der Zeit vor der Pille gewesen war. Meine letzte Periode dauerte zwei Tage und war kaum der Rede wert! (Vielleicht eine Folge des exzessiven Alkoholgenusses in der Nacht nach dem VLA-Dinner? Aber es widerstrebte mir, die Ärztin danach zu fragen.)

»Vollkommen normal. Das wird sich mit der Zeit schon einpendeln.«

»Oh – klar. Ähm …«

Also, was ich *wirklich* fragen wollte, war etwas anderes. Ich wollte wissen, ob mein zwiespältiges Gefühl bezüglich der Mutterschaft normal war. Und ist *James* ganz normal, wenn er sich nur Söhne wünscht? Woher hat er bloß derart feudalistische Ideen? Er scheint sich langsam in einen seiner grässlich chauvinistischen Vorfahren zurückzuentwickeln. Die Sucht nach Besitz vielleicht?

»Gibt es sonst noch etwas?«, erkundigte sie sich geschäftig.

»Ich ... ich habe mich mit dem Gedanken getragen, ein Baby zu bekommen, Frau Doktor, aber ...«

»Nun, dafür brauchen Sie doch wohl nicht meine Hilfe, oder?«

Ich versuchte, ihr meine verworrenen Gefühle zu erklären, aber sie blickte die ganze Zeit vor sich auf den Schreibtisch und schrieb, und nach einer Weile ging mir sozusagen der Dampf aus, ohne dass ich James' mangelnde Libido auch nur erwähnt hätte.

»Alles vollkommen normal. Ausgewogene Kost, entspannen Sie sich. Viel Glück.« Dann widmete sie sich wieder ihrer Schreibarbeit.

Als ich aufstand, beugte ich mich vor, um zu sehen, was es war: das Kreuzworträtsel der *Times.*

Das Ganze war höchst unbefriedigend, daher versuchte ich, mit James über meine Gefühle zu sprechen, und er wirkte so schockiert, als hielte er mich mindestens für widernatürlich, wenn nicht gar für wahnsinnig.

Genauso wenig wollte er darüber sprechen, warum unser Geschlechtsleben, das früher einmal eine Abfolge von Wiederversöhnungen gewesen war, immer länger und länger pausiert hatte, bis es praktisch nicht mehr existierte. Er meinte nur, dass er seit unserem Umzug hierher immer müde sei, dass er so viele Überstunden machen und dann auch noch pendeln und so viele Dinge im Haus tun müsse. (Welche Dinge? *Ich* mache doch alles.)

Unter Umständen würde uns ein Baby einander wieder näher bringen. Ich habe James noch nie mit einem Baby gesehen – vielleicht würde er es lieben, da er so viel darüber redet, und vielleicht würde er sich auch um ein Kind kümmern.

Oder mache ich mir etwas vor? Wie dem auch sei, ein Baby kann man schlecht ignorieren, oder?

Ich machte die lange Fahrt, um Mutter zu besuchen, da wir den letzten Sonntag ausgelassen hatten, aber sie wollte gerade ausgehen, als ich ankam, und zwar in Begleitung eines Mannes, den ich nur mit großer Mühe als Dr. Reevey identifizieren konnte, einen von Grannys abgelegten Ärzten.

Duncan (wie er sich mir leutselig vorstellte) trug ein Karohemd, Jeans und hochhackige Stiefel, und das Ganze hatte nur den einen Vorteil, dass Mutters Aufmachung daneben nicht ganz so seltsam wirkte.

Nein, ich irre mich, sie sahen beide ausgesprochen seltsam aus.

»Wir gehen nur zum Line Dance, mein Schatz«, erklärte Mutter. »Deswegen können wir uns nicht länger aufhalten. Die Bewegung tut uns gut!«

Sie schlenderten Seite an Seite davon. Dr. Reevey ist ein ziemlich kleiner Mann, daher freut er sich wahrscheinlich ab und an über die Gelegenheit, hohe Absätze zu tragen. Mutter ist selbst an seiner Seite winzig, was für ihn vielleicht einen Teil ihrer Attraktivität ausmacht.

Konnte das *Liebe* sein?

»Ich bin es, Granny!«, rief ich, als ich in den Flur trat.

»Sie ist nicht zu Hause«, begrüßte Granny mich und bot mir eine Praline aus einer kleinen weißen Schachtel mit Goldrand an. »Sie ist mit diesem Doktor zu so einem Holzfällertanz gegangen und hat sich angezogen wie ein Statist aus *Oklahoma*.«

»Line Dance.«

Granny hatte bereits das Interesse verloren. »Was hast du denn da an? In den Klamotten siehst du aus wie eine Avon-Vertreterin.«

»Es ist das Kostüm, mit dem James mich zu meinem Geburtstag überrascht hat. Es gefällt mir auch nicht, aber ich dachte, ich zieh es einfach mal an, um zu sehen, ob ich mich an seine Vorstellung von Eleganz gewöhnen könnte. Nur dass ich mich nach all den Jahren in langen Röcken und Jeans in diesem kurzen Ding wie ein Transvestit fühle.«

»Nichts auszusetzen an langen Röcken und Jeans, finde ich«, erklärte Granny entschieden. »Wenn ich du wäre, würde ich mir die Mühe sparen.«

Ich schlang die Arme um sie und drückte sie überschwänglich. »Granny, ich liebe dich!«

»Ähm, also, du großes, dummes Gör. Vielleicht fließt ja doch etwas Thorpe-Blut durch deine Adern«, sagte sie hocherfreut.

»Muss es wohl – obwohl ich Dad gar nicht ähnlich sehe, oder?«

»Nein, obgleich ich manchmal finde, dass du so einen Blick hast ... Aber was willst du? Sogar ein Hund und sein Herr sehen sich ähnlich.«

»Wie auch immer, mit Mutter habe ich jedenfalls keine Ähnlichkeit, wie sie mir immer wieder unter die Nase reibt«, meinte ich kläglich.

»Du bist genau richtig, so wie du bist, also lass dich nicht in irgendeine Schablone pressen – schon gar nicht von diesem Schlawiner, den du geheiratet hast. Du solltest leuchtende Farben tragen – ich finde etwas Farbe immer vorteilhaft, und wenn ich noch ein einziges mausgraues Twinset sehe, kotze ich.«

Granny selbst trug an diesem Tag ein leuchtend grünes, röhrenförmiges Hemd mit einem Überwurf aus schwarzem Samt und ein Armband aus winzigen Fabergé-Eiern, an den Füßen hatte sie karierte Pantoffeln mit fröhlichen roten Bommeln, und ihre Beine steckten in etwas, das dazu passte. Es war ebenfalls kariert.

»Mir gefallen deine Strümpfe, Granny.«

»Keine Strümpfe, Strumpfhose. Nur eine Masochistin würde sich mit Strumpfbändern abgeben, wenn sie eine Strumpfhose tragen kann.«

»Sind Strumpfbänder unbequem?«

»Eine Erfindung des Teufels. Im Krieg habe ich mir die Beine mit brauner Bratensoße eingerieben, nur dass unser Hund die natürlich immer wieder ablecken wollte. Er hatte eine sehr warme Zunge.«

Zwei von uns gegen die elegante Welt ist gar kein schlechter Schnitt, deshalb habe ich meine halbherzigen Versuche, verführerisch zu sein, aufgegeben. Es hätte sowieso nicht funktioniert. Ich bleibe in Zukunft meinem Typ treu. (Bauerntrampel, denke ich.)

AUFGEBRACHTER FERGAL IN VATERSCHAFTS-PROZESS NACH BADESPASS MIT NONNE …

Sun

Dass ich aufgebracht bin, ist das einzig Wahre an der Geschichte: Sie war keine Nonne, wir hatten keinen Spaß, und wenn sie schwanger ist, dann hat das nichts mit mir zu tun.

Die letzte Zeit war ziemlich ruhig, daher ist das Ganze vielleicht einer von Hywels Streichen, aber wenn ja, dann kann er verdammt noch mal selbst für die DNS-Untersuchung zahlen, oder er kann die Dame auszahlen, denn ich werde es nicht tun.

Nerissa scheint die Geschichte zu glauben. Je schwärzer man mich malt, desto attraktiver scheint sie mich unglücklicherweise zu finden, und die Tatsache, dass ich jetzt in der Nähe ihres Elternhauses wohne, macht die Sache auch nicht besser, denn sie steht jetzt ständig auf meiner verdammten Türschwelle.

Ich hoffe nur, Tish bekommt den Artikel nicht zu sehen.

Ob ich irgendwelche ansteckenden Krankheiten hätte, wahrhaftig!

Das ist typisch Tish.

Kapitel 19

Der große Funker

Ich hätte nie gedacht, dass James die Erlaubnis bekommen würde, diese gewaltige, hässliche Funkantenne auf dem Haus installieren zu lassen, aber er hat sie bekommen. Er meinte, sein Onkel Lionel kenne jemanden in der Bauabteilung oder sonst wo. Wie hätte es auch anders sein können? Die Antenne sieht scheußlich aus, richtig scheußlich.

Jetzt, da seine Funkausrüstung funktioniert (Ich freue mich, dass überhaupt irgendetwas funktioniert!), verbringt er die meisten Abende in seiner Funkerbude, und seine Freunde besuchen ihn dort unter vollständiger Umgehung des Hauses. Obwohl sie immerhin Hallo sagen, wenn sie mich zufällig im Garten treffen, sieht man mal von dem grässlichen Howard ab, der nur blöde grinst.

Wenn ich großes Glück habe, darf ich James zwischen seiner Ankunft zu Hause (zu einer mir niemals im Voraus bekannten Uhrzeit) und seinem Verschwinden im Schuppen ein Abendessen servieren: Das ist es, was von meinem Eheleben noch übrig ist. Ganz so hatte ich mir unsere ländliche Idylle nicht vorgestellt, muss ich zugeben.

Manchmal weht die Nachtluft geisterhafte Stimmen und Knistergeräusche aus der kleinen Hütte herüber, aber wenn Stille einkehrt, weiß ich, dass die Herren sich in den Pub vertagt haben.

Was Mrs. Peach wohl von alldem halten mag? Sie sagt jedenfalls nichts, wenn sie mit den Eiern vorbeikommt. Toby sieht ihre Ankunft jedes Mal voraus und verfällt in wilde Begeisterungsausbrüche – sobald er die Klingel hört, fängt er an, Hallo zu schreien. Es ist eine wahre Seelenverwandtschaft. (Ein Jammer, dass ich ihr den verdammten Vogel nicht schenken kann, aber ich bin mir nicht sicher, ob ich damit nicht mein Recht auf das Erbe verliere, das ich natürlich lange ausgegeben habe.)

Eines Abends kam James ausnahmsweise früh nach Hause, doch nur deshalb, weil er schreckliche Ängste ausstand und den Arzt anrufen wollte, um sich beruhigen zu lassen. Einer der Juniorpartner hatte Mumps bekommen.

»Ich glaube sowieso nicht, dass du dich angesteckt hast«, tröstete ich ihn. »Das klingt doch wie eine Kinderkrankheit.«

»Wenn ich mich anstecke, kannst du die Hoffnung auf Kinder jedenfalls begraben!«, erwiderte er dramatisch.

»Wie meinst du das?«

»Mumps macht Männer oft unfruchtbar.« Kalter Schweiß stand ihm auf der Stirn.

Das hatte ich nicht gewusst, obwohl bei dem Wort »Mumps« irgendwelche Glocken in mir zu läuten begonnen hatten. Dann fiel es mir wieder ein. »Es kann nicht immer diese Wirkung haben, denn Granny erzählte mir, dass Dad kurz nach seiner Hochzeit mit Mutter Mumps hatte, und sie haben trotzdem ein Kind bekommen – mich!«

»Sie haben aber keine weiteren Kinder bekommen, oder?«, bemerkte er mit entwaffnender Logik, obwohl ich persönlich bisher dachte, Mutter sei die ganze Angelegenheit einfach zu schmutzig und zu würdelos gewesen, um sie zu wiederholen.

»Und ich habe diesen Ausschlag unter den Armen«, fügte er als letzten Trumpf noch hinzu.

»Du weißt genau, dass das Hitzeausschlag ist, James«, entgegnete ich mitleidlos. »Den kriegst du im Sommer immer.«

Glücklicherweise hatte sich der erste Ansturm der Furcht (und des Ausschlags) bis zum sechsten Juli, dem Abend der Grillfeier bei den Wrekins, gelegt.

Ich trug eine neue Designerjeans, eine kurzärmlige Seidenbluse und meine einzige Kaschmirstrickjacke (Mutters Geschenk zum einundzwanzigsten Geburtstag), für den Fall, dass es nach Sonnenuntergang kühl wurde. Und die Sandalen mit den hohen Absätzen, die James so hasst, weil ich dann fast so groß bin wie er – aber er kann mir mal im Mondschein begegnen.

Als ich fix und fertig die Treppe herunterkam, stand James in einem Holzfällerhemd mit aufgekrempelten Ärmeln und einer sehr alten Cordhose da.

»Gütiger Gott, Tish! Du gehst doch nur zu einer Grillparty!«

»Wenigstens sehe ich nicht so aus, als hätte ich den ganzen Abend damit zugebracht, die Kanalisation sauber zu machen!«, gab ich ärgerlich zurück. Er fällt von einem modischen Extrem ins andere.

Wir gingen schweigend zum Haus der Wrekins. (Obwohl wir noch eine ganze Weile Bess' beleidigtes Heulen hören konnten.)

Die Klingel der Wrekins spielt die Melodie »Orangen und Zitronen«, genau wie die, die ich gerade weggeworfen habe.

Ein Kopf tauchte über der Gartenmauer auf. Der Kopf hatte eine spitze Nase, die zwischen Pausbacken und einer Tonsur aus dem Gesicht ragte. Wie ein zusammengedötschter André Previn.

»Hi! Kommen Sie hintenrum – da ist ein Tor. Gefällt Ihnen die Türklingel? Witzig, was? Man hört sie bis runter in den Garten!« Er schnaubte leise und verschwand.

Unser Gastgeber, vermutete ich.

Er erwies sich als ein sehr kleiner Waliser, der auf einer Bierkiste gestanden hatte, um über die Mauer spähen zu können. Ich freute mich nur, dass er nicht einer dieser übergroßen, dünnen Leute mit winzigen Köpfen war, denn dieser Typ ist mir körperlich ausgesprochen zuwider, wie Spinnen.

Auf einer riesigen Terrasse mit verschiedenen Hollywoodschaukeln und Liegestühlen waren ungefähr zwanzig Personen versammelt. Margaret tauchte kurz hinter dem Grill auf und stellte uns der Allgemeinheit vor als »Marian Plentifold, die Romanautorin – ich habe euch erzählt, dass sie kommen würde –, und natürlich ihr Ehemann...?«

»James«, erklärte ich und wagte es nicht, ihn dabei anzusehen. »Ich heiße in Wirklichkeit Tish Drew. Marian Plentifold ist nur mein Pseudonym.«

James zischte mich wütend an: »Da siehst du, was du angerichtet hast! Alle hier kennen deinen Namen und wissen, was für einen Schund du schreibst.«

»Ich schreibe keinen Schund!«, gab ich nicht minder wütend zurück und wurde gleich von den interessierten Fragen sämtlicher anderer Frauen von seiner Seite gerissen, alles Frauen, die natürlich genauso gute Romane wie ich hätten schreiben können, »wenn sie bloß die Zeit dazu hätten«.

Ich nehme an, einige von ihnen hätten es wirklich gekonnt, aber andere sahen für mich so aus, als hätten sie so wenig wichtige Fertigkeiten wie das Schreiben (außer auf Scheckformularen) aufgegeben, nachdem sie einen Ehemann ergattert hatten.

Aber es stellte sich heraus, dass sie alle mindestens eines meiner Bücher gelesen hatten, was mich freute. Eine hagere ältere Frau meinte, dass sie sich mehr Sex in meinen Büchern wünschte – sie seien zu zahm –, und ich fragte mich, ob sie wohl schon bei der Partnertauschbörse mitmachte. Aber ihr Mann ist eine vertrocknete Krabbe mit zweieinhalb Zentimeter dicken Brillengläsern, daher glaube ich nicht, dass er als Tauschobjekt viel einbringen würde.

Nachdem wir uns in das weibliche und männliche Lager sortiert hatten, fingen die Frauen an, mich nach Fergal Rocco auszufragen, und schienen ein wenig enttäuscht zu sein, als ich erklärte, ich hätte ihn vor etlichen Jahren gekannt und auch da nur kurz.

»Er ist so sexy!«, seufzte die Hagere.

»Das ist er wirklich! Er kann jederzeit seine Pantoffeln unter meinem Bett abstellen«, pflichtete ein Mädchen mit Pferdegesicht bei. »Meinen Sie, die Geschichte mit den sechs Nonnen in Rom stimmt? Sie wissen schon, als er angeblich ...«

»Ich habe absolut keine Ahnung«, erwiderte ich knapp. »Und vor allem, es interessiert mich nicht besonders.«

Schließlich gaben sie es auf.

Es stand eine riesige Bowlenschale bereit, und alle Damen bekamen bei ihrer Ankunft automatisch große Gläser davon gereicht, die der Waliser Gnom ständig nachfüllte. In der Bowle schwammen verschiedene Früchte und auf der Oberfläche merkwürdige, purpurfarbene Blüten.

Ich fragte mich gerade, was für Blüten das sein mochten und ob man sie essen konnte oder nicht, als James plötzlich den Halt verlor und in einen stacheligen Busch fiel. Ich erschrak so sehr, dass ich unwillkürlich eine der purpurnen Blüten verschluckte.

James war nicht allzu betrunken, und der Schock, von dem

stacheligen Busch zerkratzt und verschmutzt zu werden, ernüchterte ihn ein wenig. Dann wurden der Kebab und das Pitabrot herumgereicht, sodass er wenigstens eine Unterlage für seine fast zur Gänze aus Flüssigkeit bestehende Diät bekam.

Margaret ging mit einem Teller kleiner, auf Zahnstochern aufgespießter Würstchen durch den Garten, und zu meinem Entsetzen und meiner tödlichen Verlegenheit sagte James – in einer plötzlich entstandenen Stille nur allzu deutlich zu hören und eigentlich allein für meine Ohren bestimmt: »Schwanz auf Spießen!«

Glücklicherweise brach Margaret in lautes Gelächter aus und wiederholte James' Bemerkung, als wäre es das Witzigste, was sie seit Jahren gehört hatte. (Vielleicht war es das ja.)

Danach bot so ziemlich jeder seinem Nachbarn »einen Schwanz auf einem Spieß« an, und das Ganze wurde sehr vulgär. Man verglich die »Schwänze«, verglich sie nach Länge, Beschaffenheit et cetera und bemerkte, wie schrecklich witzig James doch sei.

Ich nehme an, er ist wirklich witzig. Wenn man nicht mit ihm verheiratet ist. Und irgendwie habe ich eine vage Erinnerung, dass er jenen Charme, den er jetzt auf andere Frauen verwendet, auch einmal an mich versprüht hat.

»Sie haben großes Glück, mit einem so gut aussehenden, romantischen Mann verheiratet zu sein!«, seufzte die hagere Frau, der das trägerlose Oberteil mangels Busen jeden Augenblick bis zum Nabel herunterzurutschen drohte. »Man sieht sofort, wo Sie Ihre Inspiration für Ihre Romane hernehmen.«

Romantisch? Er hat nicht einen Tropfen Romantik im Blut! (Wenn da mal was war, ist es irgendwann vom Alkohol weggespült worden.)

Margarets Mann bestand darauf, mich im Halbdunkel im Garten herumzuführen, wo ich widerstrebend mit meinen hochhackigen Sandalen über die lockere Erde stolperte, während Ray wie ein zusammengefalteter Regenmantel an meinem Arm hing. Ich wusste das Licht und den festen Boden der Terrasse später wieder sehr zu schätzen, vor allem, da Ray zu den Männern gehörte, die Frauen immer anfassen müssen, wenn niemand in der Nähe ist – eine Hand auf dem Arm, ein Tätscheln für das Hinterteil, Finger, die um die Taille wandern. Bäh!

Obwohl, wenn ich so darüber nachdenke, sind die immer noch besser als die, die in Gegenwart einer Frau alle fünf Minuten ihren Hosenstall überprüfen, um sicherzugehen, dass alles noch an der richtigen Stelle sitzt.

Noch mehr Kebab machte die Runde, und da es inzwischen richtig dunkel geworden war, wurden überall im Garten Fackeln angezündet, was sehr hübsch aussah. Ich konnte nicht erkennen, womit dieser Kebab gefüllt war, und ich fürchtete, mir einen Fettfleck auf meine Seidenbluse gemacht zu haben.

Mein Glas war bis zum Rand nachgefüllt worden, und das Schlimme bei Bowle ist, dass man nie weiß, was drin ist: Das Zeug schmeckt immer so harmlos, obwohl man sich da sehr täuschen kann.

Ray Wrekin verfügte über einen unerschöpflichen Fundus schauderhafter Witze, mit denen er die ganze Mannschaft zu langweilen wusste, während er zwischen Garten und Haus hin- und herlief, um Platten zu wechseln. (Warum sparte er sich diese Mühe nicht? Barry Manilow klingt ja doch immer gleich.) Alle außer mir lachten über die Witze, die nur knapp über der Gürtellinie lagen, und wahrscheinlich hatten sie beim letzten Mal, als er sie erzählt hatte, nicht weniger gelacht.

Margaret, groß und stattlich, ragte liebevoll über ihm auf und erinnerte mich an ein Bild von einer Giraffe im Zoo, die eine innige Zuneigung zu einer Zwergziege gefasst hatte.

Ich verspürte den jähen Drang, mich hinzusetzen, und glücklicherweise stand hinter mir eine leere Hollywoodschaukel. Man schwankte darin gefährlich hin und her, und ich leerte hastig mein Glas, damit ich nichts verschüttete, dann legte ich die Füße hoch und lauschte verschlafen dem gedämpften Stimmengewirr.

James war nirgends zu sehen. Auch der Waliser Komödiant war eine ganze Weile nicht mehr in Erscheinung getreten ... und ich hatte definitiv mehr als genug getrunken, ohne es zu wollen. Ich schloss die Augen.

»Oh, da bist du ja!«, sagte James, und ich schreckte aus dem Schlaf hoch, mit steifen Gliedern und einer gewissen Übelkeit.

»Wo bist du gewesen, James? Ich habe dich seit einer Ewigkeit nicht mehr gesehen.«

»Oh, Ray wollte meine Funkausrüstung sehen. Ich war nicht lange weg. Er kommt morgen mal vorbei. Nun komm schon – die anderen gehen alle.«

Und wirklich, der Garten leerte sich mit einem Mal, und die Fackeln begannen zu verlöschen.

Wir bedankten uns bei unseren Gastgebern und wankten nach draußen in die Nacht (nun, ich wankte, aber das lag vor allem an den hohen Absätzen), wo einzelne Gesprächsfetzen und das Zuschlagen von Autotüren die dörfliche Stille belebten.

James legte einen Arm um mich, und wir redeten auf dem Heimweg miteinander über alle möglichen Dinge, wie wir es seit einer Ewigkeit nicht mehr getan hatten, zum Beispiel über die Frage, was Bob im Garten angestellt haben mochte, ob wir auf der Terrasse (wenn wir eine Terrasse haben) schmiedeeiserne oder hölzerne Möbel haben wollen, ob man Bess wohl Gehorsam lehren könne und ähnliche Dinge.

Weder James noch ich erwähnte die heiklen Themen wie Funkausrüstungen, Romane, Geld, Fergal oder Babys, sodass wir in aller Freundschaft zu Bett gingen.

Dann wachte ich um fünf Uhr morgens mit schrecklichem Durchfall auf (wahrscheinlich waren diese purpurnen Blüten in der Bowle die Ursache) und musste in die Küche hinuntergehen, um nach Magnesiumhydroxid zu suchen.

Bess blickte seelenvoll zu mir auf.

James hatte sie vergangene Nacht nicht mit uns nach oben gelassen, obwohl die Ereignisse meiner Erinnerung nach so routinemäßig, langweilig und unbefriedigend gewesen waren, dass Bess uns vielleicht als Ratgeberin hätte dienen können.

Als ich zum zweiten Mal aufstand, ging es mir schon viel besser, aber James weigerte sich, mit mir zu reden, und als ich ihm eine Tasse Tee und eine Scheibe Toast brachte, drückte er sich ein Kissen auf den Kopf.

Ich überließ ihn seinem Elend und ging zu Mrs. Deakin, um neues Magnesium zu kaufen, da ich unser letztes aufgebraucht hatte und schon im Voraus wusste, dass es meine Schuld sein würde, wenn James welches brauchte und keins im Haus war.

»Es überrascht mich nicht, dass Sie Magnesium wollen«, bemerkte sie, während sie mithilfe einer kleinen Trittleiter die blaue Flasche von einem hohen Regal herunterangelte. »Sie haben gestern Abend Abfälle gegessen, etwas, das ich selbst niemals tue.«

»Abfälle? Aber ich esse doch keine Abfälle!«

»Wenn Sie diese Kebabdinger gegessen haben, doch.« (Mrs. D. weiß alles!) »Mrs. Wrekin hat mir selbst erzählt, was da reinkommt – Peperoni und Zucchini und Tomaten hat sie hier gekauft, und Leber und Schinken in der Stadt, obwohl ich glaube, sie sagte, Lammfleisch gehörte auch dazu.«

Kein Wunder, dass mir schlecht geworden ist! Man stelle sich nur vor, dass jemand wie Margaret Wrekin seinen Gästen Abfall serviert. Ich würde nicht im Traum daran denken, Leber zu kaufen, außer um sie Bess zu geben.

»Das Schlimme ist, dass alles einfach nur nach Grill geschmeckt hat.«

»Ich finde die ganze Idee idiotisch.« Mrs. Deakin wischte mit ihrer Schürze den Staub von einem Kästchen mit Schnürbändern. »Ich meine, warum kocht man draußen über einem kleinen, qualmenden Feuer, wenn man drinnen einen ordentlichen Elektroherd hat? Und dann sitzt man in der ungesunden Nachtluft, lässt sich von Mücken zerstechen und tropft sich mit Fett voll.«

»Gut, dass Sie das sagen! Wissen Sie, wie man Fett aus einer Seidenbluse bekommt?«

»Da habe ich genau das Richtige für Sie«, antwortete sie.

DAS IST WAHRE TREUE:
Freundin von Schock-Rocker Fergal Rocco sagt, sie werde im Nonnenstreit zu ihm halten.

Sun

Ich weiß nicht, wie Sie das Wort »Freundin« definieren – aber wie nett von Nerissa, in einer Sache zu mir zu halten, die ich gar nicht getan habe. Mir scheint, es ist ihr völlig gleichgültig, was ich treibe, Hauptsache, sie kann sich als meine Freundin präsentieren.

Sie verfolgt mich, obwohl ihr mittlerweile klar sein muss, dass ich das Interesse an ihrem Körper verloren habe, und für ihren Geist habe ich mich nie interessiert. Falls sie einen hat.

Nein, das ist unfair: Sie mag den intellektuellen Tiefgang eines sehr kleinen Pudels haben, aber eine Runde Mastermind *zum Thema »Mode« oder »Who is Who« würde sie jederzeit gewinnen.*

Vielleicht werde ich einfach langsam alt.

Trotzdem, Nerissa ist mir als Tarnmanöver gerade recht, falls Tish auf den Gedanken kommt, ich hätte noch irgendein Interesse an ihr. Das ist immerhin etwas.

Kapitel 20

Alles beim Alten

Ich dachte, die Nacht nach dem Grillfest würde die Situation zwischen mir und James ein wenig verändern, aber es hat sich nichts geändert – tatsächlich glaube ich nicht, dass er überhaupt viel davon im Gedächtnis behalten hat. (Wobei das Ganze natürlich auch nicht sehr denkwürdig war. Und ich bin mit James so außer Übung, dass es sich ehebrecherischer anfühlte als mein Lapsus mit Fergal.) Er hat in den letzten zwei Wochen mehr von Ray Wrekin gesehen als von mir! Die beiden haben eine Art Freundschaft geschlossen, und Ray hängt jetzt abends ständig in der Funkerbude rum.

Mutter ist aufgrund irgendeines nebulösen Missverständnisses auf den Gedanken gekommen, James sei unter die Amateurschauspieler gegangen. Ich habe ihr erzählt, dass er Amateurfunker geworden sei, und sie hat natürlich nur das Wort Amateur gehört und ihre eigenen Schlüsse gezogen. Typisch Mutter.

Wo habe *ich* bloß meinen Verstand her? Dad kann auch nicht allzu helle gewesen sein, sonst hätte er sie nicht geheiratet.

Glücklicherweise hat sie kein Krankenhaus gefunden, das Granny für einen »Urlaub« auf seine Seniorenstation aufnehmen wollte. Es überrascht mich nicht, da Granny unter nichts Schlimmerem leidet als Diabetes und einem unfreundlichen Sinn für Humor, und Mutter hätte sie auf keinen Fall ins Krankenhaus bekommen, es sei denn in einer Zwangsjacke.

Auch die Sache mit der Unmündigkeitserklärung war kein guter Schachzug.

»Bist du das, Leticia, Darling?«, kreischte sie mir nach ihrem letzten fehlgeschlagenen Versuch ins Ohr. »Oh, ich bin noch nie so gedemütigt worden! Dieser schreckliche Mr. Herries! Ich werde in Zukunft meine Geschäfte über eine angesehene Kanzlei abwickeln, und das habe ich ihm auch gesagt. Zu behaupten, ich sei ungeeignet, eine ›zerbrechliche alte Dame‹ zu betreuen! So zerbrechlich wie ein alter Stiefel!«

»Mutter, warum sollte Mr. Herries dich beleidigen?«, fragte ich mit erzwungener Ruhe. »Ich dachte, du kämest gut mit ihm zurecht.«

»Da kannte ich auch seine wahre Natur noch nicht. Ich habe heute Morgen wegen Granny mit ihm gesprochen – du weißt ja, wie seltsam sie in letzter Zeit geworden ist –, richtig senil, das arme Ding ...«

Weiß ich das?

»Und ich habe ihm erklärt, er solle besser alles in die Wege leiten, damit ich mich in Zukunft um Grannys Angelegenheiten kümmern kann, da sie offensichtlich nicht mehr dazu in der Lage ist; und er sagte, ihr Verstand sei genauso gesund wie seiner, und sie sei auch nicht viel älter als er und brauche lediglich die Art liebevoller Zuwendung, die jede Schwiegertochter ihr mit Freuden widmen würde! Was für eine Unverschämtheit!«

Sie hielt inne, um etwas herunterzuschlucken. (Wahrscheinlich Sherry.)

»Wo war ich stehen geblieben? Oh ja! Ich habe Granny sofort gefragt, wann sie bei ihm war, und sie erzählte mir, dass sie sich letzte Woche, während ich außer Haus war, ein Taxi gerufen habe, um ein neues Testament zu machen. So eine Verschlagenheit! Das gehört alles zum Altersschwachsinn dazu, obwohl Mr. Herries offensichtlich selbst genauso senil wird.«

Mr. Herries ist praktisch ein Zeitgenosse von Granny und kennt sie seit ihrer Heirat, daher ist es nicht übermäßig taktvoll von Mutter gewesen, so mit ihm zu reden.

Jeder Rechtsberater, der sein Geld wert ist, musste überdies noch etwas anderes sofort sehen: Wenn Mutter ihre Angelegenheiten regelte, würde Granny binnen eines Jahres mittellos dastehen.

Nicht dass einer von uns genau wüsste, was sie alles auf der Bank hortet, denn sie erzählt es uns nicht, und sie kämpft seit Jahren mit Mutter um ihren Schmuckkasten. Neulich wollte Mutter sie mit dem Angebot ködern, den ganzen Schmuck auf eigene Kosten reinigen zu lassen, aber Granny ist zu helle, um auf so etwas hereinzufallen.

»Bist du noch da?«, fragte Mutter gereizt.

»Ja, ich bin noch da, Mutter ...«

»Mami, Schätzchen – Mami.«

»Entschuldige, Mami. Hör mal, warum sagst du Granny nicht, dass du gern eine kleine Ruhepause hättest, und fragst sie, ob sie nicht eine Krankenschwester engagieren könne, die bei ihr bleibt, während du irgendwo anders bist?« (Irgendwo, nur nicht hier!)

»Das habe ich getan. Sie sagt, sie brauche keine Schwester, und sie brauche mich nicht, und ich könne gehen, wohin ich mag!«

»Nun, sie ist nicht direkt hilflos, oder? Obwohl durchaus jemand ein Auge auf sie halten sollte, falls sie stürzt und nicht aufstehen kann oder so etwas, und jemand muss auch sicherstellen, dass sie sich richtig ernährt. Hör mal, wenn du es wirklich nicht länger aushalten kannst, warum suchst du dir dann nicht eine eigene kleine Wohnung? Dann könntest du jeden Tag kurz bei ihr vorbeisehen.«

»Oh, das könnte ich unmöglich tun! Und außerdem kann ich es mir nicht leisten – wir haben eine Absprache wegen der Rechnungen getroffen.«

Ja, Granny bezahlt sie!

»Aber etwas anderes ist wirklich ärgerlich, Leticia, Liebling. Als ich Mr. Herries anrief, um ihm ein paar Wahrheiten zu sagen, die ich mir auf dem Heimweg ausgedacht hatte, hat Granny am Nebenapparat gelauscht, und jetzt spricht sie nicht mehr mit mir, außer um mir Befehle zu geben, als wäre ich die Haushälterin!«

»Mach dir nichts draus, Mutter, sie wird schon drüber hinwegkommen.«

»Mami, Liebes – du nennst mich immer wieder ›Mutter‹, und das klingt so hart und gefühllos von meinem kleinen Mädchen.«

»Tut mir Leid, Mami. Aber ich finde wirklich, du hättest mit Mr. Herries nicht über Granny sprechen dürfen, denn so schlimm ist sie doch gar nicht, oder? Ich meine, sie war immer schon ein wenig merkwürdig; obwohl es für dich natürlich sehr ermüdend sein muss.«

»Du hast einfach kein Verständnis für meine Gefühle, Liebes, nicht wahr? Ich habe James vorhin im Büro angerufen, und er war so mitfühlend, obwohl er einräumte, er könne persönlich nichts tun, um zu helfen, weil er doch zur Familie gehört. Berufsethik oder so etwas, nehme ich an. Und er hat kaum ein Wort gegen dich gesagt, obwohl du ihm in letzter Zeit arg auf die Nerven gegangen bist, nicht wahr? Du missgönnst ihm wohl das bisschen Zeit, das er mit seinem Hobby und seinen Freunden verbringt. Und ich gebe ihm ja so Recht, dass Kinder wichtiger für eine Frau sind als eine Karriere.«

»Dann wird es dich und den lieben, guten, verständnisvollen James vielleicht interessieren zu erfahren, dass ich niemals aufhören werde, Romane zu schreiben, solange sie sich verkaufen!« Mit diesen Worten warf ich den Hörer auf die Gabel und stand auf, förmlich zitternd vor Zorn.

Natürlich zerstörte dieser Vorfall das zarte Pflänzchen Zuneigung, das seit dem Grillfest zwischen James und mir angewachsen war, wenn auch nur in spärlichstem Maße. Eigentlich war es mehr ein Leben und Lebenlassen gewesen, keine echte Veränderung. Und ich war diejenige, die sich die meiste Mühe gegeben hatte; ich hatte ihn ganz bewusst nicht angefaucht, wenn er den ganzen Abend mit seinen Freunden durchgezecht hatte und morgens bei Sonnenaufgang nach Hause gekommen war, um die Welt mithilfe des Wunders zu langweilen, das da Radiowellen hieß.

Aber *er* hat sich erkundigt, welche Fortschritte mein Buch mache! (Hinterhältiger Kerl.)

Offensichtlich hatte er nicht die Absicht, sich zu ändern, und nachdem ich nun wusste, was er zu Mutter gesagt hatte, war er mir beinahe – jawohl – unsympathisch!

Ich saß im Flur auf dem Nachtstuhl (er wird für mich immer ein Nachtstuhl sein), und meine Augen füllten sich mit Tränen. Wir sollten eigentlich so glücklich sein – wir sind beide jung und gesund und kommen in unseren jeweiligen Berufen gut voran. Jeder andere Mann wäre stolz darauf gewesen, eine Frau zu haben, die zwar keine literarische Berühmtheit war, deren Bücher sich aber in großen Stückzahlen verkauften.

Und bis zu unserem Umzug in dieses Cottage, von dem wir

geträumt hatten (hatten wir beide von einem Leben auf dem Land geträumt, oder hatte James sich nur damit einverstanden erklärt, weil es ihm egal war, wo wir lebten?), da waren wir doch glücklich gewesen.

Wir hatten uns nie gestritten. Vielleicht deshalb, weil ich immer nachgegeben hatte, um James zu gefallen, denn ich hatte ihn geliebt und bewundert – ihn oder den Mann, für den ich ihn gehalten hatte?

All unsere Pläne für die Zukunft, die Dinge, die wir wollten, waren die gleichen. Abgesehen von meinem geheimen Unbehagen, was das Thema Mutterschaft anbelangte, und James' Vorstellung, dass ich mein »Hobby« (das Schreiben) schon aufgeben würde, wenn er erst genug Geld verdiente. Ich dachte, die Zeit würde das eine zerstreuen und das andere ändern.

Wie anders ich jetzt empfinde! Mein überwältigendstes Gefühl ihm gegenüber scheint im Augenblick Groll zu sein. Ich komme mir vor wie eine Haushälterin. Und all seine Gewohnheiten ärgern mich langsam.

Liebe ich ihn wirklich, diesen selbstsüchtigen, chauvinistischen Idioten? Habe ich ihn je geliebt? Die alte Tish hätte diese Frage mit Sicherheit bejaht. Was ist aus ihr geworden?

Ich frage mich, ob er mich noch liebt? Ich kann mich nicht daran erinnern, dass er in letzter Zeit auch nur im Entferntesten etwas in der Art gesagt hätte. Ich traue mich nicht zu fragen, für den Fall, dass er Nein sagt.

Was, wenn er mich fragen würde? Ich weiß wirklich nicht, was ich antworten würde. Wahrscheinlich »ja«, aus reiner Panik. Wie sollte ich allein zurechtkommen?

Allein... Aber wann genieße ich jetzt seine Gesellschaft? Während ein paar Stunden in der Nacht, so spät, dass ich im Allgemeinen schon schlafe, bevor er ins Bett geht, und beim Frühstück, das ich pünktlich und ohne ein Wort des Dankes auf den Tisch zaubern soll und bei dem er die Zeitung liest und nichts sagt außer: »Wo ist das Aspirin?«, oder »Ist noch Kaffee da?«

Unser gemeinsames Abendessen gehört der Vergangenheit an. Er geht jetzt häufig nach der Arbeit mit Freunden aus, dann kommt er nach Hause und versteht nicht, warum ich nicht seine genaue Ankunftszeit wusste und daher kein Essen bereitstehen hatte, während ich ihn schon vor Stunden aufgegeben und einen Toast mit gebackenen Bohnen gegessen hatte.

Wenn ich mich beklage, geht er mit einem Sandwich in seine Funkerbude oder in den Pub – mit Ray Wrekin, der inzwischen beschlossen hat, ebenfalls Amateurfunker zu werden, und eifrig damit beschäftigt ist, seine eigene Funkerbude zu bauen, die weitaus prächtiger werden soll als die von James.

Margaret (wir sind gute Freunde geworden) ist dankbar, dass er ein kleines Hobby hat, weil er ihr auf diese Weise nicht ständig auf die Nerven geht.

James reibt sie mir immer wieder als strahlendes Beispiel der Mutterschaft unter die Nase, weil sie zwei Kinder, ein makellos geführtes Haus und einen Garten hat. Außerdem hat sie einen Gärtner und ein Aupairmädchen, das im Haus wohnt, mir leuchtet also nicht ein, wie er unsere Situation mit der der Wrekins vergleichen kann. Außerdem, wenn ich es mir recht überlege, kann ich mich nicht erinnern, sie jemals mit den Kindern gesehen zu haben.

Ich habe es wirklich satt.

Das hat dem Fass den Boden ausgeschlagen! James hat herausgefunden, dass ich mich wegen seiner vielen Überstunden und Wochenendschichten bei Lionel beklagt habe, und er hat mir mehr oder weniger befohlen, mich aus seinen Angelegenheiten herauszuhalten. Wenn das nicht auch meine Angelegenheiten sind, dann weiß ich es nicht.

Bin ich denn nur seine Sklavin?

Also sind wir jetzt wieder genau da, wo wir vor dem Grillabend waren, nur dass alles noch schlimmer ist.

Hinzu kommt, dass ich mich total mies und aufgeschwemmt fühle, und seit der spärlichen Periode direkt nach dem VLA-Dinner habe ich nicht mehr meine Tage gehabt. Andererseits wäre es idiotisch, mir nur wegen einer einzigen, eher unvollendeten Begegnung mit James eine Schwangerschaft einzubilden.

Vielleicht bin ich ein wenig erschöpft? Ich sollte mir aus dem Reformhaus ein paar Multivitamin- und Multimineralientabletten besorgen.

Fergals Arbeiter haben damit angefangen, den Gartenzaun durch ein elegantes Metallgitter zu ersetzen, und einer der Männer hat sich bereit erklärt, mir sehr preisgünstig eine kleine Terrasse anzulegen.

Ich habe Fergal nur ein- oder zweimal aus der Ferne gesehen, und jedes Mal hat er sich abgewandt und ist davongegangen.

Ich will kein Baby.

Ich kann doch unmöglich schwanger sein?

Das ist der Augenblick der Wahrheit, nicht wahr? Wenn die Möglichkeit einer Schwangerschaft besteht, mit Sicherheit zu wissen, dass man nicht schwanger sein will.

Mit ausgesprochen schlechtem Gewissen nahm ich ein heißes Bad und trank eine Menge Whisky. Aber abgesehen davon, dass ich bei James' Heimkehr wie eine Hummerkrabbe aussah und wie eine Schnapsbrennerei roch, änderte sich dadurch nichts. Er bemerkte es nicht einmal.

Nach dieser Kurzschlusshandlung hielt ich mir selbst eine ausgiebige Standpauke, denn all meine Symptome – aufgeschwemmter Bauch, Kopfschmerzen, allgemeines Unwohlsein – habe ich schon ein- oder zweimal in der Vergangenheit gehabt, als ich wegen Grippe oder Ähnlichem überfällig war. Außerdem hatte die Ärztin gesagt, meine Periode würde vielleicht eine ganze Weile brauchen, bis sie sich wieder regelmäßig einpendelte.

Sobald ich mich entspanne und versuche, die Sorgen von mir zu schieben, wird alles wieder genau wie früher sein.

Diese nicht zurückverfolgbaren Telefongespräche haben wieder angefangen, was meine Stimmung nicht gerade hebt. James muss unsere Geheimnummer an Krethi und Plethi weitergegeben haben, obwohl er beteuert, er gebe sie nur Mandanten, die ihn vielleicht zu Hause anrufen könnten. Aber da er kaum jemals hier ist, wäre es vielleicht praktischer, einfach seine Funkfrequenz weiterzugeben.

Wenigstens hat er aufgehört, sich täglich auf Mumpssymptome zu untersuchen.

Diese Mumpsgeschichte lässt auch mich nicht ganz los, aber aus anderen Gründen. Deshalb rief ich Granny zu einer Zeit an, da ich wusste, dass Mutter mit Dr. Reevey zum Mittagessen ausgehen wollte. (Eine Affäre, die Fortschritte zu machen scheint, obwohl ich mir nicht sicher bin, in welche Richtung.)

Ich musste das Telefon natürlich eine Ewigkeit klingeln lassen, bevor Granny widerstrebend den Hörer abnahm, und anschließend mussten wir erst klären, wer ich war, wer sie war und wo Mutter war.

»Granny«, sagte ich schließlich, »erinnerst du dich, dass du mir einmal erzählt hast, dass Dad kurz nach der Hochzeit mit Mutter Mumps hatte?«

»Möglich, dass ich das erwähnt habe!«, pflichtete sie vorsichtig bei.

»Nun, hatte er Mumps?«

»Ja – es hat ihn ganz schlimm erwischt. Valerie war völlig hysterisch – so nützlich wie ein nasser Salat.«

»Jemand hat mir vor kurzem erzählt, dass Mumps im Erwachsenenalter ... zur Kinderlosigkeit führen kann.«

»Das kann es«, gab sie zu und klang dabei sehr widerwillig, aber das lag wahrscheinlich nur an ihrer Abneigung gegen das Telefon.

»Aber offensichtlich hatte Dad keine derartigen Probleme, denn ich bin später gekommen.«

Es folgte eine kurze Pause, und als ich gerade meine Bemerkung mit lauterer Stimme wiederholen wollte, antwortete sie: »Wir waren so überrascht, als wir aus Russland zurückkamen und dich sahen!«

»Sagtest du *Russland*, Granny? Du und Grandpa, ihr wart in Russland, als ich geboren wurde?«

»Die große Tour! Bernhard – dein Großvater – war ja so romantisch! Er wollte durch die Straßen wandeln, in denen dieser Fabergé lebte. Wir haben es getan; es gab eine ganze Menge davon. Das Essen drüben ist widerwärtig, und sie benutzen für ihre Schilder keine christliche Sprache.« Es folgte eine Pause. »Es war das, was ich ein ›Fait accompli‹ nenne.«

»Was ist ein Fait accompli?« Ich versuchte immer noch, mir Granny, klein, dunkelhaarig und entschlossen, in Russland vorzustellen.

»Du warst eins. Wir kamen zurück, und Valerie war genauso

rank und schlank wie bei unserer Abfahrt. ›So etwas gibt es manchmal‹, sagte ich zu Bernhard, ›aber es ist doch komisch, dass es ausgerechnet passierte, als sie im Urlaub war, und warum ist sie allein weggefahren?‹ Bernhard meinte: ›Desmond ist glücklich, also lass es auf sich beruhen.‹ Er hat dich immer gemocht.«

»Meinst du, ich war eine Überraschung? Du wusstest nicht, dass Mutter schwan...«

Grannys Redeschwall ebbte nicht ab. »Und schließlich hatten sie die Geburtsurkunde, die jeder sehen konnte, und was hätte es genutzt, sich zu diesem Zeitpunkt noch Sorgen zu machen?«

»Sorgen worüber? Granny!«

»Obwohl ich es selbst gern gewusst hätte.«

»Was gewusst? Granny! Wenn ich vorbeikomme, wenn Mutter nicht zu Hause ist, wirst du mir dann alles erzählen?«

»Was erzählen?«

»Wann ich geboren wurde!«

»Ich war nicht da. Habe ich doch gerade gesagt, ich war in Russland, und verdammt kalt war es da! Ich habe mir einen Pelzhut gekauft.«

»Aber du könntest...«

»Ich habe Fotos!«

»Wovon?«, erkundigte ich mich mit mehr Geduld, als ich empfand.

»Russland. Ich habe ein Album. Ich werde es dir zeigen.«

»Vielen Dank, Granny!«

Man konnte genauso gut einen Aal zu fangen versuchen, wie einem Gespräch mit Granny folgen, aber sie schien tatsächlich zu vermuten, dass mit meiner Geburt etwas nicht gestimmt hatte...

Obwohl sie, wie sie erzählte, nicht da gewesen war! Wenn ich die Geburtsurkunde sehe, würde ich vielleicht aufhören, so überaus merkwürdige Dinge zu denken?

Vielleicht.

Ich saß eine halbe Stunde später immer noch auf dem Nachtstuhl, als Mutter anrief, um mir von ihrem Rendezvous mit dem Doktor zu erzählen.

Kapitel 21

Wie durch ein dunkles Glas

Ich interpretiere zu viel in Grannys Andeutungen hinein.

Mutter war gar nicht so lange mit Dad verheiratet gewesen, als sie mich bekam... Und Mumps führt nicht immer zu Unfruchtbarkeit, außerdem bekommen viele Frauen Babys, ohne zu merken, dass sie schwanger sind.

Apropos, *ich* bin doch nicht schwanger. Die Blutung war erstaunlich schwach und dauerte nur einen Tag oder so, aber was für eine Erleichterung! Und ich fühle mich plötzlich rundherum so viel besser – es müssen die Vitamine sein.

Jeden Morgen, wenn James gegangen ist, setze ich mich sofort an meinen Schreibtisch, mit geöffnetem Fenster, sodass all die köstlichen, warmen, nach Gras duftenden Gerüche des Sommers während des Schreibens um mich herumwehen können.

Nachdem ich *Liebe auf allen Wellen* beendet habe, habe ich ein neues Buch über eine Entdeckerin angefangen, die auf der Suche nach einer verlorenen Stadt irgendwo in der Wüste verschwindet. Sie wird natürlich gerettet, und zwar von einem gut aussehenden Mann, der Safaritouren organisiert und sich später als Geheimagent entpuppt. (Oder wie immer man diese Leute heutzutage nennt – ich muss noch versuchen, das herauszubekommen.)

Vivyan ist begeistert von *Liebe auf allen Wellen,* aber ich habe eine gewisse Abneigung gegen das Buch gefasst, da es James zum Amateurfunk gebracht hat. Wer weiß, wenn ich mir jetzt Bücher über Wüsten beschaffe, wird er am Ende vielleicht ein Nomade, bricht seine Zelte ab und stiehlt sich davon: ein reizvoller Gedanke.

Margaret hat eins von meinen Büchern vorbeigebracht, um es sich signieren zu lassen; sie will es ihrer Mutter zum Geburtstag schenken. Ich finde allerdings, sie hätte sich die Hardcover-Ausgabe leisten können, aber sie meinte, sie sei ein bisschen knapp bei Kasse, weil sie sich eine wunderschöne Epergne geleistet hätte.

Ich war ein wenig zurückhaltend mit meiner Antwort, da ich nicht wusste, ob man eine Epergne aß, trank oder trug, aber als ich das Wort im Lexikon nachschlug, entpuppte es sich als ein Tafelaufsatz. Ich war nur froh, dass ich nicht erwidert hatte: »Die ist sicher sehr schmackhaft«, oder etwas ähnlich Dummes.

Wie kann man sich nur derart über einen Tischschmuck begeistern! Und ich nehme an, wenn Margaret sagt, sie sei »knapp bei Kasse«, meint sie das nicht so wie Sie und ich im richtigen Leben.

Nachdem sie gegangen war, bat ich Bob, mir die Namen der hiesigen wilden Vögel zu erklären, aber als ich auf einen Vogel im Garten zeigte und fragte: »Wie nennst du diesen Vogel, Bob?«, antwortete er nur: »Kleiner Scheißer«, und warf einen Stein nach dem Tier, daher räumte ich stattdessen den Keller aus.

Mrs. Deakin (die über meinen »Geheimkeller« Bescheid wusste und darüber staunte, dass ich keine Ahnung gehabt hatte) schickte einen freundlichen, pferdeschwänzigen Jungen namens Gary vorbei, der dort unten Strom legte, und seither sieht es dort unten etwas weniger gruselig aus.

Im Keller habe ich zwei Entdeckungen gemacht. Die erste war, dass Bess glaubt, Spinnen seien Schnecken auf Beinen.

Die zweite war der Grund, warum ich mich voller Aufregung auf James stürzte, kaum dass er durch die Tür getreten war. »Sieh mal – das habe ich gefunden, als ich den Keller ausgeräumt habe!«

»Du könntest mich zuerst wenigstens reinkommen lassen!«, brummte er und nahm mir den verbogenen, zerbeulten und schmutzverkrusteten Gegenstand widerstrebend aus der Hand.

»Es ist ein Ring. Und er steckte in einem Spalt im Fußboden, daher ist er wahrscheinlich schon seit Jahrhunderten da unten!«

James zeigte sich unbeeindruckt: »Irgendein Tand. Was gibt es zum Essen?«

Nach diesem Dämpfer ging ich in die Küche, um die Kasserolle aufzusetzen.

Aber ich brachte den Ring trotzdem ins Museum, um die Meinung eines Experten einzuholen.

Im Bus wurde mir ziemlich übel, daher denke ich jetzt, dass ich mir irgendeinen Magenvirus eingefangen habe. James scheint es gut zu gehen, und er hat nicht mal gemerkt, dass ich mich nicht wohl fühle und in meinem Essen herumgestochert habe. Ich schlafe auch nicht besonders gut, daher habe ich jetzt diese interessanten dunklen Ringe unter den Augen, mit denen man aussieht wie ein Krallenaffe.

Er rief mittags an, um mir zu erzählen, dass der schreckliche Howard uns am Abend zu einer Party eingeladen habe, aber er nehme nicht an, dass ich hingehen wolle, daher würde er nur auf einen Sprung nach Hause kommen, um einen Happen zu essen und sich umzuziehen.

Er hatte Recht – ich wollte nicht hingehen. Es musste inzwischen selbst James aufgefallen sein, dass ich Howard verabscheue, der ein Ultra-Linker ist und noch immer auf Hippie macht, obwohl er inzwischen Halbglatze und Bierbauch trägt und sich die spärlichen Überreste seines Haares in langen, fettigen Strähnen über die Schultern wachsen lässt und Schlaghosen von Levi's kauft, die ihm um seine spindeldürren Beine schlackern.

Außerdem rauchen sie Hasch und Dinge, die mir zuwider sind. Dann verlieren sie alles Interesse an guten Gesprächen oder irgendetwas anderem und sitzen nur mit glasigen Augen da. Und es riecht abscheulich. Und James wird wahrscheinlich von der Anwaltsliste gestrichen werden, wenn sie ihn jemals in einem Haus erwischen, in dem solche Dinge vorgehen. Er sollte mal darüber nachdenken, aber er würde alles tun, um »einer von den Jungs« zu sein, egal, wer die »Jungs« zufällig gerade sind.

Als ich James das mit der Anwaltskammer ins Gedächtnis rief, sagte er, ich würde immer mehr zu einer reaktionären Mittelklasse-Langweilerin. Ich dachte immer, eine reaktionäre Mittelklasse-Langweilerin sei genau die Art Frau, die er wollte.

»Du könntest gelegentlich mal versuchen, irgendetwas mit mir zu unternehmen, woran ich Spaß habe«, erklärte ich ungehalten.

»Ich würde dich ja oft gern mitnehmen, aber du schließt dich immer aus.«

»Das stimmt nicht, du willst mich überhaupt nicht dabeihaben! Ich habe keine Lust, das fünfte Rad am Wagen zu sein, wenn du mit ›den Jungs‹ durch die Kneipen ziehst, ich möchte, dass wir zusammen in ein nettes Lokal gehen, wie früher.«

»Ich dachte, du würdest vielleicht gern mal Alices neues Baby sehen.«

»Wer ist Alice?«, fragte ich, verwirrt ob dieses plötzlichen Themenwechsels.

»Howards Freundin. Ich habe dir doch vor einer Ewigkeit schon erzählt, dass sie mit ihm zusammenlebt.«

»Nein, hast du nicht. Das höre ich zum ersten Mal!«

»Alice ist das Mädchen, das er kennen gelernt hat, als er auf dieser Yacht vor Capri gearbeitet hat.«

Jetzt klingelte tatsächlich etwas bei mir, aber es erstaunte mich, dass die beiden immer noch zusammen waren. »Wollen sie heiraten?«

»Nein. Warum sollten sie? Mit der Party wollen sie die Geburt des Babys feiern. Alice ist nett – sie würde dir gefallen.«

Dasselbe hatte er von Vanessa gesagt.

Ich habe nicht viel Vertrauen in James' Urteil, was Leute betrifft, die mir gefallen würden – vor allem, wenn es sich um Frauen handelt –, aber ich gebe zu, dass ich neugierig wurde. Allerdings nicht neugierig genug, um eine von Howards Endlospartys zu besuchen, daher wiederholte ich, dass ich nicht mitkäme.

»Wie du willst«, erwiderte er, nicht im Mindesten bekümmert. »Ich werde gegen sieben zu Hause sein, um mich umzuziehen.«

Die Tatsache, dass es ihm nichts ausmachte, ob ich ihn begleitete oder nicht, war Besorgnis erregend. Was, wenn er eine andere kennen lernte oder eine Dummheit machte? Und ich bin früher auch zu solchen Partys gegangen und habe so getan, als amüsierte ich mich. Andererseits – warum gibt er sich niemals genauso viel Mühe, wenn ich etwas unternehmen möchte?

Um halb sieben beschloss ich plötzlich, mir als eheerhaltende

Maßnahme die Mühe zu machen, und raste noch schnell hinunter zu Mrs. Deakin.

»Haben Sie irgendetwas, das ich einem neugeborenen Baby schenken könnte?«, stieß ich hoffnungsvoll hervor. (Er? Sie? Es? Mit Howard als Vater war es wahrscheinlich ein Es.)

»Aber gewiss doch. Warten Sie hier, während ich kurz ins Lager laufe.«

Dabei handelte es sich übrigens um den Schrank unter der Treppe, der bis zum Rand mit Pappkartons voll gestopft war.

»Plastikhosen ... Töpfchen ... Puppen ... da ist es!« Sie hielt einen Karton mit leuchtend bunten Rasseln in die Höhe. »Eine Rassel und ein Päckchen Frotteelätzchen wären ein ordentliches Geschenk, meine Liebe.«

Die abscheulich grellen Rasseln hatten die Form von Tieren, die mir noch nie im Leben untergekommen waren. »Sie sind sehr bunt«, begann ich zweifelnd.

»Genau das lieben Babys – je bunter, desto besser. Verlassen Sie sich auf mich«, fügte sie entschieden hinzu.

Das tat ich dann auch. Ich nehme an, sie hat Recht; sie hat fast immer Recht. Ich kaufte eine Rassel, die eine vage Ähnlichkeit mit einem Lamm (oder einem Lama) hatte, und drei eingeschweißte Mickymaus-Lätzchen. Dann suchte sie für mich eine Rolle Packpapier und einen Geschenkanhänger heraus, obwohl ich zu Hause durchaus noch Geschenkpapier vorrätig gehabt hätte.

James schien ziemlich baff zu sein, dass ich meine Meinung geändert hatte, aber ich denke, er hat sich im Grunde gefreut. Während er in den Pub ging, um eine Flasche zu kaufen, die wir Howard mitbringen konnten, zog ich mich um.

Ich würde wahrscheinlich auf einem mit Hundehaaren (oder Schlimmerem) übersäten Fußboden sitzen oder bestenfalls auf einem schmuddeligen Bodenkissen. Außerdem sind die meisten von Howards Freunden verkappte Hippies, die sich bei dem Wort »Party« sofort in Nostalgie und schlaffe Gaze-Gewänder hüllen. Helle Farben oder halbwegs elegante Kleider kamen also nicht infrage.

Meine mit Anstreichfarbe bekleckerte Jeans, eine alte, bestickte indische Bluse und ein Paar Riemchensandalen schienen mir das Geeignetste zu sein.

James vertauschte seinen Anzug gegen die Levi's, die ich immer wieder in den Kleidersack stecken will, und ein ausgewaschenes T-Shirt, für das dasselbe gilt und das sich mit der Aufschrift schmückt: *Der einzig sichere schnelle Brüter ist ein Kaninchen.*

Wir fuhren zu einem großen, schmalen Haus mitten in einer Reihe gleich aussehender Häuser in einem heruntergekommenen Stadtviertel. Das Haus war innen größer, als es von außen wirkte, da es sich in schier unendliche Weiten nach hinten erstreckte und aus einer Vielzahl kleiner Zimmer bestand. Als ich Howard das letzte Mal besuchte, lebte er in einer Ein-Zimmer-Wohnung in einem baufälligen Haus voller höchst seltsamer Leute, aber James erklärte mir, dass dieses Haus Alices Vater gehöre.

Wir gingen ohne jegliches Klingeln oder Anklopfen durch die offen stehende Tür und tauschten heißen, schmutzigen Juligehsteiggestank gegen heißen, dunklen, schmutzigen Hausgestank, dann durchstreiften wir die dunklen Räume wie alle anderen, die auf der Suche nach Howard oder Alice (oder dem Baby) waren. Das einzige Licht spendeten Kerzen in grünen Glasröhren, die aus Flaschen mit abgeschlagenem Hals gemacht waren.

In allen Zimmern saßen Leute in irgendwelchen Ecken und hielten Gläser, Tassen und/oder Zigaretten in der Hand, ohne indes viel zu reden. Wahrscheinlich, weil die Wände unter so lauter Musik erzitterten, dass man ein Lippenleser mit ausgeprägter Nachtsichtigkeit hätte sein müssen, um ein vernünftiges Gespräch zu führen.

Wir gingen zurück in den Flur und durch eine Tür am hinteren Ende. Hier war die Musik noch lauter, und ein Pärchen stand mitten im Raum und ruckte im Rhythmus des Gejohles mit den Köpfen. Es lag auch ein verdächtiger Geruch in der Luft, und in der Finsternis schimmerte der rote wandernde Kreis eines Joints, der von Hand zu Hand weitergereicht wurde.

Widerlich – man konnte sich alles Mögliche fangen.

James stellte unsere Weinflasche auf einen Tisch, auf dem ungezählte andere Flaschen mit überwiegend billigem Wein und Pappbecher standen. Auf dem gleichen Tisch prangte eine große rosafarbene und obszöne Kerze, die noch obszöner und abstoßender wurde, während sie weiterbrannte und Ströme rosafarbenen Wachses an sich herablaufen ließ.

Howard kam aus der Dunkelheit getorkelt, gerade als ich die Pappbecher untersuchte, um sicherzugehen, dass ich einen unbenutzten erwischt hatte.

»Hi!«, sagte er zu niemand Bestimmtem und griff über meine Schulter nach der Flasche mit gutem Wein, die wir mitgebracht hatten und von der ich gerade etwas in meinen Becher gießen wollte.

Er hielt einen bis zur Hälfte mit irgendetwas Unbestimmbarem gefüllten Glashumpen in der Hand und füllte ihn bis zum Rand mit Wein. Es schäumte.

Ich nahm ihm die Flasche weg, bevor er damit abziehen konnte, obwohl er zu nichts Anstrengenderem aufgelegt zu sein schien, als in sein schäumendes Glas hinabzustieren.

Er ist ein großer, kummervoller Typ mit einer Nase wie eine Aubergine und hatte sich einen langen, wehenden Schal um den Kopf gebunden. Der eine Zipfel kam der Kerze gefährlich nahe.

»Herzlichen Glückwunsch!«, rief ich.

Er lächelte in sein Glas.

»Wo ist Alice?«, formte James mit den Lippen.

»Alice?«, murmelte Howard, blickte dann auf und rief plötzlich: »He! Schön, dich zu sehen! Wie geht's denn so? Lange nicht gesehen, Tish! Nehmt euch was zu trinken – ist mehr als genug da – nein, nicht die Flasche, Tish, das Zeug schmeckt irgendwie komisch ...«

»Nur weil du es mit Bier gemischt hast«, bemerkte ich kalt, aber er war bereits mit James im Schlepptau aus dem Zimmer verschwunden. Ich bin es gewohnt, auf Partys stehen gelassen zu werden. Diesmal hatte ich Glück, dass er nicht gleich an der Haustür verschwunden war.

Endlich konnte ich auch den Umriss eines Sofas an einer der Wände erkennen und ging darauf zu, um mich zu setzen. Ein Mädchen saß bereits mit geschlossenen Augen am anderen Ende; aber als ich mich mit größerem Nachdruck als beabsichtigt niederließ, schlug das Mädchen die Augen auf und sah mich an. Das Sofa gab verräterisch unter mir nach; wenn es jemals gefedert gewesen war, gehörte das lange der Vergangenheit an.

Ich hatte mich inzwischen an die Dunkelheit gewöhnt und lächelte meinem Gegenüber nervös zu. Die andere Frau hatte große, stumpfe, tief liegende Augen unter buschigen Brauen in einem ausgezehrten Gesicht und Haare, die sie in der Mitte gescheitelt hatte und die ihr wie Algen über die Schultern und in den Schoß fielen.

Sie musterte mich ohne Neugier, und ich erwartete halb, dass eine Eidechsenzunge zwischen diesen dünnen Lippen hervorschnellen würde. Jemand reichte ihr das glühende rote Auge des Joints, und sie beugte sich vor, wölbte die Hände um die Zigarette und reichte sie mir dann weiter.

Ich nahm die Zigarette hauptsächlich, um das Mädchen neben mir daran zu hindern, mich damit in Brand zu stecken, dann hielt ich sie um Armeslänge von mir weg und gab sie an dankbarere Hände weiter.

Nachdem ich das zum zweiten Mal getan hatte, musterte das Mädchen mich mit trüben Augen aufs Neue und sagte scharfsichtig: »Du rauchst nicht.«

Es war keine Frage.

»Magst du Kuchen?«

»Was?«, fragte ich verwirrt. War das ein neuer Name für irgendeine andere unaussprechliche Droge?

»Kümmelkuchen. Ich habe einen schönen Mohnkuchen gebacken«, meinte das Mädchen und kam dabei näher, um mir ins Ohr zu zischen.

»Sehr schön«, erwiderte ich, schob mir eine feuchte Strähne ihres Haares aus dem Gesicht und rutschte ein Stück weiter zur Seite. »Aber vielleicht nicht gerade jetzt, vielen Dank …«

Sie erhob sich in einem Flattern von Gaze und einer Wolke aus Patschuli aus den Tiefen des Sofas.

Konnte sie wirklich gesagt haben, dass sie einen Kümmelkuchen gebacken hatte? Wenn ich irgendetwas an diesem Ort nicht erwartet hätte, dann etwas so Urenglisches, dass es schon fast viktorianisch anmutete. Kümmelkuchen! Und die Frau musste natürlich Alice sein.

Sie kehrte mit einem Teller zu mir zurück, auf dem ein riesiger

Kuchen mit einer einzigen, flackernden Kerze prangte, und reichte mir mit der Hand ein Stück von dem Gebäck. Zum Glück war es im Zimmer recht dunkel, denn ich kann mir nicht vorstellen, dass sie sich häufiger als einmal pro Woche wäscht. Aber ich bin wahrscheinlich unfair.

Ich knabberte vorsichtig den Rand an, und es war tatsächlich Kümmelkuchen – aber eine sehr trockene, merkwürdige Sorte. Ich hätte ihn irgendwo versteckt, wenn Alice sich nicht wieder neben mich gesetzt und mich beim Essen beobachtet hätte, während sie selbst eine große Scheibe verzehrte. Der Teller mit den Resten verschwand auf unsichtbaren Händen in das große Dunkel um uns herum.

Plötzlich erschien James neben mir und wollte mir meinen Becher nachfüllen, der bereits voll war. »Hi, Alice! Wie ich sehe, hast du Alice gefunden, Tish«, bemerkte er mit undeutlicher Stimme. Er schwankte leicht.

»Du bist James' Frau?«, schrie sie. Sie klang überrascht. (Ich weiß nicht, warum.)

»Ja – herzlichen Glückwunsch zu dem Baby. Oh…« Ich erinnerte mich an das Geschenk und fischte es aus meiner Tasche. »Hier.«

Sie schien sich über die Rassel und die Lätzchen, die sie in der Finsternis beäugte, über die Maßen zu freuen. Dann murmelte sie mit brechender Stimme: »Mickymaus! Mickymaus!« Schließlich sank sie auf dem Sofa zusammen und schlief mit einem letzten »Mickymmmmaus…« ein.

James war wieder verschwunden, und obwohl ich ihn eigentlich suchen wollte, um ihn davor zu warnen, noch mehr zu trinken oder irgendetwas zu sich nehmen, das er besser nicht zu sich nahm, fühlte ich mich langsam selbst etwas merkwürdig… Aber schließlich hatte ich diese komischen Bauchschmerzen jetzt schon seit einer Ewigkeit. Ich sollte deswegen wohl doch mal zum Arzt gehen. Es war nicht der Wein, denn ich hatte nur ein paar Schlucke getrunken, um den Geschmack dieses grässlichen Kümmelkuchens aus dem Mund zu vertreiben.

Seltsam, wie die Kerzenflammen plötzlich immer größer und größer zu werden schienen, wie sie tanzten, als hätten sie ein eigenes Leben! Ich konnte den Blick nicht mehr von den Flammen abwenden. Dann legte jemand George Melly auf, der »The Joint is jumping« sang, und ich fand das so komisch, dass ich lachte, bis ich weinte, obwohl es niemand hörte, da die Musik zu laut war.

Danach musste ich wohl für eine Minute die Augen geschlossen haben, denn als ich sie wieder aufschlug, sah ich einen Pekinesen mit langen blonden Ohren auf mich hinunterstarren.

Ich blinzelte, und der Pekinese verwandelte sich erst in einen Nebel und dann in ein stupsnasiges Mädchen mit langem hellem Haar, das sich jetzt aufrichtete und sich, ohne den Blick von mir abzuwenden, langsam entfernte, bis es in dem Schwarz jenseits der Kerzenflamme verschwand.

Ich erwähnte ja schon, dass auf Howards Party ein paar seltsame Leute waren.

Dann setzte ein dünnes Heulen ein, das sogar die Musik und die merkwürdige Barriere zwischen mir und der Wirklichkeit durchdrang, und als ich unendlich langsam den Kopf drehte, sah ich Alice in die Dunkelheit neben dem Sofa greifen und ein verpacktes Bündel hervorholen. Das Baby.

Das Weinen schien überhaupt nicht mehr abzureißen, aber Alice schaffte es endlich, unter einem wogenden Meer schlaffer Rüschen ihren Halsausschnitt zu finden, dann legte sie beiläufig ihr Kind an die Brust und sank mit geschlossenen Augen wieder in die Kissen.

Nach etwa zehn Minuten oder so wachte sie jäh auf, blickte mit verwirrter Miene auf das Baby hinab, das die Brust verloren hatte, und drückte es sich dann mit derselben Beiläufigkeit wie vorher an die andere Seite.

Mich erstaunte ihre Achtlosigkeit gegenüber dem armen Geschöpf, ganz zu schweigen davon, dass sie sich so offen in einem Zimmer voller Menschen entblößte. Nichts in der Welt hätte mich dazu bringen können, das Gleiche zu tun.

Plötzlich ließ James sich neben mir aufs Sofa fallen und legte die Arme um mich. Er beobachtete Alice, und das Ganze war mir um ihretwillen ziemlich peinlich, aber sie schien gar nichts zu bemerken. Nach einer Weile drehte er sich zu mir um und meinte:

»Süßes Baby. Ist das nicht ein süßes Baby?«

Ich nickte und versuchte zu lächeln, und er sah mich genauer an. Er hatte eine solche Weinfahne, dass ich zurückzuckte.

»Was ist los? Allesinordnung?«

»Ich fühle mich nicht ganz wohl«, gab ich zu.

»Sieht dir gar nicht ähnlich, dich zu besaufen!« Er lachte gefühllos.

»Ich habe nicht *gesoffen*! Ich glaube, es liegt nur daran, dass es so stickig hier drin ist, und vielleicht ist mir auch Alices Kümmelkuchen nicht bekommen.«

Er fing an zu lachen.

»Was ist los?«

»Du ... du hast Alices Kümmelkuchen gegessen!«

»Scht! Sie wird dich noch hören! Außerdem, was ist so komisch daran?«

»Ein ganz besonderer Kümmelkuchen! Du weißt schon ...« Er stieß mich grinsend an. »Vielleicht solltest du sie um das Rezept bitten.« Und dann fing er wieder an, blöde zu kichern, während mir dämmerte, dass ich wahrscheinlich fachgerecht verbackenes Cannabisharz gegessen hatte oder etwas in der Art.

Ich packte ihn am Arm und schüttelte ihn. »Wo ist das Klo?«

»Das Klo?«

»Komm schon – mir ist schlecht!«

»Erste Tür oben an der T... Treppe... Aber hör mal, Tish ...«

Ich ließ ihn weiterplappern und stolperte über Beine und Körper in den Flur und die Treppe hinauf. Auf dem Boden vor dem Klo brannte eine einsame Kerze auf einer Untertasse, und da der Lichtschalter nicht funktionierte, nahm ich die Kerze mit herein. Ich hatte nicht wirklich das Gefühl, mich übergeben zu müssen, mir war nur etwas übel, und ich hatte so ein seltsames Gefühl im Kopf.

Ich schob mir hastig zwei Finger in den Hals, aber das Manöver beruhigte mich keineswegs, da eine Menge Zeit verstrichen war, seit ich den Kuchen gegessen hatte. Aber nachdem ich mir das Gesicht mit kaltem Wasser gewaschen und es mit dem Saum meiner Bluse abgetrocknet hatte, fühlte ich mich ein wenig besser.

Doch ich war auch wütend; sehr, sehr wütend. Ich zog flüchtig in Erwägung, kurz zum Telefon zu gehen und der Polizei einen Tipp zu geben, was sich in diesem Haus abspielte, aber das schien mir keine sehr zuträgliche Gegend zu sein, um ein Telefonhäuschen zu suchen. Ich vermute, sämtliche Telefonhäuschen im näheren Umkreis sind von Vandalen zerstört und als Pissoirs benutzt worden.

Aber es ist eine Gemeinheit, arglosen Gästen eine solche Droge als Kuchen verkleidet aufzuzwingen.

Ich ging wieder nach unten, fest entschlossen, James so weit zu ernüchtern, dass er mich nach Hause fahren konnte. Er saß immer noch in sich zusammengesunken auf dem Sofa neben Alice. Also ging ich in die Küche, um Kaffee zu kochen, aber auch dort war alles widerlich schmutzig, und in der Spüle stapelte sich ungespültes Geschirr von schätzungsweise einem Jahr. Auch dort brannten nur Kerzen, und als ich versuchte, den Wasserkocher einzustöpseln, entdeckte ich, dass der Strom abgestellt war.

Wahrscheinlich hätte James sich an der Tasse sowieso nur Typhus oder Hepatitis geholt. (Obwohl ihm das recht geschehen wäre.)

Also gab ich die Kaffee-Idee auf und rüttelte James wach. Es widerstrebte ihm sehr wegzugehen, aber als ich auf meine Uhr sah, war es Viertel vor drei. Ich schien irgendwo etwa drei Stunden verloren zu haben.

Ich wollte ein Taxi rufen, aber wie gewöhnlich bestand James darauf, dass er vollkommen nüchtern sei, der Idiot. Wieder so eine Gelegenheit, bei der ich mir wünschte, selbst Auto fahren zu können.

Wir schwiegen lange, bis mir plötzlich etwas einfiel. »Da war so ein seltsames blondes Mädchen auf Howards Party, James – sie hat mich angestarrt.«

Das Auto machte einen Schlenker. »Was? Blondes Mädchen? Dich angestarrt?«, plapperte James mir nach. »Wann? Wo? Was meinst du?«

»Auf der Party. Ich war eingeschlafen – dieser grässliche Kuchen ist wahrscheinlich daran schuld –, und als ich die Augen wieder öffnete, starrte dieses Mädchen auf mich herab.«

»Das hast du geträumt.«

»Nein, habe ich nicht.«

»Oh, na komm schon, Tish! Du bildest dir das nur ein. Oder – ich weiß – vielleicht war es Alices Schwester, die sie in der Dunkelheit gesucht hat. Sie ist blond, obwohl ich nicht glaube, dass sie heute Abend da war.«

»Alices Schwester?«

»Ihre jüngere Schwester, Wendy. Sie studiert Mode und wohnt unter der Woche bei Howard und Alice. Ich nehme an, sie hat Alice mit dem Baby geholfen.«

»Da könntest du Recht haben«, antwortete ich langsam. Nach dem Kuchen war es mir etwas schwer gefallen, Einbildung und Wirklichkeit voneinander zu unterscheiden. »Meinst du, du könntest etwas langsamer fahren?«

Seine Fahrweise war noch sprunghafter geworden als bei unserer Abfahrt – ein Kunststück eigentlich –, und mir wurde wieder übel.

»Ich fahre nicht schnell!«, protestierte er, aber selbst fünfzehn Stundenkilometer wären zu schnell gewesen, wenn man so viel getrunken hatte.

Das ist es: Ich werde nie wieder auf dem Beifahrersitz im Wagen sitzen, wenn James getrunken hat. Wenn ich ihn nicht davon abhalten kann, zu trinken und dann noch Auto zu fahren, möchte ich in Zukunft wenigstens nichts mehr damit zu tun haben.

Die Bourgeois-Hündin hatte uns aus reiner Wut darüber, daheim gelassen worden zu sein, im Flur ein großes, dampfendes Willkommensgeschenk hinterlassen. James stieg elegant darüber hinweg und ging einfach die Treppe hinauf, mit der Begründung, er müsse am Morgen arbeiten, und es sei schon sehr spät.

Die Säuberungsaktion verbesserte meinen Zustand nicht gerade, aber hinterher ließ ich das blöde Vieh in den Garten hinaus, besänftigte Toby mit einem Keks und desinfizierte meine Hände. Dann saß ich noch eine Weile in meiner hübschen, sauberen Küche, trank Kaffee aus einem sauberen Porzellanbecher und fühlte mich endlich besser.

Aber ich werde nie wieder zu einer von Howards Partys gehen!

BAND AUF DER FLUCHT:
Goneril nimmt Bad mit nackten nordischen Blondinen.

Exposé

In diesem Falle erteile ich Hywel die Absolution. Wir alle wollten nach unserem Gig in Stockholm in die Sauna und anschließend ein Bad in dem eiskalten See nehmen, und irgendjemand hat die Mädchen auf uns gehetzt.

Als sie nackt in die Sauna strömten, rannten wir alle zum See und sprangen hinein, und sie sprangen nach uns rein.

Ich habe diesen Hang zum Wasser...

»Was zum Teufel machen wir jetzt?«, brüllte Carlo, als er wie eine nasse Robbe neben mir an die Oberfläche kam.

»Uns der Situation gewachsen zeigen?«, schlug ich vor und trat weiter Wasser.

Die Jungs werden ihren Ehefrauen beziehungsweise Freundinnen einiges erklären müssen. Die Kamera lügt nicht direkt, aber man kann sie ganz sicher so manipulieren, dass sie ein paralleles Universum zeigt.

Nordische Blondinen – das trägt der Schwimmer dieses Jahr.

Kapitel 22

Bazillen

Ich glaube, es gelingt mir endlich, den Magenbazillus loszuwerden. Meine Ernährung jedenfalls sollte gesund genug sein, denkt man an all das Zeug, das Bob im Garten zieht. Er scheint es mit dem Kopfsalat etwas übertrieben zu haben: Wir haben schon Salatsuppe gehabt, geschmorten Salat und frischen Salat, frischen Salat, frischen Salat. Ich frage mich, ob man Salatwein machen kann?

James hasst Salat (und alles, was nur entfernt gut für ihn sein könnte), und ich habe Margaret über Ray so viel Salat mitgeschickt, dass sie ihn wahrscheinlich auch nicht mehr sehen kann.

(Ray und James haben sich T-Shirts mit der Aufschrift: FUNKAMATEURE NUTTHILL drucken lassen. Wie können sie sich nur in diesen Dingern sehen lassen?)

Geistesblitz! Habe Bob mit einem Zettel zu Mrs. Peach geschickt und gefragt, ob sie nicht die überschüssigen Salatköpfe für ihre Kaninchen haben möchte, und sie hat den Zettel zurückgegeben, mit der darunter gekritzelten Bemerkung: *Vielen Dank – werde mich später entsprechend erkenntlich zeigen.*

Meint sie damit, dass sie mir ihr überschüssiges Gemüse zukommen lassen möchte? Ich glaube nicht, dass sie viel anbaut.

Bob hat das ganze Hin und Her mit den Botschaften ziemlich gutwillig erledigt. Er ist übrigens in den meisten Dingen gutwillig, obwohl er sehr stur sein kann, wenn es darum geht, was er in meinem Garten anpflanzt. Wir haben eine unausgesprochene Übereinkunft bezüglich der Ernte: Er teilt alles, was reif ist, in zwei Teile und nimmt die eine Hälfte mit nach Hause, nachdem er die andere bei mir abgeliefert hat.

Also muss ich mich, um seine Gefühle nicht zu verletzen, regelmäßig nach unten stehlen und bei Abenddämmerung die

Kühe über den Gartenzaun mit dem überschüssigen Gemüse füttern. Genau das habe ich auch heute Abend getan, als plötzlich meine »dunkle Vergangenheit« aus dem kleinen Hain im Park trat und auf mich zukam.

Er trug ein mattgrünes Hemd und schwarze Jeans und hatte sich ausnahmsweise sein langes schwarzes Haar nicht zu einem Pferdeschwanz zurückgebunden, sondern ließ es sich vom Wind um sein eckiges Gesicht wehen. Er sah aus wie ein moderner Indianer, und seine finstere Miene bei meinem Anblick ließ nichts Gutes ahnen. Hatte er es auf meinen Skalp abgesehen, oder würde er einfach weitergehen?

Schuldbewusst versteckte ich den Salat hinter meinem Rücken. Eine reine Dummheit, wirklich – den Kühen hingen noch grüne Blätter aus dem Maul, was mich natürlich sofort verriet.

»Deshalb haben sie den alten Zaun also fast niedergerannt!«, bemerkte er kühl, als er, die Hände tief in den Taschen vergraben, vor mir stehen blieb.

»Ich habe gerade erst damit angefangen«, erwiderte ich, solchermaßen in die Defensive getrieben. »Bob hat so viel von dem Zeug gepflanzt, dass ich nicht weiß, was ich sonst damit machen soll.«

Die schwarzen Brauen zogen sich noch weiter zusammen: »Wer ist Bob? Der Ehemann?«

»Nein, das ist James. Bob macht ein bisschen Gartenarbeit für mich.«

»Warum macht James es nicht?«

»Er ist zu ... zu beschäftigt. Und ich weiß überhaupt nicht, was dich das angeht.«

»Ich höre, er ist Funkamateur. Ist das Zeug da drin?« Er zeigte mit dem Kopf auf den Schuppen.

»Du bist sehr gut informiert!«

»Ich habe meine Bekanntschaft mit der hervorragenden Mrs. Deakin von Nutthill Home Stores vertieft.«

Dann wusste er natürlich alles – oder würde jedenfalls bald alles wissen.

»Die arme Mrs. D. war furchtbar frustriert, weil sie nichts Näheres über dich in Erfahrung bringen konnte«, erwiderte ich.

Ein Lächeln ließ seinen Mund weicher erscheinen und zeichnete kleine Linien um seine Augen, die mir vorher nicht aufgefallen waren. Er war natürlich älter... Wir beide waren älter geworden. Aber er hatte mehr Raubbau mit seinem (zugegebenermaßen schlanken) Körper getrieben als ich.

»Der Pfarrer hat mir gesagt, sie sei das einheimische *Auskunftsbüro für alle Fälle,* daher habe ich mich wegen einer Putzfrau bei ihr erkundigt. Ich verfüge daher jetzt über große Mengen an Informationen über alle möglichen Leute – unter anderem über dich.«

»Oh ... *uns!«,* korrigierte ich strahlend. »Über uns gibt es nicht viel zu erzählen.« Gewiss konnte doch nicht einmal Mrs. Deakin wissen, was sich hinter der Fassade meiner idyllischen Ehe abspielt? »Wir wollten seit unserer Heirat aufs Land ziehen, und jetzt ist unser Traum endlich wahr geworden.«

»Ach ja?«

Ich begegnete dem Blick dieser kühlen, klugen jadegrünen Augen und sah hastig wieder weg.

»Merkwürdig, dass ich in London irgendwie das Gefühl hatte, dass du nicht ganz glücklich bist. Ein klein wenig... verzweifelt sogar. Aber andererseits hatten wir auch kaum eine Chance zum Reden, nicht wahr, Engel?«

Mir wurde so heiß, dass meine Haut brutzelte. »Nein, ich glaube nicht, dass wir überhaupt geredet haben, denn es muss offensichtlich gewesen sein, dass ich zu viel getrunken hatte, um zu wissen, was ich tat!«

»Ganz im Gegenteil, du schienst *genau* zu wissen, was du tatest. Und ich glaube nicht, dass du so viel getrunken hattest. *Ich* wollte nur ein oder zwei Stunden totschlagen, bevor mein Flieger ging. Ich wollte mit dir über alte Zeiten plaudern und hatte nicht erwartet, sie noch einmal nachzustellen.«

Ich ballte die Fäuste und starrte ihn in ohnmächtigem, rotglühendem Zorn an.

»Und du hast übrigens doch etwas zu mir gesagt – überwiegend kurze Sätze wie: ›Ja, oh *ja,* Fergal‹, und dergleichen mehr.«

»Das habe ich nicht! Und wenn du ein Gentleman wärst, würdest du eine schmutzige Episode, die ich zutiefst bedaure, nie wieder erwähnen.«

»Du bedauerst sie? Wie viktorianisch von dir«, spottete er. »Darf ich davon ausgehen, dass du kein Geständnis abgelegt hast?«

»Es gibt keinen Grund, warum ich meine überaus glückliche Ehe gefährden sollte, indem ich eine solche Dummheit gestehe. Mich zu betrinken und dann von dir verführen zu lassen, wahrhaftig!«, fauchte ich.

»Ah, ja, deine wonnige, glückliche ländliche Idylle. Und obendrein schreibst du Liebesromane, wie ich höre.«

»Und das sehr erfolgreich.«

»Dann ist also alles in deinem Garten Eden einfach wunderbar«, erwiderte er mit seiner heiseren Stimme leichthin.

»Ja, vollkommen.« Dann fügte ich ungehalten hinzu: »Und vielen Dank übrigens für den Zaun – er ist viel hübscher als der alte.«

»Keine Ursache. Hm, ich gehe dann besser mal zurück.«

»Zu Nerissa, so hieß sie doch?« (Es sei denn, er hatte sie inzwischen gegen ein neues Modell eingetauscht.)

»Ja, Nerissa ...«, antwortete er gedankenvoll. »Und du solltest besser zu deinem James zurückkehren.«

»Oh, er wird noch nicht zu Hause sein.«

»Nun, irgendjemand funkelt mich da aus dem Fenster heraus an. Oder ist das sein normaler Gesichtsausdruck?«

Mit einem flauen Gefühl im Magen drehte ich mich um. James war tatsächlich zu Hause, und statt herauszukommen, um sich vorstellen zu lassen, starrte er wie ein wütender Schuljunge durch die Fensterscheibe.

»Er ... Das Foto von uns in der Lokalzeitung hat ihm nicht gefallen«, erklärte ich lahm.

»Komisch, Nerissa war auch nicht übermäßig begeistert davon. Aber der Fotograf verdient einen Preis für seine Fähigkeit, aus nichts etwas zu machen, meinst du nicht auch?«

»Hoffen wir, dass das Foto nicht für eine weltweite Veröffentlichung freigegeben wurde!«, murmelte ich.

»Mir würde es nicht schaden, aber dein Mann könnte das anders sehen.«

»Oh, James ist sehr verständnisvoll, jetzt, da ich alles erklärt habe.«

»Nicht *ganz* alles, wenn ich dich richtig verstanden habe.«

»Ich habe ihm gesagt, dass mein Interesse an dir sich vor langer Zeit in Luft aufgelöst hat. Was hast du deiner Freundin erzählt?«

»So ziemlich das Gleiche.«

Ich war mir James' Blicke in meinem Rücken überdeutlich bewusst und wünschte, er würde sich nicht so idiotisch aufführen.

»Es ist bedauerlich, dass wir wieder Nachbarn sind«, entgegnete ich, »aber solche Zufälle gibt es eben im Leben, und wir werden uns einfach wie zivilisierte Menschen benehmen müssen.«

»Mach dir nichts draus, Tish. Ich glaube nicht, dass sich unsere Wege oft kreuzen werden.«

»Nein ... Geht es deiner Familie gut?«

»Sehr gut. Mutter hat nach unserem Umzug die kleine Bianca bekommen, und Dad hat jetzt sechs Restaurants und mehr Arbeit denn je. Lucia ist verheiratet – drei Kinder –, und ich würde eine Ewigkeit brauchen, um dir zu erzählen, was die anderen treiben. Carlo ist natürlich immer noch in der Band, aber er interessiert sich jetzt mehr für den Produktionsbereich.«

Ich erinnerte mich natürlich an Lucia und Carlo, aber Bianca war eine Überraschung. Seine Stimme wurde weicher, als er den Namen des kleinen Mädchens aussprach: Er hatte schon immer eine sehr italienische Liebe für Babys und kleine Kinder gezeigt, die seine Fans erstaunt hätte.

»Geht es deiner Mutter gut?«, erkundigte er sich höflich, obwohl ich davon überzeugt bin, dass es ihm restlos egal war.

»Mehr oder weniger unverändert. Meine Großmutter wohnt jetzt bei ihr.«

Diesmal war sein Lächeln echt: »Eine wunderbare alte Dame! Du warst früher ein bisschen wie sie – bis du zugelassen hast, dass deine Mutter genauso eine prüde Zicke aus dir gemacht hat, wie sie selbst eine ist.«

»Prüde Zicke! Ich bin *keine* ...«

Ich riss mich mit großer Entschlossenheit zusammen. »Es war nett, dich zu treffen, Fergal, aber ich glaube, mein Mann hat nach mir gerufen. Gute Nacht!«

Er hielt mich noch einen Augenblick länger auf, indem er sich über den Zaun beugte und mir mit seinen langen, kräftigen Fingern über die Hand strich.

»Geht es dir gut? Du hast in London nicht so dünn ausgesehen ... und auch nicht so müde.«

»Es geht mir blendend«, fuhr ich ihn an und wünschte, ich hätte keine zerzausten Haare und Ringe unter den Augen wie ein Halbaffe. Fergal ließ meine Hand los und trat zurück. Sein Gesicht wurde eine distanzierte Maske.

»Gute Nacht!« Mit einem letzten Nicken stapfte ich davon. Obwohl ich ihm den Rücken zudrehte, wusste ich genau, in welchem Moment er sich umwandte und wegging.

»Du hast mich wohl nicht so früh zurückerwartet?«, begrüßte James mich. »Hast du oft so ein kleines Tête-à-Tête mit deinen Exfreunden, wenn ich nicht da bin?«

»Ich habe die Kühe mit übrig gebliebenem Gemüse gefüttert, und Fergal ist zufällig am Zaun vorbeigekommen.«

»Es sah so aus, als hättet ihr euch eine Menge zu sagen gehabt.«

»Er hat sich nach Mutter erkundigt«, antwortete ich lahm.

»Wie nett!«, höhnte James. »Ich nehme an, da hattet ihr euch viel zu erzählen? Oder habt ihr das in London getan?«

»Ich habe dir doch schon *gesagt*, dass ich in London nicht mit ihm gesprochen habe. Warum bist du nicht rausgekommen und hast dich vorstellen lassen, statt wie ein Dummkopf hinterm Fenster zu lauern?«

»Ich hatte das Gefühl, ich wäre da draußen nur das fünfte Rad am Wagen. Natürlich«, fügte er hinzu und kippte den Küchenstuhl auf eine Art und Weise nach hinten, bei der die Stuhlbeine Schaden nehmen, »natürlich hattest du keine Ahnung, dass er der Besitzer von Greatness Hall war, als du unbedingt hierher ziehen wolltest?«

»Natürlich nicht. Du benimmst dich absolut lächerlich. Ich wusste ja nicht einmal, dass es Greatness Hall gab, bis wir hierher zogen, geschweige denn, dass es zum Verkauf stand. Und ich bin davon überzeugt, dass Fergal seit Jahren nicht mehr an mich gedacht hat.«

»Er ist ein paar Jahre älter als du – es kann nicht die Art von

Kinderliebe gewesen sein, als die du die Sache gern hinstellen willst.«

»So viel älter ist er nun auch wieder nicht«, gab ich müde zurück. (Und Fergal hat sich ziemlich gut gehalten ... so schmal um die Hüften und so beweglich wie eh und je.)

Ist es James eigentlich nie in den Sinn gekommen, dass er mich Fergal geradezu in die Arme treibt? Ich glaube, meine Schuldgefühle nehmen von Minute zu Minute ab, obwohl ich mich immer noch über mich selbst ärgere, dass ich mich in die lange Reihe der Frauen eingereiht habe, die sich Fergal Rocco an den Hals werfen.

»Außerdem, was spielt es noch für eine Rolle?«, sagte ich müde und wandte mich ab. »Das Ganze gehört lange der Vergangenheit an. Also, ich habe zum Abendessen Linseneintopf zubereitet, und anschließend gibt es frischen Obstsalat mit Sahne...«

»Linseneintopf!«, stöhnte James, als wäre das der Tropfen, der das Fass zum Überlaufen brachte. Er erhob sich ruckartig, sodass sein Stuhl über die Fliesen flog. »Du kannst dir deinen Linseneintopf sonst wo hinstecken! Ein Mann will mehr als ein paar Linsen, wenn er nach Hause kommt.«

Er taumelte und sah mich mit trüben Augen an. »Ich gehe ins *Dog and Duck*, um etwas Kräftigeres zu mir zu nehmen!« Und weg war er.

Ich hob den Stuhl auf, und Bess kam wie ein begossener Pudel aus dem schmalen Spalt neben dem alten Herd und verwandelte sich wieder in einen Barsoi.

Nachdem James gegangen war, schenkte ich mir ein ordentliches Glas Kochsherry ein und öffnete eine Pralinenschachtel, eine Angewohnheit, die ich wahrscheinlich von Granny geerbt habe.

Wer braucht einen Mann, wenn er Pralinen haben kann?

Und wenn man es recht bedenkt: Wer braucht Sex, wenn er Pralinen haben kann?

EINHEIMISCHE ERBIN IN KNEIPENSCHLÄGEREI

Nutthill District Advertiser

Ich war nach meiner Begegnung mit Tish sehr wütend, aber mehr auf mich selbst als auf sie. Warum muss ausgerechnet sie die Macht haben, meine Knie in Pudding zu verwandeln? Sie kann nicht so etwas Besonderes sein – oder? Und ich mag ja immer noch etwas für sie übrig haben, aber von allen Mädchen, mit denen ich je zusammen war, hat sie mich am meisten geärgert, und sie scheint sich kein bisschen verändert zu haben.

Nur dass sie nicht besonders gut aussieht – mehr dünn als schlank. Ich hoffe, dieser ungehobelte Kerl von Ehemann benimmt sich.

Am Ende stand ich plötzlich vor dem Pub und ging hinein, was sich als Fehler erwies, da Nerissa mit einem Haufen Trunkenbolde dort war, und sie hatten alle ziemlich tief ins Glas geschaut.

»Liebling!«, kreischte sie. »Wo bist du gewesen? Wir sind extra rübergekommen, um dich zu besuchen, und du warst nicht da.«

Sie wandte sich an ihre Zuschauer und fügte mit unfreundlichem Lachen hinzu: »Er hat hier in Nutthill eine alte Freundin sitzen, müsst ihr wissen.«

»Wie alt?«, fragte der bartlose Junge rechts von ihr und grinste höhnisch. Da ich Nerissa nicht schlagen konnte, hielt ich mich stattdessen an ihn, gab ihm eins hinter die Löffel und ging weg.

Nach dem Getöse hinter mir zu urteilen, hätte man denken können, ich hätte ein kleines Massaker veranstaltet.

Ich ging weiter zu Mrs. Deakin, die es sich nicht nehmen ließ, mir ein Mickymaus-Pflaster auf meine blutenden Knöchel zu kleben, ohne etwas zu berechnen. Stattdessen erzählte sie mir unaufgefordert alle möglichen interessanten Dinge über Tish und ihren Mann, um mich dann gnadenlos über Nerissa, die Heiratswütige, auszuhorchen.

Kapitel 23

Love Goes West

Das Museum sagt, mein Ring stamme aus dem späten achtzehnten Jahrhundert!

Nachdem er begradigt wurde und jemand ihn von der schlimmsten Schmutzkruste befreit hat, sieht er jetzt viel besser aus. Bei dem Stein handelt es sich um einen herzförmig geschliffenen Saphir, und man hat die Inschrift: »Fidelité Mérite Amour«, »Treue verdient Liebe« gefunden. Ich pflichte dem bei, aber ob sie sie wirklich oft bekommt?

Wer ist der gesetzliche Besitzer des Schmuckstücks? Da es im Keller des ehemaligen Wittumshauses gefunden wurde, hat es wahrscheinlich jemand aus dem Herrenhaus verloren. Bedeutet das, dass Fergal als der neue Besitzer von Greatness Hall nun auch der Besitzer meines Rings ist?

Als ich aus dem Bus stieg und zu Mrs. Deakin ging, war ich restlos verwirrt. Ihrer Meinung nach durfte der Finder ein solches Stück behalten, aber ich mag keine Heimlichkeiten, vor allem nicht Fergal gegenüber, also dachte ich, ich schicke ihm am besten den Ring und überlasse die Klärung der ganzen Angelegenheit ihm... Nur dass Nerissa sich wahrscheinlich sofort auf den Schmuck stürzen wird, und der Ring ist wirklich allerliebst.

Vielleicht murmelte ich etwas in der Art, denn Mrs. Deakin bemerkte plötzlich: »Diese Nerissa Bright wohnt gar nicht in Greatness Hall.«

»Nicht?«, fragte ich unschuldig.

»Nein, obwohl ich glaube, sie würde gern. Man sieht ihren Wagen ständig vor dem Herrenhaus vorfahren, aber meistens kommt sie gleich wieder zurück!« Sie lachte asthmatisch.

»Vielleicht heißt das, dass er nicht zu Hause war.«

»Nein, er war zu Hause.«

»Wie um alles in der Welt wollen Sie das wissen, Mrs. Deakin?«

»Er hat das Sommerhaus für den Gärtner herrichten lassen: den Stiefbruder des Ehemannes meiner Cousine Rose.«

Das erklärte alles.

Ich interessierte mich natürlich nicht im Mindesten für Fergals Angelegenheiten, daher überraschte es mich selbst, als ich mich antworten hörte: »Ich hatte mich schon gefragt, ob sie vielleicht die zukünftige Mrs. Rocco ist…?«

Mrs. Deakin dachte ernsthaft über diese Möglichkeit nach. »Nun, es ist offensichtlich, dass sie Absichten auf ihn hat, wie man so schön sagt, und ich habe Bilder von den beiden in Zeitschriften gesehen, doch mir scheint, es ist eine ziemlich einseitige Geschichte. Aber er hätte es Ihnen doch sicher erzählt, wenn sie verlobt wären – wo Sie doch so alte Freunde sind?«

»Ich habe gar nichts mehr mit Mr. Rocco zu tun. Ich bewege mich ganz sicher nicht in den gleichen Kreisen.«

»Nein«, stimmte sie mir bedauernd zu. »Ich nehme an, es wird ein paar merkwürdige Dinge in Greatness Hall geben, sobald er anfängt, Gäste einzuladen!« Dann fügte sie hinzu, dass im Dorf nichts vergleichbar Aufregendes passiert sei, seit der vorherige Pfarrer in einen stillgelegten Brunnen im Pfarrhaus gefallen war und halb erstickt herausgezogen werden musste.

»Ich nehme an, diese reichen Popstars können sich ihre Mädchen aussuchen, nicht wahr? Obwohl Mr. Rocco recht nett zu sein scheint und regelmäßig hereinkommt. Er war auch ein paar Mal im *Dog and Duck*, obwohl er nie lange bleibt. Einmal war er mit dieser Nerissa da, obwohl die beiden getrennt weggefahren sind, mit ihren eigenen Autos.«

»Ach ja? Er war im *Dog and Duck*?« Merkwürdig, dass James das nicht erwähnt hatte. »Starrt ihn da nicht jeder an? Ich meine, er ist doch ziemlich bekannt.«

»Berüchtigt« wäre das bessere Wort gewesen!

»Komisch – genau das habe ich ihn auch gefragt. Er meinte, die Leute würden sich schnell daran gewöhnen, ihn zu sehen, und feststellen, dass er eine langweilige und alltägliche Erscheinung ist.«

Langweilig? Alltäglich? Die Leute haben sich nach Fergal auf der Straße umgedreht, lange bevor er berühmt geworden war.

Ich kaufte ein paar Tomaten und erlag dann plötzlich der Versuchung eines Glases mit Brauselutschern. Ich begreife nicht, was in mich gefahren ist, denn ich war als Kind nie besonders scharf auf dieses Zeug, aber heute konnte ich kaum die Finger davon lassen. Ich konnte es praktisch schon auf der Zunge schmecken.

»Ich wusste gar nicht, dass sie so was mögen?« bemerkte Mrs. Deakin neugierig. »Sie haben noch nie Süßigkeiten hier gekauft.«

»Oh – nur eine plötzliche Laune, Sie wissen schon«, erklärte ich und kam mir furchtbar dumm vor.

»Ach ja? Ich esse selbst gern Brausebonbons, aber die Regenbogenkristalle sind mir noch lieber.« Sie zeigte auf einen großen Glaskrug mit grellbunten Schichten extrem großer Granulate, wie Waschsoda. »Köstlich, sage ich Ihnen. Wollen Sie mal probieren?«

»Oh – nein danke, ich bleibe bei den Brauselutschern«, entschied ich und fügte hinzu: »Ich denke, das ist jetzt alles.«

»Ach, übrigens, Mrs. Wrekin war heute Morgen da; na ja, sie nennt sich ›Mrs.‹, obwohl sie genauso wenig eine Mrs. ist wie meine Katze!«

»Was!« Ich war so überrascht, dass ich ein Zehn-Pence-Stück fallen ließ und es unter einen Sack mit Kartoffeln rollte.

»Da drüben – ich kann es sehen«, bemerkte sie und gestikulierte hilfsbereit.

Ich bückte mich, und sie sprach im Plauderton da weiter, wo sie aufgehört hatte: »Ja, sie nennt sich Mrs. Wrekin, aber sie ist nicht mit ihm verheiratet.«

»Das ist doch unmöglich! Ich meine, sie scheint mir gar nicht der Typ dazu zu sein – und sie haben zwei Kinder!« (Und eine Epergne.)

»Nicht seine. Sie stammen aus ihrer ersten Ehe, und ihre Scheidung ist noch nicht durch. Ich nehme an, sie werden am Ende heiraten, aber bis dahin ... na ja, es ist so, wie ich sagte –, sie ist kein bisschen besser als meine Katze.«

Das alles war sehr überraschend, aber Mrs. Deakin irrt sich normalerweise nie.

»Sie ist übrigens diejenige, die das Geld hat«, erzählte sie weiter. »Nicht dass er selbst keinen guten Job hätte, aber sie ist es, die die Marmelade auf dem Brot bezahlt – und die Wurst auch!«

»Wirklich?«

Aber damit hatte sich dieses Thema offensichtlich erschöpft. »Ich habe ein paar von Ihren Büchern eingekauft«, informierte sie mich und zeigte auf einen Stapel Taschenbücher auf der Ecke der Theke.

Ich lief rosa an. »Aber die werden sich doch sicher nicht verkaufen? Ich meine, Sie haben hier doch bestimmt nicht viel Kundschaft für Bücher, oder?«

»Die gehen weg wie warme Semmeln, wenn ich den Leuten erzähle, dass Sie sie geschrieben haben. Dann sind sie alle sofort neugierig. Ich habe selbst eins gelesen.«

»Ja, wirklich? Hat es Ihnen – gefallen?«

»Ja, ich weiß einen schönen Liebesroman zu schätzen, solange er nur gut ausgeht. Ich hab ihn gelesen, dann hab ich ihn verkauft, aber ich musste im Preis etwas runtergehen, weil ich Kakao drübergekleckert hatte.«

»Das tut mir Leid«, entschuldigte ich mich, obwohl ich nicht weiß, warum. Ich hatte den Kakao nicht verschüttet.

»Der Pfarrer hat es gekauft. Er sagte, er wolle es für seine Frau haben, aber ich weiß es besser. Er kann einer guten Liebesgeschichte einfach nicht widerstehen, unser Pfarrer.«

»Der Pfarrer? Unser Pfarrer? Das sieht man ihm wirklich nicht an! Woher wissen Sie es?«

»Der Büchereiwagen«, antwortete sie prompt. »Mr. Rocco hat übrigens auch eine Ausgabe von all Ihren Büchern gekauft.«

»Was! Welche denn?«

Sie zählte sie an den Fingern ab: *»Liebe pur, Love Goes West ...«*

»Nicht *Love Goes West*!«, entfuhr es mir. Das war eins meiner ersten Bücher, und der Held ist groß, schwarzhaarig und grünäugig. Ich kann nur hoffen, dass seine Neugier vor dem Ende der ersten Seite verpufft.

Ich habe mich heute Morgen wieder unwohl gefühlt, fand dann aber schnell eine Erklärung dafür: Ich hatte meine Periode bekommen. Dann hörte sie fast sofort wieder auf. Wahrhaftig, ich scheine in letzter Zeit alle möglichen komischen Symptome zu entwickeln – ich hoffe, es steckt nicht irgendeine grässliche Krankheit dahinter.

Und James ist zur Arbeit gefahren, ohne unseren Hochzeitstag auch nur zu erwähnen, er muss ihn wohl vergessen haben. Mutter schickte natürlich eine große, kitschige Karte, auf der sie alle aufgelistet waren, wie Rubinhochzeit, Silberne Hochzeit und so weiter, aber die siebte war irgendetwas Langweiliges wie Zinn oder Kork – oder vielleicht Linoleum. Jedenfalls irgendetwas Profanes.

Margaret kam nach dem Mittagessen auf einen Sprung vorbei, und wir haben in der Küche Kaffee getrunken, weil ich den Mann, der die Terrasse pflastert, im Auge behalten wollte. (Bargeld bei Fertigstellung – eine Art von Steuerhinterziehung, vermute ich.)

Bob beobachtete ihn ebenfalls voller Faszination, aber ich bin zu dem Schluss gekommen, dass er jedes Ereignis mit dem gleichen lebhaften Interesse beobachtet, sogar Farbe beim Trocknen.

Margaret und ich plauderten über alle möglichen Dinge, und die Zeit verflog nur so. Obwohl sie eine Menge Bekannte in der Gegend zu haben scheint, braucht sie, denke ich, wahrscheinlich genauso dringend wie ich eine gute Freundin.

Kurz nachdem sie gegangen war, rief James an, um zu verkünden, dass ich heute Abend um sechs fest mit ihm rechnen könne – also hat er unseren Hochzeitstag doch nicht vergessen! Ich beschloss, mir besondere Mühe zu geben, und nahm zwei Steaks aus der Tiefkühltruhe; ich werde sie in Knoblauchbutter braten. Der einzige Haken ist, dass James sein Steak innen gern blutig hat, und es ist schrecklich schwer, diesen Punkt genau richtig abzupassen. Und er wird Pommes frites dazu essen müssen.

Ich werde den Esstisch besonders schön decken, mit Kerzen und gedämpfter Musik, und wir können uns einen schönen, entspannten Abend machen und einmal ohne Hast über alles reden.

Ich werde sogar ein (schlichtes!) Kleid anziehen.

Mit ein bisschen Mühe und gutem Willen von beiden Seiten lassen sich unsere Differenzen doch sicher bereinigen?

Ich bin außer mir vor Wut!

Die Kerzen sind schon lange erloschen, ich habe dieselbe CD sechsmal abgespielt, und die Steaks liegen in einer Blutlache in der Küche. Der Rotwein braucht nicht mehr zu atmen, weil er inzwischen wahrscheinlich hyperventiliert hat.

Ich bin so wütend und unglücklich, so ohnmächtig zornig, dass ich am liebsten etwas zerschlagen würde. Ich muss verrückt gewesen sein zu denken, ich könnte all unsere Probleme wieder in die Pandorabüchse zurückpacken, aus der sie gekommen sind! Warum hat James nicht wenigstens angerufen, um mir mitzuteilen, dass er später kommt? Wo zum Teufel ist er?

Ich gehe ins Bett. Ich werde den Tisch und das Essen und alles so lassen, wie es ist, mitsamt dem verwelkenden Salat, den toten Kerzen und dem laufenden CD-Spieler, damit James wenigstens weiß, was er getan hat, wenn er nach Hause kommt.

Falls er nach Hause kommt.

Jetzt auch im Nutthill Home Stores: Romane unserer berühmten Autorin Marian Plentifold!

Annonce. *Nutthill District Advertiser*

Ich konnte ihnen nicht widerstehen, obwohl ich nicht weiß, ob ich sie lesen werde.

Trotzdem, ich habe eins im Koffer, für den Fall, dass der Drang mich tatsächlich überkommen sollte.

Diese Bücher lassen mich wahrscheinlich in einem sehr, sehr *traurigen Licht erscheinen.*

Kapitel 24

Gegenleistungen

Als ich aufwachte, lag James neben mir im Bett, bekleidet nur mit einer locker geknoteten Krawatte, die stramm zu ziehen ich mir nur mit Mühe verkneifen konnte.

Wie war er aus seinem Hemd gekommen?

Er sah scheußlich grün aus, unrasiert und mit Tränensäcken unter den Augen, und als ich mir einen Kaffee einschenkte, stöhnte er: »Mach das Licht aus!«

Ich beachtete ihn nicht. Offen gesagt, ich glaube nicht, dass ich je wieder mit ihm sprechen will, und es würde mir auch nicht besonders viel ausmachen, wenn ich ihn nie wieder *sehen* würde.

Als ich aufwachte, trat ich auf Bess, die mit James heraufgekommen sein musste, und sie jaulte laut auf, sodass James von neuem zu stöhnen begann und sich ein Kissen auf den Kopf drückte.

Bess sah mich seelenvoll an, während ich in meinen Morgenrock schlüpfte; sie weiß, dass ich in dieser Bekleidung nicht mit ihr Gassi gehe. »Komm mit nach unten, Bess.«

Ich ließ sie in den Garten hinaus, und als ich ziemlich getrübten Blickes ins Badezimmer stolperte, glaubte ich, aus dem Wohnzimmer ein Knurren zu hören, das ich von Toby überhaupt nicht gewöhnt war.

Bei meiner Rückkehr, ein wenig wachsamer als zuvor, hörte ich das gleiche Geräusch wieder und öffnete die Tür.

Auf meinem wunderschönen eierschalenfarbenen Sofa saß Howard in einer schmutzigen, ehemals weißen Unterhose, den Kopf in die Hände gestützt.

»Was zur Hölle hast *du* hier zu suchen?«, fragte ich in ziemlich sachlichem Ton, wenn man bedenkt, dass ich ihn am liebsten mit einem Tritt von meinem Sofa herunterbefördert hätte, um es auf der Stelle ausräuchern zu lassen.

»Schrei doch nicht so, Mann!«, wimmerte er.

»Ich bin kein Mann, und ich habe nicht geschrien. Ich habe lediglich gefragt, warum du hier bist. Warum bist du hier?«

»Oh Gott!«, ächzte er und schob seine spindeldürren Waden wieder in den zerknitterten Schlafsack hinter ihm, wie eine Schnecke, die in ihr Haus zurückkehrt. Danach beantwortete er keine meiner Fragen mehr.

Es war *mein* Schlafsack.

Oben schüttelte ich James, bis er wach genug war, um mir Rede und Antwort zu stehen. Ich wollte wissen, wo er letzte Nacht gewesen war und was Howard in meinem Schlafsack, auf meinem Sofa, in meinem Haus tat.

»Wir haben was getrunken ... sind hierher zurückgekommen, haben einen Whisky getrunken...«, murmelte er matt. »Ich habe Howard einen Schlafsack geliehen – zu spät, um nach Hause zu fahren ... Außerdem ist er in meinem Wagen mitgekommen. Hör mal, Tish, ich fühle mich grässlich! Gib mir ein Alka-Seltzer oder irgendwas, ja?«

»Hol dir dein verdammtes Alka-Seltzer selbst!«, maulte ich und stürmte aus dem Raum, eine Geste, die nur durch den Umstand verdorben wurde, dass ich noch einmal zurückkehren musste, um meine Kleider zu holen.

James schien wieder das Bewusstsein verloren zu haben. (Schade, dass das kein Dauerzustand ist.)

Ich zog mich hastig an und ging dann mit Bess Gassi. Ich war so wütend, dass ich einfach immer weiter ging und über alles nachgrübelte. Es widerstrebte mir zutiefst, zurückzukehren und James jemals wiederzusehen. Ganz zu schweigen von meinem eierschalenfarbenen Sofa.

Und er hat Howard sogar meinen Schlafsack gegeben, um seinen schmuddeligen Körper und seine widerliche Unterhose hineinzustecken!

»Das ist das Ende!«, erklärte ich Bess, die schwanzwedelnd eine vage Zustimmung bekundete. »Definitiv das Ende! Ich habe genug von James.«

Es ist mir ernst: Dieser Vorfall hat mir klar gemacht, dass ich wirklich nichts mehr für ihn empfinde als Wut – und Langeweile – und Frustration? Und Widerwillen. Er ist ermüdend, und ich bin seiner gründlich müde geworden. Und wenn ihm wirklich etwas an mir läge, würde er sich nicht so benehmen.

Wenn er nur ein einziges Mal gesagt hätte, dass es ihm Leid tut, und wenn es ihm ernst damit gewesen wäre. Oder wenn er mir wenigstens ab und zu etwas Zärtlichkeit oder Zuneigung gezeigt hätte – nicht dieses Entweder-oder, Sex oder gar nichts. (Seit unserem Umzug hierher meistens gar nichts.)

Kann das Liebe sein? Kann das jemals Liebe gewesen sein?

Und ich habe auch noch versucht, unsere Ehe zu retten, indem ich mich seinen Vorstellungen von einer idealen Ehefrau unterwarf. Und was hat er dazu gesagt? Das es auch langsam Zeit würde, weil ich ihm furchtbar auf die Nerven gegangen sei mit meinem Gehabe.

Aber er hat es nicht einmal versucht, er hat einfach weitergemacht wie immer, hat das Haus wie ein Hotel und mich wie seine Haushälterin behandelt.

Selbst als ich mich praktisch prostituierte, um seine Aufmerksamkeit zu gewinnen, hat es nichts gebracht, außer Beschämung über mein eigenes Verhalten.

»Er für Gott allein, sie für Gott in ihm ...« Wie mich diese Zeile geärgert hat, als ich sie fürs Abitur las! Zum Teufel mit Milton: Das Paradies ist definitiv verloren.

Ich fühlte mich so missbraucht ...

Sind alle Männer im Innern gleich? Billige Kieferngestelle und protzige Tünche?

James musste aus Mooreiche sein.

Große, kalte Regentropfen rissen mich schließlich aus meinen Überlegungen und machten mir deutlich, dass ich mich meilenweit von zu Hause entfernt befand, unter einem schwarzen Himmel und mit einem erschöpften und sich bitter beklagenden Hund.

Als wir zurückkamen, klebte mir mein durchweichter Anorak am Leib, und meine Jeans hing mir dunkel und schwer um die Beine. Kleine Flüsschen rannen meine Nase hinunter und tropften wie ekelhafte Tautropfen an der Spitze herab. Ich fror erbärmlich und fühlte mich elend.

Mir blieb nichts anderes übrig, als in die leere Küche zu stolpern, wo ich meine Jacke und das gleichermaßen durchweichte

Sweatshirt darunter auszog, bis ich mich in meinem neuen Fast-Nackt-BH unter der Leuchtstoffröhre der Welt präsentierte (normalerweise bestehend einzig aus der Kuhherde am unteren Ende des Gartens).

Ich blickte auf; Howards bleiches Gesicht starrte mich vom Schuppenfenster an.

Nachdem ich meine tropfnassen Klamotten und einen Rest von Würde zusammengerafft hatte, lief ich die Treppe hinauf, schloss mich im Schlafzimmer ein und schluchzte mein Unglück heraus, während ich mich trocken rubbelte.

Bess, die ich in die Garage gesperrt hatte, damit sie dort den schlimmsten Regen abschütteln konnte, heulte trostlos, und ich hätte am liebsten in ihr Gejaule eingestimmt.

Und wer hätte gedacht, dass Regen im August so eiskalt sein kann?

Das ist wirklich *das Ende.*

Ich ging erst nach unten, als James weggefahren war, wahrscheinlich um Howard in seine Höhle zurückzubringen. Er hatte Bess wieder in die Küche gelassen, und sie war so erschöpft, dass sie kaum ein Augenlid öffnete, als ich hereinkam. Ich muss furchtbar weit gegangen sein.

Alles andere war genauso, wie ich es in der Nacht zuvor verlassen hatte, daher räumte ich auf und stopfte meinen Schlafsack in einen Müllsack; ich mag ihn nicht mehr.

Toby schlief noch, den Kopf unter einen Flügel geschoben und ächzend – sein Wassertopf hatte eine üppige Portion Whisky abbekommen.

Es gibt nichts, was man einem Papagei gegen Kater geben kann.

Meine Kommunikation mit James ist seit unserem Hochzeitstag, gelinde gesagt, angespannt. Er umgibt sich nach wie vor mit einer Aura gekränkter Unschuld und hat die Überreste des ruinierten Festessens mit keinem Wort erwähnt. Was erwartet er? Dass ich mich für sein Benehmen entschuldige?

Ich dachte früher immer, wir hätten so viele Gemeinsamkeiten, und jetzt will mir keine mehr einfallen.

Wir können so nicht weitermachen. Die Sorgen beeinträchtigen meine Gesundheit ungeheuer; ich habe schon vorher schlecht geschlafen, aber jetzt liege ich jede Nacht stundenlang wach und wälze Probleme.

So kam es, dass ich mich weder besonders gut fühlte noch so aussah, als ich an einem schwülen Hundstag meine Tür öffnete und Nerissa vor mir stehen sah, so frisch wie der junge Morgen.

»Hi! Erinnern Sie sich an mich?«, gurrte sie und bleckte all ihre furchtbar amerikanischen Zähne zu einem freundlichen Lächeln. »Ich hoffe, es macht Ihnen nichts aus, wenn ich einfach so vorbeikomme, aber als Fergal mir erzählte, dass Sie beide zusammen aufgewachsen sind, konnte ich einem kleinen Plauderstündchen unter Mädchen einfach nicht widerstehen.«

Sie klang wie eine Fleisch gewordene Barbiepuppe!

Was blieb mir anderes übrig, als sie hereinzulassen? (Und mir zu wünschen, ich hätte etwas anderes angezogen als eine alte Jeans und ein Holzfällerhemd, das früher James gehörte.)

»Wie ... nett! Kommen Sie doch herein. Ich wollte gerade Kaffee kochen.«

»Wunderbar. Ich komme einfach mit Ihnen, ja? Ich finde Ihr kleines altes Haus ja so süß! Und ich hoffe, Sie sagen es mir, wenn ich ungelegen komme. Ich war ja so aufgeregt, als ich erfuhr, dass Sie Marian Plentifold sind! Meine Stiefmutter ist ein großer Fan von Ihnen.«

Womit ich ein und für alle Mal als Oldie abgestempelt war. »Oh, wie schön ...«, murmelte ich ungehalten.

Bess schlängelte sich hinter dem alten Herd hervor und bedachte meine Besucherin mit dem erhabenen, leicht verwirrten Blick, den sie immer annimmt, wenn sie versucht, ihre beiden Gehirnzellen miteinander zu verbinden.

Nerissa ächzte und machte einen Schritt rückwärts. »Ich ... ich bin kein großer Freund von Hunden!«

»Sie ist ganz harmlos«, versicherte ich ihr. Aber als ich mich mit meinen (besten) Kaffeebechern wieder umdrehte, starrte sie Bess immer noch an wie ein hypnotisiertes Kaninchen, also ließ ich sie in den Garten hinaus, wo Bob mit ihr reden konnte. (Bess meine ich, obwohl Bob nicht wählerisch ist.)

»Oh, ich danke Ihnen! Jetzt halten Sie mich sicher für einen furchtbaren Feigling.«

»Es ist schwierig, wenn man eine Phobie gegen irgendetwas hat – ich habe eine Spinnenphobie«, entgegnete ich und erwärmte mich ein klein wenig mehr für sie. (Von irgendwo unter null Grad, sagen wir, auf fast lauwarm.)

»So schlimm ist es nun auch wieder nicht – mein Analytiker hilft mir, dagegen anzugehen.«

»Ach ja?«

»Ja. Der arme Fergal verzichtet darauf, sich einen Hund anzuschaffen, nur weil ich so ein kleiner Dummkopf bin«, fuhr sie fort und klimperte mit unglaublich langen dunklen Wimpern, »daher habe ich überlegt, ob ich ihm zur Hochzeit vielleicht einen Welpen schenke.«

»Sie heiraten?« Ich weiß nicht, warum mich diese Eröffnung so fassungslos machte. Ich hoffe nur, man sah es mir nicht an. »Meinen Glückwunsch!«

»Oh, vielen Dank! Aber ich hätte wirklich nichts verraten dürfen, weil wir noch kein Datum festgesetzt haben. Um die Wahrheit zu sagen, Pop ist nicht besonders begeistert von der Idee – aber wenn er Fergal erst so kennt wie ich, wird er bald seine Meinung ändern.«

Sie sah mir nicht direkt in die Augen, und ich konnte mich des Eindrucks nicht erwehren, dass das Ganze vielleicht nur ein kleiner Schachzug war, um mir gegenüber ihre Ansprüche auf Fergal abzustecken. Aber nein, sie kann doch nicht all seine ehemaligen Freundinnen als Bedrohung ansehen?

»Ich verspreche, niemandem davon zu erzählen, bevor es ganz offiziell ist«, versicherte ich ihr und fragte mich gleichzeitig mit einem gewissen Zynismus, ob sie ihn wohl immer noch würde haben wollen, wenn er nicht reich und berühmt wäre? Aber er hat unzweifelhafte Reize (und ebenso unzweifelhafte Mängel wie einen furchtbar kurzen Geduldsfaden), und Nerissas pfirsichfarbenes Wildlederkostüm verströmte von oben bis unten einen Duft, der besagte: Ich bin die Tochter eines reichen Mannes.

»Und was machen Sie so?«, erkundigte ich mich höflich, während ich ihr Kaffee nachschenkte.

»Was ich mache?« Ihr Blick war leer. »Oh ... *mache.* Nun ja, Wohltätigkeitsarbeit, Sie wissen schon«, antwortete sie unbestimmt. »Aber ich glaube nicht, dass ich das fortsetzen kann, wenn wir erst verheiratet sind. Fergal bildet sich ein, dass er die Tourneen aufgeben und hier Wurzeln schlagen möchte, aber er wird sich schnell langweilen und darauf brennen, wieder wegzukommen.«

»Oh? Aber er baut sich doch gerade da oben sein eigenes Plattenstudio auf, nicht wahr?«

»Ja – er war so beschäftigt damit, dass ich ihn in den letzten Wochen kaum zu Gesicht bekommen habe, doch ich weiß genau, wenn das Studio fertig ist, wird es ihm hier unten schnell zu stumpfsinnig werden.«

Ich hatte in der Tat das Gefühl, dass es für Nerissa zu stumpfsinnig sein würde. Wie alt sie wohl sein mochte? Es würde mich nicht wundern, wenn sie trotz der erfahrenen Fassade, die sie der Welt zeigte, nicht älter als zwanzig war. Noch eine andere Frage bewegte mich, und bevor ich mich besonnen hatte, war sie heraus.

»Nerissa, Ihr Akzent – ich meine, manchmal klingen Sie wie eine vornehme Dame aus den Südstaaten und dann wieder ziemlich englisch ...?«

Sie bedachte mich mit einem Blick, den ich zu meinem großen Erstaunen schon auf Bess' Gesicht gesehen hatte: ganz weibliche Komplizenschaft. »Oh, wissen Sie, diese Scarlett-O'Hara-Nummer kommt bei den Männern immer gut an, nur manchmal vergesse ich, meine Rolle zu spielen.« Sie zuckte die Schultern. »Meine Stiefmutter bringt es auf die Palme.« Sie wechselte das Thema. »Fergal hat mir alles über Ihre niedliche kleine Teenagerromanze erzählt!«

Wenn das stimmte, würde ich mir aus seinen Eingeweiden Strumpfbänder machen. Ich lächelte arglos zurück. »Hat er das? Der Junge von nebenan! Wie lange das alles her zu sein scheint.«

»Und jetzt sind Sie hier und wohnen wieder Tür an Tür mit ihm! Wirklich ein seltsamer Zufall.«

»›Tür an Tür‹ ist wohl etwas übertrieben.«

»Trotzdem, es ist ein Riesenzufall«, beharrte sie, während sie mich über ihre Kaffeetasse hinweg beobachtete.

»Zufälle gibt es immer wieder«, erwiderte ich schulterzuckend. »Tatsächlich war es mein Mann, der dieses Cottage gefunden hat.«

»Ach ja? Ich hoffe, ich werde ihn eines Tages kennen lernen. Ist er wie Fergal?«

Ist Mickymaus wie Vlad der Pfähler?

»Nein, überhaupt nicht. Sie müssen mal abends rüberkommen, damit ich Sie mit ihm bekannt machen kann.«

Ich kann sie ja in den Schuppen schicken.

»Das wäre wunderbar. Himmel, ist das schon so spät? Ich glaube, ich muss los.«

Es war irgendwie beruhigend zu sehen, dass Bess' Haare zärtlich an Nerissas pfirsichfarbenem Wildlederhinterteil klebten, als sie durch die Tür ging.

Eine kleine Aufmerksamkeit, die dich an uns erinnern soll.

Danach fiel es mir sehr schwer, wieder in den Roman zurückzufinden, und der Gestank von schwülem Parfüm, der sich nicht vertreiben ließ, machte Bess furchtbar unruhig.

Später fand ich ein mafiamäßiges Päckchen auf der Türschwelle; darin lag ein totes Kaninchen mit Fell und allem anderen, eine Gabe, die fast so willkommen war wie Nerissa.

Ein blutbeflecktes Schreiben dankte mir für die Salatköpfe: Mrs. P.'s Gegenleistung.

Ich habe es Bob gegeben.

James hat sich wieder bei Mutter über mein »unvernünftiges Benehmen« beklagt, und sie hat sich natürlich auf seine Seite geschlagen. Ich bin ja schließlich nur ihre Tochter. (Glaube ich!) Nein, unglücklicherweise bin ich mir in diesem Punkt *sicher,* obwohl ich immer noch darauf warte, Granny einmal allein zu erwischen und herauszufinden, was sie an meiner Geburt verwirrt hat, denn solche Dinge würde sie nicht aus Bosheit sagen.

Ich hatte mich vorher schon einsam und depressiv gefühlt, und dieser Verrat machte alles noch schlimmer, sodass ich während des ganzen Abendessens weinte, während James mit zusammengepressten Lippen dasaß. Ich wollte nicht weinen, aber ich konnte einfach nicht aufhören.

Als ich sah, dass er anschließend gleich wieder aus dem Haus gehen wollte, fing ich an, ihn anzubrüllen, und er schrie zurück, wie in einer drittklassigen Seifenoper.

»Erwarte nur nicht von mir, dass ich noch hier sein werde, wenn du zurückkommst!«, brüllte ich zu guter Letzt.

»Gut!«, fauchte er und knallte die Tür hinter sich zu.

Aber warum soll *ich* eigentlich gehen, wo ich diejenige bin, die im Cottage die ganze Arbeit getan hat und die es liebt? Es wäre viel besser, wenn er nicht zurückkommen würde …

Aber das wird er natürlich tun.

Bess kam mit ängstlicher Miene herauf und legte mir eine Pfote aufs Knie. Dieser Hund ist sensibler und zärtlicher als mein Mann.

Und jetzt, da ich so darüber nachdenke, ist er vielleicht auch intelligenter.

Ein Versuch, mich mit Wein zu narkotisieren, blieb ohne Erfolg. Ich wurde nur umso trauriger, und irgendwie schien mir das Zeug auch nicht länger zu schmecken.

Ich wünsche, ich könnte aufhören zu weinen. Ich wünsche, ich würde mich nicht so entsetzlich einsam fühlen. Ich fühle mich so einsam, dass ich mich fast davon überzeugen könnte, ihn immer noch zu lieben.

Fast.

Ist Einsamkeit besser? Aber bin ich nicht jetzt schon einsam?

Oh Gott – ich kann nicht mehr geradeaus denken –, ich gehe ins Bett.

James ist gestern Abend nicht nach Hause gekommen und hat mich nicht einmal von der Arbeit angerufen, was mir endgültig den Rest gegeben hat. Er ist einfach ohne ein Wort der Entschuldigung oder der Erklärung am nächsten Abend wieder aufgetaucht und erwartete, ein Essen vorgesetzt zu bekommen.

Gleich danach, bevor er in den Schuppen entfliehen konnte, nahm ich ihn mir vor. »Ich will mit dir reden, James!«

Er trat ungeduldig von einem Fuß auf den anderen: »Worüber? Ray kommt jeden Augenblick her, und …«

»Es ist wichtig.«

Seufzend setzte er sich wieder an den Tisch. »Oh, na schön, aber mach es kurz. Was ist los: Ist die Waschmaschine kaputt?«

»Nein, die Waschmaschine ist dieses Ding da vorne mit dem Fenster drin, wo die Kleider immer im Kreis gewirbelt werden.«

»Du brauchst nicht sarkastisch zu werden. Du bist in letzter Zeit eine verdammt unangenehme Frau geworden.«

»Und du bist ein sehr unangenehmer Mann geworden, James.« Ich schluckte heftig. »Es fällt mir nicht leicht, das zu sagen, aber ich habe das Gefühl, dass unsere Ehe nicht funktioniert. Ich will die Trennung.«

James sah vollkommen verwirrt aus. Er muss doch eine winzig kleine Ahnung davon gehabt haben, wie schlimm die Dinge standen?

»Trennung? Was zum Teufel faselst du da, Frau?«, knurrte er, eine Form der Anrede, die nicht dazu beitrug, meine Zuneigung zu ihm zu vergrößern; tatsächlich half sie mir, noch mehr Entschlossenheit an den Tag zu legen.

»Ich meine es ernst. Ich habe in letzter Zeit sehr viel nachgedacht – über uns. Ich bin schon lange nicht mehr glücklich, und ich möchte einfach nicht mehr mit dir leben. Außerdem glaube ich, dass du mich in Wirklichkeit auch nicht mehr willst. Ich bin einfach nur bequem für dich.«

Er lief scharlachrot an, und die Zornesader an seiner Schläfe pulsierte wie ein toll gewordener Wurm fröhlich vor sich hin. »Sei nicht so widerlich dumm! Bis wir hierher zogen und du angefangen hast, dir all diese Ideen in den Kopf zu setzen, war alles bestens.«

»Du hast dich seit unserem Umzug hierher verändert, James, und das nicht zum Besseren. Oder vielleicht hattest du schon vorher angefangen, dich zu verändern? Erinnerst du dich, dass wir früher viele Dinge gemeinsam getan haben? Wir sind zusammen ausgegangen, zusammen zu Hause geblieben, haben zusammen entschieden, wofür wir das Geld ausgeben wollten, haben unsere Zukunft zusammen geplant? Jetzt sprechen wir über gar nichts mehr, und ich bekomme dich kaum noch zu Gesicht.«

»Du redest ohne Sinn und Verstand! Ich habe nicht nur die weiten Fahrten zur Arbeit auf mich genommen, sondern muss als Seniorpartner in der Kanzlei auch sehr viel mehr arbeiten als früher. Ich meine, hast du Margaret Wrekin schon je darüber stöhnen hören, wenn Ray geschäftlich unterwegs ist oder hier bei mir im Schuppen?«

Mit sichtlicher Anstrengung schlug er einen freundlicheren Tonfall an und räumte großzügig ein: »Vielleicht war ich in letzter Zeit ein wenig unaufmerksam – obwohl, wenn du dich etwas anstrengen würdest, nicht so ein Miesepeter zu sein, wäre das vielleicht ein Anreiz für mich, zu Hause zu bleiben.«

»Ein Miesepeter! Wenn ich ein Miesepeter bin, dann nur deshalb, weil du mich dazu gemacht hast! Du bist so egoistisch, James – du bist ständig außer Haus, erwartest ein warmes Essen, wenn du nur mit den Fingern schnippst, frische Wäsche ... Ich fühle mich wie eine Hotelwirtin. Und dir liegt so wenig an mir, dass du sogar Hinz und Kunz unsere Geheimnummer gegeben hast und ich ständig diese erschreckenden Anrufe bekomme.«

»Du machst immer so einen Wirbel um nichts. Natürlich muss ich meine Nummer weitergeben. Also, bist du endlich fertig? Ich glaube, da kommt Ray.«

»Nein, ich bin noch nicht ganz fertig. Begreifst du nicht, dass ich die Trennung will – die Scheidung sogar? Ich werde jedenfalls nicht mehr mit dir zusammenleben!«

»Du bist hysterisch!«, sagte er kalt. »Wir werden weiterreden, wenn du ruhiger bist.« Sprach's und verließ das Haus.

Konnte ich mich noch klarer ausdrücken? Und ich war *nicht* hysterisch.

Ich stellte das Klappbett in meinem Schreibzimmer auf und zog mich dorthin zurück. James musste Bess nach oben gelassen haben, als er zurückkam, denn sie kratzte an meine Tür, bis ich sie hereinließ, aber er selbst machte meines Wissens nach keine Bemerkung; und gewiss hat er nicht an meiner Tür gekratzt.

Gegen Mitternacht fand Bess heraus, dass sie nur ans Ende des Klappbettes zu springen brauchte, um selbiges einstürzen und uns beide zu Boden gehen zu lassen.

Sie hatte schon bessere Ideen gehabt.

Beim Frühstück setzte James mich davon in Kenntnis, dass ich einen Nervenzusammenbruch hätte, wahrscheinlich weil ich Schundromane schrieb, statt eine brave kleine Ehefrau zu sein und Kinder zu bekommen, und dass er am Abend von mir zu hören erwarte, dass ich beim Arzt gewesen sei.

Ich antwortete gelassen (zumindest äußerlich), dass ich keinen Zusammenbruch erlitten, sondern die wohl erwogene Entscheidung getroffen hätte, nicht länger mit ihm ein Haus (oder ein Leben) teilen zu wollen, und vielleicht solle *er* zum Arzt gehen, da er eine Art verlängerte Midlifecrisis oder eine zweite Jugend durchzumachen scheine.

»Und übrigens, genieße das ausgiebige Frühstück: Von morgen an wirst du früher aufstehen und selbst kochen müssen. Und wenn du ein Abendessen möchtest, wirst du um sieben zu Hause sein müssen, wenn ich selbst esse.«

»Bist du vollkommen wahnsinnig? Du bist meine Frau! Schlag dir diesen Unsinn besser aus dem Kopf, bevor es zu spät ist, denn du würdest allein niemals zurechtkommen – vor dem Ende der ersten Woche würdest du mich auf Knien anflehen, dich wieder aufzunehmen. Und wohin willst du gehen? Es sei denn«, fügte er mit plötzlichem Argwohn in seinen schmal gewordenen Augen hinzu, »es sei denn, du hast einen anderen Mann?«

»Mach dich nicht lächerlich«, entgegnete ich energisch. »Du weißt sehr gut, dass das Unsinn ist.«

»Weiß ich das? Wo dein ehemaliger Geliebter ins Nachbarhaus eingezogen ist? Interessanter Zufall! Und wenn ich so darüber nachdenke, es war alles in Ordnung mit dir, bis *er* auf der Bildfläche auftauchte.«

»Oh, komm wieder auf den Boden zurück, James! Du bist derjenige, der sich verändert hat, nicht ich. Fergal hat nichts mit der Sache zu tun. Warum sollte er mich auch nur ansehen, wo er jedes Mädchen haben kann, das er will?«

Er starrte mich an und machte eine Entdeckung. »Du siehst furchtbar aus! Zu dünn ... und diese Ringe unter den Augen ... Du hast dich gehen lassen.«

»Danke!«

»Ich sage es dir nur zu deinem eigenen Besten. All deine verrückten Fantasien sind ein Teil deines Nervenzusammenbruchs, und du musst zum Arzt gehen.«

Ich seufzte müde. »Geh *du* zum Arzt. Mir geht es gut – nur du machst mich krank. Gewöhn dich besser an den Gedanken, dass unsere Ehe zu Ende ist, James, denn ich meine es absolut ernst.«

Er schob seinen Stuhl so heftig zurück, dass er vom Küchentisch abprallte. »Jetzt komme ich wegen deines blödsinnigen Geredes auch noch zu spät ins Büro. Wenn ich heute Abend wieder da bin, will ich nichts mehr davon hören! Geh zum Arzt, dann lass dir beim Frisör die Haare machen und kauf dir was Hübsches zum Anziehen oder was immer Mädchen so tun, um sich aufzuheitern. Ich gebe dir das Geld.«

»Ich kann mir selbst alles kaufen, was ich haben will!«, schrie ich (alles außer Glück – *Money Can't Buy You Love*), aber er war bereits auf dem Weg nach draußen, wenn auch nicht ohne vorher noch einmal über Bess zu fallen.

Eine Woche später fragte ich mich, wie um alles in der Welt ich ihm meine Absichten in seinen dicken Schädel hämmern sollte. Absolut nichts, was ich sagte oder tat, änderte seine Überzeugung, dass ich meinen Realitätssinn verlöre.

James machte sogar einen Arzttermin für mich aus, aber den sagte ich ab, woraufhin er Onkel Lionel überredete, mich anzurufen und mir zu erzählen, dass ich verrückt sei, ich könne keinen besseren Ehemann finden als James, und ich dürfe es ihm nicht übel nehmen, dass er hart arbeite, da ich schließlich davon profitierte – er tue das alles nur für mich.

Als ich antwortete, dass er es anscheinend nur deshalb tue, um sich eine größere Funkausrüstung, einen protzigeren Wagen oder einen neueren CD-Spieler zu kaufen, antwortete Onkel Lionel kalt, dass er sich wohl in mir getäuscht habe. Er habe mich für ein nettes, vernünftiges Mädchen gehalten.

Einen netten, vernünftigen Fußabtreter?

Nein, der Selbsterhaltungstrieb allein verlangt eine Trennung. Aber ich kann nirgendwo hingehen – und warum sollte *ich* gehen? Ich bin sehr zufrieden hier.

James ist es, der hier nicht hinpasst, und ich könnte ohne ihn kaum unglücklicher sein, als ich es jetzt mit ihm bin. Ich will ihn wirklich, wirklich nicht mehr haben – und ich brauche ihn auch in finanzieller Hinsicht nicht, da ich mich jetzt mit meinem Kugelschreiber allein durchbringen kann! (Glaube ich.)

Ich begreife jetzt, wie falsch mein Versuch war, mich zu ändern, aber zumindest hatte ich es versucht. Er hatte nicht einmal das getan, sondern war einfach immer egoistischer geworden.

Ich muss irgendeine drastische Maßnahme ergreifen, um ihm in seinen Dickschädel zu hämmern, dass es mir ernst ist.

Er hat bereits gesagt, dass er am Mittwoch bei Howard bleiben werde, um »ein bisschen Frieden« zu finden (ich hätte gedacht, dass Howards Wohnung der letzte Ort auf Erden wäre, der dafür geeignet ist!), daher habe ich den vollkommen vernünftigen Vorschlag gemacht, dass er vielleicht seine Sachen dorthin schaffen und auf Dauer bei Howard einziehen solle.

Er hat mir keine Antwort gegeben, aber er hat nur eine kleine Reisetasche mitgenommen.

Jetzt hilft nur noch eine Schocktherapie.

Die letzte Show der Abschiedstournee von Goneril fand vor einem ausgebuchten Saal und einem emotionsgeladenen Publikum statt …

Trendsetter

Das war's.

Wenn ich dasselbe doch nur von Nerissa sagen könnte! Sie ist wie ein Blutegel, nur dass sie nicht loslässt, wenn sie genug hat.

Ich kann tun, was ich will – ich habe ihr erzählt, ich hätte mit sechs nordischen Blondinen nacheinander Sex gehabt, und sie bekundete Verständnis: Ich hätte nur ein Bedürfnis befriedigt, als sie nicht bei mir war.

(Sehe ich aus wie Superman?)

Ein Jammer übrigens, dass sie nicht da war, ich hätte sie unter Wasser drücken können, bis keine Blasen mehr gekommen wären.

Ich kann es kaum mehr abwarten, nach Hause zurückzukommen, nach Nutthill. Ich bekomme hier Bruchstücke von Informationen zugespielt, gerade genug, um mir Appetit auf mehr zu holen …

Ich möchte Tish sehen und meine Gefühle untersuchen, so wie man mit der Zunge über einen schmerzenden Zahn fährt, um festzustellen, ob er abgeheilt ist.

Und ich wüsste zu gern, warum der durchtriebene, hinterhältige Bastard in ihrem Roman Love Goes West *schwarze Haare und grüne Augen hat.*

Kapitel 25

Blut und Rosen

In den frühen Morgenstunden des Freitags riss mich ein Geräusch aus dem Schlaf – jemand fuchtelte mit einem Schlüssel in der Tür herum und fluchte dann.

Ich hatte schon langsam geglaubt, dass James doch nicht mehr zurückkommen würde.

Das Geräusch wiederholte sich an der Küchentür, und ich stahl mich zum Fenster hinüber und blickte nach unten, aber er war so nah am Haus, dass ich ihn trotz des hellen Mondlichtes nicht sehen konnte.

Eine Hand voll kleiner Steine klirrte gegen das Fenster, und ich zuckte zusammen. Einen Augenblick später erklang ein gekränktes Heulen: »Tish! Tish!«

Ich öffnete das Fenster und beugte mich über den Sims wie ein unwirsches Rapunzel. »Was willst du?«

»Was ich will? Ich will rein, du dumme Kuh!«

»Sprich nicht so mit mir!«

»Hör mal, es tut mir Leid – ich bin ein bisschen müde, das ist alles, und keine der Türen lässt sich öffnen.«

»Das liegt daran, dass ich die Schlösser habe auswechseln lassen.«

»Weshalb denn das um alles in der Welt? Hör mal – komm runter, und lass mich rein, dann kannst du mir alles erklären.«

»Aber ich habe sie auswechseln lassen, um *dich* auszusperren.«

»Um mich auszusperren? Gütiger Gott, Tish! Was soll denn dieses Gefasel? Ich wohne hier – das ist mein Haus. Ich bin dein Mann, James!«

»Du hast hier gewohnt, aber ich hatte die Nase voll. Ich habe es dir wieder und wieder gesagt, und du wolltest nicht hören.«

Er tobte noch eine Weile weiter und hörte sich wütender an, als ich ihn je erlebt hatte. Ich war froh, dass er da draußen im Dunkeln war und ich in der Sicherheit des Hauses.

»Es reicht mir jetzt!«, rief er schließlich. »Ich schlage nun das Badezimmerfenster ein!«

Diese Drohung war nur so lange erschreckend, bis ich die Ausmaße der kleinen Fenster unten mit James' üppig quellendem Bierbauch verglich. Noch war nichts verloren.

Aber ich bekam dann doch einen gehörigen Schrecken, als ich Glas splittern hörte und dann einen schauerlichen Schrei. James taumelte nach hinten, wobei er sich eine Hand festhielt.

»Tish! Hilf mir! Ich habe mich an dem verdammten Glas geschnitten – es blutet in Strömen. Wahrscheinlich ist eine Arterie verletzt! Lass mich rein, bevor ich verblute!«

»Dann blute über den Rosenbüschen, denen tut das angeblich gut«, schlug ich ihm herzlos vor. Er war jetzt direkt unter mir, und ich konnte nichts von einer sich leerenden Arterie sehen.

»Du kaltherziges Stück!«, tobte er, was dem James, den ich kannte und nicht liebte, schon ähnlicher sah.

Ein sonores Kichern zu meiner Linken wies mich darauf hin, dass wir ein aufmerksames Publikum hatten.

»Guten Morgen, Mrs. Peach!«

Das Kichern verwandelte sich in ein heiseres Schnaufen. »Ganz recht! Ganz recht! Meine armen Hennen werden nach diesem Spektakel eine Woche lang nicht legen.«

»Mrs. Peach!«, flehte James mit kreidebleichem Gesicht. »Hören Sie bitte! Sie sind eine barmherzige Frau. Ich habe mich ganz böse an der Hand verletzt, und Tish lässt mich nicht rein. Würden Sie mich wohl verbinden? Ich glaube, ich habe einen Schock erlitten!«

»Was! Ich soll mitten in der Nacht einen Mann in mein Haus lassen? Ich doch nicht! Sie verziehen sich am besten in ihr kleines Haus im Garten. Vielleicht haben Sie sich ja keinen Wundstarrkrampf geholt – diesmal noch nicht.«

Und mit dieser leutselig vorgebrachten geistreichen Bemerkung zog sie den Kopf zurück und schloss das Fenster.

»Gute Nacht, James«, sagte ich und schickte mich an, ihrem Beispiel zu folgen.

»Tish! Warte!«, bettelte er, aber ich drückte das Fenster entschlossen zu und kehrte in das ehemalige Ehebett zurück, wo der eheliche Hund sich gemütlich zusammengerollt hatte, nachdem es ihm gelungen war, die Tür zur Treppe zu öffnen und sich nach oben zu stehlen.

Ich schob Bess von der Matratze, legte mich hin und lauschte schläfrig James' Geschrei und dem Klirren von Schotter, das vereinzelt zu hören war, dann aber schwächer und schwächer wurde, bis es ganz aufhörte, und schließlich schlief ich ein.

Einige Stunden später an diesem Morgen öffnete ich vorsichtig die Hintertür und spähte hinaus, aber nichts deutete darauf hin, dass der Schuppen bewohnt war. Ein paar Minuten lang stellte ich mir vor, dass James' blutleere Leiche vielleicht irgendwo da draußen hinter den Johannisbeerbüschen läge, und ich ging sogar so weit, nachzusehen, Seite an Seite mit Bess, die mir auf Schritt und Tritt folgte; aber mein gesunder Menschenverstand sagte mir, dass man von ein paar kleinen Schnittwunden nicht verblutet, und ich fand keine großen, geronnenen Blutlachen in der Nähe des Hauses – nicht einmal einen Blutspritzer.

Ein wenig Blut klebte jedoch am Rand der zerbrochenen Fensterscheibe. (Die ich unbedingt bald reparieren lassen musste.)

Ich fragte mich, wo James die Nacht wohl verbracht haben mochte. Der Plan hatte gut funktioniert, obwohl es mir vielleicht nicht gelingen würde, ihm dauerhaft den Zutritt zum Haus zu verwehren. Zumindest musste er jetzt einsehen, dass es mir ernst war, und sich eine andere Bleibe suchen – bei Howard zum Beispiel.

Was wird er jetzt wohl als Nächstes unternehmen? Und wie stehe ich juristisch da? Wenn wir uns scheiden lassen (was vielleicht das Beste wäre, obwohl ich nicht die Absicht habe, mich je wieder zu verheiraten), würden wir dann das Haus und alles verkaufen müssen und den Erlös unter uns aufteilen?

Es wäre mir schrecklich, das Haus zu verlieren, denn ich liebe es sehr, obwohl seit unserem Umzug hierher alles schief gegangen ist. Die Möbel stellen kein Problem dar – die könnte ich durch neue ersetzen, und ich habe langsam das Gefühl, dass das Cottage ohnehin mit antiken Bauernmöbeln besser aussehen würde.

Vielleicht könnte ich die Hypothek übernehmen? Dann würde ich James wahrscheinlich die Summe, die er bereits in das Haus investiert hat, zurückzahlen müssen.

Ich brauche einen unabhängigen Rechtsanwalt.

Es war angenehm, mich einmal nicht abhetzen zu müssen, um James von vorne bis hinten zu bedienen, und ich dachte, dass ich mich von jetzt an vielleicht mehr entspannen und besser schlafen könnte und nicht länger wie eine Vogelscheuche aussehen würde. James hatte Recht, was mein Aussehen angeht: Ich scheine am ganzen Körper magerer zu werden, nur nicht um die Taille herum, was wahrscheinlich auf Wasseransammlungen zurückzuführen ist; ich habe mich wirklich nicht mehr richtig wohl gefühlt, seit ich die Pille abgesetzt habe.

Überraschenderweise bin ich heute Vormittag mit meinem neuen Roman ein gutes Stück vorangekommen, das Buch macht überhaupt ordentliche Fortschritte. (Glücklicherweise, da ich bald alles Geld brauchen werde, das ich bekommen kann!)

Gegen Mittag klingelte das Telefon, und ich nahm mit jenem vertrauten Gefühl der Mutlosigkeit den Hörer auf.

»Tish?«

»Hallo, James.«

»Wie kannst du so ruhig klingen – als wäre nichts passiert? Bist du von Sinnen? Ich glaube langsam, das ist die einzige Erklärung. Erst sperrst du mich aus meinem eigenen Heim aus, dann sagst du ›Hallo, James‹, als würdest du mich kaum kennen! Was ist los mit dir?«

»Wenn du mir in letzter Zeit irgendwann mal zugehört hättest, wüsstest du es. Ich bin von meinem Job als Kindermädchen und Haushälterin zurückgetreten. Wie oft muss ich dir das noch erklären? Ich will die Trennung.«

»Nun hör schon auf, Tish! So schlimm ist es doch nicht. Ich bin durchaus glücklich, oder ich war es jedenfalls, bis du dir plötzlich alle möglichen komischen Ideen in den Kopf gesetzt hast. Obwohl ich mir wünschte, du könntest besser kochen und... Aber lassen wir das jetzt. Hör mal, wir sollten wenigstens über die Dinge reden. Du kannst nicht von mir erwarten, dass ich einfach so verschwinde, da das Haus genauso sehr mir gehört wie dir – eher sogar mir, denn ich habe dafür gearbeitet!«

»Du bist vor allem blind, wenn es um Geld geht, James. Ich habe seit unserer Heirat die Hälfte von all unseren Unkosten getragen, und wir haben beide für das Cottage gearbeitet und gespart.«

»Lass uns jetzt nicht darüber streiten. Ich werde heute Abend um die gewohnte Uhrzeit zu Hause sein, und wir können vernünftig darüber reden. Vielleicht bin ich in letzter Zeit zu viel unterwegs gewesen, und du bist einsam geworden. Das lässt sich doch alles regeln.«

Der unerträglich selbstzufriedene Tonfall eines Menschen, der, von seiner eigenen Unfehlbarkeit überzeugt, mit einer hysterischen Idiotin verhandelte, ließ mein Blut kochen.

»Genau das habe ich vor wenigen Wochen vorgeschlagen, nur dass du mir nicht zuhören wolltest. Aber jetzt will ich nicht einmal versuchen, irgendetwas zu regeln – ich will einfach nur noch allein sein. Spar dir die Mühe, heute Abend nach Hause zu kommen, denn ich werde dich nicht reinlassen.«

»Du kannst mich nicht aus meinem eigenen Zuhause aussperren. Ich habe jedes Recht, dort zu wohnen!«

»Wie kannst du es dein ›Zuhause‹ nennen, wo du es wie ein Hotel benutzt hast?«

»Hör mal, Tish, das bringt uns doch nicht weiter. Wir reden heute Abend.«

Meine Entschlossenheit wuchs. »Ich habe alles gesagt, was ich zu sagen habe, James, aber ich möchte nicht mit dir streiten. Ich treffe dich morgen an einem neutralen Ort, wenn du möchtest, um über die notwendigen Arrangements zu reden.«

»Arrangements? Steck dir deine verdammten Arrangements in den Hintern!«, brüllte er und ließ den Hörer auf die Gabel krachen. Meine Hände zitterten leicht, als ich auflegte, aber ansonsten fühlte ich mich erstaunlich ruhig. Mir war lediglich kalt … sehr kalt. Eine kühle Brise schlängelte sich wie eine Katze um meine Beine.

Eine Brise?

Erschrocken stürzte ich zur Hintertür, die einen Spaltbreit offen stand – und die blöde Hündin war verschwunden. Und das gerade jetzt, wo sie läufig wurde!

»Bess! Bess!«, schrie ich, riss einen Mantel vom Haken und

lief hinaus, aber ich musste bis zum Teich hinuntergehen und nach ihr rufen und mit ihrer Leine klappern, bevor ich sie fand. Sie sprang in großen, wonnevollen Kreisen herum, dicht gefolgt von der gesamten männlichen Hundepopulation des Landes.

Als ich sie rief, kam sie nass und schlammig auf mich zugelaufen, und ihre lange, rosa Zunge hing ihr seitlich aus dem Maul. Ich legte ihr die Leine an, wehrte mit dem Fuß die Annäherungsversuche etlicher anderer Köter ab und machte mich daran, sie nach Hause zu schleifen.

Die anderen Hunde folgten uns und versuchten ekelhafterweise, von hinten an mir hochzuspringen, bis ich einen großen Ast fand und sie in die Flucht schlug.

Auf diese würdelose Weise kamen wir endlich zu Hause an, und ich band Bess am Tischbein fest, bis ich mich um sie kümmern konnte.

Aber zuerst füllte ich zwei Eimer mit Desinfektionsmittel und schüttete das Ganze von einem der oberen Fenster über die versammelten Hunde. Der Geruch von Sagrotan und nassem Hund stieg mir in die Nase, und die ganze Bande ergriff jaulend die Flucht. Ich nehme an, sie kommen wieder.

Ich glaubte nicht, dass Bess lange genug weg gewesen war, um wirklich etwas angestellt zu haben, daher wusch ich ihr lediglich unter der Dusche den Schlamm ab und rieb sie trocken.

Wenn ich sie morgen bürsten will, dürfte das mörderisch schwierig werden. Ich fühlte mich versucht, sie von James abholen zu lassen, aber ich glaube, ich werde einen Hund brauchen, wenn ich allein leben will, und da kann ich genauso gut Bess behalten. Trotzdem wird er sie vielleicht zurückhaben wollen. (Nicht dass er jemals auch nur einen Finger für sie krumm gemacht hätte.)

Die Hunde lungerten den ganzen Nachmittag vorm Haus herum, und Bess lag schnüffelnd auf der Fußmatte und gab ein schamloses Stöhnen von sich, bis ich sie wieder am Tischbein festband.

Vielleicht hätte ich mit ihr zum Tierarzt gehen sollen – nur dass es bis zur Praxis so ein weiter Weg ist.

Ich muss jetzt wirklich Autofahren lernen. Ob Mrs. Deakin vielleicht einen guten Fahrlehrer kennt? Ich hatte keine besondere Lust, durch das Meer von Hunden draußen zu waten, um es herauszufinden, aber ich werde sie bei meinem nächsten Besuch in ihrem Laden auf jeden Fall danach fragen.

Während der Abend fortschritt, wurde ich langsam wieder nervös. Wenn James nun wirklich auftauchte? Ich bedauerte mein Verhalten keineswegs, aber er tat mir doch ein klitzekleines bisschen Leid. Ich glaube nicht, dass er im Stande ist zu begreifen, warum ich nicht länger mit ihm zusammenleben will.

Aber er kam nicht; stattdessen besuchte mich Margaret Wrekin.

»Hallo, Tish!«, sagte sie atemlos und sah mich dabei so merkwürdig an. »Darf ich reinkommen?«

»Natürlich.« Ich fragte mich, ob irgendetwas sie aus der Fassung gebracht hatte; es war eine ungewöhnliche Zeit für einen Besuch, und sie sah ein bisschen seltsam aus. »Geh schon mal in die Küche rüber, wenn es dir nichts ausmacht.«

Aber sie sah mir zuerst dabei zu, wie ich die Tür verriegelte und verrammelte.

»Es laufen in letzter Zeit so viele merkwürdige Leute herum«, erklärte ich. (Und ich sollte es wissen – ich bin mit einem davon verheiratet.)

In der Küche war es warm, und es duftete nach selbst gebackenen Plätzchen und Kaffee. Margaret setzte sich zaghaft auf eine Stuhlkante.

»Ist alles in Ordnung mit dir, Margaret? Du siehst etwas angespannt aus.«

Sie klappte den Mund ein paar Mal lautlos wie ein Goldfisch auf und zu und stammelte dann zu meiner maßlosen Überraschung: »Es geht um James ... ich bin hier ... James hat mich darum gebeten ... herzukommen und mit dir zu reden.«

»James!«

»J ... ja. Er hat nämlich gestern Nacht bei uns geschlafen, und er hat uns erzählt, dass du ihn nicht reinlässt. Und, nun ja ... er findet ... ähm ... dass es vielleicht besser wäre, wenn ich an seiner Stelle mit dir reden würde.«

Unter meinem ungläubigen Blick errötete sie und sah in die andere Richtung, was mich nicht verwunderte.

Man stelle sich nur vor, all unsere privaten Angelegenheiten Leuten zu offenbaren, die wir erst seit kurzem kennen, und dann Margaret herzuschicken, damit sie mich überredet, ihn wieder aufzunehmen!

»Ich nehme an, er hat dir erzählt, dass ich den Verstand verloren habe, nur weil ich nicht mehr mit ihm zusammenleben will? Nun, wenn diese meine Weigerung ein Anzeichen von Wahnsinn ist, bekenne ich mich schuldig, aber ich persönlich denke, dass ich endlich zur Vernunft gekommen bin.«

»Aber Tish! Es tut mir schrecklich Leid, mich einzumischen und so weiter – aber James hat mich nun mal darum gebeten, und ich mag euch doch beide so sehr! Es wäre schrecklich, wenn ihr euch wegen irgendeines kleinen Missverständnisses trennen würdet.«

»Es gibt kein kleines Missverständnis – im Gegenteil. Ich verstehe zum ersten Mal alles ganz genau. Ich möchte nicht länger mit James leben. Ich habe die Nase voll von ihm. Ich habe, was James betrifft, einen Sättigungspunkt erreicht. Da er das nicht zu begreifen scheint, habe ich die Schlösser auswechseln lassen. So: Es ist alles ganz einfach, nicht wahr? Ich habe es James heute noch einmal erklärt, aber er scheint es einfach nicht zu kapieren.«

Ihre Augen wurden plötzlich ganz traurig und anklagend. »Oh, Tish, ich hätte nicht gedacht, dass du so hart sein kannst! Der arme James meint, ihr wärt bis auf die letzten zwei Monate absolut glücklich miteinander gewesen, bis du plötzlich ein wenig ... ein wenig seltsam geworden seist ...«

Sie warf einen verschüchterten Blick auf mein Gesicht, schluckte und sprach dann in aller Eile weiter: »Er sagt, du hättest plötzlich ein paar sehr merkwürdige Ideen entwickelt!«

»Oh, das habe ich! Merkwürdige Ideen wie den Beschluss, ihn nicht länger von vorne bis hinten zu bedienen oder das Schreiben aufzugeben und Kinder zu bekommen.«

»Aber ihr könnt euch doch sicher zusammensetzen und diese Dinge bereinigen?«

Ich glaube, sie hat mich nicht verstanden.

»Nein«, antwortete ich geduldig. »Und wenn James mir jemals zugehört hätte, wäre er jetzt nicht so überrascht.« Sie ist gerade die Rechte, mir Moralpredigten zu halten, von wegen, ich solle meinen Mann nicht verlassen, dachte ich. Doch sie ahnt natürlich nicht, dass ich über sie Bescheid weiß.

Sie sah mich mit bekümmertem Erstaunen an. »Dann meinst du es wirklich ernst? Du willst ihn nicht zurückhaben? Und du willst nicht einmal mit ihm darüber reden, dir seine Seite anhören?«

»Ich habe ihm gesagt, dass ich mich mit ihm an einem neutralen Ort treffen würde, wenn er das wünscht, um die notwendigen Arrangements zu besprechen. Er kann seine Sachen später abholen kommen – ich werde sie zusammenpacken und an die Tür stellen.«

Ich nahm einen belebenden Schluck Kaffee. Margarets Tasse war immer noch voll und unberührt.

»Wie rachsüchtig du sein kannst!«, seufzte sie leise. »Ich dachte, du wüsstest es nicht. Aber da muss mehr dahinter stecken, es geht nicht nur darum, dass du seiner müde geworden bist, nicht wahr?«

»*Was* soll ich wissen?«

Sie beugte sich vor und berührte meine Hand. »Hör mal, Tish, ich weiß Bescheid über diese Blondine, mit der er sich getroffen hat, und du kannst mit mir darüber reden. Wirklich, das war nichts Ernstes.«

»Welche Blondine?«, fragte ich verständnislos.

Haselnussbraune Augen traten vor Entsetzen aus ihren Höhlen, und Margaret schlug sich beide Hände vor den Mund: »Du meinst, du wusstest es bis jetzt nicht? Bis ich es dir erzählt habe? Oh Gott!«

Alles in mir kam plötzlich zum Stillstand, wie eine defekte Uhr, dann setzten sich die vielen kleinen Zahnrädchen ruckartig wieder in Bewegung. Mir war plötzlich kalt und übel, und ich fühlte mich seltsam leer.

»Nein, ich wusste es nicht«, antwortete ich gelassen. »Es sei denn – meinst du Vanessa? Aber er hat hoch und heilig geschworen, dass das Ganze nicht mehr gewesen sei als ein dummer Scherz bei der Büroparty, als alle zu viel getrunken hatten! Außerdem ist sie nicht blond.« (Ich habe nur James' Wort darauf, dass sie nicht blond ist…)

»N... nein, ich glaube nicht, dass es jemand aus dem Büro ist.«

»Wie lange geht das schon?«

»Es ist ... zu Ende«, stieß sie unglücklich hervor. »Ich habe ihn nur ein einziges Mal mit ihr zusammen gesehen, und Ray meinte, James habe das Mädchen bei einer Party im Haus eines Freundes kennen gelernt, aber es sei nichts dahinter.«

Ich wette, dass es so war. Aber wenn er sie im Haus eines Freundes kennen gelernt hat...

Mein Gehirn begann träge, verschiedene Mosaikstücke zu einem wenig anziehenden Bild zusammenzusetzen. Wenn es sich *wirklich* nicht um Vanessa handelte und James das Mädchen bei einer Party kennen gelernt hatte, war er ihr dann bei Howard begegnet? Und all die Abende, die er bei Howard geschlafen hatte oder praktisch bis zum Morgengrauen außer Haus gewesen war...

»Du weißt nicht, wer sie ist, Margaret? Wie sie heißt?«

»Keine Ahnung, aber sie war klein und zierlich und hatte langes blondes Haar.«

Also war es das Mädchen auf Howards Party, das mich so wütend angefunkelt hatte. Alices Schwester? Wendy, so hieß sie doch, oder?

Wie konnte er, dieser Mistkerl! Das setzte nun aber wirklich allem die Krone auf! Ich hatte tatsächlich ein oder zwei Gewissensbisse gehabt, ihn einfach so rauszuwerfen, nur weil ich genug von ihm hatte – aber jetzt wäre ich am liebsten auf ihn losgegangen!

Schreckliche Bilder von ihm mit diesem fremden Mädchen schwirrten wie die Überreste eines Albtraums an mir vorbei. Kein Wunder, dass er mich seit Monaten nicht mehr angerührt hatte und immer so erschöpft war! (Abgesehen von der Nacht nach dem Grillfest, und der Gedanke daran lässt mich jetzt vor Ekel schaudern... Ich hoffe nur, dieses Mädchen hat nicht irgendeine unaussprechliche Krankheit! Aber jetzt kann sie meinetwegen Syphilis bekommen, damit ihnen *beiden* die Nase abfällt.)

All die Geschenke, wenn er bei Howard übernachtet hatte – schlechtes Gewissen?

Margaret schniefte in ein rosafarbenes Papiertaschentuch. »Wäre ich doch bloß nicht gekommen!«, schluchzte sie. »Ich habe alles nur noch schlimmer gemacht, und dabei wollte ich doch bloß helfen!«

»Aber ich bin froh, dass du gekommen bist«, versicherte ich ihr aufrichtig. »Es war ein Schock, aber jetzt kann ich wenigstens ohne Schuldgefühle weitermachen. Richte James aus, ich packe seine Sachen zusammen und stelle die Koffer in den Vorgarten. Er kann sie abholen, wann immer er möchte. Was sein übriges Zeug betrifft, werde ich ihm schreiben.«

»Aber Tish! Was wird er sagen, wenn er erfährt, dass ich dir von seiner Freundin erzählt habe? Er weiß ja nicht einmal, dass ich es weiß.«

»Erzähle ihm, ich hätte bereits Bescheid gewusst. Und jetzt fürchte ich, dass ich mit dem Packen anfangen muss.«

Sie verstand den Fingerzeig und verabschiedete sich, immer noch hingebungsvoll schniefend und mit einem Hauch von Rosa um Augen und Nase. An der Tür drehte sie sich mit Jammermiene um. »Wir werden doch trotzdem Freunde bleiben, oder?«

»Das könnte schwierig sein, solange James in eurem Haus wohnt und allen erzählt, dass ich in die Klapsmühle gehöre. Ihr habt euch da zwischen alle Stühle gesetzt. Gute Nacht!«

Mehrere Augenpaare blitzen uns aus der Dunkelheit wölfisch entgegen: Bess' Bewunderer.

Ich lief nach oben und begann, James' Sachen in drei große Koffer zu werfen, dann zwängte ich seine Haarbürste und seinen Rasierapparat irgendwo dazwischen und sammelte auch noch alle möglichen Kleinigkeiten zusammen, die ihm gehörten.

Es war überraschend, wie viel man in drei Koffer packen konnte. Ich konnte James' Anwesenheit im Haus zwar nicht mit einem einzigen Schlag auslöschen, aber es war ein ziemlich guter Anfang.

Nachdem ich mich versichert hatte, dass er mir nicht im Garten auflauerte, schob ich alle drei Koffer nach draußen. Es wurde dann aber doch ziemlich spät, bis er mit betrunkenem Geschrei und einigen Heultönen seine Ankunft ankündigte.

»Tish! Tish!«

Ich öffnete das kleine Wohnzimmerfenster, durch das er sich unmöglich hindurchwinden konnte, es sei denn, er hätte sich endgültig in einen Wurm verwandelt.

»Was haben diese verdammten Hunde hier zu suchen?«

»Bess ist läufig.«

»Bess! Das ist auch so eine Sache! Du nimmst mir mein Haus weg, mein Geld – jetzt auch noch meinen Hund!«

»Ich habe dir gar nichts weggenommen, und ich habe mich seit unserer Heirat um Bess gekümmert. Willst du sie wiederhaben?«

»Und ob ich das will, verdammt noch mal! Rück sie raus.«

»Jetzt? Mach dich nicht lächerlich. Die Wrekins sind bestimmt nicht scharf darauf, dass sie ihnen durchs ganze Haus läuft.«

»Was weißt du denn schon?«, gab er kindisch zurück. »Sie lassen mich in der Einliegerwohnung über der Garage wohnen, bis diese ganze Sache geregelt ist. Und jetzt gib mir meinen Hund!«

Bess war ganz aus dem Häuschen, als sie ihre Leine klappern hörte. »Geh ein paar Schritte zurück!«, rief ich. »Ich lasse sie raus, und ich möchte nicht, dass du in diesem Zustand ins Haus kommst.«

Sein bleiches Gesicht verschwand, und ich schubste Bess hastig durch die Haustür und schloss wieder ab.

Es folgte ein lautes Gewirr aus Jaulen, Bellen und Flüchen, und ich schaffte es gerade rechtzeitig zurück zu meinem Fenster, um zu beobachten, wie James Bess mit sich zog und gleichzeitig mit einem der Koffer ihre Kavaliere abwehrte.

Ich hörte nicht, wie er die beiden anderen abholte, aber als ich eine Stunde später zu Bett ging, waren sie verschwunden.

Vielleicht hatte er Margaret diesen Botengang überlassen.

Ich vermisse den blöden Hund mehr, als ich es je für möglich gehalten hätte. Wahrscheinlich sollte ich mir selbst einen Hund kaufen, wenn ich allein lebe, aber nicht so ein geistesgestörtes Tier wie Bess.

Ich weiß nicht, warum ich mir überhaupt die Mühe machte, ins Bett zu gehen, denn sobald ich mich hinlegte und die Augen schloss, zog das ganze Lügengebäude unserer Ehe an mir vorbei – in Technicolor. Was für eine blinde, vertrauensselige Närrin ich gewesen war! Ich hatte James nie wirklich gekannt.

War dieses Mädchen vielleicht nicht mal sein erster Seitensprung? Und was hatte es mit den seltsamen Telefonanrufen auf sich? Kamen die von dem Mädchen, das versuchte, James zu erreichen? Oder wollte die Kleine mich lediglich beunruhigen? (Es war ihr gelungen.)

Ich verbrachte eine über weite Strecken schlaflose Nacht mit der Erwägung all dieser schmutzigen Möglichkeiten, und sobald es hell wurde, stand ich auf und ging durch mein seltsam stilles und leeres Haus. Das einzige Geräusch kam von Toby, der griesgrämig Sonnenblumenkerne aufknackte und die nicht genießbaren Teile ausspuckte.

Ohne auch nur einen Gedanken ans Frühstück zu verschwenden, ging ich mit meinem praktischen roten Büchlein von einem Zimmer zum anderen und erstellte eine Liste sämtlicher Gegenstände im Haus. Was vielleicht unter anderen Umständen eine gewisse Melancholie heraufbeschworen hätte, wurde durch den Gedanken an *diese Frau* deutlich erträglicher.

Der James, mit dem ich viele dieser Sachen ausgewählt hatte, mit dem ich zusammengelebt und den ich zu lieben geglaubt hatte, diesen James hatte es entweder nur in meiner Fantasie gegeben, oder er hatte sich in etwas äußerst Widerwärtiges verwandelt.

Ich frage mich, wie *diese Frau* wohl sein mag?

Die Liste wurde überraschend lang, und ich fertigte eine Kopie für James an, versehen mit Vorschlägen, wie sich alles gerecht aufteilen ließe. Dann ging ich die Zahlen für die Hypothek und alles andere durch und überlegte, ob ich die Schulden wirklich allein begleichen konnte.

Ich denke, ich kann es schaffen, obwohl mich das Ganze sehr beängstigt, da mein Einkommen unregelmäßig ist. (Viel versprechend, aber unregelmäßig.) Wenn das Haus im Wert gestiegen ist, dann nur aufgrund meiner harten Arbeit.

Ein Gedanke: Ich musste in Erfahrung bringen, wie viel Geld in die Funkausrüstung und den Schuppen geflossen war. Es war sicher ein Vermögen gewesen, und man muss es von James' Anteil abziehen, genauso wie den Wagen ...

Am Ende schuldet er vielleicht *mir* noch Geld!

Ich schrieb ihm einen Brief, dem ich die Liste beilegte und in dem ich meine Bedingungen skizzierte und der Hoffnung Ausdruck verlieh, dass sich alles auf zivilisierte Weise regeln ließe. Das Schreiben fiel sehr gemäßigt aus, wenn man bedachte, welche Dinge ich James wirklich gern gesagt hätte, jetzt, da ich wusste, dass er den Treuequotienten eines streunenden Katers hat.

Wenn er damit einverstanden ist, werde ich mir einen eigenen Rechtsanwalt nehmen und ein entsprechendes Dokument aufsetzen lassen. Der Anwalt kann dann sofort die Scheidung einreichen, denn jetzt will ich tatsächlich eine endgültige Trennung von James.

Als ich den Brief zur Post bringen wollte, griff ich automatisch nach Bess' Leine.

Was sollte ich tun, wenn James in meiner Abwesenheit im Haus einbrach? Ich nehme an, er hat jedes Recht dazu? Oder vielleicht doch nicht?

Es war jedoch nichts von ihm zu sehen, als ich zurückkam, daher zwang ich mich, meine diesbezüglichen Sorgen zu verdrängen und ein wenig zu arbeiten.

Ich tippe gerade den letzten Entwurf von *Die Liebe blutet*, obwohl mir der Blut-Titel nicht gefällt.

Am Abend rief Mutter an, aber ich hatte von Anfang an damit gerechnet, dass James ihr als Erster seine Version erzählen würde, daher überraschte es mich nicht allzu sehr, dass sie seine Partei ergriff. Sie meinte, ich sei hartherzig und die Sache mit der *anderen Frau* ein reines Missverständnis.

Im Grunde genau das, was ich erwartet hatte.

DIE ANGELEGENHEIT MIT DER NONNE:
»Baby nicht von Rocco«, erklärt der Richter.

Exposé

Das war mir von Anfang an klar. Soweit ich weiß, habe ich keine Nachkommen – ich bin immer zu vorsichtig gewesen. Wenn ich Kinder habe, will ich sie auch bei mir haben.

Sobald ich zurück nach Nutthill kam, begab ich mich sofort zu unserem wandelnden Dorfblatt. Mrs. Deakin, das wusste ich, würde mich über alle Neuigkeiten ins Bild setzen.

Und es gibt tatsächlich Neuigkeiten. Es heißt, Tish hätte James rausgeworfen und er wohne jetzt bei Freunden im Dorf.

Mrs. Deakin sagte, es gehe wahrscheinlich um eine andere Frau – das tue es meistens.

Ich würde keine Ehe zerstören, aber wenn dieser Mann dumm genug ist, das selbst zu erledigen …? Und, ich mag Tish lieben oder hassen, sie ist mir nicht gleichgültig. Eine Affäre mit mir wäre vielleicht genau das, was sie jetzt braucht.

Möglich, dass es auch für mich die richtige Medizin wäre: Tish – regelmäßig einzunehmen, bis die Symptome verschwinden.

Kapitel 26

Schwangerschaftspause

Gleich als Erstes am nächsten Morgen rief ich in der Kanzlei an und bat darum, mit Vanessa Grey verbunden zu werden.

»Mr. Oliver Drews persönliche Assistentin?«, fragte die Frau am anderen Ende der Leitung.

Warum klingen eigentlich alle Empfangsdamen hochnäsig?

Persönliche Assistentin – das ist eine ganze Stufe mehr als eine Sekretärin, nehme ich an.

»Vanessa Grey«, erklang eine vertraute Stimme.

»Hier spricht Tish Drew, James' Frau.«

Es folgte eine kleine Pause. »Einen Augenblick«, sagte sie, dann hörte ich das Schließen einer Tür, bevor Vanessa wieder an den Apparat kam. »Ja?«

»Welche Haarfarbe haben Sie?«

»Was?«

»Ihr Haar – welche Farbe hat es?«

»Haselnussbraun. Warum?«

»Wie lange ist es jetzt schon haselnussbraun?«

»Etwa ein Jahr. Es ist meine natürliche Farbe. Ich war es satt, für eine dumme Blondine gehalten zu werden. Darf ich diesen merkwürdigen Fragen entnehmen, dass Sie endlich über James' Seitensprünge im Bilde sind und dachten, ich stecke dahinter?«

»Ich wollte nur sicher sein. Außerdem wollen wir doch nicht die Weihnachtsfeier im Büro vergessen, oder? Irgendjemand hat mir eine Fotokopie geschickt.«

»Oh, das war ich. Ich dachte, jemand müsste Sie eigentlich warnen. Nicht dass viel Erwähnenswertes passiert wäre – James ist nicht gerade der weltbeste Liebhaber, nicht wahr? Und außerdem habe ich jetzt einen größeren und besseren Fisch an der Angel.«

»*Sie* haben mir die Fotokopie geschickt?«

»Um ganz ehrlich zu sein, ich dachte, ich könnte ein bisschen

Ärger machen und Sie würden dahinter kommen, dass er sich mit einer anderen Frau trifft. Ich konnte nach meiner Rückkehr in die Kanzlei sofort sehen, dass Sie ihn gelangweilt haben. Es war einfach als freundschaftliche Warnung gedacht.«

»Besten Dank!«

»Ich dachte am Anfang allerdings wirklich, dass ich ihn vielleicht zurückerobern könnte, aber dann – nun ja, dann hat sich etwas anderes ergeben. Und irgendwann hab ich ihn dann mal mit diesem kleinen Flittchen gesehen. Es hing manchmal draußen rum, um auf ihn zu warten.«

Kleines Flittchen – wer im Glashaus sitzt, sollte vielleicht besser nicht mit Steinen werfen.

»Aber haben Sie und James ... bei der Weihnachtsfeier ...«

Die Leitung war plötzlich tot.

Nun ja, es kommt jetzt wohl nicht mehr darauf an, ob er mir mit *einer* Frau oder einem ganzen Harem untreu war.

Und mein Verdacht, dass es sich bei seinem kleinen Seitensprung um Alices Schwester handeln könnte, wuchs.

Nach diesem Telefongespräch ging ich zu Mrs. D., um ein paar dringend notwendige Dinge zu kaufen. Ich hatte immer noch Angst, dass James ins Haus kommen könnte, aber ich durfte diesbezüglich auch keinen Verfolgungswahn entwickeln.

Ich zwang mich zu einem Spaziergang bis zum Dorfteich, um etwas frische Luft zu schnappen. Der Boden des Teichs ist mit einer dicken Blätterschicht ausgekleidet, wie eine goldene Schale im Schlamm. Ohne Bess schien es nicht viel Sinn zu machen, noch weiter zu gehen.

Als ich mit meinen Einkäufen in die Einfahrt einbog, fand ich Fergal zu meiner Verblüffung auf der Türschwelle sitzen. Er sah aus wie eine teure Werbung für ... Vielleicht für Sex-Appeal.

Er hielt einen kleinen Pappkarton in den Händen, und als er meine Schritte hörte – und meine Einkaufstasche, die über den Boden schleifte –, sah er grinsend auf. »Jemand hat dir ein Geschenk dagelassen.«

Verwirrt von seinem arglistigen Grinsen (so anders als bei unserer letzten Begegnung!), nahm ich den Pappkarton in Empfang, während Fergal sich anmutig vom Boden erhob. »Ein Geschenk?«

Plötzlich bewegte sich der Karton in meinen Händen wie eine springende Bohne und sagte ungehalten: »Mmrrau!«

Ich hätte den Karton um ein Haar fallen lassen.

Fergal hielt mir ein schmuddeliges Blatt Schreibpapier hin. »Das da lag darunter.«

Den zappelnden Karton an meine Brust gedrückt, las ich mit wachsendem Entsetzen folgende Worte:

WIE VERSPROCHEN EINE VON TIBBYS KÄTZCHEN – GERALD SMITH.

Tibby!

»Oh nein!«, stöhnte ich, und meine Knie drohten, unter mir nachzugeben. »Ich kann nicht – nicht wenn es Millionen Zehen hat.«

Fergal fing den mir entgleitenden Karton geschickt auf und gab mir mit dem anderen Arm Halt. »Millionen was? Egal, es geht dir nicht gut. Wo ist dein Schlüssel?«

Die Welt schien sich plötzlich zu drehen, daher schloss ich die Augen, dankbar für den muskulösen Arm um meine Schultern, und als ich die Augen wieder aufschlug, saß ich auf einem Küchenstuhl.

»Hier – trink das.« Er reichte mir ein Glas Wasser.

»Ich will nicht ...«, begann ich, blickte in sein Gesicht und streckte gehorsam die Hand nach dem Glas aus.

»So ist es schon besser. Ich dachte, du würdest mir noch ohnmächtig werden. Was ist los? Schwanger?«

Ich röchelte nur noch und brach in Tränen aus.

»Nein! Ja! Ich ... Es könnte sein, aber ...«

Eine sanfte Hand strich mir flüchtig übers Haar. »Dachte ich mir. Vergiss nicht, ich komme aus einer großen Familie, und die Frauen haben dann so einen gewissen Blick ...«

»Ich ... Meinst du wirklich?« Ich tupfte mir die Augen ab und setzte mich aufrecht hin. »Es tut mir Leid, ich weiß gar nicht, was in mich gefahren ist.«

»Genauso geht es einer Frau dann, wenn ich recht informiert bin. Herzlichen Glückwunsch – ich nehme an, dein Mann ist begeistert?«

»Er … er weiß es nicht. Ich bin mir ja selbst nicht einmal ganz sicher, also … also, würde es dir etwas ausmachen, einstweilen mit niemandem darüber zu sprechen?«

Er warf mir einen langen, ungemütlich forschenden Blick zu, und ich wurde rot. Aber wenn Fergal noch nichts über unseren großen Schlamassel weiß, werde ich ihm nicht ausgerechnet jetzt davon erzählen. Ich will kein Mitleid von Fergal Rocco.

»Geht in Ordnung«, erklärte er sich mit kühler Stimme bereit. »Aber du siehst nicht gut aus. Das fand ich schon bei unserer letzten Begegnung.«

»Mit mir ist alles in Ordnung.« Ich brachte ein zittriges Lächeln zu Stande und fuhr mir mit den Fingern durch meine zerzausten Locken. Das Schreckgespenst Schwangerschaft wurde so lange wieder in seine Grube gesperrt, bis ich mich darum kümmern konnte. Ich richtete mich noch ein wenig mehr auf. »Es war nur die Hitze und dann das Kätzchen …«

»Der Staub, die Fliegen, die Eingeborenen?« Er lächelte boshaft. »Wolltest du denn kein Kätzchen?«

Ich blickte schaudernd auf den Karton, der jetzt auf dem Tisch stand. »Nein, vor allem keins von Tibby! Sie ist eine entstellte Dorfkatze, und ein grässlicher alter Mann hat mir gedroht, mir von ihrem nächsten Wurf ein Kätzchen zu geben.«

Fergal lupfte den Deckel des Kartons. »Nur weil die Mutter entstellt ist, heißt das nicht zwangsläufig, dass das Kätzchen es auch sein muss.«

Er förderte einen zischenden Ball aus schwarzem Pelz zu Tage. Ein rosafarbenes Mäulchen öffnete sich zu einem winzigen Miauen.

»Die da scheint doch ganz in Ordnung zu sein.«

»Wie viele Zehen hat sie?«

»Zehen?« Fergal hielt einen kleinen Fuß fest. »Eins, zwei, drei …« Er hielt inne. »Sechs. Das kann nicht richtig sein, oder? Nicht dass ich je zuvor die Zehen einer Katze gezählt hätte, aber …«

»Sie ist genau wie Tibby! Tibby hat ungefähr zwanzig Zehen an jedem Fuß!«

»Zwanzig Zehen haben unmöglich Platz an einem einzigen Katzenfuß.«

»Nun, jedenfalls sieht es so aus, als wären es so viele!«, fuhr ich ihn verdrossen an. »Und ich will sie nicht haben.«

»Wenn du schwanger bist, ist das auch kein guter Zeitpunkt, um eine Katze dazu zu erziehen, stubenrein zu werden – es gibt da irgendeinen Bazillus, den Katzen auf Menschen übertragen können, wenn man mit der Streu nicht aufpasst. Ich erinnere mich, dass meine Schwester Lucia mir so etwas einmal erzählt hat.«

»Ach ja? Aber was um alles in der Welt soll ich dann mit dem Tier machen?« Ich meine, es mochte ja ganz niedlich sein, aber …

»Ich nehme es. Gott weiß, in Greatness Hall ist Platz für hundert Katzen, und denk nur, wie interessant die Pfotenabdrücke sich auf dem frischen Zement ausnehmen werden.«

Die kleine Katze, die Fergal einen verbissenen Kampf lieferte, wurde in den Karton zurückverfrachtet.

»Ich danke dir, Fergal. Ich danke dir wirklich – damit hätte ich nicht auch noch fertig werden können.«

»Doch, hättest du. Du warst schon drauf und dran, schwach zu werden. Du bist zu gutherzig, um etwas anderes zu tun. Zumindest habe ich dich früher immer für gutherzig gehalten.«

Ein nachdenklicher Blick aus diesen verheerend grünen Augen streifte mich, dann fügte Fergal abrupt hinzu: »Warum hast du meine Briefe nicht beantwortet?«

»Was? Welche Briefe?«, stammelte ich verwirrt. »Meinst du den wegen des Zauns?«

»Doch nicht den, du Dummkopf! Die Briefe, die ich dir aus Amerika geschrieben habe, als du dich geweigert hattest, mich zu begleiten. Mein Gott, sie müssen wirklich denkwürdig gewesen sein.«

Mein Kiefer schlug fast auf dem Tisch auf. »Aber du hast mir keine Briefe geschickt!«

»Habe ich doch.«

»Das … das kann nicht sein!«

»Willst du mir etwa sagen, dass du sie nie bekommen hast?«, fragte er ungläubig.

»Natürlich habe ich sie nie bekommen«, entgegnete ich leise.

»Du weißt doch, dass ich dir geantwortet hätte, wenn du mir geschrieben hättest.«

Er wandte mir den Rücken zu und blickte mit angespannter Schultermuskulatur aus dem Fenster, während ich in Gedanken noch einmal in jenen schrecklichen Sommer zurückkehrte.

»Am Tag nach unserem Streit hatte mein Großvater eine Herzattacke, und ich bin zu Granny gefahren – du weißt ja, wie nutzlos Mutter in einer Krise ist. Mein Großvater hatte später noch einen Herzanfall und starb ... Also blieb ich bis zum Anfang des Universitätssemesters bei Granny.«

»Das tut mir Leid. Ich mochte deinen Großvater.«

»Mutter hatte versprochen, es mir auszurichten, falls du dich meldest, und mir meine Post nachzuschicken.«

»Das hat sie getan? Und hat sie vielleicht zufällig die Telefonanrufe erwähnt?«, erkundigte er sich freudlos und wandte sich mir wieder zu.

»Telefonanrufe?« Meine Stimme versagte.

»Telefonanrufe. Die Anrufe, die ich gemacht habe, als du meine Briefe nicht beantwortet hattest. Du warst nie zu Hause – deine Mutter erzählte mir, du würdest inzwischen mit einem anderen gehen und nichts mehr mit mir zu tun haben wollen.«

»Natürlich war ich nie zu Hause. Ich war bei Granny! Und ich bin ganz bestimmt mit niemandem gegangen. Mutter hat mir allerdings einen Ausschnitt aus einer Zeitschrift geschickt – von dir und diesem amerikanischen Model, als ihr aus einem Nachtclub ... Wie konntest du, Fergal!«

Er zuckte mit den Schultern. »Ich bin nur ein Mensch, und wenn du mich nicht wolltest ... oder jedenfalls dachte ich das. Deine Mutter gehört in einen Sack gesteckt und ertränkt«, fügte er freundlich hinzu.

Es gab noch ein oder zwei Dinge, die ich ihr gern persönlich angetan hätte, bevor sie in den Sack kam.

»Ich bin nach meiner Amerika-Tournee sogar bei euch zu Hause gewesen, und deine Mutter erzählte mir, du lebtest im College und es täte ihr Leid, aber du hättest praktisch sofort wieder jemand anderes gefunden. Ich hätte Verdacht schöpfen sollen, als sie so nett zu mir war!«

»Sie fand immer, dass du zu unsolide seist – sie hatte Angst, man würde mir wehtun.«

»Und hat man dir wehgetan?«

Ich wandte den Blick ab, blinzelte ein paar Mal und versuchte, ein Lächeln zu Stande zu bringen. »Das ist doch jetzt alles vergossene Milch, nicht wahr? Aber du hättest wissen müssen, dass ich deine Briefe beantworten würde.«

»Und du hättest mit mir nach Amerika kommen sollen, als ich dich darum gebeten habe.«

»Gebeten? Du hast mich nicht *gebeten!* Du bist einfach davon ausgegangen, dass ich dich begleiten würde.«

»Ich kann nicht *so* arrogant gewesen sein, Tish«, protestierte er betreten.

»Oh doch, das warst du! Ich nehme an, das hat mich so wütend gemacht, obwohl ich wahrscheinlich meine Meinung geändert hätte, wenn du mich am nächsten Tag noch einmal gefragt hättest. Aber wie auch immer, es wäre nicht von Dauer gewesen, nicht wahr? Du brauchst jemanden mit mehr Glamour – jemanden wie Nerissa.«

»Und du brauchst jemanden, der verlässlich und stumpfsinnig und sicher ist wie dein James? Du hast nicht viel Zeit verschwendet, oder?«

»Aber ich habe James erst im letzten Jahr meines Studiums kennen gelernt, und geheiratet haben wir erst, als ich mit dem College fertig war.«

Ich stand auf und lief geistesabwesend durch die Küche. Der Schmerz neu geöffneter Wunden kämpfte mit dem unter der Oberfläche lauernden Gespenst einer möglichen Schwangerschaft, das Fergal aus meinem Unterbewusstsein heraufgezerrt hatte. Und doch wurde mir warm ums Herz bei dem Gedanken, dass ich ihm also *nicht* gleichgültig gewesen war. Selbst unsere Kabbeleien hatten etwas behaglich Vertrautes.

Er fasste mich an den Schultern und drehte mich zu sich um, um mir tief in die Augen zu sehen. Ich konnte noch nie den Blick abwenden, wenn er das tat. »Ich nehme an, ich hätte dich besser kennen sollen«, murmelte er. »Aber du warst so jung ... Ich hätte klarer sehen müssen.«

Er ließ mich so plötzlich los, dass ich schwankte. »Du hast

dich für wohlanständige Langeweile entschieden, Engel, während ich mich für ...«

»... unanständige Aufregung entschieden habe!«, beendete ich seinen Satz mit säuerlicher Miene. »Und ich weiß nicht, warum du mein Leben für langweilig hältst – vor allem nicht seit unserem Umzug hierher.« (Das zumindest entsprach der Wahrheit!) »Wie auch immer, ich möchte lieber Langeweile haben, als ein Anhängsel in den Ausläufern der Art von Leben zu sein, das du führst.«

»Du weißt gar nichts über das Leben, das ich führe.«

»Die Zeitungen und Zeitschriften ...«

»Dann warst du also immerhin interessiert genug, um mich im Auge zu behalten?«

Ich errötete. »Nicht absichtlich! Aber man kann ja keine Zeitschrift aufschlagen, ohne dass einem deine letzten Heldentaten förmlich ins Gesicht springen.«

»Publicity-Tricks, die meisten jedenfalls. Und wie du jüngst herausgefunden hast, kann die Kamera lügen – und Journalisten können es auch.«

»Und war der Kauf eines Hauses auf dem Land ebenfalls ein Publicity-Trick?«

»Nein. Es ist ein Zeichen dafür, dass sich unsere Wege getrennt haben. Die Band hat sich nicht direkt aufgelöst, da wir auch in Zukunft neue Platten aufnehmen wollen, aber wir wollen trotzdem eigene Wege gehen. Ich will ein Zuhause haben – ich bin das Leben auf der Straße gründlich satt. Und als ich Greatness Hall sah ... Kennst du es eigentlich?«

»Nein.«

»Ich werde dich irgendwann mal rumführen.«

»Ob Nerissa das gefallen wird?«, platzte ich heraus und biss mir dann auf die Lippen. Ich hatte das nicht fragen wollen.

Die arroganten schwarzen Augenbrauen zuckten. »Was spielt das denn für eine Rolle?«

»Sie hat mir erzählt, ihr wärt verlobt, daher muss es wohl eine Rolle spielen.«

»Wann hat sie dir das erzählt?«

»Sie war vor ein paar Tagen mal hier.«

Er lächelte, aber es war ein ziemlich unfreundliches Lächeln.

»Sie ist ein hübsches kleines Ding, nicht wahr? Allerdings habe ich nicht die Absicht, sie zu heiraten, was sie sehr genau weiß.«

»Eine Entscheidung, mit der du voll im Trend liegst!«

»Sei nicht sarkastisch«, antwortete er geistesabwesend. Er schien über irgendetwas nachzudenken. »Du selbst würdest die Ehe empfehlen, ja, Tish? Ein Garten Eden, in dem die Rosen blühen?«

Diese wachsamen grünen Augen...

»Überwiegend Salat und Erbsen!« Ich hoffte, dass mein Lächeln überzeugend ausfiel. »Ja, ich habe alles, was ich mir je erträumt habe.« (Abgesehen von Fergal und/oder einem treuen Ehemann.)

Da er mich nach wie vor beobachtete, sprudelte ich hervor: »Aber ich habe mich noch gar nicht erkundigt – hast du den Ring bekommen, den ich dir geschickt habe?«

»Deshalb bin ich hier.« Er klopfte die Taschen seiner schwarzen Jeans ab und förderte ein kleines, mit blauem Samt ausgeschlagenes Kästchen zu Tage. »Da ist er.«

Ich ließ das Kästchen aufspringen, und ein sanftes Schimmern von Blau und Gold verschlug mir fast den Atem: »Oh, wie hübsch! Er hat kaum noch Ähnlichkeit mit dem schmutzigen, verbogenen Stück Metall, das ich gefunden habe.«

»Ich habe ihn restaurieren lassen und mich erkundigt, wer nun der Besitzer ist. Er gehört dir.«

»M... mir? Das kann unmöglich richtig sein! Außerdem musst du die Restaurierung doch bezahlt haben.«

Er zuckte die Schultern. »Du hast ihn gefunden, und du solltest ihn haben – und ihn tragen. Das Motto passt zu dir: Treue verdient Liebe.«

Ich musterte ihn argwöhnisch, aber er wirkte vollkommen ernst, daher bedankte ich mich bei ihm und ließ den Ring an meinen Finger gleiten, wo er seltsam vertraut aussah und sich auch so anfühlte. »Hm, also, vielen Dank, Fergal. Ich hoffe, das bedeutet, wir sind wieder Freunde?« fragte ich zaghaft.

»Freunde?« Er ließ das Wort auf der Zunge zergehen. »Ist denn in deinem behaglichen kleinen Leben überhaupt noch Platz für jemand anderes als deinen wunderbaren Ehemann?«

»Aber natürlich!«, erklärte ich leichthin. »Ich ... oh, du willst schon gehen?«

»Ich muss eine gewisse Dame aufsuchen und mir von ihr etwas Katzenfutter geben lassen«, erwiderte er und nahm den Karton, aus dem zur Untermalung unseres Gespräches die ganze Zeit über leise Klage- und Zorneslaute gekommen waren: wirklich sehr passend.

»Mrs. Deakin? Sie wird dir gleich noch ein Katzenklo, eine Badewanne und Flohpuder verkaufen!«

»Das wird sie.« Er lächelte, als er an mir vorbeiging. »Aber sie kann mich mit allem ausstaffieren, was ich brauche, meinst du nicht auch? Einschließlich der neuesten Dorfsensationen.«

Oh Gott, das will ich doch nicht hoffen! Ich möchte nicht, dass er Mitleid mit mir hat. (Oder erfährt, dass ich nach Strich und Faden gelogen hatte.)

Er blieb auf der Türschwelle stehen und fragte abrupt: »Tish, wie schwanger bist du genau?«

»Ich bin mir im Moment noch nicht einmal sicher, ob ich überhaupt schwanger bin.«

»So früh?« Er blickte finster auf mich herab. »Dann geh zum Arzt. Du bist zu blass, und du siehst nicht gut aus – und sag deinem Mann, er soll sich um dich kümmern.«

Warum schicken mich eigentlich alle zum Arzt? So schlimm seh ich nun auch wieder nicht aus!

»Ich habe lediglich in letzter Zeit nicht besonders gut geschlafen.« Und ist das ein Wunder? Meine Ehe ist gerade in die Brüche gegangen!

»Hast du irgendwelche Sorgen?«

»Ich? Nein! Ich bin sorglos glücklich«, versicherte ich ihm, ohne ihm dabei in die Augen zu sehen.

»Dann erwarte ich, dass du bei deinem baldigen Besuch in Greatness Hall erheblich besser aussehen wirst.«

»In Greatness Hall?«

»Ja. Ich führe dich herum.«

»Nun ... vielen Dank«, begann ich.

»Du kannst ja die Katze besuchen kommen.« Er vergönnte mir ein typisch Fergal'sches rätselhaftes Lächeln. »Tschau, Engel.«

Fergal Rocco – letzte Exklusivfotos des neuen Landhauses des bekannten Stars…

Trendsetter

Sobald Tishs Mann von dem Baby erfährt, wird er sicher wieder angelaufen kommen, und ich werde mich zurückziehen müssen, auch wenn ich nicht glaube, dass er sie verdient.

Und was macht mich eigentlich eitel genug zu glauben, sie wollte eine Affäre mit mir haben, nur weil ich sie in London in einem schwachen (und betrunkenen) Augenblick erwischt habe?

Halte ich mich für so unwiderstehlich?

Und warum ist sie immer noch so unwiderstehlich für mich? Schwanger und die Frau eines anderen Mannes, und ich brauche sie wie gestern nur zu berühren, und ich begehre sie wie früher…

Warum sie? Sie ist nicht einmal wirklich schön (einzigartig ja), und sie ist furchtbar pingelig, und eine Woche in ihrer Gesellschaft, und ich wäre so sauber, dass ich quietschen würde…

Kapitel 27

In gleichen Umständen

Es ist ein beunruhigendes Gefühl, den echten Fergal in der Nähe zu haben, vor allem jetzt, da ich weiß, dass er sich mir gegenüber nicht gar so übel verhalten hat. Und er ist sehr nett gewesen. Vielleicht ist er in Wirklichkeit nicht so schwarz, wie man ihn immer gemalt hat? (Nur dunkelgrau.)

Aber er weiß jetzt über meine Eheschwierigkeiten Bescheid. Vielleicht wusste er es vorher schon und war deshalb so nett zu mir.

Was die Schwangerschaft betrifft, könnte er sich jedoch irren. Er ist nur ein Mann, und wie um alles in der Welt will er mir die Schwangerschaft vom Gesicht ablesen? Ich werde den Gedanken nicht einmal in Erwägung ziehen. Ich habe auch so schon genug um die Ohren.

Wie zum Beispiel den Karton, der James gehört und den ich auf dem Dachboden gefunden hatte, nachdem Fergal weggegangen war. Ich suchte nach einem Behälter für all die alten Sachen, die ich einerseits nicht wegwerfen konnte und die ich andererseits nicht im Haus haben wollte, einschließlich einiger Erinnerungen an Fergal. Plötzlich wollte ich sie mir noch einmal ansehen – oder sollte ich zuerst meine unmögliche Mutter, die sich in alles einmischen musste, erwürgen?

Das werde ich später vielleicht noch nachholen.

Als ich meinen Karton zur Dachbodentür schob, fiel mein Blick auf einen anderen Karton, der dahinter stand, und ich erinnerte mich, dass James hier oben ebenfalls ein paar alte Sachen lagerte. Daher beschloss ich, sie gleich mit nach unten zu schaffen.

Verglichen mit der dicken Staubschicht auf meinem Karton, war James' Karton erstaunlich sauber; er hatte ihn offensichtlich vor kurzem noch geöffnet. Weshalb wohl?, fragte ich mich und hob den Deckel hoch.

Obenauf lagen etliche Briefe: Liebesbriefe. Und der allererste, den ich mir vornahm, war mit: *Dein kleines Schnuckelchen Wendy* unterzeichnet – das Miststück! Ich hatte also Recht gehabt, denn ich bin mir ganz sicher, dass so Alices Schwester heißt. Es passt alles zusammen.

Sobald ich die Briefe gelesen hatte, begriff ich, welches Doppelleben James seit unserem Umzug hierher geführt hatte, ohne dass ich leichtgläubiger Dummkopf etwas gemerkt hätte.

Aber wer hätte gedacht, dass James clever genug wäre, so etwas verborgen zu halten? So viel Schläue hätte ich ihm gar nicht zugetraut. Und warum um alles in der Welt bewahrte er seine Briefe nicht in der Kanzlei auf? Die Umschläge bewiesen, dass sie dorthin geschickt worden waren.

Wendys Briefe zeigen eine wachsende Entschlossenheit, an James festzuhalten, sowie eine gehörige Portion Eifersucht auf mich. Ich wette, diese Wendy steckt hinter den merkwürdigen Telefonanrufen.

Sie war es, mit der ich ihn am Tag des VLA-Dinners gesehen hatte, und er hatte *mir* Schuldgefühle gemacht!

Mistkerl.

Wenn ich mich so in dem Mann täuschen konnte, den ich geheiratet hatte, wie sollte ich da jemals wieder jemandem vertrauen? Wenn ich an Fergals Enthüllungen und James' Treulosigkeiten denke, kommt es mir so vor, als wäre mein Leben auf den Kopf gestellt worden: ein Kaleidoskop, das plötzlich ein vollkommen anderes Muster zeigt.

Bevor ich James' »Schatz« fand, hatte ich von ihm eine Antwort auf meinen Brief bekommen; er meinte, dass »ich ja jetzt Zeit genug gehabt hätte, um mich abzukühlen« und sicher zugänglich für einen Versuch wäre, unsere nichtigen Differenzen beizulegen und unsere Ehe wieder aufzunehmen. Also schickte ich ihm eine Postkarte mit der Frage, was ich mit all den Liebesbriefen von seiner Geliebten anfangen solle. Das dürfte in Rekordzeit im Dorf die Runde machen.

Später sah ich Bess in der Ferne mit Margaret Gassi gehen, aber ich drehte mich um und lief durch die über den Boden wirbelnden bronzefarbenen Blätter davon. Und dabei war der Herbst immer meine Lieblingsjahreszeit gewesen...

In den Küchenschränken stapeln sich Dosen mit Hundefutter. Ob ich die wohl umtauschen kann?

Es hat keinen Sinn, ich kann den Kopf nicht länger in den Sand stecken. Mein Bauch wird immer kugelförmiger, und ich habe so ein merkwürdiges Gefühl im Busen... Er wächst.

Fergal könnte Recht haben.

Diese Sorge zu allem anderen brauchte ich so dringend wie ein Loch im Kopf, also kaufte ich mir einen Schwangerschaftstest – ein ziemlich hübsches kleines Ding für so eine schmutzige Anwendungstechnik. Es gab einfachere Ausführungen, aber wer würde in einer solchen Angelegenheit sein Vertrauen in eine Art Ölstab setzen?

Ich habe Morgenurin in den entsprechenden Behälter gegossen und muss den Test zwei Stunden stehen lassen: Bitte, mach, dass er negativ ist!

Er war unzweifelhaft, unverkennbar positiv.

Ich zittere wie Espenlaub bei dem Gedanken daran, dass etwas – und zwar etwas, das ich nicht haben will – in mir wächst, ohne dass ich etwas dagegen unternehmen kann.

Es bestünde natürlich die Möglichkeit einer Abtreibung; aber es war meine Unvorsichtigkeit, der das Baby sein Leben verdankt, daher kann ich das arme kleine Ding wohl kaum ermorden, oder?

Es musste das Grillfest gewesen sein – eine andere Möglichkeit gab es nicht –, was bedeutet, dass das Kind inzwischen all seine kleinen Finger und Zehen hat und ein Herz, das im gleichen Rhythmus schlägt wie meins.

Nein, ich kann es nicht ermorden.

Aber ich weiß genau, wenn James es erfährt, wird er meinen Entschluss, ihn rauszuwerfen, auf Gehirnerweichung infolge von Schwangerschaft schieben. Ich muss die Scheidung vorantreiben, bevor er dahinter kommt. Ich schätze, ich muss jetzt auch zu meiner Ärztin gehen.

Die Ärztin bestätigte, dass ich schwanger war, und wirkte überrascht, als ich ihr das genaue Datum der Empfängnis mitteilte. (Vielleicht sollte ich das Kind »Kebab« oder »Bowle« nennen?)

Als ich zusammenbrach und schluchzte, dass ich es nicht haben wolle – ich hätte meinen Mann verlassen (mehr oder weniger) und würde eine schreckliche Mutter abgeben, wurde sie plötzlich sehr katholisch und hielt mir eine Predigt über die Heiligkeit des menschlichen Lebens.

Die Geburtsklinik wird mir einen Termin für eine gründliche Untersuchung geben, und ich glaube langsam, dass meine schwachen Blutungen nichts Gutes zu bedeuten hatten, obwohl sie jetzt wenigstens ganz ausbleiben.

Ich war in einem solchen Zustand, dass ich mit dem Taxi nach Hause fuhr, wo ich auf der Türschwelle von einer dünnen, zitternden, schlammverkrusteten Bess begrüßt wurde. Ihr begeisterter (und schmutziger) Empfang war genau das, was ich brauchte, um aus meinem Schockzustand herauszufinden. Ich duschte sie und entleerte über ihr eine halbe Flasche Haarshampoo, da das anschließende Bürsten ohnehin die reinste Hölle sein würde. Ich musste trotzdem nur ein oder zwei unrettbar verfilzte Strähnen abschneiden, aber Bess sah nach dieser Prozedur deutlich besser aus und verschlang ein gewaltiges Abendessen. (Nur gut, dass ich das Hundefutter nicht zurückgegeben hatte!)

Wenn man bedenkt, wie dünn sie ist, hat ihr Bauch eine wirklich seltsame Form. Ich hoffe nur, dass wir nicht in den gleichen Umständen sind. Das wäre eine unaussprechliche Ironie des Schicksals.

Da ich in der Überraschung, Bess vorm Haus vorgefunden zu haben, vergessen hatte, die Tür abzuschließen, kam James später einfach hereinspaziert und fragte: »Hast du Bess zu dir genommen?«

Seltsamerweise hatte die Schwangerschaft die Liste meiner Probleme auch um eines verringert: Ich hatte absolut keine Angst mehr vor James. Es war, als erblickte man von einem anderen Planeten aus ein fremdartiges, aber harmloses Wesen.

»Ich habe sie nicht zu mir genommen. Als ich nach Hause

kam, saß sie auf der Türschwelle, und zwar in einem schrecklichen Zustand! Was um alles in der Welt hast du mit ihr gemacht?«

»Überhaupt nichts! Der blöde Hund scheint den Verstand verloren zu haben oder etwas in der Art. Vielleicht ist das ja ansteckend?«, fügte er unfreundlich hinzu, aber die Bemerkung prallte an mir ab. »Sie wollte nicht fressen, sie läuft heulend durch die Wohnung, wenn ich bei der Arbeit bin, und Margaret wird nicht mit ihr fertig. Du musst sie verwöhnt haben.«

»Ich soll sie verwöhnt haben? Ich dachte, sie wäre dein Hund?«

»Das dachte ich auch«, seufzte er und plusterte sich nicht mehr gar so sehr auf. »Aber in dem Punkt habe ich mich wohl geirrt – und in vielen anderen Dingen auch. Hör mal, Tish, könnten wir nicht bei einer Tasse Kaffee über alles reden?«

Ich zögerte, aber er schien mir plötzlich so unwichtig und klein zu sein, dass ich ihn in die Küche mitnahm.

Bess versuchte prompt, sich hinter dem alten Herd zu verstecken. James sah sie angewidert an. »Du kannst das Vieh meinetwegen behalten, da es offensichtlich nichts mehr mit mir zu tun haben will. Ich scheine in letzter Zeit nicht viel Glück bei den Frauen zu haben.«

»Oh, ich weiß nicht«, erwiderte ich versonnen, während ich die zweitbesten Becher aus dem Schrank nahm, »du hast ja immer noch Klein-Wendylein und Margaret, die dich bemitleiden, und Mutter, bei der du dich beschweren kannst.«

»Aber ... sieh mal, Tish, lass mich das mit Wendy erklären! Das Mädchen hat mir nichts bedeutet. Sie ist Alices Schwester, das weißt du ja, und sie hat sich mir an den Hals geworfen. Außerdem ist die Sache vorbei.«

»Ach ja? Mach dir nichts draus, vielleicht findest du ja jemand anderes.«

»Was um Himmels willen soll das wieder heißen? Ich will niemand anderes! Sie hat mir nichts bedeutet, aber du bist meine Frau, und ich will, dass du sofort mit diesem Unfug aufhörst. Du musst zugeben, ich war sehr geduldig.«

»Von deinem Standpunkt aus betrachtet, ja. Blaubart hat sich sicher auch für absolut vernünftig gehalten. Aber schlag es dir aus dem Kopf, dass ich dich wegen des Mädchens rausgeworfen habe. Das wollte ich vorher schon tun. Wendy hat mich lediglich in meiner Entschlossenheit bestärkt, eine Scheidung zu verlangen, nicht nur eine Trennung. Wir haben uns beide verändert, und es hat keinen Sinn, es noch einmal zu versuchen.

Außerdem ist unsere Ehe nicht einmal das, wofür ich sie früher gehalten habe – von deiner Seite aus war es nur Fassade. Ich möchte jetzt lieber allein sein.«

Endlich schien es ihm zu dämmern, dass es mir ernst war. Hatte er wirklich geglaubt, ich würde Wendy als bloßes Kavaliersdelikt abtun, mich an seiner Schulter zerknirscht ausweinen und ihn anflehen, zu mir zurückzukehren?

Unzweifelhaft war offenkundiges Desinteresse nicht das, was er erwartet hatte.

»Tish, was ist in letzter Zeit bloß in dich gefahren? Du warst doch früher nie so kalt und hart. Und ich liebe dich immer noch!«

»Tust du das?«

Schweigend nippten wir an unserem Kaffee, und Bess kam vorsichtig wieder aus ihrem Versteck, um einen viel sagenden Blick auf die Keksdose zu werfen. Ich gab ihr einen Keks, den sie mit einem einzigen Bissen und einem vernehmlichen Schlucken vernichtete. Ein bisschen wie Bob.

James stieß einen langen Seufzer aus. »Onkel Lionel hat mich gewarnt, du könntest vielleicht kleinliche, provinzielle Vorstellungen in puncto Treue entwickeln, falls du je dahinter kommen solltest, dass ich mir ein bisschen Spaß gönne. Aber vergiss in Zukunft nicht, dass ich es nicht so gewollt habe, also komm nicht in ein paar Monaten weinend zu mir zurückgelaufen. Erwarte nicht von mir, dass ich dich dann wieder aufnehme.«

»Nein, das erwarte ich ganz bestimmt nicht!« (In ein paar Monaten werde ich außer Stande sein, irgendwohin zu laufen!) »Und ich bin froh, dass du es so gut aufnimmst, James.«

Er schnaubte. »Was glaubst du eigentlich, wie du zurechtkommen willst? Was ist mit der Hypothek, den laufenden Kosten? Ich glaube nicht, dass du überhaupt eine Ahnung hast, um wie viel Geld es da geht. Und wo soll ich in Zukunft leben? Ich kann nicht für immer in der Einliegerwohnung von Ray und Margaret bleiben.«

»Ich habe sehr wohl eine Ahnung, um wie viel Geld es geht, und ich komme blendend zurecht, solange ich dir nicht sofort eine größere Summe auszahlen muss. Wir können die Möbel, den Wagen, deine Funkausrüstung und alles andere schätzen lassen und eine gerechte Aufteilung vornehmen. Das heißt – ich darf doch davon ausgehen, dass du mir das Haus überlässt?«

»Ich denke schon«, antwortete er verdrossen. James hatte sichtlich nicht damit gerechnet, dass ich alles so genau durchdacht hatte, und er hoffte, dass ich finanziell von ihm abhängig war.

Er sah sich mutlos in der Küche um. »Seit ich in die Wohnung übergesiedelt bin, ist mir erst so richtig klar geworden, wie viel bequemer moderne Häuser sind. Wenn wir uns wieder zusammengerauft hätten, hätte ich vorgeschlagen, dass wir in ein paar Jahren in ein großes, modernes Haus umziehen, in ein frei stehendes Haus, vielleicht in dieser neuen Siedlung in Lower Nutthill.«

Umziehen in eine so schreckliche, moderne Streichholzschachtel, nachdem ich endlich mein kleines Cottage bekommen hatte, das ich mir immer so gewünscht habe? Ist er wahnsinnig?

Er fuhr fort, ohne mein Entsetzen zu bemerken: »Ich nehme an, wir finden eine Regelung, die für uns beide fair ist. Aber ich hoffe, du irrst dich nicht, was deine finanziellen Möglichkeiten betrifft.«

Er glaubte im Grunde immer noch nicht, dass ich finanziell ohne ihn zurechtkommen würde, und vielleicht rechnete er im Stillen sogar damit, dass ich sehr bald zu ihm zurückgelaufen käme.

»Solange ich weiter schreibe, werde ich nicht verhungern, James«, versicherte ich ihm munter. »Dieser amerikanische Vertrag verspricht sehr lukrativ zu sein. Möchtest du irgendwelche von den Möbeln oder von den anderen Sachen? Was ist mit den Hochzeitsgeschenken?«

Er sagte, er wolle sich nicht mit einem Haufen Müll belasten (unsere Hochzeitsgeschenke waren kein Müll – ich habe selbst die Liste gemacht!), aber er hätte doch gern den CD-Spieler, den Fernseher, den Videoapparat und so weiter. Ich war damit einverstanden (ich kann mir immer noch einen kleinen Fernseher mieten), solange diese Dinge bei der Schätzung von seinem Anteil abgezogen würden – zusammen mit dem Wagen, den James natürlich behalten hatte.

Ich bestand auch auf einem gemeinsamen Besuch bei einer Rechtsanwältin, von der ich gehört hatte und bei der ich alles schriftlich festlegen und die Scheidungsprozedur in Gang setzen wollte. James erklärte sich widerstrebend damit einverstanden und fügte dann todernst hinzu: »Eine Sache wäre da noch!«

Was um alles in der Welt würde denn jetzt kommen? Ich hatte ja gewusst, dass die Stimmung friedlicher Vernunft nicht von Dauer sein würde.

»Die Funkerbude – ich kann das ganze Zeug erst wegschaffen, wenn ich ein neues Haus gekauft habe. Darf ich abends herkommen und sie benutzen? Ich werde dich nicht stören. Ich gehe durchs Gartentor.«

Es gefiel mir nicht, dass er auf dem Grundstück ein und aus gehen konnte, aber ich wollte unseren Waffenstillstand, falls man davon sprechen konnte, auch nicht gefährden, daher erwiderte ich zögernd: »Meinetwegen – obwohl ich möchte, dass der ganze Kram so bald wie möglich wegkommt – vor allem die Antenne.«

Er stand auf, um zu gehen, von seiner ärgsten Sorge befreit. Die Trennung von seinem Funkgerät hatte ihn mehr bekümmert als die Trennung von mir. Auch Bess schien erleichtert zu sein. Ich bin froh, dass das dumme Vieh bei mir bleibt. Ich werde dafür sorgen, dass James sie mir überschreibt, solange diese friedliche Stimmung noch anhält.

Ich geleitete ihn aus dem Haus und fragte mich im Stillen, warum er nicht einfach bei Howard, Alice und der lieben kleinen Wendy einzog? Sie würden eine einzige große Familie sein.

Als ich das Gartentor schloss, blieb Nerissa bremsenquietschend in einem von diesen flachen, schmalen Sportwagen, die wie eine rote Kreditkarte auf Rädern aussehen, vor dem Grundstück stehen.

»Hi, Tish!«, begrüßte sie mich fröhlich, aber ihre großen braunen Augen waren auf James gerichtet, der wie gebannt stehen geblieben war, obwohl das vielleicht an dem Wagen lag.

»Ist das dein Mann? Du hast mir ja gar nicht erzählt, dass er *sooo* attraktiv ist!«

»Ach, nein?«, fragte ich. »Ja, das ist James – James, das ist Nerissa.«

»Eigentlich wollte ich dich überreden, auf einen Drink mit mir in den Pub zu gehen, Tish«, gurrte sie. »Fergal hat im Augenblick so viel zu tun, und unser kleines Plauderstündchen neulich hat mir so viel Spaß gemacht. Aber vielleicht wolltest du gerade mit James ausgehen?«

»James geht aus – ich bleibe da«, antwortete ich kurz und bündig. Die Aussicht, Fergals Verlobte als Busenfreundin zu haben, war mir zu schauerlich. »Ein andermal vielleicht.«

»Ich hatte tatsächlich gerade überlegt, ob ich nicht auf ein schnelles Glas Bier ins *Dog and Duck* gehe, falls Sie sich mit meiner Gesellschaft begnügen würden?«, erbot sich James eifrig.

»Aber mit Freuden«, erwiderte sie prompt und fügte dann mit einem Seitenblick auf mich hinzu: »Wenn Tish nichts dagegen hat, dass ich ihren himmlischen Ehemann entführe!«

Sie weiß wirklich, worauf Männer abfahren, dachte ich. Und bei James, der bereits halb im Wagen saß, funktionierte die Masche tadellos.

»Das geht schon in Ordnung – ich bin mit ihm fertig«, erklärte ich ihr. »Sie können ihn haben.«

Als sie abfuhren, konnte ich den Ausdruck auf James' Gesicht mühelos deuten: Er glaubte, ich zerfetzte mich vor Eifersucht, während er gleichzeitig Fergal eins auswischen konnte, indem er mit seiner Freundin abzog.

Ich bin mir nicht sicher, was Nerissa gedacht hat. Oder ob sie überhaupt etwas dachte.

Ich habe seit dem Abend, an dem er mit Nerissa weggefahren ist, nicht mehr mit James gesprochen, aber er kommt jetzt nach der Arbeit meistens vorbei, um in die Funkerbude zu gehen. Ich könnte ihn unbemerkt vom Schlafzimmer aus beobachten, aber er ist absolut uninteressant.

(Bess hat jetzt Angst, wenn ich sie allein im Haus zurücklasse. Offenbar fürchtet sie, dass James oder die Wrekins kommen und sie wieder wegschaffen könnten.)

Mutter schluchzte mir neulich unzusammenhängendes Zeug in den Telefonhörer, von wegen, sie habe ihr Bestes für mich getan, und es sei nicht ihre Schuld, wenn ich mich als Niete erweise und mein Leben ruiniere. So wie sie redete, hätte man mich für eine Drogensüchtige halten können, die sich auf Prostitution verlegt hatte.

Wenn sie sich nicht eingemischt hätte, hätte ich wahrscheinlich eine glücklichere – wenn auch kürzere – Beziehung zu Fergal gehabt und mehr Erfüllung gefunden als in meiner Ehe.

Je älter ich werde, desto weniger mag ich meine Mutter …

Ich liebe sie, aber ich mag sie nicht.

Wie auch immer, ich habe mich endlich wieder so weit gefasst, dass ich sie nach Fergals Briefen und seinen Anrufen fragen kann, ohne handgreiflich zu werden (glaube ich!), und ich könnte den Besuch bei ihr mit einem schnellen Streifzug durch ein paar Geschäfte für Umstandsmoden verbinden.

In weiten Sachen sah man mir die Schwangerschaft noch nicht an, aber ich habe nicht viele weite Sachen. Die Umstandskleider in den Zeitschriften sind alle sehr merkwürdig, obwohl – wenn etwas die Form eines Puddings hat, kann man wohl nicht viel mehr damit machen, als es mit Rüschen zu verzieren.

Und was fange ich mit dem Inkubus an?

Gar nichts, nehme ich an, da ich wohl kaum eine Wahl habe.

Ich hatte in letzter Zeit manchmal so ein komisches Gefühl, was vielleicht darauf zurückzuführen ist, dass der Inkubus sich bewegt …

Das alles kann unmöglich *mir* passieren!

Das Krankenhaus hat mir eine dringende Aufforderung geschickt, mich am sechsundzwanzigsten Oktober zu einer vorgeburtlichen Untersuchung und einer Ultraschallaufnahme einzufinden. Ich soll literweise Wasser trinken und vorher nicht zur Toilette gehen, aber ich soll gleichzeitig eine Probe Morgenurin mitbringen.

Widerspricht sich das nicht irgendwie? Ob ich vielleicht mal nachlese, welche Gräuel da noch auf mich warten? Einstweilen schrecke ich davor zurück.

James und ich hatten letzte Woche eine ziemlich schmerzlose Begegnung vor einer fremden Rechtsanwältin, die das Ganze sehr komisch zu finden schien. Jetzt wird eine Trennung vorbereitet, die mir wie die Trennung siamesischer Zwillinge erscheint, und wir wollen den schnellsten Scheidungsquickie, den man sich nur denken kann. (James sträubte sich an dieser Stelle ein wenig, aber die Erwähnung von Schnuckelchen Wendys Briefen schien Wunder zu wirken.)

Gerade als wir auseinander gehen wollten, bemerkte James aus heiterem Himmel, dass ich ziemlich fett aussähe.

Ich erwiderte, ich hätte zugenommen, fände aber, dass es mir stehe (ho, ho!), und er sagte, ich dürfe mich nicht gehen lassen, nur weil ich jetzt allein lebte.

Mistkerl!

Blonde nordische Nymphomaninnen aus Sexsauna-Skandal enthüllen alles!

Sun

Ich dachte, das hätten sie bereits getan.

Die Zeitungen mussten einen Saure-Gurken-Tag gehabt haben.

Warum haben diese Artikel eigentlich nie Ähnlichkeit mit den Ereignissen, wie sie mir und dem Rest der Band in Erinnerung geblieben sind?

Vielleicht leben wir in einem parallelen Universum, wenn auch im Gegensatz zu dem, was die Zeitungen sagen, nicht in einem dauerhaft horizontalen.

Kapitel 28

Freudenfeuer der Eitelkeiten

Heute Morgen war mir furchtbar übel, aber das lag an der Nervosität wegen des bevorstehenden Krankenhausbesuchs. Ich wünschte, ich hätte die Bücher nicht gelesen und befände mich noch immer in einem Zustand seliger (Halb-)Unwissenheit.

Als Erstes ließ ich die Ultraschalluntersuchung vornehmen, und zwar in einer Art schmuddeligem kleinem Container hinter dem Krankenhaus.

Ich stand kurz vor dem Platzen, denn nach der Mittelstrahlprobe hatte ich es für besser gehalten, ein wenig nachzufüllen.

Anschließend musste ich mich hinter einem nur sehr ungenügenden Vorhang bis auf die Unterwäsche ausziehen und in ein komisches Baumwollhemd schlüpfen. Ich war mir nicht sicher, ob man es vorne oder hinten zuband, aber bei meinem Hemd fehlten die Bänder ganz, sodass die Frage keine große Bedeutung hatte.

Dann lag ich auf einem Tisch, und eine junge Frau rieb meinen Bauch mit warmem Öl ein. Ich fühlte mich wie Frankensteins Braut kurz vor der Opferung. Die Frau fuhr mir mit einem Testgerät über den Leib, und auf dem Fernsehschirm formte sich ein Bild, aber die Frau schob nur schweigend ihr Gerät auf meinem Bauch hin und her, bis ich schließlich fragte, ob sie das Baby gefunden hätte oder ob ich vielleicht doch nicht schwanger sei.

Sie lachte, das herzlose Weib. »Natürlich habe ich es gefunden! Sehen Sie.« Und sie zeigte auf etwas, das aussah wie ein außerirdisches Geschöpf, das über den Meeresboden kroch.

Und ich habe zum Beweis ein verschwommenes graues Foto bekommen.

Als ich mich wieder anzog (ölig genug, um mich braten zu lassen, aber wenigstens hatte ich jetzt wieder Kleider am Leib) und auf der Toilette gewesen war (oh Glückseligkeit), stand die

Schwangerenberatungsstelle auf dem Programm, die natürlich meilenweit entfernt war.

Dort musste ich noch einmal lange warten, bevor ich mit sechs anderen Frauen in eine kleine Kabine geführt wurde, mich abermals ausziehen und ein anderes kleines Hemdchen anziehen musste.

Anschließend wurden wir alle in eine Art Hühnerpferch geführt, wo wir wie Gefängnisinsassen unsere in Plastiktüten gepackten Kleider an uns drückten, und da es die Hemdchen nur in kürzester Zwergenminiversion gab, war das einzige Geräusch im Raum das von Oberschenkeln, die sich von Plastikstühlen schälten.

Der Arzt muss wohl Englisch gesprochen haben, denn die Krankenschwester schien zu verstehen, was er sagte. Er lächelte viel.

Ich hätte ihm am liebsten zugerufen, dass es da nichts zu lächeln gäbe.

Nach der unaussprechlichen Untersuchung stand ich gedemütigt auf der Waage, ließ meinen Blutdruck messen und beantwortete Fragen, die schlichtweg beleidigend waren. Sehe ich so aus, als würde ich meine Bettgefährten jede Nacht einmal und samstags sogar zweimal wechseln?

So oft wechsle ich nicht einmal meine Bibliotheksbücher!

Man versicherte mir, dass alles normal zu sein schien, und fragte mich, ob meine Daten stimmten. Wenn der Heilige Geist nicht ein zweites Mal auf die Erde herabgestiegen war, mussten meine Angaben wohl korrekt sein.

Ich sollte mir keine Sorgen machen wegen dieser frühen, leichten Blutung.

Ich sollte mir keine Sorgen machen.

(Nun, dann wäre das ja geklärt – ich höre einfach auf, mit Sorgen zu machen.)

Auf dem Weg nach draußen gab mir die Krankenschwester ungefähr fünfzig Flugblätter über Dinge wie das Rauchverbot während der Schwangerschaft, Ernährung und Sterilisierung. (Die von Flaschen, nicht die von Menschen – dafür war es zu spät.) Zwei der Flugblätter waren in Urdu geschrieben.

Was für ein herrliches Gefühl, wieder frei und ungebunden

im schwachen Oktobersonnenschein zu stehen! Ich will da nie wieder rein. Trotzdem, die meisten Termine in meinem Kalender sind Arzttermine.

Ich denke doch, dass ich, wenn meine Wehen einsetzen, auch ohne all das hier einfach auf der Entbindungsstation auftauchen kann? Sie können mich kaum wieder wegschicken! Außerdem habe ich nicht das geringste Verlangen, irgendjemandem von dem Baby zu erzählen.

Als ich nach Hause kam, gönnte ich mir ein langes, ausgiebiges Bad.

Von den Eisenpillen, die meine Ärztin mir verschrieben hat, habe ich Verstopfung bekommen. Ich muss mir unbedingt ein paar Feigen kaufen. Ich soll eine ausgewogene Kost zu mir nehmen, und Bess könnte mir dabei gleich Gesellschaft leisten; da sie entweder trächtig war oder aus reinem Mitleid ebenfalls zunahm, habe ich sie vom Tierarzt untersuchen lassen, und wie sich erwies, ist sie trächtig. Wie konnte sie mir das antun?

Der Tierarzt sagt, die Welpen würden etwa Ende November kommen, da ich weiß, wann es passiert ist. (Aber nicht, welcher schreckliche Köter der Vater ist!)

Ich hielt es für das Beste, ohne Vorwarnung über Mutter herzufallen, sodass es eine arge Enttäuschung für mich war herauszufinden, dass sie wieder mit Dr. Reevey zum Mittagessen ausgegangen war. (Was war nur aus den ständig überarbeiteten, abgehetzten Ärzten geworden?)

Granny meint, der Mann habe sich auf Krankheiten der Reichen spezialisiert, übe aber zuvor gern an Kassenpatienten.

Sie hatte sich ein Video von *Im Winde verweht* angesehen und dabei Pralinen gegessen, die perfekte Kombination, wie sie sagte. Um ihre volle Aufmerksamkeit zu gewinnen, musste ich zwischen sie und Rhett Butler treten und die Stimme heben.

»Granny, erinnerst du dich noch, dass ich im Sommer vor Beginn meines Studiums eine Weile bei dir gewohnt habe?«

Seufzend stellte sie den Apparat leiser. »Natürlich erinnere ich mich. Ich bin doch nicht blöd! Du hattest dich gerade von diesem netten dunkelhaarigen Jungen getrennt ... dem Sänger ... Freddy.«

»Fergal. Er wollte, dass ich ihn auf seine Amerika-Tournee begleite, und ich wollte meinen Abschluss machen und hier auf ihn warten ...« Ich hielt verwirrt inne. »Der Abschluss schien mir damals so wichtig zu sein.«

»Nun, Fergal hat dich nicht gebeten, ihn zu heiraten, oder? Du wärst nur eine Klette gewesen. Eines von diesen Gropies.«

»Groupies. Nein, er hat tatsächlich nie von Ehe gesprochen. Aber die Sache ist die, Granny – ich meine, ich weiß nicht, ob Mutter es dir erzählt hat, aber ich habe ihn kürzlich wiedergesehen. Er hat das große Haus im Park gleich hinter dem Cottage gekauft.«

»Ich habe keine hohe Meinung von außerehelichen Affären«, erklärte sie ernst. Jetzt hatte ich tatsächlich ihre volle Aufmerksamkeit.

»Es ist nichts in der Art! Aber wir sind ins Reden gekommen, und dabei hat sich herausgestellt, dass er mir nach unserer Trennung Unmengen Briefe geschickt und mich sogar angerufen hat. Aber davon habe ich nie etwas gehört. Glaubst du, Mutter hat das mit Absicht vor mir geheim gehalten?«

»Natürlich hat sie das! Sie fand, er sei nicht gut genug für dich. Sie wollte eine große Hochzeit und Enkelkinder und dass du in der Nähe wohnen bleibst. Das alles hätte sie niemals bekommen, wenn du mit Fergus auf und davon gegangen wärst, nicht wahr?«

»Fergal. Nein, das hätte sie wohl nicht. Aber dank ihrer Einmischung habe ich nie die Chance bekommen, es herauszufinden! Ich bin heute hergekommen, um die Sache mit ihr auszufechten.«

»Sinnlos: Die halbe Zeit ist sie nicht im Stande, Wahrheit von Märchengeschichten zu unterscheiden. Dieser Arzt sollte besser vorsichtig sein mit dem, was er tut.«

»Er hat doch keine ernsten Absichten, oder?«

»Sieht aber so aus. Natürlich weiß er nicht, dass sie praktisch Alkoholikerin ist.«

»So schlimm ist sie nun auch wieder nicht!«

»Ich habe meine Fotos«, sagte Granny und vollzog damit einen ihrer typischen, plötzlichen Themenwechsel, die so verwirrend sein konnten.

»Was? Welche Fotos?«

»Ja, ich habe meine Fotos. Du wolltest sie doch sehen. Hol mal das Album vom Tisch.«

Verblüfft gehorchte ich, und sie blätterte die Seiten durch, bis sie fand, was sie gesucht hatte.

»Da sind wir: Bernard und ich in Russland.«

»Oh, du hast mir neulich am Telefon davon erzählt! Ihr wart in Russland, als ich geboren wurde.«

»Ja, du wolltest die Bilder sehen.«

»Ich wollte wissen ...«

»Das sind wir vor dem Hotel. Komische Leute, diese Russen – schienen zu glauben, dass wir Lust hätten, uns Unmengen moderner Fabriken und Krankenhäuser anzusehen, aber das habe ich schnell richtig gestellt.«

»Das glaube ich dir sofort!« Ich gab es auf und widmete mich bald voller Faszination dem russischen Abenteuer meiner Großeltern.

Als Granny die letzte Seite umgeblättert hatte, hakte ich nach: »Und als ihr wieder nach Hause kamt, war ich plötzlich da?«

»Dein armer Vater wirkte ziemlich verwirrt – was wohl kein Wunder war! Du warst eben ein Überraschungsbaby. Wir hatten nicht gedacht, dass er nach dem Mumps ... Und es war schon komisch, wie Valerie einfach so mir nichts, dir nichts plötzlich nach Cornwall fuhr und mit einem Baby zurückkam. Natürlich haben die Leute geredet!«

»So war das also? Aber wenn sie nicht wusste, dass sie schwanger war – ich meine, so etwas ist doch möglich, nicht wahr?« (Mein Unterbewusstsein hatte auf alle Fälle Bescheid gewusst, auch wenn es den Befehl erhalten hatte, die Sache für sich zu behalten.)

Granny runzelte die Stirn, so sehr bemühte sie sich, sich zu erinnern. »Ich dachte damals, dass sie vielleicht nach Cornwall gefahren war, um ihre flatterhafte Schwester dort zu treffen – diese Glenda war von zu Hause weggelaufen, aber deine Mutter sagte, das sei es nicht gewesen. Sie hätte einfach nur Urlaub gebraucht, nachdem sie deinen Vater gesund gepflegt hatte.« Sie seufzte. »Wie auch immer, die Geburtsurkunde war in Ordnung, und Valerie führte sich auf wie ein Kind mit einer neuen Puppe. Ich dachte damals, dass selbst eine Katze eine bessere Mutter abgeben würde – und ich hatte Recht!«

»Ich würde meine Geburtsurkunde gern sehen.«

»Sie muss hier irgendwo rumliegen. Im Schreibtisch vielleicht?«, sagte Granny unbestimmt.

In dem großen Schreibtisch in der Ecke bewahrt Mutter alles an Papier auf, das ihr über den Weg läuft. Wenn ich normalerweise auch gezögert hätte, ihren Schreibtisch zu durchsuchen, so hatte der Gedanke, dass sie Fergals kostbare Briefe an mich vernichtet und vorher wahrscheinlich sogar gelesen hatte, alle etwaigen Skrupel ausgelöscht.

Mein Leben wäre vielleicht vollkommen anders verlaufen.

Wahrscheinlich am Ende genauso unglücklich, aber anders!

Also begann ich, in den Schubladen zu stöbern, während Granny mir eine Tasse Kakao und ein paar Schokoladenkekse brachte und dann zu ihrem Film zurückkehrte.

(»Oh Ashley! Ashley!«)

Mit den Schubladen in der oberen Abteilung des Schreibtischs hatte ich eine absolute Niete gezogen, aber plötzlich fiel mir das so genannte Geheimfach wieder ein.

Die Vertäfelung gab unter meinen Fingern nach, und die geheime Schublade glitt wie frisch geölt heraus. Darin lag ein Bündel dünner Luftpostbriefe, adressiert mit einer kühnen schwarzen Handschrift und unter den Briefen eine Geburtsurkunde.

Als ich mich mit den Briefen in meinen zitternden Händen erhob, öffnete sich die Tür, und hereinspaziert kam meine Mutter.

Als sie die Papiere in meinen Händen erblickte, trat etwas wie fassungslose Furcht in ihre Züge, und vielleicht dachte sie, ich würde quer durch den Raum gestürzt kommen und sie erwürgen, denn sie machte einen Schritt nach hinten, ihre babyblauen Augen weiteten sich, und sie griff sich mit beiden Händen an die Kehle.

Dann hatte sie sich wieder gefasst und rang sich ein schwaches Lächeln ab. »Leticia, Liebling! Du hattest nicht gesagt, dass du kommen würdest, oder? Bist du schon lange hier?«

»Lange genug, um den Beweis für deine Lügen zu finden, Mutter. Du hast mein Leben zerstört!«

Ihr Gesicht verfiel. »Aber ich wollte doch nur das Beste für dich, Liebling! Er taugte nichts. Und er hat nicht einmal die Universität besucht – nur ein Kunstcollege –, was ja wohl Bände spricht! Er hätte dich, ohne zu zögern, weggeworfen, wenn er deiner müde geworden wäre ...«

»Aber ich habe ihn *geliebt*, und es war *mein* Leben und *meine* Entscheidung, nicht deine!«

»Du warst zu jung, um eine Entscheidung zu treffen. Ich wusste, dass du ihn bald vergessen und jemand Passenderes finden würdest – und das hast du ja auch: Du hast deinen Abschluss gemacht und den lieben James geheiratet.«

»Den lieben James mit den vielen Lügen und der Geliebten?«

»Keine Geliebte, Leticia, Kind – du hast alles falsch verstanden!«

»Ich wusste es doch!«, bemerkte Granny, ohne den Blick von Rhett abzuwenden. »Zu viele Überstunden am Abend. Und vertraue niemals einem Mann mit solch blauen Augen.«

»Warum hast du nichts gesagt, Granny?«

»Weil es nichts geändert hätte – du hättest mir nicht geglaubt.«

Vielleicht nicht, aber ich hätte ihn dann möglicherweise ein wenig genauer im Auge behalten!

»Ich habe Briefe von diesem Mädchen in einer Schachtel auf dem Dachboden gefunden, und es ist ganz klar, dass er seit unserem Umzug nach Nutthill eine Affäre mit ihr hatte – seit Monaten. Aber er scheint nicht zu glauben, dass es zählt, da die Affäre nur ›so nebenbei‹ war, während ich seine Frau bin und er mich ›liebt‹. Meiner Meinung nach ist er schlichtweg wahnsinnig!«

»Aber das Ganze war doch sicher ...«, wandte Mutter stockend ein und setzte sich dann ziemlich plötzlich und ziemlich blass aufs Sofa, »es war doch sicher nur ein kleiner Flirt? James würde nicht ... Er hat nicht ... Ich kann es nicht glauben.«

»Ich fürchte, ich kann dir die Briefe nicht mehr zeigen, weil ich sie Bob zum Verbrennen gegeben habe.« Bis auf zwei oder drei von Schnuckelchens bildhaftesten Ergüssen natürlich, die ich als Reserve in der Hinterhand behalte.

»Es müssen *alte* Briefe gewesen sein, Liebes«, erklärte Mutter kategorisch. »Aus der Zeit, bevor er dich kannte. Du hättest sie nicht lesen dürfen.«

Ich sah sie sprachlos an. Normalerweise hätte ich ja gesagt, jemand müsse sie einer Gehirnwäsche unterzogen haben, aber ich glaube, sie hat gar kein Gehirn, das man waschen könnte.

»Und ist es so eine Überraschung, dass der arme James eifersüchtig war, als dieser Fergal praktisch nach nebenan zog und James dich erwischt hat, wie du am Zaun mit ihm Händchen gehalten hast? Er hat sich lediglich einer anderen Frau zugewandt, weil er ein wenig Mitgefühl brauchte.«

Das war eine derart verzerrte Version der Wirklichkeit, dass ich Mühe hatte, ein Muster darin zu entdecken.

»Du bist eine absolute Närrin, Valerie!«, erklärte Granny leidenschaftslos.

»Mutter«, sagte ich mit aller Geduld, die ich aufbringen konnte, »ich wusste nicht, dass Fergal Greatness Hall gekauft hatte, und er wusste nicht, dass ich in Nutthill wohne. Außerdem hat James sich schon Monate vor Fergals Umzug nach Nutthill mit diesem Weibsstück getroffen, jedes Mal, wenn er bei Howard übernachtete. Und Fergal hat nicht meine Hand gehalten. Wir bedeuten einander gar nichts mehr – dafür hast du ja schon vor langer Zeit gesorgt!«

Ich ertappte mich dabei, wie ich nervös den Ring mit dem herzförmigen Saphir an meinem Finger drehte (inzwischen der einzige Ring, den ich noch trug).

Granny blickte argwöhnisch von dem Ring auf mein Gesicht: »Er ist nicht verheiratet, oder?«

»Wer, Granny?«

»Dieser Ferdy.«

»Fergal. Nein, er ist nicht der Typ dazu.«

»Also bitte, da hast du es!«, rief Mutter triumphierend. »Ich habe es nur zu deinem Besten getan: Du hättest mit ihm kein dauerhaftes Glück gefunden. Warum gibst du mir nicht diese alten Briefe zurück, und ich werde ...«

»Nein! Sie gehören mir.« Ich drückte sie schützend an meinen Busen.

»Ich dachte nur ... aber egal. Mami hat nur versucht, ihrem kleinen Mädchen jede Aufregung zu ersparen. Was hast du da noch in der Hand?«

»Meine Geburtsurkunde. Ich habe sie mir nie richtig angesehen.«

Ein Hauch von Bestürzung – oder bildete ich mir das nur ein? –, dann ein gequältes, verzeihendes Lächeln. »Könntest du sie dir nicht hier ansehen und Mami erlauben, sie weiter für dich aufzuheben?«

»Ich denke, ich würde sie lieber mitnehmen, vielen Dank. Bis Granny mir davon erzählte, war mir gar nicht klar gewesen, dass ich in Cornwall geboren bin.«

Nach einem beinahe verstohlenen Blick auf die kleine Gestalt vor dem Fernseher senkte Mutter die Stimme: »Das ist richtig – du warst meine kleine Urlaubsüberraschung!«

»Warum flüstert ihr?«, fragte Granny scharf. »Das ärgert mich! Wenn ihr Geheimnisse habt, dann geht, und flüstert anderswo.«

»Es gibt keine Geheimnisse«, erklärte Mutter kalt.

»Granny, Mutter wollte mir gerade von der Zeit erzählen, als ich geboren wurde ...«

»Gütiger Himmel!«, fiel Mutter mir ins Wort und sprang wie ein besonders beweglicher Krallenaffe vom Sofa. »Ist es schon so spät? Ich muss mich umziehen. Dr. Reevey führt mich in eine wunderschöne Oper aus.«

Sie hat keinen Schimmer von Opern, es sei denn, man rechnet *West Side Story* mit, die sie abstoßend fand.

»Papperlapapp!«, bemerkte Granny, als sie aus dem Zimmer stürzte. »Sie wird dir überhaupt nichts erzählen, und ich muss es wissen, denn ich habe es versucht. *Irgendetwas* war damals – aber wenn du wissen willst, was, dann wirst du es selbst herausfinden müssen.«

»Was soll ich herausfinden?«

»Ich weiß es nicht, ich war in Russland«, antwortete sie ungehalten.

Es klingelte an der Tür. »Das wird Rose Durwin sein; sie hat heute frei, und dann kommt sie immer rüber und spielt mit mir Scrabble.«

»Die Bezirksschwester? Ist sie gut in Scrabble?«

»Kann Quote nicht von Quere unterscheiden, kennt aber unzählige lange medizinische Wörter. Lass sie herein, bist du so lieb?«

Ich nutzte die Gelegenheit, um mich zu verabschieden, da ich an diesem Tag bestimmt nicht mehr in Erfahrung bringen würde. Aber ich hatte meine Geburtsurkunde, meine Briefe – und ein paar neue, quälende Zweifel bezüglich meiner Geburt.

Wie auch immer, die Geburtsurkunde schien klar und deutlich zu sein, sodass ich mir die Sache eigentlich hätte aus dem Kopf schlagen sollen, genau wie Fergals Briefe, die ich ganz bestimmt nicht lesen würde: Es hatte keinen Sinn, über vergossene Milch nachzudenken.

Absolut keinen Sinn ...

Der Morgen dämmerte, als ich den letzten Brief gelesen hatte, und es wurde nicht nur draußen hell, sondern auch in meinem Herzen. Die Briefe begannen mit typisch Fergal'scher Arroganz, endeten aber mit verzweifeltem Flehen und schließlich Zorn.

So viel hatte ihm an mir gelegen.

Nur gut, dass ich Mutter nicht mehr in Reichweite hatte.

Als ich einkaufen ging, trug ich eine Sonnenbrille, was in Nutthill im November keineswegs üblich ist, aber Mrs. Deakin sagte nichts.

Auf dem Kirchhof wurde ein Feuer aufgeschichtet. Bob erzählte mir, er hätte die Schachtel mit James' alten Briefen auf den Haufen gelegt, was mir passend erschien. (Freudenfeuer der Eitelkeiten?)

Sun

Das wird langsam langweilig.

Noch viel mehr davon, und der Trendsetter *wird mich nächstes Jahr zum »Zuchthengst des Jahres« nominieren.*

Außerdem scheint es sich immer um Frauen zu handeln, von denen ich mir ziemlich sicher bin, dass ich nie mit ihnen geschlafen habe.

Also, warum tun diese Frauen das? (Vor allem in einer Zeit, da es DNS-Tests gibt.)

Sind fünf Minuten Ruhm genug?

Kapitel 29

Der große Kastrator

Es sind erst ein paar kurze Wochen vergangen, seit ich James hinausgeworfen habe, und schon habe ich mein Leben wunderbar durchorganisiert: Bess und ich essen eine gesunde Mischkost, von der Bob einen Teil im Garten anbaut, ich habe einen Steuerberater gefunden, der verspricht, er könne wahre Wunder wirken, was meine Finanzen betrifft, Vivyan hat all die Rechte an meinen früheren Romanen zurückbekommen und verhandelt jetzt mit Lovecall über Neuausgaben, und meine Anwältin versichert mir, dass die Scheidung läuft.

So weit, so gut. Ich bin der Kapitän meines Schiffes, der Herrscher meines Universums und Herrin über alles, so weit mein Auge reicht.

Jetzt muss ich Auto fahren lernen, und zwar schnell, denn ich werde mordsmäßig in der Klemme sitzen, wenn ich die Prüfung nicht bestehe, bevor der Inkubus kommt. Wie die Dinge liegen, erledige ich derzeit einen Großteil meiner Einkäufe bei Mrs. D., weil es so ermüdend ist, schwere Tüten mit dem Bus herbeizuschaffen.

Ich habe sie auch gefragt, ob sie einen geduldigen Fahrlehrer kenne.

»Eine Fahrlehrerin«, korrigierte sie mich, bevor sie hinausging, um Bess einen Hundekuchen zu geben. Sie findet Bess wunderbar, jetzt, nachdem sie sich an ihr seltsames Aussehen gewöhnt hat. Ob sie vielleicht einen Welpen haben möchte?

Sie kam mit Pfotenabdrücken auf der Schürze zurück. »Wenn es um Geduld geht, braucht man eine Frau, und ich kenne genau die richtige für Sie.«

Sie förderte ein Päckchen Visitenkarten zu Tage und mischte sie wie ein Pokerspieler.

»Hier – Dulcie Blacklock. Sie ist eine Art Cousine von mir, und sie bekommt ihre Fahrschüler immer durch. Und billig ist sie obendrein, nicht wie diese großen Fahrschulen, die ihr Geld für protzige Autos mit großen Schildern und für Annoncen in sämtlichen Zeitungen ausgeben.«

»Vielen Dank, ich werde sie später anrufen.«

»Ich habe übrigens Ihren Mann heute Morgen gesehen«, bemerkte Mrs. Deakin mitleidig. »Er kam gerade aus der Wohnung bei den Wrekins, zusammen mit einer flittchenhaften Blondine.«

»Flittchenhaft?«

»Lederner Minirock und weiße Handtasche: flittchenhaft eben. Sie stiegen in seinen Wagen und sind weggefahren.«

Dann hatte er also auch in diesem Punkt gelogen! Er traf sich sehr wohl noch mit Wendy!

Ich zuckte die Schultern. »Das geht mich nichts mehr an – und er wird auch nicht mehr lange mein Mann sein, nicht, wenn ich es verhindern kann.«

»Das ist die richtige Einstellung!«, stimmte sie mir zu. Sie weiß ja immer über alles Bescheid. Ich bin mir so gut wie sicher, dass sie auch von meiner Schwangerschaft weiß, obwohl sie bisher kein Wort gesagt hat.

Es wird in Bälde auch allzu augenfällig sein. Ich weiß nicht genau, wie James reagieren wird, aber ich kann mir die Szenen, die vor uns liegen, direkt vorstellen.

Sobald ich nach Hause kam, rief ich Mrs. Blacklock an: Meine erste Fahrstunde habe ich am Dienstag. Die Dame hat eine tiefe Stimme und ein fröhliches Lachen.

So sehr ich Feuerwerke normalerweise liebe, beschloss ich, mir das Freudenfeuer auf der Dorfwiese nicht anzusehen; Bess wird hysterisch, wenn sie einen lauten Knall hört, und ich möchte nicht, dass sie sich in ihrem Zustand aufregt.

Es war dann übrigens James, der hysterisch wurde, als seine angekohlten Liebesbriefe durch einen kräftigen Wind im ganzen Dorf verteilt wurden. Er beschuldigte mich, ihn in ganz Nutthill lächerlich gemacht zu haben, aber ich versicherte ihm, dass er das ganz allein besorge.

Meine erste Fahrstunde fand am Tag darauf statt, und ich war anschließend ein Nervenbündel, obwohl Mrs. Blacklock wirklich sehr nett ist: groß und gut gelaunt, und es macht ihr auch nichts aus, alles immer wieder und wieder erklären zu müssen.

Sie fuhr mich in eine ruhige Straße, dann tauschten wir die Plätze, und sie zeigte mir, wie man die Spiegel und die Sitzhöhe richtig einstellt, wozu die Pedale da sind und wie man die Gänge wechselt. Dann fuhr ich los und würgte den Wagen gleich ein paar Mal ab.

Die Stunde verging wie im Flug! Mrs. Blacklock glaubt, dass sie mich bis März auf Prüfungsniveau bringen kann, aber es wäre sicher besser, wenn ich mehr als eine Fahrstunde die Woche haben könnte. Zuerst muss ich allerdings abwarten, wie sich die Dinge in finanzieller Hinsicht entwickeln.

Mrs. Blacklock setzte mich an der Bushaltestelle ab: Ich musste mir unbedingt etwas zum Anziehen kaufen! Nichts geht mehr richtig zu, und ich sehe regelrecht schlampig aus – außerdem brauche ich einen neuen BH, da ich plötzlich einen Busen habe wie Britannia persönlich.

Seltsamerweise sind Umstandskleider für Damen in mittleren Jahren gemacht, die obendrein einen Hang zu Schleifchen und Rüschen haben müssen. Nicht einmal die auf Umstandsmoden spezialisierten Läden hatten eine große Auswahl.

Schließlich kaufte ich mir eine legere Hose, ein großes, sackartiges Sweatshirt und Schnittmuster sowie Stoff für weitere Hosen. Ich hasse Näharbeiten (abgesehen von Patchwork), aber ich werde kein Vermögen ausgeben für Sachen, die ich später nicht mehr trage.

Die Umstands-BHs sind alle durch die Bank abscheulich und entweder weiß oder von jener Farbe, die man lächerlicherweise als »fleischrosa« bezeichnet. Die meisten hatten geniale Vorrichtungen, damit man sie vorn öffnen kann, und sahen so aus, als gehörten sie eigentlich auf den Ladentisch eines Sex-Shops. Bis man alle Haken geöffnet und sich entblößt hat, ist das Baby wahrscheinlich verhungert.

Stattdessen kaufte ich mir einige Sport-BHs mit breiten Stretchriemen. Schließlich möchte ich es lediglich bequem haben, wozu brauche ich da einen Markennamen?

In meinen weiten Hosen sehe ich jetzt wirklich schwanger aus, und ich habe das Gefühl, als sähe das ganze Dorf mich an und redete über mich. Vielleicht sollte ich mir eine Patchworkhose nähen und den Leuten einen ordentlichen Stoff zum Klatschen liefern?

Wie lange wird es dauern, bis James davon erfährt? Ich sollte es ihm anständigerweise vielleicht als Erstem erzählen, aber ich werde das Gefühl einfach nicht los, dass das Baby ihn nichts angeht. (Und auch sonst niemanden.)

Mutter sagt, sie habe mir meine Unfreundlichkeit bei meinem letzten Besuch verziehen und werde das Ganze nicht wieder erwähnen. (Das kann ich mir vorstellen.) Wenn sie irgendwelche schrecklichen Geheimnisse vor mir verbirgt, dann werde ich wohl nie dahinter kommen. Genauso gut könnte ich versuchen, mit einem Plastikmesser eine Perle aus einer Auster zu befreien. Außerdem würde ich am Ende wahrscheinlich doch nur ein Sandkorn finden. Ein wahres Sandkorn vielleicht, aber trotzdem Sand.

Dann redete sie plötzlich über Grannys mysteriöse Taxifahrten.

»Warum sollte sie nicht ausgehen, wenn ihr danach ist? Wahrscheinlich besucht sie alte Freunde.«

»Was für alte Freunde?«, fragte Mutter. »Nein, sie führt irgendetwas im Schilde, und die Sorge untergräbt meine Gesundheit. Ich halte das nicht mehr lange durch. Ganz zu schweigen von dem Stress, eine Tochter mit einer zerrütteten Ehe zu haben!« Die Worte »zerrüttete Ehe« kamen in Großbuchstaben durch den Hörer.

Und dabei hätte ich James wahrscheinlich nicht einmal kennen gelernt, wenn sie nicht Fergals Briefe unterschlagen hätte!

Apropos James, ich bin endlich dazu gekommen, ein Treffen mit ihm zu vereinbaren. Es soll am frühen Abend im *Dog and Duck* stattfinden, weil ich mich auf neutralem Boden befinden möchte, wenn ich ihm von dem Baby erzähle. Er klang sehr verwirrt.

Als ich eintrat, saß er mit einem Drink in der Ecke, und ich bestellte mir einen Orangensaft und ging zu ihm.

»Hi«, sagte ich und setzte mich hin, noch im Mantel, um den Höcker zu verstecken.

Daraufhin herrschte kurz Schweigen, während ich mich fragte, wie ich die »große Offenbarung« formulieren sollte, aber mein Kopf war vollkommen leer. Im Grunde wollte ich es ihm überhaupt nicht erzählen.

»Nun, was ist das für eine ›wichtige Sache‹, die du mit mir besprechen willst?«, fragte James schließlich mit ziemlich herablassender Miene, und plötzlich ging mir auf, dass er damit rechnete, ich würde zu ihm zurückgekrochen kommen.

»Ich erwarte ein Kind«, erklärte ich unumwunden.

Ihm klappte der Kiefer nach unten: »Ein Kind? Wessen Kind?«

»Also wirklich, James! Es ist natürlich deins, und es wird etwa Ende März zur Welt kommen.«

»Aber warum hast du mir nicht schon vorher davon erzählt? Das ist also der Grund, warum du dich so seltsam benommen hast!«

»Ich habe mich nicht seltsam benommen, und das Kind wird nichts zwischen uns ändern.«

»Natürlich wird es das!« Ein verwundertes Lächeln breitete sich auf seinem Gesicht aus. »Ein Baby! Mein Sohn ...«

»Eine Tochter, hoffe ich. Ich denke, es wird viel einfacher sein, ein Mädchen allein großzuziehen.«

»Aber es gibt doch gar keinen Grund, allein zu *sein*«, rief er aus, machte Spanielaugen und versuchte, quer über den Tisch nach meiner Hand zu greifen. »Das ändert alles, das musst du doch einsehen? Du kannst das allein nicht schaffen, und ich würde dir ein besserer Ehemann sein.«

Nun ja, ein schlechterer kann er kaum noch werden.

»Ich schaffe das sehr wohl allein, und du hast bereits bewiesen, dass ich auf deine Versprechungen nichts geben kann. Ich habe einfach keine Lust mehr, James. Ich bin glücklich und zufrieden allein, und ich brauche dich nicht länger.«

»Nun, wenn das so ist, dann komme ich ebenfalls sehr gut allein klar! Aber du kannst mich nicht daran hindern, meinen Sohn zu sehen ...«

»Tochter!«

»Was auch immer. Ich kann ein Besuchsrecht erwirken, das weißt du. Ich könnte vielleicht sogar das Sorgerecht bekommen.«

»Dann lasse ich abtreiben. Ich nehme nicht all das auf mich, nur um mir das Baby wegnehmen und von deinem blonden kleinen Flittchen großziehen zu lassen!«

Er erbleichte. »Das ... das würdest du nicht tun! Außerdem ist es doch sicher zu spät für eine Abtreibung?«

»Ich werde auch nicht abtreiben, wenn du mich in Ruhe lässt – und ich werde dir innerhalb vernünftiger Grenzen erlauben, das Kind zu sehen. Doch versuch ja nicht, mir noch einmal zu drohen!«

Meine plötzlich erwachten Beschützerinstinkte überraschten mich selbst, und nicht nur mich, sondern auch James, und natürlich hätte ich nicht abtreiben lassen, selbst wenn ich meine Schwangerschaft sofort entdeckt hätte.

James hatte solche Angst vor dem, was ich vielleicht tun würde, dass er es nicht wagte, weiter in mich zu dringen, also überließ ich ihn seinem zweifelhaften Freudenfest und ging.

Eine Sekunde später kam er hinter mir hergestürzt, aber nur um mir meine fingerlosen Handschuhe zu bringen. In diesem Augenblick hielt eine nicht mehr ganz junge Frau auf einem Fahrrad mit quietschenden Bremsen vor dem Pub und sah uns forschend an. Ihr Blick verweilte auf meinem Bauch.

»Alle Männer, die ein Kind gezeugt haben, sollten sofort kastriert werden«, bemerkte sie sachlich.

»Ich bin absolut Ihrer Meinung«, erwiderte ich verblüfft, und die Frau nickte und fuhr weiter.

Ein einziger Blick auf James' Gesicht genügte, um mich in unkontrolliertes Gekicher ausbrechen zu lassen.

»Gütiger Gott!«, rief er und verschwand wie der Blitz wieder im Pub, vielleicht aus Angst, der »große Kastrator« könne mit einem Messer zurückkehren, um sich sofort ans Werk zu machen.

Was für mich gar keine schlechte Idee zu sein schien.

Mrs. Deakin meint, es müsse die »Verrückte Veronika« gewesen sein. Sie ist in allen anderen Dingen vollkommen normal, nur bei diesem Thema dreht sie durch. Vor ein oder zwei Jahren hatte sie sogar Flugblätter diesbezüglich drucken lassen und eins davon in jeden Briefkasten im Dorf gesteckt. Es tat mir Leid, dass ich das Ereignis verpasst hatte, aber Mrs. Deakin versprach, mir ihr Exemplar zu leihen.

Sie gratulierte mir nicht direkt zu meiner Schwangerschaft, meinte aber, das beste Mittel für eine schwangere Frau sei eine Flasche Guinness täglich, wegen des Eisengehalts.

Klingt vergnüglicher als diese schrecklichen Pillen.

Gerade als ich ins Bett gehen wollte, rief James an, um mich, sturzbetrunken, davon in Kenntnis zu setzen, dass das Baby nicht seins sein könne, da wir »keinen Verkehr« gehabt hätten (woher hat er bloß diese Ausdrücke?), nicht zur richtigen Zeit.

»Hast du die Nacht nach dem Grillfest vergessen? Nicht dass das Ereignis besonders denkwürdig gewesen wäre, das gebe ich zu, aber das war jedenfalls die folgenschwere Nacht.«

»Oh...«, murmelte er, dann folgte eine Pause und einiges wütendes Getuschel, daher vermutete ich, dass sein Flittchen der Auslöser dieses überaus geschmacklosen Wortwechsels gewesen war.

»Woher soll ich wissen, dass es nicht Roccos Baby ist?«

»Ich wünschte, das wäre es! Ich wünschte, der Vater wäre irgendein anderer Mann als du!«, schrie ich und ließ den Hörer auf die Gabel krachen.

Mir zitterten anschließend noch eine kleine Ewigkeit die Hände. Und ich weiß, dass ich es eigentlich als Nächstes Mutter erzählen müsste, aber ich kann mich nicht dazu überwinden.

Heute Morgen kam Mrs. Peach mit knirschenden Sohlen den kalten Weg hinauf und reichte mir ein in Zeitungspapier gewickeltes Päckchen.

»Das wird Ihnen gut tun. Es ist ein Kaninchen, frisch geschlachtet, und ich habe es für Sie ausgenommen. Sie brauchen es nur noch in die Pfanne zu legen – Frauen in Ihrem Zustand sind ja immer zimperlich.«

Mit diesen Worten stapfte sie von dannen, bevor ich mich so weit gesammelt hatte, dass ich ihr danken konnte.

Die Zeitung wurde schon ein bisschen weich, daher brachte

ich sie in die Küche – aber ich könnte unmöglich ein Kaninchen essen, schon gar nicht eins, das mir zu Ehren geschlachtet worden war. Igitt! Und diesmal kann ich es auch nicht Bob geben, denn wenn sie davon erfahren hätte, wäre sie sicher gekränkt gewesen.

Dann hatte ich einen Geistesblitz und bereitete das Kaninchen für Bess zu, die absolut begeistert war, obwohl ich mich fast übergeben musste, während ich all die zerbrechlichen Knochen aus dem Fleisch sortierte, bevor ich Bess es fressen ließ.

Während ich mich noch von diesem Erlebnis erholte, brachte der Postbote sechs Freiexemplare meines allerletzten Romans bei Thripp. Auf dem Cover war meine hübsche, dunkelhaarige junge Heldin zu einer rothaarigen kleinen Schlampe mutiert, die obendrein unverkennbar schielte; trotzdem, von jetzt an würden mir Thripps Cover keine Kopfschmerzen mehr bereiten.

Ich komme mit dem Schreiben wieder blendend weiter, und mir fallen täglich neue Romanideen regelrecht in den Schoß. Ich notiere sie mir dann schnell, bevor ich sie wieder vergesse. Es ist wirklich überraschend inmitten all dieser traumatischen Erlebnisse, aber sehr nützlich. Ich muss so viele Romane wie möglich schreiben, bevor der Inkubus kommt, vielleicht werde ich, wenn er erst einmal da ist, ein wenig zu beschäftigt sein.

Heute kam Margaret vorbei, das erste Mal seit ihren fehlgeschlagenen Friedensverhandlungen, sie wollte »nur plaudern«. Aber es hat wirklich keinen Sinn, wenn sie alles glaubt, was James ihr erzählt, auch wenn die Beweise eine ganz andere Sprache sprechen. (Genau wie Mutter – James ist furchtbar glaubwürdig.) Ich wüsste doch zu gern, was aus Margarets erstem Ehemann geworden ist?

Sie blieb nicht lange, und ich bat sie, James über Bess' Schwangerschaft in Kenntnis zu setzen, denn bei unserer letzten Begegnung hatte ich das vergessen. Bess sieht jetzt um die Taille herum ziemlich wuchtig aus, eine seltsame Erscheinung bei einem Barsoi.

Mutter rief wieder an, um sich wirr und tränenreich darüber zu beklagen, dass ich es herzloserweise versäumt hatte, sie über meine Schwangerschaft zu informieren. (Schuldig.) James hatte meine Unterlassung natürlich korrigiert und verkündet, er wolle nicht, dass sein Kind das Produkt eines zerrütteten Elternhauses werde, und dass ich doch endlich Vernunft annehmen solle.

»Lass sie in Ruhe, du betrunkene Närrin!«, erklang Grannys Stimme klar und deutlich im Hintergrund. »Lass sie ihr eigenes Leben leben!«, rief sie noch – oder etwas in der Art.

Bei meinem nächsten Besuch bei der Ärztin (sie ist wenigstens keine vollkommen Fremde) nutzte ich die Gelegenheit, im Supermarkt einkaufen zu gehen, und ließ mich ein wenig von der Gunst der Stunde mitreißen.

Als ich mich, beladen mit vier großen Tüten, in Richtung Bushaltestelle mühte, erklang hinter mir ein herrisches Hupen, und ein seltsam vertrauter kleiner weißer Sportwagen hielt neben mir an. Am Steuer saß Fergal und blickte entschiedenermaßen grimmig drein.

»Steig ein!«, kommandierte er schroff.

»Ich bin nicht sicher, ob ich das schaffe«, erwiderte ich zweifelnd, denn die Sitze waren schrecklich niedrig, und irgendetwas hatte bei Fergal einen seiner typischen Wutanfälle ausgelöst. »Außerdem würden die Einkaufstaschen nicht ins Auto passen, und der Bus müsste jetzt jeden Augenblick kommen, also vielen Dank, aber ...«

Er stieg aus, nahm mir schweigend meine Taschen ab, stopfte sie irgendwie hinten in den Wagen und öffnete mir dann die Beifahrertür.

Ich gab nach. Es war eine Erleichterung, mich auf den Sitz sinken lassen zu können, auch wenn es mir nie wieder gelingen würde auszusteigen.

Ich warf einen verstohlenen Blick auf Fergal, während dieser sich in den Verkehr einfädelte, und dachte an seine Briefe ... Und diese Gedankenverbindung ließ mir die Frage entfahren: »Das ist doch sicher nicht derselbe froschäugige Wagen, den du damals hattest, oder?«

»Doch. Ich habe ihn nie verkauft.« Er warf mir einen wütenden Blick zu und brauste auf: »Was zum Teufel hast du dir eigentlich dabei gedacht, Tish?«

»Ich? Gedacht? Was – wann?«

»Gerade! Gerade eben! In deinem Zustand große, schwere Einkaufstaschen zu schleppen!«

»So schwer sind sie nicht! Außerdem brauchte ich ein paar Sachen, und Mrs. Deakin ist ein bisschen teuer«, verteidigte ich mich.

»Dann weiß ich nicht, was dein Mann sich denkt, dich das erledigen zu lassen.«

»Er lässt mich nichts erledigen! Ich tue, was mir gefällt, und es geht dich nichts an.«

»Du kannst aufhören, so zu tun, als lebtest du in einer Art Ehe-Nirwana, Tish. Mrs. Deakin hat mir von eurer Trennung erzählt.«

Oh Gott! Wenn Mrs. Deakin Bescheid weiß, weiß es jeder in Nutthill und alle, die in einem Umkreis von zehn Meilen leben.

»Er kann die Finger nicht von anderen Frauen lassen, dieser nette, solide Mittelklasse-Ehemann, den deine Mutter für dich ausgesucht hat, hab ich Recht?«

»Das geht dich nichts an!«

»Nein, tut es nicht. Aber er könnte dir wenigstens die schweren Einkäufe abnehmen, da du sein Kind erwartest.«

»Ich will seine Hilfe nicht! Außerdem hab ich angefangen, Fahrstunden zu nehmen.«

»Seit wann?«

»Oh, seit einer Ewigkeit«, erwiderte ich hochmütig. »Ich warte nur noch auf den Prüfungstermin.«

»Wer gibt dir Unterricht?«

»Eine nette Dame, die Mrs. Deakin mir empfohlen hat.«

Er schwieg, während ich würdelos vor mich hin brodelte, aber wenigstens schien das Verhör zu Ende zu sein – fast.

»Übst du zwischendurch?«

Ich zuckte zusammen. »Was?«

»Übst du zwischen den Unterrichtsstunden Fahren?«

»N... nein. James hat den Wagen, außerdem kenne ich niemanden, der mit mir fahren würde.«

»Ich mache es«, erbot er sich zu meinem maßlosen Erstaunen.

»Aber ich könnte unmöglich dieses Auto fahren!«

»In der Garage steht ein kleiner Mini Cooper, den wir benutzen können.«

»Das ist sehr nett von dir, Fergal«, sagte ich gerührt, »aber ...«

»Nein, es ist nicht nett, es ist Selbsterhaltung. Ich möchte nicht noch einen schlecht ausgebildeten Autofahrer auf den Dorfstraßen herumkurven haben.«

»Vielen Dank! Aber wenn dein Temperament sich nicht dramatisch gemildert hat, würdest du wohl kaum den geduldigsten Lehrer abgeben. Ich habe das letzte Mal keineswegs vergessen.«

»Ich bin weicher geworden. Lass es mich wissen, wenn du fahren willst. Hast du meine Telefonnummer?«

»Nein.« Ich habe nicht die Absicht, ihn jemals aus diesem oder irgendeinem anderen Grund anzurufen.

Als wir vor meinem Gartentor anhielten, kritzelte Fergal mir seine Nummer auf ein Stück Papier. »Bitte. Also schön, dann schaffen wir erst mal das ganze Zeug ins Haus.«

»Du brauchst nicht ...«, begann ich und versuchte, meine Körperfülle aus dem Beifahrersitz zu hieven. Die Schwerkraft war gegen mich.

Er ging um den Wagen herum und zog mich scheinbar mühelos heraus. Man vergisst leicht, wie stark dieser irreführend schlanke Körper ist – er fühlt sich an wie eine Stahlfeder. Eine warme Stahlfeder ...

»Mach die Tür auf.«

Er stellte mir alles auf den Küchentisch, lehnte die angebotene Tasse Kaffee dankend ab und stolzierte wieder nach draußen. Er habe andere Dinge zu tun, erklärte er.

Ich fragte mich, ob Nerissa wohl eine Rolle bei diesen anderen Dingen spielen mochte?

Es ging mich nichts an.

Über der Hecke zwischen unseren Grundstücken erhob sich Mrs. Peachs Gesicht, leuchtend vor Neugier.

Ich verwandele mich in eine Mandarine! Ich mag Mandarinen inzwischen sogar lieber als Brauselutscher. Das war eigentlich alles, was ich bei Mrs. D. kaufen wollte, aber am Ende hatte ich noch eine Hyazinthenknolle in einer Vase, die wie etwas aussah, das man im Krankenhaus bekam, um hineinzupinkeln.

Mrs. Deakin wirkte sehr zufrieden mit sich, und als sie meine unfreiwilligen Einkäufe verpackt hatte, zog sie plötzlich eine Papiertüte unter der Theke hervor.

»Das ist für Sie! Sie sehen mir nicht wie eine Strickerin aus.«

In der Tüte befand sich eine winzige, wunderschöne handgestrickte Babyjacke aus Wolle mit weißen Seidenbändern.

»Oh – wie reizend!«, rief ich, und mir kamen die Tränen. »Ich weiß nicht, was ich sagen soll!«

»Schon gut. Ich stricke abends ganz gern einmal, und eine Babyjacke ist so eine hübsche Abwechslung gegenüber den Sachen für den Kirchenbasar. Sie brauchen sich nicht zu bedanken.«

Sie freute sich, denn sie konnte mir ansehen, wie gerührt ich war; das winzige Jäckchen hatte etwas an sich, das mir zum ersten Mal wirklich klar machte, dass ich ein Baby bekam. Nicht irgendein vages, nebelhaftes Ding, das unerwünscht und lästig war, sondern einen vollständig neuen kleinen Menschen. Das Baby würde alle möglichen Dinge brauchen – und ich habe keinen Schimmer von Kindern.

Ich hastete zurück nach Hause und machte mich daran, sämtliche Babybücher noch einmal durchzublättern, aber sie beschäftigten sich alle mehr mit schauerlichen Dingen wie der Geburt selbst und rissigen Brustwarzen als mit der Frage, welche Kleider ein Baby braucht und wo es schläft.

Ich brauche etwas Praktischeres: eine Gebrauchsanweisung.

In meiner Panik jagte ich, sobald ich am nächsten Morgen mit dem Schreiben fertig war, in die Stadt, um mir ein solches Buch zu kaufen. Bei der Gelegenheit erstand ich gleich noch eine Zeitschrift für schwangere Frauen, weil sie ein Schnittmuster für eine sackartige Bluse enthielt.

Ich habe langsam den Verdacht, dass ich diese Kleider später doch noch brauchen werde, denn ich werde dann einen entsprechend gewaltigen, sackartigen Körper haben.

All die Dinge, die man für ein neugeborenes Baby braucht, werden ein Vermögen kosten, und bei der Hälfte davon habe ich keine Ahnung, wofür sie gut sein sollen, aber ich habe bereits ein paar Einsparungen vorgenommen. Ich habe die Firma angerufen, die Fernseher vermietet, und lasse sie ihren Apparat wieder abholen. Ich kann stattdessen Radio hören. Und die Tageszeitung habe ich auch abbestellt.

Statt fernzusehen, kann ich mehr schreiben und recherchieren, Hosen nähen und damit anfangen, mir voluminöse Nachthemden fürs Krankenhaus zu schneidern. (Das bloße Wort »Krankenhaus« jagt mir einen Schauder über den Rücken!)

Vielleicht sollte ich doch eine dieser dringlichen Einladungen zu den Geburtsvorbereitungskursen annehmen, aber ich will das alles gar nicht wissen.

Bess benimmt sich sehr seltsam, und jedes Mal, wenn ich einen Schrank öffne, versucht sie, hineinzukriechen. Ist das der Nestbauinstinkt? Die Welpen müssten jetzt jeden Augenblick kommen.

Als ich ihr stattdessen einen schönen, großen Pappkarton besorgte und ihn mit einer alten Decke auslegte, zerrte sie diese unverzüglich heraus und zwängte sie in die Lücke neben dem alten Herd.

Sie soll sich bloß nicht einbilden, dass ich sie in dieser winzigen Lücke ihre Welpen bekommen lasse. Ich würde nicht einmal nachsehen können, ob es ihr gut geht oder nicht.

Als ich die Decke wieder in den Karton legte, knurrte sie mich an. Das mussten die Nerven sein.

Ich kenne das Gefühl.

NERISSA BRIGHT ÜBER DIE FRAGE, WARUM FERGAL ROCCO DER EINZIGE MANN FÜR SIE IST …

Exposé

Das Mädchen ist in die Publicity verliebt, nicht in mich. Ich bin zu dem Schluss gekommen, dass Nerissa alles sagen oder tun würde, um in der Öffentlichkeit Beachtung zu finden.

Sie hat es geschafft, sich aufgrund einiger One-Night-Stands und einzelner Fotos von uns am gleichen Ort zur gleichen Zeit das Image meiner festen Freundin zu geben.

Auf ihre Weise ist sie ziemlich schlau und lenkt gleichzeitig wahrscheinlich von Nutthill und Tish ab. Ich bin es so leid, mich zurückzuhalten, weil ich darauf warte, dass Tishs idiotischer Ehemann endlich begreift, was er an ihr hat, jetzt, wo sie schwanger ist: Der Bastard verdient sie nicht.

Und ich konnte doch wirklich nicht zulassen, dass sie sich mit diesen schweren Einkaufstaschen abmüht, oder?

Kapitel 30

Ein großer Wurf

Bess hat letzte Nacht geworfen!

Gegen Mitternacht glaubte ich, etwas gehört zu haben, und ging nach unten. Sie lag in der Ecke neben dem alten Herd und leckte etwas Kleines, Zappeliges sorgfältig ab.

Ich musste mir eine Taschenlampe holen, um zu sehen, was sie tat, und dann riskierte ich auch nur einen schnellen Blick, weil ich sie nicht aufregen wollte.

Es war nur ein einziger Welpe da, aber Bess schien immer noch sehr unruhig zu sein. Das Ganze war eine schmutzige Angelegenheit, und Barsois sind von der Körperform so wenig zum Werfen geeignet, dass ich den Tierarzt anrief.

Er war nicht allzu begeistert, aber ich bestand darauf, dass er herkam und Bess half, und schließlich fand er sich dazu bereit, obwohl es dann noch mehr als eine Stunde dauerte, bis er endlich kam.

Mittlerweile hatte Bess das Ganze allein ziemlich gut bewältigt, und ich fühlte mich ausgelaugt und müde.

Der Tierarzt sah sie sich schnell an. »Genau das habe ich erwartet. Es wäre nicht nötig gewesen, mich zu rufen, sie hatte eine vollkommen normale Geburt, und alle sechs Welpen sind wohlauf. Drollige kleine Kerlchen! Sie bekommen meine Rechnung, zuzüglich der Gebühr für einen Hausbesuch. Und nicht vergessen – eine nahrhafte Kost.« Er blieb auf der Schwelle stehen und fügte unverschämt hinzu: »Für Sie beide!«

Vielleicht werde ich mir einen anderen Tierarzt suchen.

Aber ... sechs Welpen! Was soll ich nur damit anfangen?

Eins steht fest – sie werden die Küche nicht verlassen, bevor sie stubenrein sind.

Erschöpft baute ich aus dem verschmähten Karton eine kleine Pappmauer um den alten Herd herum, um die Tiere vor Zugluft zu schützen, dann stellte ich eine Schale mit Wasser in Bess'

Reichweite und schleppte mich endlich wieder ins Bett, um den Rest der Nacht dort zu verbringen.

Als ich ein wenig später an diesem Morgen mit brennenden Augen die Treppe hinunterstolperte, sah Bess genauso verwirrt aus, wie ich mich fühlte. Ihre halb nackte, blinde Brut zappelte um sie herum.

Es klingelte an der Tür, aber ich hatte kaum genug Energie, um darauf zu reagieren; irgendjemand musste meine Knochen in der Nacht mit Blei gefüllt haben. Mein Haar war eine verfilzte Masse von Medusalocken, ich hatte mir nicht mal das Gesicht gewaschen und trug immer noch mein altes Nachthemd.

Es war Fergal, in einem frisch gebügelten blauen Leinenhemd, und er sah zweimal so lebendig aus wie die meisten Menschen und ungefähr zwölfmal so lebendig wie ich.

Mein Zurückzucken und der Versuch, die Tür wieder zuschließen, waren eine Instinkthandlung, aber Fergal kam irgendwie an mir vorbei und hob eine Augenbraue. »Ich bin gekommen, um dich zu einer Fahrstunde abzuholen, aber ich sehe, dass du nicht in der Verfassung dazu bist. Was ist passiert?«

»N ... nichts! Bess hat gestern Nacht sechs Junge bekommen, und ich habe kaum ein Auge zugemacht. Ich bin einfach nur müde. Sehr, sehr müde.«

Ich taumelte leicht, und er löste meine starren Finger von dem Türknauf und scheuchte mich ins Haus. »Du musst wieder ins Bett.«

»Ich kann nicht – jemand muss sich um Bess kümmern, und Bob wird gleich hier sein. Ich wollte eine Einkaufsliste erstellen von Sachen, die Bob bei Mrs. Deakin für mich besorgen soll – ich habe fast keine Milch mehr – und ... und ... «

»Geh ins Bett«, befahl er kategorisch. »Hast du schon gefrühstückt?«

»Nein, ich bin gerade erst aufgestanden – außerdem, wer bist du eigentlich, mich so herumzukommandieren?«, protestierte ich schwach.

»Irgendjemand muss es schließlich tun. Willst du dieses Baby haben oder nicht?«

Ich brach in Tränen aus. Ich bin neuerdings ein Springbrunnen in Menschengestalt. (Okay, in halb menschlicher Gestalt.) »Oh ja ... ja ..., ich will es haben!«, schluchzte ich.

»Also dann«, sagte er ärgerlich. »In dem Fall solltest du besser auf dich Acht geben. Na, komm schon, hör auf zu weinen – ich wollte dich nicht so anfahren ...«

Einen Arm um mich gelegt, brachte er mich die Treppe hinauf; vor dem niedrigen Balken zog er den Kopf ein, als wäre er schon hundertmal hier gewesen. Sein frisches blaues Hemd roch ebenso köstlich wie er selbst.

»Ist das dein Zimmer? Geh ins Bett. Ich füttere den Hund und bringe dir etwas zu essen und zu trinken.«

»Aber das kannst du nicht! Warum solltest du ...«

»Mund halten!«, entgegnete er mit einem kleinen Lächeln und verschwand.

Ein paar schwache Tränen rannen mir übers Gesicht, als ich mich in die Kissen sinken ließ, aber er hatte wohl Recht damit, dass ich mich übernehme. Schwanger sein erschöpft.

Ich musste eingedöst sein, und als ich aufwachte, hatte ich das Gefühl, dass viel Zeit verstrichen war. Und ich fühlte mich erheblich besser.

Aus der Küche wehte ein wunderbarer Geruch nach oben, bei dem mir das Wasser im Mund zusammenlief. Außerdem hörte ich eine tiefe, heisere Stimme leise singen.

Was Mrs. Peach wohl davon halten mag? Die Sache wird im Dorf die Runde machen und James brühwarm serviert werden: Fergal, der in aller Herrgottsfrühe auf meiner Schwelle erschien und den ganzen Vormittag blieb ... Wenigstens ist er nicht am Abend gekommen und die ganze Nacht geblieben, was in meinem gegenwärtigen, abstoßenden Zustand ja auch wohl das Letzte gewesen wäre!

Fergal drückte mit dem Ellbogen die Tür auf und kam mit einem Tablett herein.

»Jetzt siehst du besser aus«, stellte er fest. »Ich habe früher schon mal reingeschaut, aber ich dachte, du brauchtest den Schlaf dringender als das Essen, daher habe ich dich nicht gestört.«

Plötzlich stand Bess neben ihm, warf mir einen besorgten, gehetzten Blick zu und schoss in einem Wirbel von Pelz wieder davon.

Ich setzte mich mühsam hin und strich mir das Haar aus den Augen. »Sind die Welpen in Ordnung?«

»Alles ist in Ordnung. Ich habe den Hund gefüttert, deinem Gärtner gesagt, er soll tun, was ihm gefällt, ein paar Einkäufe bei Mrs. D. gemacht – und dieses Mittagessen zubereitet.«

Er stellte mir das Tablett auf den Schoß. Ich hatte vergessen, dass das Kochen zu seinen vielen und vielseitigen Vorzügen zählt.

»Es riecht wunderbar!«

»Es ist nur eine Paella mit ein bisschen von diesem und jenem … Abgesehen von Vollkornreis und Linsen hatte deine Küche nicht allzu viel zu bieten.«

»Meine Vorräte sind ziemlich mager – ich wollte sie bald aufstocken.«

»Ich habe sie aufgestockt. Und jetzt iss, bevor es kalt wird. Was möchtest du trinken?«

»Orangensaft, bitte. Kaffee mag ich irgendwie nicht mehr. Mrs. Deakin meint, ich solle Guinness trinken.«

»Der Ire in mir würde ihr in diesem Punkt Recht geben. Jedenfalls kann ich mir nicht vorstellen, dass es dir schaden kann.«

»Aber ich soll keinen Alkohol trinken.«

»Iss dein Mittagessen, bevor es kalt wird. Ich werde dafür sorgen, dass der Hund ein paar Minuten nach draußen in den Garten kommt.«

Die Paella war köstlich, mit Krabben und allen möglichen anderen Dingen – die ich ganz bestimmt nicht im Haus gehabt hatte. Ich musste ihn unbedingt fragen, wie viel er für die Einkäufe ausgelegt hatte.

Ich hatte gerade das Tablett weggestellt und war halb wieder eingenickt, als mich das Zuknallen der Haustür weckte.

James' Stimme erklang: »Tish! Tish!«

Ich schloss die Augen und öffnete sie resigniert wieder. »Ja, James – ich bin hier oben.«

Er schob argwöhnisch den Kopf durch die Tür. »Was machst du um diese Tageszeit im Bett?«

»Mich ausruhen. Ich habe die ganze Nacht mit Bess durchwacht – sie hat ihre Welpen bekommen.«

»Ach ja?« Sein Blick flog durch den Raum, und ich hatte nur den einen Gedanken, James wieder loszuwerden, bevor Fergal zurückkam.

»Was willst du, James?«

»Was ich will? Oh ... den Nachtstuhl.«

»Den Nachtstuhl?«

»Er hat dir nie gefallen. Ich könnte ihn im Schuppen gebrauchen.«

»Wenn das Ding dir so viel bedeutet, nimm es mit. Aber es ist ein gutes Möbelstück und jetzt, da es restauriert ist, wahrscheinlich einiges wert.«

»Ja, und ich habe den Stuhl restauriert, daher gehört er mir.«

»Ich verstehe! Also, da ich das Haus restauriert habe, müsste es nach dieser Vorstellung meins sein?«

»Mach dich nicht lächerlich! Außerdem nehme ich mir, was ich will, und du kannst nicht viel dagegen machen, oder? Pass bloß auf, was du tust, Tish, denn nachdem ich Zeit zum Nachdenken hatte, bin ich keineswegs mehr davon überzeugt, dass das Baby wirklich von mir ist. Und wenn nicht, warum solltest du dann das Haus und alles andere behalten dürfen?«

»Ich glaube, Sie haben jetzt genug gesagt!«, bemerkte Fergal hinter ihm mit einer Stimme, die so kalt war, dass selbst ein Eisbär zu frieren angefangen hätte.

James wurde jedenfalls so weiß wie die Arktis und wirbelte mit großen Augen herum: »Sie! Und Tish! Darauf herumzuhacken, dass ich mir ein bisschen Spaß gegönnt habe, wo das verschlagene kleine Miststück die ganze Zeit über ...«

Fergals Faust traf mit einem überaus befriedigenden Knirschen auf James' Kinn, und James ging mit einem Krachen zu Boden, das das ganze Haus erschütterte.

Fergal riss ihn am Kragen wieder hoch, benommen und außer sich vor Zorn. Aber obwohl James stämmig und eigentlich kräftig ist, hat er seinen Körper sehr vernachlässigt, und Fergal sah geradezu tödlich aus, daher befand James wohl, dass Vorsicht der bessere Teil der Tapferkeit sei.

Er entwand sich Fergals Griff und zog sich rückwärts in Richtung Tür zurück, wobei er zaghaft sein Kinn betastete.

»Das wird dir noch Leid tun!«, drohte er mir.

»Red keinen Unsinn, James. Es war deine eigene Schuld. Du kannst doch nicht ernsthaft glauben, ich hätte eine Affäre, und ausgerechnet mit Fergal! Er hat sich seit Monaten praktisch nicht einmal im gleichen Land wie ich aufgehalten.«

»Aber andernfalls hätte ich natürlich keine Einwände gehabt«, mischte Fergal sich hilfreich ein.

Ich strafte ihn mit Missachtung. »Er ist heute nur vorbeigekommen, um mir anzubieten, mir Fahrunterricht zu geben, was sehr nett von ihm war. Er ist dann geblieben, um unten nach dem Rechten zu sehen, während ich ein bisschen geschlafen habe.«

»Wahrhaftig, sehr nett!«, höhnte James, aber ich konnte förmlich sehen, wie seine Gehirnzellen wieder zu arbeiten begannen. »Ja, okay! Tut mir Leid! Aber was sollte ich denn denken?«

»So ziemlich alles andere! Ich habe keine billigen kleinen Affären wie du. Ich nehme an, Wendy hat dir diese schmutzigen Ideen in den Kopf gesetzt?«

»Lass Wendy aus dem Spiel!«, plusterte er sich auf und fügte dann gehässig hinzu: »Aber wenn sie dich so sehen könnte, wüsste sie, wie lächerlich diese Idee war.«

Da ich mir kläglich bewusst war, wie ich aussehen musste, ohne Make-up, mit aufgelösten Haaren und bekleidet mit meinem alten, viel zu großen Snoopy-T-Shirt (ganz zu schweigen von der Tatsache, dass ich um die Taille die Ausmaße eines mittleren Zeppelins hatte), erwachte in mir der Wunsch, Fergal möge ihn noch einmal schlagen.

»Du solltest dich nicht so gehen lassen«, fügte er hinzu, und Fergal machte einen schnellen Schritt in seine Richtung und schien drauf und dran zu sein, mir meinen Wunsch zu erfüllen.

James dachte offensichtlich das Gleiche, denn er drehte sich um und stürzte hastig die steile Treppe hinunter, stieß sich den Kopf, fluchte laut und schlug kurz darauf die Tür hinter sich zu.

»Köstlich!«, bemerkte Fergal.

»Es tut mir schrecklich Leid, Fergal.«

»Was? Dass du ihn geheiratet hast? Das kann ich mir denken, Engel.«

»Nein, dass man dir in diesem Stück die Rolle des Schurken zugewiesen hat.«

Er zuckte mit den Schultern: »Das bin ich gewöhnt.«

»Er war immer schon eifersüchtig auf dich.«

»Ach ja?« Es freute mich zu sehen, dass er nicht mehr gar so wild dreinblickte. »Vielleicht sucht er einen Sündenbock. Stell dir nur vor, wie sehr es sein Gewissen erleichtern würde, wenn er sich einreden könnte, du hättest ebenfalls eine Affäre gehabt. Aber das dürfte ihm schwer fallen, weil du nicht der Typ dazu bist, oder, Tish? Ich nehme an, in London kamen zwei Dinge zusammen: Du hattest soeben von der Untreue deines Mannes erfahren, und du warst betrunken. Du hast Trost gesucht, und ich war zufällig zur Stelle.«

»Ja, das war es«, antwortete ich. (Obwohl ich zu meiner Schande gestehen muss, dass auch eine gehörige Portion frustrierter Lust mit im Spiel war.) Ich ... es tut mir Leid.«

»Stehe immer gern zu Diensten«, erwiderte er höflich.

Ich glaube, was den Sündenbock betrifft, hat er Recht. James möchte sich gern einreden, dass ich eine Affäre gehabt habe. Und ich dachte früher, er sei ein Felsen, auf den ich bauen könne! Jetzt sehe ich, dass er nur einer von vielen schwachen, wankelmütigen Männern ist.

»Ich wünschte mir langsam, das Baby sei von jedem anderen als ausgerechnet von James!«, gab ich traurig zu.

»Tust du das? Aber es ist dein Baby – das ist es, was zählt.« Er ging zum Fenster, wo er mit dem Rücken zu mir stehen blieb. Es ist ein sehr schöner Rücken, breit an den Schultern und schmaler zu den Hüften hin und darunter sehr, sehr lange Beine. »Tish ...«

»Mmh?« murmelte ich, während ich mich wieder in die Kissen sinken ließ.

Er drehte sich um und sah mich mit einem seltsamen Lächeln an. »Vergiss es. Hör mal, ich habe vorübergehend eine Haushälterin von einer Agentur – Mrs. Bell. Ich sage ihr, sie soll dich das nächste Mal anrufen, wenn sie zum Supermarkt fährt, und du kannst ihr eine Liste von allem geben, was du brauchst.«

»Aber warum sollte die arme Frau auch noch meine Einkäufe erledigen?«

»Warum nicht? Ich bezahle ihr genug. Und ich lasse nicht zu, dass du schwere Tüten schleppst – es ist nicht gut für das Baby.«

»Nein«, gab ich ihm Recht. Ich konnte es ihm einfach nicht länger übel nehmen, dass er versuchte, mich herumzukommandieren; tatsächlich stiegen mir schon wieder Tränen der Schwäche in die Augen, weil überhaupt jemandem genug an mir lag, um an solche Dinge zu denken.

Er kam zu mir und fuhr mir flüchtig mit einem Finger über die Wange. Dann meinte er lächelnd: »Und nimm dir nicht zu Herzen, was James gesagt hat, Engel: Du siehst aus wie ein reifer Pfirsich – zum Anbeißen!«

Es kann nicht sein Ernst sein, aber es war trotzdem nett von ihm, mich zu trösten. »Ich muss jetzt gehen. Glaubst du, du kommst allein zurecht?«

»Natürlich! Es geht mir gut, und ich muss ein Buch fertig schreiben.«

»Ach ja. Ich habe *Love Goes West* mit großem Genuss gelesen«, bemerkte er glattzüngig, und ich war so entnervt, dass ich danach zu fragen vergaß, wie viel er für meine Einkäufe ausgelegt hatte. Ich dachte nicht einmal daran, mich richtig bei ihm zu bedanken.

Ich hoffe, James wird nach diesem Vorfall nicht rachsüchtig, was das Haus und alles andere betrifft – aber ich bin trotzdem froh, dass Fergal ihn geschlagen hat.

GONERIL – SO WEIT, SO SCHLECHT.
Die inoffizielle Geschichte der Band in Bildern…

Trendsetter

Es sind Artikel wie diese, die mich in Versuchung führen, mein Abonnement bei der Agentur zu kündigen, die mir alle die Band betreffenden Zeitungsausschnitte zuschickt – nur dass ich am Ende doch lieber wissen möchte, was man über uns sagt, sei es gut oder schlecht. (Meistens ist es schlecht.)

Im Augenblick möchte ich im Grunde nur ein ruhiges Leben in Nutthill, ich möchte malen, Songs schreiben und auf Tish aufpassen, denn ihr idiotischer Ehemann tut es weiß Gott nicht.

Wenigstens hat sie aufgehört, mich so anzusehen, als wäre ich der leibhaftige Teufel – obwohl sich das vielleicht ändern wird, wenn sie einige der Ausschnitte in diesem kleinen Familienalbum zu Gesicht bekommt!

Kapitel 31

Der letzte Tropfen

Die Welpen sehen wirklich seltsam aus! Was für ein Hund war bloß der Vater? Sie sind alle blind und taub, mit dicken kleinen Bäuchen und Stummelbeinen. Ich hoffe, sie sollen so sein.

Bob wünschte sich so verzweifelt, sie zu sehen, dass ich es ihm erlaubte, einen schnellen Blick zu riskieren. Bess hatte nichts dagegen, sie mag ihn. Er war so durcheinander, dass man glauben könnte, er sei der Vater. Ich sagte, er könne einen Welpen haben, wenn seine Mutter einverstanden sei. Ich glaube nicht, dass das Tier bei ihm unglücklich sein würde, nicht solange es mit den Jack Russells auskommt.

Wenigstens Bess hat jetzt alles hinter sich.

Mein Bauch spannt sich inzwischen so sehr, dass mein Nabel sich nach außen gedreht hat und die Haut juckt. Ich fühle mich außerdem die ganze Zeit über leicht unwohl, und da es inzwischen Dezember und eiskalt ist und ich meine Mäntel nicht mehr zuknöpfen kann, musste ich mir eine weite, warme Jacke kaufen.

Ich muss unbedingt noch ein paar intensive Fahrstunden haben, bevor ich zu dick werde, um hinter das Lenkrad zu passen.

Nerissa ist wieder da gewesen. Es ist schwierig, ihr die Tür vor der Nase zuzuschlagen, wenn sie sich benimmt, als wären wir die besten Freundinnen, aber ich glaube, sie ist nur gekommen, um mir zu erzählen, dass Fergal nach London gefahren sei.

»Ich dachte, er hätte Ihnen vielleicht davon erzählt, als er Sie neulich nach Hause gebracht hat. Er ist im Herzen so ein weicher Kerl, er kann es einfach nicht ertragen zu sehen, wie Sie sich in Ihrem Zustand mit schweren Einkaufstaschen abmühen.« Sie blickte mit großen braunen Augen zu mir auf. »Sie Arme, dass Sie nicht mal Auto fahren können, wo Sie schwanger sind – und allein! Nun, ich glaube, er will mir einen Ring kaufen, weil er so geheimnisvoll getan hat. Er hat nicht zufällig etwas in der Art erwähnt?«

Ich krümmte und wand mich bei dem Gedanken, Fergal könne Nerissa erzählt haben, dass er seine arme alte schwangere Exfreundin nach Hause gebracht hatte …

»Einen Verlobungsring?« Ich versuchte, nicht allzu überrascht zu klingen; woher soll ich wissen, ob er den Gedanken an eine Ehe immer noch so weit von sich weist? »Nein, er hat nicht davon gesprochen – aber wir haben überhaupt nur wenig geredet.«

»Wo wir gerade beim Thema sind, *Sie* haben da einen schönen Ring!«, meinte sie plötzlich und betrachtete mein Saphirherz. »Ist der antik?«

»Dieses alte Ding?«, sagte ich beiläufig. »Ja.« Und nur mit äußerster Anstrengung gelang es mir, mich davon abzuhalten hinzuzufügen: »Und Fergal hat ihn mir geschenkt!«

Ich wünschte, Nerissa würde nicht dauernd bei mir auftauchen – sie gibt mir das Gefühl, elefantös, alt und bemitleidenswert zu sein. Und furchtbar lästig … Als Fergals Haushälterin anrief, um zu fragen, ob ich irgendwelche Erledigungen für sie hätte, klang sie ziemlich ungehalten, und ich bedankte mich bei ihr und antwortete, ich hätte andere Arrangements getroffen. Ich komme schon irgendwie allein zurecht; andere Frauen schaffen das auch.

Heute stand ich kurz nach dem Mittagessen gerade müßig am Fenster und aß eine Mandarine, als ein großer dunkler Wagen vor meinem Tor anhielt. Es war schwer, durch den dichten Hagel irgendetwas zu erkennen, aber der Fahrer schien ausgestiegen zu sein, um seinem Beifahrer aus dem Auto zu helfen.

Eine kleine, dunkle und stämmige Gestalt unter einem großen, gestreiften Regenschirm kam aufs Haus zu, und ich legte die Mandarine hastig weg und wischte mir die Hände ab. Wer das auch sein mochte, er kam zu mir.

Der Besucher klingelte zweimal und klapperte obendrein noch mit dem Briefkasten, bevor ich es schaffte, die Tür aufzuschließen. Zu meinem Erstaunen sah ich vor mir ein vertrautes, zerknittertes rotes Gesicht, das von einem schwarzen Regenmantel umrahmt wurde.

»Was um alles in der Welt ...? Granny! Wo ...? Ist Mutter auch mitgekommen?«

»Nur über meine Leiche!« Sie zwängte sich wie eine nasse Robbe an mir vorbei und knallte ihren tropfenden Regenschirm in die Ecke. »Ich bin ihr entwischt. Endgültig. Mach die Tür zu – du lässt ja die ganze Wärme entweichen.«

Dann pikste sie mir ziemlich unsanft in den Bauch. »Was hat das zu bedeuten?«

»Ich bin schwanger, Granny.«

»Da ist noch nie was Gutes draus geworden.«

»Das hab ich bemerkt.«

Damit schien das Thema, so weit es Granny betraf, erschöpfend abgehandelt zu sein, denn sie ging zielstrebig in Richtung Küche.

»Dachte ich's mir doch!«, erklärte sie und ließ die Tür so heftig zuknallen, dass ich zusammenzuckte und Bess in ihrer Ecke wimmerte.

»Ich mache dir eine Tasse Tee, Granny. Den trinkst du doch lieber als Kaffee, oder?«

»Ich mag keinen Kaffee – damit kannst du mich jagen.« Sie nahm die Küche in Augenschein, stöberte in allen Schränken, an die sie herankam, und öffnete die Klappe des alten Herds. »Guter Herd – du solltest ihn benutzen.«

»Ich weiß nicht, wie er funktioniert.«

»Finde es heraus.«

Ich bereitete den Tee in der signalroten Kanne zu und holte die Zuckerdose hervor. Obwohl Granny Diabetikerin ist, würde sie auf Zucker bestehen, wenn ich die Dose nicht auf den Tisch stelle, während die Anwesenheit der Dose sie wahrscheinlich davon abhalten wird, ihren Tee zu süßen.

In der Zwischenzeit beendete sie ihre Besichtigungstour mit einer zutiefst kritischen Untersuchung von Bess, die sich schützend vor ihre Brut gestellt hatte. Nachdem Granny alles zu ihrer Zufriedenheit erledigt hatte, zog sie ihren Regenmantel und die absonderlichen Plastiküberschuhe aus, durchsichtig mit kleinen, glitzernden Goldtupfen darauf. Die Absätze hatten die gleiche archaische Form wie die Schuhe darin: Omaschuhe mit extrabreitem Absatz.

»Ich liebe deine Überschuhe, Granny.«

»Ich habe mir beim Ausverkauf von Thompson's sechs Paar gekauft. Nein – lass den Tee in Ruhe. Er wird noch so schwach sein wie Katzenpisse.«

»Weiß Mutter, wo du bist? Wie bist du hierher gekommen?«

»Weiß deine Mama, dass du nach draußen gelaufen bist?«, äffte sie mich nach und kicherte. »Ich bin mit einem Auto gekommen. Hab es gemietet. Ich habe Valerie einen Brief dagelassen ...«, erklärte sie versonnen, während sie mit einem Löffel in der Teekanne rührte. »Ich werde das Haus mit ihr als Mieterin verkaufen müssen, und dann bekomme ich nur die Hälfte dafür.«

»Das Haus verkaufen?« Ich hatte plötzlich den schrecklichen Verdacht, dass Mutter doch Recht gehabt hatte, was Grannys Verstand betraf. »Aber das kannst du nicht machen, Granny! Wo wollt ihr denn leben? Brauchst du das Geld so dringend?«

»Red keinen Unsinn, mein Kind.« Sie schenkte sich eine Tasse sirupartiger schwarzer Flüssigkeit ein. Ihre Hand verharrte über der Zuckerdose und wanderte dann weiter zu der Milch. Sie goss literweise davon in ihre Tasse, aber das Gebräu wurde dadurch nicht merklich heller.

»Ich habe genug von deiner Mutter. Sie will mich nicht, und ich will sie nicht – du solltest das doch verstehen! Was ich will und verdient habe, ist ein bisschen Frieden und Freude auf meine alten Tage, und genau das werde ich mir jetzt nehmen. Ich habe ein Cottage in Devon gekauft, und ich bin gerade auf dem Weg dorthin.«

»Aber Granny! Das kann nicht dein Ernst sein. Wie willst du allein zurechtkommen? Was ist mit deinen Injektionen und allem anderen?«

»Ich werde ja nicht allein sein!«, sagte sie triumphierend. »Rose Durwin – die Bezirksschwester – kommt mit mir.«

»Mrs. Durwin? Sie will mit dir zusammenleben?«

»Genau. Sie ist ebenfalls Witwe, und sie wollte sich früh aus dem Berufsleben zurückziehen. Wir kommen gut miteinander klar – sind wir von Anfang an. Ihre Tochter wohnt in Devon. Deshalb haben wir uns für ein Cottage dort entschieden. Wir schmieden schon seit Wochen Pläne.«

»Ach ja?«

Plötzlich dachte ich: Warum nicht? »Es klingt perfekt, Granny! Und ich weiß, dass du immer gern mit Mrs. Durwin zusammen warst.«

»Sie hat Sinn für Humor, kocht gern und liebt Gartenarbeit. Wir werden jeder unser eigenes Wohnzimmer haben, sodass wir uns nicht auf die Nerven fallen.«

»Aber das muss eine Menge Geld gekostet haben.«

»Ich habe den größten Teil meines Schmucks verkauft – nicht dass es mir an Barem gemangelt hätte, denk das bloß nicht, aber statt in einem Schließfach zu liegen, kann mir das Flitterzeug ja auch einmal etwas nutzen. Auf diese Weise kann ich den Rest meiner Tage standesgemäß leben.«

Sie nahm einen Schluck Tee. »Es war ein Fehler, mit Valerie zusammenzuziehen. Blut mag ja dicker sein als Wasser, aber ihres ist purer Sherry, und das zählt nicht. Ich muss jetzt weiter.«

Sie schenkte sich nach. »Aber dich habe ich immer gemocht – du warst ein schwieriges Kind, doch alles in allem hast du dich gar nicht so schlecht rausgemacht.«

»Vielen Dank, Granny!«

»Nicht dass ich es billigen würde, denk das bloß nicht.«

»Was billigst du nicht?«

»Ich billige es nicht, aber vielleicht haben sie es nicht getan, und außerdem, passiert ist passiert. Und wie gesagt, ich konnte dich immer gut leiden, also dachte ich, ich schaue auf dem Weg nach Devon auf einen Sprung bei dir vorbei und schenke dir eine Kleinigkeit.«

Sie kramte in ihrer riesigen schwarzen Tasche und zog ein zerdrücktes Taschentuch heraus. Mehrere ineinander verhedderte Schmuckstücke fielen heraus.

»Ich habe ein oder zwei Sachen aufgehoben, von denen ich dachte, sie gefallen dir vielleicht. Nichts besonders Wertvolles, aber auch kein Tand.«

»Oh Granny! Ich ... ich weiß nicht, was ich sagen soll!« Aus dem Taschentuch war ein wunderhübsches kleines Armband aus miteinander verbundenen Kameen gekommen, ein Paar glitzernder Diamantohrringe und eine flache Goldbrosche mit der Aufschrift: MIZPAH.

»Dann sag eben nichts. Ich sehe, dass dir die Sachen gefallen, das reicht. Das da«, sie klimperte mit dem Armband, das sie immer am Handgelenk trug ... »Das bekommst du, wenn ich nicht mehr bin. Die drei kleinen Fabergé-Eier daran habe ich von Bernard.«

Ihre Augen wurden feucht, dann kam sie mit einem Seufzer ins Leben zurück und hievte sich hoch. »Ich muss wirklich los. Rose und der Fahrer haben lange genug gewartet.«

»Granny, was ist, wenn Mutter dir einfach nachkommt? Sie liebt Devon.«

Sie antwortete mit ihrem vertrauten, hohen Kichern: »Sie würde niemals mit Rose in einem Haus leben wollen!«

Sie hatte Recht; Mutters Vorurteile gehören zu ihren weniger liebenswerten Eigenschaften.

»Aber was wird sie dann tun?«

»Wenn sie ihre Karten richtig ausspielt, wird dieser Narr von einem Arzt sie vielleicht heiraten.«

Mir wurde leichter ums Herz. »Oh, meinst du wirklich?«

»Sie wird ihre Nummer schon abziehen, ›die tapfere kleine Frau, die ums Überleben kämpft und der man das Zuhause genommen hat‹ – damit müsste sie ihn eigentlich einfangen können.«

»Granny, du bist ein schlauer Fuchs!«

Granny hüllte sich wieder in knisterndes Schwarz. »Ich habe immer noch genug Gehirnzellen, um zurechtzukommen«, räumte sie bescheiden ein. »Aber wenn das nicht funktioniert, habe ich genug Geld beiseite gelegt, um Valerie in einer kleinen Wohnung unterzubringen. Und wenn ich mich erst eingerichtet habe, kannst du mich mal übers Wochenende besuchen.«

Auf der Türschwelle öffnete sie ihren gewaltigen Regenschirm und gab mir ein schnelles Küsschen auf die Wange. »Wenn Valerie anruft, weißt du nicht, wo ich bin. Ich schicke ihr meine Adresse, sobald sie keinen Schaum mehr vorm Mund hat.«

»Geht in Ordnung.«

Sie wandte sich zum Gehen. »Mutter!«, schnaubte sie plötzlich. »Ha!«

»Granny, du machst dauernd solche Andeutungen über Mutter! Meinst du wirklich, dass da etwas nicht gestimmt hat?« Aber sie verschwand bereits in den nebelwabernden Regen, und ich bekam von ihrer Antwort nur einzelne Worte mit:

»... bald mal wieder reden ... Besuch ... bis dann, Kind ...«

Sie hatte es schon wieder getan! Mir neue, vage Zweifel in den Kopf gesetzt – und dann war sie abgezogen, bevor ich sie auf irgendetwas festlegen konnte.

»Granny, komm zurück!«, rief ich und zwängte mich in meine Gummistiefel. Aber als ich den Weg hinuntergelaufen war, fuhr der große Wagen bereits ab. Granny winkte mir huldvoll zu.

Durchweicht trottete ich ins Haus zurück und fragte mich, ob das nicht vielleicht wieder einer ihrer Scherze gewesen war. Aber nein, so obskur war ihr Sinn für Humor nicht.

Der Regen tropfte mir den Rücken hinunter, und der Inkubus hüpfte wie ein Fisch in meinem Bauch auf und ab. Das Telefon klingelte.

Mutter?

»Ich brauche jetzt nur noch ein halbes Dutzend Eier alle vierzehn Tage«, sagte ich am Montag zu Mrs. Peach.

»Eier sind aber nahrhaft!«, entgegnete sie missbilligend.

Ich erklärte ihr, sie seien nur in kleinen Mengen wirklich gesund, wegen des Cholesterins, aber sie meinte, das habe sie ja noch nie gehört, und sie würde ihre Hühner nicht damit füttern, wenn es anders wäre, außerdem hätten ihr die Eier noch nie geschadet.

Allerdings war ihr schiefes Gesicht nicht gerade die beste Reklame für diese Devise.

Sie fügte hinzu, dass ich auch ein oder zwei Kaninchen die Woche essen sollte, um Kraft zu tanken, aber ich erklärte in einem Anfall von Genialität, dass ich mir das Fleisch ganz abgewöhnt hätte und mir schon allein bei dem Gedanken daran übel würde.

Daraufhin stapfte sie, ohne auch nur um Erlaubnis zu fragen, an mir vorbei ins Wohnzimmer.

»Verdammte Scheiße!«, rief Toby begeistert und ließ sogar von seiner halb verzehrten Erdnuss ab. »Verdammte Scheiße!«

»Schlauer alter Vogel!«, gurrte Mrs. P. »Wer freut sich denn so, die alte Mrs. Peach zu sehen?«

Das Telefon klingelte, daher musste ich die beiden mit ihrem Liebesgeflüster allein lassen.

Es war noch einmal Mutter, und das Herz rutschte mir bis in meine türkisfarbenen Wildlederslipper. Ich habe eine Todesangst davor, dass sie versuchen könnte, sich dauerhaft bei mir einzuquartieren, jetzt, wo Granny weg ist, obwohl mir andererseits auch ein Stein vom Herzen fiel: Als ich Mutters gezierte Stimme am Telefon hörte, wurde mir klar, dass meine schlimmsten Fantasien, die Granny mit ihren Andeutungen heraufbeschworen hatte, unbegründet sind. Es gibt irgendein Geheimnis um meine Geburt, das Mutter vor mir verbirgt, aber ich kann nicht glauben, dass es etwas Bedeutendes ist.

»Bist du noch dran, Leticia?«, fragte sie gereizt. »Ich habe einen Brief von Granny bekommen, und es geht ihr gut, aber sie ist vollkommen verrückt geworden! Weißt du, was sie getan hat?«

In diesem Moment stapfte Mrs. P. schweigend an mir vorbei und verließ das Haus. Das ist nicht weiter ungewöhnlich; ich überlege, ob ich nicht eine Gebühr für die Papageienbesichtigung erheben soll. Aber der kleine Zwischenfall hatte mich so sehr abgelenkt, dass ich Mutters weitere Ergüsse zum größten Teil verpasste.

Mutters Zorn hatte zusätzliche Nahrung durch eine Mitteilung von Mr. Herries gefunden, der sie davon in Kenntnis setzte, dass man ihr das Haus unterm Hintern weg verkaufen werde.

Ich hielt den Hörer etwas weiter von meinem Ohr weg, spürte, wie das Baby sich drehte und strampelte, und dachte, was für ein seltsames Gefühl es doch war zu beobachten, wie der eigene Bauch unkontrollierte Bocksprünge vollführte.

Das Telefon quäkte immer noch. Ich betrachtete es kurz, dann legte ich den Hörer behutsam auf die Gabel, und als es ein paar Sekunden später erneut klingelte, ignorierte ich es.

Es klingelte eine halbe Ewigkeit.

Ich bin im Augenblick einfach zu müde, um mir das anzutun... Ich könnte von vierundzwanzig Stunden am Tag zwanzig schlafen, wenn ich nicht dringend mein Buch vorantreiben müsste.

Mrs. Deakin ist ein Quell des Wissens, was Schwangerschaft und Geburt angeht, aber ich wünschte, sie würde nicht mit so vielen schrecklichen Geschichten aufwarten. Eine Geburt kann doch unmöglich mit so vielen Komplikationen verbunden sein? Die meisten Geschichten enden mit absolut Grauen erregenden Feststellungen wie: »Und es blutete so heftig, dass die Krankenschwestern in weißen Gummistiefeln umherwateten«. Oder sogar: »Zangen wie von einem Pferdedoktor«.

Ich hätte gern eine natürliche Geburt, aber mit Vollnarkose.

Bess ist keine besonders gute Mutter, und über ihrer Ecke in der Küche hängt ein unverkennbarer Geruch. Ich kann es kaum erwarten, dem Ganzen mit Desinfektionsmittel zu Leibe zu rücken, doch ich muss mich beherrschen, bis die Welpen größer sind. Sie sind wirklich süß.

Ich kaufe mir seit neuestem wieder regelmäßig eine Tageszeitung, und zwar nur um den Fußboden um den Herd herum damit auszulegen. (Die dickste Zeitung, die zu haben ist.)

Bess betrachtet James als potenziellen Welpenentführer und knurrt, wann immer er auf dem Weg zum Schuppen am Haus vorbeikommt. Dann sträuben sich ihr die Haare, und alle Welpen wimmern.

Immer noch keine Adresse von Granny.

Diese Woche möchte ich, dass alle Mitglieder meiner Gemeinde über folgenden Text nachdenken: ›Wer ohne Sünde ist, werfe den ersten Stein …‹

Pfarrblatt der Gemeinde Nutthill

Vielen Dank, Pfarrer, ich brauche einen Fürsprecher.

Mrs. D. verdanke ich eine gewisse Vorstellung von den Gerüchten, die sich wie ein Lauffeuer im Dorf verbreiten, seit ich dabei gesehen wurde, wie ich aus Tishs Cottage kam … und James am selben Tag mit einem blauen Auge gesehen wurde.

Nerissa rief an, nur um mir zu sagen: »Wie absolut lächerlich, Fergal-Schatz, dass irgendjemand auf den Gedanken kommen könnte, du hättest etwas mit deiner armen alten schwangeren Freundin, wo sie dir doch bloß Leid tut!«

Ja, und ein Ei auf Ostern.

Kapitel 32

Batik

Die Welpen haben die Augen geöffnet! Sie haben alle die gleichen trübblauen Augen: Ist Bess vielleicht von Aliens gekidnappt worden?

Bob jedenfalls war begeistert. Seine Augen haben nämlich den gleichen unheimlichen Blauton. Vielleicht ist er ebenfalls ein Alien?

Bess ließ sich dazu herab, aus ihrem Versteck zu kommen, um ein bisschen mit mir zu laufen (mit Betonung auf »bisschen«, wir beide sind nicht sonderlich darauf versessen, uns zu bewegen), und wir trafen James, der nicht wusste, ob er beschämt oder gehässig sein sollte. Jedenfalls fragte er mich nicht einmal, wie es mir gehe.

Mrs. Blacklock hat mich überredet, mir einen Termin für die Fahrprüfung geben zu lassen (die theoretische Prüfung kommt als Erstes, aber um die mache ich mir auch keine Sorgen), und ich habe für die Woche nach Weihnachten zusätzliche Fahrstunden gebucht. Ich weiß nicht, wie ich es schaffen soll, wenn ich die Prüfung nicht vor der Ankunft des Babys bestehe. Während der letzten Unterrichtsstunde hatte ich plötzlich das erhebende Gefühl, dass die ganze Sache durchaus Spaß machen könnte – aber dann würgte ich den Wagen an der Ampel dreimal ab, und das Gefühl verpuffte. Ich wünschte, ich könnte immer nur nach links abbiegen.

Fergal ist wieder da; Nerissa rief eigens bei mir an, um mich davon in Kenntnis zu setzen.

»Ich weiß, dass er den Ring hat«, sagte sie verschwörerisch, »denn eine Freundin hat Fergal aus einem Juweliergeschäft kommen sehen. Aber ich schätze, ich werde wohl bis Weihnachten warten müssen.«

Ich hoffe, ich habe das Richtige geantwortet. Ich frage mich, ob ich es wohl ertragen kann, weiter hier zu wohnen, wenn

Nerissa mit Fergal verheiratet ist und mich über ihr Eheglück auf dem Laufenden hält.

Eins steht fest – ich werde ihn nicht bitten, mir Fahrstunden zu geben! Das hat er mir nur angeboten, weil ich ihm Leid tue, und ich komme schon allein zurecht.

Ich komme mit allem allein zurecht.

Von James' Eltern in Südafrika kam die alljährliche Weihnachtskarte mit dazugehörigem Geschenk sowie einem langen Brief über nichts Besonderes. Wenn James ihnen von unserer Trennung oder meiner Schwangerschaft erzählt hat, erwähnen sie es jedenfalls nicht. Aber wenigstens verstehe ich jetzt, warum es ihnen nichts ausgemacht hat, dass sie ihn jahrelang nicht gesehen haben, da es mir inzwischen ganz genauso geht.

Das Geschenk ist ein kleines Aquarell von wilden Tieren an einem Wasserloch. Es ist auch jede Menge Staub mit im Spiel, und im Hintergrund scheint ein Löwe gerade ein Zebra zu töten. James kann das Bild haben – mein Fall ist es jedenfalls nicht.

Howards Freundin Alice rief an, um ein Treffen vorzuschlagen. Sie wollte über »die Situation« sprechen, über ihre Schwester Wendy und meine ehemalige bessere Hälfte!

Ich sah zwar keinen Sinn darin, aber Alice war auf eine nebulöse Weise ziemlich beharrlich – wie ein Spinnennetz, das sich einfach nicht wegwischen ließ –, also trafen wir uns in einer Pizzeria, die ungefähr auf halbem Weg zwischen ihrer und meiner Wohnung lag.

Sie war schon da, als ich ankam, und sah in Jeans und einer gebatikten indianischen Baumwollbluse mit Fransen beinahe normal aus.

Das Baby lag in einer Art Plastikeimer neben ihr und schlief. Es sah nicht viel größer aus als beim letzten Mal, hatte aber inzwischen viele undefinierbar braune Haare und trug ein Babykittelchen, das ebenfalls gebatikt war: ein Gallengrün auf senffarbenem Untergrund.

»Hi, Alice! Nett, dich mal wieder zu sehen«, begann ich mit

gut gelaunter Falschheit, und sie lächelte vage. »Sollen wir erst bestellen und dann reden? Ich bin halb verhungert.«

Das bin ich in letzter Zeit immer.

»Du hast ja rote Haare!« Ihre schlammfarbenen Augen musterten mich mit gelinder Überraschung.

»Habe ich nicht«, erwiderte ich kalt. »Das muss an dem Licht hier drin liegen. James ist derjenige, der rote Haare hat.«

Sie blinzelte langsam, wie jemand, der nicht an helles Licht gewöhnt ist, was wahrscheinlich zutraf, da bei Howard ständig der Strom abgeklemmt wird.

»Ich nehme die vegatarische Pizza«, erklärte sie.

»Das klingt gesund – die nehme ich auch. Und dazu einen kleinen Salat und einen Schokoladenmilchshake.«

Als wir bestellt hatten und Alice immer noch nicht redseliger wurde, suchte ich nach einem Gesprächsthema.

»Wie habt ihr das Baby genannt? James hat es mir wahrscheinlich erzählt, aber ich habe es wieder vergessen.« (James hatte es mir nicht erzählt – und wenn ich so darüber nachdenke, weiß ich nicht einmal, ob das Kind männlich oder weiblich ist.)

»Mickey. Uns fiel einfach kein Name ein, aber als ich diese Mickey-Mouse-Lätzchen sah, da wusste ich es ...« Sie seufzte träumerisch.

»Michael?«

»Nein, Michael ist ein Jungenname! Wir haben sie einfach Mickey genannt.«

»Wie ... hübsch!«

Ich bin nur froh, dass auf den Lätzchen nicht Speedy Gonzales oder Pocahontas abgebildet war.

»Worüber wolltest du reden, Alice?«, packte ich den Stier bei den Hörnern.

»Es geht um Wendy, meine Schwester. Sie hat dich bei der Party gesehen. Sie sollte an dem Abend eigentlich gar nicht da sein, aber sie ist zurückgekommen; und sie wusste nicht, dass du hübsch bist: Das hat James nie erzählt. Sie war eifersüchtig.«

Ich unterdrückte den Drang zu fragen, wie der liebe James mich Wendy denn beschrieben hätte, und meinte stattdessen: »Es war Wendy, der ich die rätselhaften Telefonanrufe verdanke, nicht wahr?«

Sie nickte. »Ich habe ihr gesagt, sie soll es bleiben lassen – James hat sich darüber geärgert, aber einmal hat sie es sogar in einer Nacht getan, als er neben ihr lag und schlief, und er ist aufgewacht und war *stinksauer.«*

Mir dämmerte langsam, dass Wendy ihre geistlose Schwester für diese Begegnung mit Munition ausgestattet hatte. »Was will sie?«, fragte ich rundheraus.

Alice riss die Augen noch weiter auf. »James!«

»Na und? Sie kann ihn haben. Ich will ihn nicht.«

»Aber sie möchte ihn *heiraten!«*

Man könnte meinen, die Ehe sei etwas Obszönes. Wobei – vielleicht ist sie das ja wirklich.

»Aber will James sie denn überhaupt heiraten? Ich meine, er hat eine Menge ziemlich altmodischer Ideen im Kopf, zum Beispiel, dass es zwei Arten von Frauen gibt: die Art, die man heiratet, und die, die man nicht heiratet, und ich fürchte, Wendy fällt unter die zweite Kategorie.«

»Die Ehe ist ein überholtes Ritual...«, murmelte sie traurig.

»Außerdem würde er sich zuerst scheiden lassen müssen, Alice, und so etwas dauert. Kann Wendy ihn lange genug festhalten, um ihn zum Altar zu locken, das ist die Frage?«

»Sie hat ihr Modedesignstudium aufgegeben und alles! Daddy meint, sie sei besessen, und er kocht vor Wut.«

Besessen von James? Aber ich nehme an, wenn Leute von schwachsinnigen Funksprüchen besessen sein können, konnte alles möglich sein... Ich fand es einfach nur schrecklich merkwürdig von Wendy, das war alles.

Bevor James sich so hatte gehen lassen, war er tatsächlich auf eine raue, schottisch anmutende Art und Weise ein gut aussehender Mann gewesen, aber aufregend war er noch nie – aber vielleicht war nach Fergal kein Mann aufregend?

»Ich verstehe immer noch nicht, was du von *mir* willst, Alice. Wenn Wendy James haben will, dann ist das ihre Sache.«

»Aber seit er das mit dem Baby herausgefunden hat, glaubt er, du würdest zu ihm zurückkehren, weil du allein nicht zurechtkommst. Und Wendy sagt, er redet pausenlos von seinem Sohn! Einfach archaisch!«

»Er ist ein reaktionärer Mittelklasselangweiler«, gab ich ihr

Recht und schreckte nicht davor zurück, mir willkürlich eine von Howards abgedroschenen Floskeln auszuborgen. »Ein untreuer, reaktionärer Mittelklasselangweiler!«

Alice wandte den Blick ab, und ihre Augen glichen dabei beweglichen Schlammpfützen. »Sie glaubt, das Baby sei nicht seins, du hättest etwas mit einem anderen Mann gehabt.«

»Sie irrt sich.«

»Sie sagt, es sei von Fergal Rocco.« Sie musterte mich verstohlen, und in ihren Augen flackerte so etwas wie ein Funke auf.

Fergal kann also selbst Untote beleben!

Der schwache Funke erstarb. »Aber ich glaube nicht, dass es wirklich so war? Kennst du ihn?«

»Ich habe ihn vor ein paar Jahren flüchtig gekannt, bevor er berühmt wurde.«

Sie verlor das Interesse. »Dann ist es also doch James' Baby?«

»Wenn mir nicht irgendwelche Aliens ein Kuckucksei untergeschoben haben, ja.«

Wir aßen schweigend unsere vegetarische Pizza, dann wurde das Baby plötzlich unruhig.

»Also, wenn du ihn wirklich nicht mehr willst...« Alice hatte ihren eigenen Gedanken nachgehangen. »Wie könnte Wendy ihn dazu bringen, sie zu heiraten?«

»Eine Schrotflinte«, schlug ich schnippisch vor. »Oder sie könnte adrette kleine Kostüme und elegante Schuhe tragen und sich das Haar toupieren lassen ... und ein oder zwei Söhne bekommen.«

»Einen Sohn bekommen?«, wiederholte Alice ausdruckslos. »Kostüme?« Ihre Eidechsenlippen zogen sich bei dem Wort auseinander.

»So wünscht er sich seine Ehefrau, aber die Art Frauen, die er sich nebenbei hält, sehen wahrscheinlich alle aus wie Wendy. Seiner Meinung nach sollte die Frau eines Rechtsanwalts wohlangesehen und über jeden Tadel erhaben sein. In beiden Punkten wäre Wendy wohl ziemlich chancenlos.«

Mickey wachte jetzt vollends auf, lief im Gesicht rot an und verströmte einen Geruch, der nichts Gutes ahnen ließ.

Alice seufzte und stand auf. »Ich muss sie wohl wickeln.«

Ich hoffte aufrichtig, dass sie es nicht an Ort und Stelle zu tun beabsichtigte; aber dann zog sie mit dem kleinen Plastikeimer ab, und der Geruch folgte ihr wie ein treuer Hund.

Als sie nach einer Viertelstunde immer noch nicht wieder aufgetaucht war, ging ich in die Damentoilette, um sie zu suchen.

Sie war die einzige Benutzerin des rosa tapezierten, sanft erleuchteten kleinen Raums und schien Mickey wie eine Art Opfergabe unter den Handtrockner an der Wand zu halten.

»Was um alles in der Welt tust du da, Alice?«

»Mickey die Haare föhnen.«

»Waren sie denn nass?«

»Ja ... es war so schön warm hier unten und so sauber, und Mickeys Haare mussten gewaschen werden, also habe ich es getan. Und dann dachte ich, ich könnte sie gleich auch noch föhnen ... Zu Hause ist der Strom abgestellt, und Daddy ist auf Capri.«

»Ich ... ist er das?«

Die verrückte Logik ihrer Ausführungen betäubte mich.

Das Baby gluckste, als es die warme Luft auf seinem Kopf spürte.

»Ja, er findet, Howard solle sich einen Job suchen.«

»Als was denn, um Gottes willen?«

»Er ist wirklich schrecklich klug, Tish – er könnte alles sein!«

»Ja, das könnte er!«, gab ich ihr von Herzen Recht. Ein Flüchtling vom Planeten Zog schien mir das Wahrscheinlichste zu sein.

»Aber Howard und ich haben vor, Handwerken zu lernen und einer Kommune beizutreten.«

Am Ende würde Daddy wahrscheinlich auch noch die ganze Kommune unterstützen müssen, falls irgendeine Kommune wahnsinnig genug war, Howard und Alice bei sich aufzunehmen.

Das Haar des Babys war jetzt trocken, daher gingen wir wieder nach oben, holten unsere Mäntel und zahlten die Rechnung.

»Wie kommst du nach Hause?«, fragte ich sie, weil ich mir

um das Baby Sorgen machte. Es war noch warm von dem Händetrockner und sollte jetzt hinaus in die kalte Dezemberluft.

»Howard holt mich mit dem Lieferwagen ab.«

Plötzlich lief ein Schaudern des Abscheus durch die Pizzeria, als sich draußen etwas Widerwärtiges gegen die Fensterscheibe drückte.

»Ich glaube, er ist da«, sagte ich zu Alice.

»Also dann, auf Wiedersehen, Tish, und vielen Dank für … für … Du willst ihn wirklich nicht zurückhaben?«

»James? Nein, nie wieder. Wenn Wendy ihn bekommen kann, darf sie ihn behalten!«

Howard grinste mich lüstern an, machte dann ohne ein Wort kehrt und stieg wieder in seinen verrosteten kleinen roten Lieferwagen. Alice durfte mitsamt dem Baby ohne seine Hilfe einsteigen.

Sie setzte sich auf den Beifahrersitz und stellte den Plastikeimer vor ihren Füßen auf den Boden. Ich bin davon überzeugt, dass das illegal ist! Und gefährlich ist es doch bestimmt auch!

Es ist ein schwacher Trost zu wissen, dass ich mit an Sicherheit grenzender Wahrscheinlichkeit eine bessere Mutter abgeben werde als Alice!

Auf dem Weg nach Hause ging ich in der Geburtsklinik vorbei, wo ich auf eine Unmenge Frauen traf, die kurz davor standen, Drillinge zur Welt zu bringen. Sie alle strahlten eine Art träger Zufriedenheit aus, die äußerst irritierend war.

Anschließend zockelte ich mit dem Bus nach Hause. Ich bin es ja so müde – ich werde froh sein, wenn ich endlich selbst fahren kann. Außerdem bin ich nicht nur das Busfahren müde, ich bin überhaupt furchtbar müde, Punkt. Und ich dehne mich von Tag zu Tag weiter aus.

Man sollte mich irgendwo am Himmel festbinden, mit einem Slogan um die Taille. (Das heißt, falls ich noch so etwas wie eine Taille habe.)

Ein festlicher Fergal, der euch auf Weihnachten einstimmt…
Trendsetter

Ho, ho, ho, ihr kleinen Mädchen – ich habe vielleicht eine Überraschung für euch!

Kapitel 33

Der Geist der Weihnacht

Oh Graus! Mutter hat sich über Weihnachten bei mir eingeladen!

Ich habe ihr gesagt, dass ich lieber allein sei, da ich vor dem historischen Tag noch eine Menge Arbeit erledigen müsse. Aber sie versicherte mir, dass sie nur ein oder zwei Nächte bleiben und mir überhaupt keine Mühe machen würde und dass Doktor Reevey den kürzeren Strohhalm gezogen habe und über Weihnachten arbeiten müsse. Außerdem wolle seine verwitwete Schwester zu ihm kommen, eine alte Tradition bei den beiden.

Ich hoffe, die Romanze macht Fortschritte; es wäre wunderbar, wenn ich Mutter auf diese Weise loswürde, vor allem an einen Arzt, der im Stande sein müsste, ihren beginnenden Alkoholismus im Keim zu ersticken. Allerdings fällt mir in dem Zusammenhang ein, dass ich einmal gesehen habe, wie er Whisky trinkt – demnach besteht sein eigenes Blut wahrscheinlich zu neunzig Prozent ebenfalls aus Alkohol.

Aber wenn sie kein besseres Angebot erhält, wird sie zweifellos versuchen, sich dauerhaft bei mir einzuquartieren – und wie wirft man seine eigene Mutter raus? Es wäre vielleicht zweckmäßiger, wenn ich den Pfarrer herbäte, um Weihwasser zu versprühen. Ich nehme an, das würde Mutter schnell genug vertreiben. Oder vielleicht wären Knoblauch, Kreuz und Holzpfahl besser geeignet?

Ich prophezeie mir ein schreckliches Weihnachten.

Sie kommt am Samstag und hat vorgeschlagen, dass ich sie vom Zug abholen soll.

»Womit?«, hakte ich nach.

»Nun – mit dem Auto, Liebes. Ich dachte, James könnte vielleicht...«

»Wenn du irgendwelche Verabredungen mit James triffst, ist das deine Sache. Aber ich werde bestimmt nicht mit dem Bus in die Stadt fahren, um dich von deinem Zug abzuholen – falls am Wochenende überhaupt Busse fahren –, nur um auf dem Absatz kehrtzumachen und mit dir zurückzufahren.«

»Leticia! Eure kleinen häuslichen Zwistigkeiten haben dich sehr hart gemacht, Liebes. Der arme James würde mich sicher abholen, wenn ich ihn darum bäte, und vielleicht zum Abendessen bleiben? Schließlich gibt es keinen Grund, warum ihr nicht Freunde bleiben solltet, oder?«

»Mutter«, gelang es mir, in gleichmütigem Ton zu erwidern, »wenn du James mitbringst oder auch nur den leisesten Versuch unternimmst, dich in meine Angelegenheiten einzumischen, indem du uns einander auf den Hals hetzt, wirst du dich mitsamt deinen Koffern auf der Türschwelle wiederfinden.«

»Ich möchte doch nur das Beste für mein kleines Mädchen!«, sagte sie stotternd, bevor sie herzhaft zu schluchzen begann.

Ich erwiderte, ich wisse selbst, was das Beste für mich sei, und ein kleines Mädchen sei ich auch nicht mehr (ich bin ein sehr großes, dickes Mädchen), aber sie könne wohl auf ein paar Tage zu mir kommen, sofern sie ohne James auftauche.

Ich wusste, die Tränen waren nicht echt, aber ich kann es trotzdem nicht ertragen, sie weinen zu hören.

Am Samstag vor Weihnachten wachte ich mit einem starken Gefühl drohenden Unheils auf, dann fiel mir wieder ein, dass Mutter heute kommen wollte.

Ich ging kurz zum Laden hinunter, um meine Vorräte mit ein paar zusätzlichen Kleinigkeiten aufzustocken, obwohl ich bestimmt keinen Truthahn zubereiten werde – der kleine Truthahnbraten, den ich in der Truhe habe, muss genügen. Bob hat mir in letzter Zeit tonnenweise Rosenkohl gebracht, und wenigstens werde ich dieses Jahr nüchtern sein, wenn ich ihn putze. Unter Alkoholeinfluss neige ich dazu, den kleinen Knollen zu Leibe zu rücken, bis fast nichts mehr von ihnen übrig ist.

Da mir plötzlich bewusst wurde, dass ich nicht einmal ein Weihnachtsgeschenk für Mutter gekauft hatte, fügte ich unter Mrs. Deakins wohlwollenden Blicken meinen Einkäufen zwei riesige Pralinenschachteln hinzu, eine davon aufgemacht wie eine Kommode mit einzelnen Schubladen, genau Mutters Fall. Das musste reichen.

Da von Granny endlich eine Karte mit ihrer neuen Adresse gekommen war, konnte ich ihr wenigstens den Seidenschal schicken, den ich für sie gekauft hatte. Ich gab Mrs. D. ihre Karte und steckte auf dem Heimweg den Wrekins und Mrs. Peach ebenfalls eine Karte in den Postkasten, womit meine Festtagsvorbereitungen so ziemlich abgeschlossen waren.

Mir selbst hatte ich ein hübsches und sehr voluminöses Laura-Ashley-Nachthemd gegönnt, mit dem ich für alle Fälle gerüstet war.

Das Gästebett ist bezogen, die Heizung läuft. Es sieht immer noch ein bisschen trostlos aus, aber ich möchte Mutter nicht auch noch ermutigen. (Nicht dass sie eine Ermutigung gebraucht hätte!) Aber falls sie irgendwelche Absichten hat, ist sie auf dem Holzweg: Dieses Zimmer ist für das Baby bestimmt.

Am späten Nachmittag hatte ich alles erledigt, bis auf einen anständigen Spaziergang mit Bess, aber ich war so müde, dass schon die ersten Schritte mir so vorkamen, als watete ich durch Sirup.

Bob werkelte noch im Garten herum, nachdem er aus irgendeinem Grund zurückgekommen war. Er kommt und geht, ich bemerke es kaum noch, und er hat sich im Gartenschuppen eine kleine Höhle gebaut. Also fragte ich ihn, ob er vielleicht mit dem Hund Gassi gehen könne, zu seinem üblichen Stundenlohn, und er zog glücklich mit Bess von dannen.

Sie kamen erst zwei Stunden später zurück, beide schmutzig und glücklich und Bess ziemlich erschöpft. Sobald ich sie gesäubert hatte, legte sie sich auf die Matte vor dem alten Herd und begann zu schnarchen. Die Welpen fielen über sie her, als hätte sie sie eine Woche lang vernachlässigt, aber ihr selbst wäre es restlos egal gewesen, wenn ihre Sprösslinge in ihrer Abwesenheit allesamt verschwunden wären.

Um vier kam ein Paket mit einem sehr merkwürdigen handgestrickten Babyjäckchen, dass Granny aus harten Wollknoten angefertigt hatte, sodass es aussah wie die Miniaturausgabe eines Folterwerkzeugs. Trotzdem, sie hatte jedenfalls an mich gedacht. Ein kurzer Brief versicherte mir, dass alles zum Besten stehe und ich nicht zulassen solle, dass Mutter wie ein Blutegel an mir kleben bliebe.

Während ich das Blatt zusammenfaltete, hörte ich draußen einen Wagen vorfahren, und tatsächlich, es war ein Taxi, das mir den mütterlichen Blutegel frei Haus lieferte.

Nachdem der Fahrer sie an der Tür mit einem riesenhaften Koffer und einer Sammlung klirrender Tragetüten abgesetzt hatte, verlangte sie von mir, dass ich den Mann bezahle, da sie ihre Geldbörse ganz unten in ihrer Tasche verstaut hätte.

Als diese Angelegenheit geklärt war, küsste sie mich, drückte meine unwilligen Hände und sah mich mit tränenfeuchten Augen von oben bis unten an. »Mein kleines Mädchen ist so klein gar nicht mehr! Und zu denken, dass ich in meinem jungen Alter Großmutter werden soll!«

Auf diese Bemerkung schien es keine höfliche Erwiderung zu geben, daher schlug ich ihr vor, den Koffer ins Gästezimmer hinaufzubringen und dann mit mir etwas Warmes zu trinken.

Mutter wartete darauf, dass ich den Koffer nahm, und als ich stattdessen nach den Tragetaschen griff, seufzte sie und trottete hinter mir her die Treppe hinauf. Sie stellte sich so ungeschickt an, dass der Koffer den ganzen Weg bis nach oben Macken in der Tapete hinterließ.

Beim Kaffee stürzte sie sich dann sofort in eine Tirade gegen Granny und »diese Ränke schmiedende Krankenschwester«. Nachdem sie kurz innegehalten hatte, um Atem zu schöpfen, nippte sie an ihrer Tasse und schnitt eine Grimasse. »Welchen Kaffee kaufst du, Liebes? Er schmeckt ganz merkwürdig.«

»Es ist Caro. Kaffee habe ich mir abgewöhnt – ich glaube nicht, dass der Inkubus ihn mag.«

»Der *was*, Liebes?«

»Der gegenwärtige Bewohner meines Bauchs.«

»Das ist eine sehr merkwürdige Art, sich auszudrücken, Leticia!«

»Schwangerschaft ist auch ein sehr merkwürdiger Zustand. Plötzlich sind wir hier drin zu zweit, und der eine schreibt dem anderen dauernd vor, was er essen und trinken soll. Hast du diese Dinge nicht auch merkwürdig gefunden, als du mit mir schwanger warst?«

Sie rutschte unbehaglich auf ihrem Stuhl hin und her: »Aber gar nicht – es ist alles vollkommen natürlich.«

»Das ist der Tod auch, aber niemand behauptet, dass man seinen Spaß daran haben muss.«

»Also wirklich, ich begreife nicht, was in letzter Zeit in dich gefahren ist, Leticia.«

Ich sah sie an, wie sie ihr Gefieder spreizte, und beschloss, ein und für alle Mal Klarheit zu schaffen. »Mu ... Mami, Granny hat ein oder zwei Dinge gesagt, die mich einfach nicht loslassen. Ich frage mich, ob ... nun ja, ob ich wirklich deine leibliche Tochter bin?«

Ihre Augen blitzten vor Wut. »Diese Frau konnte mich noch nie leiden!«, rief sie. »Was hat sie dir erzählt? Ich sah eben nicht schwanger aus, als deine Großeltern wegfuhren – sie waren monatelang in Russland –, und ich war einer dieser ungemein seltenen Fälle – eine jener Frauen, die die Schwangerschaft erst im allerletzten Augenblick bemerken... Als du dann kamst, war das eine solche Überraschung!«

»Wirklich? Aber warum hast du dann Vater allein gelassen, kurz nachdem er sich von dem Mumps erholt hatte, und bist ohne ihn nach Cornwall gefahren?«

»Ich brauchte einfach Urlaub. Seine Pflege hatte mich vollkommen erschöpft. Dann musste der arme Daddy Hals über Kopf nach Cornwall kommen und uns heimholen. Also wirklich, Leticia, ich möchte das Thema nicht weiter erörtern. Du solltest mittlerweile wissen, was für einen seltsamen Humor Granny hat. Es ist abscheulich von ihr, dir solchen Unsinn einzureden.«

Sie riss sich mit sichtlicher Mühe zusammen: »Du bist *mein* kleines Mädchen. Und jetzt lass uns diese ganze dumme Geschichte vergessen und über wichtigere Dinge reden, ja? Wie kommt der arme James allein zurecht? Wir wollen doch mal sehen, ob wir diese kleine Meinungsverschiedenheit über Weihnachten nicht beilegen können – es ist schließlich die Zeit des guten Willens und der Versöhnung!«

»Der arme James ist keineswegs allein, und es würde mehr dazugehören als der Geist der Weihnacht, um mich dazu zu bringen, unsere Ehe wieder aufzunehmen. Eine frontale Lobotomie vielleicht.«

»Eine was, Liebling?«

»Vergiss es. Also, ich möchte, dass du es ein und für alle Mal begreifst, Mutter: Ich bin absolut glücklich ohne James, und ich habe nicht den Wunsch, jemals wieder mit ihm zusammenzuleben. Jeder Versuch deinerseits, dich einzumischen, wird nur zu deiner vorzeitigen Abreise führen. Verstanden?«

Leise vor sich hin schniefend, betupfte sie ihre Nase. »Ich möchte nur das Beste für euch beide – und für das arme kleine Baby!«

»Ich weiß, was das Beste ist. Wenn du James sehen willst, gebe ich dir die Telefonnummer der Wrekins, und du kannst dort hingehen und ihn sehen, oder …«

»Wo steht der Fernseher?«, fiel sie mir ins Wort. »In zwanzig Minuten kommt eine Sendung, die ich unbedingt sehen will.« Sie sah sich vorsichtig um, als versteckte der Apparat sich vielleicht hinter dem Sofa und wartete nur darauf, sie anzuspringen. »Hast du deinen Fernseher in der Küche stehen?«

»Nein. Ich habe überhaupt keinen Fernseher.«

»Rede keinen Unsinn – natürlich hast du einen. Jeder hat einen.«

»Ich nicht. Ich hatte einen kleinen Mietapparat, aber weil ich sparen wollte, habe ich ihn wieder abgeschafft. Mir reicht das Radio.«

»Du machst Witze, nicht wahr?«, fragte sie zweifelnd.

»Nein. Ich habe wirklich keinen Fernseher.«

»Aber – Weihnachten! Leticia! Ich werde all die schönen Filme verpassen! Und was soll ich ohne einen Fernseher machen?«

»Ich habe da für gewöhnlich keine Probleme. Ich schreibe abends viel, weil ich entschlossen bin, noch zwei Romane fertig zu stellen, bevor das Baby kommt.«

»Aber meine Sendung fängt gleich an! Wirklich, du hättest auch einmal an deine Mutter denken können. Kannst du nicht einen Apparat mieten? Ich glaube …«

Sie brach mitten im Satz ab, da hinterm Haus schwere Schritte laut wurden und Bess jämmerlich zu heulen begann. »Was ist das?«

Sie sah aus wie ein erschrockenes Frettchen mit goldblond gefärbten Haaren.

»Nur James. Ich erlaube ihm, den Transmitter im Schuppen weiterzubenutzen, bis er ihn woanders unterbringen kann.«

»James ist hier? Im Garten? Oh, dann kann ich doch vielleicht kurz rausgehen und Hallo sagen?«

Ich wies sie in die richtige Richtung, und sie wankte auf ihren hohen Absätzen nach draußen. Dann stand ich auf und setzte mich an meine Arbeit, und es verging geraume Zeit, bis mich das Geräusch von Stimmen im Haus wieder in die Wirklichkeit zurückholte... Und ich hatte sie noch gewarnt, James nicht ohne Erlaubnis hereinzubitten!

Ich riss die Tür zum Wohnzimmer auf – und sah Mutter allein vor einem kleinen tragbaren Fernseher sitzen.

»Scht!«, flüsterte sie, ohne aufzusehen.

»Wo um alles in der Welt hast du den her?«

Der Abspann rollte über die Mattscheibe, und Mutter seufzte und drehte sich um. »Diese netten Leute, bei denen James wohnt, haben darauf bestanden, dass ich mir über Weihnachten den Fernseher aus dem Kinderzimmer ausborge. So liebenswürdig!«

»Also wirklich, Mutter!«, protestierte ich, aber ich konnte wohl kaum etwas dagegen machen – es würde seltsam aussehen, wenn ich meiner armen Mutter den Fernseher entreißen und ihn zurückbringen würde. Wahrscheinlich hatten die Wrekins es wirklich nur gut gemeint, und wenigstens schaffte der Fernseher sie mir für den Rest des Abends vom Hals, vor allem, nachdem ich die Sherry-Flasche hervorgeholt hatte. Wann immer ich den Raum verließ, verdunstete ein Teil der Flüssigkeit.

Wenig überraschend schlief Mutter am nächsten Morgen ziemlich lange (sie trinkt noch mehr, als ich gedacht hatte, was ziemlich Besorgnis erregend ist) und kam gegen halb zwölf gähnend und mit müden Augen nach unten.

Sie ließ sich an den Küchentisch plumpsen, ächzte dann plötzlich und richtete sich auf. »Allmächtiger – in deinem Garten springt ein Mann rum!«

»Das ist nur Bob«, beschwichtigte ich sie und gab ihr eine Tasse Tee und zwei Aspirin (das Frühstück, das sie verlangt hatte), »der Gärtner. Er verbringt viel Zeit hier und werkelt einfach nur ein bisschen herum.«

»Aber ist er noch ganz dicht?«, fragte sie mit vor Angst bebender Stimme. »Er lacht und redet, und dabei ist sonst niemand im Garten.«

»Er ist nur ein bisschen ... zurückgeblieben, aber schrecklich nett. Ohne ihn käme ich hinten und vorn nicht klar.«

»Er ist geistesgestört!«, quiekte sie und presste sich ihren Polyesterhausmantel an die Kehle. »Du hast ihn engagiert, um mir eins auszuwischen. Du weißt, ich ertrage es nicht, wenn Menschen einen Defekt haben – irgendeinen Defekt! Du und Granny, ihr wollt mir ständig eins auswischen ...«

»Reg dich nicht künstlich auf, Mutter. Bob arbeitet schon seit Monaten für mich, ich habe ihn nicht eigens engagiert, weil ich dich erwartete. Und er ist nur ein wenig einfältig und absolut harmlos. Er würde nicht einmal einer Fliege etwas zu Leide tun.«

Wie um diese Behauptung zu entkräften, kam Bob auf die Küchentür zugesegelt und drückte seine Nase an die Glasscheibe. Mutter wich Schritt für Schritt zurück, ihre starren, blutunterlaufenen Augen auf Bob geheftet, bis sie rückwärts gegen den Küchenschrank prallte, dass die Tassen nur so klirrten.

»Lass ihn nicht rein!«

»Also wirklich, Mutter!« Ich öffnete die Gartentür. »Hallo, Bob. Möchtest du eine Tasse Tee?«

Er hielt mir einen Strauß Rosenkohl hin. »Ich muss jetzt heim. Mum sagt, ich darf morgen nicht herkommen. Stattdessen kommt der Weihnachtsmann!« Er ließ seinen Worten schallendes Gelächter folgen.

»Das stimmt, Bob – niemand arbeitet am ersten Weihnachtstag.« (Abgesehen von den Frauen natürlich, die kochen, bedienen und aufräumen; aber das ist alles ganz natürlich, wie eine Geburt.)

»Dann fort mit dir, und hier ist ein kleines Weihnachtsgeschenk für die Hunde.« Ich überreichte ihm zwei Päckchen mit Rohlederknochen. »Und das da ist für dich. Aber du darfst es erst morgen aufmachen.«

Ich schob ihm sein Geschenk in die Manteltasche, zusammen mit dem Umschlag, der seinen Lohn enthielt, und Bob setzte sich gehorsam in Marsch.

Mutter kam vorsichtig wieder zum Vorschein. »Ist er weg? Wahrhaftig, Leticia, ich kann unmöglich erlauben, dass er herkommt, solange ich hier zu Besuch bin. Du musst ihn loswerden.«

Oh, Mutter: Wie wunderbar du mir in die Hände spielst!

»Auf keinen Fall. Ich möchte ihn nächstes Wochenende ein paar kleine Reparaturen im Haus vornehmen lassen, da er im Garten nicht allzu viel ausrichten kann, solange der Boden so hart ist.«

»Aber doch nicht, während ich hier bin?«

»Oh, nein – du hast ja gesagt, du würdest vor dem nächsten Wochenende wieder nach Hause fahren, nicht wahr?«

»Wenn man dich reden hört, könnte man denken, dass du mich gar nicht schnell genug loswerden kannst«, bemerkte sie beleidigt. »Du bist ein unnatürliches Kind. Der arme James – mein Herz blutet für ihn!«

»Tut es das? Dann solltest du heute Nachmittag vielleicht zu ihm gehen und ihm dein Mitgefühl aussprechen. Ich muss noch ein paar letzte Einkäufe erledigen und mit Bess Gassi gehen, bevor es anfängt zu schneien.«

Sie warf einen zweifelnden Blick gen Himmel. »Meinst du, die Gefahr besteht? Vielleicht sollte ich meine Stiefel anziehen.«

»Tu das. Und vielleicht könntest du James dieses Päckchen mitnehmen.«

»Oh, Leticia! Kann es sein, dass dein Herz doch noch weich wird? Ist das ein Friedensangebot?«

»Nein, es sind drei Paar Wollsocken, also werd nicht sentimental. Er läuft seine Strümpfe an den Fersen immer so schnell durch, und ich glaube nicht, dass seine kleine Mieze ihm etwas Praktisches gekauft hat.«

»Er hat keine … keine kleine Mieze, Kind! Das ist alles aus und vorbei«, versicherte sie mir ernsthaft. »Er wollte dich nur eifersüchtig machen, und dieses billige Mädchen hat sich ihm an den Hals geworfen. Und jetzt lässt es ihm keine Ruhe!«

»Wenn Wendy da ist, hör dir einmal ihre Version der Ereignisse an. Das könnte interessant werden. Und wünsch James in meinem Namen frohe Weihnachten.«

»Ist das alles? Keine Nachricht wegen des Babys?«

Ich zuckte die Schultern. »Offensichtlich ist es ja noch an Ort und Stelle. Was gäbe es sonst zu sagen?«

»So hart!«, murmelte sie traurig und rauschte in einem Meer rüschenbesetzten, fliederfarbenen Nylons davon. »So hart!«

Mein Angebot, ihr ein Mittagessen zu kochen, lehnte sie ab, und sobald sie angezogen war, machte sie sich schmollend auf den Weg, angetan mit einer unechten Nerzjacke, schwarzen Stöckelstiefeln und langen Ohrgehängen. Wären ihre knochigen Beine nicht gewesen, hätte sie vollends wie ein durchschnittlich gut verdienendes Flittchen ausgesehen.

Die Post brachte zwei Päckchen, die Grannys Handschrift trugen, eins für Mutter, das andere für mich. Meins fühlte sich an wie ein Buch, und es lag noch eine kurze Epistel dabei:

Mein liebes Kind,

ich höre, Valerie ist bei dir. Lass nicht zu, dass sie dir wie ein Tuschstein um den Hals hängt. (Ich nehme an, sie meinte einen Mühlstein?) *Ich habe mich hier gut eingerichtet, und Rose kümmert sich um die Pflanzen.* (Oder Wanzen? Die Handschrift ist ein wenig krakelig.) *Die Bezirksschwester geht so, aber der hiesige Arzt ist wieder so ein Leichenräuber.*

Deine dich liebende Großmutter.

Hm! Seufzend nahm ich den Rest meiner Post in Augenschein, unter anderem eine große, teure Hochglanzkarte von den Wrekins. Ich hatte ihnen eine billige kleine Karte unter der Tür durchgeschoben. Nichts von Fergal – aber andererseits hatte ich ihm auch keine Karte geschickt, denn nachdem ich sie geschrieben hatte, war ich mir nicht sicher gewesen, ob ich Nerissas Namen nicht ebenfalls hätte erwähnen müssen.

Als Letztes fand ich eine Aufforderung, die theoretische Fahrprüfung Anfang Januar abzulegen, also fange ich wohl besser an, die Straßenverkehrsordnung zu büffeln.

»Belzebub in unserer Mitte!«, sagt Miss Louie Carter aus Lower Nutthill, allseits bekannt wegen ihrer früheren Kampagne für die Zwangskastration…

Nutthill District Advertiser

Wissen Sie, ich hätte wirklich nicht gedacht, dass ich so schlimm bin! (Obwohl ich zugeben muss, dass man mich schon mit übleren Schimpfworten bedacht hat.)

Obwohl – ein bisschen unfair find ich es schon, wo ich mir doch gerade in letzter Zeit so viel Mühe gebe, mich in Bezug auf Tish anständig zu verhalten.

Nerissa ist ein paar Mal mit James ausgegangen und wirkte anschließend so selbstzufrieden, als glaubte sie, ich sei eifersüchtig. Ich bin es nicht, ich hoffe nur, dass das Ganze Tish nicht allzu sehr verletzt, aber sie müsste eigentlich wissen, dass er ohnehin eine Freundin in seiner neuen Wohnung hat.

Tish ist noch schöner geworden in der Schwangerschaft, aber sie wirkt so zerbrechlich, und was sie auch sagen mag, sie braucht Hilfe.

Kapitel 34

Ihr Kinderlein kommet

Der Gedanke an Fergal musste wohl seine leibhaftige Anwesenheit heraufbeschworen haben, denn eine halbe Stunde später tauchte er auf – und ausnahmsweise sah ich einmal nicht wie ein totales Wrack aus! Gott sei Dank! Ich trug eine grüne Cordhose, ein langes grünes Hemd und hatte mir das Haar mit einer Silberspange zurückgebunden.

»Hallo, Tish«, sagte er, während er beiläufig an meiner Tür lehnte. »Wolltest du nicht anrufen, damit wir ein bisschen fahren und du etwas Übung bekommst?«

»Oh, das wollte ich nicht. Nerissa hat mir erzählt, wie viel du zu tun hast, und ... und ... es sieht nach Schnee aus!«

»So bald wird es nicht schneien, ich kann gut eine Stunde erübrigen, und wir haben den ganzen Park zum Üben, ohne das geringste Hindernis darin, das du treffen könntest.« Als ich zögerte, hob er fragend die Augenbrauen. »Kommst du mit? Was ist los? Angst?«

»Natürlich nicht! Ich hole meinen Mantel.«

Ich stopfte seine Karte in meine Tasche, kritzelte ein paar Worte für Mutter auf einen Zettel und ging, bebend vor Entsetzen, hinaus. Er fuhr uns in den Park, wo wir die Plätze tauschten. Der Mini Cooper hat ganz ähnliche Hebel wie Mrs. Blacklocks Wagen, aber vielleicht haben alle Autos solche Schalter? Ich habe nie richtig hingesehen.

Da ich Fergals kurzen Geduldsfaden noch aus alten Tagen kannte, zuckte ich jedes Mal zusammen, wenn die Gänge beim Schalten knirschten oder ich den Motor abwürgte, aber die erwartete Explosion blieb aus, und langsam begann ich mich zu entspannen; vielleicht war er wirklich sanftmütiger geworden.

Über das Anwesen schlängelten sich enge kleine Fahrwege, auf und ab durch die Wiesen und rund um kleine Baumgruppen. Ich übte ein paar Mal das »Wenden in drei Zügen«, setzte zigmal zurück und vollführte einige Notbremsungen, von denen nur eine einzige etwas mit einer Kuh zu tun hatte.

»Meine Güte, ich fahre dreißig Meilen die Stunde!«, rief ich, als ich über eine schöne, gerade Strecke flog.

»Pass auf, hinter diesen Bäumen kommt eine scharfe Kurve«, warnte Fergal mich leise, und ich zuckte so heftig zusammen, dass ich mit zwei Rädern im Gras landete: Ich hatte vergessen, dass er nicht Mrs. Blacklock war.

»Immer mit der Ruhe! Du machst das sehr gut. Vielleicht wird auf den Straßen von Nutthill ja doch weiter Ruhe und Frieden herrschen.«

»Vielen Dank!«

»Hier musst du dich links halten, dann vorbei an dem Haus zur Hauptstraße, dann kannst du uns zurück zum Cottage fahren.«

Ich fühlte mich zutiefst geschmeichelt, dass er mir zutraute, ihn zurückzukutschieren, und ich hoffte nur, dass wir unterwegs auf keinerlei Hindernisse stießen, da ich im Augenblick nicht einmal unbewegliche Dinge überholen kann.

Dann fuhren wir um die Kurve, und ich warf zum ersten Mal einen Blick auf Greatness Hall.

Während wir langsam zum Stehen kamen, konnte ich das Haus nur mit großen Augen anstarren. Fergal zog die Handbremse.

Lang gestreckt, niedrig und voller Liebreiz, lag Greatness Hall vor uns. Eisiger Sonnenschein glitzerte auf den Fensterscheiben, und an jedem Ende des zentralen, aus dem siebzehnten Jahrhundert stammenden Gebäudes waren komische kleine Türmchen angebaut worden, wie Ohren, die nicht recht zu dem Rest passen wollten.

»Oh, was für ein herrliches Haus!«

»Das finde ich auch, vor allem jetzt, nachdem ich all die protzigen späteren Verunstaltungen entfernt habe. Aber diese vulgären Türmchen gefallen mir recht gut, und den viktorianischen Ballsaal im hinteren Teil des Hauses lasse ich ebenfalls so, wie er ist, denn ich will ein Plattenstudio daraus machen.«

Ich konnte mich nicht von diesem Anblick losreißen. »Es ist ganz anders, als ich es mir vorgestellt hatte – es sieht so bewohnt aus und so gemütlich.«

»Das dachte ich auch, als ich es das erste Mal sah. Und der Grund, warum ich während der Tournee aus Japan hierher geflogen bin, war der Kaufvertrag für dieses Haus. Ich wollte auf keinen Fall das Risiko eingehen, es zu verlieren. Wenn ich zurück bin, führe ich dich herum.«

»Zurück von wo?«, platzte ich heraus und hätte mir dann am liebsten auf die Zunge gebissen.

»Aus London – Weihnachten mit der Familie.«

»Oh, natürlich.«

Mutters Nachbarn reden bestimmt heute noch von dem Weihnachten, als die Roccos ein Haus dort gemietet hatten und – so war es uns damals jedenfalls vorgekommen – die gesamten, wortgewaltigen Bevölkerungen Italiens und Irlands zusammengekommen waren, um sich über das ganze Haus zu verteilen. Sie ergossen sich aufgrund ihrer Anzahl bis in den Garten hinaus. Ich hatte mich an Fergals Seite schüchtern ins Haus gewagt und war sofort von der lärmenden, herzlichen Atmosphäre absorbiert worden... Es war ganz anders als ein Weihnachten mit Mutter.

»Ich reise ab, sobald ich dich abgesetzt habe«, fügte er hinzu.

»Oh, Fergal, du hättest dich nicht von mir aufhalten lassen dürfen.«

»Du müsstest mittlerweile wissen, Engel, dass ich niemals etwas tue, wenn ich es nicht will«, erwiderte er knapp. Seine Lippen entspannten sich ein wenig. »Du brauchtest Übung, und ich wollte ohnehin erst später losfahren. Und übrigens, du hast dich gar nicht so dumm angestellt.«

»Vielen Dank!«

»Abgesehen von diesem kleinen Tick, dass du immer wieder versuchst, mit meinem rechten Knie zu schalten, statt die Gangschaltung zu nehmen.«

Ich würgte den Wagen ab. »Ich muss die Prüfung bestehen, bevor das Baby kommt«, sagte ich, »aber du brauchst dich deswegen nicht verpflichtet zu fühlen, mir zu helfen. Ich komme ganz gut allein zurecht. Mrs. Blacklock ist eine hervorragende Lehrerin.«

»Übung ist immer nützlich, und du brauchst gar nicht so etepetete zu tun: Wofür sind Freunde denn da? Apropos Freunde,

Mrs. Bell meint, du hättest ihr Angebot, deine Einkäufe zu erledigen, abgelehnt?«

»Sie ist nicht dafür eingestellt worden, dass sie sich auch noch um mich kümmert. Ich kaufe jetzt fast alles bei Mrs. Deakin, auch wenn das ein bisschen teurer ist. Ich gebe Bob eine Liste, und er holt mir die Sachen.« Ich seufzte. »Ich weiß nicht, was ich ohne Bob anfangen würde! Er ist so gutwillig, wenn er erst verstanden hat, was man von ihm will.«

Vor dem Haus gabelte sich die Auffahrt, und Fergal dirigierte mich nach links, aber als ich mit gebotener Vorsicht um die Ecke bog, schoss mir ein kleiner roter Sportwagen entgegen und kam mit kreischenden Bremsen und kiesspritzend vor mir zum Stehen; die Motorhaube des fremden Wagens war nur ein paar Zentimeter von meiner entfernt. Nerissa starrte mich durch die Windschutzscheibe an.

Nur gut, dass ich Notbremsen geübt hatte.

Fergal stieß mit einem leisen Zischen den Atem aus, und als ich einen verstohlenen Seitenblick riskierte, bemerkte ich alle Anzeichen eines drohendes Wutanfalls: die Art, wie die kantigen Partien seines Gesichts sich anspannten, und ein Erblassen der Haut um die Nase herum.

Es war ein bisschen gedankenlos von Nerissa gewesen, so schnell um die Kurve zu jagen, aber ich wollte nicht die Ursache für einen Streit zwischen den beiden sein. Als sie ausstieg und auf mich zugeschlendert kam, kurbelte ich die Fensterscheibe herunter und wollte versuchen, die Wogen zu glätten.

Die Luft, die aus meinen sich zusammenziehenden Lungen kam, war fast so kalt, wie Nerissas Augen es waren.

»Zz-Zzz! Bist du unter die Lehrer gegangen, Fergal-Schatz?«, gurrte sie und hatte ihren Südstaatenakzent diesmal voll im Griff. »Ich glaube allerdings nicht, dass es viel gibt, was du Tish beibringen kannst!«

Ihre vollkommen ungerechtfertigte Gehässigkeit machte mich sprachlos, und als sie sich mit ihrem Gorgonenlächeln an mich wandte, spürte ich, wie der Inkubus sich krümmte. »Sie sind aber gewaltig geworden, Darling! Ist es schwer, hinters Steuer zu kommen, oder ist das alles mehr oder weniger wabbelig wie bei einer Amöbe?«

Ich kam mir vor wie ein großer, hässlicher Klecks, was sie wohl auch beabsichtigt hatte, obwohl ich nicht weiß, warum sie es für nötig hielt, mich zu demütigen. Man kann sich nicht unattraktiver fühlen, als ich es im Augenblick tue, und Nerissa musste doch wissen, dass Fergal mir nur aus Mitleid oder um der alten Zeiten willen hilft.

»Was zum Teufel hast du dir dabei gedacht, so schnell um die Kurve zu fahren?«, fragte Fergal donnernd. »Du hättest Tish verletzen können, wenn du mit uns zusammengestoßen wärst!«

Nerissa klimperte mit ihren langen dunklen Wimpern und zog ein Schmollmündchen. »Ich hatte es eilig, dich zu sehen, Fergal! Mom und Pop erwarten uns morgen zum Abendessen, aber ich dachte, du könntest doch gleich mit mir zurückkommen und auch den ersten Weihnachtstag bei uns verbringen?«

»Keine Chance, Nerissa. Ich habe dir bereits erzählt, dass ich Weihnachten wie gewöhnlich mit meiner Familie verbringen werde.«

»Aber Liebling! Deine Verwandten würden dir doch ein Weihnachten mit mir sicher nicht missgönnen.« Plötzlich schien ihr ein Gedanke zu kommen, und ihre Miene hellte sich auf. »Sag mal, ich habe deine Mom und deinen Pop noch nicht kennen gelernt, oder? Meinst du nicht, es wäre langsam an der Zeit, dass ich es täte? Ich könnte dich begleiten...«

»Nein«, sagte er kategorisch.

»Aber ich könnte...«

»Nein!« Sein Tonfall war endgültig. »Also, fährst du jetzt zur Seite und lässt uns vorbei? Tish möchte nach Hause.«

Wenn Blicke töten könnten, wäre ich jetzt ein großer, gurgelnder Klecks auf dem Asphalt gewesen.

»Dann fahre ich schon mal vor und warte auf dich, Fergal-Schatz.«

»Sinnlos. Ich habe meine Koffer bereits in dem anderen Wagen, und ich fahre ab, sobald ich von Tish zurückkomme. Auf Wiedersehen, Nerissa.«

Mit diesen Worten zog er brutal jedes Interesse von ihr ab. »Also, Tish, meinst du, du könntest vielleicht ganz langsam an Nerissas Wagen vorbeifahren? Du musst zuerst ein Stück zurücksetzen.«

»Ich denke schon, dass ich es kann, wenn ich ein wenig auf die Grasnarbe fahren darf.«

»Das ist schon in Ordnung. Und lass dir Zeit.«

Barmherzigerweise setzte ich zurück, ohne etwas furchtbar Peinliches zu tun, und als ich Zentimeter um Zentimeter an dem anderen Wagen vorbeikroch, jammerte Nerissa verzweifelt: »Aber Fergal! Ich habe ein Geschenk für dich!«

»Mein Gott, sie muss in ihrer letzten Inkarnation eine Napfschnecke gewesen sein«, murmelte Fergal.

Der Wagen kehrte mit einem kurzen Schaukeln auf den Kies zurück, und wir fuhren langsam weiter. Ich konzentrierte mich ganz darauf, uns ohne weitere Unterbrechung zurück nach Hause zu bringen.

Praktisch die ganze Bevölkerung von Nutthill schien unterwegs zu sein, von Mrs. D. vor ihrem Laden bis hin zu Margaret, und eine verlegene Röte kroch mir den Hals hinauf, während ich gelassen an allen vorbeifuhr und vor dem Cottage anhielt.

Fergal erwachte aus einem schweigenden Tagtraum. Ich nehme an, es ist wohltuend, mit einer Frau zusammen zu sein, von der man weiß, dass sie nur eine alte Freundin ist und offenkundig außer Stande, einem irgendwohin nachzujagen, selbst wenn sie es gewollt hätte. (Was sie natürlich nicht will... Also gut, manchmal würde sie schon wollen, aber sie wird nicht!)

Ich nehme an, er wird den Streit mit Nerissa bald vergessen haben. Sie ist so jung und hübsch, und er scheint sie auf den Gedanken gebracht zu haben, dass er sie heiraten würde, also kann er ihr keine Vorwürfe machen, dass sie so beharrlich ist. Und wenn es nicht Nerissa ist, nun, es gibt jede Menge Frauen da draußen, die genauso sind.

Er half mir – der riesigen Amöbe – aus dem Wagen (ich nehme an, Nerissa hatte da nicht ganz Unrecht), und ich bedankte mich bei Fergal und überreichte ihm seine Weihnachtskarte.

»Wirst du deiner Familie meine Weihnachtsgrüße ausrichten? Das heißt, falls sie sich an mich erinnern?«

»Du bist unvergesslich!«, sagte er leichthin, aber dann umklammerte er ziemlich schmerzhaft meine Schultern und sah mit finsterem Blick auf mich herab. »Ich hoffe nur, dass du auf dich aufpassen wirst und dir nicht zu viel zumutest, während deine Mutter bei dir zu Besuch ist.«

»Das werde ich bestimmt nicht. Ich scheine unglaublich faul – oder egoistisch – geworden zu sein, ich weiß selbst nicht, was von beidem.«

»Du hast jedes Recht, faul zu sein. Ist mit dem Baby alles in Ordnung?«

»Ja, die Ärzte scheinen sehr zufrieden zu sein.«

»Das ist gut. Halt dich genau an ihre Vorschriften.«

»Und es tut mir Leid, dass ich die Ursache für deinen Streit mit Nerissa war.«

Er zog die Schultern hoch. »Sie hätte dich verletzen können – und es gefällt mir nicht, wenn jemand über mich zu verfügen versucht. Ich hatte nie die leiseste Absicht, Weihnachten irgendwo anders als in London zu verbringen.«

»Ach ja?« (Ich glaube, Nerissa hatte da etwas nicht ganz verstanden!)

»Und anschließend fahre ich gleich nach Italien weiter, um meine Tante Maria herzuholen. Sie soll mir den Haushalt führen, und zwar dauerhaft. Was soll ich dir mitbringen?«

Er machte natürlich Witze, aber ich war froh, dass er seine gute Laune wiedergefunden hatte. »Oh, ich hätte gern einen Haufen schöne, warme Sonne!«, antwortete ich sorglos.

Es wurde langsam dunkel, doch es verging noch eine Ewigkeit, bis Mutter mit einer Karte und einem Päckchen von James zurückkam. Wenigstens hatte sie auf diese Weise Fergal verpasst, wofür ich dankbar war.

Die Karte war großzügig und sentimental, was beides nicht auf James zutraf, und darauf stand:

Lass uns sehen, ob wir um des Babys willen nicht unsere Differenzen beilegen können.

Ehrlich – Mutter musste ihn wieder einmal ermutigt haben. Während ich die Karte las, beobachtete sie mich mit Argusaugen.

»Du wirst dich doch mit ihm treffen, oder? Alles andere wäre doch zu traurig an Weihnachten, noch dazu, da ein Baby unterwegs ist und alles. Es tut ihm Leid, dass er eifersüchtig war, und er weiß, dass du nicht die Art Frau bist, die eine schmutzige Affäre haben würde. Oh, und wir sind bei den Wrekins auf einen Drink nach dem Abendessen eingeladen, und ich dachte, du würdest vielleicht …«

»Nein«, erwiderte ich entschieden.

»Nein?« Sie wirkte verschnupft. »Ich gehe jedenfalls hin und James auch, und ich kann dir versichern, dass dieses Mädchen, Wendy, nicht da sein wird! Sie gehört der Vergangenheit an.«

»Ich habe sie vor nicht mal einer Woche aus der Wohnung kommen sehen.«

»Oh nein, Liebes! Das muss eine von Margarets Freundinnen gewesen sein. James hat Wendy seit Monaten nicht mehr gesehen.«

»Ob so oder so, es macht keinen Unterschied. Geh du nur zu den Wrekins und amüsier dich gut.«

»Ich wünschte, du würdest versuchen, nicht gar so kalt zu sein, Liebling – das ist nur eine Angewohnheit, in die du dich hineingesteigert hast. Außerdem, nenn mich bitte ›Mami‹, wie mein kleines Mädchen das immer tut.«

Ich seufzte. Es ging schon wieder los! »Geh du hin, Mami, und sag Margaret vielen Dank, aber sie solle mich entschuldigen. Sie wird schon verstehen. James kann morgen auf einen Drink vorbeikommen, wenn er mag, doch es wird definitiv keine Versöhnung geben.«

Mutters Miene hellte sich auf. »Nun, das ist doch immerhin etwas. Also, was gibt es zum Abendessen? Der Spaziergang hat mir Appetit gemacht. Bei den Wrekins gab es Lamm. Ich konnte es riechen.«

»Bei uns gibt es einen leckeren Linseneintopf mit Vollkornreis.«

Als sie herausfand, dass ich keinen Witz gemacht hatte, zeigte sie eine gewisse Neigung, zu schmollen und in ihrem Essen herumzustochern. Sie meinte, der Vollkornreis tue ihr an den Zähnen weh, und im Eintopf seien Steine, was nicht stimmte, weil ich die Linsen sehr sorgfältig verlesen hatte.

Den Pasteten und der Sahne sprach sie jedoch herzhaft zu. Und um die Wahrheit zu sagen, ich auch, sodass ich mich anschließend ziemlich aufgebläht fühlte. Jetzt, da der Inkubus sich bis in den letzten Winkel meiner Bauchhöhle ausbreitet, bleibt nicht mehr viel Platz für üppige Mahlzeiten. Ich sollte wahrscheinlich dankbar sein, dass er mich überhaupt noch atmen lässt.

Nach dem Abendessen ging Mutter nach oben, um sich in etwas äußerst Unpassendes zu hüllen (rosa und blauer Chiffon), und kam ein wenig unsicher und mit geröteten Wangen wieder herunter.

»Hör mal, Mutter«, begann ich und wählte meine Worte mit großer Sorgfalt. »Du hast doch heute nicht zu viel getrunken, oder? Es ist ungesund, zu viel zu trinken, vor allem in deinem Alter.«

»An meinem Alter gibt es nichts auszusetzen, was ein Glas Sherry nicht kurieren könnte!«, erwiderte sie selbstherrlich und brach dann in Gekicher aus. »Oder ein Martini! Ray Wrekin mixt einen Martini, der nicht von schlechten Eltern ist. Was für eine Schande, dass du dir nicht doch ein kleines Gläschen genehmigen kannst – noch dazu an Weihnachten!«

»Einer von uns muss nüchtern genug bleiben, um morgen ein Weihnachtsessen zuzubereiten. Du siehst sehr schick aus, aber meinst du nicht, dieser glitzernde Lidschatten wäre etwas übertrieben?«

»Wie altmodisch du bist, mein kleines Mädchen! Mach dich auch ein bisschen hübsch, wenn du um Mitternacht in die Christmette kommst.«

»Die Christmette?«

»Natürlich. Die Wrekins haben mich gefragt, ob ich mit ihnen hingehen würde, aber ich sagte, mein kleines Mädchen würde sich bestimmt wünschen, dass ich mit ihm hingehe. Aber nicht in diesen Hosen – die sind so unweiblich!«

Wie kann man unweiblich aussehen, wenn man geradezu gewaltig schwanger ist? Das ist ein Widerspruch in sich.

»Mutter, ich habe nicht die geringste Lust, in die Kirche zu gehen.«

»Unsinn! Ich finde, ein bisschen Mühe könntest du dir schon geben, wo es mir doch so viel bedeutet.«

In ihren Augen schwammen Krokodilstränen, und ihr glänzender roter Lippenstift hatte sich bereits in die Fältchen um ihre Lippen vorgearbeitet, sodass ihr Mund jetzt wie eine schlammige Flussmündung aussah.

»Weine nicht, Mut... Mami. Wenn dir wirklich so viel daran liegt, komme ich mit, aber ich würde lieber früh ins Bett gehen. Weißt du was? Wir treffen uns kurz vor der Messe am Kirchenportal – wie wäre das? Du kannst mit den Wrekins zur Kirche gehen.«

Sie ging, und ich nahm in aller Ruhe ein Bad. Als ich ausgeruht und entspannt wieder aus der Wanne stieg, hörte ich draußen die Weihnachtssänger.

Ich knipste sofort das Licht aus; nicht dass ich geizig wäre, ich hatte nur keine Lust, im Bademantel und mit tropfnassen Haaren in der Tür zu stehen und mich zu Tode zu frieren.

Als ich durchs Fenster spähte, sah ich draußen die Kinder stehen, daher drückte ich mich flach an die Wand; unglückseligerweise war es der falsche Teil der Wand, denn ich legte unbeabsichtigt mit der Schulter den Lichtschalter um, sodass meine merkwürdige Haltung für die Sänger draußen im nächsten Augenblick deutlich zu sehen war. Ich brachte ein gequältes Lächeln und ein Winken zu Stande.

»Jingle Bells« geriet ins Stocken, dann fanden die Sänger in ihr Lied zurück. Ich schlängelte mich durch die Tür in den Flur, angelte etwas Geld aus meiner Handtasche und warf es mehr oder weniger durch die Tür, gefolgt von einer äußerst knappen Bekundung meiner Begeisterung: »Sehr hübsch – ich danke euch! Gute Nacht!«

Die Kinder hatten gerade mit »Zu Bethlehem geboren« angefangen, verloren jetzt aber den Faden, murmelten etwas Unverständliches und trabten dann entschlossen davon.

Bevor ich irgendetwas mit meinen Haaren machen konnte, musste ich sie erst einmal trocknen.

Mutter erwartete mich vor der Kirche und sang mit einer Art Babystimme »Ihr Kinderlein kommet« vor sich hin, daher versuchte ich, sie zu überreden, auf den Gottesdienst zu verzichten und mit mir nach Hause zu kommen. Sie klammerte sich, immer noch singend und sichtlich entrüstet, an die Kirchentür.

»Sie können mit mir kommen, meine Liebe!«, erklärte Mrs.

Deakin entschlossen, während sie um Mutter herumging und sie am Arm fasste. Ich nahm den anderen Arm, und mit vereinten Kräften bugsierten wir sie zu einer der hinteren Reihen.

Wir machten einigen Lärm, und mehrere Leute drehten sich nach uns um, einschließlich der Wrekins, die lächelten und winkten. Hinter uns saßen noch weitere Betrunkene, aber Mrs. Deakin bemerkte freundlich, sie würde neben Mutter sitzen bleiben, da sie von ihrem Platz einen guten Blick den Gang hinunter hätte und auf diese Weise sicherstellen könne, dass Mutter wenigstens nicht aus der Bank kippen würde.

»Ihr Kinderlein kommet«, sang Mutter leise. »Ihr Kinderlein kommet, oh, kommet doch all.« Dann brach sie ab und nuschelte undeutlich: »James!«

Er war es tatsächlich, und ich glaube, er wollte sich zu uns setzen, aber es war kein Platz mehr frei, daher landete er auf der gegenüberliegenden Seite des Ganges. Sein Glück, denn ich war stinksauer auf ihn, weil er Mutter in einem solchen Zustand in die Kirche hatte gehen lassen.

Mrs. Deakin meinte später, sie hätte noch nie im Leben so viel Spaß an einem Gottesdienst gehabt, und sie war es auch, die mich auf eine junge Frau hinwies, die in einer schwarzen Pelzjacke, einem kurzen Lederrock und Stiefeln durch eine der hinteren Türen der Kirche hinausschlüpfte. Die Frau hatte langes Haar und fette Oberschenkel: Wendy!

»Es war wie im Fernsehen, wie sie versucht hat, den Blick Ihres Mannes aufzufangen, und er versucht hat, ihren aufzufangen!«

Ich hatte nichts davon mitbekommen, da ich zu beschäftigt gewesen war, Mutter davon abzuhalten, in den falschen Augenblicken wie ein Springteufel von der Bank zu schnellen. Zumindest war sie inzwischen in einen halb komatösen Zustand verfallen und hielt den Mund. Am Kirchenportal dankte ich Mrs. Deakin für ihre Hilfe und führte meine schwankende Mutter durch die dunkle Straße davon. Ich wünschte, sie würde nicht so unvernünftiges Schuhwerk tragen.

Ein paar dicke Schneeflocken fielen, und es war sehr kalt. Ich sehnte mich mit jeder Faser meines Herzens nach meinem Bett und einer heißen Wärmflasche. Mrs. Peach kam an uns vorbei und sagte Guten Abend, blieb aber nicht stehen, wofür ich ihr sehr dankbar war. Ich nehme an, sie war ebenfalls in der Kirche, aber weiter vorne, wo die Gottesfürchtigeren ihre Plätze hatten.

Ich zwang Mutter, an der Haustür ihre Stiefel und ihren Mantel auszuziehen, und ließ sie dann allein, während ich eine Wärmflasche in mein Bett legte und mich für die Nacht fertig machte. Als ich im Bademantel wieder herunterkam, murmelte sie etwas von »undankbaren Kindern« und einem »kleinen Gläschen vorm Schlafengehen«, aber ich erklärte ihr, dass sie sich selbst bedienen müsse.

Zu unserer Mitternachtsmette sind uns Freunde, neue wie alte, hochwillkommen...

Pfarrblatt der Gemeinde Nutthill

Kapitel 35

Ungewisse Gelüste

Als ich am Weihnachtsmorgen nach unten kam, brannten dort noch immer alle Lichter. Ich war später dran als gewöhnlich, da ich noch Radio gehört, Caro-Kaffee aus der Teemaschine getrunken und Pralinen mit klebriger Füllung gegessen hatte.

Aus dem Gästezimmer kam kein Geräusch, abgesehen von einem vernehmlichen Schnarchen, daher dachte ich, dass Mutter nicht vor Mittag in Erscheinung treten würde.

Draußen war alles mit einer dünnen Schneeschicht überzogen: sehr weihnachtlich. Bess und ich unternahmen einen kurzen Spaziergang. Sie mochte keinen Schnee auf den Füßen und versuchte immer wieder, alle viere gleichzeitig vom Boden abzuheben – mit dem nahe liegenden Ergebnis.

Wieder daheim, stellte ich das Radio an, um mir die Weihnachtssendungen anzuhören, und gab Bess ihren Hunde-Weihnachtsstrumpf. Sie weidete den Strumpf aus und verteilte den Inhalt über die gesamte Küche, gab den Welpen aber nichts ab. Toby bekam eine gepellte Mandarine und einen Jaffa-Keks. Dann legte ich den Truthahnbraten aufs Blech und bereitete das Gemüse vor.

Mutter kam in gewohntem Schweigen nach unten, dass sie nur brach, um über Kopfschmerzen zu stöhnen. Ich gab ihr zwei Aspirin, wünschte ihr frohe Weihnachten und empfahl einen Spaziergang.

Sie bedachte mich mit einem entsprechenden Blick und saß weiter in sich zusammengesunken am Küchentisch, um literweise schwachen, zuckersüßen Tee in sich hineinzugießen, während ich mir ein Mittagessen aus Weihnachtskuchen und vier Mandarinen zu Gemüte führte. Dann öffnete ich meine Geschenke.

Grannys war ein Buch mit hilfreichen Hinweisen zum Thema »Scheidung«, worin Mutter einen weiteren Beweis für ihre

Senilität sah, aber diese Bemerkung kam erst, nachdem sie ihr eigenes Geschenk ausgepackt und Thermounterwäsche vorgefunden hatte.

»Ich weiß nicht, was du willst, es ist genau das Richtige für dieses Wetter, Mutter.«

»Mach dich nicht lächerlich, Liebes – es ist genau das, was alte Frauen tragen!«

»Ich finde, das Oberteil ist sehr hübsch. Wenn es dir nicht gefällt, nehme ich es.«

Als sie meine Pralinenschachtel auspackte, sagte sie: »Vielen Dank, Liebling. Ich nehme an, du hattest in letzter Zeit zu viel zu tun, um an deine arme kleine Mama zu denken!«

Ihr Geschenk an mich bestand wie immer aus einer kleinen Flasche eines teuren Parfüms, das mir besonders zuwider ist. Ich küsste sie auf die Wange und bedankte mich.

Danach riss ich widerstrebend das glänzende Papier auf, mit dem James seine Weihnachtsgabe verpackt hatte. Zum Vorschein kam eine unanständig große Flasche eines lächerlich teuren Parfüms, was mich bestürzte, und Mutter war verschnupft, weil ihre kleine Flasche daneben das reinste Nichts war.

»Oh, verflixt! Was soll ich bloß damit anfangen?«

»Aber ... freust du dich denn nicht, Leticia?«

»Ob ich mich freue? Das Ding muss ein halbes Vermögen gekostet haben! Das kann ich unmöglich annehmen.«

»Aber es muss dir doch zu Herzen gehen, dass James so viel Geld für dieses schöne Parfüm ausgegeben hat?«

»Nein, es ist vulgär! Und unpersönlich.« Aber ich sah sofort, dass sie mich nicht verstand. Ich stellte die Flasche auf den Küchenschrank. »Wenn er nachher vorbeikommt, gebe ich sie ihm zurück.«

»Aber das kannst du nicht machen. Er wird schrecklich verletzt sein!«

»Ich kann nichts anderes tun, Mutter.«

Während ich am Abendessen letzte Hand anlegte, saß Mutter vor dem Fernseher, aß ihre Pralinen und zerstörte ihre Leber.

Der Tisch sah sehr festlich aus mit der Dekoration aus Stechpalmen und Tannenzapfen, die ich gebastelt hatte, und einer roten Tischdecke. Ich hatte Bratkartoffeln und alles zubereitet, womit man einen Truthahn füllte, aber Mutter war, wie vorherzusehen, entrüstet, dass ich nicht einen riesenhaften Truthahn gekauft hatte.

»Dabei ist es so ein sparsames Essen – man kann ihn noch tagelang kalt essen, und man hat immer etwas im Haus, wenn Besucher vorbeikommen.«

»Mir wird am zweiten Tag schlecht, wenn ich Truthahn nur sehe, und ich erwarte keine Besucher.«

»James!«

»Der kann Kuchen essen.«

»Also wirklich, es ist kein Wunder, dass du ihn mit dieser Einstellung nicht halten konntest.«

»Oh, meinst du? Aber Blondie ist bestimmt auch keine Fünf-Sterne-Köchin – es sei denn, sie stillt bei ihm ganz andere Gelüste.«

»Leticia!«

»Nimm noch etwas von dem Weihnachtspudding, Mutter, aber pass auf, dass du an den Silbermünzen nicht erstickst – das würde nämlich Unglück bringen.«

Wir beide fanden eine Silbermünze, und Mutter bestand darauf, ihre zu behalten, um sie an ihrem Glücksbringerarmband zu befestigen, obwohl das schon klirrt und klimpert wie der Geist vergangener Weihnachten. Ich weiß nicht, wie sie es schafft, noch die Hand zu heben, wenn sie es trägt.

Nach dem Essen lagen wir gut gesättigt vorm Fernseher, zusammen mit Bess, die wieder einmal ihren mütterlichen Pflichten entflohen war. Es war sehr gemütlich, obwohl es draußen schneite und der Himmel eine merkwürdige unnatürliche Färbung angenommen hatte.

Der Inkubus strampelte und protestierte angesichts der reichlichen Mahlzeit, die seinen Platz zum Schwimmen beschnitt, und ich wünschte, er würde ein schönes, langes Schläfchen machen, bis die Verdauung ihre Arbeit getan hatte.

Mutter sah sich den Film an, während ich mitten in der Lektüre von *Schnelle Scheidungslösungen* einnickte und später aufwachte, als sie am Telefon mit ihrem Beau plauderte; er scheint ziemlich eifrig zu sein und ruft jeden Tag an.

Ich hievte mich hoch, richtete ein paar Schinkensandwiches

und hatte sie gerade zusammen mit etwas Kuchen, Früchten und Ähnlichem ins Wohnzimmer gebracht (wo Mutter nach wie vor den fehlenden Truthahn beklagte), als James erschien.

Sie lehnten meinen Kaffee beide ab und baten stattdessen um etwas Kräftigeres.

Anschließend folgte James mir aus der Küche, obwohl er sich nicht erbot, mir irgendetwas abzunehmen. »Die Welpen hatte ich vollkommen vergessen!«, rief er, aber als er Anstalten machte, sich ihnen zu nähern, nahm Bess mit vernehmlichem Knurren Verteidigungsstellung ein, sodass er sich damit zufrieden geben musste, die kleinen Tiere aus der Ferne zu betrachten.

»Die sehen aber komisch aus! Weißt du, wer der Vater ist?«

»Ich vermute langsam, dass es dieser riesige altenglische Schäferhund war, der immer durchs Dorf streift.«

»Barmherziger! Wenn das so ist, wirst du die Welpen nie los. Vielleicht solltest du sie einschläfern lassen?«

»Das werde ich ganz bestimmt nicht tun! Ich werde ein Zuhause für sie finden.«

James setzte sich an den Tisch, und das Licht zeigte all die kleinen Runzeln und Fältchen, die sich auf seinem Gesicht bildeten. Seine Haut schien sich immer mehr von den kantigen Knochen seiner Wangen zu lösen; ich konnte mir plötzlich gut vorstellen, wie er als alter Mann aussehen würde, wenn er sich weiter so gehen ließ. Kein hübscher Anblick.

»Oh ... danke«, bemerkte er wenig begeistert, als ich eine Tasse und weitere Pasteten vor ihn hinstellte. »Aber ich bekomme keinen Bissen mehr herunter.«

Was ich von mir nicht behaupten konnte. Ich denke, es war das Vollkornmehl in der Pastete, das ihn abschreckte.

»Wie geht es dir? Ist mit dem Baby alles in Ordnung?«

Ich sah ihn überrascht an. »Der fürsorgliche James« war eine ganz neue Erfahrung. »Ja, es müsste Ende März kommen.« (Oder am ersten April – aber ich weigerte mich, diese Möglichkeit auch nur in Erwägung zu ziehen!)

Er seufzte. »Du ziehst es wohl nicht in Betracht, es noch einmal mit der Ehe zu versuchen? Ich habe in letzter Zeit viel nachgedacht, und es wäre diesmal alles ganz anders. Ich finde immer noch, dass du ein bisschen überstürzt gehandelt hast, aber Wendy muss ein Schock für dich gewesen sein.«

»Sie war auf alle Fälle eine Überraschung.« Ich nahm mir noch ein Stück Obstkuchen. »Jede Menge Früchte und ein dünner Teig!«

»Was?«

»Der Obstkuchen: So mag ich ihn am liebsten. Und unsere Ehe gehört der Vergangenheit an, so weit es mich betrifft. Was du mit Wendy oder irgendeiner anderen Frau anstellst, geht mich nichts mehr an.«

»Ja, aber genau das ist es doch – jetzt, da du mich vor die Tür gesetzt hast, versucht sie, sich auf Dauer bei mir einzuquartieren. Und sie macht ständig Andeutungen, dass ich mich scheiden lassen soll, um sie zu heiraten.«

»Warum zieht ihr beide, du und Wendy, nicht einfach zu Alice und Howard?«

»Alice scheint es für besser zu halten, wenn Wendy zu mir zöge – ich glaube, sie möchte Howard für sich allein.«

»Wozu? Um an ihm zu experimentieren?«

Er bedachte mich mit einem seiner verständnislosen, leeren Blicke und jammerte weiter: »Jedenfalls, ich möchte nicht mit ihr zusammenleben, nirgendwo, und das weißt du auch.«

»Ach ja?«

»Natürlich – ich möchte, dass wir beide wieder zusammenkommen.«

»Es gibt kein ›wir‹. Im Grunde hat es nie eins gegeben.« Ich sah ihn mitleidlos an. »Tut mir Leid, James, mit diesem Problem musst du allein fertig werden. Die Scheidung läuft.«

»Alice sagt, ihr Vater kennt Onkel Lionel«, erwiderte er, und seine Miene wurde noch düsterer.

»Das hört sich doch so an, als gäbe Wendy am Ende vielleicht doch noch eine geeignete Frau für einen Rechtsanwalt ab«, antwortete ich strahlend, und seine Miene verfinsterte sich zusehends. Das wäre eine hervorragende Lösung; dann würde Wendy ihn bei lebendigem Leibe auffressen wie ein Spinnenweibchen. Mit Haut und Haaren.

»Hör mal, warum beendest du die Affäre nicht einfach, wenn du es wirklich willst, James? Du bist doch jetzt ein großer Junge.«

»Du kennst Wendy nicht.«

»Nun, dafür zumindest muss ich wohl dankbar sein.«

Er hatte sich selbst in diese Klemme gebracht, und nun sollte er auch allein einen Ausweg finden – wenn er die Sache wirklich beenden wollte. Ich wusste nicht mehr, wie viel von dem, was er sagte, wahr war, und wie viel nicht.

Als Nächstes machte ich sein Glück vollkommen, indem ich ihm sein Geschenk zurückgab. Er wurde wütend und schimpfte, er würde es stattdessen Wendy schenken. Ich bemerkte freundlicherweise, dass ein solches Geschenk sie auf den Gedanken bringen würde, dass es ihm wirklich und wahrhaftig ernst sei.

»Lass uns deswegen nicht streiten, James«, meinte ich. »Schließlich ist Weihnachten.«

»Hör mal, wenn ich die Flasche gegen eine kleinere umtausche, wäre das dann in Ordnung für dich?«, fragte er, inzwischen etwas vernünftiger geworden.

»Ja ... gut. Aber es muss die kleinste Größe sein, haben wir uns verstanden?«

Dann gingen wir zurück zu Mutter, die schnarchend vorm Fernseher saß, und ich zwängte noch eine halbe Schachtel Pralinen zu allem anderen in mich hinein, was den Turnübungen des Inkubus für eine Nacht ein Ende machte.

James musste mir helfen, Mutter nach oben zu schaffen, dann stand er mit weinerlicher Miene auf der Türschwelle. Ich stieß ihn hinaus in den eiskalten Schnee: Das würde ihn ernüchtern.

Kapitel 36

Schuldgefühle

Am zweiten Weihnachtstag war ich sehr erschöpft und brachte Mutter dazu, zu Mrs. Deakin zu gehen, um ein paar Dinge zu besorgen. Sie blieb eine absolute Ewigkeit weg – weiß Gott, mit wem sie alles geredet haben mag! Bis zum Abend wird mein Name in aller Munde sein. (Falls er das nicht ohnehin schon ist.)

Habe mit meinem neuen Roman angefangen: *Der süße Wein der Liebe,* in dem es um eine junge Engländerin geht, die durch Europa reist, ihr ganzes Geld verliert und sich einen Job als Traubenpflückerin suchen muss. Dabei lernt sie einen jungen Mann kennen, der in Wirklichkeit der Sohn eines Grafen ist, nur dass er sich zuerst auf dem Feld beweisen muss, bevor er das Geld erbt ...

Von Mutter habe ich nicht viel zu sehen bekommen, aber ich konnte den Fernseher dröhnen hören: Sie ist anscheinend taub geworden.

Doktor Reevey rief wieder an – es muss Liebe sein! Wahrscheinlich ist er ihre letzte Hoffnung auf Rettung vor dem Alkoholismus.

Nach Bess' letztem Spaziergang am Abend klingelte das Telefon abermals, aber als ich den Hörer aufnahm und mich meldete, hörte ich am anderen Ende der Leitung nur Schweigen, wie einen alten, ziemlich lästigen Bekannten.

»Was wollen Sie, Wendy?«, fragte ich müde. »Er ist nicht hier, falls es das ist.«

Es folgte ein lang gezogener, schnüffelnder Seufzer. (So hört man sich wahrscheinlich an, wenn man eine Nase wie ein Ferkel hat.) »Aber ich weiß, dass er Sie gestern besuchen wollte, und seither ist er nicht wieder da gewesen.«

»Er war gestern tatsächlich zwei Stunden hier, aber seither habe ich ihn nicht mehr gesehen.«

»Das sagen Sie vielleicht einfach nur so!«

»Um Himmels willen! Hören Sie, Wendy, ich bin zu müde für diese Art Gespräch, und ich gehe jetzt ins Bett – allein. Ich weiß nicht, wo James ist, und es interessiert mich auch nicht.«

»Wie kann ich sicher sein, dass Sie die Wahrheit sagen? Sie haben Alice erzählt, Sie wollten eine Scheidung, aber James meint, Sie wollten keine.«

Bleierne Schläfrigkeit füllte meinen Kopf aus – wie Wolken, die einem die Sicht trübten. Ich hatte Mühe, mich zu konzentrieren. »Wendy, die Scheidung war meine Idee, und meine Anwältin kümmert sich bereits um alles Erforderliche.«

»Aber James sagt ...«

»Es ist mir egal, was James sagt. Hat er sich nicht als Lügenbaron erwiesen, indem er mich im Laufe des vergangenen Jahres nach Strich und Faden betrogen hat? James interessiert mich nicht mehr, Punkt! Habe ich mich klar ausgedrückt?«

»Ich hoffe, Sie meinen es ernst, denn wenn ich mein Baby bekomme, werde ich wenigstens wissen, wer der Vater ist!« Sie ließ den Hörer auf die Gabel krachen.

Wendy schwanger? Alice musste den Rat, den ich ihr gegeben hatte, ernst genommen haben. Ich hätte es wissen sollen, dass sie keinen Humor hat! Allerdings musste Wendy schnell gehandelt haben. Ich frage mich, ob sie in Zukunft auch schicke kleine Kostüme und aufgedonnerte Frisuren tragen wird?

Was wird James jetzt tun? Das heißt, wenn es stimmt, dass Wendy schwanger ist, denn sie ist ihm in puncto Lügen mindestens ebenbürtig.

Der Inkubus würde also vielleicht einen Halbbruder oder eine Halbschwester bekommen.

Halb Baby, halb Pekinese.

Ich hatte für den nächsten Tag eine Fahrstunde vereinbart, und es lief ziemlich gut, vor allem das Rückwärtsfahren und das »Wenden in drei Zügen«. Muss die Übung mit Fergal gewesen sein. Aber mit meiner zunehmenden Leibesfülle fällt es mir doch langsam etwas schwer, eine Stunde hinterm Steuer eingeklemmt zu sitzen; und wenn ich es recht bedenke, fällt mir das Sitzen überall schwer. Und alles andere auch. Ich komme mir vor wie einer dieser Gefangenen in einem kleinen Käfig, die weder stehen noch liegen können.

Inzwischen bin ich mir sicher, dass der altenglische Schäferhund der Vater von Bess' Welpen ist. (Der Durex-Hund, wie Mrs. Deakin es einmal ausgedrückt hat, obwohl ihr, glaube ich, nicht bewusst war, dass ihr damit ein Fehler unterlief.)

Die Tiere sind wie große watschelnde Zottelteppiche, deren Einzelteile nicht zusammenpassen, obwohl sie inzwischen wenigstens im Stande sind, aus ihrem Verschlag herauszustolpern, um ihr Geschäft auf der Zeitung zu verrichten. Ein gewisser Geruch hängt allerdings trotzdem noch in der Luft, egal, wie oft ich die Zeitungen wechsle.

Bess hat schon lange jeden Versuch aufgegeben, hinter ihren Sprösslingen sauber zu machen, obwohl sie sich durchaus für ihr teures Welpenfutter interessiert, das sie den Kleinen wegzufressen versucht. So viel zum Thema »Mutterinstinkt«.

Bob hat sich den Welpen ausgesucht, den er haben will: den mit den vier ungleichen Beinen und dem ausgeprägten Schielen. Vielleicht wird das ja noch besser, wenn das Tier älter wird. Mrs. Sloggit hat mir einen Brief geschickt, dass er einen Welpen haben dürfe, und ich habe ihm erklärt, dass er das Tier mitnehmen dürfe, wenn es acht Wochen alt ist.

Bess wird begeistert sein.

Mrs. Deakin hat (über Dulcie Blacklock) lautes Geschrei in der Wohnung der Wrekins vermeldet, und zwar in den frühen Morgenstunden des siebenundzwanzigsten Dezembers, gefolgt von Wendys Abfahrt in ihrem weißen VW-Polo. (Mitsamt ihrem Gepäck.)

Die ganze Zeit, während James mich zu überreden versuchte, ihn wieder aufzunehmen, wusste er, dass Wendy in der Wohnung auf ihn wartete!

Ich frage mich, wo er hingegangen sein mag? Ob Nerissa mit ihm entschwebt ist, um sich über Fergals Abwesenheit hinwegzutrösten? (Ich meine, wie verzweifelt kann ein Mensch sein?)

Ich weiß, wo er heute Nacht hingegangen ist – ins *Dog and Duck*, und zwar mit Mutter. Er brachte sie mitten in der Nacht nach Hause. Es blieb ihm nichts anderes übrig; so wie es sich anhörte, hätte sie es allein niemals geschafft. Aber wenigstens fand sie den Türschlüssel, den ich ihr gegeben hatte, sodass ich nicht aus dem Bett aufzustehen brauchte.

Am frühen Morgen tauchte James in streitsüchtiger Stimmung bei mir auf, um »ein ernstes Wörtchen« über Mutters Trinkerei mit mir zu reden, die er ganz und gar auf die Sorge wegen des Zusammenbruchs unserer Ehe schiebt. Als ich erklärte, das Problem habe sich über ein ganzes Jahrzehnt hinweg aufgebaut, glaubte er mir nicht und meinte, ich solle sie bei mir wohnen lassen, da auf diese Weise auch meinem »Techtelmechtel mit diesem langhaarigen Popsänger« ein Riegel vorgeschoben werde.

Er behauptete, das ganze Dorf rede davon, dass ich in Fergals Wagen gesehen worden sei und er mich regelmäßig im Cottage besuche.

Das ganze Dorf (und James) musste eine ausgeprägte, wenn auch merkwürdige Fantasie haben, das ist alles, was ich dazu sagen kann. Ich meine, sehe ich aus, als befände ich mich mitten in einer heißen Affäre, egal, mit wem?

Ich entgegnete, er sei ein Vollidiot, und auch wenn er wissen müsse, dass das Baby von ihm sei, gehe es ihn nichts an, wenn ich eine Affäre mit einem anderen Mann hätte, jetzt, da wir getrennt waren.

»Und bevor du mir eine Predigt über meine Moral hältst, wo warst du in den beiden Nächten nach Weihnachten? Auf und davon mit einer anderen Frau, während deine Geliebte in der Wohnung auf dich wartete?«

Er lief braunrot an und verließ türenknallend das Haus.

Nachdem er gegangen war, tauchte Mutter endlich wieder auf, und ich erinnerte sie taktvoll daran, sich für die Heimfahrt etwas Warmes anzuziehen.

Sie zeigte eine deutliche Neigung, in die selbst gemachte Mandarinenmarmelade zu weinen.

Dieser Umstand schien sich auf ihre Abreise jedoch nicht weiter auszuwirken, denn es war Mittag, bevor sie sich endlich anzog und ihr Gesicht restaurierte, und selbst dann tat sie es nur, um in die Küche gerauscht zu kommen und sich zu Tee und Kuchen wieder häuslich niederzulassen, während die Abfahrtzeit von zwei Zügen, die sie hätte nehmen können, kam und ging.

Schließlich fragte ich rundheraus: »Soll ich für dich packen, Mu ... Mami, oder erledigst du es selbst?«

Statt zu antworten, stürzte sie sich plötzlich auf die Welpen und kam mit einem der kleinen Geschöpfe in ihren knochigen Händen zurück.

Das Tierchen wimmerte, und ich sah, dass es mein Lieblingshund war – aber ich wagte es nicht, ihn ihr zu entreißen, da sie durchaus im Stande war, das Tier festzuhalten, bis es mitten entzweiriss. (Wenn sie beim Urteil Salomos dabei gewesen wäre, hätte sie gesagt: »Okay, teil es in zwei gleiche Teile – aber ich möchte, bitte schön, die linke Seite!«, ganz egal, ob es nun ihr Kind gewesen wäre oder nicht.)

»Weißt du«, flötete sie, »ich glaube, ich nehme dieses süße kleine Würmchen mit nach Hause. Jetzt, da ich ganz allein bin, werde ich etwas Gesellschaft brauchen.«

»Ich fürchte, das Tier ist noch zu jung – außerdem sind die Welpen bereits vergeben.«

»Aber doch sicher nicht alle! Diesen da will bestimmt niemand haben, oder? Ich habe ihn mir nur deshalb ausgesucht, weil ich dachte, dass man dir den hässlichsten vom Hals schaffen sollte.«

Der Welpe wimmerte erneut, und Bess pirschte sich mit einem drohenden Knurren an Mutter heran. Ich war beeindruckt.

Mutter setzte den Welpen hastig wieder auf den Boden und zog sich mit einem unsicheren Lachen zurück. »Na ja, war nur so eine Idee.«

»Um wie viel Uhr geht dein Zug?«

»Wirklich, Liebling, man könnte meinen, du möchtest mich loswerden! Ich bin kaum fünf Minuten hier, und gestern Nacht dachte ich erst, dass ich nicht gekränkt sein darf oder mich vertreiben lassen sollte, weil du irgendwelche merkwürdigen Ideen wegen deiner ... nun ja, wegen deiner Ankunft hier auf Erden hast, Liebling.«

Wie sie sich ausdrückte!

»Und dabei sind deine Zweifel einfach töricht! Alle Leute sagen, dass du mir so ähnlich siehst.«

Gütiger Himmel! Wenn ich glaubte, Mutter in irgendeiner Weise zu ähneln, würde ich meinen Kopf in den Ofen stecken. (Nicht in den alten, denn selbst wenn er funktionierte, würde ich darin wahrscheinlich nur langsam gar gekocht werden.)

»Und ein Mädchen braucht in einer solchen Zeit seine Mutter. Es gibt keinen Grund für mich, in aller Eile zurückzufahren, und es ist schrecklich unangenehm, Leute im Haus zu haben, die sich dort umsehen und herauszufinden versuchen, wie lange ich noch leben werde oder ob sie mich rauskaufen können.«

Sie hielt atemlos inne und lächelte. »Also bleibe ich bis zur Geburt des Kindes hier bei dir. Du brauchst mich mehr, als dir bewusst ist.«

So dringend wie ein Loch im Kopf.

»Mutter, ich lebe gern allein, und wenn ich Hilfe brauchen sollte, werde ich alles Notwendige arrangieren. Dennoch danke für dein Angebot. Und du hast überhaupt nicht an Dr. Reevey gedacht – er vermisst dich jetzt schon, oder?«

»Ja, aber für mein kleines Mädchen ist mir kein Opfer zu groß!«

»Ich will dein Opfer nicht, Mutter. Also, ich rufe jetzt besser ein Taxi, nicht wahr? Sonst verpasst du den nächsten Zug auch noch. Solltest du nicht langsam deine Sachen nach unten bringen?«

Sie ließ sich auf einen Stuhl plumpsen und tupfte sich vorsichtig mit einem spitzengesäumten Taschentuch die Augen ab. »Gefühlloses Kind!«

Ich legte den Hörer auf die Gabel. »Das Taxi ist unterwegs. Ich werde dich nicht zum Bahnhof begleiten, wenn es dir nichts ausmacht, denn ich bin ziemlich müde.«

»Ein Taxi, obwohl James mich umsonst hätte hinfahren können! Und es ist wirklich eine Menge Geld, und ...«

»Ich bezahle das Taxi. Also, hast du alles zusammen? Was ist mit deinem Koffer?«

»Ich habe ihn nicht nach unten gebracht – er ist zu schwer!«

»Du hast ihn ohne Probleme da raufbekommen, nach unten müsste es noch einfacher sein. Also, brauchst du noch eine Plastiktüte für deinen restlichen Krimskrams? Ich muss irgendwo eine besonders große liegen haben. Ich gehe durchs Haus und schaue mal nach, was du vergessen hast.«

Sie schleppte ihren Koffer nach unten, während ich verschiedene Kleinigkeiten in die Tüte warf. Sie hatte es geschafft, ihre Habe im gesamten Haus zu verteilen.

Als ich fertig war, fand ich sie in der Küche, wo sie eine Flasche und ein paar Sandwiches einpackte. »Nur eine Kleinigkeit, die ich in meinem kalten, leeren Haus heute Abend essen kann!«, erklärte sie mit einem tapferen Lächeln, und ich legte noch eine Flasche Sherry und eine große Schachtel Schokoladenkekse in die Tüte – mit Tränen in den Augen, obwohl ich gerade mit angehört hatte, wie sie telefonisch eine Verabredung mit ihrem lachenden Cowboy getroffen hatte.

Ihr Pech, dass das Taxi genau in dieser Sekunde vor dem Haus vorfuhr, denn in meinem geschwächten Zustand hätte sie mir mit Sicherheit Gewissensbisse einreden können, was ihre Spezialität ist. Am Ende hätte ich sie womöglich noch gebeten, ein Weilchen zu bleiben.

So aber verfrachtete ich sie in das Taxi und gab ihr das Fahrgeld. Dann quälte mich das Gewissen abermals, und ich drückte ihr noch einen Schein in die Hand, was ich mir kaum leisten konnte, und bat sie, unterwegs etwas Vernünftiges zu essen. Man hätte meinen können, sie reise nach Sibirien.

Endlich verschwand das Taxi, mit Mutter, die in mein Geld schluchzte, und ich trottete zum Haus zurück. Als ich voller Dankbarkeit die Tür schloss, rollten mir Tränen übers Gesicht.

Aber sobald ich das Haus aufgeräumt und das Gästebett abgezogen hatte, kehrten meine Lebensgeister langsam zurück, und ich setzte mich hin, um dem Weihnachtskuchen und den restlichen Mandarinen den Garaus zu machen.

Ein Glück, dass ich früh schlafen gegangen war, denn schon im Morgengrauen klopfte Bob an die Tür und verlangte, seinen Welpen zu sehen. Ich riss das Fenster auf und rief ihm zu, dass er zu einer anständigen Tageszeit wiederkommen solle.

Er machte ein langes Gesicht und zog von dannen – allerdings nicht, um nach Hause zu gehen, denn ich hörte den Spaten in die gefrorene Erde hinten im Garten krachen; Bob schien einen Graben ausheben zu wollen. Wahrscheinlich um meinen aus der

Form gegangenen Körper darin verschwinden zu lassen. (Wenn das wirklich sein Wunsch ist, wird er allerdings auf Tauwetter warten müssen.)

Später rief ich ihn herein und gab ihm eine Tasse Tee, während er mit den Welpen spielte. Bob trinkt seinen Tee mit vier Löffeln Zucker und kann in fünf Minuten ein ganzes Päckchen Kekse verdrücken, indem er zwei gleichzeitig in den Mund stopft und sie mit einem gewaltigen Schluck Tee hinunterspült.

Er setzte mich von der Tatsache in Kenntnis, dass vier der Welpen Mädchen und zwei Jungen seien, aber ich fragte ihn nicht, woran er das sehen könne.

»Ist dein Welpe ein kleiner Junge oder ein kleines Mädchen, Bob?«

»Eine Hündin«, antwortete er und hielt sich seinen Welpen so dicht vor die Nase, bis sie beide schielten.

»Oh. Und wie willst du sie nennen?«

»Maggie.«

Er hielt den zappelnden Welpen mit erstaunlicher Sanftheit in seinen riesigen Händen, und das Tier schien ihn zu mögen.

»Maggie? Wie hübsch. Ich habe noch nie einen Hund namens Maggie gekannt.«

Nach »Goldie dem Goldfisch« hatte ich eher etwas wie »Hundi« erwartet.

»Dad hat gesagt...« Er runzelte die Stirn und versuchte angestrengt, sich zu erinnern. »Dad hat gesagt, Maggie sei ein guter Name für eine Hündin.«

In diesem Moment pinkelte Maggie auf seinen Pullover, aber es schien ihm nichts auszumachen.

Wegen der übrigen Welpen könnte ich vielleicht ein Schild in Mrs. D.'s Schaufenster hängen: »Kostenlos abzugeben in gute Hände: merkwürdige Welpen, die wahrscheinlich riesig werden, die Ihr Haus in Trümmer legen und Ihnen die Haare vom Kopf fressen werden.«

Die Versuchung ist schrecklich groß, meinen Lieblingswelpen zu behalten... Daher werde ich mir wohl immer wieder ins Gedächtnis rufen müssen, dass das Tier sich bestimmt zu einer noch größeren Närrin als Bess auswachsen wird.

ZU VIEL WEIHNACHTSJUBEL?

Polizei ausgerückt, um nächtliche Ruhestörung zu unterbinden...

Nutthill District Advertiser

Kapitel 37

Der süße Wein der Liebe

Der süße Wein der Liebe macht seit Weihnachten gute Fortschritte, wenn man die Störung durch Mutters Besuch mit einrechnet und die Tatsache, dass meine gesamten geistigen Aktivitäten sich am liebsten zu einem Winterschläfchen verkrümeln würden. (Außerdem überkommt mich immer wieder der Drang, dem kleinen Schlafzimmer mit Häschenschablonen zu Leibe zu rücken.)

Ich habe Margaret im Dorf gesehen, und sie hat einen zaghaften Vorstoß in Richtung Freundschaft unternommen, obwohl ich es sehr schwierig finde, solange James doch praktisch in ihrem Haus lebt... Aber wie auch immer, nach einigem Nachdenken habe ich sie angerufen und für morgen zum Kaffee eingeladen. Der Umstand, dass ich um ihr kleines sündiges Geheimnis weiß, trägt das seine dazu bei; auf diese Weise sind wir irgendwie quitt.

Ich frage mich, ob Wendy ihre Bombe inzwischen hat platzen lassen und endgültig bei James eingezogen ist? Aber ich glaube es nicht, sonst wüsste Mrs. D. mittlerweile Bescheid. Ob Wendy gelogen hat?

Den Silvesterabend habe ich mit leicht schlechtem Gewissen mit einer kleinen Flasche Guinness gefeiert und bin anschließend mit einer Schachtel Haselnussschnecken und einem guten Buch ins Bett gegangen. Oh, welche Wonne, allein zu leben!

Nun ja, fast allein – der Inkubus diktiert mir meinen Geschmack in puncto Essen, meine Kapazitäten für die Nahrungsaufnahme und die Länge der Pausen zwischen meinen Ausflügen zur Toilette.

Margaret kam wie verabredet zu Besuch, und nachdem wir einander ein frohes neues Jahr gewünscht hatten, herrschte beklommenes Schweigen, bis sie mir plötzlich gestand, dass James sie betrogen habe. Sie hätte niemals als Unterhändlerin für ihn fungiert, wenn sie über das ganze Ausmaß seiner Treulosigkeit im Bilde gewesen wäre.

Sie verstand jetzt, wie ich mich fühlte, weil sie das alles bereits selbst durchgemacht hatte: Anscheinend war ihr erster Mann der Meinung gewesen, dass eine *ménage à trois*, bestehend aus Margaret, ihm selbst und seiner hübschen Sekretärin Sharon, eine vollkommen vernünftige Idee sei.

Unglücklicherweise dachte Sharon dasselbe, und als sie einzog, zog Margaret aus. Männer können manchmal auf sehr merkwürdige Ideen kommen.

Sie und Ray wollten heiraten, sobald ihre Scheidung im März durch sei.

»Ray hat mir gezeigt, dass es auch gute Männer gibt«, erklärte sie mit ihrer ach so lieben Goldsirupstimme. »Auch wenn du jetzt verbittert bist, irgendwo da draußen wartet schon der Richtige auf dich.«

Ich hoffe, er hat ein Zelt, denn er wird noch ziemlich lange da draußen sein.

»Falls es ein Trost für dich ist: Ich bin fest davon überzeugt, dass es James Leid tut, dich verloren zu haben – an Wendy liegt ihm nicht *wirklich* etwas.«

»Auch wenn ihm nichts an ihr liegt, hindert ihn das nicht daran, sie nachts in der Wohnung zu behalten.«

Margaret errötete. »Oje, solche Dinge fallen doch immer auf! Aber es ist nicht so, wie es scheint – er hat ihr gesagt, er wolle sie nicht mehr sehen, aber sie taucht trotzdem immer wieder auf. So hatte ich mir das nicht vorgestellt, als ich ihm die Wohnung überließ.«

»Dann wirf ihn doch raus!«, schlug ich ihr hilfreich vor.

»Das meinst du doch nicht im Ernst? Und er stört mich nicht im Geringsten – es ist nur diese Wendy.«

»Wie ist sie denn?«

»Erst zwanzig Jahre alt, aber ein bisschen hart. Und sie hat nicht das leiseste Interesse an Frauen – wenn keine Männer in der Nähe sind, sinkt sie einfach in sich zusammen und blickt gelangweilt drein.«

»Wie höflich von ihr!«

»Mmh… Und sie isst und trinkt alles, was ihr in die Finger

kommt. Ich finde auch nicht, dass sie wirklich hübsch ist. Wenn man all dieses blonde Haar abschnitte, sähe sie genau wie ein Mops aus.«

»Ich fand immer, dass sie wie ein Pekinese aussieht! Es liegt an der Nase und den leicht vorspringenden Augen. Und ein bisschen billig wirkt sie mit diesen kurzen Lederröcken.«

»Solche Sachen trägt sie immer, und wenn sie sich hinsetzt, laufen ihre Oberschenkel zu einem einzigen Fettkloß zusammen.«

»Ich habe gehört, was für eine Szene sie vor der Wohnung gemacht hat, als James über Weihnachten nicht nach Hause zurückkam.«

»Ich glaube, das hat ganz Nutthill gehört – der *Nutthill Advertiser* hat jedenfalls darüber berichtet! Die Polizei war sogar da, aber zu diesem Zeitpunkt war Wendy schon in ihrem Wagen davongebraust – nur leider ist sie inzwischen wieder da.«

»Am zweiten Weihnachtstag hat sie mich vormittags angerufen, um zu fragen, ob James noch bei mir sei.«

»Was für eine unglaubliche Unverschämtheit von ihr!«

»Sie ist in der Tat keins der sensibelsten Pflänzchen, die Mutter Erde hervorgebracht hat«, pflichtete ich Margaret bei. »Wo James wohl gewesen sein mag? Ich hoffe nur, dass er nicht irgendwo noch eine Freundin hat.«

»Irgendjemand meinte, er hätte ihn in so einen Sportwagen steigen sehen, wie ihn Fergal Roccos Freundin fährt – diese Nerissa.«

»Nun, die beiden kennen sich tatsächlich, und ich habe mir schon so meine Gedanken gemacht – nur dass es mir doch ziemlich weit hergeholt erscheint. Wenn sie ein Auge auf Fergal Rocco geworfen hat, wird sie sich bestimmt nicht mit James begnügen! Aber es ist vielleicht noch eine Frau im Spiel; wahrscheinlich langweilt er sich mit Wendy. Ich verstehe nur nicht, was Wendy eigentlich in ihm sieht. Ihre Schwester Alice, die mit einem von James' ältesten Freunden zusammenlebt, hat mich vor ein paar Wochen um ein Treffen gebeten, um alles zu bereden.«

»Nein! Sieht sie aus wie Wendy?« Margaret beugte sich voller Eifer vor. »Was hat sie gesagt?«

»Sie sieht so aus wie etwas, das man, wenn man besonderes Pech hat, vielleicht unter einem Stein findet, und sie erzählte, dass Wendy James heiraten wolle. Sie muss verrückt sein!«

»Aber ich bin mir sicher, dass James sie nicht heiraten will.«

»Er wird seine Probleme selbst lösen müssen – ich habe genug eigene. Du willst nicht zufällig einen Welpen?«

Der Lärm aus der Küche war inzwischen ohrenbetäubend, und ich führte Margaret in Bess' Reich und zeigte ihr die kleine Brut.

»Oh, was für süße Tierchen!«, rief sie und ließ sich ungeachtet ihres makellosen marineblauen Wollrocks mitten zwischen den feuchten Zeitungen auf die Knie fallen. »Vor allem die da. Sieh dir nur ihr süßes kleines Gesicht an!«

»Sein süßes kleines Gesicht, wenn man Bob Glauben schenken darf. Es sind insgesamt sechs, aber einer ist bereits vergeben.«

Sie drückte das kleine Monstrum an sich. »Es überrascht mich, dass der da noch nicht weg ist – er ist einfach zum Anbeißen! Ich frage mich, ob die Kinder nicht vielleicht gern einen lieben kleinen Welpen hätten?«

An dieser Stelle meldete sich mein Gewissen. »Ich glaube, der Vater war ein altenglischer Schäferhund ... und sie sind noch nicht stubenrein.«

»May wird schon damit fertig, davon bin ich überzeugt«, meinte Margaret zuversichtlich.

»Denk darüber nach, und gib mir in ein oder zwei Tagen Bescheid, Margaret. Du kannst ihn ohnehin erst haben, wenn er acht Wochen alt ist.«

Sie drückte das gottergebene Bündel an ihre Brust. »Aber dann sieht ihn vielleicht noch jemand! Ich will ihn unbedingt haben! Du hältst ihn für mich zurück, ja?«

»Wenn du dir ganz sicher bist. Wirst du ihn denn wiedererkennen?«

»Ja – meiner hat diesen komischen schwarzen Fleck über dem einen Auge und einen Knick im Schwanz.«

»Stimmt. Das kann man sich leicht merken. Keine Bange, ich werde ihn auf keinen Fall anderweitig vergeben.«

Als dieser Beschluss gefasst war, kehrten wir mit einer neuen

Kanne Kaffee ins Wohnzimmer zurück (Margaret bemerkte dazu, sie fände meinen gesunden Kaffee »interessant« – sie ist ja so wohl erzogen). In der nächsten Stunde unterhielt sie mich mit einigen der üblichen gynäkologischen Horrorgeschichten, gegen die ich langsam immun werde, und erkundigte sich nach meiner Gesundheit.

Ich sagte, dass ich mich in Anbetracht meiner stressigen Situation recht wohl fühle, woraufhin sie mich fragte, ob ich schon Babysachen gekauft hätte. »Eine meiner Freundinnen möchte nämlich ihr ganzes Zeug loswerden, und es ist so gut wie neu.«

»Oh, ich weiß nicht, wirklich ...«, begann ich zweifelnd.

»Sie hat alles bei Harrods gekauft. Es ging ihr in der Schwangerschaft nicht besonders gut, daher hat sie einfach alles bestellt, was der Verkäufer ihr empfohlen hat.«

»Wirklich?« Secondhand-Sachen von Harrods waren natürlich eine Sache für sich. »Aber sie will doch bestimmt viel Geld dafür haben?«

»Nur hundert Pfund – sie braucht den Platz dringender als das Geld. Es gehört ein Bettchen dazu, ein Hochstuhl, eine Wiege, jede Menge Anziehsachen ...«

»Da hätte ich definitiv Interesse«, erklärte ich entschlossen. Für hundert Pfund bekäme ich nicht einmal ein neues Kinderbett!

»Ich hätte die Sachen um ein Haar selbst genommen«, vertraute sie mir an, »bloß dass ich schon alles habe.«

»Bist du ...?« Sind denn alle schwanger?

Sie nickte glücklich. »Im Juni ist es so weit! Aber erzähl es noch niemandem – Ray und ich wollen zuerst heiraten. Also sage ich meiner Freundin, du nimmst die Sachen, ja? Schließlich kannst du ja alles, was dir nicht gefällt, weiterverkaufen, nicht wahr?«

»Ja, bitte«, antwortete ich.

Nachdem diese Angelegenheit zur beiderseitigen Zufriedenheit geklärt war, erörterten wir noch einige der weniger wünschenswerten Aspekte der Schwangerschaft (wünschenswerte sind mir bisher noch keine begegnet), und als Margaret ging, schwelgte ich in dem angenehmen Gefühl, ausnahmsweise einmal eine andere Gesprächspartnerin gehabt zu haben als Mrs. Deakin.

Und Margaret hätte es sicher erzählt, wenn Wendy ihre Schwangerschaft offiziell gemacht hätte; das musste also entweder eine Lüge oder eine Drohung gewesen sein.

Aber man hätte wirklich meinen können, dass eine Art Schwangerschaftsbazillus in Nutthill die Runde machte.

Ein neues Jahr, eine neue Vorsorgeuntersuchung.

Die Ärztin war zufrieden mit meinem Zustand und fragte mich, ob ich die Babykurse besucht hätte, und als ich ihr gestand, dass ich bisher nichts dergleichen getan hätte, riet sie mir, wenigstens einen Kurs mitzumachen. Ich sollte es wohl wirklich tun. Aber später. Zuerst muss ich das Gästezimmer in ein Kinderzimmer verwandeln, zusätzlich Fahrstunden nehmen – die Zeit drängt.

Das Baby wird bald kommen, und ich werde Mutter sein. Lieben eigentlich alle Kinder ihre Mütter und alle Mütter ihre Kinder? (Ich denke, meine wäre mit einer Sprechpuppe genauso glücklich gewesen!)

Ich gehe davon aus, dass ich die korrekten Gefühle entwickeln werde. Immerhin ist mir Bess ja auch ans Herz gewachsen, und dabei habe ich nicht einmal viel übrig für Hunde.

Ich werde froh sein, wenn ich die Geburt erst hinter mir habe. Ich möchte meine alte Energie zurückhaben und wieder meine Füße sehen, wenn ich nach unten blicke. Ich möchte mich ohne Sodbrennen hinlegen und stehen können, ohne dass meine Beine wehtun und mein Rücken taub wird. Ich würde gern wieder in der Badewanne liegen, ohne dass das Wasser hinter mir einen Stausee bildet.

Ich würde gern die liebenden Arme eines Mannes um mich spüren.

Ich würde gern Alkohol trinken.

Gleich nach der Geburt werde ich zur Flasche greifen. Mit Mutters Beispiel vor Augen werde ich nie zur Alkoholikerin werden, ich habe nur so eine schreckliche Lust auf Champagner.

Außerdem würde ich gern Mutters sündiges Geheimnis lüften. (Was sich, wenn es sich um ein Skelett im Schrank handelt, als das einer sehr kleinen Maus entpuppen wird.) Aber ich *muss* es wissen, um meines Babys willen.

Peggy, meine Autoren-Freundin, wohnt in Cornwall. Ob ich sie bitte, sich ein wenig für mich umzuhören? Außerdem wurde es ohnehin Zeit, dass ich sie über meine veränderte Situation ins Bild setzte.

Kapitel 38

Unangemeldet

Heute habe ich mich mit Bess zum Briefkasten geschleppt. In den letzten Tagen bin ich nicht viel spazieren gegangen, weil es draußen so glatt ist und ich Angst hatte zu fallen. Was ist bloß aus meinem Gleichgewichtssinn geworden?

Als ich zurückkam, musste ich mich an einem Lieferwagen vorbeizwängen, der mitten auf der Einfahrt parkte, und dann stieß ich auf einen fremden Mann, der durch meinen Briefkasten spähte.

»Kann ich Ihnen helfen?«, erkundigte ich mich kalt und konnte die schmutzige Bess nur mit Mühe davon abhalten, den Eindringling überschwänglich zu begrüßen.

Der Mann richtete sich abrupt auf und wandte mir ein scharf geschnittenes, wühlmausähnliches Gesicht zu. Seine Schnurrbarthaare zuckten.

»Mrs. Drew? Ich bin von der Gebühreneinzugszentrale, und wie es aussieht ...« An dieser Stelle zog er einen roten Plastikklemmblock zurate ... »Wie es aussieht, haben Sie Ihre Fernsehgebühren nicht bezahlt!«

Ich öffnete die Tür und schob Bess ins Haus, und sie sprang durch den Flur, dass die Läufer nur so auseinander stoben.

»Das ist richtig. Ich habe keinen Fernseher.«

Er gaffte mich an: »Sie zahlen keine Gebühren? Das ist ein sehr schweres Vergehen, ist Ihnen das bewusst?«

»Doch sicher nur, wenn man einen Fernseher hat?«, erwiderte ich verwirrt.

»Sie ... Sie haben keinen Fernseher?«

»Nein.«

Diese Vorstellung war offensichtlich zu neuartig, um sie auf einen Schlag zu verdauen. »Ein tragbares Gerät? Einen alten Schwarzweißapparat?«

»Überhaupt keinen Fernseher.« Gott sei Dank hatte ich den Wrekins den Apparat zurückgebracht!

»Wenn man einen Fernseher hat, ohne die Gebühren zu bezahlen, kann das mit einer schweren Geldbuße geahndet werden«, versicherte er mir ernsthaft.

»Das glaube ich. Und jetzt fürchte ich, Sie müssen mich entschuldigen – auf Wiedersehen!« Und mit diesen Worten schlug ich dem immer noch verdutzt dreinblickenden Herrn die Tür vor der Nase zu.

Nach einer Weile hörte ich den Wagen wegfahren.

Ich vergaß das Ganze und arbeitete ein wenig an meinem nächsten Roman, bevor ich einem inneren Drang nachgab und das Kinderzimmer in einem hellen Terrakottaton strich (passend für einen Jungen und für ein Mädchen), bis mich plötzlich Gebell und ein Tumult im Garten jäh unterbrachen.

Ich ließ den Pinsel fallen und stürzte hinaus auf die Terrasse, wo Fergal einen kleinen, zutiefst erschütterten Mann mit einem roten Klemmblock in einem schraubstockartigen Griff gefangen hielt.

Das Bild erinnerte mich an den Tag, an dem Bob die Ratte gefangen hatte.

Fergal schüttelte seinen Gefangenen. »Dieser Mistkerl hat durch deine Fenster gestarrt! Ein Spanner, nehme ich an. Kennst du ihn?«

»Ich würde nicht direkt sagen, dass ich ihn kenne – aber das ist der Herr von der Gebühreneinzugszentrale, der vorhin bei mir war.«

Fergal löste seinen Griff so weit, dass der Mann würgend Atem holen konnte.

»Das stimmt!«, krächzte er. »Hab nur meine Arbeit getan! Und ich könnte Sie wegen tätlichen Angriffs anzeigen, Mr. … Mr. …«

»Rocco. Versuchen Sie es ruhig. Schleichen Sie sich gewohnheitsmäßig auf fremde Grundstücke, um durchs Fenster zu spähen?«

»Ich habe überprüft, ob es im Haus auch wirklich keinen Fernseher gibt!«

»Haben Sie für diesen Zweck nicht Funkpeilwagen?«

»Sie könnte den Apparat abgeschaltet haben! Heutzutage hat doch jeder mindestens ein Fernsehgerät.«

»Hast du einen, Tish?«

»Nein. Ich hatte eine Weile einen Mietapparat, aber den habe ich schon vor einer ganzen Ewigkeit zurückgeschickt, um Geld zu sparen.«

»Haben Sie das gehört? Kein Fernseher. Jetzt ziehen Sie ab, und wenn ich Sie jemals wieder in der Nähe dieses Hauses sehe, werde ich Ihnen einen guten Grund für eine Anzeige liefern!«

Der Mann glättete seinen zerzausten Kragen und trat den Rückzug an. »Es gibt keinen Grund, gewalttätig zu werden. Und wenn die Dame ein Fernsehgerät hat, werden die Funkpeilwagen es schon noch aufspüren!«

Fergal machte einen Schritt nach vorn, und der Mann drehte mit einem Kreischen bei und suchte das Weite.

»Ich danke dir, Fergal. Was für ein ungeheuer beharrlicher Mensch!«

»Keine Ursache.« Er sah mich stirnrunzelnd an. »Aber bist du wirklich so knapp bei Kasse, dass du aufs Fernsehen verzichtest?«

»So ein großes Opfer war das gar nicht. Ich habe den Apparat ohnehin kaum benutzt, weil ich stattdessen meistens schreibe. Ich vermisse das Fernsehen nicht.«

Er runzelte immer noch die Stirn. »Ganz im Ernst, Tish, hast du Probleme, allein zurechtzukommen?«

»Natürlich nicht! Ich bin nur vorsichtig, bis ich weiß, wie ich dastehe, aber ehrlich, es geht mir gut.«

Er folgte mir in die Küche, wo Bess und die Welpen hinter ihrer Pappkartonschranke lagen und wieder schnarchten; das Getöse draußen hatte sie nicht sonderlich beeindruckt. »Ich musste ein paar Einschränkungen machen, aber du hast ja keine Ahnung, was für eine begehrte Autorin ich bin! Das Problem ist nur, dass das Geld nicht in hübschen Monatszahlungen daherkommt, sodass es schwierig ist, alles genau zu berechnen.«

»Dein Mann wird für das Baby Unterhalt zahlen müssen.«

»Ich würde kein Geld von ihm annehmen – ich komme allein zurecht. Und wenn er das Baby nicht anerkennen will, bin ich auch damit einverstanden. Um genau zu sein, ich würde diese Lösung vorziehen! Immer diese Zweifel an seiner Vaterschaft, sobald Wendy ihn wieder in ihren Fängen gehabt hat! Ich finde das ziemlich ermüdend.«

Es war sehr warm in der Küche. Fergal zog seine schwere Lederjacke aus und hängte sie über die Rückenlehne eines Stuhls, bevor er sich setzte und mich mit seinen jadegrünen Augen musterte. »Du mutest dir viel zu. Und was ist mit James? Benimmt er sich?«

»Einigermaßen. Er hat zu viele Probleme mit seiner Freundin, um mir allzu sehr auf die Nerven zu gehen. Und ... oh, verdammt!«, rief ich, weil mir plötzlich etwas einfiel. »Ich habe die Farbdose nicht wieder zugeschraubt, und jetzt ist bestimmt der Pinsel eingetrocknet!«

»Welche Farbdose?«

»Ich war gerade dabei, das Kinderzimmer zu streichen.«

»Ich finde nicht, dass du das tun solltest. Du musst dich zu oft bücken, und dann die Dämpfe, die du einatmest!«

»Ich sehe nicht, was dagegen spräche – ich bin schließlich nicht krank, und ich passe gut auf. Außerdem muss es gemacht werden. *Ich* kann es mir nicht leisten, einfach einen Innenarchitekten zu bestellen, wenn mir danach zu Mute ist.«

»Dann werde ich das übernehmen!«, erklärte er bestimmt. »Wo ist das Zimmer?«

»Rede keinen Unsinn, du würdest dich nur schmutzig machen, und außerdem schaffe ich es schon. Ich streiche immer nur so viel, wie ich kann, und ...«

Und ich hätte mir den Atem sparen können, denn Fergal strich dann doch das Zimmer, und er bekam dabei kaum einen Farbspritzer ab.

Die Terrakottafarbe und die Schablonen gefielen ihm, daher zeigte ich ihm den schablonierten Fußboden in meinem kleinen Arbeitszimmer. Fergal war sehr angetan von den Blätterhaufen, genauso wie von den Blättern, die ich an einem Nylonfaden aufgehängt und vors Fenster geklebt hatte, sodass das Licht hindurchfiel.

Anschließend gingen wir zurück ins Kinderzimmer, und während er die Wände strich und ich das Spiel seiner Muskeln unter dem dünnen schwarzen T-Shirt bewunderte (ich bin schließlich auch nur ein Mensch), erzählte er mir von seinem

Weihnachten bei der Familie und von Tante Maria, die er nach Greatness Hall mitgebracht hatte. Sie spricht fließend Englisch, da sie in Pisa jahrelang einer Engländerin den Haushalt geführt hat.

Irgendwie schien es nur natürlich zu sein, dass ich ihm anschließend von Wendy und Alice und allem anderen erzählte – mit sämtlichen Einzelheiten. Es war wunderbar, mir alles von der Seele reden zu können, und noch wunderbarer, jemanden zu haben, der mit mir lachte. Fergal fand es genauso komisch wie ich, dass Alice auf der Damentoilette der Pizzeria ihrem Baby die Haare gewaschen hatte. Aber wir hatten schon früher über dieselben Dinge gelacht … wenn wir uns nicht gerade über alles andere gestritten hatten.

Es war sehr befreiend – so wohl hatte ich mich schon seit einer Ewigkeit nicht mehr gefühlt! Ich weiß nicht, warum ich ihm all das erzählte, wahrscheinlich weil ich ihm einfach vertraue, jetzt, da ich weiß, dass er mich damals doch nicht hat sitzen lassen. Und wenn wir so miteinander plaudern, vergesse ich alles, was mir seither über ihn zu Ohren gekommen ist. Außerdem, wenn man all diese Meldungen glaubte, müsste Fergal eine Art Ungeheuer sein.

Das Ungeheuer blickte auf und sagte: »Deine Scheidung müsste eigentlich gute Fortschritte machen, wenn sie nicht angefochten wird – hast du deinem Rechtsanwalt Dampf gemacht?«

»Nein. Aber das sollte ich wohl.« Es würde mir gut tun, auch im juristischen Sinne von der anderen Partei getrennt zu sein.

»Je eher, desto besser«, meinte er und lächelte mich an. Es ist unfair, so ein Lächeln zu haben.

Aber wenigstens lag ihm noch immer so viel an mir, dass er sich für diese Dinge interessierte. Was mich an etwas erinnerte, das ich ihn schon lange einmal fragen wollte. »Fergal, wusstest du, dass ich bei diesem Dinner in London anwesend sein würde? Und wie hast du herausgefunden, dass ich im Hotel übernachtet habe?«

Er blickte ein wenig verdattert drein, eine ungewöhnliche Erscheinung bei ihm. »Nachdem ich dich bei meiner Ausstellung gesehen hatte, fragte ich mich, was du wohl tun mochtest –

ob du glücklich warst –, daher beschloss ich, es herauszufinden.«

»Es herauszufinden? Wie?«

»Ich habe einen Mann engagiert, eine Art Privatermittler. Er hat herausgefunden, dass du Romane schreibst, und dann habe ich mich erkundigt, ob du an diesem Abend im Hotel sein würdest, denn ich konnte mir meinen Preis ja persönlich abholen und den Dingen selbst auf den Grund gehen, sozusagen zwei Fliegen mit einer Klappe schlagen.«

Und am Ende hatte er dann mehr als nur zwei Fliegen mit einer Klappe geschlagen …

Ich konnte ihn nur fassungslos anstarren, bis ich die Sprache wiederfand. »Ein Privatermittler! Geht das nicht ein bisschen weit? Und … oh, ich verstehe! James ist damals wirklich verfolgt worden! Und ich auch? Ich habe nichts gemerkt.« Plötzlich kam mir ein Verdacht. »Wusstest du das mit James und Wendy vor mir?«

»Nein, ich hatte den Mann zuvor schon von dem Fall abgezogen. Es war, bevor ihr nach Nutthill übergesiedelt seid. Das mit der Fotokopie wusste ich allerdings, aber ich konnte es dir schlecht erzählen, oder? Vor allem, nachdem ich erfahren hatte, dass du schwanger warst. Ich dachte, danach würde dein Mann vielleicht einfach etwas ruhiger werden.«

Ich setzte mich auf einen Stuhl. »Als du Greatness Hall gekauft hast, wusstest du wirklich nicht, dass ich hier unten lebe?«

»Nein, seltsamerweise wirklich nicht. Nerissa hat das Haus gefunden – es liegt in der Nähe ihres Elternhauses. Aber ich habe es gekauft, weil ich mich in Greatness Hall verliebt hatte. Als ich dich dann beim Pfarrfest sah, war das ein ziemlicher Schock für mich, und du schienst auch nicht begeistert zu sein, mich dort zu treffen.«

»Natürlich war ich nicht begeistert. Ich hatte mir ziemlich erfolgreich eingeredet, dass die Sache in London nie passiert war.« Ich seufzte und gab es auf; wahrscheinlich wäre es ihm sowieso nie in den Sinn gekommen, dass es mir keineswegs gleichgültig wäre, einen Exfreund in unmittelbarer Nähe zu haben. Warum sollte es auch? Und ich fand es nett von ihm, dass er sich um mich Gedanken gemacht hatte, obwohl mir ein Detektiv doch etwas übertrieben erschien.

»Wahrscheinlich hätte ich dir im Hotel davon erzählt, wenn ich die Gelegenheit gehabt hätte, aber irgendwie schienen Gespräche nicht auf der Tagesordnung zu stehen.«

Ich sah ihn zweifelnd an. Er grinste und ging mit Farbdose und Pinsel an mir vorbei.

Er brachte beides in den Keller, dann ließ ich ihn, um Kaffee zu kochen, im Wohnzimmer allein, wo Bess schamlose Annäherungsversuche machte und Toby verdrossen vor sich hin murrte (seit dem Whisky mag er keine Männer mehr).

Fergal rief mir zu, dass er nur schnell etwas aus dem Auto holen wolle, und als ich mit dem Tablett ins Wohnzimmer zurückkam, standen auf dem Beistelltisch ein weihnachtlich verpacktes Päckchen und daneben eine flache Pappschachtel.

Er lächelte: »Nachträglich frohe Weihnachten! Ich habe ja versprochen, dass ich dir etwas aus Italien mitbringen würde.«

»Aber ich dachte, du machst Witze! Oh, Fergal, das wäre nicht nötig gewesen.« Ich wurde ganz verlegen, und das Tablett in meinen Händen zitterte.

Er nahm es mir ab und stellte es auf den Tisch. »Ich wollte dir aber gern etwas mitbringen – und es ist nicht nur für dich. Pack es aus.«

In dem Weihnachtspaket befanden sich zwei einzelne Päckchen. Eins enthielt ein schönes cremefarbenes Sweatshirt in Übergröße, auf dem vorne das Wort »Bambino« stand, und in dem anderen Karton fand ich drei bezaubernde kleine Strampelhosen in pastellfarbenem Harlekinmuster. Ich strich mit den Fingern über den samtigen Stoff. »Oh, Fergal – die sind ja wunderschön! Und das Sweatshirt ist einfach himmlisch.«

»Freut mich. Die große Schachtel ist von meiner Schwester Lucia. Sie hat das Kleid für sich selbst gekauft, als sie das letzte Mal in Umständen war, fand dann aber, es stehe ihr nicht. Ich dachte, für dich wäre es genau richtig. Lucia hofft, es macht dir nichts aus, dass es nicht ganz neu ist.«

Aber an dieser Stelle hörte ich bereits nicht mehr zu, denn als ich das schwarze Seidenpapier zurücklegte, kam darunter ein Umstandskleid aus grünem Stretchsamt zum Vorschein, das bestimmt nicht von einem britischen Schneider stammte. Es erinnerte leise an die Renaissancemode, mit einem tiefen Ausschnitt und weichen Falten, die direkt unter dem Busen begannen. Auch die langen Ärmel waren sehr weit, und die hohe Taille war elastisch.

»Fergal, das muss ein Vermögen gekostet haben! Und ich glaube nicht, dass deine Schwester es auch nur ein einziges Mal getragen hat.«

»Gefällt es dir nicht? Ich dachte irgendwie, es würde in deine Richtung gehen.«

»Es ist wunderschön! Aber...«

»Kein ›aber‹ – es sei denn, du bist zu stolz, um die abgelegten Sachen einer anderen Frau anzunehmen?«

Ich drückte das Kleid an mich. »Oh nein, das bin ich nicht! Ich kann nur nicht fassen, dass sie dieses prächtige Kleid nicht haben wollte. Würdest du ihr bitte in meinem Namen ganz herzlich danken?«

Ich hatte mittlerweile praktisch angefangen zu stottern und wünschte, ich hätte etwas – irgendetwas –, das ich ihm schenken könnte. Dann hatte ich plötzlich einen Geistesblitz. »Ich bin gleich wieder da«, sagte ich und ging in die Küche.

Als ich wieder zurückkam, drückte ich dem vollkommen überraschten Fergal den kleinsten Welpen in den Arm. »Frohe Weihnachten, Fergal!«

»Der ist für mich?«, fragte er und versuchte gleichzeitig, einer Zunge auszuweichen, die wie ein nasser Flanelllappen aussah.

»Ja – diesen mag ich am liebsten, aber du kannst natürlich auch einen anderen haben, wenn du dir lieber selbst einen aussuchen möchtest.«

Er musterte sein Geschenk mit sichtlich zuckenden Lippen: »Nein, dieser da ist perfekt, vielen Dank.«

»Du kannst ihn allerdings noch nicht mitnehmen. Er ist zu jung. Aber du kannst ja schon mal alles für ihn vorbereiten, nicht wahr?«

»Das werde ich wohl müssen!«, antwortete er mit ziemlich rauer Stimme. »Ähm ... du weißt nicht zufällig, wer – oder was – der Vater war?«

»Altenglischer Schäferhund.«

»Das dürfte eine interessante Mischung abgeben. Ich muss mir einen passenden Namen ausdenken!«

Seine grünen Augen, die vor Belustigung funkelten, sahen in meine, und ich musste plötzlich kichern.

»Du brauchst ihn nicht zu nehmen, wenn du nicht willst. Ich weiß, sie sind abscheulich hässlich und werden bestimmt riesengroß! Es ist nur so, dass ich diesen da besonders liebe, aber ich schätze, mit Bess und einem Baby werde ich genug zu tun haben, und ich weiß, dass du Hunde magst.«

»Ich will ihn haben, unbedingt. Er gehört mir! Was für wunderbare Geschenke du mir machst – zuerst die vielzehige Katze und jetzt einen Riesenwelpen. Der Papagei ist nicht zufällig auch schwanger?«

»Das will ich doch nicht hoffen – er ist ein Männchen.«

»Gott sei Dank!«

Als er aufstand, gab er mir den Welpen zurück, der leise wimmerte, weil er sich von Fergals warmer Brust trennen musste, was ich ihm durchaus nachfühlen konnte.

»Möchtest du morgen vielleicht etwas fahren? Ich habe am Nachmittag nichts vor, und ich habe dir versprochen, dich in Greatness Hall herumzuführen. Außerdem könntest du bei der Gelegenheit Tante Maria kennen lernen.«

»Hm, ich ... das wäre schön, vielen Dank«, antwortete ich zu meiner eigenen Überraschung. Ich hoffte nur, dass ich ihm nicht lästig wurde. Und was würde Tante Maria von seiner ungeheuer schwangeren Freundin halten? »Aber wird Nerissa damit einverstanden sein?«

»Nerissa ist, wie ich mit Freuden vermelden kann, schmollend abgezogen und versucht gegenwärtig, mich eifersüchtig zu machen. Zu diesem Zweck führt sie ihre erfolgreichen Eroberungen Gassi, unter anderem deinen Mann.«

»Das tut mir furchtbar Leid, Fergal!«

Er zuckte, scheinbar unbeeindruckt, die Schultern, küsste mich dann auf eine ziemlich fremdländisch wirkende (wenn auch angenehme) Art und Weise auf beide Wangen und meinte, er würde gegen eins kommen, um mich abzuholen.

Sobald er aus dem Haus war, stürzte ich die Treppe hinauf und probierte das Kleid an.

Das Kleid ist so bequem, dass ich möglicherweise den Rest meines Lebens darin verbringen werde. Es ist außerdem seit Monaten das erste Kleidungsstück, das mir wirklich steht. Der Ausschnitt bringt meinen Busen zur Geltung, von dem ich mehr als gewöhnlich habe, und die Farbe lässt meine Haut sehr weiß erscheinen.

Die Babysachen habe ich in mein Zimmer gebracht, wo ich sie lassen werde, bis der Farbgeruch sich aus dem Kinderzimmer verflüchtigt hat, und die ganze Zeit über fühle ich mich seltsam beschwingt. Es muss die Erleichterung sein, dass ich endlich jemandem mein Herz ausgeschüttet habe.

Diese Woche möchte ich, dass Sie alle über ein wichtiges Thema nachdenken, nämlich die Bedeutung der Familie in diesen schwierigen Zeiten …

Pfarrblatt der Gemeinde Nutthill

Ich sah zu Maria hinüber, die am anderen Ende des Raumes saß und in die Lektüre von Love Goes West *vertieft war.*

»Maria, du hast doch viele Liebesromane gelesen, nicht wahr? Sind die da besonders typisch?«

Sie legte den Zeigefinger zwischen die Seiten und sah mit einiger Überraschung auf. »Typisch? Sie sind sehr gut! Ich würde sie allerdings gern auf Italienisch lesen, wenn es sie in einer Übersetzung gäbe. Und die Helden … Fergal, ist dir mal aufgefallen, dass sie alle groß, dunkelhaarig und ungebärdig sind, so wie du?«

»Ich bin nicht ungebärdig«, protestierte ich. Aber es stimmte, die Helden hatten etwas schrecklich Vertrautes. »Ich habe jetzt drei von Tishs Büchern gelesen, und die Männer darin sind alle absolute Bastarde, bis ihnen etwas Schreckliches zustößt. Dann sehen sie ihre Fehler ein – und den wahren Wert der Heldin – und werden plötzlich ganz bescheiden und unschuldig.«

Maria hob die Schultern. »Das ist meistens so, nur dass deine Freundin die Sache besonders gut macht. Dieser Bursche in Love Goes West *ist gemein und arrogant, daher verdient er die Heldin erst, nachdem er einiges erleiden musste. Ja, er muss sogar ziemlich viel leiden und sich verändern, und dann nimmt sie ihn am Ende doch.«*

»Aber warum tut sie das, wenn er so ein absoluter Bastard ist? Er wird doch sicher nicht lange so bescheiden bleiben, oder?«

»Sie liebt ihn. Und sie glaubt natürlich, dass ihre Liebe ihn verändern wird.« Maria sah mich an, als wäre ich geistig minderbemittelt.

»Der bekehrte Schurke«, erwiderte ich spitz, aber Maria hatte sich bereits wieder ihrem Buch zugewandt.

Mir fällt nur auf, dass Tish großen Spaß daran hat, ihre Helden leiden zu lassen!

Kapitel 39

Kleidung nach Belieben

Ich trug das Kleid am nächsten Tag, als Fergal mich abholen kam – aber in der Zwischenzeit hatte ich es ausgezogen!

Wir kurvten ein wenig im Park herum, wo mein Selbstbewusstsein wuchs, da es keine anderen Autos gab, um die ich mir hätte Sorgen machen müssen. Fergal heiterte mich mit Geschichten über Marias Fahrkünste auf. Er sagte, sie sei der Teufel auf Rädern und würde in Kürze in dem Mini Cooper die Landschaft unsicher machen. (Er hat zwei davon, und einen Morris Traveller, der ein bisschen dem des Pfarrers ähnelt, und obendrein noch einige alte Motorräder.)

Als wir ins Haus kamen, stürmte das Kätzchen, das jetzt erheblich größer war, miauend und mit erhobenen Schwanz auf Fergal zu, gefolgt von einer kleinen rundlichen Dame in mittleren Jahren mit schwarzem Lockenhaar und einer dicken Schicht dunklen Augen-Make-ups.

Als Fergal mir meinen Mantel abnahm, schienen die dunkel umrandeten Augen sich vor Überraschung zu weiten. »Aber Sie sind ja eine Schönheit! Fergal, du hast mir nicht erzählt, dass sie eine Schönheit ist.«

Rosa angelaufen vor Verlegenheit, murmelte ich etwas von einem Elefanten, mit dessen Ausmaßen ich es sicher aufnehmen könnte.

»Sie denkt, sie könne nicht gleichzeitig schwanger und schön sein«, dolmetschte Fergal meine Antwort. »Dabei steht ihr die Schwangerschaft blendend.«

»Du bringst deine Freundin aus der Fassung«, wies Maria ihn zur Ordnung. »Bring sie rüber ins Haus, wenn es sein muss – nein, ich komme nicht mit –, aber ich serviere den Kaffee in dem kleinen Zimmer mit dem großen Feuer. Sie werden es brauchen.«

»Die Bibliothek«, erklärte Fergal.

»Warum Bibliothek, wenn keine Bücher darin stehen? Na ja, immerhin ist es warm dort.«

»Die Bücher kommen später, und das ganze Haus ist warm, da die Zentralheizung repariert wurde, Maria. Außerdem denke ich, dass Tish vielleicht lieber etwas anderes hätte als Kaffee«, wandte Fergal ein.

»Ja. Es tut mir schrecklich Leid, aber ich habe mir den Kaffee abgewöhnt, und Tee trinke ich auch nicht.«

»Dann heiße Milch? Englischen Kakao? Ich koche Kakao sehr gut, wie die Engländer ihn lieben.«

»Kakao wäre wunderbar, vielen Dank!«, antwortete ich.

Das Haus war ebenfalls wunderbar – ein wenig düster, weil es Unmengen glänzender Holzvertäfelungen gab, aber nicht so groß, dass man sich nicht zu Hause fühlen konnte. In einem Raum waren ein paar Gemälde in die Vertäfelung eingelassen worden, und Fergal machte mich auf eines der Bilder aufmerksam.

»Schau mal – siehst du ihre linke Hand? Ich habe es selbst erst gestern bemerkt.«

Das Gemälde zeigte eine junge blonde Frau, die sehr kunstvoll zurechtgemacht war. Sie hielt einen halb geöffneten Fächer in der Hand, und an ihrem Finger steckte mein Ring.

»Es ist derselbe Ring, nicht wahr?« Fergal nahm meine Hand und verglich die beiden Schmuckstücke.

»Aber Fergal, es muss ein Erbstück sein.« Ich hätte den Ring auf der Stelle zurückgegeben, wenn Fergals Hand nicht immer noch meine umfangen gehalten hätte.

»Nein, der Ring gehört dir, und er steht dir gut.«

Ich hänge wirklich sehr an dem Schmuckstück – und da ich meinen Ehering und auch meinen Verlobungsring verkauft und mir für das Geld herzförmige Saphirohrringe gekauft habe, die genau zu dem Ring passen, wäre es wirklich schade, wenn ich ihn wieder hergeben müsste.

Wir beendeten die Führung in dem neuen Aufnahmestudio, das jetzt einen Teil des ehemaligen Ballsaals einnahm. Dann riss Fergal mit einer seltsamen Verlegenheit eine Tür auf, und ich ging an ihm vorbei in ein Malerstudio mit großen bemalten Leinwänden überall; in der Luft hing der würzige Geruch von Leinöl und Farbe.

Die Überraschung machte mich sprachlos; in der Galerie hatte ich keine Gelegenheit gehabt, mir die Gemälde anzusehen, aber hier hatte ich nun ein paar wirklich erstaunliche Bilder vor mir – von denen ziemlich viele eine rothaarige Frau zeigten.

»Es war nicht leicht zu malen, da ich doch mit der Band so viel unterwegs gewesen bin«, meinte er, als müsste er sich verteidigen. »Es ist auch nicht leicht, mit seiner Arbeit ernst genommen zu werden, wenn man für etwas ganz anderes berühmt – oder berüchtigt – ist. Aber das war einer der Gründe, warum ich mich irgendwo niederlassen wollte: um mehr zu malen.«

Ich ging voller Staunen durch das Studio. Ich meine, ich wusste, dass er malen konnte, er hatte schließlich bildende Kunst studiert und das Studium mit Auszeichnung abgeschlossen, bevor er sich für die Musik entschied, aber diese Bilder waren ganz anders als das, was er früher gemalt hatte.

Plötzlich dachte ich: Warum eigentlich nicht? Er ist in mehr als einer Hinsicht reifer geworden; und ich habe das seltsame Gefühl, dass der alte Fergal und der neue sich überlappen und miteinander verschmelzen. Ohne vorher nachzudenken, platzte ich mit meiner Frage heraus (wie gewöhnlich):

»Fergal, in Rom – die Sache mit den Nonnen. Hast du wirklich …«

»Nein!«, fiel er mir mit finsterem Blick ins Wort.

»Oh. Und was war das in Schweden, mit den sechs …«

Da mir auffiel, dass er die Lippen zu einem dünnen Strich zusammengepresst hatte, brach ich jäh ab. Aber ich konnte mir zum ersten Mal vorstellen, dass die Wildheit seiner Lebensführung zu Publicity-Zwecken übertrieben worden war. Es war natürlich nicht alles gelogen. Ich glaube nicht, dass er während der letzten Jahre ein Heiliger gewesen war – ganz sicher nicht. Aber er konnte unmöglich all diese wilden und verrückten Dinge getan und dabei trotzdem so viele brillante Arbeiten produziert haben.

»Die Bilder sind wunderbar, absolut wunderbar!«, schwärmte ich. »Außerdem kommen sie mir auch ein bisschen vertraut vor, vor allem dieses da.«

Ich blieb vor einer riesenhaften Leinwand stehen, auf der

Zahlen und Buchstaben auf- und abzuspringen schienen – wie Fische, die über das Wasser hüpfen.

»Ich habe meine Bilder unter einem anderen Namen ausgestellt. Eins davon hat letztes Jahr den John-Moores-Wettbewerb gewonnen.«

»Das ist es! Es stand in den Sonntagszeitungen. *Weltabgewandter Maler meidet das Rampenlicht!* Weltabgewandt – du!«

Er grinste. »Ich wollte nur ernst genommen werden.«

»Man wird dich ernst nehmen. Jeder, der diese Bilder sieht, muss dich ernst nehmen!«

Er sah mich an, und in seinen Augen leuchtete ein strahlend grünes Licht. Dann machte er einen Schritt auf mich zu.

Aus dem Haus kam ein leiser Aufschrei, und Fergal zuckte zusammen. »Maria! Wir waren eine Ewigkeit weg. Komm mit.«

Er zog mich energisch in die Bibliothek zurück, wo er sich bequem hinsetzte und erheitert beobachtete, wie Maria (sie hatte mich gebeten, sie so zu nennen) mich unbarmherzig über das Baby, meine Schwangerschaftssymptome, meine Ernährung und so weiter ausfragte.

Anschließend überraschte sie mich mit sehr praktischen Tipps und guten Ratschlägen, obwohl ich ihre Beteuerung, ich solle mir wegen der Geburt selbst keine Sorgen machen, weil Gott mir nicht mehr Schmerzen aufbürden würde, als ich ertragen konnte, nicht besonders beruhigend fand.

Dann ging sie mit dem Tablett hinaus, und Fergal setzte sich neben mich auf das Sofa vor dem knisternden Feuer.

»Also schön!«, sagte er und nahm meine Hände, »du hast mir neulich die meisten deiner Sorgen anvertraut, aber ich sehe, dass es da noch etwas gibt. Irgendetwas nagt an dir. Was ist es?«

Ich weiß nicht, wie er das erraten konnte. »Nun ja, es gibt da tatsächlich noch etwas, aber du hast doch sicher kein ruhiges Landhaus gekauft, nur um dich mit den Problemen anderer Leute herumzuschlagen!«

»Du bist nicht ›andere Leute‹, Tish, das solltest du wissen.«

Ich sah ihn zweifelnd an. Er musste doch längst die Nase voll haben von meinen lästigen kleinen Schwierigkeiten?

»Wozu hat man schließlich Freunde, wenn nicht um Kümmernisse mit ihnen zu teilen? Und du darfst niemals denken, dass du mir lästig bist. Du kannst dir nicht vorstellen, wie wohltuend es ist, mit einer Frau zusammen zu sein, die nicht angesichts meiner bloßen Gegenwart sprachlos ist vor Staunen und Überraschung.«

Er hatte das Wort »Lust« ausgelassen.

Und woher sollte er auch wissen, dass ich gelegentlich all das selbst empfand und mich dabei ertappte, wie ich dachte: »Wow! Ich bin allein mit Fergal Rocco!«, bis er wieder eins wurde mit dem vertrauten, alltäglichen (wenn auch nicht minder hinreißenden) Fergal.

»Maria schien weder Ehrfurcht noch Staunen zu empfinden.«

»Sie hat mich aufwachsen sehen. Aber genau das meine ich doch – Familie, alte Freunde...« (Genau das bin ich: schlicht und einfach eine alte Freundin.) »Diese Menschen sehen mich, so wie ich bin, nicht als den gefährlichen Burschen, zu dem man mich hochstilisiert. Wobei mir einfällt«, fügte er düster hinzu, »dass die Zeitschrift *Hello!* ein Feature über mich und mein neues Haus machen will.«

»Das klingt furchtbar zahm. Aber du brauchst doch nicht mitzumachen, wenn du nicht willst, oder?«

»Ich werde auch nicht mitmachen. Aber das bedeutet, dass alle Welt weiß, wo ich jetzt wohne.« Er seufzte. »Es musste ja früher oder später herauskommen. Gestern lungerten schon ein paar Fans am Tor herum.«

»Es werden sich wohl kaum Horden schreiender Fans vor deinen Toren versammeln, oder?«

»Wohl kaum, aber vor meinem Haus in London schienen immer ein paar Leute herumzuhängen. Einige davon waren bei so vielen Konzerten, dass ich sie wiedererkannte. Die sind in Ordnung. Was mir Kopfzerbrechen bereitet, sind die schrägen Vögel, die ins Haus zu kommen versuchen, und die Reporter, die gerade keine gute Story haben... Ich sollte wahrscheinlich dankbar sein, dass ich Fans habe, sonst könnte ich mich nicht an all dem erfreuen.«

»Das ist richtig. Und wenn dich nicht immer ein paar Frauen

anschmachten würden, hättest du wahrscheinlich Angst, dass du deine Anziehungskraft verlierst!«, bemerkte ich spitz, und er grinste.

»Anschmachten!«

»Genau das tun sie. Hast du denn niemals die Nahaufnahmen von deinem Publikum gesehen? Aber wie auch immer, du kannst die Tore verschlossen halten, nicht wahr? Sind sie nicht elektronisch gesichert?«

»Ja, obwohl ich diese Vorrichtung bisher nicht zu benutzen brauchte. Ich gebe dir eine von den Fernbedienungen – sie funktioniert auch bei den Toren hinterm Haus.«

»Vielen Dank!«, sagte ich überrascht. »Aber ich werde bestimmt nicht dauernd bei dir einfallen und dich nerven.«

»Nerv mich, wann immer du magst«, erwiderte er und lächelte. »Ich werde etwas Gesellschaft brauchen, wenn die Fans aufhören, mich anzuschmachten!«

Ich glaube nicht, dass das jemals der Fall sein wird. Aber er ist so nett zu mir. Tatsächlich scheint er mich recht gern zu haben, und ich weiß nicht, warum dieser Gedanke so niederschmetternd ist.

»Irgendwie sind wir von dem ursprünglichen Thema abgekommen, Tish: Was bereitet dir Sorgen?«

»Oh – es ist im Grunde etwas ganz Dummes. Meine Großmutter macht in letzter Zeit immer wieder so mysteriöse Andeutungen...« Und dann erzählte ich ihm, was sie gesagt hatte.

Es erstaunte mich, wie schnell er die wesentlichen Punkte erfasst hatte. »Es ist schon merkwürdig, dass deine konventionelle Mutter sich allein zu einem langen Urlaub nach Cornwall begeben hat und mit einem Säugling nach Hause kam. Aber andererseits könnte ein unerwartetes Baby genügen, um sie aus dem Gleichgewicht zu bringen, sobald das Thema aufkommt. Sie war schon immer etwas prüde in solchen Dingen.«

»Das dachte ich zuerst auch. Aber trotzdem, ich wüsste es gern genau – was wahrscheinlich damit zusammenhängt, dass ich selbst schwanger bin. Ich habe an meine Freundin Peggy in Cornwall geschrieben, und sie hat mir versprochen, der Sache nachzugehen, aber sie hat bisher nichts herausgefunden.«

Er legte tröstend einen Arm um mich. »Wenn es da irgendetwas zu wissen gibt, werde ich es in Erfahrung bringen.«

Ich sah verblüfft zu ihm auf. »Du?«

»Du kannst im Augenblick nicht selbst nach Cornwall fahren, aber nur dort kannst du eine Antwort auf deine Fragen finden. Ich werde jemanden hinschicken – einen Profi.«

»Einen Profi – deinen Detektiv?«

»Genau den!« Er grinste reuelos.

»Aber wird das nicht furchtbar teuer?«

»Das ist kein Problem. Ich organisiere die Sache, und du kannst mir das Geld später zurückzahlen. Es wird wahrscheinlich weniger kosten, als wenn du versuchst, es selbst herauszufinden. Und falls du meine Meinung hören willst: Ich glaube nicht, dass viel dahinter steckt.«

»Ich nehme an, du hast Recht«, räumte ich dankbar ein.

»Dann überlass alles Weitere mir. Ich werde deine Geburtsurkunde brauchen, aber ich mache eine Fotokopie und gebe dir dann das Original zurück.«

»Ja, natürlich«, erwiderte ich und dachte gleichzeitig, wie leicht es doch wäre, von Fergal abhängig zu werden, und was für ein großer Fehler das sein würde. Schließlich weiß ich jetzt, dass ich auf mich selbst aufpassen kann, in finanzieller und in anderer Hinsicht. Ich brauche niemanden. Es ist nur so, dass Fergal mit seiner dynamischen Persönlichkeit in all die kleinen Winkel und Ritzen meines Lebens eingedrungen zu sein scheint.

In diesem Moment sah ich auf, was ein Fehler war, denn Fergal war nur wenige Zentimeter von mir entfernt und lächelte, was schon immer meine Gehirnfunktionen außer Kraft gesetzt hatte. (Sofern im Augenblick überhaupt noch welche vorhanden sind.)

»Diese Fotos von Granny in Russland würde ich schrecklich gern mal sehen«, erklärte er unvermutet und grinste.

»Ich versuche, Abzüge zu beschaffen. Sie trägt eine riesige Fellmütze, die sie sich tief über die Augen zieht, und Großpapa hat eine Mütze mit Ohrklappen. Weißt du, was Granny zu dem Wachsoldaten an Lenins Grab gesagt hat? ›Im Fischladen habe ich schon Ansehnlicheres auf Marmorplatten drapiert gesehen!‹«

Wir lachten beide, und im gleichen Augenblick hörten wir eilige Schritte im Flur, dann wurde die Tür aufgerissen. Nerissa stand da, eingerahmt von der Tür wie das Playgirl des Monats, in einem sehr langen offenen Mantel über einem sehr kurzen Kleid.

»Wie gemütlich!«, sagte sie gedehnt.

Ich nehme an, die ganze Szene musste sehr vertraut gewirkt haben, und meine erste, beinahe schuldbewusste Reaktion war der Versuch, Fergal meine Hand zu entreißen. Er hielt sie jedoch fest und zog mich noch ein Stück näher zu sich heran.

Eine Sekunde später schob sich Maria an Nerissa vorbei, und ihre dunklen Augen blitzten wütend. »Ich habe ihr erklärt, dass du sie nicht sehen willst und dass du nicht gestört werden willst, aber sie ist einfach an mir vorbeigegangen!«

»Schon gut, Maria. Nerissa ist noch nicht stubenrein. Seltsamerweise habe ich gerade zu Tish gesagt, dass ich über kurz oder lang wohl die Sicherheitstore in Gebrauch nehmen muss, weil sonst ständig ungebetene Gäste ins Haus gestürmt kommen.«

Nerissas Wangen wurden flammend rot. »Das ist ja ein schönes Willkommen!« Dann riss sie sich mit sichtbarer Mühe zusammen. »Fergal, Schatz! Du bist doch sonst nicht so kalt. Ich weiß gar nicht, was in dich gefahren ist, aber du hast dich sicher verzweifelt gelangweilt!«

Sie ließ ihren Mantel noch weiter aufspringen, um ihre makellose Figur zu enthüllen, die mehr oder weniger in eng anliegendes Weiß gehüllt war. »Es muss ja hier unten soo öde für dich sein – ich wollte eigentlich sagen, so ganz allein –, oder jedenfalls praktisch allein!«

»Es war weder öde noch einsam, da meine Tante jetzt bei mir lebt.«

Nerissa starrte Maria ungläubig an; sie hatte sie offensichtlich als eine Art ausländische Haushaltshilfe abgetan. Dann sammelte sie sich wieder und rief die Kavallerie auf den Plan. »James, hast du schon gesehen? Deine liebe kleine Frau ist auch hier!«

Sein Gesicht ragte in dem kühlen, dunklen Gewölbe des Flurs auf wie ein eigenartiger Fisch, und er glotzte mich über Nerissas Schulter hinweg an. »Tish!« Seine Augen traten so deutlich aus den Höhlen hervor, dass er mich an Wendy erinnerte. »Du trägst ein Kleid!«

»Ich bin kein Transvestit, James. Warum sollte ich kein Kleid tragen?«

»Seid ihr nur hergekommen, um Tishs Geschmack in puncto Kleidung zu kritisieren, oder habt ihr noch einen anderen Grund?«, erkundigte sich Fergal kalt, aber James, dem bereits die Zornesröte ins Gesicht gestiegen war, hatte nur Augen für mich.

»Als *ich* dich bat, ein Kleid anzuziehen, hast du nie eins getragen«, beschwerte er sich griesgrämig. »Ich nehme an, *er* sieht dich gern in einem Kleid. Hat er es dir gekauft?«

»Um Himmels willen, wen interessiert das?«, rief Nerissa wütend. »Ist es nicht offensichtlich, dass du verschaukelt worden bist? Warum sonst sollte er sich so sehr für deine Frau interessieren, wenn sie in diesem Zustand ist, es sei denn, das Kind ist von ihm? Nun, ich kann dazu nur eins sagen: Ich hätte dir einen besseren Geschmack zugetraut, Fergal! Lass uns gehen, James.«

Sprach's und rauschte hinaus.

Es war ein ziemlich guter Abgang. Vielleicht hatte sie ja auch *Vom Winde verweht* gesehen.

James zögerte und schien noch etwas vorbringen zu wollen, wurde dann aber von einer unsichtbaren Hand fortgerissen. Die Tür krachte ins Schloss, und eine Minute später heulte ein Wagen auf und brauste mit quietschenden Reifen davon.

»Das hat der Einfahrt bestimmt nicht gut getan«, bemerkte Fergal.

»Den Kies kann man glatt harken«, erwiderte Maria geistesabwesend. Sie beäugte mich nachdenklich, beinahe spekulativ. »Das war Ihr Ehemann, ja?«

»Exehemann. Nun ja, fast.«

»Mit Fergals Freundin?«

»Exfreundin«, korrigierte Fergal freundlich.

»Ah!« Es folgte eine Pause. »Und das Baby?«, erkundigte sie sich so taktvoll wie möglich.

»Von meinem Mann«, antwortete ich bedauernd.

»Nerissa hat eine giftige Zunge, und dein James schien nur

allzu bereit zu sein, ihr jedes Wort zu glauben«, bemerkte Fergal.

»Nicht *mein* James«, widersprach ich müde. »Und was das Baby betrifft, wird er wahrscheinlich seine Meinung wieder ändern. Sein Verstand ist die reinste Drehtür.«

Ich erklärte Maria (oder versuchte, es ihr zu erklären): »Mein Mann hat mich seit Monaten mit einer jungen Frau betrogen – nicht mit Nerissa –, deshalb habe ich die Scheidung eingereicht. Fergal und ich sind einfach nur alte Freunde, und wir hatten uns bis vor kurzem jahrelang nicht gesehen.«

»Die Engländer sind alle verrückt«, bemerkte Maria traurig. »Warum geht Ihr Mann fremd, wenn er zu Hause eine junge schöne Frau hat? Diese Nerissa, das ist ein Biest! Ihr Mann ist ein Narr, wenn er sich von so einer an der Nase herumführen lässt.«

»Er hat seine Beziehung zu der anderen Frau keineswegs aufgegeben, und ich glaube nicht, dass Nerissa sich ernsthaft für ihn interessiert.«

»Sie wollte nur mit ihm angeben«, pflichtete Fergal mir bei. Es schien ihm nicht das Geringste auszumachen. Nach dem Motto: Andere Mütter haben auch schöne Töchter.

Maria seufzte abermals. »Ich kümmere mich jetzt um das Abendessen. Bleiben Sie zum Essen? Ich bereite eine nahrhafte Soße zu Pasta und …«

»Nein … nein, ich kann nicht bleiben, aber vielen Dank trotzdem!«, antwortete ich hastig. »Ich muss zurück nach Hause und mich um meinen Hund kümmern, außerdem möchte ich heute Abend noch arbeiten.«

»Ich hoffe, Sie essen genug. Von der Soße werde ich etwas einfrieren. Fergal kann sie Ihnen bringen.«

Er stand auf und zog mich hoch. »Gute Idee. Dann komm, Tish, wenn du nicht bleiben willst. Du kannst zurückfahren, wenn du nicht zu müde bist?«

Ich war müde, aber ich fuhr trotzdem zurück. Ich brauche etwas Übung.

Ich habe weder ihm noch irgendjemandem sonst erzählt, dass ich morgen die theoretische Prüfung ablegen werde. Ich mache mir allerdings keine Sorgen deswegen!

Fergal hat mir die Fernbedienung für die elektrischen Tore gegeben und meine Geburtsurkunde mitgenommen.

Auf dem Weg in die Stadt kam es am nächsten Tag zu meiner ersten direkten Begegnung mit Wendy. Ich glaube, sie hat mir direkt hinter Margarets Hecke aufgelauert, weil sie plötzlich wie aus dem Nichts vor mir auftauchte und sich vor mir aufbaute wie ein kampflustiger Pekinese.

»Ich habe ihn!«, erklärte sie triumphierend und unterzog mich dabei der gleichen Musterung, die ich ihr zuteil werden ließ. Bis dahin hatten wir einander ja nur bei Nacht gesehen oder am Telefon angeschwiegen.

So, wie sie sich ausdrückte, hätte man James für eine ansteckende Krankheit halten können.

»In der Tat, Sie haben ihn, Wendy. Es ist immer schön, wenn jemand erntet, was er gesät hat.«

In ihren kleinen blauen Schweinsäuglein schimmerten Argwohn und ein Anflug von Ärger auf. »Und Sie glauben wohl, Sie könnten einen Mann wie Fergal Rocco halten?«, fragte sie gehässig.

»Man kann keinen Mann halten, wenn er unbedingt gehen will, Wendy, und wenn Sie ihm noch so viel Honig um den Bart schmieren. Und Sie vergessen besser nicht, dass James nicht gerade für eheliche Treue bekannt ist.«

Ich verlagerte mein erhebliches Gewicht von einem Fuß auf den anderen und fügte gedankenverloren hinzu: »Wie Shakespeare über Desdemona sagte: ›Den Vater trog sie, so mag's dir geschehen.‹ Nur dass sie es natürlich nicht getan hat, aber Jago hat ihre Schwäche zumindest erkannt. Wie diese Politiker, die bei der geringsten Versuchung schwach werden – wenn ihre Ehefrauen ihnen nicht trauen können, können ihre Wähler es erst recht nicht.«

Ich erwärmte mich langsam für das Thema, da ich es aus diesem Blickwinkel noch nie betrachtet hatte. »Das erinnert mich an den Film, in dem ein Mann eine junge Frau fragt, ob sie für eine Million Pfund mit ihm schlafen würde, und sie kann dem Angebot nicht widerstehen und erklärt sich dazu bereit. Darauf erwidert er: ›Madam, wir haben also ermittelt, *was* Sie sind, lassen Sie uns jetzt über den *Preis* verhandeln.‹«

Wendy schien in eine Art Trance gefallen zu sein, denn ihr rotes Rosenknospenmündchen hing schlaff herunter, und ihre blauen Augen waren glasig und leer. Dann drehte sie sich ohne ein weiteres Wort um und wankte von dannen, auf hohen Absätzen, die bis auf den Metalldorn abgetragen waren und ihren Gang wie den einer Betrunkenen wirken ließen.

Ich musste unbedingt Mutter darauf hinweisen, dass es ein ebensolches Ende mit ihr nehmen wird, wenn sie sich nicht unter Kontrolle bekommt.

Aus irgendeinem Grund versetzte mich diese Begegnung in bemerkenswert gute Laune, und als ich später aus der Fahrschule kam, war ich voller Zuversicht, dass ich die theoretische Prüfung bestanden hatte.

Ich wünschte nur, ich könnte der praktischen Fahrprüfung mit derselben Zuversicht entgegensehen.

»ROCKER BRACH MIR DAS HERZ!«,
sagt Erbin Nerissa Bright, nachdem sie ihren singenden Freund Fergal Rocco am Vorabend ihrer offiziellen Verlobung mit einer anderen Frau erwischte…

Exposé

Welche Verlobung? Ich hatte seit Monaten nicht einmal eine Beziehung *(nicht einmal eine sexuelle) mit Nerissa, geschweige denn eine Verlobung.*

Ich nehme an, dass ist alles ein Teil ihrer Fantastereien – und der Versuch, bei ihren Freunden anzugeben, aber wenigstens hat sie ihre Rachsucht bisher nicht dazu getrieben, Tish namentlich zu nennen. Vielleicht weiß sie, dass ich ihr, wenn sie es tut, ihren dummen Hals umdrehe?

Kapitel 40

Ein Welpe verkauft

Da Mutters nächster Geburtstag vor der Tür stand, musste ich unwillkürlich an ihren letzten denken, an dem die Fäulnis in meine Ehe Einzug gehalten hatte. (Natürlich hatten die Termiten da schon lange am Fundament genagt, aber das hatte ich zu der Zeit nicht gewusst.) Wie unerträglich selbstgefällig ich in meiner sicheren kleinen Welt gewesen war, mit meiner perfekten Ehe, dem Traumhaus und dem verlässlichen, vertrauenswürdigen Ehemann!

Wenn James so hinterhältig sein kann, während sich Fergal, der nach außen hin ungefähr so verlässlich und zahm zu sein scheint wie ein Tiger, als getreuer und fürsorglicher Freund entpuppt, wie soll ich da je wieder meiner Menschenkenntnis vertrauen? Und selbst Fergal ist im Stande, eine Frau ohne Gewissensbisse fallen zu lassen, nachdem er ihr, wie es scheint, ernsthafte Hoffnung gemacht hat. (Nerissa kann in diesem Artikel doch unmöglich *mich* gemeint haben, oder? Aber wenn nicht, hat sie Fergal dann wirklich mit einer anderen Frau erwischt?)

Ich bin weitaus besser beraten, wenn ich mir eine Existenz ohne Mann aufbaue, und ich habe mir einen Dreipunkteplan auf dem Weg zum Glück gemacht. (Wenn Glück zu viel verlangt ist, begnüge ich mich meinetwegen auch mit Frieden.)

1) Eine dauerhafte Trennung von James.
2) Die Enthüllung des Geheimnisses um meine Geburt, damit ich mir keine Sorgen wegen des Inkubus mehr zu machen brauche.
3) Die Suche nach einem Cottage irgendwo anders – vielleicht in Cornwall oder Devon in der Nähe von Granny oder Peggy – was es mir erleichtern würde, dieses Haus aufzugeben.
4) Ich muss Fergal ein und für alle Mal klar machen, dass ich, sobald ich umgezogen bin, keinen Kontakt mehr zu ihm haben möchte.

Als ich Mutter anrief, um zu fragen, wie sie ihren Geburtstag feiern wolle, antwortete sie ziemlich steif, dass Dr. Reevey sie zum Essen und zu einer Show ausführen wolle. Sie fügte allerdings hinzu, dass sie mich in Bälde zu sehen erwarte, und vielen Dank für den Korb von Fleurop.

Wenn man bedenkt, dass ich mich auf eine größere Dosis von Mutters unverdünnter Gesellschaft gefasst gemacht hatte, brachte mich diese Zurückweisung merkwürdig aus der Fassung. Ich wünschte, aus ihrer Affäre mit Dr. Reevey würde etwas Ernstes. Vielleicht sollte ich ihn fragen, ob seine Absichten ehrenhaft seien?

Mutter berichtete, es hätten sich bereits potenzielle Käufer für das Haus gemeldet, das heißt, wenn ihr Verehrer ihr nicht bald einen Antrag macht, wird Granny Wort halten und Mutter in einer kleinen Wohnung unterbringen müssen.

Das Rätsel um Mutters merkwürdige Verstimmung wurde schließlich am Ende unseres Gesprächs auch noch gelöst, als sie plötzlich damit herausplatzte: »Das hätte ich wirklich nie von dir gedacht, Leticia!«

»Was hättest du nie gedacht?«

»James hat es mir erzählt – er wollte es eigentlich nicht, aber er war so aufgeregt, der arme Junge! Ich habe ihm versichert, dass er eine unschuldige Situation falsch gedeutet haben müsse, aber ich fürchte, der böse Mann zieht dich erneut in seinen Bann.«

»Der böse Mann? Meinst du Fergal? Oh, verstehe! Du hast die Version des heiligen James gehört, wie er mich zur Teezeit in Fergals Haus vorfand, ganz allein mit dem Schurken im Stück – wenn man die Anwesenheit von Fergals Tante Maria nicht mitrechnet, aber wir wollen ja nicht kleinlich sein!«

»Er hatte einen Arm um dich gelegt«, entrüstete Mutter sich mit bebender Stimme.

»Ja!« Ich kicherte und musste mich wohl wie eine Geistesgestörte angehört haben. (Oder bin ich vielleicht die einzig Vernünftige in der Familie?) »So ein Wüstling, nicht wahr?«

»Wie kannst du nur so schamlos sein? Stimmt es am Ende wirklich, was James mir über dich und diesen Mann erzählt hat?«

»Es ist schon allerhand, wenn meine eigene Mutter lieber glaubt, dass mein ehebrecherischer Gemahl unschuldig ist, während ich ein Flittchen bin! Du solltest mich besser kennen, und dasselbe gilt für James, aber den hat seine unangebrachte Eifersucht völlig blind gemacht. Er hat wahrscheinlich vergessen zu erwähnen, dass er mit einer Frau zusammen war, als er bei Fergal auftauchte – und zwar nicht mit seinem Schnuckelchen Wendy.«

»Ich weiß nicht, was ich glauben soll!«, schluchzte sie. »Aber ich kann dir sagen, dass James dich nicht zurückhaben will. Du hast alle Brücken hinter dir abgebrochen!«

»Oh, hipp, hipp, hurra!«

»Das ist eine völlig unangebrachte Einstellung. Die Sorgen um dich haben mir meinen Geburtstag vollkommen verdorben. Und hast du gelesen, was dieser Mann jetzt schon wieder angestellt hat? Einfach schamlos!«

»Mutter, hör auf, dir Sorgen zu machen und Gespenster zu sehen. Geh mit deinem Freund essen und amüsier dich.«

»Mein Freund! In meinem Alter hat man keine Freunde!«

»Du bist noch keine fünfzig, und du siehst keinen Tag älter aus als vierzig«, log ich beherzt, um sie aufzumuntern.

»Findest du wirklich? Das ist doch pure Schmeichelei, Liebling! Obwohl Duncan sagt, ich sei ein fröhliches kleines Ding.«

»Tut er das?«, gelang es mir, höflich zu erwidern. »Also, ich wünsche dir einen wunderschönen Geburtstag, und komm nicht zu spät nach Hause.«

Man kann sie so leicht ablenken: innerhalb von zehn Minuten vom Schauerstück zur Farce. Ich hoffe, ihr Theaterstück heute Abend ist auch nur halb so gut.

Noch eine Ausfahrt mit Fergal in dem Mini Cooper, aber diesmal bin ich über Land gefahren, und wir haben ungefähr fünfzehn Meilen von Nutthill entfernt in einem hübschen kleinen Dorf Tee getrunken.

Ich habe Zweifel daran geäußert, dass er sich in der Öffentlichkeit mit einer geradezu widerwärtig schwangeren Frau sehen lassen wolle, aber er meinte, ich sei wunderschön und er sei stolz darauf, mit mir gesehen zu werden.

Das kann nicht sein Ernst sein, aber ich finde es trotzdem sehr aufmerksam und freundlich von ihm, so etwas zu sagen.

Zwei andere Gäste haben ihn, gerade als wir gehen wollten, um ein Autogramm gebeten, aber bis dahin hatte ihn niemand behelligt, was ich sehr anerkennenswert fand.

Ich sollte natürlich versuchen, mich von ihm zu distanzieren, aber es ist sehr schwer, Nein zu sagen, wenn er einfach auftaucht, seit neuestem in der Regel mit einem Care-Paket von Maria unterm Arm, die jedes Mal für zehn Leute zu kochen scheint und mir die Hälfte mitschickt.

Ich beschwere mich nicht: Meine Tiefkühltruhe ist jetzt voll mit köstlichen Leckereien, denen kurios übersetzte Zubereitungsanweisungen beiliegen. Und Fergal behauptet, wenn ich das Essen nicht annehme, wird Maria ihn zwingen, alles allein zu vertilgen. Er fürchtet, dann bald ein wandelnder Fleischkloß zu sein.

Später ging ich zu Mrs. Deakin und fragte sie, ob sie nicht jemanden kenne, der einen Welpen haben wollte, und sie erbat sich ein oder zwei Tage Zeit und wollte die Tiere gern selbst einmal sehen.

»Warum kommen Sie nicht heute Abend nach Ladenschluss einmal vorbei?«, schlug ich vor.

»Heute Abend kann ich nicht – der Landfrauenverein trifft sich. Aber morgen würde mir gut passen, wenn Sie nichts dagegen haben. Ich liebe hübsche Welpen!«

Ich erzählte ihr nicht, dass sie nicht hübsch waren. Das wird sie schon selbst herausfinden.

»Dulcie Blacklock meint, Ihre Fahrkünste verbessern sich von Woche zu Woche«, bemerkte sie mit einem verstohlenen Blick. »Kein Wunder bei der vielen Übung in Mr. Roccos komischem kleinen Auto ...«

»Ja, es hilft tatsächlich. Es ist sehr nett von ihm, mir seine Zeit zu widmen, wo er in Greatness Hall alle Hände voll zu tun hat.«

»Diese Italienerin war neulich hier und hätte mich um ein Haar gezwungen, die Möhren zu putzen, bevor sie sie kaufte –

sie meinte, sie bezahle nicht für Schlamm!«, berichtete sie bewundernd. Ich wünschte, ich hätte Marias Nerven.

»Sie kommt heute Abend mit mir zum Frauentreff. Die Dame, bei der sie früher gearbeitet hat, hat ihr erzählt, das sei ein traditioneller englischer Damenclub.«

»Ich hoffe, sie hat ihren Spaß daran.«

»Sie scheint mir eine respektable Person zu sein«, räumte Mrs. D. bedauernd ein: Es lag auf der Hand, dass es in Marias Anwesenheit keine Orgien in Greatness Hall geben würde. »Ach, da geht gerade Ihr Ex vorbei.«

»James? So früh kommt er nur selten aus dem Büro.«

»Wie läuft die Scheidung, meine Liebe?«

»Es geht alles seinen Gang. Es ist erstaunlich, wie schnell man eine Scheidung durchbekommt, wenn beide Parteien damit einverstanden sind.«

Mir konnte es gar nicht schnell genug gehen. Können James – oder Nerissa – wirklich glauben, Fergal Rocco sei unter diesen Umständen – oder überhaupt unter irgendwelchen Umständen – an einer Affäre mit mir interessiert? Er könnte jede Frau haben. (Und machte davon wahrscheinlich weidlich Gebrauch.)

Ich watschelte mit meinen spärlichen Einkäufen nach Hause und kochte Bob, der in seinem Schuppen weiß Gott was trieb, gerade Kakao, als James aus seiner Funkerbude durch den Garten gestapft kam.

In dem Schuppen in meinem Garten lungern mehr Männer herum als in einem Roman von D. H. Lawrence.

Ich dachte, er würde am Haus vorbeigehen, daher hätte er um ein Haar den Inhalt von Bobs Kakaobecher ins Gesicht bekommen, als ich mich umdrehte und in der Tür mit ihm zusammenstieß. (Okay, mein Bauch stieß mit ihm zusammen, aber ich befand mich direkt dahinter.)

Er prallte zurück, und ich sah die zuckende Ader an seiner Schläfe und das scharlachrote Gesicht. Beides verhieß nichts Gutes.

»Bob!«, rief ich, bevor James sprechen konnte. »Bob!«

Bob kam, begleitet von zwei Jack Russells und einem starken Geruch nach feuchten Säcken, aus dem Schuppen gestolpert.

Ich reichte ihm den Kakao und ein halbes Päckchen Ingwerkekse.

»Alles klar, Bob?«

Er blieb stehen, um auf seinen Kakao zu blasen, und sah James desinteressiert an, der seinerseits vor unterdrücktem Zorn und Ungeduld wie ein kleiner Vulkan brodelte.

»Schlöckschen«, sagte Bob nach kurzem Nachdenken.

Ich schob einen Welpen mit dem Fuß von der offenen Tür weg. »Schlöckschen – ich meine, Schneeglöckchen – im Garten? Blühen sie denn schon?«

»Nein«, antwortete Bob.

»Du meinst, ich habe Schneeglöckchen im Garten, aber es sind noch keine Blüten dran?«

»Schlöckschen«, pflichtete er mir bei und führte gleichzeitig die Fassungskraft seines Mundes vor, indem er einen Ingwerkeks hineinschob und ihn lässig im Ganzen darin umdrehte. Dann begoss er den Keks mit Kakao und schluckte alles schmatzend herunter. Danach lächelte er sein freundlich leeres Lächeln und schlenderte mit seinem Kakao und den beiden kleinen Hunden zurück zum Schuppen.

»Bist du wahnsinnig, so jemanden einzustellen? Er könnte ein gefährlicher Geistesgestörter sein!«

»Von dieser Sorte kenne ich nur einen«, entgegnete ich kalt. »Du klingst genauso wie Mutter. Bob ist absolut harmlos und ein guter Gärtner. Er muss seinen Vater und Großvater dabei beobachtet und sich so einiges angeeignet haben.«

»Ich weiß nicht, warum wir über Bob reden. Und ich weiß nicht, wie du mir nach neulich Abend überhaupt noch in die Augen sehen kannst! Bei Gott, ich fange langsam an zu glauben, was alle Welt über dich erzählt!«

»Wobei ›alle Welt‹ in diesem Fall Nerissa und Wendy sind?« Ich seufzte. »Möchtest du das ganze Dorf in diese Unterredung mit einbeziehen, oder hast du vielleicht Lust, hereinzukommen und mir deine Predigt in etwas privaterem Rahmen zu halten? Ich muss mich nämlich dabei hinsetzen.«

Er folgte mir bis kurz hinter die Schwelle, dann blieb er mit einer dramatischen Gebärde stehen und richtete anklagend einen Finger auf mich. »Wendy ist schwanger, ihr Vater und

Onkel Lionel wollen mich zwingen, sie zu heiraten, und es ist nur deine Schuld!«

Ist nicht alles meine Schuld? Warum hat Mutter mich nicht einfach Eva getauft und diese Frage ein und für alle Mal geklärt?

Diesmal war ich fest entschlossen, Fergal nicht mit meinen langweiligen Problemen zu belasten. Es endete damit, dass er mich ungeachtet meiner Proteste zur Rechtsanwältin fuhr. Er ist so furchtbar nett zu mir, dass ich ihm immer wieder sage, ich hätte das Gefühl, sein gutherziges Naturell auszunutzen. (Er behauptet, er habe so etwas nicht.)

Nur weil wir einmal miteinander gegangen sind, heißt das nicht, dass er jetzt mir gegenüber zu irgendetwas verpflichtet wäre.

Wir fuhren los, aber er spürte irgendwie, dass ich außer mir vor Wut war, denn nach einer Weile bogen wir auf einen ruhigen Rastplatz ein, wo ich mir, wie ich zu meiner Schande gestehen muss, nach minimalen Überredungsversuchen alle Einzelheiten über James' Besuch entlocken ließ – einschließlich seines Ultimatums.

»Wendy ist schwanger. Das Baby müsste ungefähr zur gleichen Zeit kommen wie das von Margaret Wrekin. Oh ... du kennst die Wrekins nicht, oder?«

»Nein. Aber erzähl nur weiter. Das Baby gibt es also wirklich?«

»So scheint es, und James gibt mir die Schuld daran, weil Alice meinen Rat ernst genommen hat! Und dann ist Wendys und Alices Vater auch noch ein hohes Tier in der City und kennt James' Onkel, der das Oberhaupt der Kanzlei ist. Seit er von dem Baby weiß, setzen die beiden Männer James zu, die Scheidung über die Bühne zu bringen und Wendy in aller Eile zu heiraten.«

»Muss-Ehen waren immer schon sehr beliebt«, bemerkte Fergal.

»Ja, aber nicht beim Bräutigam! James sagt, es sei meine Schuld – erstens, weil ich mich von ihm scheiden lassen wollte, zweitens, weil ich Wendy geraten habe, schwanger zu werden, und drittens und schlimmstens, weil ich mich mit dir eingelassen – entschuldige, Fergal! – und es James damit unmöglich gemacht hätte, einer Ehe mit Wendy zu entgehen. In diesem Fall hätte er nämlich nobel darauf bestehen können, eine Scheidung von mir abzulehnen, für den Fall, dass ich wieder zu Verstand käme und ihn zurückhaben wollte.«

»Deine Schuld? Nichts von all dem ist deine Schuld!«

»Das Beste kommt erst noch: Daraufhin erklärte er, er werde die Scheidung anfechten, es sei denn, ich gebe ihm zusätzlich zu der Besitzaufteilung, die wir bereits vereinbart haben, weitere zehntausend Pfund.«

»Dieser Bastard! Er hat kein Recht, solche Forderungen zu stellen.« Nur gut, dass James sich in diesem Augenblick nicht in Reichweite befand, sonst hätte er beim nächsten Blick in den Spiegel sein eigenes Gesicht nicht wiedererkannt.

»Ich weiß, Fergal, aber ich habe seit unserem Gespräch über die Angelegenheit nachgedacht, und ich möchte einfach nur die Scheidung und James los sein, selbst wenn ich mich dafür dumm und dämlich zahlen muss. James meinte, er wolle das Geld als Wiedergutmachung, weil er Wendy heiraten müsse – was mir nichts Gutes für das zukünftige Glück des jungen Paares zu verheißen scheint –, und Wendys Vater will ihnen eins dieser neuen frei stehenden Häuser in Lower Nutthill kaufen.«

Fergal wirkte plötzlich nachdenklich. »Meine erste Reaktion war, ihm beide Beine zu brechen, aber vielleicht würde es sich ja lohnen, ihn auszuzahlen, um ihn endgültig loszuwerden.«

»Wenn ich es kann! Aber so viel Geld habe ich nicht flüssig, obwohl Granny es mir vielleicht leihen würde, wenn ich sie darum bäte.«

»Ich leihe dir das Geld.«

Meine Augen brannten. »Das ist so lieb von dir, Fergal, aber ich könnte es unmöglich annehmen! Ich meine, da James ohnehin schon die halbe Zeit glaubt, das Baby sei von dir, ganz zu schweigen von den Leuten im Dorf... Ich meine, es würde doch so aussehen, als ob...«

Er zuckte die Schultern. »Warum sollte irgendjemand davon erfahren? Ich würde es niemandem erzählen. Du kannst mir sogar Zinsen bezahlen, wenn du dich dann besser fühlst. Und dein neuer Roman ist doch fast fertig, oder?«

»Der süße Wein der Liebe«, sagte ich geistesabwesend. »Ja.«

»Dann gehst du mir gegenüber keinerlei Verpflichtung ein – das Darlehen wird dich nicht in meine verderbten Fänge treiben, und ich werde nicht versuchen, mein *droit de seigneur* auszuüben.«

»Also wirklich, Fergal! Wie kannst du so etwas nur sagen?« Ich protestierte geziert und blickte auf meinen dicken Bauch hinunter, der sich unter dieser Musterung sichtbar bewegte. Impulsiv nahm ich Fergals Hand und legte sie auf den Inkubus, der ihm gehorsam einen ordentlichen Tritt verpasste. Als ich Fergals überraschte Miene sah, musste ich lachen.

»Tut es das dauernd?«

»Nein, zum Glück nicht. Es ist ziemlich schmerzhaft – aber wenn das Baby sich zu lange nicht regt, mache ich mir Sorgen.«

»Ich denke, mit diesem Tritt wollte es auf seine Art seine Zustimmung zu dem Darlehen geben, meinst du nicht auch? Also sind wir drei uns einig?«

Ich nickte, und Fergal gab mir einen züchtigen Kuss auf die Stirn. »Besiegelt mit einem Kuss! Aber keine Angst – weiter werde ich in meinem *droit de seigneur* nicht gehen!«

Ich hatte keine Angst, aber das sagte ich nicht.

Die Rechtsanwältin fand, ich solle um jeden Penny kämpfen, den ich James abpressen könnte, aber schließlich bin ich ihre Mandantin, und das ist ihr Job.

Sie begriff sehr schnell, dass es für mich im Augenblick oberste Priorität hatte, meinen Mann schlicht und einfach loszuwerden, und sie hofft, dass die erste Etappe der Scheidung in etwa sechs Wochen geschafft sein würde. Anschließend würden wir auf ein endgültiges Urteil oder etwas in der Art warten müssen, und damit sei die Sache dann erledigt.

Die Anwältin wird James eine diesbezügliche Mitteilung zukommen lassen und eine neue Vereinbarung entwerfen, in der ein zeitliches Limit für die Entfernung der Funkausrüstung und der Antenne festgelegt wird.

Statt eine gewisse Distanz zwischen mir und Fergal zu schaffen, fühle ich mich ihm gegenüber jetzt erst recht verpflichtet, und ich wünschte, ich könnte ihm all seine Freundlichkeit vergelten. Aber wahrscheinlich kann ich im Grunde nur eins für ihn tun, nämlich aus seinem Dunstkreis zu verschwinden, sobald das Baby da ist, damit er nicht das Gefühl hat, die Verantwortung für mich übernehmen zu müssen.

Am Abend war Mrs. Deakin kurz da, um sich die Welpen anzusehen, und um ehrlich zu sein – ich hatte in all dem Trubel vollkommen vergessen, dass sie mich besuchen wollte. Ich zeigte ihr zuerst, was sich im Haus getan hatte, und sie meinte, es würde eines Tages sehr hübsch sein, wenn ich mir Teppiche und Tapeten leisten könne, obwohl ich ihr eindringlich versicherte, dass die Wirkung beabsichtigt sei.

Die Welpen versetzten sie in maßloses Staunen: »Nein, wer hätte das gedacht! Noch keine sechs Wochen alt, und sehen Sie sich an, wie groß sie sind!«

»Ja«, pflichtete ich ihr bedauernd bei. »Sie werden einmal riesig sein, und ich muss immer noch für drei von ihnen ein Zuhause finden. Mr. Rocco nimmt einen und Bob und Margaret Wrekin ebenfalls – ist das nicht lieb? Dieser da hat einen wunderbaren Silberblick, finden Sie nicht auch?«

Mrs. Deakin bückte sich und kitzelte eins der Tierchen unterm Kinn. »Mir wird vielleicht noch jemand einfallen, der einen davon nimmt«, erwiderte sie geheimnisvoll. »Halb Bourgeois, halb ...«

»Durex«, warf ich rasch ein. Ich konnte einfach nicht widerstehen.

»Oh ja.«

Im nächsten Augenblick setzte Bess mich in ehrliches Erstaunen, indem sie zum ersten Mal in ihrem Leben etwas Intelligentes tat: Sie nahm den größten Welpen, der ihr das Leben mit seinen ständigen Forderungen (genau wie ein Mann!) zur Hölle machte, schleifte ihn am Genick zu Mrs. D. und legte ihn ihr hoffnungsvoll vor die Füße, wo er ihre Schürze anknabberte und nachdenklich zu ihr emporstrahlte.

Sie nahm das Tier hoch, und als es seinen Kopf unter ihr Kinn kuschelte und einen langen, glückseligen Seufzer ausstieß, wusste ich, dass sie verloren war.

»Einen Labrador hat schließlich jeder«, erklärte sie laut, als versuchte sie, sich selbst zu überzeugen, »aber Halbbourgeoises laufen nicht viele herum!«

»Das stimmt!«

»Und es wäre schön, abends etwas Gesellschaft zu haben. Das Futter kann ich im Großmarkt kaufen.«

»Das ist ein echter Vorteil.«

»Und ich habe immer noch die Leine und das Körbchen vom alten Bozo.«

»Das wird ja immer besser. Aber sind Sie sich sicher, dass Sie Zeit für so einen großen Hund haben? Und er wird einmal ziemlich groß werden.«

»Dieser Bob – ich habe ihn manchmal mit Bess Gassi gehen sehen. Nun, wenn ich zu viel zu tun habe, kann er auch meinen Hund ausführen. Ich glaube nicht, dass ihm das etwas ausmachen wird.«

Bob würde aus dieser Sache noch ein gutes Geschäft machen!

Mrs. D. will versuchen, noch jemanden für die beiden anderen Welpen zu finden. Ich hoffe, sie ändert, was ihren Hund betrifft, nicht noch einmal ihre Meinung.

Als meine nächste Schwangerschaftsuntersuchung anstand, fuhr Margaret mich freundlicherweise zum Krankenhaus.

Der Arzt maß lediglich meinen Blutdruck, lachte und sagte, wenn ich noch dicker würde, müssten sie beim nächsten Mal die Tür aushängen.

Margaret meinte, in ihren Augen sähe ich völlig okay aus, und wir bummelten noch durch ein paar Antiquitätenläden und aßen in einem Pub zu Mittag, was eine nette Abwechslung für mich war. Dann setzte sie mich wieder zu Hause ab.

Als ich zurückkam, lag auf der Matte ein Schreiben mit meinem Prüfungsdatum: der vierte Februar um halb zehn morgens.

Nur gut, dass der Brief nach meiner Untersuchung gekommen war, sonst hätte mein Blutdruck Schwindel erregende Höhen erreicht. Fergal riet mir, die erste Prüfung als eine Art Probedurchgang anzusehen, aber ihm sitzt auch kein Geburtstermin im Nacken. Er rief mich an, weil sein Privatdetektiv morgen nach Greatness Hall kommt, um Bericht zu erstatten.

Fergal zögert nicht lange, wenn er einmal einen Entschluss gefasst hat.

Ich frage mich, was der Detektiv herausgefunden haben mag – wenn er überhaupt etwas gefunden hat? Wahrscheinlich wird er mir lediglich erzählen, dass Mutter Mutter ist und die Schwangerschaft mich um mein seelisches Gleichgewicht gebracht hat.

Die Aussicht auf die morgige Begegnung mit dem Detektiv und die Fahrprüfung am vierten Februar haben jedenfalls genügt, um mich in das reinste Nervenbündel zu verwandeln.

Der Detektiv, ein kleiner, unauffällig aussehender Mann, hieß Mr. Rooney. Er kam mir nicht besonders bekannt vor; es überraschte mich, dass James ihn überhaupt bemerkt hat.

»Soll ich weggehen oder bleiben?«, wollte Fergal wissen.

»Bleiben natürlich!«, erklärte ich wie aus der Pistole geschossen. »Du weißt über die ganze Angelegenheit Bescheid, und wenn Mr. Rooney irgendetwas herausgefunden hat, möchte ich, dass du es ebenfalls hörst.«

Ich sah den Detektiv nervös an. *»Haben* Sie etwas herausgefunden?«

»Nun, ich bin davon überzeugt, dass ich der Angelegenheit auf den Grund gegangen bin, ja, aber Sie müssen verstehen, dass es nach so langer Zeit unmöglich war, handfeste Beweise zu finden.«

»Wenn Sie überzeugt sind zu wissen, was damals passiert ist, dann reicht uns das vollkommen«, versicherte Fergal und umfasste meine Hand mit einem warmen, festen Griff. »Sprechen Sie weiter.«

»Es sieht so aus, als wäre Mrs. Norwood damals nach Cornwall gefahren, weil ihre Schwester dort in einem gemieteten

Cottage wohnte und sich im letzten Stadium der Schwangerschaft befand.«

»Glenda!«, rief ich. »Mutter schweigt sie tot, weil sie mit sechzehn mit irgendeinem Mann auf und davon gegangen ist, oder jedenfalls dachte ich, dass das der Grund sei, warum Mutter sie nie erwähnt. Meinen Sie«, fügte ich langsam hinzu, während mir die Bedeutung seiner Worte bewusst wurde, »meinen Sie, dass Glenda meine leibliche Mutter ist?«

Seltsamerweise war ich nicht allzu schockiert; nach Grannys Andeutungen schien plötzlich alles einen Sinn zu ergeben. Und schließlich waren einige der Alternativen, die mir durch den Kopf gegangen waren, weitaus schlimmer gewesen!

Mr. Rooney nickte. »Ja, das scheint mir ziemlich sicher zu sein, obwohl die Sache dadurch verworren wird, dass auf der Geburtsurkunde die Namen *Ihrer* Eltern auftauchen.«

»Aber das verstehe ich nicht.«

»Glenda nannte sich Mrs. Norwood, als sie zur Entbindung in das kleine Krankenhaus am Ort ging, und ich vermute, dass sie zu diesem Zeitpunkt bereits beabsichtigte, Sie bei ihrer Schwester zu lassen, obwohl unklar ist, ob mit dem Wissen und der Billigung der echten Mrs. Norwood. Möglicherweise hat Mrs. Norwood einfach auf einen Hilferuf reagiert und ist dann buchstäblich mit dem Baby im Arm sitzen gelassen worden.«

»Und das Baby war ich!«

»Ja. Glenda scheint eine Woche nach Ihrer Geburt plötzlich verschwunden zu sein, und Mr. Norwood erschien dann fast sofort auf der Bildfläche, um seine Frau und Sie nach Hause zu holen. Selbst nach so langer Zeit erinnern sich einige der Einheimischen daran, dass die Geschehnisse in dem Cottage ein wenig ungewöhnlich waren.«

Das wundert mich nicht! Ich lehnte mich zurück und sah, dass Fergal mich ängstlich musterte.

»Ich hoffe, das war kein allzu großer Schock für dich, Tish?«

»Nein«, antwortete ich mit ein wenig dünner Stimme. »Es ist viel besser als einige der Dinge, die mir durch den Kopf gegangen sind, seit Granny die Saat des Zweifels gelegt hat, das kann ich dir sagen. Weißt du, ich hatte sogar Visionen von Mutter, wie sie das Baby einer fremden Frau entführt! Auf diese Weise bleibt es doch wenigstens in der Familie.«

Ein jäher Zweifel überfiel mich. »Bis auf den Vater, nehme ich an. Ich weiß nicht, wer er war. Und ich weiß auch nicht, wo Glenda jetzt ist.«

»Soll ich weitere Nachforschungen anstellen und versuchen herauszufinden, was aus ihr geworden ist?«

»Möchtest du das, Tish?«, fragte Fergal.

»Oh ja, bitte. Wenn Mutter etwas weiß, wird sie mir es sicher nicht verraten, obwohl Glenda, was auch immer passiert sein mag, doch bestimmt wissen wollte, was aus ihrem Kind geworden ist, oder? Wie konnte sie mich einfach ihrer Schwester aufhalsen und so mir nichts, dir nichts verschwinden?«

»Glenda war sehr jung«, bemerkte Mr. Rooney. »Und vielleicht dachte sie, es wäre besser für Sie, als das Kind ihrer Schwester aufzuwachsen.«

»Mag sein«, stimmte ich zu; es übersteigt meine Fantasie, mir vorzustellen, ich könnte den Inkubus nach der Geburt einfach jemand anderem übergeben und davonspazieren.

Was mich daran so frustriert, ist, dass Mutter mir alles erzählen könnte, aber wenn ich versuche, ihr die Einzelheiten zu entlocken, wird sie die ganze Sache bestimmt hysterisch abstreiten.

Zu einer solchen Anstrengung fehlt mir im Augenblick die Kraft; ich habe das Gefühl, als kröche eine gewaltige Trägheit über mich hinweg, wie eine Marshmallow-Lawine.

Kapitel 41

Grünäugige Männer

Vor meiner Fahrstunde kam Mrs. Blacklock, um die Welpen zu besuchen. Sie wollte keinen haben, sie konnte lediglich nicht glauben, was Mrs. Deakin ihr von den Tieren erzählt hatte.

Zehn Minuten später tauchte sie, über und über bedeckt mit Hundehaaren und Seiber, wieder auf, die vollkommen verwirrte zukünftige Besitzerin eines der beiden letzten Welpen, die noch übrig geblieben waren. Jetzt muss ich also nur noch jemanden für den Hund mit den riesigen Ohren und dem permanent sorgenvollen Gesichtsausdruck finden.

Nächste Woche habe ich jeden Nachmittag Fahrstunden, und zusammen mit all den Übungsstunden, die ich dank Fergal noch zusätzlich bekommen werde, sollte ich eigentlich für die Prüfung gut gerüstet sein.

Am Nachmittag rief meine Anwältin an, um zu vermelden, dass der Scheck (von Fergal!) James ausgehändigt worden und die Abmachung unterschrieben sei: Die Scheidung schreitet voran.

Gerade als ich den Hörer auflegte, fuhr draußen ein Lieferwagen vor, und ein wahrer Berg von Babysachen (die ich über Margaret gekauft hatte) ergoss sich über mein Häuschen.

Es waren wirklich erstaunliche Massen – sie füllten den Flur und quollen bis in den Garten hinaus. Kisten über Kisten, außerdem merkwürdige Möbelstücke. So viel kann ein kleines Baby doch unmöglich brauchen? Mrs. Peachs Gardinen zuckten wie verrückt.

Ich war immer noch benommen in die Betrachtung all dieser Sachen versunken, als draußen ein großes fremdes Auto anhielt und Fergal ausstieg, gefolgt von einer jüngeren und weniger eckigen Version seiner selbst – sein Bruder Carlo.

Carlo watete durch die Kartons und küsste mich begeistert auf beide Wangen und den Mund.

»Tish! Du siehst wunderbar aus!«

Er hatte gerade angefangen, als Fergal nur wenige Zentimeter hinter uns mit eisiger Stimme bemerkte: »Lass sie runter, Carlo!«

»Hände weg?«, fragte Carlo mit einem Grinsen und stellte mich wieder auf die Füße.

Fergal ignorierte diese Bemerkung und richtete den gletscherkalten Blick auf mich. »Du solltest nicht in diesem Wind stehen! Und was haben all diese Kartons zu bedeuten?«

»Das sind Babysachen. Ich habe sie von der Freundin einer Freundin gekauft, hatte so viel allerdings nicht erwartet!«

»Sieht so aus, als wären wir gerade zur rechten Zeit aufgetaucht«, stellte Carlo fest. »Wir wollten dich zum Abendessen einladen – Maria meinte, dass wir ein Nein als Antwort auf keinen Fall akzeptieren dürften.«

»Das ist sehr nett von euch, aber ich werde heute ziemlich viel zu tun haben... Ich muss versuchen, das ganze Zeug irgendwo zu verstauen«, wandte ich hilflos ein.

»Es wird nach viel weniger aussehen, sobald es ausgepackt ist«, beruhigte Fergal mich. »Wir bringen die Kisten nach oben und erledigen das für dich.«

Ich war so froh, dass er seine schlechte Laune abgeschüttelt hatte, dass ich nicht einmal Einwände erhob, als er mir nicht erlauben wollte, auch nur einen einzigen kleinen Karton zu tragen.

Er hatte Recht, dass die Sachen in ausgepacktem Zustand weniger zu werden schienen – aber es war immer noch ziemlich viel. Ich hatte jetzt ein Kinderbett, einen Hochstuhl, eine Babywanne, Bettzeug, Kleider... Was hätten die Fans von Goneril wohl gedacht, wenn sie ihre Idole dabei hätten beobachten können, wie sie ein Kinderbett zusammensetzten, als hätten sie ein riesenhaftes, dreidimensionales Puzzle vor sich?

Ich verstaute die Kleider in dem kleinen Schrank und den Schubladen der Wickelkommode, die wie der Rest der Einrichtung in einem hellen Minzgrün gehalten war. Die Farbe passt gut zu den mit Schablonen aufgemalten Bäumen, und ich werde noch einen Teppich und Vorhänge kaufen, die das Bild abrunden.

Carlo und Fergal falteten die leeren Kartons zusammen und brachten sie nach draußen, sodass ich am Ende ein komplettes Kinderzimmer und eine unangenehme Überraschung für die Müllmänner hatte.

Fehlte nur noch das Baby. Ein Schaudern lief mir den Rücken herunter. Hieß es nicht, das Schicksal oder die bösen Geister herausfordern, wenn man vor der Geburt schon alles bereithatte? Andererseits konnte man schlecht damit warten, bis das Baby da war!

»Ich könnte mehr Schubladen gebrauchen und vielleicht noch einen Schrank«, überlegte ich. »Ich habe einen in einer Zeitschrift gesehen, der wie ein kleines, gestreiftes Strandzelt anmutete.«

»Die grundlegenden Dinge hast du ja jetzt, daher kannst du dir bestimmt ein oder zwei Extras leisten«, stimmte Fergal mir zu und befestigte die Korbwiege in ihrem Ständer, während Carlo ein Mobile mit Glockenspiel über dem Bettchen aufhängte.

»Hast du wirklich nur hundert Pfund für das alles hier bezahlt?«, fügte er hinzu.

»Ja – die Frau muss so reich sein, dass es ihr egal ist! Die hellgrünen Sachen finde ich hübsch, ihr nicht auch? Aber die rosafarbenen Babykleider werden mir nach einer Weile sicher nicht mehr gefallen.«

»Dem Baby bestimmt auch nicht, falls es ein Junge ist«, bemerkte Carlo, der inzwischen auf dem Boden lag, um sich von unten anzusehen, wie das Mobile wirkte. »Das ist lustig!«

»Dann plauderst du am besten mal mit Sara«, schlug Fergal vor. »Er heiratet nämlich bald«, erklärte er mir.

»Meinen Glückwunsch, Carlo!«

Carlo stand lächelnd auf. »Vielen Dank. Ich würde dir ja erlauben, mich zu küssen, aber ich habe Angst vor Fergal!«

»Blödmann!«, schalt sein Bruder ihn liebevoll; die schlechte Laune, mit der er angekommen war, schien vollends verflogen zu sein. »Aber hast du mal daran gedacht, wie sehr die häusliche Idylle deinem Image schaden wird? Die Fans werden dir in Scharen den Rücken zukehren.«

»Mir!«, rief Carlo aus. »Was ist dann mit ...«

Ein Blick von Fergal brachte ihn zum Schweigen, daher werde ich niemals erfahren, welche Geheimnisse zu verraten er im Begriff gewesen war.

Das Zimmer war wie verwandelt, und Carlo hatte Recht – es hatte Spaß gemacht. Aber es wurde langsam spät, daher gab ich den beiden einen Drink aus meinen bescheidenen Vorräten (Guinness, Kochsherry oder … Guinness) und bat sie, Maria anzurufen, während ich mich umziehen ging.

Ich zog *das Kleid* an und bürstete die Kringellöckchen, bis sie mir in losen Wellen über die Schultern fielen, und als ich wieder nach unten kam, hielt Carlo den letzten noch besitzerlosen Welpen auf seinem Schoß – mit einem vertrauten Ausdruck der Verwirrung auf seinem attraktiven Gesicht.

»Aber wo um alles in der Welt willst du mit dem Kerl in London Gassi gehen, Carlo?«, wandte Fergal, praktisch wie immer, ein.

»Ich wohne in der Nähe des Parks, und außerdem wollen wir uns ein Cottage auf dem Land kaufen.«

»Da werdet ihr zwei brauchen – eins für euch und eins für den Hund!«

Der Welpe hatte Carlo bereits ins Herz geschlossen und wollte ihn nicht mehr gehen lassen. Ich musste Carlo versprechen, dass er ihn morgen mitnehmen durfte – er ist schließlich wirklich fast acht Wochen alt –, und wir zogen einen der größeren Kartons wieder aus dem Müll, um den Hund darin zu transportieren.

Carlo flirtete beim Abendessen auf so empörende Weise mit mir, dass selbst Fergal lachen musste, und Maria schimpfte, er solle sich schämen und was seine Verlobte dazu sagen würde?

Sie machte einen solchen Wirbel um mich, dass ich Fergal auf dem Heimweg fragte, ob sie vielleicht glaube, das Baby sei doch von ihm.

»Natürlich glaubt sie das.«

»Es tut mir schrecklich Leid, Fergal!«

»Was tut dir Leid? Ich habe langsam selbst das Gefühl, dass es meins ist.«

Er machte natürlich nur Witze, aber es ist wahr, dass er mehr für das Baby getan hat als James.

Früh am nächsten Morgen kam Carlo auf dem Weg zurück in die Stadt bei mir vorbei, um seinen Welpen abzuholen, und während wir den Karton mit zusammengeknülltem Papier und einem alten Handtuch auspolsterten, überraschte er mich mit der Bemerkung: »Ich bin ja so froh, dass du und Fergal wieder zusammengefunden habt.«

Ich hockte mich auf die Fersen und starrte ihn an. »Carlo, wir haben nicht... Wir sind nicht ... wieder zusammen, nicht so! Wir sind lediglich Freunde, und er war so gut zu mir, obwohl ich mit meinen langweiligen Problemen und der Schwangerschaft und all dem bestimmt eine furchtbare Nervensäge gewesen bin. Ich habe sogar einen Streit zwischen ihm und seiner Freundin Nerissa verschuldet.«

»Nerissa?« Er tat sie mit einem Schulterzucken ab. »Sie bedeutet gar nichts – wenn überhaupt, ist sie so etwas wie ein Tarnmanöver für die Klatschspalten. Und ich glaube nicht, dass Fergal sich langweilt. Weißt du noch, wie er mir gestern fast den Kopf abgerissen hat, weil ich dich küsste?«

Ich lief scharlachrot an. »Rede keinen Unsinn, Carlo! Er hatte lediglich schlechte Laune wegen irgendetwas. Fergal kann unmöglich etwas anderes als eine alte Freundin in mir sehen – vor allem jetzt!«

»Er liebt Kinder, und du weißt, dass ein Baby nichts an seinen Gefühlen ändern würde.«

»Nein, nicht wenn er so für mich empfinden würde ... aber das tut er nicht! Du bist da vollkommen auf dem Holzweg.«

Carlo schien nicht überzeugt zu sein. »Es wird interessant zu sehen, ob seine Liedtexte jetzt etwas heiterer werden.«

»Was um alles in der Welt soll das wieder heißen?«

»Dir muss doch aufgefallen sein, dass viele seiner Lieder von dir handeln?« Er sang ein paar Zeilen aus »Rothaarige Frau«, und seine Stimme klang fast so heiser wie Fergals Stimme.

»Nein, ganz bestimmt nicht – ich glaube dir nicht! Außerdem«, fügte ich spitz hinzu, »habe ich keine roten Haare.«

»Dann hast du dir den Wortlaut des Liedes nicht sehr genau angehört.«

»Ich habe es mir überhaupt nicht angehört, wenn ich es verhindern konnte – nach unserer Trennung tat es einfach zu weh, seine Stimme zu hören.«

»Dann schicke ich dir ein paar Bänder – und du hörst sie dir an!«

»Aber selbst wenn du in diesem Punkt Recht hättest – was bestimmt nicht der Fall ist –, bist du, was seine jetzigen Gefühle für mich angeht, absolut im Irrtum. Er empfindet nur noch Freundschaft für mich und – und Mitleid.«

»Du bist unmöglich!«, sagte er, aber er lächelte. »Und jetzt komm, lass uns dieses Monstrum in den Wagen verfrachten.«

Wir klemmten den Karton zwischen Armaturenbrett und Beifahrersitz fest, sodass der Welpe Carlo sehen konnte. Das Tier konnte nicht heraus, weil die Seiten ein ganz klein wenig zu hoch waren.

Carlo müsste eigentlich zurechtkommen, solange der Welpe auf dem Weg nach London nicht wächst.

Ich gab ihm etwas Welpenfutter, dann standen Bess und ich Seite an Seite auf dem Gehsteig und winkten den beiden nach. Bess wedelte mit dem Schwanz, während der Wagen langsam unseren Blicken entschwand.

Nachdem Carlo abgefahren war, fiel es mir schwer, mich irgendwie zu beschäftigen. Wie konnte ihm nur so ein Irrtum unterlaufen?

Und vielleicht handelten ein paar der früheren Liedtexte Fergals ja wirklich von mir, was sehr rührend ist, aber andererseits – die meisten Helden in meinen Büchern sind schwarzhaarige, grünäugige Männer!

Es wäre schon merkwürdig zu denken, dass wir einander in all den Jahren, die wir getrennt waren, inspiriert hatten.

EIN AUSSCHNITT, DER ES IN SICH HAT:
Fergal Roccos Exfreundin enthüllt bei der Party des Jahres fast alles…

Exposé

Das wird Pop gar nicht gefallen, aber wenigstens kann er diesmal nicht sagen, es läge alles nur an meinem schlechten Einfluss.

Wie auch immer, ich hoffe, ich habe immer den Unterschied zwischen dem Ungewöhnlichen und dem Vulgären gekannt.

Kapitel 42

Rückspiegel, Blinker, Einordnen

An dem Tag, als die Welpen acht Wochen alt waren, lungerte Bob praktisch mit dem ersten Morgenlicht im Garten herum, um seinen Hund zu holen, aber diesmal war ich auf ihn vorbereitet. Er hatte sich die ganze Woche in eine begeisterte Erregung hineingesteigert.

Auf seinem Gesicht lag ein glückseliger Ausdruck, und ich war zutiefst gerührt, als Bob seinen Welpen im Arm hielt und Bess versicherte, dass er »bestimmt gut auf ihn aufpassen« würde! (Nicht dass es Bess interessiert hätte.)

Dann verschwand er mit dem Tier und ward für den Rest des Tages nicht mehr gesehen.

Margaret kam ihren Welpen mit einem schicken, extra für diesen Zweck angefertigten Pappbehälter holen und blieb auf ein langes Schwätzchen. Ich zeigte ihr das Kinderzimmer, und sie bewunderte die Farben und hatte ein paar hilfreiche Ideen, was ich sonst noch brauchen würde. Dann fragte sie mich, ob ich ihr später auch bei der Auswahl der Farben für ihr Kinderzimmer helfen würde.

»Wendy ist jetzt ganz zu James gezogen, sodass ich Ray dazu überredet habe, ihn zu bitten, die Wohnung so bald wie möglich zu räumen. Die junge Dame würde nicht ganz so selbstgefällig dreinschauen, wenn sie wüsste, wie oft James in letzter Zeit mit dieser Nerissa gesehen wurde.«

»Was um alles in der Welt findet Nerissa bloß an ihm?«, entfuhr es mir.

»Nun, er ist ziemlich attraktiv«, meinte Margaret zu meinem Erstaunen. »Der Meinung musst du doch selbst auch einmal gewesen sein.«

»Wahrscheinlich hast du Recht. Und am Anfang schien auch der Altersunterschied keine Rolle zu spielen. Aber Nerissa ist sehr jung. Er könnte fast ihr Vater sein – oder Wendys Vater!«

Ich spürte, dass sie etwas vor mir verbarg, und nachdem ich ihr ein wenig auf den Zahn gefühlt hatte, erzählte sie mir, dass das ganze Dorf inzwischen Fergal und mich mit dem Interesse verfolgte, mit dem man sich normalerweise eine Seifenoper im Fernsehen ansah. Seit James, der Mistkerl, eines Abends unter Alkoholeinfluss seine Zweifel an der Vaterschaft meines Kindes geäußert hatte, wetteten die Leute im Dorf praktisch darauf, wer der Vater des Inkubus war.

»Nur weil Fergal Mitleid mit mir hat und mir um der alten Zeiten willen hilft, macht ihn das noch lange nicht zum Vater meines Kindes. Er ist ein guter Freund und mehr nicht.« (Leider.)

»Ach ja?«, sagte sie skeptisch. »Es ist nur so, dass man so viele schreckliche Geschichten über ihn hört – obwohl er sich inzwischen hätte bessern können, nicht wahr?«

»Man darf nicht alles glauben, was man in der Zeitung liest!«

»Nein ... wahrscheinlich nicht. Hat er wirklich – du weißt schon – damals in Rom, mit den sechs Nonnen und ...«

»Nein!«, antwortete ich knapp.

»Oh?« Sie klang enttäuscht.

Wir kamen auf das Thema »Fahrprüfung« zu sprechen. Margaret riet mir, mich sofort für eine Wiederholungsprüfung anzumelden, wenn ich beim ersten Mal durchfallen sollte, weil sie selbst erst beim vierten Anlauf bestanden hatte; sie meinte, sie hätte die Prüfer durch schiere Beharrlichkeit zermürbt. Dann taumelte sie, leicht nach hinten geneigt, mit dem Welpen in seiner Tragebox die Einfahrt hinunter.

Später kamen Mrs. Deakin und Dulcie Blacklock zusammen vorbei, um ihre Welpen abzuholen – und um sich gegenseitig moralischen Beistand zu leisten, nehme ich an.

Plötzlich kam mir die Küche ziemlich leer vor.

Bess starrte ständig den letzten Welpen an, als hoffte sie, dass dieser ebenfalls verschwinden würde.

Fergal erschien zum Abendessen, und ich bereitete Vollkornnudeln mit einer Fischsoße aus der Tiefkühltruhe zu, die ich Maria verdankte.

Nach Carlos Bemerkungen war ich anfangs ein wenig verlegen, obwohl ich weiß, dass er sich irrt, aber es dauerte nicht lange, und die gewohnte Vertrautheit stellte sich wieder ein. Nach dem Essen erledigte Fergal den Abwasch, während ich die Füße hochlegte. (Unter Protest – man kann kaum behaupten, ich hätte mich stundenlang am heißen Herd abgerackert!) Später fragte er mich, ob er ein paar Zeichnungen von mir machen dürfe, und wir saßen etwa eine Stunde friedlich beisammen und tauschten nur gelegentlich ein paar Worte aus. Es war sehr gemütlich.

Später lenkte ich Bess mit einem Keks ab, während Fergal den letzten Welpen aus seinem Verschlag holte.

Die Mühe hätte ich mir sparen können, denn Bess fand, es sei ein fairer Handel, den Welpen gegen den Keks einzutauschen. Als ich sie wieder in die Küche ließ, sah sie sich nicht einmal nach ihrem Sprössling um.

Morgen werde ich dieser Ecke neben dem alten Herd mit Putzlappen und Scheuermittel zu Leibe rücken.

Nachdem ich die Küche gründlich desinfiziert hatte, rief ich, einem plötzlichen Impuls folgend, Mutter an und erzählte ihr, ich wisse inzwischen, dass ich die Tochter ihrer Schwester Glenda sei. Ich dachte, es wäre am Telefon leichter, das Thema anzuschneiden.

Am anderen Ende der Leitung herrschte kurz betroffenes Schweigen, dann erwiderte sie mit zitternder Stimme: »Mach dich nicht lächerlich, Liebes. Natürlich bin ich deine richtige Mami!«

»Aber Mutter …«

»Es ist so erschreckend, wenn du solche Dinge sagst, Leticia, und ich will nichts mehr davon hören«, unterbrach sie mich.

»Mutter, ich will dich nicht aufregen, doch ich muss es wissen. Könnten wir nicht einfach darüber reden?«

»Ich weigere mich kategorisch, das Thema weiter zu erörtern!«, erklärte sie, und in ihrer Stimme schwang Hysterie mit.

Ich seufzte. »Na schön – aber weißt du, wo Glenda jetzt lebt? Es wäre schön, wenn ich mit meiner einzigen Tante Kontakt aufnehmen könnte.« (Meiner flatterhaften Tante? Meiner verrückten Mutter?)

»Nein. Wir wollten damals nichts mehr mit ihr zu tun haben.

Sie hat nie etwas getaugt. Als sie so einfach von zu Hause weglief, hat es Vater das Herz gebrochen und ihn in den frühen Tod getrieben.«

»Ich dachte immer, er sei Alkoholiker gewesen, und das sei der Grund, warum du...«

»Ein gebrochenes Herz!«, kreischte sie und begann, heftig zu schluchzen. »Wenn du mich liebtest, würdest du mich nicht so aufregen, indem du jetzt alte Geschichten wieder aufwärmst!«

Ich hatte das unbestimmte Gefühl, dass sie Glendas Aufenthaltsort kannte, ihn mir aber nicht verraten würde. Ich brauchte eine ganze Weile, um sie zu beschwichtigen.

Ich nehme an, Mr. Rooney wird Glenda finden.

Ich habe eine ganze Woche Fahrstunden gehabt und bin zu durcheinander, um noch geradeaus denken zu können! Außerdem hat Fergal mich praktisch jeden Morgen abgeholt, um zu üben.

Die einzige Ablenkung stellten die Berichte dar, die von dem Besitzerclub der Teufelswelpen kamen: Wie es aussah, fraßen die Tiere ihre neuen Heime buchstäblich auf, daher vernahm ich mit besonderem Interesse, dass Margarets Tierarzt ihr geraten hatte, eine Art Riesenkäfig zu kaufen, in dem man die kleinen Ungeheuer wenn nötig einsperren konnte. Anscheinend kann man sie mithilfe dieses Käfigs auch schneller stubenrein bekommen, da man den Boden mit einem weißen Vlies auslegen kann, und die Hunde ihre Schlafstelle nicht schmutzig machen wollen.

Ich teilte diese Neuigkeit sofort den anderen Besitzern mit. Fergal meinte, Carlos Verlobte werde mir auf ewig dankbar sein, und Maria habe darauf bestanden, dass er sofort losziehe, um einen dieser Käfige zu kaufen.

Am Tag der Prüfung wachte ich mit den Worten: »Rückspiegel«, »Blinker«, »Einordnen« auf den Lippen auf. (Und mit Bess, die in glückselig welpenlosem Zustand neben mir auf dem Bett lag.)

Mrs. Blacklock hielt mir vor der Prüfung noch eine kurze Rede, um mich anzufeuern, dann lieferte sie mich auf Gedeih und Verderb einem ziemlich kleinen bärtigen Mann mit mürrischer Miene und Klemmblock aus. Der Herr blieb während der ganzen Fahrt standhaft seinen einsilbigen Kommentaren treu, was mich irgendwie dazu verleitete, wie eine Idiotin zu plappern.

An einer Stelle lief ein Eichhörnchen vor uns über die Straße, und ich sagte blödsinnigerweise: »Oh, sehen Sie doch! Ist es nicht süß? Meinen Sie, das ist ein glückliches Omen?« Aber der Prüfer blickte nur finster auf seinen Klemmblock und machte sich eine kurze Notiz. Wahrscheinlich: *Diese Frau ist geistesgestört.*

Aber soweit ich es beurteilen konnte, hatte ich nichts falsch gemacht, selbst das »Wenden in drei Zügen« und das »Anfahren am Berg« liefen perfekt, und als ich zurücksetzte, rammte ich nicht einmal den Bordstein.

Daher war ich am Ende ziemlich optimistisch, und als der Prüfer seinen Füllfederhalter zuschraubte, erwartete ich nur gute Neuigkeiten. Es war ein ziemlicher Schock, als er ruhig bemerkte: »Ich fürchte, Sie haben das Prüfungsniveau noch nicht erreicht, Mrs. Drew.«

Den Rest seiner Worte bekam ich in meiner Verzweiflung nicht mit. Wenn ich schon durchfiel, wenn ich alles richtig machte, wie sollte ich dann jemals bestehen?

Nachdem der Mann gegangen war, ließ sich Mrs. Blacklock auf den Sitz neben mir sinken und reichte mir ein Papiertaschentuch. Anscheinend hatte ich einen kleinlichen Frauenhasser erwischt.

Man sollte ihn an eine Wand stellen, mit Nüssen behängen und Eichhörnchen auf ihn loslassen.

Die offiziellen Gründe für mein Versagen sind zu langsames und übervorsichtiges Fahren an Kreuzungen und ebenfalls zu schnelles und unvorsichtiges Fahren an Kreuzungen. Und ich hätte den Spiegel nicht oft genug benutzt.

»Aber das habe ich doch!«, jammerte ich.

»Dann müssen Sie den Kopf deutlicher drehen.« Sie demonstrierte mir, was sie meinte, und sah dabei so aus, als verfolgte sie ein Tennismatch. Dann überredete sie mich dazu, mich für die nächste Prüfung anzumelden.

»Aber ich kriege doch nie einen Termin, bevor das Baby kommt!«

»Es springt oft kurzfristig jemand ab. Sie werden es schon schaffen – ich bekomme meine Fahrer immer durch. Ich hatte nur ein einziges Mal eine Schülerin, die erst beim dritten Anlauf bestand, und die Dame war so nervös, dass sie vor der Fahrstunde Valium brauchte.«

Diese Mitteilung heiterte mich ein wenig auf.

Margaret rief an, um sich zu erkundigen, wie es mir ergangen war, sprach mir ihr Mitgefühl aus und teilte mir dann mit – wohl um mich abzulenken –, dass James darum gebeten habe, in der Wohnung bleiben zu dürfen, bis er und Wendy in das neue Haus umziehen können, das Wendys Vater für sie kauft.

»Es sieht also so aus, als würde er zur Ehe gezwungen werden, nicht wahr? Aber er ist immer häufiger außer Haus, und abends hören wir die beiden streiten. Und weißt du was? Wendy sieht schon sehr schwanger und sehr angewidert aus.«

»Vielleicht ist sie der Typ, der sofort auseinander geht.«

»Vielleicht. Neulich waren übrigens ihre Schwester Alice und dieser Howard hier. Merkwürdige Leute, was? Howard ist mir nicht ganz geheuer!«

»Mach dir nichts draus, sobald James bei euch ausgezogen ist, wirst du das Pärchen nie wiedersehen.«

»Je eher, desto besser, wirklich. Ich möchte die Wände einreißen und das Ganze zu einem Kinderzimmer umbauen lassen.«

Ich hatte nach diesem Gespräch kaum den Hörer aufgelegt, als das Telefon wiederum klingelte. Diesmal war Fergal am Apparat.

Er versicherte, ich sei eine gute Fahrerin und würde beim nächsten Mal bestehen, aber ich konnte ihn nur mit Mühe verstehen, denn im Hintergrund war ein merkwürdiger Lärm zu hören, angeblich der Welpe, der versuchte, mit der Katze zu spielen, die sich ein wenig widerstrebend zeigte. Maria fand, der Welpe sei ein Wonneproppen, müsse aber noch etwas aufgepäppelt werden, sodass er wahrscheinlich bald kugelrund und ein kosmopolitischer Feinschmecker sein wird.

Ich habe meine wöchentlichen Fahrstunden wieder aufgenommen, war inzwischen zweimal oben in Greatness Hall und bin mit dem Mini Cooper ganz allein über das Grundstück gefahren. Das ist anscheinend legal, solange ich auf Fergals Land bleibe.

Die Versuchung, irgendwo anders hinzufahren, ist nicht allzu groß; wo immer ich hinkomme, scheine ich schwangere Frauen zu sehen. Wo kommen die bloß alle her? Ob wir unsere Sprösslinge vielleicht alle wie in einem Science-Fiction-Film gleichzeitig ausspeien werden?

Ich muss inzwischen in der fünfunddreißigsten Woche sein, und ich habe die Nase gründlich voll. Um mein Glück vollkommen zu machen, muss ich abermals im Krankenhaus antanzen, daher habe ich mich dazu durchgerungen, gleich auch die dringende Einladung zu einem vorgeburtlichen Kurs mit anschließender Führung durch die Entbindungsstation anzunehmen.

Maria fuhr mich ins Krankenhaus, und sie fährt wie eine Verrückte – Fergal hatte Recht. Wenn sie mit den Händen ihre Worte unterstreicht, was ziemlich oft vorkommt, findet sie sich unwillkürlich auf der anderen Straßenseite wieder.

Fergal ist nach London gefahren, um ein Werbevideo für die Single aus dem neuen Album *Licht und Dunkel* zu drehen. Ob das Rampenlicht ihn wohl wieder in seinen Bann schlagen wird? Nachdem er so lange den ganzen Globus bereist hat, muss ihm das Leben in Nutthill doch furchtbar langweilig erscheinen, obwohl er das kategorisch abstreitet.

Maria setzte mich im Krankenhaus ab und ging einkaufen, mit dem Versprechen, in zwei Stunden zurückzukommen.

Man pikste, begrapschte und testete mich, und es war alles ganz grässlich, aber die Schwangerschaft verlief nach Plan.

Dann führte man mich in die Hütte hinüber, in der die Schwangerschaftskurse stattfinden. Auf den Gummimatten dort lümmelte sich eine Horde hochschwangerer Teenager, die mir vorkamen wie gestrandete Wale.

Ich fühlte mich dick, plump und alt.

Die kleine, schnurrbärtige Schottin, die das Kommando führte, informierte mich mit ernster Miene, dass ich sehr spät dran sei für den Kursus und eigentlich schon seit Wochen hätte teilnehmen sollen, aber ich entgegnete, ich sei ohnehin nur wegen der Führung durch die Entbindungsstation gekommen.

Wie auch immer, sie bestand darauf, dass ich zuerst am Unterricht teilnahm, und ich musste mich hinlegen, komische Übungen vollführen und atmen (obwohl ich das doch ständig tue), was gegen die Schmerzen helfen würde.

Wie kann Atmen gegen Schmerzen helfen? Und wenn es tatsächlich hilft, warum bringt man es uns nicht schon in der Schule bei, damit wir bei Kopfschmerzen nicht auf Aspirin angewiesen sind?

Danach ließ sie eine Gummimaske herumgehen, die wir alle einmal ausprobieren sollten. Sie roch nach Zahnarzt. Man bekommt Lachgas und Luft aus der Maske, was ebenfalls gegen die Schmerzen hilft.

Alles in allem wurde mir viel zu viel von Schmerzen geredet, und ich war froh, dass ich mir den Rest des Kurses geschenkt hatte, vor allem die Stunde, in der ein Film von einer echten Geburt gezeigt wird.

Schließlich kamen wir in den Genuss einer sehr eiligen Führung durch eine antiseptische Station voller junger Mütter, die alle ein Baby in einem Aquarium am Bett stehen hatten, und wir durften einen flüchtigen Blick in einen gerade unbenutzten, sterilen und überheizten Kreissaal werfen, der mich schaudern machte.

Anschließend redete mir die Kursleiterin noch einmal ernsthaft ins Gewissen, dass sie mich in der nächsten Woche zu sehen erwarte.

Und wovon träumst du nachts?

Ich werde bis zur Geburt keinen Fuß mehr in dieses Krankenhaus setzen.

Maria, die mit einer Zeitschrift im Auto auf mich wartete, sagte, ich solle das Baby zu Hause bekommen, sie würde mir helfen, aber ich glaube, für diese Entscheidung ist es jetzt ein wenig zu spät, und was, wenn etwas schief ging?

Ob Fergal und Maria sich wohl um Toby und Bess kümmern würden, während ich im Krankenhaus bin?

Falls Fergal zurückkommt …

Sie ist neu! Sie ist verrucht! Die neue Single von Goneril – und das Video, auf das ihr alle gewartet habt!

Top of the Pops

Da stand ich nun, umgeben von schönen, halb nackten Frauen, und ich hatte nur eins im Sinn: zurück nach Nutthill.

Nicht dass ich etwas dagegen hätte, von hübschen Mädchen umringt zu sein, und das Gleiche gilt auch für den Rest der Band, obwohl Carlo plötzlich ganz verlegen tat, weil Sara mitgekommen war, um ein Auge auf ihn zu halten.

Mich interessierte das alles nicht: Tatsächlich habe ich mir die ganze Zeit, während ich in die Kamera blickte, vorgestellt, dass Tish mich beobachten würde, Tish mit ihrem schönsten militanten, missbilligenden Engelblick.

Kapitel 43

Licht und Dunkel

Fergal kam auf dem Rückweg aus London bei mir vorbei und sagte, die Stadt sei doppelt so schmutzig und nervig wie früher gewesen, und er bedauere jeden Augenblick, den er fern von Greatness Hall verbringen müsse. Das einzig Gute sei, dass er einen Käufer für sein Haus in London gefunden habe.

Fergal war mit Carlo und Sara bei einer Party, bei der er Nerissa getroffen hat, mit James im Schlepptau! Ich nehme an, er ist für sie nur eine Art Lückenbüßer, wenn sie gerade keinen anderen Mann zur Hand hat – jedenfalls sind das bestimmt nicht die Kreise, in denen James sich gewöhnlich bewegt. Fergal meinte, Nerissa hätte ihn mit Bedacht ignoriert, obwohl ihn das nicht weiter zu bekümmern schien.

Vielleicht hatte er dort eine andere Frau getroffen; wahrscheinlich warfen sich ihm ganze Horden begehrenswerter, schöner junger Mädchen geradezu an den Hals, auch wenn er sie mir gegenüber nicht erwähnte.

Er brachte mir auch die Bänder, die Carlo mir versprochen hatte, und ich habe sie mir alle angehört. Ich denke, einige der Liedtexte sind wunderschön, aber traurig – und manche sind schlicht und einfach voller Zorn! Vielleicht handeln ein paar der frühen Texte von mir, aber die späteren tun es bestimmt nicht, denn ich kann ihn unmöglich so lange beschäftigt haben.

Fergals gegenwärtiges Album heißt *Licht und Dunkel,* und er sagte, das Werbevideo würde mir bestimmt nicht gefallen, weil er darin zusammen mit sechzig aschblonden jungen Mädchen zu sehen ist.

Ich weiß nicht, wie er auf diesen Gedanken kommt.

»Vergiss bitte nicht«, meinte er ernst, »dass ich nur so aussehe, als hätte ich nichts an.«

Ich weiß nicht, ob das ein Witz sein sollte oder nicht.

Seit seiner Rückkehr hat er, wie Maria vermeldet, stundenlang in seinem Atelier verbracht und gemalt, und er hinterlässt an den Türen klebrige Fingerabdrücke; aber das ist besser, findet sie, als wilde Partys mit Drogen und Orgien. Sie kommt jetzt nachmittags oft auf ein kleines Schwätzchen vorbei, genau wie Margaret, und seit die beiden Frauen sich das erste Mal begegnet sind, kommen sie blendend miteinander zurecht.

In meiner letzten Fahrstunde versicherte Mrs. Blacklock, sie gebe meiner Fahrtechnik lediglich den Feinschliff, und dann erzählte sie mir, dass ihr Welpe grün-rot gestreifte Handschuhe gefressen hätte (klingt so, als hätte Mrs. Deakin sie gestrickt), um dann zehn peinliche Minuten beim Tierarzt zu verbringen, bevor dieser sie »entfernen« konnte.

Ich musste so lachen, dass ich Seitenstechen bekam.

Fergal hatte Recht – das Video gefällt mir nicht, und der Grund dafür ist schnöde Eifersucht.

Dunkelhaarig, göttlich attraktiv und scheinbar nackt, entsteigt er einem Meer sich windender (und ebenfalls unbekleideter) aschblonder Mädchen. Seine Hände liegen auf dem Griff eines (strategisch platzierten) Schwertes. Am Rand der Szene lümmelte sich der Rest der Band, in ähnlich spärlicher Bekleidung; die Männer sahen aus wie gut gesättigte römische Kaiser. Sie hatten keine Schwerter, aber die Kameraeinstellungen waren sehr kunstvoll.

Carlo sah ziemlich gut aus.

Alles möglichst geschmackvoll aufgezogen …

Ob wohl eine dieser dünnen jungen Blondinen bei der Party war, auf der Fergal James gesehen hat?

Mein Geburtstag! Und ich hätte es fast vergessen. Dreißig … Ich komme mir uralt vor, obwohl mir in diesem Zusammenhang bewusst wird, wie ungeheuer jung Glenda war, als sie mich bekam – und Mutter, als sie in ihre neue Rolle schlüpfte. (Ob nun freiwillig oder nicht.)

Sie rief mich an, um mir zum Geburtstag zu gratulieren, aber sie schien nicht recht bei der Sache zu sein: Vielleicht trifft ihr Freund doch noch Vorbereitungen, eine ehrliche Frau aus ihr zu machen? Ich wünschte, es wäre so, dann hätte ich eine Sorge weniger.

Ich dankte ihr für ihr Geschenk – ein Buch mit dem Titel *Schöne Gedanken für werdende Mütter* –, obwohl ich im Augenblick morgendliche Übelkeit vorziehen würde.

Mein Rücken tut weh, meine Beine ebenfalls, und ich habe ständig Sodbrennen. Davon abgesehen, geht es mir gut.

Granny hat mir ein entzückendes altrosafarbenes Hauskleid aus Samt geschickt, dazu die gesammelten Werke von Beatrix Potter in einem winzigen Bücherregal sowie einen kleinen, bunten Topf. Er sieht aus wie ein toll gewordener Seeigel und stammt von Rose Durwin. (Die sich tatsächlich um die Pflanzen kümmert, nicht um die Wanzen – was für eine Erleichterung.)

Meinen letzten Brief, in dem ich ihr von Mr. Rooneys Entdeckung erzählt habe, ignoriert sie in ihrem Schreiben vollkommen, bis auf ein kurzes P. S.:

Ich wusste doch, dass da irgendetwas war! Typisch! Alles Liebe, Granny.

Ich dachte, das sei es nun gewesen, was meinen Geburtstag anging, obwohl Fergal mich zufällig für diesen Abend zum Essen eingeladen hatte, um ihm Gesellschaft zu leisten, während Maria den Landfrauenclub besuchte. Aber seine ersten Worte, als er mich abholte, waren: »Alles Gute zum Geburtstag!«

Daher war ich froh, dass ich *das Kleid* angezogen und mich der Mühe unterzogen hatte, mich hübsch zu machen (oder jedenfalls so hübsch wie unter den gegebenen Umständen möglich). Ich staune, dass er sich daran erinnert hat.

Wir aßen in der Bibliothek (in der es jetzt Bücherregale und einige Bücher gibt) und bei Kerzenschein, und später holte Fergal einen Geburtstagskuchen, den Maria gebacken hatte. Der Kuchen war wie ein kleines Buch geformt, und auf der Glasur stand mit Zuckerfarbe der Titel: *Love Goes West.*

»Was für eine hübsche Idee, Fergal! Maria ist so geschickt – und so nett. Aber warum sie wohl ausgerechnet dieses Buch ausgesucht hat?«

»Ich habe es ausgesucht. Es war das erste, das ich gelesen habe, und als mir bewusst wurde, dass der Held ich war, wusste ich, dass du mich nie ganz vergessen hattest.«

Er stand direkt neben mir, und ich blickte entrüstet zu ihm auf: »Fergal Rocco! Nur weil der Held ein dunkler Typ ist und...«

»Besonders gut gefällt mir die Stelle, an der der Held die Heldin plötzlich in seine Arme zieht.« Er ließ den Worten Taten folgen. »Dann stößt er hervor: ›Du gehörst mir – vergiss das niemals!‹, und küsst sie ... so.«

Als seine Lippen meine berührten, hatte ich das Gefühl, in eine Zeitfalle zu treten: Meine Augen schlossen sich wie von selbst, meine Arme umschlangen ihn, und Gefühle, die ich bei schwangeren Frauen für unmöglich gehalten hätte, wallten in mir auf.

Als er schließlich den Kopf hob, versuchte ich, mich aus seiner Umarmung zu befreien, peinlich berührt von meiner eigenen Reaktion. Aber er ließ mich nicht los, sondern blickte nur mit dem typisch Fergalschen Lächeln auf mich herab, das mich so sehr aus dem Gleichgewicht zu bringen pflegte.

»Willst du mich heiraten?«, fragte er heiser.

»Was?« Einen Augenblick lang schwindelte mir; dann kam mit der Ernüchterung die Erkenntnis, dass meine allzu eifrige Reaktion auf seinen Kuss ihn auf den Gedanken gebracht hatte, ich nähme das alles ernst, und er wollte mir nicht wehtun.

»Red keinen Unsinn, Fergal!«, schalt ich ihn mit zittriger Stimme. »Mit solchen Dingen macht man keine Witze – wenn ich dich nun beim Wort nehmen würde, was dann?«

»Ich mache keine Witze. Ich wollte es zwar nicht sagen, aber...«

»Natürlich wolltest du es nicht! Du kannst unmöglich in mich verliebt sein – schon gar nicht, wenn ich in diesem Zustand bin!«

»Kann ich nicht?«

»Nein! Und außerdem«, fügte ich unerheblicherweise hinzu, »bin ich immer noch verheiratet.«

»Nicht mehr lange.«

»Nein, und ich freue mich ehrlich darauf, wieder Single zu

sein!«, versicherte ich ihm strahlend, nur für den Fall, dass er noch irgendwelche Zweifel hegte. »Aber deine Freundschaft bedeutet mir viel. Das weißt du doch, oder, Fergal?«

»Weshalb regst du dich dann so auf?«, fragte er sanft.

Ich fuhr mir mit dem Handrücken über die Augen und wünschte, Fergal würde mich loslassen: Seine unmittelbare Nähe behinderte meinen Denkprozess und betäubte meinen Verstand. (Sonst nichts, nur den Verstand.)

»Ich rege mich nicht auf: Es ist n... nur, dass du so nett und aufmerksam warst. Aber du brauchst dir wirklich keine Sorgen um mich zu machen oder dich irgendwie verantwortlich zu fühlen.«

»Ich fühle mich aber verantwortlich – ich möchte für dich da sein.« Sein schöner Mund wölbte sich zu einem Lächeln, das eine Gorgone zum Schmelzen gebracht hätte. Mein inneres Gleichgewicht war jedenfalls völlig dahin.

Dann wurden seine Augen schmal, und er zog mich noch fester an sich: »Ich würde gern...«

Die Haustür schlug zu, und aus dem Flur hörte man jetzt das geschäftige Geklapper von Marias hohen Absätzen.

»Verdammt!«, brummte er und ließ mich los. Ich sank ziemlich erschöpft auf den nächstbesten Stuhl.

Jetzt werde ich nie erfahren, was er gern getan hätte! Trotzdem, es ist unwahrscheinlich, dass es dasselbe war, woran ich gedacht hatte. Ich schäme mich.

Es ist nur gut, dass Maria ausgerechnet in diesem Augenblick auf der Bildfläche erschien. Wenn ihr etwas merkwürdig vorkam, war sie zu höflich, um es zu zeigen, und als Fergal erklärte, er werde mich nach Hause bringen, drängte sie mich, ein Stück von dem Geburtstagskuchen mitzunehmen.

Auf meinem Stück steht *Goes*, was ich sehr passend fand.

Fergal war auf der kurzen Fahrt sehr still, wahrscheinlich aus purer Erleichterung, dass ich sein impulsives Angebot nicht angenommen hatte, aber als er mir aus dem Wagen half, überreichte er mir ein kleines Päckchen.

»Nur eine Kleinigkeit von einem alten Freund«, sagte er ziemlich ironisch. »Alles Gute zum Geburtstag, Engel!« Und dann küsste er mich schnell, bevor ich mich für das Geschenk bedanken konnte – oder für den Abend. (Oder den Kuss, wenn ich es recht bedenke, den Kuss, den ich morgen wahrscheinlich immer noch wie ein Brandmal auf den Lippen spüren werde.)

Ich bin jetzt Besitzerin von Ohrringen im Renaissancestil, die zu meinem Kleid passen, mit barocken Perlen und grünen Steinen, die verdächtig wie Smaragde aussehen.

Sie sehen außerdem ungemein teuer aus, aber es würde schon einer tapfereren Frau bedürfen, als ich es bin, um Fergal Rocco seine Geschenke ins Gesicht zu schleudern.

Nach einer fast schlaflosen Nacht schwor ich mir am nächsten Morgen, mir die Ereignisse des vergangenen Abends aus dem Kopf zu schlagen. Meine Hormone sind im Augenblick offensichtlich vollkommen aus den Fugen geraten. Na schön, ich gebe es zu – sie sind aus den Fugen geraten, seit Fergal wieder in meine Umlaufbahn eingetreten ist. Ich habe noch immer starke Gefühle für ihn, und daran wird sich wohl auch nie etwas ändern, aber das heißt nicht, dass ich nicht im Stande wäre, auch allein ein vollkommen glückliches und erfülltes Leben zu führen – oder?

Wie auch immer, ich habe mein neues Prüfungsdatum erfragt, um mich abzulenken: den zweiten März. Ich hoffe, ich passe dann noch hinters Steuer.

Nachdem ich das Datum gelesen hatte, saß ich noch eine ganze Weile einfach nur herum. (Warum schlägt einem die Schwangerschaft eigentlich aufs Gehirn? Die halbe Zeit fühle ich mich, als hätte ich einen Ziegelstein auf den Kopf bekommen!) In diesem Zustand war ich, als mich mein künftiger Exmann anrief und mich schonungslos davon in Kenntnis setzte, dass sein Vater aus Südafrika im Anmarsch sei, auf Geschäftsreise.

»Das ist sicher ganz wunderbar, James, aber was hat das mit mir zu tun?«

»Er weiß nicht, dass wir uns getrennt haben.«

»Dann sag es ihm! Er ist schließlich dein Vater. Und bei der Gelegenheit kannst du ihm auch gleich von der bevorstehenden zweiten Heirat mit der lieben Wendy erzählen.«

»Das ist es doch gerade – ich kann es ihm nicht erzählen. Er ist schon unterwegs, und ich weiß nicht, wo ich ihn erreichen kann. Ich weiß nur, dass er am zweiten März ankommt.«

»Wo ankommt?«, fragte ich mit einem Gefühl düsterer Vorahnung.

»Im Cottage«, antwortete er verdrossen.

»Das hat mir noch gefehlt! Wenn er hier auftaucht, wird er auf der Türschwelle sitzen müssen, denn ich habe an dem Tag eine Führerscheinprüfung.«

»Kannst du das nicht verschieben?«

»Nein, ich kann es nicht verschieben! Wenn du dumm genug warst, ihm nicht von unserer Trennung zu erzählen, kannst du meinetwegen den ganzen Tag in deinem Schuppen rumsitzen und ihn abfangen. Und du solltest dich besser vorher bei Margaret erkundigen, ob sie damit einverstanden ist, dass er in der Wohnung übernachtet, während er hier ist.«

»Ich habe zu viel zu tun, um den ganzen Tag rumzuhängen und zu warten!«, entrüstete er sich.

»Das habe ich auch – und er ist nicht mein Vater!«

»Vielleicht könnte deine Flamme ja auf ihn warten«, schlug er unverschämterweise vor. »Der Herr scheint ja ohnehin inzwischen zu kommen und zu gehen, wie es ihm gefällt.«

Also wirklich – meine *Flamme*! Ich konnte nicht anders, ich kicherte einfach los, was die Sache nur noch schlimmer machte.

Nachdem diese unproduktive Unterhaltung noch ein Weilchen weitergegangen war, erklärte James, er werde seine Stiefmutter anrufen und versuchen, doch noch irgendeine Adresse von seinem Vater in Erfahrung zu bringen, damit er ihn umleiten könne. Das ist nicht mein Problem, und ich werde seinen Vater ganz bestimmt nicht bei mir einquartieren.

Mr. Rooney ist jetzt in Kanada, um Glenda zu suchen, sagt Fergal! Ich war erstaunt und hatte gleichzeitig Angst, dass seine Rechnung gigantisch sein würde, bis Fergal meinte, Rooney sei nicht allein meinetwegen in Kanada, er habe dort auch etwas für ihn zu erledigen, und wir würden die Sache später regeln.

Wie auch immer, jetzt, da Lovecall meine früheren Romane in

Amerika herausbringt, müsste ich eigentlich finanziell zurechtkommen. (Solange die Bücher sich verkaufen!) Und Vivyan ist begeistert von *Der süße Wein der Liebe.*

Ich habe mich in Fergals Gegenwart seit meinem Geburtstag betont fröhlich gegeben, damit er weiß, dass ich ihn nicht ernst genommen habe. Er sieht ein wenig finster aus. Ich hoffe, er findet das Leben auf dem Land nicht langweilig. Oder mich und meine nervigen Probleme.

ROCKER IN LIEBESSKANDAL!
Lead-Sänger von Goneril, Fergal Rocco, brach Verlobung für schwangere Exfreundin Mrs. Leticia Drew, besser bekannt als Romanautorin Marian Plentifold. Tief erschütterte Erbin Nerissa Bright enthüllt alles.

Sun

Kapitel 44
Nachbeben

Der zweite März, der Tag der Fahrprüfung, dämmerte sonnig und klar herauf. Ich hatte zuerst noch eine Fahrstunde und war viel ruhiger als beim letzten Mal. Ich wusste jetzt, dass ich den theoretischen Teil der Prüfung bestanden hatte, und diese Tatsache gab mir zusätzliches Selbstbewusstsein. Selbst wenn ein weißes Rhinozeros heute vor mir die Straße überqueren sollte, würde ich stur in den Rückspiegel sehen, blinken und darum herumfahren.

Es beunruhigte mich ein wenig, dass ich denselben Prüfer hatte wie beim letzten Mal, aber der Mann wirkte vor Schreck wie versteinert, als ich meinen enormen Leib hinter das Steuerrad zwängte; er befürchtete wahrscheinlich, dass ich, aus purer Gehässigkeit, weil er mich beim letzten Mal hatte durchfallen lassen, auf dem Fahrersitz entbinden würde.

Ich fuhr in grimmigem, konzentriertem Schweigen, und am Ende setzte mich der Prüfer einfach nur sachlich davon in Kenntnis, dass ich bestanden hätte, und sprang aus dem Wagen.

Ich konnte es kaum fassen!

Jetzt brauche ich nur noch ein Auto, in das ich ein Baby und einen Barsoi hineinbekomme.

Sobald ich mich von dem Schock über die bestandene Prüfung erholt hatte, fiel mir erstmals auf, dass ich Schmerzen hatte, die nicht weiter schlimm, aber beharrlich waren, und mir tat der Rücken weh – wahrscheinlich von der Anspannung. Die Rückenschmerzen sind nichts Neues, aber das seltsame Ziehen war mir unbekannt.

Nachdem Mrs. Blacklock mich abgesetzt hatte, war mein erster Gedanke, Fergal anzurufen, aber dann lenkte etwas anderes mich ab: Mutter saß auf der Türschwelle und platzte selbst vor Glückseligkeit: Dr. Reevey hat ihr endlich einen Antrag gemacht!

Die Erleichterung war so betäubend, dass ich mich eine halbe Stunde hinlegen musste, während eine neue, sonnigere Version meiner Mutter in der Küche ein paar lieblose Sandwiches richtete, die sie mit Asti Spumante herunterspülen wollte.

Ich glaube nicht, dass ein Gläschen dem Inkubus in diesem Stadium viel schaden kann.

Dr. Reevey – Duncan – hatte sie hier abgesetzt und will sie am Abend wieder abholen. Ich werde darauf verzichten, ihm auf Knien zu danken; ich würde nie wieder hochkommen.

»Leticia! Das Essen ist fertig!«, rief Mutter beschwingt.

»Ich komme!«, antwortete ich und hievte mich mit einigem Widerstreben hoch, da ich immer noch Schmerzen hatte. Es mussten wohl diese Probewehen sein, die man in diesem Stadium bekommt, eine Art Warnung vor dem, was einem bevorsteht. Dabei ist der Inkubus erst am ersten April fällig.

Gerade als ich meinen Fuß auf die unterste Treppenstufe setzte, explodierte das Telefon praktisch direkt in meinem Ohr, sodass ich (und der Inkubus) zusammenzuckten. »Ich gehe ran, Mutter!«, rief ich und nahm den Hörer ab.

»Hallo?«

»Tish? Hier spricht James«, sagte er schroff.

»Oh. Konntest du deinen Vater erreichen?«

»Er ist hier – im Büro. Seit heute Morgen. Onkel Lionel und ich haben ihm die Situation erklärt.«

»Was für eine Situation?«

»Unsere Situation: dass du mich rausgeworfen hast, als dieser Popsänger ins Dorf zog. Und von deinem skandalösen Benehmen im Zusammenhang mit diesem Mann, obwohl du mein Kind erwartest, habe ich ihm auch erzählt.«

»Also hör mal!«, begann ich entrüstet, aber er mähte mich einfach nieder.

»Hast du die *Sun* von heute gelesen?«

»Nein, natürlich nicht. Ich war den ganzen Tag außer Haus, und außerdem …«

»*Rocker in Liebesskandal*«, las er mir vor. »*›Der launische Fergal brach mein Herz‹, sagt Nerissa Bright, nachdem Fergal Rocco sie wegen seiner hochschwangeren Freundin Mrs. Leticia Drew hat sitzen lassen …*«

»Was?«

»Das ist der letzte Strohhalm. Vater und Onkel Lionel sind davon überzeugt, dass ich große Chancen habe, nach der Geburt das Fürsorgerecht für das Baby zu bekommen. Ich werde nicht zulassen, dass mein Sohn von diesem degenerierten, drogensüchtigen, promiskuitiven Kerl großgezogen wird...«

Es gab einen lauten Krach, als das Telefon meinen tauben Fingern entfiel. In meinen Ohren klingelte es, und die Wand schien sich vor meinen Augen zu drehen.

Das Baby – ich musste sofort von hier verschwinden. Vielleicht zu Granny? Und Fergal – ich musste mit ihm sprechen. Er musste ihnen klar machen, dass er mich nie wiedersehen würde, sonst würde ich das Baby verlieren!

Ich ertrank in Panik und Verzweiflung – und in dem Wissen, dass ein Teil tief in meinem Inneren dem Traum nachgehangen hatte, Fergal könne mich trotz alledem noch lieben.

Ich musste mit Fergal sprechen.

Durch die Glasvertäfelung der Tür sahen meine starren Augen einen kleinen Lieferwagen vorfahren und zwei Männer aussteigen. Einer hatte eine Kamera über der Schulter hängen, und beide waren unverkennbar Presseleute...

Ich schoss an Mutter vorbei durch die Küchentür wie ein Sprinter nach dem Startzeichen und registrierte nur noch im Vorbeilaufen ihre verblüffte Miene. Irgendwie schaffte ich es über den Zaun und trabte – trotz meiner Verzweiflung war dies zurzeit meine schnellste Fortbewegungsart – auf Greatness Hall zu, durch den dunkler werdenden, regnerischen, trübseligen Abend.

»Das Baby behalten, Fergal nie wiedersehen. Fergal wiedersehen, das Baby verlieren«, dröhnte eine monotone Stimme in meinem Kopf.

Jetzt, da sie mir aufgezwungen wurde, schien Unabhängigkeit gar nicht mehr so erstrebenswert zu sein. Mehr wie eine Art Verbannung.

Es war fast dunkel, als ich auf das Haus zutaumelte, und durch die offene Haustür fiel warmes Licht, das einen kleinen Wagen beleuchtete, der gerade vorgefahren war.

Eine junge Frau stieg aus – schlank und dunkelhaarig –, und Fergal kam die Treppe herunter und umarmte sie liebevoll.

Ich muss dort in der Dunkelheit gestanden haben, bis die beiden lachend und redend wieder im Haus verschwunden waren, während der Regen mir kalt über Gesicht und Nacken rann und mir die Kleider an meinem zitternden Leib festklebte, dann drehte ich mich endlich um und ging wie betäubt zurück.

Kapitel 45

Der Schock danach

Das Krankenhauszimmer war klein, überheizt und strahlend weiß gestrichen, und ich schien es vom falschen Ende eines Teleskop aus zu betrachten.

Was machte ich hier? Ich erinnerte mich vage daran, durch die nasse, dunkle Nacht gelaufen zu sein, um jemanden zu suchen – jemanden, der …

Eine jähe Abfolge heißer Schmerzen durchzuckte meinen Körper. »Fergal!«, stieß ich in Panik hervor, und sein besorgtes Gesicht erschien direkt über mir.

»Ich bin hier, Tish! Versuch nicht, dich dagegen zu wehren.« Er griff nach meiner Hand, und ich klammerte mich an ihn, als fürchtete ich zu ertrinken, was ich ja auch tat: Ich ertrank in Schmerzen.

»Wie bin ich … was mache ich hier?«

»Der Gärtner hat dich in der Nähe des Pförtnerhauses auf dem Boden liegen sehen, nass bis auf die Haut und durchgefroren, aber als ich ankam, warst du bereits ohnmächtig. Wieso um Himmels willen bist du einfach so losgerannt, ohne einen Mantel oder irgendetwas? Wolltest du zu mir?«

Erinnerungen wurden wach … schreckliche Erinnerungen.

»Das Baby!«

Ich versuchte, mich aufzurichten, doch Fergal drückte mich entschlossen wieder auf das Bett. »Dem Baby passiert nichts.«

»Oh Gott!« Plötzlich war alles wieder da: »Das Baby kann unmöglich jetzt schon kommen – und James wird – James sagt …« Ich griff nach der Hand, die mir sachte das Haar aus dem Gesicht strich, und schüttelte sie. »Fergal – du musst James anrufen und ihm ausrichten, dass ich von Nutthill weggehe. Erklär ihm, dass du mich nie wiedersehen wirst! Du *musst* es tun, sonst verliere ich das Baby.«

»Es wird alles gut gehen, Engel, glaub mir«, versicherte er mir beschwichtigend. »Eine Geburt vier Wochen vor dem Termin ist nicht so schlimm – und vergiss James, was immer er gesagt haben mag. Es spielt keine Rolle, was er sagt oder denkt.«

»Aber Fergal – du verstehst nicht!«

Eine blonde Krankenschwester betrat energisch den Raum, blieb wie angewurzelt stehen und starrte Fergal mit offenem Mund an. »Sind Sie nicht ...?«

»Nein!«, antwortete er barsch. »Holen Sie einen Arzt, ja?«

»Doch, sind Sie doch!«, beharrte die Schwester kokett. »Sie sind Fergal Rocco! Wahnsinn! Ich wusste ja, dass Sie seit neuestem hier in der Nähe wohnen, aber ...«

»Ich glaube, ich bekomme gleich mein Baby!«, stieß ich mit zusammengebissenen Zähnen hervor.

»Unsinn, meine Liebe!«, widersprach sie strahlend und ohne einen Blick in meine Richtung zu werfen.

In diesem Augenblick platzte meine Fruchtblase, und das Spektakel erinnerte mich stark an Fotos von den Niagarafällen. Ich fragte mich, ob da wirklich noch ein Baby drin sein konnte oder ob die Flut es vielleicht mit herausgespült hatte.

»Mein Gott!«, rief die Krankenschwester und untersuchte mich hastig. »Sie bekommen tatsächlich Ihr Baby.«

»Es sollte doch erst im April kommen«, protestierte ich, aber inzwischen hatten Naturgewalten, die sich meiner Kontrolle entzogen, das Kommando übernommen.

»Nun, es kommt *jetzt.*«

Und plötzlich stand ich im Mittelpunkt einer Schwindel erregenden Hatz in Richtung Kreißsaal, einem dieser heißen, abscheulichen Hightech-Operationssäle mit Leuten, die wie aufgescheuchte Ameisen umherliefen.

Ich ließ Fergals Hand keine Sekunde lang los – sie war der einzig sichere Anker in einer gefährlichen Welt. (Und würde später vielleicht chirurgisch entfernt werden müssen.)

»Kämpfen Sie nicht dagegen an, Mrs. Rocco – helfen Sie mit«, bedrängte die Krankenschwester mich jetzt.

Den ganzen Weg hierher hatte sie nur gesagt: »Nicht pressen! Nicht pressen!«

»Das sind ja plötzlich ganz andere Töne, und außerdem bin ich nicht Mrs. R ...«, begann ich und ächzte dann, weil eine neue

Art von Schmerzen durch mich hindurchfuhr, als verfolgten sie ein bestimmtes Ziel. Ich sollte wohl wirklich besser mithelfen.

»Vielleicht möchten Sie jetzt lieber nach draußen gehen, Mr. Rocco?«

»Nein!« Ich klammerte mich noch fester an ihn. »Lass mich nicht allein, Fergal, ich brauche dich!«

Er sah blass, aber entschlossen aus. »Schon gut, ich gehe nirgendwohin.«

»Ich kann den Kopf des Babys sehen«, erklärte der Arzt. »Atmen Sie ganz vorsichtig, Mrs. Rocco – flache Atemzüge! Haben Sie denn Ihre Atemübungen nicht gemacht?«

»Nein, ich konnte schon vorher atmen. Oh!«

Ich spürte eine Art Gleiten und Brennen, dann surfte der Inkubus auf den Überresten des Fruchtwassers hinaus ins Licht.

»Oh, gut gemacht, Engel!«, rief Fergal und umarmte mich.

»Es ist ... es ist doch in Ordnung? Es muss zu klein sein, es ...«, stieß ich mit erstickter Stimme hervor. Ich wagte nicht, das Baby anzusehen.

»Scht, es ist alles gut, Liebling«, beschwichtigte mich Fergal und tupfte mir dabei das Gesicht mit einem kühlen, feuchten Lappen ab. »Sie untersuchen das Baby gerade – hör mal!«

Ich hörte eine Art gedämpftes Wimmern, dann drehte eine der Krankenschwestern sich lächelnd um und brachte mir ein winziges, in eine Decke gehülltes Bündel. »Meinen Glückwunsch, Mrs. Rocco! Es ist ein Mädchen!«

»Sollte sie nicht im Brutkasten liegen?«

»Ganz und gar nicht. Sie ist ein großes, gesundes Baby!«

»Aber ich ...«

»Geben Sie sie mir.« Fergal streckte beide Hände aus und nahm das Baby vorsichtig in Empfang, aber ich blickte in die andere Richtung: Selbst wenn mit meiner Tochter alles in Ordnung war, hatte es keinen Sinn, mich an sie zu binden, falls James sie mir wieder entreißen würde. Unter meinen Augenlidern bildeten sich Tränen und rannen mir langsam über die Wangen.

Ich spürte, wie Fergal sich auf die Bettkante setzte.

»Tish, es ist wirklich alles in Ordnung mit ihr – sie ist wunderschön«, sagte er zärtlich.

»Sie sieht genauso aus wie ihr Daddy!«, gurrte die blonde Krankenschwester sentimental.

»Tish«, bat er mich mit der schmeichelnden Stimme, der zu widerstehen mir so schwer fiel. »Willst du sie dir nicht wenigstens ansehen?«

Langsam drehte ich den Kopf, bis mich ein Blick aus blauen, unschuldigen Augen traf ... und ich war verzaubert. Sie war vollkommen – und sie war meine Tochter!

Ich streckte die Arme aus, und Fergal legte meine Tochter lächelnd hinein.

»Es hat wohl nicht jemand zufällig einen Fotoapparat zur Hand?«

Irgendjemand förderte eine Sofortbildkamera zu Tage und machte Schnappschüsse von mir mit dem Baby, von Fergal und mir mit dem Baby, von der Hebamme und dem Arzt mit dem Baby und von der blonden Krankenschwester und der auf Wolke sieben schwebenden Hebamme mit Fergal.

Dann wurden Fergal und das Baby vorübergehend aus dem Raum gebracht, und nach einem kurzen, schmutzigen Intermezzo mit der Nachgeburt und einer notwendigen Säuberung meiner Person brachte man mich in ein kleines Privatzimmer, was Fergal arrangiert haben musste, denn ich hatte diesbezüglich bestimmt nichts unternommen.

Die Hebamme meinte, es sei eine der leichtesten Geburten gewesen, die sie je gesehen habe. Wenn das eine leichte Geburt war, möchte ich eine schwierige lieber nicht erleben – obwohl ich mich seltsam leer fühle, jetzt, da der Inkubus und ich voneinander getrennt sind.

Kurze Zeit später brachte man mir meine Tochter schlafend in einem kleinen Wägelchen zurück, gefolgt von einem grinsenden, überglücklichen und zerknitterten Fergal. »Weißt du, was die Schwestern auf ihr Armband geschrieben haben? Baby Rocco!«

»Fergal«, begann ich und brach dann ab, um herzhaft zu gähnen. Eine Woge der Müdigkeit wollte mich mit sich fortreißen, und plötzlich schien Schlaf wichtiger zu sein als alles andere. Aber da war doch noch etwas – irgendetwas ... ich musste ihm etwas sagen, er musste etwas für mich tun.

Die Matratze sank ein Stück ein, als er sich darauf setzte. Dann nahm er meine Hand. »Was ist los? Du solltest etwas schlafen, Tish.«

Mein trüber Blick konzentrierte sich auf unsere ineinander geschlungenen Hände, wobei seine von Schwielen gezeichnet war.

»Oh, deine arme Hand! Bin ich das gewesen? Entschuldige bitte.«

»Das ist doch gar nichts – ich wünschte, ich hätte dir etwas von den Schmerzen abnehmen können.« Er runzelte die Stirn. »Ich wollte immer viele Kinder, aber mir war nicht klar ... Wie könnte ich von dir verlangen, das noch einmal durchzumachen?«

»Sei nicht dumm!«, murmelte ich schläfrig. »Sie ist es wert, oder etwa nicht? Und du wirst doch nicht zulassen, dass sie ... Sie werden sie mir doch nicht wegnehmen, oder?«

»Sie dir wegnehmen? Nur über meine Leiche!«

Eine müde, körperlose Stimme, in der ich mit Mühe meine eigene erkannte, erklärte, welche Drohungen James ausgestoßen hatte und dass das der Grund gewesen sei, warum ich meine Tochter nicht in den Arm nehmen wollte, denn wenn ich sie liebte und sie verlöre ... Eine Träne tropfte mir aus dem Augenwinkel. Es war bereits zu spät – ich liebte sie jetzt schon. Und diese Schlagzeile in der Zeitung und die Reporter ... Ein wahrer Sturzbach übergoss sich über meine Lippen.

»Das mit der Zeitung tut mir Leid. Meine Schwester Lucia ist heute Abend eigens mit einer Ausgabe dieser Zeitung zu mir gekommen.«

»Lucia?«

»Sie wollte es mir schonend beibringen – sie kennt mein Temperament! Und Engel, du weißt, dass ich niemandem erlauben werde, dir das Baby wegzunehmen. Ich verspreche es dir, James wird nicht in der Lage sein, sie wegzuholen. Sie gehört mir, vergiss das nicht – es steht auf dem Armband!«

»Und das Baby ... ich verstehe nicht, warum ...«

»Zerbrich dir darüber heute Nacht nicht mehr den Kopf – wir reden morgen darüber. Es wird schon alles gut werden.«

Ich war machtlos dagegen, mir fielen die Augen zu.

»Mein Nachtzeug ist in einem Koffer in meinem Schlafzimmer.«

»Ich hole es dir.«

»Bess und Toby ...«

»... können nach Greatness Hall zu Maria übersiedeln.«

»Meine Mutter! Sie war da! Sie wird ...«

»Es war deine Mutter, die mir gesagt hat, dass du verschwunden warst. Ich wollte gerade aus dem Haus gehen, um nach dir zu suchen, als der Gärtner dich am Tor fand. Gleich nachdem wir hier angekommen waren, habe ich Maria angerufen, und sie wird deiner Mutter längst Bescheid gegeben haben, dass alles in Ordnung ist.«

»Fergal?« Da war noch etwas anderes, an das ich mich unbedingt erinnern musste, etwas, das ich fragen wollte.

»Überlass alles mir«, bat er und küsste mich vorsichtig. »Jetzt schlaf und mach dir keine Sorgen mehr. Wir sehen uns dann morgen.«

Morgen ...

Kapitel 46

Alles geordnet

Ich erwachte am nächsten Morgen zu einer gottlos frühen Stunde. Von dem Baby war nichts zu sehen, aber eine Krankenschwester versicherte mir, dass es meiner Tochter gut gehe und man sie mir später heraufbringen werde.

»Sie werden sie doch niemand anderem geben, oder?«, bedrängte ich die Schwester, und sie warf mir einen merkwürdigen Blick zu und bemerkte beim Rausgehen: »All unsere Babys bekommen ordnungsgemäß ein Namensschild, und Irrtümer sind ausgeschlossen.«

Sie war verschwunden, bevor ich etwas erklären konnte.

Mein Krankenhausköfferchen stand neben dem Bett, stummer Beweis dafür, dass Fergal in der Nacht noch einmal da gewesen war. Ich hoffe nur, dass er auch etwas Zeit gefunden hat zu schlafen.

Bekleidet mit meinem eigenen Nachthemd und mit gebürstetem Haar, konnte ich fast schon wieder als Mitglied der menschlichen Rasse durchgehen, abgesehen davon, dass meine Brüste sich wie zwei große, harte Schwimmflügel anfühlten – und auch so aussahen.

Dann brachte mir eine Krankenschwester meine Tochter zurück und zeigte mir, wie ich sie füttern musste, wie ich ihr ein Bäuerchen entlocken konnte und wie die Windel an ihrem zerbrechlichen, winzigen Körper gewechselt wurde.

»Sie ist so klein! Ich habe Angst, dass ich ihr wehtue.«

»So klein ist sie gar nicht!«, versicherte sie mir lachend. »Sie wiegt sieben Pfund – ein recht ordentliches Gewicht.«

Ich starrte die Frau an, und jetzt fiel mir auch wieder ein, was mich die ganze Zeit über unbewusst bewegt hatte: »Ist das nicht ziemlich viel für ein Baby, das einen Monat zu früh gekommen ist?«

»Einen Monat zu früh! Wie kommen Sie denn bloß auf die

Idee? Sie ist ein voll ausgetragenes Baby.« Die Schwester lachte herzlich. »Sie haben Ihre Daten durcheinander gebracht. Also, ich lasse Sie jetzt mit Ihrer Tochter allein, aber wenn Sie irgendetwas wollen, klingeln Sie nur.«

Ich antwortete nicht, denn ich war zu beschäftigt damit, einen Monat von dem Grillabend zurückzurechnen und zu einer Schlussfolgerung zu kommen, bei der mir schwindelig wurde.

Ob ich irgendetwas wollte? Oh ja! Ich wollte Fergal Rocco in die Finger bekommen.

Vorzugsweise wenn ich wieder ganz bei Kräften war.

Ich blickte gedankenvoll auf meine dunkelhaarige Tochter hinab, und ihre großen blauen Augen schienen meinen Blick bewusst zu erwidern. Sie war ein seltsam langes, elegantes Baby, kein pummeliges, zerknautschtes kleines Bündel, und Mutter würde sagen, dass sie etwas Ausländisches an sich hatte – aber wenigstens hatte sie keine roten Haare!

Kein Wunder, dass Fergal so sicher war, dass James sie mir nicht wegnehmen konnte.

Als ich später den schmerzvollen Weg zur Toilette unternahm (meine zerquetschten Organe hatten offenbar die grundlegendsten Funktionen vergessen), entdeckte ich eine ganze Station junger Mütter, die allesamt große, pralle Schwimmflügel zu tragen schienen.

Das steht in keinem der Bücher, die ich gelesen habe.

»Draußen ist ein Mann, der behauptet, er sei Ihr Ehemann«, sagte die kleine dunkelhaarige Krankenschwester, die soeben den Kopf zur Tür hereingesteckt hatte. Sie schien verwirrt zu sein. »Aber sein Name ist Drew.«

»So heiße ich im Augenblick auch noch, und ich nehme an, der Herr ist juristisch gesehen immer noch mein Ehemann.«

»Aber Mr. Rocco? Ist das Baby nicht ...?«

»Ich will ihn nicht sehen!«

»Mr. Rocco?«, fragte sie zweifelnd.

»Nein! Mr. Drew!«

»Oh ... ich verstehe.«

Es war ziemlich offensichtlich, dass sie nicht verstand. Sie erkundigte sich zögernd: »Wollen Sie denn Ihre Mutter sehen – Mrs. Norwood?«

»Das muss ich wohl«, antwortete ich müde. Am besten, ich brachte es hinter mich. »Sie haben da draußen nicht zufällig auch einen älteren Mr. Drew?«

Sie hielt mich für verrückt, und vielleicht war ich es gestern auch gewesen, ein bisschen zumindest, aber heute hatte ich das Gefühl, dass von meinem Verstand mehr und mehr zurückkehrte. Vielleicht ist das ein untrügliches Zeichen von Wahnsinn?

»Nein – da ist nur ein Mr. Drew. Ihr Ehemann – ähm ... Mr. Rocco hat angerufen.« Sie seufzte träumerisch und fiel in Trance.

»Ach ja?«

»Seine Stimme am Telefon war so sex...« Sie biss sich auf die Zunge und lief scharlachrot an. »Er meinte, Sie sollen sich keine Sorgen machen, und er würde später herkommen.«

»Ich will ihn nicht sehen!«

»Mr. Rocco?«

»Mr. Rocco«, bekräftigte ich.

Sie ging hinaus, aber nicht ohne mir vorher einen Blick zuzuwerfen, als hätte ich den Verstand verloren. Vielleicht habe ich das tatsächlich, aber zumindest wird mir keine Zeit zu einer postnatalen Depression bleiben.

Als Nächstes kam Mutter hereingetaumelt, blass und sehr zerbrechlich. »Darling!«

Sie drückte ihre gepuderte Wange an meine. »Wie konntest du mir so einen Schrecken einjagen! Ich habe mir solche Sorgen gemacht, als du einfach so aus dem Haus gelaufen bist. Ich habe sogar diesen Fergal angerufen, weil ich dachte, du könntest zu ihm gegangen sein. Es *musste* ja ausgerechnet er sein, der dich fand!«

Sie hörte sich an, als wäre es ihr lieber gewesen, ich wäre überhaupt nicht gefunden worden.

»Dann rief mich diese Ausländerin an und erklärte, es gehe dir gut, und als Nächstes kam *er* und erzählte mir, das Baby sei da, und hat deinen Koffer geholt! Ich habe mich so aufgeregt, dass der arme Duncan die ganze Nacht dageblieben ist – wir haben natürlich in getrennten Zimmern geschlafen«, fügte sie steif hinzu.

»Natürlich«, pflichtete ich ihr bei.

»Und heute Morgen habe ich James bei den Wrekins angerufen, um es ihm zu sagen – schließlich sollte er ja wohl Bescheid wissen! Und er will mit dir reden. Aber jetzt muss ich mir unbedingt meine Enkelin ansehen! Sieht sie dir ähnlich? Du warst so ein hübsches Baby, Liebes.«

Sie stand auf, spähte in das Kinderbettchen und fügt zweifelnd hinzu: »... genau wie dieses Baby. Aber ihre Haare sind sehr *dunkel,* Liebes, nicht wahr?«

»Ich glaube, bei Babys ändert sich die Haarfarbe später noch.«

Sie warf noch einen zaghaften Blick auf die Kleine. »Wie willst du sie nennen, Leticia?«

Und wissen Sie was, das ist das Einzige, woran ich überhaupt nicht gedacht hatte! »Inkubus« würde auf der Geburtsurkunde wohl nicht gut aussehen, aber »Kuckuck« wäre unbedingt eine Möglichkeit.

»Ich weiß es nicht, Mutter, ich muss darüber nachdenken. Wie ist Glenda auf ›Leticia‹ gekommen?«

Sie sah mich an, und ihre Lippen zitterten. »Ich ... ich hatte als kleines Mädchen eine Babypuppe, die so hieß, und Glenda meinte, du sähest genauso aus wie diese Puppe. Aber dein Name bedeutet ›Freude‹, Liebes.«

Sie ließ sich auf einen Stuhl sinken und fügte eine Spur defensiv hinzu: »Und Daddy und ich haben uns wirklich gefreut, als wir erst einmal den Schock überwunden hatten!«

»Dann hattest du also nicht von Anfang an den Plan, mich zu adoptieren, als du nach Cornwall gefahren bist?«

»Nein ... oh, nein!«, stammelte sie und verteilte mit dem Saum ihres Seidenschals blaue Mascara über ihr Gesicht. »Als sie mir telegrafierte, dass sie ein Baby bekommen würde – dich –, fühlte ich mich verpflichtet, zu ihr zu fahren und ihr zu helfen, aber eines Morgens war sie plötzlich fort und hatte mir einen Brief und deine Geburtsurkunde dagelassen. Da begriff ich, dass sie das Ganze geplant hatte.«

Jetzt, da endlich alles herauskam, wollte ich sie nicht so leicht vom Haken lassen. »Dann wurde ich dir also aufgezwungen?«

»Nun, natürlich war es zuerst ein Schock, Liebes, aber Daddy kam sofort angereist, obwohl es mit seiner Gesundheit noch keineswegs zum Besten stand, und wir beschlossen, dich als unser eigenes Kind mit nach Hause zu nehmen. Daddy machte sich Sorgen, dass wir nach dem Mumps keine Kinder würden bekommen können, und wie sich herausstellte, sollte er Recht behalten!« Sie richtete sich auf und fügte etwas optimistischer hinzu: »Also hat sich doch am Ende gezeigt, dass es für alle das Beste so war, nicht wahr?«

»Aber hat Glenda sich denn nie bei dir gemeldet? Weißt du nicht, wo sie ist?«

Sie schüttelte den Kopf, und ein letztes, blau gefärbtes Tröpfchen entfiel ihren Wimpern. »Oh, nein. Wir hatten am Anfang Angst, sie könne dich zurückhaben wollen, aber nach etwa einem Jahr bat sie uns in einem Brief um Geld, weil sie nach Übersee gehen wollte, und nachdem Daddy es ihr geschickt hatte, haben wir nie mehr von ihr gehört.«

Es tat ein bisschen weh, dass meine echte Mutter mich so wenig gewollt hatte. Aber andererseits – war Mutter mir nicht in jeder Hinsicht eine echte Mutter gewesen, so gut sie es vermochte? Arme Mutter, wie groß muss ihre Angst gewesen sein, ich könne ihr entrissen werden, vor allem da sie selbst kaum Hoffnung auf eigene Kinder hatte!

»Ich bin froh, dass du es mir erzählt hast, Mu ... Mami.«

»Es macht dir nichts aus?«

»Natürlich macht es mir etwas aus, aber ich bin dir und Daddy dankbar. Ihr seid meine richtigen Eltern.«

Nachdem ihr solchermaßen die Absolution erteilt worden war, schickte Mutter sich nun an, alles unter den Teppich zu kehren: »Ich glaube nicht, dass wir auf diese Angelegenheit je wieder zu sprechen kommen müssen, nicht wahr? Du bist mein kleines Mädchen, und das ist alles, was zählt, hab ich Recht?«

Ich zuckte zusammen, aber sie frischte gerade mithilfe des Spiegels in ihrer Puderdose ihr Make-up wieder auf und bemerkte es nicht. Dann warf sie noch einen verstohlenen Blick auf das schlafende Kind, das für ein neugeborenes Baby ein einzigartig etruskisches Lächeln zur Schau stellte. Schließlich brachte Mutter zaghaft ein anderes Thema zur Sprache: »Was ist mit James?«

Was war mit James? »Oh, mit dem werde ich wohl irgendwann sprechen müssen«, antwortete ich müde, »aber nicht jetzt. Ich kümmere mich später um ihn.« Und zumindest brauchte ich mir jetzt keine Sorgen mehr wegen seiner Drohungen zu machen.

»Diese Italienerin hat Toby und den Hund nach Greatness Hall geholt, daher meint Duncan, er könne mich jetzt ruhig nach Hause bringen. Das Krankenhaus behält dich für eine Woche da, aber danach komme ich natürlich wieder zurück, wenn du mich brauchst.«

Ich dankte ihr und versicherte, dass ich das nicht vergessen würde, und nach einem letzten Seitenblick auf das Baby wankte sie aus dem Zimmer.

Drei Minuten später kam James wie ein Wahnsinniger durch die Tür gestürzt, obwohl der Whiskygestank ihm Sekundenbruchteile vorausgeeilt war.

»Wo ist sie?«, fragte er aggressiv. »Ich habe das Recht, sie zu sehen, nicht wahr? Glaub ja nicht, ich hätte meine Meinung geändert, was das Sorgerecht angeht! Und was meint Valerie damit, es sei besser, wenn ich sie nicht sehen würde?«

Vielen Dank, Mutter!

Ich drückte auf den Klingelknopf an meinem Bett, während James schnurstracks auf das Plastikaquarium zuging und hineinstarrte.

Sein Gesicht lief rot an, und die Ader an der Schläfe nahm ihr Unheil verkündendes Zucken auf. Ich wäre am liebsten aus dem Bett gesprungen und hätte den Inkubus an mich gedrückt, nur dass ich im Augenblick eben nirgendwohin springen kann. Aber ich rang meine Panik nieder, so gut ich konnte.

Dann fiel James' Blick auf das Armband, auf dem noch immer *Baby Rocco* stand, und er drehte vollends durch.

»Es ist gottverdammt noch mal sein Kind!«, brüllte er, und diesmal kam er in der Tat drohend auf mich zu. »Ich hatte die ganze Zeit Recht, nicht wahr?«

Ich verkroch mich in den hintersten Winkel des Bettes und überlegte, ob ich ihn wohl mit der Wasserkaraffe würde niederstrecken können, bevor er mich erwürgte. »Beruhig dich, James! Ich wusste es nicht – ich bin mir immer noch nicht ganz sicher.«

In diesem Augenblick kam Fergal ins Zimmer, und plötzlich wurde alles still und hielt den Atem an, als hätte jemand auf einen Knopf gedrückt, der die Welt erstarren ließ.

»Lassen Sie Tish in Ruhe«, befahl Fergal kühl. »Sie haben schon genug Schaden angerichtet, indem Sie mit Ihren Drohungen bei ihr die Wehen ausgelöst haben. Sie *wusste* nicht, dass das Baby von mir war. *Ich* wusste nicht, dass das Baby von mir war, bis ich meine Tochter gesehen habe. Tish hat sich, nachdem sie Sie mit Ihrer Geliebten beobachtet hatte, im Hotel bis zur Besinnungslosigkeit betrunken, und ich habe die Situation ausgenutzt.«

»Fergal!«

»Wer's glaubt, wird selig!«, höhnte James. »Ihr beide hattet direkt unter meiner Nase eine Affäre, und wenn Tish gekonnt hätte, hätte sie mir das Baby angehängt.«

»Nein, hätte ich nicht!«, protestierte ich empört. »Das ist das Letzte, was mir in den Sinn gekommen wäre, wenn ich Bescheid gewusst hätte.« Aber ich hätte mir den Atem sparen können, so wenig interessierten sich die beiden Männer für meine Einwände.

»Es hat keine Affäre gegeben, obwohl ich jede Absicht hatte, Ihnen Tish wegzunehmen, sobald ich herausgefunden hatte, dass Sie sie nicht verdienen. Als ich dachte, sie erwarte ein Kind von Ihnen, habe ich mich zurückgehalten, um Ihnen noch eine Chance zu geben, aber Sie haben es vermasselt – und das Baby gehört mir!«

»Einen Augenblick mal!«, rief ich. »Die Kleine gehört *mir*, niemandem sonst!«

»Ich hätte sie ohnehin als mein Kind großgezogen«, fuhr Fergal gelassen fort.

»Was soll das heißen?«, plusterte James sich auf. »Welches Recht haben Sie …«

»Ich beabsichtige, Tish zu heiraten.«

Der Inkubus bewegte sich im Schlaf und wimmerte ein wenig.

In diesem Moment erschien an der Tür ein hoch gewachsener, massiger Sicherheitsposten mit der kleinen dunkelhaarigen Krankenschwester im Schlepptau.

»Das ist der Mann!« Sie zeigte auf James. »Er ist betrunken, und er ist einfach hier reingeplatzt und hat angefangen zu schreien. Die ganze Station konnte ihn hören!«

»Aber ich bin ihr Mann!«, begann James.

»Exmann«, widersprach Fergal ihm, und seine Augen wirkten wie Gletscherspalten. »Ihre Scheidung ist durch: Zeit zu gehen.«

Der verblüffte Sicherheitsmann sah zwischen Fergals unerschütterlichem und James' zornesrotem Gesicht hin und her und traf seine Entscheidung.

»Ich fürchte, ich muss Sie bitten, das Krankenhaus zu verlassen, Sir«, sagte er, während er James' Arm mit festem Griff umfasste.

James öffnete den Mund und schloss ihn wieder. Dann ließ er sich lammfromm aus dem Zimmer führen.

»Du kannst auch gehen«, wandte ich mich an Fergal, ohne in seine Richtung zu blicken. »Du magst die Situation ausgenutzt und mich dann auch noch belogen haben, aber das heißt nicht, dass du irgendwelche Ansprüche auf mein Baby hättest!«

»Unser Baby!«, korrigierte er leise, setzte sich auf die Bettkante und legte die Arme um mich. »Ist es nicht wunderbar! Und ich habe dich nicht wirklich angelogen – mir war nicht bewusst, dass sie mein Kind ist – bis ich sie das erste Mal sah. Ich hätte nie gedacht, dass ich einmal so dankbar für fehlerhafte Ware sein würde! Oder vielleicht habe ich ja auch ... in der Hitze des Augenblicks ...?«

Ich wollte ihn wütend wegstoßen, und in meinen Augen schwammen Tränen. »Wie konntest du, Fergal? Du musst doch gesehen haben, in was für einem Zustand ich in dieser Nacht war.«

»Engel, du hast genau gewusst, was du tatest, betrunken oder nüchtern! Als ich zu James sagte, ich hätte die Situation ausgenutzt, war das eine Lüge.«

Ich sah ihn entrüstet an.

»Ich habe widerstanden, solange das menschenmöglich war«, versicherte er mir ernst, »aber wie du weißt, bin ich kein Heiliger. Du hast im Grunde die Situation ausgenutzt.«

»Ich habe... Wie kannst du es wagen, Fergal Rocco? Die

ganze Situation war deine Schuld, mir einfach vor meinem Zimmer aufzulauern!« Wenn meine Arme sich nicht wie zwei schlaffe Anhängsel angefühlt hätten, hätte ich ihn geschlagen.

»Ich wollte nur mit dir reden. Zugegeben, ich war ein bisschen wütend darüber, weil du mir den ganzen Abend aus dem Weg gegangen bist, aber als ich erst mal in deinem Zimmer war, wolltest du mich nicht mehr weglassen. Du hast mir praktisch die Kleider vom Leib gerissen, bevor ich die Tür schließen konnte!«

»Das habe ich ... das habe ich nicht!«, protestierte ich schwach.

»Du kannst das doch nicht vergessen haben?«

»Halt den Mund!«

»Und obwohl du nicht sehr *viel* gesprochen hast, war das Wenige, was du gesagt hast, klar genug: ›Ja – oh ja, Fergal!‹, und dergleichen mehr. Mir war nicht klar, wie viel du getrunken hattest.« Er grinste.

Ich wurde feuerrot. »Ich wusste nicht, was ich tat! Das musst du doch gesehen haben! Du hättest der Versuchung widerstehen müssen.«

»Du schienst genau zu wissen, was du wolltest – und ich bin nicht aus Stein, Liebling! Außerdem habe ich zu der Zeit auch nicht gerade klar denken können, denn sobald ich dich berührt hatte, wusste ich, dass ich dich liebte und dich begehrte wie eh und je.«

Ich blickte hinab und stellte fest, dass ich die Bettdecke zu einer Spirale verdreht hatte. »Das sagst du nur, weil das Baby von dir ist.«

»Was muss ich tun, damit du mir glaubst?«, explodierte er und schüttelte mich ein wenig. »Ich habe dich schon einmal gebeten, mich zu heiraten. Und was noch mehr ist...«, fügte er grimmig hinzu, »als ich dich an deinem Geburtstag geküsst habe, wusste ich, dass du mich ebenfalls liebst! Diesmal brauchtest du dich nicht erst zu betrinken, um auf mich zu reagieren.«

»Du arrogante, eingebildete Schlange im Gras«, fauchte ich.

Er zog mich noch dichter an sich und küsste mich.

»Ich will niemanden heiraten!«, stieß ich hervor, als ich zum Luftschnappen auftauchte. »Wie könnte ich jemals wieder einem Mann vertrauen...«

Die Krankenschwester kam herein, quiekte und suchte hastig das Weite, aber ich hatte gerade eine interessante Entdeckung gemacht.

Ich hatte geglaubt, dass ich nach der Geburt nie, aber auch wirklich nie wieder mit einem Mann würde schlafen wollen. Aber jetzt dachte ich, dass ich vielleicht doch ... sagen wir, in einem Jahr oder so, wenn meine inneren Organe wieder eine vertrautere Anordnung gefunden hatten.

Fergal hielt mich dicht an sich gedrückt und strich mir zärtlich übers Haar: »Ich will keine andere Frau als dich«, murmelte er heiser. »Wenn du nur damals mit mir nach Amerika gekommen wärest...«

»Oh ja, und dann hätte ich im Hintergrund gewartet, während du dir mit deinen Groupies oder irgendwelchen anderen Mädchen die Hörner abgestoßen hättest? Das wäre bestimmt eine wundervolle Erfahrung gewesen!«

»Es hätte keine anderen Mädchen gegeben. Und warum wärmen wir eigentlich alte Geschichten wieder auf? Du weißt, dass du mir vertrauen kannst, Tish. Ich will eine Familie, ich will ein Zuhause – ich will dich!«

»Nein, willst du nicht – du hast gesagt, ich sei pedantisch!«

»Ich liebe deine pedantischen kleinen Marotten.« Seine Stimme wurde tiefer und noch kehliger als sonst: »Und ich finde, es wird Zeit, dass du mich einmal gründlich in die Mangel nimmst und zum Trocknen aufhängst, meinst du nicht auch?«

Er grinste, aber ich wappnete mich gegen ihn – so leicht sollte er mir nicht davonkommen.

»Ich werde über dein freundliches Angebot nachdenken«, erwiderte ich gouvernantenhaft.

»Dann denk schneller. Deine Mutter hat plötzlich beschlossen, dass sie uns verheiratet sehen möchte. Sie hat deine Post noch einmal gelesen, daher weiß ich auch, dass die Scheidung durch ist. Ich besorge uns eine Sondergenehmigung.«

»Sie mag dich nicht einmal! Und außerdem, nur weil das Baby dunkelhaarig ist, heißt das nicht...«

»Die Kleine ist eine Rocco.« Er stand auf und spähte in das Kinderbettchen. »Ich wette, sie wird grüne Augen haben!«

»Sie sind blau.«

»Alle Babys haben blaue Augen – das ändert sich später noch.«

Ich sah ihn hilflos an. »Fergal, warum willst du mich? Du könntest jede Frau haben.«

Er hat eine interessante, abrupte Art, Streitigkeiten zu beenden. »Wir heiraten.«

»Ich werde nie wieder heiraten«, erklärte ich ungehalten, den Kopf an seine Schulter gebettet. »Ich bin gern unabhängig, und ich werde mit dem Baby im Cottage wohnen und meine Romane schreiben.«

»Meinst du nicht, dass es im Cottage ein wenig eng werden könnte?«

»Was soll das heißen?«

»Du, ich, das Baby, zwei Hunde, ein Papagei, eine Katze – und Maria!«

»Maria!«

»Du glaubst doch nicht, dass sie sich die Chance entgehen lässt, das Baby in die Hände zu bekommen, oder? Sie strickt schon seit Wochen! Und wie willst du weiter so wunderbare Bücher über mich schreiben, wenn niemand da ist, um auf Baby Rocco aufzupassen?«

Ich ließ mich mit so viel Würde, wie ich nur aufbringen konnte, in die Kissen sinken und sagte schwach: »Ich glaube, ich brauche Ruhe.«

»Ich sehe später noch mal nach dir. Gibt es irgendetwas, das ich dir mitbringen kann?«

»Champagner!«, antwortete ich barsch, und er lachte und ging.

Erste Sensationsfotos von Fergal Rocco und Leticia Drew mit ihrer kleinen Tochter ...

Exposé

Es muss eine der Krankenschwestern gewesen sein – in dem Spiel »Geld gegen Berufsethik« hat das Geld gewonnen. Aber ich verzeihe der Frau. Ich verzeihe jedem, denn ich bin so glücklich.

Ich wusste, dass das Baby von mir war, sobald ich die Kleine das erste Mal gesehen hatte, ich kann selbst nicht sagen, warum. Wenn ich es die ganze Zeit gewusst hätte, hätte ich alles anders gemacht, zur Hölle mit ihrem Ehemann!

Ich liebe Tish. Ich habe sie immer geliebt, ich werde sie immer lieben, und es ist eine Erleichterung, nicht mehr alle Welt (und sogar mich selbst) vom Gegenteil überzeugen zu müssen.

Kapitel 47

Fotofinish

Die Methoden der Reporter, um einen Weg ins Krankenhaus zu finden, waren ungemein erfinderisch; einige dieser Herrschaften gingen sogar so weit, den Krankenschwestern Bestechungsgelder anzubieten.

Am Ende mussten wir eine Art Pressekonferenz in kleinem Rahmen veranstalten, unter der Bedingung, dass man uns dann ein wenig in Ruhe lassen würde.

Das Foto von Fergal, dem Baby und mir war recht hübsch, obwohl ich mich beim besten Willen nicht daran erinnern kann, dass er auch nur annähernd solche Dinge gesagt hat, wie man sie ihm in dem Artikel in den Mund legt.

Mein Agent überschlägt sich vor Begeisterung – seit die Neuigkeit offiziell ist, schnellen die Verkaufszahlen meiner Bücher in die Höhe. (Ich habe langsam Entzugserscheinungen, was das Schreiben betrifft.)

James ist ganz und gar von der Bildfläche verschwunden, da er im Augenblick andere Probleme hat – Wendy ist ein paar Tage nach mir Mutter geworden.

Das wirft doch gewisse Fragen auf, oder?

Sie muss ihren kleinen Fehltritt ungefähr zur selben Zeit begangen haben wie ich, daher hatte sie es auch so eilig, mich loszuwerden und James zu einer Heirat zu bewegen. Und als ich Alice erzählte, dass James Söhne wolle, muss Wendy geglaubt haben, ihre Schwangerschaft sei die beste Trumpfkarte, um mich auszustechen.

Und es ist tatsächlich ein Junge geworden, daher hatte sie vielleicht Recht mit dieser Vermutung.

Als ich das nächste Mal zum Badezimmer trippelte, waren Wendy und Sprössling auf die Hauptstation verlegt worden. (Ich trippelte übrigens wirklich, denn normale Fortbewegungsmethoden stehen einem, das können Sie mir glauben, nicht mehr zur Verfügung, wenn jemand an Ihren edelsten Teilen seine Nähkünste erprobt hat.)

Wendy stellte die üblichen Schwimmflügel und eine düstere Miene zur Schau.

Getrieben von dem Gefühl, dass wir irgendwie im selben Boot säßen – und schierer ungehemmter Neugier –, schlenderte ich in ihre Richtung. »Hi, Wendy«, sagte ich. »Herzlichen Glückwunsch.« Ich bückte mich und blickte in das mürrische rosa Gesichtchen ihres Babys.

Sie war unverkennbar, diese auberginenförmige Nase, die jetzt in einem zerknitterten, faltigen kleinen Gesicht prangte.

Der Kleine sah aus wie Howard.

»Nun ja«, kam Grannys hochwillkommene Stimme streng durchs Telefon, »ich nehme an, es wird in der Wäsche rausgehen.«

»Was wird rausgehen, Granny?«

»Diese ganze Schweinerei. Natürlich, ich konnte ihn nie leiden, und dieser Frodo ist wenigstens ein richtiger Mann.«

»Fergal.«

»Und ich gebe die Schuld deiner Mutter.«

»Sie hat ihr Bestes getan«, erklärte ich zu meiner eigenen Überraschung. »Granny, du hast doch meinen Brief bekommen, nicht wahr, in dem ich dir von Glenda erzählt habe und davon, dass ich …« Die nächsten Worte fielen mir ungeheuer schwer, und ich schluckte schmerzhaft, bevor ich leise hinzusetzte: »Ich bin überhaupt nicht mit dir verwandt, Granny!«

»Natürlich bist du das, du dumme Trine. Es ist Ossimoses.«

»Wer?«

»Ossimoses. Das Ding, wo alles irgendwie durchsickert. Du bist lange genug in meiner Nähe gewesen, um etwas von mir und meiner Familie in dich aufzunehmen.«

»Osmose?«

»Hab ich doch gesagt. Wie auch immer, du bist die einzige Art

Enkeltochter, die ich habe, daher wirst du wohl einfach das Beste draus machen müssen.«

Ich fühlte mich langsam besser. »Ich denke, damit kann ich leben, Granny.«

»Rose und ich mieten uns einen Wagen und wollen dich bald mal besuchen kommen. Wann ist die Hochzeit?«

»Das weiß ich noch nicht. Ich habe kein ...«

»Schieb es nicht vor dir her. Deine Mutter heiratet zum Glück auch, sodass ich sie nicht länger am Hals haben werde.«

»Ja. Ich soll ihre Brautjungfer sein.«

»Sieh zu, dass du vorher selbst Braut bist. Dieser Fingal hat mich übrigens angerufen.«

»Fergal?«

»Er ist ein Charmeur, mach dir da nur nichts vor. Er sagte, es sei alles seine Schuld, aber er wolle mit dir eine Familie gründen und dir ein guter Ehemann sein.«

Ich schauderte. »Ein guter Ehemann – genau das habe ich von James auch gedacht. Einen von der Sorte will ich nicht noch mal.«

»Dann nimmst du dir eben einen schlechten«, bemerkte sie überaus praktisch.

DIE LIEBE WAR ZU STARK FÜR UNS,
sagt Fergal Rocco von der Rockgruppe Goneril, der die geschiedene Mutter seines Kindes heiraten wird, Leticia Drew, dreißig…

Sun

Kapitel 48

Belagerungszustand

Dieser Woche im Krankenhaus verdanke ich, wenn schon sonst nichts, so doch etwas Zeit zum Nachdenken.

Und das Leben wird nie wieder so sein wie früher. Gott sei Dank.

Natürlich ist nicht alles perfekt – die Welt ist nicht perfekt. (Und ich werde mir bestimmt keine Aktien für Gummiwaren zulegen.)

Mr. Rooney hat Glenda in Kanada aufgespürt. Sie ist jetzt eine hochrangige Geschäftsfrau, geschieden und ohne weitere Kinder, und obwohl sie mir herzlich gratuliert hat, hat sie nicht das Gefühl, in meinem Leben einen Platz zu haben. Und wie es sich anhört, hat sie auch kein echtes Interesse an mir. Trotzdem würde ich sie eines Tages gern kennen lernen, mehr aus Neugier als aus anderen Gründen. Ich habe ihr geschrieben und sie gebeten, mir möglichst viel über meinen leiblichen Vater mitzuteilen, soweit sie sich noch an ihn erinnern kann (anscheinend bin ich das Produkt einer Zufallsbegegnung bei einem Popkonzert), aber auch das tue ich mehr für das Baby als für mich.

Mutter ist, wie vorherzusehen war, immer noch unmöglich, aber jetzt hat ein anderer die Verantwortung für sie. Duncan und sie planen eine Juni-Hochzeit, und Mutter möchte mich als Brautjungfer, was der merkwürdigste Einfall ist, den sie bisher hatte. Margaret möchte mich bei ihrer Hochzeit als Ehrendame haben. Sie sehen also, ich bin sehr gefragt.

Nur Wendy will mich bei ihrer Hochzeit überhaupt nicht dabeihaben. (Ob man wohl Hochzeitskleider aus Leder kaufen kann?)

Das Krankenhaus, mein Cottage und die Tore von Greatness Hall werden immer noch von Reportern belagert, die darauf warten, dass ich das Baby nach Hause bringe.

Nach Hause...

Ich gebe zu, ich habe ein bisschen geweint, als Fergal sagte, ich könne unmöglich in mein Cottage zurückkehren, da dort jeder Zentimeter von Reportern und Kameraleuten besetzt sein würde, aber insgeheim war ich auch erleichtert. Der Gedanke, die alleinige Verantwortung für ein winziges Baby zu tragen, stürzte mich in Panik, jetzt, da es tatsächlich Zeit wurde, den warmen Kokon des Krankenhauses zu verlassen.

Nicht dass ich andernfalls eine Chance gehabt hätte, Fergal von dem Kind fern zu halten.

Maria meint, er habe ein Zimmer in Greatness Hall genauso ausstaffiert wie das Kinderzimmer im Cottage und alles dorthin gebracht – was Granny ein »Fett ackomplie« nennen würde. Und er hat mir in einem der kleinen Turmzimmer ein Büro mit Blick auf den Park eingerichtet und es mit Unmengen goldener Herbstblätter gefüllt.

Maria war entsetzt!

Die Tiere haben sich aneinander gewöhnt, und Bob kümmert sich für mich um das Cottage und den Garten, bis wir entschieden haben, was wir damit anfangen wollen. (Eine Möglichkeit wäre, dass Carlo und Sara es als Wochenendhäuschen benutzen – diese Lösung würde mir gut gefallen.)

Maria behauptet außerdem, das Baby sei das schönste, das sie je gesehen habe (das finde ich auch, aber als Mutter kann ich ja wohl kaum durch die Gegend laufen und so etwas erzählen!), und sie hat mich auch auf einen Namen für meine Tochter gebracht, als sie bemerkte, sie sei ein verspätetes Valentinsgeschenk.

Valentina.

Es klingt sehr romantisch und hat mich gleich noch auf eine Idee für eine wunderbare Romanhandlung gebracht.

Aber wenn der Held nicht schwarze Haare, grüne Augen und einen sehr kurzen Geduldsfaden habe, sagt Fergal, wolle er gute Gründe dafür hören!

›Katie Ffordes romantischste Liebesgeschichte‹
THE TIMES

Nachdem die dreißigjährige Hetty gerade ihren Freund auf frischer Tat mit einer anderen ertappt hat und überdies auch noch ihren Job los ist, kommt ihr das Angebot wie gerufen, für eine Weile den leerstehenden Landsitz ihres Großonkels Sam zu hüten. Wie Hetty feststellen muss, hält das wunderschöne Anwesen jedoch so manche Überraschung bereit. Und dann taucht eines Tages auch noch Sams Erbe, der raubeinige Connor, mit einem ungewöhnlichen Ansinnen dort auf …

3–404–14649–2

BASTEI
LÜBBE